KNAUR

Im Knaur Taschenbuch Verlag sind bereits folgende Bücher der Autorin erschienen:
Die Richter des Königs
Die Sündentochter
Sündenhof
Narrenkind

Das Jungfrauenspiel

Über die Autorin:
Sandra Lessmann wurde 1969 geboren. Sie lebte fünf Jahre lang in London, wo ihre Liebe zu England erwachte. Zurück in Deutschland studierte sie Geschichte, Anglistik und Kunstgeschichte in Düsseldorf. Ihr besonderes Interesse gilt der englischen Geschichte. Nach dem Studium arbeitete sie am Institut für Geschichte der Medizin, doch ihre wahre Leidenschaft ist seit der Kindheit das Schreiben.
Besuchen Sie die Autorin auf ihrer Homepage:
www.Sandra-Lessmann.de

Sandra Lessmann

Die Kurtisane des Teufels

Roman

KNAUR

Besuchen Sie uns im Internet:
www.knaur.de

FSC
www.fsc.org
MIX
Papier aus verantwortungsvollen Quellen
FSC® C083411

Originalausgabe Dezember 2013
Knaur Taschenbuch

Ein Unternehmen der Droemerschen Verlagsanstalt
Th. Knaur Nachf. GmbH & Co. KG, München

Redaktion: Ilse Wagner
Umschlaggestaltung: ZERO Werbeagentur, München
Umschlagabbildung: Portrait of a woman in a hat, Jacquet, Gustave (1846-1909)/Galerie Nataf, Paris, France/The Bridgeman Art Library
Satz: Adobe InDesign im Verlag
Druck und Bindung: CPI books GmbH, Leck
ISBN 978-3-426-50981-4

2 4 5 3

I

Mai 1719

Ganz London war in Feiertagsstimmung. Menschen jeden Alters und jeden Standes strömten über Holborn und St. Giles zur Oxford Street, einem tiefen Hohlweg voller Sumpflöcher, der zu den westlichen Grafschaften führte. An der Ecke des von einer Ziegelmauer umsäumten Hyde Parks verteilte sich die fröhliche Menge auf den umliegenden Wiesen, die sich in der Ferne in der hügeligen Landschaft verloren. Obwohl es erst Anfang Mai war, wirbelten die unzähligen Kutschen, Pferde und Fußgänger eine gelbe Staubwolke auf, die wie eine Dunstglocke über dem Hohlweg lag. Noch kamen die Karossen der Adeligen und Reichen zügig voran und konnten ungehindert die mächtigen hölzernen Tribünen erreichen.

Als der Morgen vorrückte, füllten sich die Kuhweiden nördlich der Straße mehr und mehr mit Menschen. Einige Schaulustige, die gelenkig genug waren, kletterten auf die Parkmauer und richteten sich dort so bequem wie möglich ein.

Geschmeidig wie eine Katze schlängelte sich der junge Daniel Gascoyne durch die Menge. Wie die Bürger, die Handwerker, die Adeligen, die Bettler und die Gevatterinnen, die Mütter mit ihren Kindern und die Lehrknaben, denen ihre Meister an diesem Tag traditionell freigaben, war auch Daniel schon früh am Morgen die zwei Meilen von London bis Tyburn gelaufen, um das Schauspiel zu sehen, das sich etwa um die Mittagszeit vor den Augen unzähliger Gaffer zutragen würde. Da er nur ein frugales Frühstück, bestehend aus Brot und Käse, zu sich genommen hatte, erstand der junge Mann eine Pastete bei einem fahrenden Händler. Die heruntergebrannten Kerzen an dessen Handwagen verrieten, dass der Pastetenbäcker bereits seit dem Morgengrauen vor Ort sein musste. Daniel biss in das inzwischen kalte, trockene Gebäck und betrachtete die Menschen, die ausgelassen schwatzten, scherzten, sangen und einander Anzüglichkeiten zuriefen. Eine Frau, der ein Bursche in den Hintern gekniffen hatte, verabreichte dem Frechdachs eine schallende Ohrfeige. Eine andere trug ein schreiendes Kind auf ihrer Hüfte. Fasziniert von dem fröhlichen Treiben, bemerkte sie die Tränen nicht, die dem Kleinen unablässig über die roten Bäckchen rollten. Zwei Handwerksburschen stibitzten Orangen vom Karren einer Hausiererin und bewarfen kichernd einen Prediger mit den Schalen der frisch geschälten Früchte. Das Einzige, was nicht so recht zu der ausgelassenen Jahrmarktsstimmung passen mochte, war der riesige dreibeinige Galgen auf dem Tyburn-Hügel.

Im Gegensatz zu den meisten Anwesenden betrachtete Daniel die Richtstätte mit einem leisen Schaudern. Er hatte schon des Öfteren einer »Tyburn-Messe«, wie man die Hinrichtungen auch nannte, beigewohnt und den armen Teufeln in die Augen geschaut, bevor der Henker sie aufknüpfte. Er hatte die Angst darin gesehen, die Panik vor dem Tod und der Hölle, die auf so manchen wartete, oder auch verzweifelten Trotz und das Bedürfnis, in den letzten Stunden des Lebens eine gute Figur zu machen. Zuweilen hatte Daniel das Gefühl gehabt, in einen Spiegel zu blicken. In diesen Zeiten konnte jeder vom rechten Weg abkommen und auf dem Schafott enden.

In dem Menschengewühl fiel Daniel eine flüchtige, kaum sichtbare Bewegung ins Auge. Der glänzende Stahl einer Uhrkette blitzte kurz auf, dann war nichts mehr zu sehen außer der leichten Drehung einer Hand, bevor der Taschendieb mit der Menge verschmolz. Ein weiterer Kandidat für den Galgenstrick!

Mit einem Mal schlug die ungeduldige Erwartung in gespannte Stille um, die kurz darauf einem lauten Jubel wich. Die Menschen drängten sich enger zusammen, in dem Verlangen, einen günstigeren Platz zu ergattern. Einige der Rücksichtsloseren traten und schlugen um sich oder rammten einem Unbedarften, der ihnen im Weg stand, den Ellbogen ins Gesicht. Bald gab es die ersten blutigen Nasen und ausgeschlagenen Zähne. Als ein Kriegsveteran in geflickter Uniform und auf Krücken gehend die Frau mit dem plärrenden Kind anstieß, fiel ihr der Kleine aus den Armen. Rasch griff Daniel zu, zog den Knaben unter den trampelnden Füßen hervor, ehe er Schaden nehmen konnte, und reichte ihn der erschrockenen Mutter zurück.

Aus aller Munde ertönte nun der Ruf: »Hüte runter!« – nicht aus Respekt vor den Verurteilten, sondern damit die hinten Stehenden besser sehen konnten.

Zu Pferde führten der Stadtmarschall und der Untersheriff die Prozession an, gefolgt von einem Trupp Berittener und dahinter einer Schar Konstabler, die ihre Amtsstäbe vor sich hertrugen. Dann kam ein einzelner Reiter, der in der Haltung eines Fürsten dem Karren mit den Verurteilten vorausritt. Bei seinem Anblick presste Daniel Gascoyne unwillkürlich die Lippen zusammen. Es war der Diebesfänger Jonathan Wild, der die drei Galgenvögel eigenhändig verhaftet und vor Gericht gegen sie ausgesagt hatte. Die Prozession nach Tyburn war für ihn ein Triumphzug. Als gelte das Interesse der Menge allein ihm, winkte er den Menschen mit strahlender Miene zu und rief: »Seht, in dem Wagen sitzen meine Kinder. Jubelt, ihr Leute, auf dass sie einen leichten Tod am Galgen finden!«

In dem besagten Leiterwagen hockten die Verurteilten mit gesenkten Köpfen auf ihren Särgen. Sie fuhren rückwärts, damit sie beim Anblick des Dreibeins nicht in Panik gerieten, doch ein jeder von ihnen wusste, was ihn erwartete. Reverend Paul Lorraine, der Ordinarius des Newgate-Gefängnisses, in schwarze Soutane und kurze Lockenperücke gekleidet, versuchte vergeblich, die Verbrecher zum Psalmensingen zu ermuntern. Eine Eskorte mit Piken Bewaffneter bildete die Nachhut.

Die Aufmerksamkeit der Menge war nun uneingeschränkt auf die Parade gerichtet. Daniels geübtes Auge registrierte so manche Geldkatze am Gürtel eines Schaulustigen, die er mit einer geschickten Bewegung unbemerkt hätte abschneiden können. Unwillkürlich begann es ihm in den Fingern zu jucken, doch er beherrschte sich. Unter Jonathan Wilds Augen einen Diebstahl zu begehen war gefährlicher Leichtsinn, der einen das Leben kosten konnte.

Als der Leiterwagen unter dem Dreibein hielt, wurde eine Brieftaube freigelassen, die dem Kerkermeister des Newgate Nachricht bringen sollte, dass die Verurteilten sicher an ihrem Bestimmungsort angekommen waren.

Nun trat der Zeremonienmeister von Tyburn vor: Richard Arnet, der Henker, gekleidet in seinen besten Rock und einen federbesetzten Hut. Sein Vorgänger William Marvell war zwei Jahre zuvor auf dem Weg zu einer Hinrichtung wegen nicht bezahlter Schulden verhaftet worden, was den Galgenvögeln das Leben rettete. Da sich auf die Schnelle kein Ersatz fand, brachte man sie ins Gefängnis zurück und deportierte sie schließlich in die amerikanischen Kolonien.

Die Verurteilten trugen bereits die Schlinge um den Hals. Der Scharfrichter musste nur noch die Stricke lösen, die man ihnen vor dem Aufbruch vom Newgate um den Leib gewunden hatte, und deren Enden mit Hilfe einer Leiter an einem der Querbalken des Dreibeins befestigen. Die Menge wurde ruhiger, man stieß einander an, um den Nachbarn zum Schweigen zu bringen, denn es war den Todgeweihten traditionell gestattet, vor ihrer Hinrichtung eine Rede zu halten. Dabei spielte es keine Rolle, worüber sie sprachen. Sie konnten sich mit ihren Untaten brüsten oder ihre Unschuld beteuern, sie durften ihre Ankläger verfluchen oder die Obrigkeit beschimpfen.

Der Erste der drei, ein Taschendieb, rechtfertigte sein kurzes Leben als Langfinger mit ständiger Geldnot und einer mangelnden Kraft, der Versuchung einer leichten Beute zu widerstehen. Seine Rede war jedoch kaum zu verstehen, da er völlig betrunken war. Die Prozession hatte unterwegs immer wieder an einer Schenke haltgemacht, wo man den Todgeweihten Gin oder Brandy ausgegeben hatte. Der Zweite, ein fünfzehnjähriger Knabe, der einer Bande bei mehreren Einbrüchen geholfen hatte, indem er durch ein kleines Fenster eingestiegen war und seinen Komplizen dann die Tür geöffnet hatte, brachte vor Angst kein Wort heraus. Der Dritte, ein junger Mann aus der Provinz, der in London sein Glück hatte machen wollen, erklärte mit schlichter Würde, dass er des Straßenraubs, dessen er angeklagt war, unschuldig sei. Man habe ihn fälschlicherweise beschuldigt, damit die wahren Täter unbehelligt blieben.

Der Rest seiner Rede ging im Lärm der Menge unter, die lieber grausige Einzelheiten eines Verbrechens als Unschuldsbeteuerungen hören wollte. Viele der Schaulustigen waren seit dem Morgen auf den Beinen, um die Hinrichtung zu sehen. Müdigkeit und Hunger verwandelte die Menschen in blutgierige Bestien, die ungeduldig nach dem Schauspiel verlangten, das sie hergeführt hatte. Erneut ermunterte der Ordinarius die Verurteilten zum Psalmensingen, doch die Menge begann zu schreien und zu fluchen, so dass kein Wort zu verstehen war und Lorraine seine Bemühungen aufgab. Als der Kleriker von dem Leiterwagen hinabgestiegen war, trat der Henker zu den Verurteilten und zog ihnen mit einer brüsken Bewegung, die etwas Endgültiges hatte, die weiße Mütze über das Gesicht, die man ihnen im Kerker aufgesetzt hatte. Blind und zitternd standen die drei noch einen Moment auf der Ladefläche des Karrens. Dann schwang der Scharfrichter die Peitsche, und die Pferde zogen an.

Die Menge wurde still. Aller Augen richteten sich auf die im Todeskampf zuckenden Körper, als sich die Schlingen um die Hälse der Männer zuzogen und das Blut sich in ihren Köpfen zu sammeln begann. Ein kräftiger Bursche stürzte vor und hängte sich an die Beine des Knaben, um das qualvolle Sterben zu beschleunigen.

Daniel nutzte die Ablenkung der Leute, um sich zum Galgen durchzudrängen. Ein starker Geruch nach Urin stieg ihm in die Nase, der von den Beinkleidern der Gehängten ausging. Einem Impuls folgend, hängte er sich mit seinem ganzen Gewicht an die Beine des Mannes, der seine Unschuld beteuert hatte, bis sich seine Glieder nicht mehr bewegten.

Mit dem Tod der Verurteilten löste sich die Anspannung der Menge, und die Massen gerieten in Bewegung. Einige machten sich auf den Heimweg, andere hielten Ausschau nach einem fahrenden Händler, um noch schnell einen kleinen Imbiss einzunehmen. Ein Großteil jedoch blieb an seinem Platz und wartete auf den Moment, da die Hingerichteten vom Galgen abgeschnitten wurden. Dies geschah frühestens nach einer Stunde. Auf diese Weise sollte sichergestellt werden, dass die Gehängten auch wirklich tot waren. Dennoch kam es immer wieder vor, dass ein Verurteilter den Deckel seines Sar-

ges öffnete und herauskletterte oder auf dem Seziertisch der Chirurgen wieder zu sich kam.
Der Wagen, den die Gilde der Barbiere und Wundärzte regelmäßig nach Tyburn schickte, stand schon in einiger Entfernung bereit. Dem Gesetz nach stand den Chirurgen eine festgelegte Anzahl von Gehängten für ihre Vorlesungen zu.
Eine zweite Brieftaube wurde freigelassen und machte sich auf den Weg zum Newgate-Gefängnis. Bald würde auch der Kerkermeister wissen, dass die Hinrichtung ohne Zwischenfälle verlaufen war.
Daniel hatte die Beine des Gehängten losgelassen, blieb aber an seiner Seite stehen, ohne recht zu wissen, warum. Er hatte den jungen Mann aus der Provinz nicht näher gekannt, hatte ihn nur einige Male in einer Schenke in Covent Garden gesehen. Allerdings war Daniel einer der wenigen, die wussten, dass der Bursche bei seiner Rede die Wahrheit gesagt hatte. Man hatte ihn zu Unrecht verurteilt. Aber das war nun nicht mehr wichtig.
Eine Balladenverkäuferin drängte sich durch die gaffende Menge und pries ihre Flugschriften an, auf denen die Geständnisse der Hingerichteten und der Bericht ihres verpfuschten Lebens für sechs Pence das Stück nachzulesen waren. Diese Geschichten wurden vom Ordinarius des Newgate verfasst, womit dieser sich ein stattliches Zubrot verdiente, denn besonders an den Hinrichtungstagen verkauften sich die Flugblätter wie warme Semmeln.
Doch Lorraine war nicht der Einzige, dem sein Amt die Gelegenheit bot, nebenher ein gutes Geschäft zu machen. Nach jeder Hinrichtung versteigerte der Scharfrichter in einer nahe gelegenen Schenke die Galgenstricke in Stücken von einem Fuß Länge. Die schaurigen Andenken brachten viel Geld ein, denn die Leute glaubten, dass der Strick, mit dem ein Mensch

gehängt worden war, Heilkräfte besaß. Man setzte ihn gegen Kopfschmerzen und Anfälle ein.

Als die Toten vom Galgen geschnitten wurden, drängten Kranke und Entstellte zum Schafott und legten einige Münzen in die Hand des Henkers, damit dieser ihnen erlaubte, die Leichen zu berühren. Eine junge Frau entblößte ihre Brüste und strich mit den Fingern eines der Gehängten darüber, um ein Geschwür oder ein anderes Leiden zu heilen. Eine andere Frau brachte ihr Kind, dessen Gesicht von einem Ausschlag bedeckt war, zum Galgen und legte ihm die Hand des gehängten Knaben auf. Ein Mann behandelte auf dieselbe Weise seinen Kropf. Nach einer Weile war Arnets Geldbeutel wohlgefüllt. Als Letztes standen ihm noch die Kleider der Gehängten zu. Nachdem er die drei Leichen ausgezogen hatte, fuhr der Wagen der Chirurgengilde vor, und die Diener der Wundärzte luden eilig den Taschendieb und den Knaben auf, bevor die Menge ihnen die Beute streitig machte, denn nichts erschreckte die Menschen so sehr wie der Gedanke, nach dem Tod zerstückelt zu werden. Schließlich konnte nur ein unversehrter Körper beim Jüngsten Gericht auferstehen. Der Mann aus der Provinz wurde dagegen auf den Henkerskarren geladen. Er ging zurück ins Newgate-Gefängnis, wo seine Leiche mit Teer bestrichen wurde. Später sollte sie im Hyde Park in Ketten aufgehängt werden, wie es einem Straßenräuber zukam.

Als der Leichnam weggebracht wurde, erhaschte Daniel noch einen letzten Blick auf sein blau angelaufenes, aufgedunsenes Gesicht. Der Bursche hatte einfach Pech gehabt. Er war zur falschen Zeit am falschen Ort gewesen. Daniel empfand tiefes Mitleid für ihn und für seine Angehörigen.

2

Gedankenverloren betrachtete Catherine Marshall, genannt Kitty, ihr Spiegelbild. Die Sprünge, die sich durch das Glas zogen, verzerrten die rechte Seite ihres blassen Gesichts und verschleierten so die Pockennarben, die sich über Schläfe und Wange zogen. Sie waren kaum zu sehen und entstellten sie nicht. Aber sie würden sie stets daran erinnern, dass sie ihrer Familie den Tod gebracht hatte. Vor vier Wochen war Kitty an den Blattern erkrankt und hatte ihre Eltern, die sie pflegten, angesteckt. Sie hatte die Krankheit überlebt, Vater und Mutter nicht. Nun hatte sie nur noch ihren Bruder Thomas, der vor Jahren nach London gegangen war. Denn nach Beendigung seiner Lehre als Kunstmöbeltischler in ihrem Heimatort Stamford, einer kleinen Stadt in Lincolnshire, hatte er keine Arbeit gefunden. Ihr Vater, der Schulmeister war, hatte gehofft, dass aus seinem Sohn einmal etwas Besseres als ein Handwerker werden würde. Doch Thomas' Stärke hatte von jeher weniger in seinem Verstand als in seinen Händen gelegen. Er war künstlerisch begabt und verstand es, ein paar unscheinbare Holzbretter in ein edles Möbelstück zu verwandeln. Als der Vater schließlich feststellte, dass Kitty die rasche Auffassungsgabe und das gute Gedächtnis ihres alten Herrn geerbt hatte, die dieser sich eigentlich bei seinem Sohn gewünscht hätte, unterrichtete Marshall stattdessen seine Tochter in Lesen und Schreiben, Rechnen und Französisch. Er wusste zwar nicht so recht, was sie als Frau im späteren Leben mit diesen Fähigkeiten anfangen sollte. Doch immerhin konnte es für eine zukünftige Ehefrau und Mutter hilfreich sein, wenn sie etwas von Buchführung ver-

stand. Ihre Französischkenntnisse würde sie dagegen kaum anwenden können.
Bei dem Gedanken an ihren Vater, der ihre Klugheit stets mit so viel Stolz gelobt hatte, musste Kitty lächeln. Gleichzeitig traten ihr Tränen in die Augen. Ihre Zähne pressten sich in ihre Lippen, bis der Schmerz den Tränenfluss versiegen ließ. Wie durch einen Schleier betrachtete Kitty die kahlen Wände der Schlafkammer, in der sie stand. Bis auf den zerbrochenen Spiegel, den niemand haben wollte, einer Waschschüssel und einer Kanne aus Zinn war der Raum leer. Um die hohen Forderungen des Arztes zu bezahlen, hatten sie die Möbel und alles, was einen Wert besaß, verkaufen müssen. Von dem wenigen Geld, das nach der Bestattung der Eltern übrig blieb, würde Kitty zumindest einige Wochen ihren Lebensunterhalt bestreiten können.
Auf der Treppe waren Schritte zu hören. Seufzend wandte sich Kitty ab und begegnete dem mitfühlenden Blick von Mistress Scroggs, der Nachbarin, die der Familie Marshall in den schweren Stunden beigestanden hatte.
»Bist du sicher, dass du nach London fahren willst, Kitty?«, fragte die mütterliche Frau zweifelnd und strich mit den Händen abwesend über ihre Schürze. »Das Leben in einer so großen Stadt ist gefährlich für ein unerfahrenes Mädchen. Du bist doch erst siebzehn.«
Mit einem gezwungenen Lächeln trat Kitty zu ihr und nahm mit einer dankbaren Geste ihre vor Sorge feuchten Hände. Die junge Frau konnte nicht leugnen, dass es ihr schwerfiel, ihre Heimat zu verlassen, und dass der Gedanke an die unsichere Zukunft sie mit Furcht erfüllte. Doch sie versuchte, ihre Gefühle zu überspielen, um es Mistress Scroggs nicht noch schwerer zu machen.
»Ich bin ja nicht allein«, sagte sie beschwichtigend. »Thomas

wird mir helfen, eine Anstellung als Dienstmädchen zu finden.«
Die Nachbarin unterdrückte ein Schluchzen. »Dein Vater hatte sich so sehr gewünscht, dich gut zu verheiraten«, presste sie hervor. »Wie schmerzlich wäre es für ihn, zu wissen, dass du ein Leben als Dienstbote führen musst.«
»Ein Mädchen ohne Mitgift ist nun einmal keine gute Partie«, konstatierte Kitty mit einem Sarkasmus, der ihr selbst fremd war.
Ein wenig schockiert über die Offenheit des jungen Mädchens, sah Mistress Scroggs sie an. Bevor sie etwas sagen konnte, fügte Kitty mit einem Lächeln hinzu: »Vielleicht gelingt es mir, ein wenig Geld zu sparen, wenn ich eine gute Stelle finde. Dann kann ich in ein paar Jahren doch noch heiraten.«
Mistress Scroggs nickte erleichtert. »Ja, ganz bestimmt.«
Unten in der Stube, die ebenso leer und kahl war wie die Schlafkammer, stand Kittys Reisetruhe, in dem sich ein paar Kleider, Schuhe und andere Kleinigkeiten befanden.
»Mein Sohn bringt dich mit dem Karren zur Herberge. Es ist noch genug Zeit. Der Rollwagen nach London fährt erst in einer Stunde. Gott segne dich, mein Kind.«
Herzlich umarmte Mistress Scroggs das junge Mädchen, bevor sie ihren Sohn, der vor der Tür mit dem Karren wartete, hereinrief. Der junge Jack lächelte Kitty schüchtern an, während er sich den breitkrempigen Hut vom Kopf zog. Wie die meisten Burschen in der Nachbarschaft hatte er schon seit Jahren eine Schwäche für das hübsche Mädchen, das immer fröhlich war, dabei aber stets ein wenig unnahbar blieb. Die Träume der Jungen heizte dies nur noch mehr an. Dass Kitty gebildet war und Französisch sprach wie die feinen Leute, flößte ihnen zudem großen Respekt vor ihr ein.

»Jack, nimm Kittys Koffer und lade ihn auf den Wagen«, wies Mistress Scroggs ihren Sohn an, der, den Hut in der Hand, das junge Mädchen bewundernd anstarrte.
»Ja, Mutter«, antwortete der Bursche, der sich nur mit Mühe auf seine Pflichten besann.
Erneut tief in Gedanken versunken, folgte Kitty ihm ins Freie. Sie hatte seine begehrlichen Blicke kaum bemerkt.
Mit einer letzten Umarmung verabschiedete sich die junge Frau von Mistress Scroggs und stieg neben Jack auf den Bock des zweirädrigen Karrens. Ein kurzes Zungenschnalzen seines Herrn, und das Zugpferd setzte sich gemächlich in Bewegung.
Gierig atmete Kitty den Duft der Frühlingsblumen auf den Wiesen ein. Sie war noch nie zuvor in London gewesen, doch diejenigen, die es schon einmal in die Hauptstadt verschlagen hatte, beschrieben sie als stinkenden, schmutzigen Moloch, dessen Einwohner von den ungesunden Lebensverhältnissen in jungen Jahren dahingerafft wurden. Eine bedrückende Aussicht, die Kitty mit Missbehagen erfüllte.
Vielleicht gelingt es mir, genug Geld zu sparen, damit ich eines Tages nach Stamford zurückkehren kann, dachte sie hoffnungsvoll.
»Was wirst du tun, wenn du in London ankommst?«, fragte Jack neugierig.
»Ich werde Thomas aufsuchen«, antwortete das Mädchen abwesend. »Er kann mir sicher eine Anstellung besorgen.«
»Wie geht es Thomas? Ich hätte erwartet, dass er zur Beerdigung eurer Eltern kommt, aber offensichtlich war er zu beschäftigt.«
»Ja, das wird es wohl sein«, murmelte Kitty.
»Hat er dir geschrieben, weshalb er nicht kommen konnte?«, hakte Jack nach, der nicht bemerkte, dass seiner Begleiterin das Thema unangenehm war.

»Nein«, erwiderte sie einsilbig.
»Was? Er hat dir nicht einmal eine Erklärung gegeben, weshalb er die Bestattung eurer Eltern versäumt?«, rief Jack empört.
Kitty senkte betreten den Blick. »Er hat überhaupt nicht geschrieben«, gab sie zu.
»Das ist nun wirklich ungeheuerlich!«
»Vielleicht hat mein Brief ihn nicht erreicht«, versuche Kitty die Nachlässigkeit ihres Bruders zu erklären.
»Möglich«, stimmte der Bursche zu. »Dann wird dein Bruder aber sehr überrascht sein, wenn er jetzt erst vom Tod eurer Eltern erfährt!«
»Ja, das wird er.«
Kitty verschwieg ihm, dass schon seit zwei Monaten kein Brief mehr von Thomas gekommen war. Da ihr Bruder seit seiner Ankunft in London bis dahin stets regelmäßig an seine Familie geschrieben hatte, beunruhigte Kitty dieses plötzliche Schweigen. Thomas war kein leichtfertiger Mensch, doch die verderblichen Einflüsse der großen Stadt waren legendär. Und so fürchtete das Mädchen, dass ihr naiver Bruder in schlechte Gesellschaft geraten sein könnte.
Vor einer Herberge am Rande von Stamford zügelte Jack das Pferd und half Kitty beim Absteigen. Der Rollwagen nach London stand schon bereit. Einige Warenbündel wurden noch auf den vierrädrigen Wagen verladen und unter der Plane, die sich über die Ladefläche wölbte, verstaut. Der Fuhrmann spannte mit Hilfe eines Stallknechts die Zugpferde an. Sechs Tiere gingen hintereinander, während der Fuhrknecht auf einem Pony nebenherritt und die Pferde mit Zurufen lenkte.
Kitty schenkte Jack noch ein Abschiedslächeln, das diesen erröten ließ, bevor sie neben den anderen Passagieren auf der

Sitzbank Platz nahm. Der Rollwagen legte zwar nur zwei Meilen pro Stunde zurück und brauchte vier Tage bis nach London, aber mit acht Schillingen war er um die Hälfte billiger als die Postkutsche, die die Strecke in zwei Tagen bewältigte.
Als der Fuhrmann sein Pony bestieg und die Peitsche schwang, setzten sich die sechs Pferde gehorsam in Bewegung. Kurze Zeit später entzog eine Biegung Kitty den Blick auf die kleine Provinzstadt, in der sie aufgewachsen war. Eine dumpfe Ahnung, dass sie Stamford nie wiedersehen würde, überkam sie und ließ erneut Tränen in ihre Augen steigen.

Vier Tage später fuhr der Rollwagen um die Mittagszeit in den Hof des »Bell Inn« auf der Wood Street nahe Cheapside. Die Herberge war drei Stockwerke hoch, so dass kaum ein Sonnenstrahl auf das Pflaster des Innenhofs fiel. Mit prächtig geschnitzten Geländern versehene Galerien ermöglichten den Zugang zu den Gastzimmern.
Als Kitty vom Wagen hinabstieg, schwirrte ihr der Kopf vom Lärm der Großstadt und dem Trubel ihrer Einwohner. Noch nie hatte sie so viele Menschen auf einmal gesehen. Im Hof des »Bell Inn« herrschte reges Treiben. Stallknechte striegelten Pferde oder spannten sie vor Kutschen und Fuhrwerke, Lastenträger be- und entluden Frachtwagen, schleppten Bündel und Kisten oder rollten Fässer über das Kopfsteinpflaster. Auf den Galerien standen müßige Herbergsgäste und schauten dem Gewimmel zu.
Schon bei der Durchquerung der nördlichen Vororte hatte Kitty über die Zahl an Fuhrwerken, Kutschen und Reiter gestaunt. Es roch nach Kohlenrauch, Abwässern und Pferdemist. Der Gestank war schlimmer, als Kitty es sich je vorgestellt hätte. Über den Straßen lag eine schwere Dunstwolke,

die von dem Rauch der unzähligen Herdfeuer verursacht wurde und die Fassaden der Häuser dunkel färbte. Unwillkürlich fragte sich das Mädchen, wie die Wäscherinnen das Linnen sauber bekamen, mit dem sich die Menschen so überschwenglich schmückten. Überall sah sie weiße Hauben, Manschetten und Schürzen. Viele der vornehmen Herren trugen schneeige Spitzenjabots zur Schau, und die Rüschen ihrer feinen Leinenhemden quollen üppig unter den Ärmeln ihrer farbenprächtigen Röcke und den nur nachlässig zugeknöpften Westen hervor. Aber Kitty sah auch Bettler in schmutzigen, fadenscheinigen Kleidern, von denen sich viele aufgrund eines körperlichen Gebrechens nur mühsam fortbewegten, und Kinder mit dreckverschmierten Gesichtern und nackten Füßen. Der Anblick des Elends erschreckte das Mädchen und verstärkte die Sehnsucht nach der Gesellschaft ihres Bruders.
Während Kitty wartete, dass ihre Reisetruhe abgeladen wurde, sah sie sich neugierig im Hof der Herberge um. Stallburschen und Lastenträger eilten an ihr vorüber, ohne von ihr oder einem der anderen Passagiere Notiz zu nehmen. Da bemerkte Kitty auf einmal eine Gevatterin, die wie die Herbergsgäste auf den Galerien unbeteiligt inmitten des geschäftigen Treibens stand und aufmerksam die Reisenden betrachtete, die mit dem Rollwagen aus der Provinz gekommen waren. Als ihr Elsternblick an Kitty hängenblieb, teilte ein zufriedenes Lächeln die Lippen der Frau, und sie näherte sich dem Mädchen mit herzlicher Miene.
»Ich hoffe, Ihr hattet eine angenehme Reise, gutes Kind«, sagte sie freundlich.
Erstaunt über die Vertraulichkeit, musterte Kitty die Alte von Kopf bis Fuß. Sie mochte um die fünfzig sein. Ihre Züge wirkten verlebt, und unter der feinen Haube stahlen sich einige Strähnen grauen Haares hervor. Die Gevatterin trug ein

Kleid aus schimmernder Seide, das ein Vermögen gekostet haben musste. Kitty hatte noch nie einen so edlen Stoff gesehen. Bänder und Schleifen schmückten das Mieder, dessen Ausschnitt einen faltigen Busen sehen ließ. Das Gesicht der Frau war stark geschminkt, und auf Schläfe, Wange und Stirn fanden sich schwarze Flecken aus Seide, die Sonnen, Herzen und andere Dinge darstellten. Kitty kannte diese Schönheitspflästerchen nur aus den Erzählungen ihrer Mutter. Diese hatte ihrer Tochter nach einem Aufenthalt in London einmal das modische Beiwerk beschrieben, mit dem sich die reichen Leute so gerne herausputzten. Offensichtlich hatte Kitty eine vornehme Dame vor sich.

»Woher kommt Ihr, meine Liebe?«, fragte die Gevatterin mit unverhohlener Neugierde.

Kitty, die zu gut erzogen war, um sich ihr Unbehagen angesichts der Unverblümtheit der Fremden anmerken zu lassen, antwortete höflich: »Aus Stamford, Madam.«

»Da habt Ihr eine lange Reise hinter Euch«, erwiderte die Alte. »Und wie ich sehe, bringt die Provinz nach wie vor die hübschesten Blumen hervor.«

Ihr Blick wanderte über Kittys Gesicht und nahm den gesunden rosigen Farbton ihrer Haut, ihre ebenmäßigen Züge, die kornblumenblauen Augen, die schmale gerade Nase und die vollen Lippen in sich auf, aber auch die verblassten Pockennarben, die auf der rechten Schläfe und Wange zu sehen waren und der Gevatterin ein zufriedenes Brummen entlockten. Das Mädchen war etwa eine Handbreit größer als sie, ihr Körperbau schlank und von natürlicher Grazie, was die Augen der Alten während der eingehenden Begutachtung noch befriedigter leuchten ließ. Kittys Kleid war aus einfachem Leinen. Dazu trug sie eine Schürze und ein Halstuch, das züchtig den Ausschnitt bedeckte. Ihr honigblondes Haar war streng zu einem Knoten gebunden und wurde fast vollständig von einer schlichten Leinenhaube und einem daraufsitzenden Strohhut bedeckt.

»Viele junge Mädchen kommen vom Land nach London, um hier eine Anstellung als Dienstmagd oder Stubenmädchen zu suchen«, bemerkte die Alte mit wissender Miene.

Kitty errötete leicht, weil sie das unheimliche Gefühl beschlich, die Gevatterin habe ihre Gedanken gelesen.

»Ich vermiete saubere möblierte Kammern für wenig Geld an anständige junge Mädchen und helfe ihnen, eine gute Stelle bei einer angesehenen Familie zu finden«, fuhr die Alte fort. »Wenn ich Euch zu Diensten sein kann, meine Liebe, so braucht Ihr es nur zu sagen. Zurzeit habe ich eine geräumige Kammer frei.«

Kitty konnte ihr Glück kaum fassen, dass sie so kurz nach ihrer Ankunft jemandem begegnete, der ihr genau das verschaffen konnte, was sie suchte. Dabei hatte sie sich die Arbeitssuche viel schwieriger vorgestellt.

»Ihr habt recht, Madam«, erwiderte sie. »Ich bin tatsächlich auf der Suche nach einer Anstellung. Aber ich brauche keine Kammer, denn ich habe einen Bruder hier in London. Falls ich jedoch nicht bei ihm wohnen kann, komme ich gerne auf Euer Angebot zurück.«

»Das freut mich«, meinte die Gevatterin befriedigt. »Wenn Ihr mit mir kommt, zeige ich Euch mein Haus, damit Ihr wisst, wo Ihr mich findet. Auch würde ich Euch gerne eine Erfrischung anbieten. Die lange Reise hat Euch sicher erschöpft.«

Bevor Kitty antworten konnte, trat eine der Reisenden an ihre Seite, mit der sie sich unterwegs angefreundet hatte. Mistress Webster war die Frau eines Uhrmachers, die in Stamford Verwandte besucht hatte.

»Mistress Marshall, ein Geselle meines Gatten holt mich ab.

Wenn Ihr möchtet, können wir Euch mitnehmen«, erbot sich Mistress Webster. Dabei warf sie dem Mädchen einen warnenden Blick zu. Verwirrt blickte Kitty sie an. Daraufhin nahm die Uhrmacherfrau energisch ihren Arm und zog sie in den Schankraum der Herberge.

»Er wird gleich da sein. Wir setzen Euch dann bei Eurem Bruder ab«, sagte sie in einem Ton, der keinen Widerspruch zuließ. Auf Kittys fragenden Blick seufzte Mistress Webster tief und erklärte: »Das war Mutter Jolley. Sie führt ein verrufenes Haus in der Drury Lane und ist immer auf der Suche nach hübschen jungen Mädchen vom Land. Haltet Euch fern von ihrer Sorte!«

Obwohl Kitty nur eine dunkle Vorstellung davon hatte, was in einem »verrufenen Haus« vor sich ging, begriff sie, dass Mistress Websters Eingreifen sie vor einer großen Dummheit bewahrt hatte.

»Ich kann nur hoffen, dass Euer Bruder ein strenges Auge auf Euch haben wird«, sagte die Uhrmacherfrau inbrünstig und faltete die Hände.

Nach einer Weile schaute der Geselle ihres Gatten in den verrauchten Schankraum, und die beiden Frauen folgten ihm erleichtert in den Hof. Mutter Jolley war verschwunden. Doch bei der Ankunft des nächsten Wagens aus der Provinz würde sie vermutlich wieder zur Stelle sein. Nachdem der Geselle Kittys Reisetruhe aufgeladen hatte, nahmen sie und Mistress Webster neben ihm auf dem Kutschbock Platz, und das Fuhrwerk setzte sich in Bewegung.

»Wo wohnt Euer Bruder?«, fragte die Uhrmacherfrau.

»Im Haus ›Zum Vogelkäfig‹ auf der Cock Lane nahe Smithfield«, antwortete Kitty. »Ist das weit von hier?«

»Nein, nur ein paar Straßen gen Westen«, erklärte Mistress Webster.

Aufgrund des dichten Verkehrs, der Kitty noch immer in Erstaunen versetzte, brauchte der Wagen eine halbe Stunde bis zur Cock Lane. Als der Geselle die Truhe vor dem Haus »Zum Vogelkäfig« abgeladen hatte, verabschiedete sich Mistress Webster von dem Mädchen.

»Alles Gute, Mistress Marshall. Möge der Herr Euch schützen.«

Kitty dankte ihr herzlich. Nachdem die Uhrmacherfrau sie bereits in der ersten Stunde ihres Aufenthalts in London davor bewahren musste, sich in die Nesseln zu setzen, sah das Mädchen ein, dass sie den göttlichen Beistand bitter nötig hatte. Während sie dem davonfahrenden Fuhrwerk nachsah, fühlte sie sich verlassener denn je.

3

Das Haus, an dessen Fassade sich das Schild mit dem aufgemalten Vogelkäfig quietschend an einem gusseisernen Arm im Wind bewegte, bestand aus einem Gerüst silbergrau gebleichter Eichenbalken und mit Lehm beworfenem Flechtwerk. Es musste an die zweihundert Jahre alt sein und stand ein wenig windschief zwischen seinen ebenso altersschwachen Nachbarn. Die oberen Stockwerke kragten über die Straße hervor, so dass die Räume im ersten und zweiten Stock mehr Platz boten als die unteren. Als sie von der Giltspur Street in die Cock Lane eingebogen waren, war Kitty der abrupte Übergang von den neu erbauten Ziegelhäusern zu dem alten Fachwerk aufgefallen. Mistress Webster hatte ihr erklärt, dass der verheerende Brand des Unglücksjahres 1666, das den gesamten Stadtkern von London zerstört hatte, bis zu genau dieser Stelle vorgedrungen war, bevor man das Feuer hatte eindämmen können. Die alten Häuser stammten noch aus der Zeit der Königin Elizabeth und würden vielleicht noch weitere hundert Jahre überdauern.

Auf Kittys Klopfen hin öffnete ihr eine alte Frau, deren knochiges schmales Gesicht von einer mit Rüschen besetzten Haube umrahmt wurde. Freundliche graue Augen sahen sie fragend an.

»Mein Name ist Catherine Marshall«, stellte Kitty sich vor. »Ich möchte meinen Bruder Thomas besuchen.«

Über das faltige Gesicht der Frau wanderte ein Ausdruck des Erstaunens, der kurz darauf deutlichem Bedauern Platz machte. »Es tut mir leid, mein Kind. Aber Mr. Marshall wohnt nicht mehr hier.«

Die Erklärung überraschte Kitty so sehr, dass sie kein Wort herausbrachte. Ein Gefühl der Hilflosigkeit überkam sie. Die alte Frau, die von ihrem Gesicht ablas, was in ihr vorging, trat von der geöffneten Tür zurück und breitete einladend den Arm aus.

»Kommt doch erst einmal herein, Mistress Marshall. Seid Ihr gerade erst in London angekommen?«

Kitty schluckte schwer und nickte. Während sie der Alten in die Küche folgte, überschlugen sich ihre Gedanken. Wie sollte sie Thomas in dieser riesigen Stadt finden? Und was sollte aus ihr werden, wenn es ihr nicht gelang, ihn aufzuspüren?

In der kleinen Küche, die nach hinten auf einen winzigen Hof hinausging, saß ein Mann vor der Feuerstelle und wärmte sich die Hände, obwohl es ein warmer Frühlingstag war. Überall standen Töpfe und Kessel. Von der Decke hingen getrocknete Kräuter, in einem Korb stapelten sich Lauch, Zwiebeln und Kohl. Offenbar kochte die Hauswirtin regelmäßig für ihre Mieter.

»Ich bin Mistress Speering«, stellte sich die Frau mit dem knochigen Gesicht vor. »Mir gehört das Haus.«

Der hagere Mann am Feuer nickte den beiden Frauen kurz zu, bevor er wieder andächtig in den Anblick der Flammen versank.

»Mr. Pinfold, einer meiner Mieter«, erklärte Mistress Speering. »Er ist recht wortkarg, aber das macht ihn zu einem angenehm ruhigen Hausgast.«

Noch immer verwirrt, ließ sich Kitty auf den angebotenen Stuhl sinken.

»Mein Bruder hat in seinen Briefen nicht erwähnt, dass er umziehen wollte«, sagte sie. »Wann hat er Euer Haus verlassen, Madam?«

»Das war so vor zwei Monaten«, erwiderte Mistress Speering nach kurzer Überlegung.
Von diesem Zeitpunkt an waren auch seine Briefe ausgeblieben, dachte das Mädchen bedrückt.
»Unsere Eltern sind gestorben«, platzte sie heraus. »Daher ist es ungemein wichtig, dass ich ihn finde. Wisst Ihr, wohin er gegangen ist, als er Euer Haus verließ?«
»Er sagte, er habe eine preiswertere Bleibe in Covent Garden gefunden«, antwortete Mistress Speering. »Aber er machte leider keine näheren Angaben.«
Kitty senkte den Blick, um die aufsteigenden Tränen zu verbergen, die sich in ihren Augen sammelten.
»Ist dieses Covent Garden groß?«, fragte sie unsicher. »Würde es schwierig sein, dort jemanden zu finden?«
»Nun, um ehrlich zu sein, ich weiß es nicht«, gestand Mistress Speering. »Ich war noch niemals dort. Es ist ein Platz, der vor fast hundert Jahren nach ausländischer Manier angelegt wurde, mit Schenken, Buden und Theatern. Die Gegend genießt keinen guten Ruf. Es ist ein Vergnügungsviertel, kein Ort, an den sich eine anständige Frau verirren würde.«
Allmählich überkam Kitty Verzweiflung. »Aber was soll ich denn nur tun? Ich muss meinen Bruder finden! Er weiß noch nichts vom Tod unserer Eltern.«
»Das tut mir sehr leid, armes Kind«, sagte Mistress Speering mitfühlend.
Als ihr Blick die Reisetruhe streifte, erkundigte sie sich: »Habt Ihr schon eine Unterkunft?«
Bekümmert schüttelte Kitty den Kopf.
»Das Zimmer Eures Bruders ist bereits wieder vermietet, aber zufällig habe ich eine Kammer frei. Wenn Ihr wollt, könnt Ihr sie haben. Sie kostet vier Schillinge und sechs Pence.«
Der Preis war hoch, doch Kitty hatte keine Kraft mehr, um

anderswo eine billigere Unterkunft zu suchen, und so stimmte sie zu.
Mistress Speering führte sie in den ersten Stock und schloss eine Tür auf, die sich knarrend zu einer geräumigen Kammer mit einem hellen Erkerfenster öffnete. Die Wände waren mit dunkler Eiche getäfelt, und der Kamin war aufwendig mit geschnitzten Figuren und Blumenranken verziert. Der Raum hatte sicher einst als gute Stube gedient, in dem der Hausherr wichtige Besucher empfangen hatte. Dies erklärte auch den stolzen Preis. Länger als eine Woche konnte sie hier nicht bleiben.
»Soll ich Feuer machen?«, erbot sich Mistress Speering.
»Nein danke. Ich gehe gleich wieder aus«, erwiderte Kitty und zahlte die Miete für eine Woche.
Die Alte blickte sie besorgt an. »Wenn Ihr nach Covent Garden geht, seid vorsichtig. Dort wimmelt es von Gaunern und Diebesgesindel.«
»Danke für die Warnung. Ich werde schon aufpassen.«
Als sich die Hauswirtin zurückgezogen hatte, ließ sich Kitty seufzend auf der Kante des vierpfostigen Bettes nieder, dessen Vorhänge aus verblichenem rotem Kamelott zurückgeschlagen waren.
Wie hatte es nur so weit kommen können? Natürlich hatte sie sich Sorgen gemacht, als die Briefe ihres Bruders ausblieben, aber sie hatte dies auf Nachlässigkeit oder Zeitmangel zurückgeführt. Sie hätte nicht erwartet, dass Thomas umziehen könnte, ohne seiner Familie seine neue Adresse mitzuteilen. Was war nur in ihn gefahren? Dachte er denn überhaupt nicht mehr an seine Schwester und an Vater und Mutter?
Kitty wusste, dass sie allen Mut verlieren würde, wenn sie noch länger grübelte. Es war besser, unverzüglich mit der Suche nach Thomas zu beginnen. Und wenn sie ihn gefunden hatte, würde sie ihm tüchtig die Leviten lesen.

Auf einem Waschstand befanden sich eine Zinnschüssel und eine Kanne mit frischem, aber kaltem Wasser. Da Kitty nicht warten wollte, bis die Hauswirtin ihr heißes brachte, wusch sie sich kalt, ordnete ihr blondes Haar vor dem Spiegel an der Wand und setzte sich Haube und Strohhut auf. Bevor sie die Kammer verließ, versteckte sie eingedenk von Mistress Speerings Warnung einen Großteil ihres Geldes unter der Bettmatratze und behielt nur ein paar Münzen in ihrer Geldbörse, die sie in einem Beutel über dem Arm trug.

Als sie die Treppe hinunterstieg, begegnete sie der Hauswirtin auf dem Absatz.

»Wäret Ihr wohl so freundlich, mir den Weg nach Covent Garden zu beschreiben, Madam?«, bat sie.

Mistress Speering sah den entschlossenen Ausdruck in ihren Augen und unterließ den Versuch, ihr den Ausflug auszureden.

»Wollt Ihr nicht lieber eine Mietkutsche oder eine Sänfte nehmen, mein Kind?«, schlug sie stattdessen vor. »Zu Fuß ist es sehr weit. Ihr müsstet den ganzen Holborn entlanggehen, hinter Lincoln's Inn Fields in die Drury Lane einbiegen und dieser hinunter bis zur Russell Street folgen. Die führt dann gerade auf die Piazza. So heißt der Platz, auf dem der Covent-Garden-Markt abgehalten wird.«

»Wo finde ich denn eine Mietkutsche?«

»Auf dem Smithfield-Markt. Wenn Ihr aus der Tür geht, haltet Euch links, dann am Pie Corner noch einmal links«, erklärte Mistress Speering hilfsbereit.

Kitty dankte ihr und trat auf die Straße hinaus. Da die Sonne von einem makellos blauen Himmel schien und es angenehm warm war, entschied sich das Mädchen spontan, doch lieber das Geld für die Mietkutsche zu sparen und zu Fuß zu gehen. Es gab so viel zu sehen!

Trotz der Sorge um ihren Bruder füllte sie Augen und Ohren mit dem Trubel der großen Stadt. Die schmale Cock Lane ging bald in den gewundenen Snow Hill über, der an der Holborn-Brücke endete. Die gepflasterten Straßen hallten vom Hufschlag unzähliger Pferde wider, die Reiter trugen oder Fuhrwerke und Kutschen zogen. Viele Londoner gingen auch zu Fuß. Die besser Gekleideten zogen allerdings die Karosse oder Sänfte vor. Als Kitty dem ersten Tragsessel begegnete, blieb sie staunend stehen und beobachtete bewundernd, wie die Träger trotz des Gewichts der Sänfte im flotten Laufschritt die Straße entlangtrippelten. All die Pferde und Fußgänger wirbelten Staub vom Pflaster auf, der sich bald am Saum von Kittys Kleid absetzte. In der Mitte der Straße verlief eine recht tiefe Rinne, die mit allem erdenklichen Unrat, wie Asche aus den Herdstellen, Scherben und Küchenabfällen, verstopft war. Kitty entdeckte sogar Austernschalen und einen toten Vogel. Sie konnte sich beim besten Willen nicht vorstellen, wie selbst der stärkste Regenschauer diese Mengen Kehricht fortschwemmen sollte. Besonders in den engen Gassen hing der Gestank nach verrotteten Abfällen und Pferdemist in der Luft und mischte sich mit dem Rauch der Kohlenfeuer. Bei jedem Schritt bereute Kitty ihren Entschluss, zu Fuß zu gehen, ein wenig mehr und sehnte sich schmerzlich nach den blühenden und duftenden Wiesen Stamfords zurück.

Da sie nun aber schon so weit gekommen war, riss sie sich zusammen und marschierte weiter den Holborn entlang, bog schließlich in die Drury Lane und dann in die Russell Street ein, wie Mistress Speering es ihr beschrieben hatte. Wenig später gelangte sie auf einen offenen Platz.

Auf der Westseite fiel Kitty zuerst der klassische Portikus einer Kirche ins Auge. Auf den drei verbliebenen Seiten umschlossen hohe Reihenhäuser, deren Türen von eleganten Arkaden beschattet wurden, die Piazza, in deren Mitte sich teils leere Marktstände befanden. Das innere Quadrat mit einer Säule im Zentrum war zum Schutz der Passanten durch hüfthohe Pfosten von der vielbefahrenen Straße getrennt. Spaziergänger flanierten gemächlich unter den Arkaden, Kutschen und Sänften eilten vorüber.

Kitty fühlte sich wie in eine andere Welt versetzt, in eine Stadt auf dem Kontinent, nach Rom oder Mailand, die sie selbst zwar nie gesehen hatte, aber aus den Erzählungen ihres Vaters kannte. Was sie sah, gefiel ihr. Nun konnte sie verstehen, weshalb ihr Bruder nach Covent Garden gezogen war. Aber wie sollte sie ihn finden?

Die Marktstände, an denen vormittags frisches Obst und Gemüse feilgeboten wurde, waren zu dieser Tageszeit verlassen, aber in manchen der Buden arbeiteten Handwerker, die der Markt angezogen hatte. Allerorts hörten sie den meisten Klatsch und wussten daher am besten über das Kommen und Gehen der Leute in einem Viertel Bescheid. So fasste sich Kitty ein Herz, sprach einen Korbweber an und erkundigte sich nach ihrem Bruder. Unermüdlich ging sie von Töpfer zu Böttcher, von Messerschleifer zu Blechschmied und wiederholte immer wieder ihre Frage nach Thomas Marshall. Doch niemand schien ihn zu kennen. Sie ging von Schenke zu Weinstube, von Bierhaus zu Garküche, die es auf der Piazza und in den Nebenstraßen zuhauf gab, doch auch dort hatte sie keinen Erfolg.

4

Erschöpft und hungrig und mit schmerzenden Füßen kehrte Kitty schließlich auf den Platz zurück. Nahe der Marktstände auf der Südseite der Piazza standen drei lange Holzhütten, die die Namen »White Horse«, »Green Man« und »Blackamoor« trugen. Im Vorbeigehen hatte Kitty gesehen, dass es sich bei der mittleren Baracke, dem »Green Man«, um ein Kaffeehaus handelte, das aber nicht besonders gut besucht schien. Aufgrund seines heruntergekommenen Aussehens hatte Kitty es bisher nicht gewagt, einzutreten. Doch inzwischen war sie bereit, nach jedem Strohhalm zu greifen. Zögernd stand sie vor dem Eingang, bevor sie sich überwand und über die Schwelle trat. Der Schankraum war verraucht. Im Gegensatz zu den Bierstuben, die sie an diesem Nachmittag bereits besucht hatte, saßen nur wenige Gäste auf den Bänken an groben langen Tischen, rauchten Pfeife und tranken aus flachen kleinen Schälchen Kaffee oder Kakao. Aber Kitty sah auch Trinkkrüge, in denen sich offenbar Gin oder Brandy befand. In einer Ecke hinter der Theke stand eine beleibte Frau von Mitte zwanzig mit einem breiten Gesicht unter einer groben Leinenhaube, deren Bänder unter dem fleischigen Kinn zusammengebunden waren. Ein Schankmädchen trat an die Theke, um eine jener Steingutschalen entgegenzunehmen, aus denen das türkische Gebräu getrunken wurde. Dann holte sie zwei Tonpfeifen aus einer Kiste, die unter der Theke bereitstand, und verteilte sie an die Gäste, die rauchen wollten. Vor dem Kamin, in dem ein prasselndes Feuer brannte, standen eiserne Kaffeekannen mit konischen Deckeln, während in einem Kessel, der über den Flammen hing, der Kaffee köchelte und sein exotisches Aroma sich mit dem des Tabaks und dem Geruch nach ungewaschenen Leibern mischte. An den Wänden hingen Gemälde, die der Rauch so dunkel gefärbt hatte, dass Kitty aus der Entfernung nicht erkennen konnte, was sie darstellten. Zwischen den Bildern klebten bedruckte Plakate, und auf den Tischen lagen hier und da Zeitungen und Pamphlete, die sich die Gäste von dem Ständer an der Wand nehmen konnten. Der Holzboden war mit Sägespänen bedeckt.

Beim Nähertreten bemerkte Kitty einen jungen Mann, der auf einer Bank flegelte, die Beine von sich gestreckt, mit dem Rücken an die Wand gelehnt, den Hut über die Stirn tief ins Gesicht gezogen, als würde er schlafen. Doch sie sah deutlich seine Augen auf sich gerichtet und errötete leicht, denn sie fühlte, dass dies kein Ort für ein anständiges Mädchen war. Auf einer anderen Bank lag zusammengesunken eine in Lumpen gekleidete Frau in tiefem Schlummer. Ihr schmutziges Halstuch war verrutscht und ließ ihre prallen Brüste sehen, die aus dem locker geschnürten Mieder quollen und die Aufmerksamkeit zweier Gäste erregten, die sie mit trunkenem Blick anglotzten.

Die Augen von der anzüglichen Szene abwendend, trat Kitty tapfer zur Theke. Die beleibte Frau in der ausladenden Haube sah sie erstaunt und dann neugierig an.

»Was kann ich für dich tun, Kindchen?«, fragte sie.

»Ich suche meinen Bruder«, begann Kitty und versuchte, ihrer Stimme Festigkeit zu verleihen. »Er heißt Thomas Marshall und ist gelernter Kunsttischler. Man sagte mir, dass er in Covent Garden wohnt. Kennt Ihr ihn vielleicht, Madam?«

Der freundliche Ausdruck auf dem breiten Gesicht der Frau wich deutlicher Betroffenheit. Aus einer Ecke hinter ihr war die unsichere Stimme eines angetrunkenen Mannes zu hören:

»Wenn du wissen willst, was aus Tom Marshall geworden ist, Süße, dann frag Jonathan Wild.«
Die Frau warf ihm einen strafenden Blick zu. »Halt den Mund, Tom King. Du bist wieder einmal voll bis an die Kiemen und weißt nicht, was du redest.«
Schwankend wie ein Schiff im Sturm versuchte der Mann, sich von seinem Stuhl aufzurichten.
»Du bist ungerecht, Moll. Ich habe nur ein Glas Gin gezwitschert.«
»Ach, das höre ich jeden Tag. Setz dich wieder hin, Gatte, bevor du aus den Schuhen kippst.«
Moll King gab ihrem Gemahl einen Stoß vor die Brust, der diesen auf seine ächzende Sitzgelegenheit zurückbeförderte. Inzwischen schien Tom vergessen zu haben, worum sich das Gespräch gedreht hatte, denn er ging nicht weiter darauf ein.
»Es tut mir leid, Herzchen«, sagte Moll entschuldigend zu Kitty. »Mein Mann ist leider dem Genever nur allzu verfallen. Hört nicht auf ihn. Wenn Euer Bruder jemals Gast hier gewesen wäre, wüsste ich es.«
»Seid Ihr sicher, Madam?«, hakte das Mädchen nach. »Könnte dieser Jonathan Wild, den Euer Gatte erwähnte, vielleicht etwas über Thomas wissen?«
»Glaubt mir, Kindchen, Mr. Wild hat bedeutende Geschäfte, um die er sich kümmern muss. Es wäre besser, wenn Ihr ihn nicht mit Euren Fragen belästigt. Möchtet Ihr etwas trinken? Ein Schälchen Kaffee kostet einen Penny.«
Entmutigt nickte Kitty und zog ihre Börse hervor. Ein Silberpenny wechselte den Besitzer und ließ die Augen der Schankfrau aufleuchten.
»Wie schön, dass Ihr es passend habt, Herzchen«, sagte sie strahlend. »Ihr könnt Euch gar nicht vorstellen, wie rar Klein-

geld in London ist. Schenken und Kaffeehäuser geben hier ihre eigenen Münzmarken heraus.«

Sie füllte Kitty eine Schale mit dem duftenden schwarzen Gebräu und reichte sie ihr. »Wenn Euch der Kaffee zu bitter ist, könnt Ihr etwas Zucker dazu haben, aber das kostet einen Farthing zusätzlich. In anderen Kaffeehäusern mischt man Senf, Ale oder Zimt, Nelken und Minze hinein, aber solch ausgefallene Zutaten habe ich nicht da.«

»Nein danke«, erwiderte Kitty abwehrend. »Ich trinke ihn so.«

Vorsichtig ergriff sie die Schale mit dem heißen Getränk und setzte sich an einen leeren Tisch. Doch bereits nach dem ersten winzigen Schluck bereute sie es, zumindest den angebotenen Zucker ausgeschlagen zu haben, denn das Gebräu war so bitter, wie es aussah, und entlockte ihr eine angewiderte Grimasse.

Der Schmerz in ihren Füßen ließ ein wenig nach, und auf einmal begann Kitty ihre Erschöpfung zu spüren. Da es inzwischen auf den Abend zuging, blieb ihr nichts anderes übrig, als in ihre Unterkunft zurückzukehren und eine Fortsetzung der Suche auf morgen zu verschieben. Bedrückt starrte sie auf die schwarze Brühe hinab, nahm noch einen Schluck, und da dieser nicht schmackhafter war als der erste, ließ sie den Rest stehen, nickte Moll King noch einmal kurz zu und trat dann auf die belebte Straße hinaus. Sie bemerkte nicht, dass einer der Gäste, der sie bereits eine Weile beobachtet hatte, geschmeidig von der Bank rutschte und ihr nach draußen folgte.

Als sie ein paar Schritte über die Piazza gegangen war, spürte sie, wie sich jemand an ihr vorbeidrängte, dachte sich aber nichts dabei. Im nächsten Moment sprang ein Mann wie aus dem Nichts auf einen jungen Burschen zu und packte ihn am Schlawittchen.

»Ich dachte mir schon, dass du es auf die Geldbörse abgesehen hattest«, stieß er zynisch hervor.
Da vermisste Kitty, die überrascht stehen geblieben war, auf einmal ihren Beutel. Der Bursche musste die Bänder von ihrem Arm abgeschnitten haben, als er sie beim Überholen gestreift hatte. Und nun erkannte sie in dem Mann, der den Beutelschneider am Kragen festhielt, den jungen Kaffeehausgast, der sich so nachlässig auf der Bank gerekelt hatte. Er nahm dem Taschendieb den Beutel ab, gab ihm noch einen groben Klaps auf den Hinterkopf und ließ ihn dann laufen.
»Hoffentlich ist dir das eine Lehre«, rief er ihm nach.
Mit einer galanten Bewegung zog er den Hut, verbeugte sich tief vor Kitty und reichte ihr den Beutel zurück.
»Erlaubt, dass ich mich vorstelle. Mein Name ist Daniel Gascoyne. Zu Euren Diensten, Madam.«
»Ich danke Euch, Sir«, erwiderte Kitty herzlich. »Ich hatte gar nicht bemerkt, dass er meine Börse gestohlen hat.«
»Ihr seid noch nicht lange in London, nicht wahr?«, meinte der junge Mann mit einem Lächeln, das die Beschämung über ihre Dummheit noch verstärkte. Er musste sie für reichlich naiv halten.
»Ach, woran erkennt Ihr das?«, erwiderte sie ironisch, wütend auf sich selbst, weil sie bereits an ihrem ersten Tag in London von einer Falle in die nächste getappt war, und noch mehr auf ihn, weil er sie mit der Nase hineinstieß.
»Ihr hättet in ›Tom Kings Kaffeehaus‹ den glänzenden Silberpenny nicht so offen herumzeigen sollen«, erklärte er, noch immer mitleidig lächelnd. »Wie Moll schon sagte, ist Kleingeld in London so selten, dass man an einer wohlgefüllten Börse sofort den Provinzler oder den Ausländer erkennt.«
»Aber wie kann das sein?«, entfuhr es Kitty verständnislos. »London ist doch eine so reiche Stadt!«

Daniel Gascoyne zuckte die Schultern. »Es heißt, der Wert des Silbers sei in den letzten Jahren so angestiegen, dass es sich für die königliche Münze nicht lohnt, Silbermünzen zu prägen. Und das Geld, das es noch aus den Regierungszeiten früherer Monarchen gibt, ist so abgenutzt, dass es nur noch die Hälfte seines Wertes besitzt. Offensichtlich gehen die Leute in der Provinz sorgsamer mit ihrem Münzgeld um. Euer Silberpenny stammt sicher noch aus der Zeit Williams und Marys.«
Beeindruckt hatte Kitty seinen Ausführungen gelauscht. »Ihr wisst sehr viel über diese Dinge, wie es scheint«, sagte sie anerkennend und entlockte ihm damit erneut ein breites Lächeln, das sie nicht so recht zu deuten wusste.
»In London lernt man zwangsläufig, mit dem Problem des fehlenden Münzgeldes umzugehen.«
»Aber wie bezahlen die Leute, wenn sie einkaufen?«, fragte Kitty verwundert.
»Einige kaufen monatelang auf Kredit und bezahlen, wenn sie ihren Lohn in Münzen von höherem Wert erhalten. Zusätzlich ist sehr viel ausländisches Geld im Umlauf, aus Frankreich, Venedig, Spanien oder Portugal.«
»Ich muss wohl noch viel über das Leben in London lernen«, gestand Kitty.
»Wenn Ihr mögt, gebe ich Euch gerne einige Ratschläge«, erbot sich der junge Mann. »Habt Ihr schon zu Abend gegessen, Madam? Ich würde Euch gerne einladen.«
Einen Moment zögerte Kitty, denn das Angebot war verlockend. Daniel Gascoyne war ein gutaussehender junger Mann mit einer ausdrucksvollen Mimik und einer vorwitzigen Nase. In seinen braunen Augen tanzten fröhliche Lichter, und um seinen sinnlichen Mund schien stets ein Lächeln zu spielen. Auf seinen Wangen lag ein dunkler Schatten, der ver-

riet, dass er sich an diesem Morgen nicht rasiert hatte. Sein schulterlanges dunkelbraunes Haar war gepflegt, und seine Kleider waren von gutem Schnitt, auch wenn man ihnen ansah, dass sie aus zweiter Hand stammten und so manche Stickerei an Manschetten und Taschen bereits abgewetzt war. Er war schlank und überragte Kitty, die für ein Mädchen ihres Alters recht hochgewachsen war, um mehr als Haupteslänge. Doch so gern sie seine Gesellschaft genossen hätte, wusste sie doch, dass es für eine anständige Frau undenkbar war, sich allein mit einem fremden Mann in der Öffentlichkeit zu zeigen. Mit tiefem Bedauern, das sich deutlich auf ihrem Gesicht spiegelte, schüttelte Kitty daher den Kopf.

»Es tut mir sehr leid, Sir, aber das ist nicht möglich«, sagte sie. »Es wird Zeit, dass ich mich auf den Heimweg mache.«

Daniel übertrieb seine Enttäuschung. »Wie schade«, murmelte er und sah sie mit einer Freundlichkeit an, dass sich ihr der Magen zusammenkrampfte. Aber er verstand ihre Bedenken und drängte sie nicht weiter.

»Falls Ihr Rat oder Hilfe braucht, findet Ihr mich gewöhnlich in ›Tom Kings Kaffeehaus‹«, fügte er noch hinzu.

»Vielleicht könnt Ihr mir noch mit einer Auskunft weiterhelfen, Sir«, sagte Kitty hastig, da sie keine Lust verspürte, sich von ihm zu verabschieden. »Kennt Ihr diesen Jonathan Wild, den Mr. King erwähnte?«

Daniels Züge verloren schlagartig ihre Fröhlichkeit und wurden ernst. »Diesen Namen solltet Ihr lieber vergessen.«

»Aber warum? Wer ist er, dass sich alle vor ihm fürchten?«

»Wild ist der selbsternannte ›General-Diebesfänger‹, vor dem die Londoner Unterwelt zittert. Er hat schon unzählige Gauner an den Galgen gebracht.«

Daniels gereizter Ton, in dem er dies sagte, erschreckte Kitty. Verständnislos starrte sie ihn an.

»Aber was kann ein solcher Mann mit meinem Bruder zu tun haben?«, rief sie aus. »Thomas ist kein Verbrecher!«
Einen Moment lang schien Daniel Gascoyne unschlüssig, was er sagen sollte. Kitty hatte das Gefühl, dass er mit sich rang. Dann wechselte er plötzlich das Thema.
»Ihr solltet Euch nicht länger in dieser Nachbarschaft aufhalten. Der Abend rückt näher. Bald wimmelt es hier in Covent Garden von Vergnügungssüchtigen, Betrunkenen und Huren.«
»Das sagt Ihr nur, um abzulenken«, empörte sich Kitty, die sein Ausweichmanöver durchschaute. »In ›Tom Kings Kaffeehaus‹ ging es doch ganz friedlich zu.«
Der junge Mann verdrehte ironisch die Augen. »Das scheint nur so. Die Kundschaft anständiger Kaffeehäuser besteht aus Männern, die dort, unbelästigt von ihren Ehefrauen, die Zeitung lesen und Pfeife rauchen wollen. Dass man Euch im ›Tom Kings‹ nicht gleich die Tür gewiesen hat, hätte Euch eigentlich zu denken geben sollen. Dort verkehren in erster Linie Gauner und Huren, die auf Freier warten.«
Kittys Gesicht lief rot an. Mistress Speering hatte sie vor einem Besuch in Covent Garden gewarnt. Nun wurde ihr klar, wie naiv sie gewesen war. Sie hätte nie herkommen dürfen!
»Dann bleibt mir wohl nichts anderes übrig, als Euren Rat zu befolgen und mich auf den Weg zu meiner Unterkunft zu machen«, sagte sie spitz und wandte sich ab.
Einen Moment zögerte der junge Mann, dann folgte er ihr mit großen Schritten und holte sie ohne Mühe ein.
»Nehmt eine Sänfte oder eine Mietkutsche, Madam. Das ist sicherer«, beschwor er sie.
Unschlüssig blieb Kitty stehen. Seine Sorge war echt, das las sie von seinem Gesicht ab.
»Also gut, wenn Ihr meint«, gab sie nach.

Daniel gestattete sich ein Lächeln. »Kommt mit, ich zeige Euch, wo Ihr eine Sänfte findet.«
Während sie die Piazza überquerten, wurde sich die junge Frau seiner prüfenden Blicke bewusst. Die Schamesröte kehrte in ihre Wangen zurück. Zweifellos hielt er sie für ein dummes Landei, das sich in der großen Stadt nicht zurechtfand.
Auf der Nordseite der Piazza reihten sich einige Sänften aneinander, deren Träger auf den Straßenpfosten lümmelten und miteinander schwatzten. Daniel sprach zwei von ihnen an, die er offensichtlich kannte, und wandte sich dann an Kitty.
»Wo wohnt Ihr, Madam?«, fragte er.
»Im Haus ›Zum Vogelkäfig‹ auf der Cock Lane«, erwiderte Kitty. »Das ist in der Nähe von Smithfield«, fügte sie erklärend hinzu, was den Sänftenträgern ein amüsiertes Lächeln entlockte.
»Wissen wir, M'am«, riefen sie wie aus einem Munde. »Wir kennen hier jeden Pflasterstein«, ergänzte der Ältere der beiden. Ihr Akzent wies sie als Iren aus.
Kitty errötete leicht. Sie war ein weiteres Mal an diesem Tag ins Fettnäpfchen getreten.
Galant nahm Daniel Gascoyne ihre Hand und küsste sie mit einer Anmut, als sei er es gewohnt, bei Hof zu verkehren.
»Ich bin untröstlich, dass Ihr mich schon so bald wieder verlasst, Madam«, sagte er. Dabei übertrieb er den Ton des Bedauerns in seiner Stimme so sehr, dass Kitty nicht wusste, ob er es ehrlich meinte oder sich über sie lustig machte. Zu ihrem Ärger verspürte sie einen schmerzhaften Stich ins Herz und ertappte sich bei dem Wunsch, er möge die Einladung zum Essen wiederholen.
Mit undurchdringlicher Miene half er ihr beim Einsteigen in die Sänfte, während der ältere Träger die Tür öffnete und der andere das Dach anhob, damit sie sich nicht den Kopf stieß.

Nachdem die Tür geschlossen war, legten sich die Männer die breiten Riemen über die Schultern, die an den Stangen der Sänfte befestigt waren, umfassten die Enden der Stangen mit den Händen und hoben den Tragsessel behutsam an.
Zum Abschied suchte Kitty den Blick des jungen Mannes, der sie warnend ansah. Ein zweites Mal an diesem Tag hatte sie das unheimliche Gefühl, dass ein anderer ihre Gedanken las, und wandte hastig die Augen ab.
Leichtfüßig trippelten die Iren die Russell Street, dann die Drury Lane und den High Holborn entlang. Als sie die Sänfte schließlich vor Mistress Speerings Haus absetzten und Kitty sie bezahlen wollte, winkten sie jedoch dankend ab und versicherten, dass sie ihnen nichts schuldig sei.
Verwundert steckte Kitty ihre Börse in den Beutel zurück.
»Ich brauche noch eine Auskunft«, bat sie. »Da Ihr Euch so gut in London auskennt, könnt Ihr mir doch sicher sagen, wo ich einen gewissen Jonathan Wild finde.«
Die Sänftenträger warfen einander erstaunte Blicke zu.
»Hat man Euch etwas gestohlen, Madam?«, fragte der Ältere. »Jeder hier in der Stadt kennt Mr. Wilds Fundbüro auf der Little Old Bailey gleich neben der Schenke ›Cooper's Arms‹. Ihr müsst nur zum Snow Hill zurückgehen und der Straße nach Osten folgen, an St. Sepulchre vorbei, dann trefft Ihr auf der rechten Seite unmittelbar auf die Little Old Bailey. Ein Katzensprung von hier aus, Madam!«

5

Während der Nacht fand Kitty kaum Schlaf. Ihre Gedanken kreisten unablässig um das mysteriöse Verschwinden ihres Bruders. Hatte er Mistress Speering die Unwahrheit gesagt, als er ihr Haus verlassen hatte, oder hatte er sich spontan entschlossen, doch in ein anderes Stadtviertel zu ziehen? Dagegen sprach, dass Tom King offensichtlich etwas über Thomas' Schicksal wusste, und seine Frau musste ihn ebenfalls kennen, auch wenn sie es nicht zugegeben hatte. Und Daniel Gascoyne? Was wusste er? Weshalb hatte er ihr davon abgeraten, diesen Diebesfänger aufzusuchen? Nun, sie hatte jedenfalls nicht vor, seinen zweifellos gutgemeinten Rat zu befolgen. Wenn es keinen anderen Weg gab, etwas über den Verbleib ihres Bruders in Erfahrung zu bringen, würde sie Jonathan Wild aufsuchen und ihn höflich um Auskunft bitten. Auch ein vielbeschäftigter Mann würde sicherlich die Zeit finden, eine kurze Frage zu beantworten. Was konnte er schon Schlimmeres tun, als ihr die Tür zu weisen?

Nach kurzem Schlummer riss der Lärm der erwachenden Stadt Kitty bei Anbruch der Dämmerung aus dem Schlaf. Läden wurden geöffnet, Pferde wieherten, Menschen grüßten oder beschimpften einander. Kitty trat ans Fenster und öffnete den Flügel, der in den Angeln quietschte. Für einen Augenblick meinte sie, wieder zu Hause in Stamford zu sein, denn aus der Ferne war das Muhen von Rindern und das Blöken von Schafen zu hören. Und dann zogen Herden von Vieh über die Cock Lane und wirbelten Wolken von Staub auf, die die frühe Morgensonne hinter einem Dunstschleier verschwinden ließen. Die Bauern der Umgebung trieben ihre

Tiere zum Markt von Smithfield, um sie dort zu schlachten und das Fleisch zu verkaufen.
Kitty erschauerte bei dem Gedanken und schloss das Fenster. Kurz darauf klopfte Mistress Speering an die Tür und brachte heißes Wasser in einer Zinnkanne.
»Ich hoffe, Ihr habt gut geschlafen, Madam«, sagte sie freundlich. »Hattet Ihr Erfolg in Covent Garden? Habt Ihr Euren Bruder gefunden?«
»Leider nicht«, antwortete Kitty. »Aber ich werde weitere Nachforschungen anstellen.«
»In der Küche stehen Käse, Ale, Muffins und Brot frisch vom Bäcker bereit. Tee habe ich leider keinen da, falls Ihr den vorzieht. Meine Hausgäste legen gewöhnlich keinen Wert auf etwas derart Ausgefallenes.«
»Nein danke. Ale ist vortrefflich«, erwiderte Kitty. Sie hatte bisher noch keinen Tee gekostet. Mit Schaudern erinnerte sie sich an den Kaffee, den sie am vergangenen Tag zum ersten Mal getrunken hatte, und verspürte keinerlei Verlangen, weitere Neuheiten auszuprobieren.
Als die Hauswirtin gegangen war, wusch sich das Mädchen und kleidete sich an. In der Küche war ein junger Mann damit beschäftigt, Brotscheiben über dem Feuer zu rösten. Als sie ihm einen guten Morgen wünschte, bot er ihr eine der langen Gabeln an, die zu diesem Zweck bereitlagen. Er erzählte ihr, dass er bei einem Tabakhändler auf der Bartholomew Close in der Nähe des Hospitals arbeitete, und versuchte, sie in eine Unterhaltung zu verwickeln. Doch Kitty dachte an den Besuch bei Jonathan Wild, der ihr bevorstand, und hörte ihm nur mit halbem Ohr zu. Gleichzeitig ertappte sie sich dabei, wie sie ihn mit Daniel Gascoyne verglich. Ihm konnte der junge Gehilfe des Tabakwarenhändlers nicht das Wasser reichen.
Als Kitty gesättigt war, verabschiedete sie sich und verließ das

Haus. Auf der Straße hielt sie kurz inne und sah sich um. Gegenüber lehnte ein Knabe in zerlumpten Kleidern an einer Hauswand. Als er sie sah, richtete er sich plötzlich auf und rannte davon. Kitty dachte sich nichts dabei und machte sich auf den Weg zum Snow Hill.

Ein wenig mulmig war ihr schon zumute, als sie sich der Little Old Bailey näherte. Trotzig reckte sie den Kopf, als wolle sie sich selbst Mut machen, und schritt entschlossener aus, als sich auf einmal eine Hand um ihren Arm legte und sie festhielt. Erschrocken fuhr sie herum und blickte in Daniel Gascoynes ausdrucksvolles Gesicht. Ihr Herz schlug unwillkürlich schneller.

»Ihr nehmt von anderen wohl keine Ratschläge an«, sagte er in vorwurfsvollem Ton, der sie sogleich ärgerte.

»Woher wisst Ihr …«, stammelte sie überrascht.

»… dass Ihr die Absicht habt, Jonathan Wild aufzusuchen? Rory erwähnte, dass Ihr nach seiner Adresse gefragt habt. Aber eigentlich wusste ich es vorher schon. Ich las es in Euren Augen, als wir uns gestern Abend verabschiedeten.«

»Ich verstehe«, erwiderte sie gereizt. »Und dieser Junge vor dem Haus war wohl Euer Spitzel, der Euch Nachricht bringen sollte, sobald ich mich auf den Weg machte.«

»Ihr habt eine wache Beobachtungsgabe«, entgegnete Daniel anerkennend.

»Glaubt nur nicht, dass Ihr mich davon abhalten könnt, Mr. Wild aufzusuchen. Ich muss wissen, was mit meinem Bruder geschehen ist. Ich habe außer ihm niemanden mehr auf der Welt. Begreift Ihr das nicht?«

»Zuweilen ist es besser, schlafende Hunde nicht zu wecken«, gab Daniel zurück.

»Ihr sprecht in Rätseln, Sir. Und nun lasst mich los!«, forderte Kitty, da er ihren Arm noch immer umklammert hielt.

»Ich denke nicht daran. Jemand muss Euch zur Vernunft bringen, bevor Ihr Euch ins Unglück stürzt!«
Entrüstet riss sie sich los, doch seine Hand legte sich nur umso fester um ihr Handgelenk. Entschlossen versuchte sie, sich aus seinem schmerzhaften Griff zu winden.
»Ihr seid eine rechte Wildkatze«, rief er aus. Seufzend fügte er hinzu: »Ihr wollt es also nicht anders. Kommt mit! Ich bringe Euch zu Eurem Bruder.«
Verblüfft gab sie ihren Widerstand auf. »Wisst Ihr denn, wo er ist?«
»Bedauerlicherweise, ja«, presste er zwischen zusammengebissenen Zähnen hervor.
Der ernste Ausdruck auf seinem Gesicht machte ihr Angst. Ohne ihr Handgelenk loszulassen, wandte er sich ab und zog sie mit sich. Willenlos folgte ihm Kitty. Auf dem Smithfield-Markt, der erfüllt war von aufgewirbeltem Staub, dem Gestank frischen Blutes und den Todesschreien der Tiere, mietete Daniel eine Kutsche und bat den Fahrer, sie zum Hyde Park zu bringen. Verwundert stieg Kitty ein. Der Kutscher knallte mit der Peitsche, und der Hackney setzte sich knirschend und polternd in Bewegung.
»Ist der Park weit von hier?«, fragte Kitty unbehaglich, um das Schweigen zu brechen, das zwischen ihnen entstanden war.
»Zu weit, um dorthin zu laufen«, erwiderte Daniel mit düsterer Miene.
»Ich verstehe nicht, weshalb Ihr mich da hinbringt. Ich dachte, wir fahren zu meinem Bruder.«
»Das tun wir. Habt noch ein wenig Geduld.«
Mit einem Gefühl der Beklemmung sah das Mädchen aus dem Fenster der Mietkutsche. Zuerst folgte das Gefährt dem Weg, den sie bereits am Vortag gegangen war. Doch anstatt in die

Drury Lane einzubiegen, fuhr der Hackney weiter den Holborn entlang und erreichte schließlich einen Hohlweg, der zu beiden Seiten von Feldern gesäumt war.
Als vor ihnen ein von einer Mauer umgebenes Gelände auftauchte, zügelte der Kutscher die Pferde und rief: »Zu welchem Tor wollt Ihr, Sir?«
»Zum Hyde-Park-Tor«, antwortete Daniel.
Daraufhin bog der Hackney links ab und fuhr eine ganze Weile an der Mauer entlang nach Süden. Inzwischen hatte sich der Himmel immer mehr zugezogen, und der Wind frischte auf. Bald klatschten die ersten Regentropfen gegen die Glasscheibe, die in den Wagenschlag eingelassen war. Als die Mietkutsche das Hyde-Park-Tor durchquerte, war es so dunkel geworden, als sei die Abenddämmerung bereits hereingebrochen, obgleich es kaum elf Uhr war. Erneut zügelte der Kutscher sein Gespann.
»Wir sind da«, sagte Daniel leise.
Seine Stimme ließ Kitty heftig zusammenzucken. »Macht Ihr Euch über mich lustig?«, fragte sie verständnislos. »Hier ist doch nur offenes Gelände. Bringt mich zu meinem Bruder. Ich bitte Euch.«
»Kommt«, sagte er nur, verließ die Kutsche und streckte ihr auffordernd die Hand entgegen. Nach kurzem Zögern ergriff sie sie und trat neben ihn. Vor ihnen erstreckten sich unendliche blühende Wiesen, die von Wegen und Alleen durchzogen waren.
»Nun?«, fragte sie spitz.
Wortlos deutete er hinter sie. Als sie sich umwandte und ihr Blick auf den Galgen fiel, der am Kreuzweg stand, stieß sie einen entsetzten Schrei aus. Am Querbalken schwankte eine übel zugerichtete Leiche im Wind. Kopf und Rumpf waren in ein Eisengestell geschmiedet, und die Ketten, an denen der

Käfig hing, quietschten gespenstisch. Obwohl man den Gehängten mit Teer bestrichen hatte, war sein Körper in Fäulnis übergegangen, und die Krähen und Elstern hatten ihm die Augen ausgehackt. Er musste bereits seit über vier Wochen dort hängen.

Wie gebannt starrte Kitty den Leichnam an, unfähig, zu begreifen, was sie sah oder weshalb sie sich an diesem schrecklichen Ort befand. Der Regen ließ sie frösteln – oder war es der Schrecken, den der Anblick in ihr hervorrief? Sie zog ihren dünnen Umhang enger um ihren Körper. Erst nach einer ganzen Weile brachte sie es fertig, den Blick abzuwenden. Flehentlich sah sie den jungen Mann an ihrer Seite an.

»Das ist nicht wahr«, hauchte sie. »Das kann nicht Thomas sein!«

»Glaubt mir, er ist es. Ich war bei seiner Hinrichtung«, antwortete Daniel. Die Einzelheiten ersparte er ihr.

Mit Tränen in den Augen sah Kitty noch einmal zu dem Gehängten hinüber. Das Gesicht war zu zerstört, die Züge aufgedunsen, die Haut verfärbt und zerfetzt, als dass es ihr möglich gewesen wäre, etwas Vertrautes darin zu finden. Doch ein Gefühl tief in ihrem Innern sagte ihr, dass dieses erbärmliche Wrack ihr Bruder Thomas war.

Widerstandslos ließ sie es zu, dass Daniel den Arm um ihre Schultern legte und sie zur Kutsche zurückführte. Als sich das Gefährt in Bewegung setzte, blickte Kitty ihn verzweifelt an.

»Was ist geschehen?«

»Thomas Marshall wurde wegen Straßenraubs gehängt«, erklärte Daniel.

»Aber das kann nicht sein! Mein Bruder war kein Verbrecher.«

»Er wurde von Jonathan Wild verhaftet und vor Gericht gebracht. Da spielt es keine Rolle, ob jemand schuldig ist oder nicht. Wild erzielt stets eine Verurteilung.«

»Soll das heißen, er hat meinen Bruder zu Unrecht beschuldigt?«, rief Kitty entsetzt.
»Es wäre nicht das erste Mal«, erwiderte Daniel ernst. Dann besann er sich und sagte streng: »Vergesst, was ich gesagt habe. Euer Bruder ist tot, und nichts wird ihn Euch zurückbringen.«
»Aber warum hat mir niemand gesagt, was mit Thomas passiert ist?«, murmelte Kitty verständnislos. »Ich habe so viele Leute nach ihm gefragt. Sie müssen es doch gewusst haben.«
Daniel zuckte die Schultern. »Die Menschen eilen zu den Hinrichtungen wie zu einem unterhaltsamen Schauspiel, aber tags darauf haben sie die Namen der Unglücklichen, die sie haben hängen sehen, schon wieder vergessen. Und diejenigen, die sich noch erinnerten, wollten vermutlich nicht die undankbare Pflicht auf sich nehmen, einem hübschen jungen Mädchen die schändliche Wahrheit mitzuteilen.«
»So wie Ihr«, stieß sie hervor. »Ihr wusstet es die ganze Zeit und habt mir nichts gesagt.«
»Um Euch Schmerz und Enttäuschung zu ersparen«, entgegnete Daniel sanft. »Niemand sollte etwas Derartiges durchmachen müssen.«
Kitty war wie betäubt. Noch fühlte sie nichts, kein Leid, keine Trauer. Ihre Augen blickten leblos ins Nichts, und ihre Glieder waren trotz der schwülen Wärme, die der Regen nicht vertreiben konnte, zu Eis erstarrt. Sie hatte noch nicht wirklich begriffen, dass dies kein Alptraum war, aus dem sie früher oder später erwachen würde.
»Ich werde Euch zu Eurer Unterkunft zurückbringen«, sagte Daniel bestimmt. Er sah sie eindringlich an. »Ihr solltet Euch ernsthaft überlegen, wieder in Eure Heimatstadt zurückzukehren. Dies ist kein Ort für Euch.«
Sie antwortete nicht, starrte nur durch das Fenster des Hack-

ney in die grauen Regenschleier hinaus. Als die Mietkutsche vor dem Haus »Zum Vogelkäfig« hielt, fragte sie: »Was schulde ich Euch?«
»Ihr meint für die Fahrtkosten? Gar nichts«, wehrte er ab. »Es tut mir leid. Ich hätte Euch die Wahrheit lieber schonender beigebracht, Mistress Marshall, aber ich musste Euch begreiflich machen, dass Ihr Euch von Jonathan Wild fernhalten müsst.«
Sie nickte ihm zu und verließ dann die Kutsche. Mit dem Schlüssel, den Mistress Speering ihr gegeben hatte, falls sie einmal nicht zu Hause sein sollte, öffnete sie die Tür und stieg wie im Traum die Stufen zu ihrer Kammer hinauf. Vor dem prächtigen Kamin blieb sie stehen, leer, ausgebrannt … doch irgendwann stieg die Trauer in ihr Herz und presste es so heftig zusammen, dass sie das Gefühl hatte, vor Qual ohnmächtig zu werden. Und dann begannen die Tränen zu fließen, und ein tiefes Schluchzen erschütterte ihre Brust. Verzweifelt warf sie sich aufs Bett und weinte bitterlich, bis sie erschöpft war und ihre Augen brannten. Eine Weile lag sie kraftlos da und beschwor die Erinnerungen aus Kindertagen, aus der Zeit, da Thomas oftmals seinen Schabernack mit der jüngeren Schwester getrieben hatte. Hinterher hatte es ihm immer leidgetan, und er hatte ihr kleine Geschenke gemacht, um sie zu versöhnen. Nun würde sie ihn nie wiedersehen, nie wieder dem schalkhaften Blick seiner blauen Augen begegnen, nie wieder sein um Verzeihung bittendes Lächeln sehen. Er war tot! Und sie war allein!
Allmählich wandten sich ihre Gedanken den mysteriösen Umständen zu, unter denen Thomas den Tod gefunden hatte. Weshalb hatte der Diebesfänger Jonathan Wild ihren Bruder des Straßenraubs bezichtigt? Sie kannte Thomas zu gut, um auch nur die Möglichkeit in Betracht zu ziehen, die Anschul-

digungen könnten der Wahrheit entsprechen. Ihr Bruder war ein anständiger Mensch gewesen und hätte niemals Diebstahl oder Betrug gutgeheißen. Wie also war er in Wilds Fänge geraten?

Kitty wurde klar, dass sie keinen Frieden finden würde, solange sie die Antwort auf diese Frage nicht kannte. Sie musste diesen geheimnisvollen Jonathan Wild zur Rede stellen.

Entschlossen erhob sich das Mädchen vom Bett und benetzte ihr verweintes Gesicht mit Wasser aus dem Zinnkrug, bis das Brennen ihrer Augen sich legte. Dann ordnete sie ihr Haar, setzte ihren Strohhut auf und verließ die Kammer. Nun, da sie eine Entscheidung gefällt hatte, empfand Kitty trotz Daniel Gascoynes wiederholter Warnungen keine Angst. Wenn Mr. Wild sich weigerte, sie zu empfangen, würde sie so lange vor seinem Haus ausharren, bis er es tat.

Inzwischen war es Nachmittag, doch Kitty verspürte trotz ihres leeren Magens keinen Hunger. Sie hätte ohnehin keinen Bissen herunterbekommen, so sehr gärten Wut und Verzweiflung in ihr und stiegen ihr bitter in die Kehle.

Den Weg zur Little Old Bailey brachte das Mädchen in kurzer Zeit hinter sich. Der Himmel war noch immer bewölkt, doch es regnete nicht mehr. Als sie die Schenke »The Cooper's Arms« erreicht hatte, blieb sie stehen. Den Angaben der Sänftenträger zufolge musste das nächste Haus das des Diebesfängers sein. Kitty fasste sich ein Herz und wollte gerade weitergehen, als eine Kutsche vor dem Gebäude hielt. Ein Mann von etwa fünfunddreißig Jahren, gut gekleidet und mit Lockenperücke, stieg aus, schloss den Schlag hinter sich und wandte sich noch einmal zu der vornehmen Dame um, die sich mit eindringlicher Miene durch das Fenster zu ihm hinausbeugte.

»Ich bitte Euch, Mr. Wild, nehmt wenigstens zehn Guineen

als Entschädigung für Eure Mühe an«, beschwor sie ihn. »Ohne Euch hätte ich den Bankscheck meines Mannes nie zurückerhalten und wäre jetzt mittellos. Ihr habt mich vor dem Ruin gerettet.«

»Nein, Madam«, lehnte Wild höflich ab. »Weder zehn Guineen noch zehn Farthings kann ich von Euch annehmen. Ich verabscheue jegliche Art von Betrug. Der einzige Lohn, den ich mir wünsche, Madam, ist die Anerkennung von Eurer Seite, dass ich wie ein Ehrenmann gehandelt habe.«

Ehe die vornehm gekleidete Dame etwas erwidern konnte, verbeugte sich Wild vor ihr und betrat sein Haus.

Kitty war viel zu überrascht, um ihn anzusprechen. Das kurze Gespräch, das sie mitgehört hatte, verwirrte sie. Offenbar war Jonathan Wild doch besser als sein Ruf! Vielleicht war Daniel Gascoyne ihm gegenüber voreingenommen und hatte ihn deshalb in ein derart schlechtes Licht gestellt. Das Verlangen, die Wahrheit über Wilds Verwicklung in den Tod ihres Bruders zu erfahren, wurde durch diese Erkenntnis nur umso drängender. Von frischem Mut erfüllt, ergriff Kitty den bronzenen Türklopfer in Gestalt eines Löwenkopfs und klopfte zweimal an.

Ein Lakai in goldverbrämter Livree und gepflegter Perücke öffnete die Tür und erkundigte sich nach ihrem Begehr.

»Mein Name ist Catherine Marshall«, stellte Kitty sich vor. »Ich würde gerne mit Mr. Wild sprechen.«

»Mr. Wild hat Besuch, Madam, und kann daher zurzeit niemanden empfangen«, erwiderte der Lakai steif.

»Es ist äußerst dringend«, beharrte Kitty. »Ich muss Euren Herrn unbedingt heute noch sehen.«

Der Diener zögerte. »Einen Moment bitte.«

Sorgfältig schloss er die Tür. Kitty musste nicht lange warten. Als der Lakai zurückkehrte, teilte er ihr mit, dass sie am

Abend gegen sieben Uhr zurückkehren solle. Obwohl dem Mädchen nicht wohl dabei war, so spät noch durch die Gassen von Smithfield gehen zu müssen, stimmte sie zu.

Nun blieb ihr nichts anderes übrig, als die Zeit bis zu ihrer Verabredung totzuschlagen. Gerne hätte sie Daniel Gascoyne wiedergesehen, doch da sie wusste, dass er ihren Besuch bei Jonathan Wild nicht gutheißen würde, war es besser, wenn er nichts von ihren Plänen erfuhr.

Schließlich verbrachte Kitty die Wartezeit im Haus »Zum Vogelkäfig« und machte sich am Abend erneut zur Little Old Bailey auf. Zum Glück stand die Sommersonnenwende kurz bevor, so dass es lange hell blieb.

Diesmal ließ der Lakai, der auf Kittys Klopfen die Tür öffnete, sie ohne Zögern eintreten und führte sie in eine prunkvoll eingerichtete Studierstube. Die Wände waren mit karmesinroter Papiertapete beklebt, die Decke war mit weißem Stuck geschmückt, und den Holzboden bedeckten orientalische Teppiche. An einem mit Schnitzereien versehenen Schreibtisch saß der Hausherr in einem gepolsterten, mit Damast bezogenen Armlehnstuhl. Vor ihm stapelten sich eng beschriebene Papiere. Ein Tintenfass, Gänsefedern, ein Messer zum Beschneiden derselben und Sand zum Löschen der Tinte lagen ebenfalls bereit sowie ein silberner Stab, wie ihn manche städtische Amtsträger besaßen. Es war die Schreibstube eines vielbeschäftigten Mannes. In dieser Hinsicht hatte Moll King keineswegs übertrieben.

Als Kitty eintrat, erhob sich der Diebesfänger mit einem Willkommenslächeln und nahm zur Begrüßung ihre Hand.

»Es ist mir eine Freude, Euch kennenzulernen, Mistress Marshall«, sagte Jonathan Wild mit unverkennbarem Staffordshire-Akzent. »Was kann ich für Euch tun?«

Kitty wusste nicht so recht, wie sie das Thema, das ihr am

Herzen lag, anschneiden sollte, und betrachtete den Mann vor ihr unschlüssig. Er war ein wenig kleiner als sie, etwa fünf Fuß sechs Zoll, von stämmigem, untersetztem Körperbau, und besaß ein breites, eckiges Gesicht mit wachen Augen, deren eindringlichem Blick nichts zu entgehen schien. Wild hatte seine Perücke abgelegt und trug stattdessen einen Turban auf seinem rasierten Schädel, dazu einen Hausmantel aus Callimanco und bestickte Hausschuhe. Das Lächeln, mit dem er sie zum Weiterreden ermunterte, entbehrte nicht eines gewissen Charmes, der es Kitty noch schwerer machte, auf ihren Bruder zu sprechen zu kommen.

»Nun, da dies Euer erster Besuch bei mir ist, Madam«, sagte Jonathan Wild verständnisvoll, »würde ich Euch gerne meine Sammlung an Kuriositäten zeigen, die ich in den Jahren meiner überaus erfolgreichen Tätigkeit zusammengetragen habe.«

Kitty nickte zustimmend, erleichtert, ihr eigentliches Anliegen noch ein wenig hinausschieben zu können. Der Diebesfänger war ihr nicht unsympathisch, und sie verstand nun, weshalb die Dame, die ihn am Nachmittag mit ihrer Kutsche vor seinem Haus abgesetzt hatte, so erpicht darauf gewesen war, ihm seine Mühe zu vergelten. Wilds Charisma musste eine besondere Wirkung auf die Menschen ausüben, denen er begegnete.

Geflissentlich führte der Diebesfänger seine junge Besucherin in eine anschließende kleine Kammer, deren Wände mit Schränken, Vitrinen und Regalen vollgestellt waren, in denen man gewöhnlich wertvolle Bücher aufbewahrte. Wilds Sammlung dagegen bestand aus den merkwürdigsten Artefakten. Trophäen nannte er sie. Er zeigte ihr einen zu einer Schlinge geknüpften Strick und berichtete, dass damit William White gehängt worden war, der Mörder von Mistress Knap. Wild selbst hatte ihn gestellt und vor Gericht gebracht. Es gab sogenannte Diebeshaken zum Öffnen verschlossener Türen, Brechstangen, die er als »Jordan«, »Schabber« oder »Krummkopf« bezeichnete, verschiedene Messer, die einmal diesem oder jenem Gauner gehört hatten, Pistolen, die Wild Straßenräubern abgenommen hatte, sowie blutige Kleidungsstücke, die ihn auf die Spur eines Verbrechens gebracht hatten.

Nachdem die Führung abgeschlossen war, geleitete er Kitty in seine Studierstube zurück und schenkte ihr und sich selbst ein Glas Wein ein.

»Nun, Mistress Marshall«, sagte Wild auffordernd. »Weshalb seid Ihr hier? Geht es um einen Diebstahl oder einen Einbruch?«

Um Haltung bemüht, nahm Kitty einen Schluck von dem schweren Rotwein, der ihr rasch zu Kopf stieg.

»Ich bin Thomas Marshalls Schwester«, erklärte sie schließlich.

Wild lehnte sich in seinem Polsterstuhl zurück und faltete die Hände im Schoß.

Sein Blick musterte sie prüfend, doch er zeigte keine Überraschung. »Ihr seid noch nicht lange in London?«

»Nein«, erwiderte Kitty, »ich bin erst gestern aus Stamford angekommen. Zu meinem Entsetzen musste ich erfahren, dass mein Bruder wegen Straßenraubs gehängt worden war.« Auf einmal konnte sie sich nicht länger beherrschen und rang erregt die Hände. »Aber das kann nicht sein! Mein Bruder war ein unbescholtener, ehrlicher Mann. Da muss ein Irrtum vorliegen!«

Wilds Züge verrieten Mitgefühl. »Es tut mir leid, dass Ihr bei Eurer Ankunft diese schreckliche Nachricht erhalten habt. Bedauerlicherweise entspricht sie der Wahrheit. Ich selbst habe Tom Marshall nach einem Überfall auf eine Kutsche im

Hyde Park festgenommen und das Diebesgut bei ihm gefunden.«
»Aber das ist unmöglich!«, rief Kitty unbeirrt. »Thomas wusste nicht einmal, wie man eine Pistole abfeuert.«
»Madam, Ihr müsst einsehen, dass Euer Bruder nicht mehr derselbe Mann war, den Ihr von früher kanntet. Nicht jedem, der aus der Provinz nach London kommt, gelingt es, hier sein Glück zu machen. Tom Marshall geriet in schlechte Gesellschaft. Er ließ sich mit Obadiah Lemons Bande ein und versank immer tiefer im Sumpf des Verbrechens. Früher oder später musste er am Galgen enden.«
»Nein«, schrie Kitty. Sie fuhr von ihrem Stuhl auf. »Das werde ich nie glauben.« Der schwere Wein hatte ihr Blut in Wallung gebracht und ließ sie jegliche Vorsicht vergessen. Ganz gleich, wie viel Mühe sich Wild gab, sie vom Gegenteil zu überzeugen, sie wusste einfach, dass Thomas sich nicht mit Gaunern eingelassen hätte. Die Behauptungen des Diebesfängers mussten Lügen sein!
»Ich werde die Wahrheit herausfinden«, sagte sie entschlossen. Ihre Augen sprühten Funken. »Und ich werde alles daransetzen, den Namen meines Bruders reinzuwaschen. Irgendjemand wird wissen, was wirklich passiert ist.«
Die Tür der Studierstube wurde geöffnet, und der Lakai, der sie eingelassen hatte, blickte prüfend herein, ob sein Herr Hilfe benötigte. Wild erhob sich und sagte mit kalter Ruhe: »Führ Mistress Marshall hinaus, Michael.«

6

Noch immer zitternd vor Erregung stand Kitty vor dem Haus des Diebesfängers. Die Tür hatte sich hinter ihr geschlossen und zeugte nur zu deutlich davon, dass sie nicht länger willkommen war. Jonathan Wild hatte keinen weiteren Versuch unternommen, Thomas' Verhaftung zu rechtfertigen. Allerdings hatte ein Mann in seiner Position dies auch nicht nötig. Was scherte es ihn, ob sie ihm glaubte? Und doch wurde Kitty das Gefühl nicht los, dass er etwas zu verbergen hatte. Seine Behauptung, er habe das Diebesgut bei ihrem Bruder gefunden, musste eine Lüge sein. Aber weshalb sollte er lügen? Was hätte er davon, einen unschuldigen Mann an den Galgen zu bringen? Vielleicht hatte der wirkliche Straßenräuber Thomas die Beute untergeschoben? Ihr Bruder war naiv genug gewesen, um auf eine rührselige Geschichte hereinzufallen und selbst einem Fremden aus Mitleid einen Gefallen zu tun, ohne Fragen zu stellen. Sie würde der Wahrheit auf den Grund gehen, ganz wie sie es Wild prophezeit hatte.

Die Abendsonne war noch nicht untergegangen, doch die Wolkendecke, die sie verbarg, war so dicht, dass sich die Dämmerung bereits über die Gassen zu senken schien. Rasch ausschreitend ging Kitty die Little Old Bailey entlang. Als die Kirche St. Sepulchre vor ihr auftauchte, bog sie nach links in die Hart-Row Street ein, die in den Snow Hill überging, und folgte diesem bis zur Cock Lane. Nun, da es zunehmend dunkler wurde, musste sich Kitty in der schmalen Gasse an den vom Kerzenschein erhellten Fenstern der Häuser orientieren. Ein Großteil der Leute schien sich bereits in die schützenden vier Wände zurückgezogen zu haben, denn die Gasse lag düster und verlassen vor ihr. Kitty schmiegte sich enger in ihren Umhang und ging beherzt weiter. In der Ferne vernahm sie die Geräusche der Stadt: Räderrollen, Hufgetrappel, den Ruf des Nachtwächters, der seinen Dienst antrat. Ein mulmiges Gefühl begann mit einem Mal, sich in ihrem Magen auszubreiten. Der Weg bis zu Mistress Speerings Haus erschien ihr unendlich lang, und wie in einem Alptraum hatte sie das Gefühl, auf der Stelle zu treten. Schritte näherten sich ihr. Als sie sich umwandte, um zu sehen, wer es war, legte sich plötzlich eine Hand um ihren Arm und stieß sie in eine dunkle Durchgangspassage. Ein unangenehmer Geruch nach Schweiß und faulen Zähnen drang ihr in die Nase. Im Licht einer Kerze im Fenster über ihr blitzte kurz die Klinge eines Messers auf, und im nächsten Moment fühlte sie kaltes Metall an der Kehle. Vor Angst wie gelähmt stand sie regungslos da, während sich eine kräftige Hand um ihren Unterkiefer legte und sie zwang, ihrem Angreifer ins Gesicht zu blicken.

»Lass dich ansehen, mein Täubchen«, zischte der Mann zwischen seinen schadhaften Zähnen hindurch. »Hm, deine Haut ist frisch wie ein Pfirsich. Ich schätze, dich hat wohl noch keiner gepflückt«, fuhr er lüstern fort. »Einem so hübschen Ding die Kehle durchzuschneiden, ohne es ein wenig durchzupflügen, wäre reine Verschwendung.«

Kitty wurde der Sinn seiner Worte erst klar, als sich die Spitze der Messerklinge zwischen ihre Brüste senkte und die Schnüre ihres Mieders durchschnitt. Brutal zerrte der Unbekannte den rechten Träger über ihre Schulter, zerriss ihr Leinenhemd und packte die hervorquellende Brust so fest, dass es ihr weh tat.

»Bitte …«, stieß sie hervor. »Lasst mich …«

Ihre Hand, mit der sie schützend ihre Blöße bedecken wollte, schob er grob herunter.

»Ich lass dich, wenn ich mit dir fertig bin«, grollte der Mann. »Wenn du gefügig bist, überlege ich es mir vielleicht noch mal und schlitze dich nicht auf. Also überleg's dir.«

Kitty war unfähig, zu begreifen, was er meinte. Sie fühlte nur den Schmerz ihrer malträtierten Brust und die erstickende Nähe des männlichen Körpers, der sie gegen die Wand presste, so dass sie kaum atmen konnte. Der Wüstling war etwa so groß wie sie. Als er sich noch stärker an sie drängte, fühlte sie durch seine Kniehose hindurch sein hartes Glied an ihrem Unterleib und versuchte, sich seinem Griff zu entwinden.

»Halt still, Miststück!«, knurrte der Mann wütend und schwenkte das Messer vor ihren Augen, um sie daran zu erinnern, was sie erwartete, wenn sie sich weiter sträubte.

Kitty war vor Angst dem Ersticken nahe. Tränen sammelten sich in ihren Augen, als sie spürte, wie seine rauhe Hand unter ihre Röcke fuhr, ihre nackten Schenkel streifte und sich kurz darauf ein Finger in ihre Scheide bohrte.

»Du sprudelst wie eine läufige Hündin, Flittchen«, höhnte der Wüstling, und ein breites Grinsen offenbarte erneut sein mangelhaftes Gebiss.

Für einen Moment ließ er das Messer sinken, um seine Kniehose aufzuknöpfen. Da nahm Kitty all ihren Mut zusammen und stieß ihn mit beiden Händen von sich.

»Verdammte Metze!«, entfuhr es dem Mann überrascht. Doch er brauchte nicht lange, um sich zu fassen. Noch ehe sie sich an ihm vorbeidrängen konnte, stach er mit dem Messer zu. Kitty spürte einen Schlag gegen die linke Brustseite und kurz darauf einen stechenden Schmerz. Sie schrie. Ein weiteres Mal holte der Schurke aus, doch bevor er zustoßen konnte, fiel ihm jemand von hinten in den Arm, drehte ihm das Handgelenk um, bis das Messer klirrend zu Boden fiel, und

trat ihm mit solcher Wucht gegen die Kniekehlen, dass seine Beine widerstandslos einknickten.
Jemand ergriff Kittys Hand und zerrte sie aus der Passage auf die Cock Lane hinaus.
»Kommt! Wir müssen weg, bevor sich der Kerl aufraffen kann«, drängte Daniel Gascoyne.
Willenlos ließ sie sich mitziehen, unfähig, zu begreifen, was mit ihr geschah. Ihre Beine bewegten sich mechanisch, mitgerissen von Daniels energischer Entschlossenheit. Als sie das Ende der Cock Lane erreicht hatten, hielt der junge Mann kurz inne, um zu sehen, ob der Messerstecher ihnen folgte, und da er ihn in einiger Entfernung die Gasse heraufhasten sah, wandte er sich flink nach links, Smithfield zu. Doch bevor sie den Marktplatz erreichten, bog Daniel ein weiteres Mal links ab. Ein Durchgang führte auf den Hof einer Herberge, dem »George Inn«. Nachdem sich der junge Mann sorgfältig umgesehen hatte, eilte er mit Kitty zu den Ställen und tauchte hinein. Der schwere Duft nach frischem Heu und Pferden umfing sie.
»Hier hinauf!«, befahl Daniel und schob des Mädchen ohne viel Federlesen eine Leiter hoch. Entkräftet sank Kitty ins Heu. Daniel, der ihr gefolgt war, näherte sich vorsichtig der Luke, die auf den Hof der Herberge führte, und blickte hinaus. Eine ganze Weile blieb er auf seinem Wachposten, bevor er sich entspannte und zu ihr zurückkehrte.
»Er wird eingesehen haben, dass er Verstärkung braucht«, murmelte der junge Mann. Sein besorgter Blick streifte das Mädchen. »Ihr seid verletzt.« Seine Hand, die ihre linke Brustseite berührte, färbte sich rot. Das Blut war auf dem schwarzen Schnürleib kaum zu sehen gewesen. Erst jetzt kam Kitty der Schmerz wieder zu Bewusstsein, und sie stöhnte leise.
»Offenbar ist die Klinge nicht tief eingedrungen«, vermutete

Daniel. »Wenn die Lunge verletzt wäre, würdet Ihr Blut spucken. Habt Ihr Schwierigkeiten beim Atmen?«
Kitty schüttelte den Kopf. Sie war nur zu Tode erschöpft.
»Hier können wir nicht bleiben«, sagte er mitfühlend. »Sie werden das ganze Viertel nach uns absuchen.«
Da sie keine Anstalten machte, aufzustehen, legte er den Arm um ihre Taille und hob sie auf die Beine.
»Nehmt Euch zusammen. Tut, was ich sage, wenn Ihr überleben wollt.«
Kitty bemühte sich, ihm zu gehorchen, doch ihre Kräfte ließen immer mehr nach. Beim Verlassen der Herberge musste Daniel sie stützen, und auf dem Weg durch die Gassen um Smithfield kamen sie nur langsam voran. Eine Ewigkeit schien vergangen, als sich Kitty trotz ihrer Erschöpfung bewusst wurde, dass sie die Drury Lane erreicht hatten.
»Bringt Ihr mich nach Covent Garden?«, fragte sie.
»Nein, dort wärt Ihr nicht sicher«, erwiderte Daniel ernst.
Schließlich blieb er vor einem Haus stehen und warf ein Steinchen an eines der Fenster. Kurz darauf wurde ein Flügel geöffnet, und eine junge Frau, auf deren dunklem Haar eine spitzenbesetzte Haube saß, blickte heraus.
»Susannah, lass uns rein«, bat Daniel.
»Du wagst es tatsächlich, hier aufzutauchen, nachdem du dich wochenlang nicht hast blicken lassen«, keifte sie empört zurück. »Verschwinde!«
»Bitte, Susannah, ich brauche deine Hilfe.«
»Pah, einschmeicheln willst du dich«, meinte sie abfällig. »Wen hast du bei dir? Dein neues Flittchen?«
»Sie ist Tom Marshalls Schwester.«
Da verstummte die Frau. Einen Moment zögerte sie noch, dann zog sie den Fensterflügel zu. Kitty hörte sie eine Treppe herabeilen. Leise öffnete sich die Haustür.

»Kommt rein«, sagte sie und trat zur Seite.

Den Arm noch immer um Kittys Taille, half Daniel ihr die schmale Stiege hinauf, einen Gang entlang und schließlich in eine kleine Kammer, in der erhebliche Unordnung herrschte. Sanft ließ er sie auf den Rand des Bettes sinken und wandte sich an die junge Frau, die ihn mit verschlossener Miene ansah.

»Hast du Brandy da?«

»Sehe ich aus wie eine Säuferin?«, antwortete Susannah gereizt. Doch dann schien sie ihre harten Worte zu bereuen und fügte entgegenkommender hinzu: »An der Ecke ist ein Laden, in dem sie Brandy verkaufen. Wenn du mir Geld gibst, hole ich eine Flasche.«

Lächelnd griff Daniel in seine Westentasche und gab ihr eine Münzmarke von »Tom Kings«. »Die nehmen sie überall«, erklärte er.

Während sich die Frau zu ihrem Botengang aufmachte, forderte er Kitty auf, sich auf das Bett zu legen, das mit einem fadenscheinigen Laken und einer halbwegs sauberen Decke bezogen war. Widerstandslos ließ sie es zu, dass er die teilweise zerschnittenen Schnürbänder löste und ihr Mieder öffnete. Das Hemd, das zum Vorschein kam, war blutdurchtränkt. Mit gerunzelter Stirn stand Daniel auf, goss Wasser aus dem Waschkrug in eine Schüssel, nahm ein Handtuch von einem Schemel und die einzige Kerze vom Kaminsims und kehrte zum Bett zurück. Behutsam schob er das Hemd bis zu ihren Brüsten hoch, wusch die Wunde in der linken Seite aus und begutachtete sie.

»Ihr hattet großes Glück«, sagte er schließlich erleichtert. »Vermutlich ist die Klinge an einem der Fischbeinstäbe Eures Mieders abgeglitten und hat dann die untere Rippe getroffen. Die Spitze ist nicht weit eingedrungen. Dennoch bringe ich Euch morgen früh zu einem Wundarzt.«

»Ich muss Euch danken«, sagte Kitty. »Wenn Ihr nicht im richtigen Moment zur Stelle gewesen wärt, wäre ich jetzt sicher tot.«

»Ich wollte nach Euch sehen«, gestand Daniel. »Als Eure Hauswirtin sagte, dass Ihr ausgegangen seid, entschied ich mich, zu warten.« Sein Gesicht, über das die Kerze unruhige Lichter tanzen ließ, nahm einen vorwurfsvollen Ausdruck an. »Ihr habt meine Warnung in den Wind geschlagen, nicht wahr? Ihr wart bei Jonathan Wild.«

Sie nickte. »Ich musste doch erfahren, was mit meinem Bruder geschehen war.«

»Törin! Was habt Ihr zu ihm gesagt?«

»Dass ich die Wahrheit schon herausfinden würde.«

»Seid Ihr verrückt?«, rief Daniel entsetzt. »Jonathan Wild droht man nicht.«

»Glaubt Ihr etwa, er ist für den Überfall verantwortlich?«, fragte Kitty ungläubig.

»Das ist so sicher wie das Amen in der Kirche«, entgegnete der junge Mann zynisch.

»Aber warum sollte er so etwas tun? Ich verstehe das alles nicht!«

»Je weniger Ihr wisst, umso besser. Und nun ruht ein wenig. Ihr habt viel Blut verloren.«

Kitty wusste, dass er nur ablenken wollte, aber sie hatte nicht mehr die Kraft, mit ihm zu streiten. Als Susannah mit der Flasche Brandy zurückkehrte, goss Daniel einen Becher voll und gab ihn Kitty zu trinken. Der Alkohol sollte ihre Lebensgeister wecken, doch er machte sie nur sehr müde. Bald fielen ihr die Augen zu, und sie schlief ein.

»Ich hasse dich, Daniel Gascoyne!«, schrie eine schrille Frauenstimme. »Die Pocken über dich, du Schuft! Eines Tages

wirst du den ›Paddington Frisk‹ tanzen, und ich werde lachend zusehen.«
Langsam öffnete Kitty die Augen und ließ den Blick durch die düstere Kammer gleiten. Daniel lümmelte auf dem Stuhl, auf dem er die Nacht verbracht hatte, und lächelte Susannah, die erregt vor dem Kamin hin- und herschritt, ironisch an.
»Ich habe dir nie Versprechungen gemacht, meine Liebe«, erwiderte er gelangweilt. »Du wusstest, worauf du dich einlässt.«
»Sie ist der Grund, nicht wahr?«, stieß die junge Frau hervor, als würde sie Gift ausspeien. »Wie du sie ansiehst … glaubst du, ich bin blind?«
»Sei nicht albern, Susannah. Zwischen uns ist es seit langem zu Ende. Das hat nichts mit ihr zu tun.«
Wütend stampfte die Frau mit dem Fuß und verschränkte abwehrend die Arme. »Ich will, dass ihr geht. Mir ist egal, wer sie ist. Und du tätest auch besser daran, dich von ihr fernzuhalten. Sie scheint so töricht zu sein wie ihr Bruder.«
»Sobald sie wach ist, bringe ich sie weg von hier«, versicherte Daniel in versöhnlichem Ton. »Und du solltest lieber vergessen, dass du uns gesehen hast.«
Darauf erwiderte sie nichts. Seufzend erhob sich der junge Mann, reckte seine steifen Glieder und wusch sich an der Waschschüssel Gesicht und Hände. Dann trat er ans Bett und beugte sich über Kitty, um sie zu wecken. Als er sah, dass sie bereits wach war, huschte ein Ausdruck des Unbehagens über sein Gesicht. Ihm wurde klar, dass sie den Streit mit seiner ehemaligen Geliebten mit angehört hatte.
»Könnt Ihr aufstehen?«, fragte er mit einer Besorgnis, die Susannah sogleich eine ärgerliche Grimasse entlockte. Doch Kitty meinte, auch ein verräterisches Schimmern in den Augen der jungen Frau zu entdecken. Die Trennung von ihrem Liebhaber schien ihr sehr nahezugehen.

»Danke, dass du uns aufgenommen hast«, sagte Daniel, der es nun eilig hatte, wegzukommen. Fürsorglich half er Kitty, ihren Schnürleib notdürftig zu schließen, und legte ihr seinen Rock um die Schultern. Ihren Umhang hatte sie auf der Flucht am Abend zuvor verloren.
»Wohin bringt Ihr mich?«, fragte Kitty unsicher.
»Zuerst zu einem Wundarzt«, erwiderte Daniel. »Dann sehen wir weiter. Ihr versteht doch, dass Ihr nicht in Eure Unterkunft zurückkehren könnt, Madam?«
Sie nickte bedrückt. Bei dem Gedanken an den Strolch, der sie überfallen hatte, stieg erneut Angst in ihr auf. Sie wusste nicht, was sie tun sollte, und so vertraute sie sich ganz dem jungen Mann an ihrer Seite an, der energisch die Führung übernahm.
»Ich werde Euer Gepäck zu einem späteren Zeitpunkt abholen«, versprach Daniel.
Bevor sie die Kammer verließen, warf er Susannah noch einen letzten Blick zu, doch diese wandte sich mit hochgerecktem Kinn ab und drehte ihm den Rücken zu.
»Susannah scheint sehr an Euch zu hängen«, bemerkte Kitty, als sie unten auf der Straße standen.
»Sie wird darüber hinwegkommen«, entgegnete der junge Mann mit einem Schulterzucken.
Sie überquerten die Straße, auf der bereits ein reger Verkehr herrschte. Das Mädchen zweifelte, ob sie sich jemals an das quirlige Treiben der Großstadt gewöhnen würde. Heimweh überkam sie und machte ihr das Herz schwer. Vielleicht sollte sie doch nach Stamford zurückkehren. Aber auch dort gab es niemanden, zu dem sie sich flüchten konnte. Sie war nun ganz allein.
Sie hatten nicht weit zu gehen. Einige Häuserblocks von Susannahs Kammer entfernt blieb Daniel vor einem Laden ste-

hen, über dessen Tür eine rot-weiß gestreifte Stange angebracht war, das Zunftzeichen der Wundärzte. Das Innere der Offizin glich dem Labor eines Alchimisten. Staunend sah Kitty sich um. Sie hatte noch nie eine Chirurgenstube betreten. An der Holzdecke hingen polierte Aderlassbecken aus Messing und Zinn, die im Licht der Morgensonne glänzten. Im Fenster waren Aderlassbinden, ein Bronzemörser, Lanzetten, Knochensägen, Scheren, Zangen, Bohrer und andere chirurgische Instrumente zur Schau gestellt. An einer Wand stand ein Schrank, dessen zahllose kleine Schubladen offenbar Arzneimittel enthielten, und auf einem Bord reihten sich Salbentöpfe aneinander, auf denen lateinische Bezeichnungen standen. Es gab verschiedene Schemel, Stühle und einen fleckigen großen Holztisch, unter dem eine Kiste mit Sägespänen stand. Außerdem entdeckte die junge Frau ein tragbares Glutpfännchen mit Brenneisen aus Messing, mehrere Glasgefäße mit Blutegeln und einen Tisch, auf dem sich Schröpfköpfe stapelten. Das Erstaunlichste aber waren die seltsamen Ausstellungsstücke, mit denen der Wundarzt seine Offizin gefüllt hatte. Zwischen den Aderlassbecken an der Decke hing ein an dünnen Fäden befestigtes, ausgestopftes Krokodil, das gefährlich über ihren Köpfen schwankte. Ein präparierter Vogel und ein gepanzertes Tier, das Kitty nicht kannte, leisteten der Echse Gesellschaft, während auf einem Schrank das von Drähten zusammengehaltene Skelett eines Affen stand, der scheinbar hochmütig auf einen menschlichen Schädel herabsah.

»Einen gesegneten Morgen wünsche ich«, begrüßte der in einen dunkelblauen Rock, samtene Weste und schulterlange Perücke gekleidete Wundarzt die Besucher. »Ich hoffe, es geht Euch gut, Mr. Gascoyne. Oder macht Euch die Wunde von dem Degenhieb noch zu schaffen?«

»Nein.« Daniel winkte ab. »Ihr habt wie immer vorzügliche Arbeit geleistet. Meine Begleiterin benötigt Eure Hilfe, Meister Hearne.«

Der Wundarzt, der in den späten Vierzigern sein musste, ließ den Blick prüfend über Kitty gleiten, deren aufgelöstes blondes Haar unter der verrutschten Leinenhaube hervorquoll. Auch den Strohhut hatte sie bei der Flucht vor dem Messerstecher verloren.

»So ein hübsches junges Ding«, rief Meister Hearne und faltete tragisch die Hände. »Es sind doch nicht die ›Franzosen‹, hoffe ich.«

Kitty erriet, dass er die Pocken meinte, eine schwere Geschlechtskrankheit, und errötete, denn ihr wurde klar, dass er sie für ein Freudenmädchen hielt.

»Nein, ein Strolch hat sie gestern Abend überfallen und auf sie eingestochen«, setzte Daniel den Chirurgen ins Bild. »Zum Glück ist es keine tiefe Wunde, trotzdem solltet Ihr sie Euch ansehen.«

»Nun, dann setzt Euch erst einmal, Herzchen«, sagte Meister Hearne freundlich und führte sie zu einem Stuhl. Ehe Kitty protestieren konnte, hatten seine flinken Hände ihr Daniels Rock und ihr Mieder ausgezogen und das Leinenhemd über ihre Schultern geschoben, so dass sie nackt bis zu den Lenden vor ihnen saß. Rasch bedeckte sie ihre Blöße mit den Armen.

»Zier dich nicht so, Kindchen«, meinte der Wundarzt beschwichtigend. »Ich habe schon unzählige Liebesäpfel gesehen.«

Er zog sich einen Schemel heran, schob ihre Arme auseinander und begutachtete die Wunde in Kittys Seite, während das Mädchen vor Scham verging.

»Na, ein paar Stiche müssen's schon sein«, murmelte Meister Hearne. »Da hat der Herr seine schützende Hand über dich

gehalten. Ein paar Zoll höher, und es wäre nicht so glimpflich ausgegangen.«
Er warf Daniel einen schrägen Blick zu. »Der Bursche, der die Kleine mit dem Messer traktiert hat, meinte es ernst. Wem ist sie denn auf die Füße getreten?«
»Dem ›aufrichtigen‹ Jonathan«, erwiderte Daniel.
Kitty hatte den Eindruck, als erbleiche der Wundarzt ein wenig. »Verstehe. Also gut. Ich nähe die Wunde und lasse die Kleine zur Ader. In ein paar Tagen ist sie wieder wie neu. Von mir erfährt niemand, dass ihr hier wart. Mein Lehrbursche liefert gerade eine Salbe aus und wird nicht so bald zurückkehren.«
Tapfer ertrug Kitty die Behandlung des Chirurgen, der die Wunde zuerst mit Wein wusch und die Ränder sodann mit ein paar Stichen zusammennähte. Nachdem er noch eine Salbe aufgetragen hatte, legte er einen Verband aus Leinenstreifen um die Brust der jungen Frau. Schließlich reichte er ihr einen Stab, auf den sie den rechten Arm stützen sollte, und drückte Daniel ein Aderlassbecken aus Messing in die Hand.
»Wenn Ihr so freundlich wärt«, bat Meister Hearne, während er Kittys Arm oberhalb des Ellbogens mit einer Wollbinde abband.
Dann ritzte die scharfe Spitze einer Lanzette die hervortretende Vene in der Armbeuge, und dunkles Blut rann in die Aderlassschale.
»Vierzehn Unzen dürften genügen«, erklärte Meister Hearne, als er die Wunde zudrückte und so den Blutfluss unterbrach. »Lasst sie einen Tag und eine Nacht schlafen, dann wird es ihr bald bessergehen.«
Nachdem die Wunde verbunden war, ließ Daniel Kitty wieder in seinen Rock schlüpfen und führte sie aus der Chirurgenstube. Das Mädchen fühlte sich wie in Watte gepackt. Sie

hatte keine Schmerzen mehr, und die Schrecken der letzten Nacht schienen unendlich weit weg. Sie wollte nur noch schlafen. Dankbar ließ sie sich von dem kräftigen Arm, der um ihre Taille lag, stützen. Daniel hielt eine Mietkutsche an und schob sie hinein. Sie hörte nicht mehr, welches Ziel er dem Kutscher angab. Ihr Kopf sank an seine Schulter, und sie schlief augenblicklich ein.

7

Ein warmer Sonnenstrahl kitzelte Kittys Nase und reizte sie zum Niesen. Verwirrt sah sie sich um. Sie lag in einem Bett, dessen verblichene Vorhänge bis auf einen schmalen Spalt zugezogen waren. Als sie sich aufrichtete, um sie zu öffnen, verspürte sie einen ziehenden Schmerz unter der linken Brust. Schlagartig kehrte die Erinnerung an die vergangene Nacht zurück.

Wie knapp sie dem Tod entronnen war! Sie verdankte ihr Leben einzig und allein Daniel Gascoyne. Doch ein Blick in die Kammer verriet ihr, dass sie allein war. Er hatte sie in Sicherheit gebracht und dann verlassen ... Kittys Herz krampfte sich zusammen, und in ihrer Kehle bildete sich ein Kloß, der ihr das Atmen schwermachte.

Durch den Schleier der aufsteigenden Tränen versuchte Kitty zu ergründen, wo sie sich befand. Die Kammer war spärlich eingerichtet, aber sauber. Die Wände waren mit schmucklosem dunklem Holz getäfelt, auf dem einfachen Kaminsims standen ein paar Töpfe, Schüsseln und eine bauchige Kanne aus Ton. Der Boden aus frisch gescheuerten Holzbohlen war mit Binsenmatten bedeckt, und die Schiebefenster, durch die die Mittagssonne hereinfiel, wiesen weder Läden noch Vorhänge auf. Abgesehen von dem breiten vierpfostigen Bett gab es noch einen Tisch mit zwei Stühlen, einen Schemel, einen Waschstand und einen kleinen Schrank, der an der Wand hing. Wäscheleinen waren vor den Kamin gespannt, und im Nachttopf steckte ein Strauß Frühlingsblumen.

Als Kitty die Decke zurückschlug, bemerkte sie, dass sie angekleidet war. Daniel hatte also den Anstand gewahrt. Ein

Gefühl der Rührung überkam sie. Manch anderer Mann hätte die Situation vermutlich ausgenutzt.
Kitty biss die Zähne zusammen, erhob sich aus dem Bett und trat an den Waschstand. Nachdem sie sich entkleidet, den Verband entfernt und sich gewaschen hatte, weichte sie das blutdurchtränkte Leinenhemd in frischem Seifenwasser ein und versuchte, die rotbraunen Flecken durch kräftiges Rubbeln zu entfernen. Doch das Blut war schon zu lange eingetrocknet. Schließlich gab sie auf, hängte das Hemd zum Trocknen über die Wäscheleine und schlüpfte in ihr Mieder, das sich aufgrund der zerschnittenen Verschnürung nur notdürftig schließen ließ. Kitty war noch damit beschäftigt, die Bänder straff zu ziehen, als sie das Knarren von Treppenstufen vernahm, die unter leichten Schritten nachgaben. Kurz darauf hob sich der Riegel, der die Tür zu der Kammer verschloss, und Daniel Gascoyne trat über die Schwelle.
Kittys Herz machte einen Freudensprung. Erleichtert eilte sie ihm entgegen und warf sich ihm an den Hals.
»Dem Herrn sei Dank«, rief sie. »Ihr seid zurück. Ich dachte, Ihr hättet mich verlassen.«
Vorsichtig stellte Daniel den Beutel, den er in der linken Hand gehalten hatte, auf dem Boden ab, bevor er die Arme um sie legte und sie fest an sich drückte. Seufzend barg Kitty das Gesicht im Stoff seines Rocks, der neben dem Pfeifenrauch aus »Tom Kings Kaffeehaus« noch eine Spur vom Duft des Heus aus der Scheune bewahrte. Darunter verbarg sich der Geruch eines jungen männlichen Körpers. Als sie den Kopf hob, streifte ihre Wange die rauhen Stoppeln seines unrasierten Kinns, und ihr Blick begegnete dem halb gerührten, halb ironischen Ausdruck seiner braunen Augen, die von langen dunklen Wimpern beschattet wurden. In den Augenwinkeln vertieften sich die Lachfältchen, als er ihr ein breites Lächeln schenkte.

»Wie ich sehe, seid Ihr wieder wohlauf«, sagte er zufrieden.
Auf einmal wurde sich Kitty ihres überschwenglichen Verhaltens bewusst und löste sich beschämt von ihm. Er hielt sie ohnehin schon für töricht, ohne dass sie ihm ihre Zuneigung so offen zeigte. Mit gesenktem Blick trat sie an das Schiebefenster und sah zwischen den Sprossen hinaus über die Dächer der Stadt.
»Wo sind wir?«, fragte sie leise.
»In Clerkenwell, nördlich von Smithfield«, antwortete er.
Sie hörte, wie er seinen Hut ablegte, den Leinensack aufhob und den Inhalt auf dem Tisch ausbreitete.
»Ich habe die Kammer für drei Schillinge und sechs Pence die Woche für Euch gemietet und für eine Woche bezahlt. Hier könnt Ihr Euch erholen, bis Ihr die Heimreise antretet.«
Entrüstet fuhr sie herum. »Ihr habt also entschieden, dass ich nach Hause fahren soll, ohne mich nach meiner Meinung zu fragen!«
»Es ist das einzig Vernünftige«, widersprach der junge Mann. »Euer Bruder ist tot. Ihr habt niemanden hier.«
»In Stamford gibt es auch niemanden, der mir helfen kann. Außer Thomas hatte ich keine Verwandten mehr.«
»Mir ging es ebenso, als ich nach dem Tod meiner Eltern Southampton verließ. Ich hätte zur See gehen können, aber das Dasein auf einem schwankenden Schiff ist nichts für mich. Also ging ich nach London.« Er trat zu ihr. »Seit ich hier bin, ist mir noch kein Mensch begegnet, mit dem ich mein Leben teilen wollte – bis vor ein paar Tagen.« Sein sonst so forscher Blick wurde zurückhaltend, fast schüchtern. »Ihr habt mich vom ersten Augenblick an gefesselt, Kitty. Eure Unverblümtheit, aber auch Eure Naivität, die Euch noch oft in Bedrängnis bringen wird, ist in dieser Welt der Selbstsucht und Verschlagenheit wie ein erfrischender Frühlingsregen. Aber für

Euch wäre es besser, Ihr würdet in Eure Heimatstadt zurückkehren.«

Ohne eine Antwort abzuwarten, wandte er sich wieder dem Proviant zu, den er mitgebracht hatte. Mit einem Messer, das er zwischen den Schüsseln fand, schnitt er den Laib Brot in Scheiben und ließ danach dem Käse dieselbe Behandlung angedeihen. Aus einer Flasche goss er schließlich Ale in zwei Zinnbecher und verteilte die Stücke eines kalten Hühnchens auf einem Teller.

»Ihr müsst hungrig sein nach all der Aufregung.«

Noch immer überwältigt von seinem Geständnis, trat Kitty an den Tisch und setzte sich auf den Stuhl, den Daniel ihr anbot. Während sie aßen, trafen sich ihre Blicke und entlockten ihnen das ein wenig scheue und zugleich herausfordernde Lächeln derer, die im Begriff sind, sich ineinander zu verlieben. Als Nachtisch holte Daniel einen Apfel aus dem Beutel hervor, rieb ihn an seinem Ärmel sauber und schnitt ihn in vier Teile. Dann nahm er eines der Viertel und reichte es Kitty, doch als sie danach greifen wollte, zog er die Hand immer wieder neckend zurück, bis sie es lachend aufgab. Da streifte Daniel mit dem saftigen Apfel sanft ihre Lippen, und sie biss hinein. So ging das Spiel eine ganze Weile hin und her, bis sie vor Lachen außer Atem waren.

»Ihr seid wirklich erstaunlich«, entfuhr es ihm plötzlich. »Dass Ihr so unbeschwert sein könnt, nach allem, was passiert ist.«

Im nächsten Moment bereute Daniel seine unbedachte Bemerkung, denn sie ließ einen Schatten über Kittys Züge fallen.

»Ich verstehe noch immer nicht, wie es so weit kommen konnte«, sagte sie. »Was hat Thomas getan, dass man ihn des Straßenraubs bezichtigte? Ich bin sicher, er war unschuldig.«

Daniel sah sie unschlüssig an, dann überwand er sich und nickte bestätigend. »Das war er, so tragisch es ist.«

»Woher wisst Ihr das?«

»Solche Dinge sprechen sich in Covent Garden schnell herum. Es gibt dort viele Menschen, die mit einem Bein in der Unterwelt stehen und recht gut wissen, wer für welchen Raub verantwortlich ist. Euer Bruder muss zufällig im Hyde Park gewesen sein, kurz nachdem die Kutsche überfallen worden war. Offenbar lief er Jonathan Wild über den Weg, als dieser auf der Suche nach den Räubern war, und wurde festgenommen.«

»Mr. Wild behauptete, dass er das Diebesgut bei Thomas fand«, berichtete Kitty. »Warum hat er gelogen? Welchen Vorteil hätte er davon, einen Unbeteiligten zu beschuldigen?«

Daniel senkte den Blick. »Aufgrund der zunehmenden Zahl an Verbrechen erließ die Regierung im Jahre 1693 das sogenannte Straßenräuber-Gesetz, in dem niedergelegt ist, dass jeder, der einen Räuber festnimmt und seine Verurteilung erwirkt, eine Belohnung von vierzig Pfund erhält.«

»Vierzig Pfund? Das ist ein Vermögen«, stieß Kitty entgeistert hervor. »Das verleitet ja regelrecht dazu, wahllos Menschen zu beschuldigen, die nie ein Verbrechen begangen haben.«

»Das ist wahr. Die Obrigkeit wusste sich wohl nicht anders zu helfen«, erklärte Daniel. »Angesichts der Verbrechenswelle verlangte die wohlhabende Bevölkerung wirkungsvolle Maßnahmen. Bewaffnete Räuber trieben des Nachts sogar in den Straßen der Innenstadt ihr Unwesen und überfielen Kutschen. Und es war offensichtlich, dass die Nachtwächter und unbezahlten Konstabler, denen es nicht einmal gestattet ist, die Grenze ihres Bezirks zu überschreiten, nichts dagegen ausrichten konnten. Wir Engländer wollen nun einmal keine gut organisierte Polizei wie manche Länder auf dem Kontinent. Stattdessen verlässt man sich lieber auf die Unehrlichkeit der Gauner und versucht, sie durch Belohnungen dazu

zu bewegen, ihre Kameraden zu verraten. Jonathan Wild hat eine Kunst daraus gemacht, sie gegeneinander auszuspielen. Seit er in der Stadt wirkt, soll er über fünfzig Räuber und Einbrecher festgenommen haben. Inzwischen machen die Wegelagerer einen großen Bogen um London.«
»Aber mein Bruder war kein Straßenräuber«, beharrte Kitty. »Es muss doch eine Möglichkeit geben, Wild für seinen ungerechten Tod zur Rechenschaft zu ziehen.«
Traurig schüttelte Daniel den Kopf. »Nachdem es Wild gelungen ist, die Mörder von Mistress Knap aufzuspüren und ihre Verurteilung zu erlangen, genießt er bei den Bürgern der Stadt einen geradezu heldenhaften Ruf.« Er sah die junge Frau eindringlich an. »Niemand würde Euch glauben, wenn Ihr Wild beschuldigen würdet, er hätte Euren Bruder zu Unrecht an den Galgen gebracht. Versteht Ihr?«
Kitty erinnerte sich an das Kuriositätenkabinett, das der Diebesfänger ihr gezeigt hatte und das seine beeindruckenden Erfolge dokumentierte. Widerwillig sah sie ein, dass Daniel recht hatte. Sie konnte nichts tun, um den Namen ihres Bruders reinzuwaschen.
Bedrückt erhob sie sich und trat ans Fenster. Die Sonne schien in all ihrem Glanz, und die Vögel zwitscherten fröhlich und unbekümmert auf den Dächern der Häuser, als gäbe es keine Sorgen auf dieser Welt. Tränen traten in Kittys Augen und verwischten das unbeschwerte Bild. Schritte näherten sich ihr, und warme Hände legten sich auf ihre nackten Schultern.
»Es tut mir leid«, sagte Daniel leise.
Sanft drehte er sie um. Sie hob ihren verschleierten Blick zu ihm. Da senkte er den Kopf, und seine Lippen berührten die ihren. Sein Atem erfüllte ihren Mund, seine Zunge streifte die ihre, die zuerst erschrocken zurückwich, sich im nächsten Moment jedoch dem köstlichen Spiel hingab, in das er sie ver-

wickelte. Noch nie zuvor hatte sie einen Mann auf diese Weise geküsst. Die Empfindungen, die die Zärtlichkeit in ihr auslöste, machten sie schwindeln. Es war wie ein Weinrausch, der die Sinne jedoch nicht betäubte, sondern schärfte. Ein seltsames Gefühl flammte in ihrem Schoß auf, das augenblicklich Gewalt über sie erlangte und sie enger an diesen warmen lebendigen Männerkörper drängte. Seine Arme legten sich um sie und pressten sie so fest an ihn, dass ihr das Atmen schwerfiel. Und als er seine Lippen von den ihren löste und sie losließ, empfand sie tiefe, bittere Enttäuschung.

Überrascht sah er sie an. »Wer hätte das gedacht?«, sagte er in spöttischem Ton, der seine Freude über die leichte Eroberung verbergen sollte. »Hinter Eurem züchtigen Äußeren verbirgt sich eine ungeahnte Leidenschaft.«

Beschämt schlug Kitty die Augen nieder. Die Erinnerung an ihren Zusammenstoß mit dem Messerstecher kehrte zurück. Er hatte eine ähnliche Bemerkung gemacht, auch wenn er sich weitaus gröber ausgedrückt hatte. War es möglich, dass ihr Körper so leicht erregbar war, dass er selbst auf eine derart grobe Behandlung reagierte, wie sie sie am Abend zuvor hatte ertragen müssen?

Daniel bemerkte ihre plötzliche Zurückhaltung und streichelte zärtlich ihre Wange.

»Wenn ich Euch zu nahe getreten bin, Madam, so tut es mir leid.«

Er wollte sich abwenden, doch sie hielt ihn zurück. »Es gibt nichts zu verzeihen«, erwiderte sie. »Nehmt mich wieder in die Arme. Ich will einfach vergessen.«

Zögernd gehorchte er, legte die Hände auf ihre Hüften und zog sie zu sich. Seine weichen Lippen glitten über ihren Hals bis hinauf zu ihrem Ohr und entfachten erneut jenes wunderliche, berauschende Gefühl, das sich in ihrem Unterleib aus-

breitete und ihr Herz schneller schlagen ließ. Es war, als hätte ihr Körper ihr ganzes junges Leben lang nur auf diesen Moment gewartet, um in seinem Innern eine Kraft zu entfalten, die übermächtig und uneindämmbar war. Erwartungsvoll warf Kitty den Kopf zurück und bot Daniel ihre geöffneten Lippen dar. Und als sie sich begierig küssten, verkrampften sich ihre Hände in den Ärmeln seines Rocks, und sie drängte sich erregt an ihn. Als sie sich voneinander lösten, lächelte Daniel über ihre ungeduldige Leidenschaft. Er weidete sich am Anblick ihres erhitzten Gesichts, ihrer leuchtenden Augen, den bebenden Lippen, durch die ihr Atem stoßweise kam, und den von dem nachlässig geschlossenen Schnürleib kaum bedeckten Brüsten, die sich weiß und vollkommen unter den heftigen Atemzügen hoben. Geschickt lösten seine Finger die Bänder, die das Mieder zusammenhielten, und zogen sie genießerisch aus den Ösen. Als der Schnürleib schließlich auseinanderklaffte und ihre festen runden Brüste offenbarte, sog Daniel erregt die Luft ein. Seine Lippen senkten sich auf die weiche Haut. Zärtlich umspielte seine Zunge die rosigen Brustwarzen, die sich augenblicklich aufrichteten und hart wurden. Kitty entfuhr ein Stöhnen. Nie hätte sie erwartet, dass eine Berührung so wundervolle Empfindungen in ihr auslösen könnte. Die tadelnde Stimme ihres Gewissens, die sie der Sünde der Fleischeslust anklagte, wurde leiser und verstummte schließlich ganz unter dem Ansturm des Glücks, das Kitty in den Armen des jungen Mannes erfuhr.
Daniels Hände erkundeten gierig jeden einzelnen Zoll dieses wohlgeformten Busens. Neugierig auf den Rest, ließ er seine Finger zu den Schleifen der Schnüre hinabgleiten, die Kittys Röcke eng um ihre Taille hielten, zog sie auf und schob Über- und Unterrock über ihre Hüften nach unten. Nun stand das Mädchen nackt bis auf die Strümpfe vor ihm.

Auf einmal schreckte Daniel vor seiner eigenen Kühnheit zurück. »Wie schön Ihr seid …«, murmelte er. »Viel zu schön für einen Vagabunden wie mich …«

Energisch schüttelte sie den Kopf. »Sagt das nicht. Eure Gesellschaft bedeutet mir mehr als die jedes anderen. Ich möchte Euch nahe sein …« Nach kurzem Zögern überwand sie sich und fügte hinzu: »Ich liebe Euch.«

Er sah sie verwundert und ungläubig an. »Dabei wisst Ihr nichts über mich …«

»Das ist mir gleich.« Ermunternd lächelte sie ihn an.

Ein gerührter Ausdruck huschte über seine Züge und machte kurz darauf einem breiten Lächeln Platz, das seine Augen leuchten ließ. Behutsam nahm er sie in die Arme und drückte sie überglücklich an sich, nur um sie im nächsten Moment mühelos hochzuheben und wie eine eroberte Beute zum Bett zu tragen. Als er sie auf den Laken abgelegt hatte, begann er sich mit zunehmender Hast zu entkleiden. Halstuch, Rock und Weste fielen zu Boden, dann folgten das Hemd, die Strümpfe und die Kniehose. Fasziniert beobachtete Kitty, wie Daniel schließlich die Leinenunterhose auszog. Noch nie zuvor hatte sie einen Mann nackt gesehen. Ihr Blick glitt von seinem gebräunten Gesicht über die helle Haut seiner muskulösen Schultern und Arme, seiner dunkel behaarten Brust und des flachen Bauchs, an dem kein Quentchen Fett zu viel zu sehen war, zu seinem Glied, das steif wie ein Stock aus einem Wald schwarzbrauner Haare emporwuchs. Neugierde und Furcht stritten in ihr, und sie fröstelte leicht. Daniel, der die Gänsehaut bemerkte, die wie eine Welle über ihren Körper glitt, kletterte zu ihr ins Bett und nahm sie in die Arme, um sie zu wärmen. Seine Lippen fanden die ihren, und sie küssten sich lange, während Daniel ihre Schultern, die Brüste, ihre Taille liebkoste und schließlich zur Innenseite der Schenkel wanderte. Die zärtlichen Berührungen entlockten Kitty leise Seufzer, die sie zuerst aus Scham zu unterdrücken versuchte, doch als sich seine tastenden Finger zu ihrer Scheide vorwagten, konnte sie sich nicht mehr beherrschen und stieß ein lustvolles Stöhnen aus, das Daniel die letzten Zweifel nahm. Der jungfräuliche Körper, den er in den Armen hielt, war bereit, die Liebe kennenzulernen.

Behutsam rollte er sich auf sie, spreizte ihre Schenkel und führte sein steifes Glied vorsichtig ein. Trotz seiner Zurückhaltung verspürte Kitty einen ziehenden Schmerz und biss die Zähne zusammen. Als er tiefer in sie eindrang, hatte sie das Gefühl, auseinandergerissen zu werden, und schrie leise auf. Sofort zog er sich ein wenig zurück und sah ihr forschend ins Gesicht.

»Soll ich aufhören?«, fragte er.

Doch Kitty schüttelte den Kopf. Alles in ihr verlangte nach seiner Nähe, nach der Wärme seiner Haut, seinen Liebkosungen.

Einen Moment lang zögerte Daniel, dann spannte er die Muskeln an und schob sich tiefer in sie hinein. Zuerst empfand Kitty das Ziehen noch als erträglich, doch dann schien er auf ein Hindernis zu treffen, das ihm das weitere Eindringen erschwerte. Entschuldigend sah er sie an, bevor er ihr mit einem heftigen Stoß die Jungfernschaft nahm. Kitty schrie auf, und ihre Finger krallten sich in seine Schultern, während sich ihre Augen mit Tränen füllten. Diesmal wünschte sie, er würde aufhören, doch sie sagte nichts, denn sie las in seinem Gesicht, dass er sich ganz der Lust hingegeben hatte. Schließlich verzerrten sich Daniels Züge, sein Atem ging stoßweise, ein krampfhaftes Stöhnen entfuhr ihm, und sein Körper sank schlaff über ihr zusammen. Als er sich aus ihr zurückzog, verspürte sie trotz der Schmerzen ein angenehmes Kribbeln und beantwortete seinen unsicheren Blick mit einem Lächeln.

8

Die folgenden Tage verließen sie die gemietete Kammer nur, um Lebensmittel einzukaufen. Bis spät in die Nacht liebten sie sich wieder und wieder. Morgens schliefen sie lange, brachen ihr Fasten zur Mittagszeit und liebten sich erneut. Von einer Rückkehr in Kittys Heimatstadt war keine Rede mehr. Zuweilen lagen sie sich nur in den Armen und genossen die Gegenwart des anderen. Dann wieder verbrachten sie Stunden damit, die Einzigartigkeit ihrer Körper zu entdecken. An Daniels linkem Oberarm befand sich eine frisch verheilte Narbe. Sanft strich Kitty mit dem Finger darüber und fragte neugierig: »Ist die Narbe von dem Degenhieb, den Meister Hearne erwähnte?«

Daniels Züge wurden ernst. »Ja.«

»Wie ist das passiert?«

»Ein belangloser Streit mit einem zanksüchtigen Gentleman«, antwortete er vage. »Ich nannte den Gecken einen Tunichtgut, da zog er seinen Degen.«

Unsicher sah sie ihn an. Sie hatte das Gefühl, als entspräche diese Darstellung nicht ganz der Wahrheit, entschloss sich aber, nicht weiter nachzufragen. Stattdessen sagte sie eindringlich: »Mir scheint, du lebst gefährlich. Bitte sei in Zukunft vorsichtiger. Ich will dich nicht durch einen dummen Streit verlieren.«

»Ich werde daran denken, meine Süße«, erwiderte er mit einem besänftigenden Lächeln. Und um weiteren Fragen zuvorzukommen, nahm er ihre Hand und küsste zärtlich jeden einzelnen Finger, bis sie es nicht länger aushielt und sich erregt an ihn schmiegte.

Die schrecklichen Ereignisse der Vergangenheit traten in den Hintergrund. Es war, als gehörten sie nicht in diese neue, wunderbare Wirklichkeit, in der es keine Sorgen gab, nur unbeschreibliche Glückseligkeit, die ihr Herz schwellen und ihre Augen strahlen ließ. Sie war begierig, die köstlichen Empfindungen, die sie bei der Vereinigung mit Daniel durchlebte, immer neu zu entdecken, und ließ sich bereitwillig auf die Liebesspiele ein, die er scheinbar aus dem Nichts erfand. Zugleich wusste sie, dass er auf dem Gebiet der körperlichen Lust kein unbeschriebenes Blatt war und seine Kunst sicherlich in den Armen einer stattlichen Anzahl von Geliebten gelernt hatte. Und doch war sie überzeugt, dass er es ernst gemeint hatte, als er sagte, dass sie ihm mehr bedeutete als alle anderen. Er liebte sie wie sie ihn, und sie würden ewig glücklich sein.

Erst nach einer Woche wagte es Daniel, das Haus »Zum Vogelkäfig« auf der Cock Lane aufzusuchen und Kittys Reisetruhe abzuholen. Mistress Speering wollte ihm das Gepäckstück ihrer sang- und klanglos verschwundenen Mieterin zuerst nicht aushändigen, doch sein Charme brachte die Gevatterin schließlich dazu, ihm das Märchen zu glauben, das er ihr auftischte.

Am selben Tag machte sich Daniel mit so bewundernswertem Geschick daran, an Kittys Wunde die Fäden zu ziehen, dass sie der Verdacht überkam, er mache etwas Derartiges nicht zum ersten Mal. Es gab so vieles, was sie nicht über ihn wusste.

Der Vorort Clerkenwell, in dem sie wohnten, galt als aristokratisches Viertel, auch wenn sich mittlerweile immer mehr Kaufleute und Handwerker in den neu errichteten Backsteinhäusern niederließen. Noch gehörte Clerkenwell zum Sprengel von St. Giles Cripplegate, doch es gab Pläne, bald eine eigene Pfarrei für die steigende Zahl der Einwohner einzurichten. Daniel hatte sich entschieden, in diesem respektablen Vorort eine Kammer zu mieten, da sich anders als in St. Giles nur selten Gauner dorthin verirrten. So war die Gefahr, dass Kitty erkannt und ihr Aufenthaltsort Jonathan Wild zu Ohren kam, geringer. Sie mussten nur die Schenken auf der Turnmill Street im Westen des Viertels meiden, wo sich Diebe und Einbrecher mit ihren Hehlern trafen. Die Straße wurde auch als »Jack Ketchs Kaninchenbau« bezeichnet, nach einem Henker des vergangenen Jahrhunderts, der seine Finger in so mancher Gaunerei gehabt hatte.

Wenn Daniel und Kitty keine Lust verspürten, allein in ihrer Unterkunft zu essen, gingen sie in eine der unzähligen Schenken, Garküchen und Alehäuser auf der nahen St. John's Street und machten nach dem Essen ausgedehnte Spaziergänge in den umliegenden Gassen mit ihren feinen schmalen Häusern aus dunklen Ziegeln.

Einmal las Daniel im *Daily Courant*, der ersten Londoner Tageszeitung, die Ankündigung eines Degenduells, das in der Bärenarena auf der Hockley-in-the-Hole stattfinden sollte, und führte Kitty dorthin aus.

Ein anderes Mal sahen sie einen Faustkampf zwischen zwei Frauen, einer Irin und einer Schottin. Letztere unterlag nach über einer Stunde mit zerschlagenem, blutüberströmtem Gesicht, so dass Kitty ihren Besuch am Ende bereute und schwor, sich nie wieder ein derartiges Schauspiel anzusehen. Eine Bärenhatz oder einen der Hundekämpfe zu besuchen, für die die Bärenarena der Hockley-in-the-Hole berühmt war, hatte sie gleich abgelehnt, da sie jegliche Art von Tierquälerei verabscheute.

»Es ist schon vorgekommen, dass sich das Blatt zugunsten der misshandelten Kreatur gewendet hat«, räumte Daniel ein.

»Vor zehn Jahren wurde der frühere Eigentümer von einem seiner eigenen Bären gefressen.«
»Tatsächlich?«, meinte die junge Frau mit einem Schaudern. »Im Grunde geschah es ihm recht«, fügte sie unversöhnlich hinzu.
Daniel lachte. »Wie rachsüchtig du bist. Diese Seite kenne ich gar nicht an dir.«
Daraufhin nickte sie nachdenklich. »Es ist erschreckend, wie rasch das Leben in London einen Menschen verändert.«

Das warme Wetter hielt sich den ganzen Sommer über, so dass Kitty das Viertel auf ihren gemeinsamen Streifzügen recht gut kennenlernte. In den Gassen rund um den St. John's Court hörte man überall Französisch, denn hier hatten sich in den vergangenen Jahrzehnten mehr und mehr Hugenotten niedergelassen, die nach der Aufhebung des Edikts von Nantes im Jahre 1685 der Unterdrückung ihrer Glaubensgemeinschaft in Frankreich entflohen waren und nun in Clerkenwell ihrem Handwerk nachgingen. Neugierig sah Kitty durch die Fenster oder offen stehenden Türen in die Werkstätten der Uhrmacher und Papierhersteller, der Graveure und Drucker, der Emailleure und Büchsenschmiede und nahm oftmals die Gelegenheit wahr, ihr eingerostetes Französisch aufzupolieren, indem sie ein paar Worte mit dem Meister oder den Gesellen wechselte.
Für Kitty gab es so viel Neues zu sehen, dass die Wochen wie im Flug vergingen. Mehrmals besuchten sie das neben einer eisenhaltigen Quelle aus Holz errichtete Musikhaus Sadler's Wells, um das Wasser zu kosten und Aufführungen von Seiltänzern, Pantomimen, Possen und Schwänken zu sehen, die stets ein lebhaftes Publikum von Kaufleuten aus der Stadt, Handwerkern, Lehrlingen, kleinen Beamten und armen Leuten anzogen.

Nicht weit entfernt gab es eine zweite Quelle, bekannt als Islington Spa, mit weitläufigen Gärten, die zu Spaziergängen einluden. Man konnte in einer der für Liebespaare eingerichteten Lauben haltmachen, im Kaffeehaus etwas zu sich nehmen oder in einem Tanzsaal tanzen.
Oftmals aßen sie im »Sir John Oldcastle«. Das Gasthaus lag an einem Kanal, in dem die Kundschaft nach Karpfen angeln konnte, die der Wirt dann zubereitete.
Hin und wieder ließ Daniel Kitty einige Stunden oder auch den ganzen Tag allein und kehrte erst am späten Abend zu ihr zurück. Er erklärte ihr, dass er an den Geschäften eines Freundes beteiligt sei, die genug Gewinn abwarfen, dass er keiner geregelten Arbeit nachgehen musste. Da er über ausreichend Geld verfügte, so dass sie zwar nicht im Überfluss, aber bequem leben konnten, fragte Kitty nicht weiter nach der Art der Geschäfte, denen Daniels Freund nachging. Noch immer dachte sie daran, einen Dienstplatz als Magd oder Stubenmädchen zu suchen, doch in Daniels Gesellschaft verflog die Zeit so schnell, dass sie nie die Muße dazu fand.

Eines Morgens, als Daniel sich schon früh zu seinem Freund aufgemacht hatte und Kitty ein wenig länger im Bett geblieben war, überkam sie nach dem Aufstehen auf einmal Übelkeit. Sie versuchte, ihren Magen zu beruhigen, indem sie ein wenig trockenes Brot knabberte, doch es half nicht, und schließlich erbrach sie sich in die Waschschüssel. Bis auf das eine Mal, als sie sich mit den Pocken angesteckt hatte, war Kitty nie krank gewesen. Daher hielt sie das Unwohlsein für eine kleine Magenverstimmung, möglicherweise hervorgerufen von dem stark eisenhaltigen Wasser des Islington Spa, das sie am vergangenen Tag getrunken hatte.
Nachdem sie sich gewaschen und angekleidet hatte, schüttete

sie das Schmutzwasser und den Inhalt des Nachtgeschirrs in einen Eimer und schickte sich eben an, ihn nach unten zum Abort zu tragen, als es an der Tür klopfte.
Es war die Milchmagd, die ihnen jeden Morgen eine Kanne Milch verkaufte, ein stämmiges, vierschrötiges Mädchen mit rosigen Wangen und einer Mähne lockigen blonden Haares, die Haube und Strohhut kaum bändigen konnten. Als sie in Kittys blasses Gesicht sah, lächelte sie wissend und sagte mit Verschwörermiene: »Na, da steht uns wohl nächsten Frühling ein freudiges Ereignis ins Haus, Madam.«
Auf Kittys verständnislosen Blick hin fügte die Milchmagd hinzu: »Oh, ich kenne die Zeichen. Ihr seid ein wenig grün um die Nase, und Euer Gesicht ist runder geworden. Ihr tragt ein Kind unter dem Herzen.«
Kittys Augen weiteten sich überrascht. »Glaubt Ihr wirklich?«
»Wenn ich es Euch doch sage, Madam. Ihr wusstet es noch nicht? Da habt Ihr Eurem Gatten aber eine frohe Nachricht mitzuteilen, wenn er zurückkehrt.«
Ein tiefes Gefühl der Glückseligkeit breitete sich in Kitty aus und verscheuchte die Übelkeit. Strahlend holte sie die Milchkanne, die die Magd aus ihrem Eimer mit Hilfe einer Schöpfkelle füllte, und reichte ihr dann die zweite Hälfte des Kerbholzes, so dass das Mädchen es mit ihrem eigenen Exemplar zusammenlegen und die heutige Lieferung markieren konnte.
Als die Milchmagd sich verabschiedet hatte, sah Kitty lange zum Fenster hinaus und sann über die überraschende Neuigkeit nach. Sie trug ein Kind. Daniels Kind! Ihre Liebe hatte Früchte getragen. Ob er wohl ebenso glücklich darüber war wie sie, wenn sie es ihm erzählte? Einen kurzen Moment lang überkamen sie Zweifel. Und wenn Daniel noch kein Kind wollte? Schließlich waren sie nicht einmal verheiratet. Bisher

hatte sich Kitty gescheut, ihn darauf anzusprechen, doch nun, da sie ein Kind erwartete, lag die Sache anders.

Den ganzen Tag über konnte sie an nichts anderes denken, und als Daniel schließlich weit nach Sonnenuntergang heimkehrte, war sie durch die Grübelei so verunsichert, dass er beim Eintreten ihrem Gesicht sogleich ansah, dass etwas nicht in Ordnung war.

»Was ist mit dir, Liebes?«, fragte er und küsste sie zärtlich auf den Mund, der unter seinen Lippen zitterte wie ein ängstlicher Vogel. »Was bedrückt dich? Ich weiß, ich war lange fort, aber die Geschäfte erforderten viel Zeit. Wir sind gerade erst fertig geworden.«

Sie blickte ihn nervös an. »Ich erwarte ein Kind«, sagte sie und verstummte dann, da sie nicht wusste, was sie hinzufügen sollte.

Der liebevolle Ausdruck auf seinem Gesicht wich unverhohlenem Entsetzen. »Bist du sicher?«

»Nicht vollkommen, aber …«

»Verstehe.«

Er wandte sich ab und blieb einen Moment unschlüssig in der Mitte der Kammer stehen. Dann hob er seinen Hut auf, den er beim Eintreten auf einen Stuhl geworfen hatte, und setzte ihn auf.

»Wohin gehst du?«, rief sie beunruhigt.

»Ich muss nachdenken«, erwiderte er und öffnete die Tür. »Warte nicht auf mich.«

Die Nacht über fand Kitty kaum Schlaf. Nachdem sie noch lange im Bett gesessen und auf Daniels Rückkehr gewartet hatte, nickte sie irgendwann übermüdet ein, schreckte aber mehrmals auf, weil sie dachte, seine Schritte auf der Stiege zu hören. Doch es waren nur die Geräusche des alten Hauses, dessen Balken sich in stetiger Bewegung befanden. In der Wärme des Sommers knirschten und knackten sie unheimlich, während sich das Holz ausdehnte und unter dem Gewicht des Daches bog.

Als die Sonne aufging, war Daniel noch immer nicht zurückgekehrt. Bedrückt verließ Kitty das Bett, wusch sich und kleidete sich an, konnte aber keinen Bissen hinunterbringen. Die Angst, ihn zu verlieren, nagte an ihren Eingeweiden und krampfte sie zu einem eisigen Knoten zusammen. Was sollte aus ihr werden, wenn er sie verließ?

In ihre Gedanken versunken, fuhr Kitty erschrocken zusammen, als sich auf einmal die Tür öffnete und Daniel über die Schwelle trat. Angstvoll sah sie ihn an. In ihrer Nervosität brachte sie kein Wort heraus. Erst als sie ihn lächeln sah, entspannte sich ihr Körper ein wenig. Er trat zu ihr, legte zärtlich die Arme um sie und drückte sie vorsichtig an sich, als fürchte er, sie wie ein Gebilde aus Glas durch eine unbedachte Bewegung zu zerbrechen.

»Es tut mir leid, dass ich so lange fort war, meine Liebste«, sagte er sanft. »Ich musste einen klaren Kopf bekommen.«

Sie fühlte seinen Atem in ihrem Haar, während er sie behutsam in den Armen hielt, und ihre Angst begann sich zu legen. Schließlich löste er sich von ihr und blickte ihr in die Augen.

»Ich liebe dich, Kitty. Wir werden unser Kind zusammen aufziehen. Alles wird gut. Das verspreche ich dir.«

Ein breites Lächeln teilte seine Lippen und ließ seine weißen Zähne in seinem gebräunten Gesicht leuchten. Kitty konnte seine Freude nicht so recht teilen, zu tief saß der Schreck der letzten Nacht, als sie hatte fürchten müssen, er habe sie verlassen.

»Komm, wir machen einen Spaziergang«, sagte er auffordernd.

»Aber ich habe noch nichts gegessen«, widersprach Kitty.
»Wir essen unterwegs«, wehrte er ab.
Verwundert über seine Eile band sie ihre Haube unter dem Kinn fest, setzte ihren Strohhut auf und warf sich den Umhang über die Schultern, den er ihr vor einigen Wochen gekauft hatte.
Daniel führte sie von der Sutton Street über die Swan Alley zur Goswell Street, einer breiten Straße, über die man zu den nördlichen Grafschaften gelangte, und wandte sich dann dem Stadtkern zu. Nach einer Weile erreichten sie die Aldersgate Street, die am Aldersgate endete, einem der sieben Tore, die den Durchgang durch die alte Wehrmauer in die Innenstadt ermöglichte.
Neugierig betrachtete Kitty die schlanken Backsteinhäuser mit den weißgestrichenen Sprossenfenstern und den charakteristischen Bändern aus andersfarbigen Ziegeln, die die Stockwerke voneinander abgrenzten. Diese nach strengen Auflagen erbauten Häuser ersetzten die bei dem großen Brand zerstörten Fachwerkgebäude früherer Jahrhunderte. Sie mochten gepflegter und eleganter aussehen als die alten Holzbauten mit den vorkragenden Stockwerken, aber Kitty erschienen sie eintönig und langweilig. Eine Häuserzeile glich der anderen, und wenn man sich nicht auskannte, konnte man sich in den gleichförmigen Straßen leicht verlaufen. Über den Dächern thronte die Kuppel der vor acht Jahren fertiggestellten St.-Pauls-Kathedrale. Ein eiserner Gitterzaun, der zwielichtiges Gesindel abhalten sollte, umsäumte den Kirchhof. Staunend sah Kitty zu der gewaltigen Kuppel auf und bewunderte den doppelstöckigen Portikus, zu dem eine breite Treppe hinaufführte.
Bei einer fahrenden Händlerin tranken sie eine Schale Molke und kehrten dann in einer Bierschenke ein, um zu frühstücken.
»Hast du mich hergeführt, um mich diese Hammelpastete

kosten zu lassen?«, fragte Kitty verwundert. »In dem Fall muss ich dir leider gestehen, dass es sich nicht gelohnt hat.«
Daniel brach in Lachen aus. »Nein, meine Liebe, deswegen sind wir nicht hier. Ich wollte nur, dass du für unser eigentliches Ziel gestärkt bist.«
Lange hielten sie sich nicht in dem Gasthaus auf. Daniel hatte es so eilig, weiterzukommen, dass er wie gehetzt wirkte. Es war, als fürchte er, den Mut zu verlieren, wenn er zu lange müßig herumsaß. Sie verließen den Stadtkern durch das Ludgate und überquerten die Fleet-Brücke, auf der Fischweiber und Krämer mit lauter Stimme ihre Waren feilboten. Der Fischgeruch mischte sich mit dem Gestank des Fleet-Flusses, der nach dem Brand von 1666 kanalisiert und mit dreißig Fuß breiten Kaimauern ausgestattet worden war, in der vergeblichen Hoffnung, einer erneuten Verstopfung des Wasserlaufs vorzubeugen, in den die Anwohner seit Hunderten von Jahren ihre Abfälle warfen. Unrat, Essensreste, Tierkadaver und Gedärme, die die Fleischer in den Fluss entsorgt hatten, gingen im träge fließenden Wasser in Fäulnis über und überzogen die Gegend mit einem dermaßen abstoßenden Gestank, dass Kitty versucht war, sich die Nase zuzuhalten.
»Wo sind wir hier?«, fragte sie und warf einen missbilligenden Blick in die engen dunklen Gassen, die vom Kanal in alle Richtungen ausstrahlten.
»Im Freibezirk des Fleet«, belehrte Daniel sie. »Das düstere viereckige Gebäude mit den vergitterten Fenstern ist das Fleet-Gefängnis. Die meisten der Insassen sind säumige Schuldner.«
Noch bevor Kitty sich erkundigen konnte, was sie an diesem bedrückenden Ort sollten, zupfte ein zerlumptes altes Weib Daniel am Ärmel, lächelte ihn zahnlos an und sagte einladend: »Sir, wollt Ihr nicht eintreten und Euch trauen lassen?«

Dabei deutete das Mütterchen auf eine heruntergekommene Schenke, deren Schild über der Tür die ineinander verschlungenen Hände eines Mannes und einer Frau zeigte. Darunter stand geschrieben: »Hier werden Trauungen vollzogen.«
Daniel wandte sich zu Kitty um und fragte mit einem Lächeln, das ihr Herz schmelzen ließ: »Willst du? Willst du meine Frau werden?«
Erleichtert nickte sie und begann zu strahlen. »Natürlich will ich … aber, geht das einfach so ohne Aufgebot oder Sondergenehmigung?«
»Die Kirche erlaubt es nicht, aber sie kann nichts gegen den Brauch ausrichten«, erklärte Daniel. »Hier im Freibezirk des Fleet gibt es viele verschuldete Geistliche, die Trauungen durchführen und sich um die Geldstrafe, die darauf steht, nicht zu kümmern brauchen, da sie ohnehin schon im Schuldgefängnis sitzen.«
Wie im Traum folgte Kitty Daniel und der Alten durch den mit Tabakrauch erfüllten Schankraum des Gasthauses in ein Hinterzimmer, in dem bereits mehrere Paare auf das Erscheinen des Klerikers warteten. Ein Seemann, den man an seinem rollenden Gang erkannte, hielt die Hand eines pausbäckigen Mädchens, das vielleicht nicht seine einzige Braut war, ein Hugenotte machte seiner Angebeteten Liebesgeständnisse auf Französisch, und ein Chelsea-Pensionär in marineblauer Uniform nahm eine wenig ansehnliche Gevatterin zur Frau. Die Prämie, die das Kirchspiel der Braut ihm zahlte, da die Armenpfleger nun kein Almosen mehr zahlen mussten, war vermutlich Anreiz genug.
Schließlich erschien der Geistliche, ein rechter Hungerhaken, so lang und mager war er, in Soutane und Chorhemd, das Gebetbuch der anglikanischen Kirche in den knochigen leichenblassen Händen. Als Daniel und Kitty an der Reihe waren,

legte der junge Mann die Gebühr von sieben Schillingen und sechs Pence auf das aufgeschlagene Buch, das der Geistliche ihm hinhielt, zusammen mit einem einfachen Goldring, den er am Morgen besorgt haben musste.

Die Zeremonie wurde so kurz und knapp wie möglich abgehalten, denn es warteten noch weitere Brautpaare, die aus ganz London und sogar den umliegenden Grafschaften herkamen. Eine Fleet-Hochzeit war weitaus billiger als die Eheschließung im Pfarrsprengel, für die seit etwa zwanzig Jahren eine Sondersteuer zu entrichten war.

Nachdem sich Daniel und Kitty das Jawort gegeben hatten, machte der Geistliche eine Notiz in ein speckiges kleines Handbuch, aus dem er die Namen der Vermählten – so sie dies wünschten – in ein offizielles Register übertragen würde. Daniel versicherte seiner frischgebackenen Gemahlin, dass ihre Ehe ebenso gültig war wie eine, die in der Gemeindekirche geschlossen wurde. Der Geistliche nickte bestätigend. Daraufhin lud die Wirtin die Eheleute ein, in ihrer Schenke zu feiern, und pries ihren Wein und Brautkuchen an.

So verließ am Nachmittag das junge Mädchen aus Stamford ein wenig beschwipst und gesättigt am Arm ihres Gatten die Schenke als Mistress Catherine Gascoyne und blickte einem glücklichen Familienleben entgegen, das sie sich drei Monate zuvor nicht hätte träumen lassen.

9

Hinter einem Vorhang von duftigen Schneeflocken hing der leblose Körper eines Gehängten am Galgen. Mit einem leisen Aufstöhnen wandte sich Kitty ab. Sofort legte Daniel seinen Arm um ihre Schultern und zog sie sanft zu sich.

»Es tut mir leid«, sagte er tröstend. »Es kommt selten vor, dass sie jemanden auf dem Clerkenwell-Anger hängen. Wenn ich gewusst hätte, dass eine Hinrichtung vorgesehen war, hätte ich dich nicht hergeführt.«

»Glaubst du, der Anblick könnte dem Kind geschadet haben?«, fragte Kitty ängstlich.

»Nein, bestimmt nicht«, widersprach er überzeugt, um ihr die abergläubische Furcht zu nehmen.

»Ich bin müde, und mir ist kalt«, murmelte die junge Frau erschauernd. »Lass uns heimgehen.«

Daniel nickte zustimmend. Es war der Tag nach dem Dreikönigsfest. Bis Weihnachten war der Winter mild und der Himmel klar gewesen, doch dann hatte es auf einmal einen Kälteeinbruch gegeben, und dunkle Wolken ließen ihre weiße Schneelast auf London niederfallen.

In ihrer Unterkunft in der Sutton Street machte sich Daniel sogleich daran, das Feuer im Kamin zu schüren, damit sich Kitty an den Flammen wärmen konnte.

»Wir brauchen bald wieder Kohle«, sagte er, während er eine Schaufel voll auf das eiserne Gitter schüttete. »Seit dem Wintereinbruch ist Kohle teurer geworden. Inzwischen wird sie für vierzehn Pence der Scheffel verkauft.«

»Können wir uns das leisten?«, fragte Kitty besorgt.

»Es wird schon gehen«, beschwichtigte er sie. »Ich werde eben mehr arbeiten müssen.«
In den letzten Wochen hatte Daniel sie bereits öfter allein gelassen, um seinem Freund bei dessen Geschäften zu helfen, so dass Kitty die Aussicht missfiel, ihn in Zukunft noch länger entbehren zu müssen. Andererseits verstand sie, dass sie nach der Geburt des Kindes, die in etwa zwei Monaten zu erwarten war, mehr Geld brauchen würden, um über die Runden zu kommen. Und auf eine Anstellung als Magd konnte sie in ihrem Zustand nicht mehr hoffen.
Ein paar Mal hatte sie Daniel nach der Natur der Geschäfte gefragt, denen sein Freund nachging, hatte aber nur ausweichende Antworten erhalten und es schließlich aufgegeben. Vermutlich glaubte er, sie zu langweilen, wenn er ihr Einzelheiten erzählte. Gerne hätte sie ihn überzeugt, dass sie an allem interessiert war, was ihn betraf. Doch sie wollte nicht nachbohren.
Als das Feuer knisternd brannte, schob Daniel ihr einen Stuhl vor den Kamin, auf den sie sich seufzend niederließ. Er trat hinter sie und küsste genüsslich ihren Hals, bis sie lachen musste.
»Nach dem Essen muss ich eine Weile fortgehen«, eröffnete er ihr mit Bedauern. »Ich werde wohl erst spät zurückkehren. Bleib also meinetwegen nicht auf.«
»Bist du sicher?«, fragte Kitty enttäuscht. »Es macht mir nichts aus, auf dich zu warten.«
»Nein, leg dich schlafen. Ich werde vermutlich bis in die frühen Morgenstunden beschäftigt sein.«
Als er sich nach dem Mittagsmahl von ihr verabschiedete, sah er sie eine Weile liebevoll aus seinen braunen Augen an. Ein Lächeln des Glücks umspielte seine Lippen und ließ sein hübsches Gesicht noch jugendlicher erscheinen.
»Ich bin bald zurück«, sagte er und küsste sie auf den Mund.

Der Geruch seiner Haut, seines schulterlangen dunkelbraunen Haares streifte Kittys Nase, und sie sog gierig den Duft ein, um während seiner Abwesenheit davon zu zehren.
Daniel warf ihr noch eine Kusshand zu, bevor er sich den Hut aufsetzte und die Kammer verließ.
Für einen Moment starrte Kitty sehnsuchtsvoll auf die geschlossene Tür. Schon fehlte er ihr. Nur ungern schlief sie allein in dem breiten Bett, nachdem sie sich daran gewöhnt hatte, Daniels warmen Körper neben sich zu spüren.
Wie er ihr geraten hatte, ging sie früh zu Bett. Doch sie schlief unruhig und schreckte ein paar Mal während der Nacht auf. Schließlich erhob sie sich, tastete nach der Zunderbüchse und schlug Feuer. Mit der entzündeten Kerze trat sie ans Fenster. Die Sutton Street war menschenleer, denn die Morgendämmerung war noch fern. Das Heulen zweier Kater, die Revierstreitigkeiten ausfochten, war das einzige Geräusch, das die Stille der schlafenden Stadt durchbrach. Fast eine Stunde lang saß Kitty am Fenster, in der vagen Hoffnung, Daniel heimkehren zu sehen. Bald fielen ihr jedoch vor Müdigkeit die Augen zu, und so ging sie zurück ins Bett. Sie erwachte erst wieder, als die schwache Wintersonne bereits auf ihrem höchsten Stand war. Erschrocken fuhr sie auf. Sie war allein. Daniel war nicht zurückgekehrt.

Nach zwei Tagen vergeblichen Wartens wusste Kitty vor Sorge weder ein noch aus. Daniel musste etwas zugestoßen sein, sagte sie sich. Noch nie zuvor hatte er sie so lange allein gelassen. Aber wie sollte sie ihn finden? Sie wusste weder, wohin er gegangen war, noch kannte sie den Namen des Freundes, mit dem er Geschäfte machte. Nun verfluchte sie ihre Genügsamkeit, die sie daran gehindert hatte, ihn auszufragen. Was sollte sie nur tun?

Vermutlich wohnte dieser Freund in Covent Garden, doch trotz der Sorge um ihren Gatten wagte es Kitty nicht, dorthin zu gehen. Die Angst, einem von Jonathan Wilds Gefolgsleuten über den Weg zu laufen, war zu groß. Vor ein paar Monaten hatte sich Daniel diskret erkundigt, ob der Diebesfänger noch nach Thomas Marshalls Schwester suchen ließ. Er fand heraus, dass Wild nach ihrem Verschwinden seine Leute wie erwartet auf Kittys Spur geschickt hatte. Als diese jedoch keinen Hinweis auf ihren Aufenthaltsort finden konnten, hatte er die Sache auf sich beruhen lassen.

»Wild wollte dich in erster Linie daran hindern, unbequeme Fragen über seine Geschäfte zu stellen«, hatte Daniel erklärt. »Da ihm dies gelungen ist, hat er keinen Grund mehr, nach dir zu forschen. Dennoch ist es besser, wenn du dich von ihm fernhältst.«

In Covent Garden war das Risiko groß, dass Kitty erkannt wurde und dass Nachricht von ihrer Rückkehr Jonathan Wild zu Ohren kam. Vielleicht war Daniel nur aufgehalten worden, dachte Kitty, um sich zu beruhigen. Wenn sie sich nach Covent Garden begab und nach ihm fragte, würde er ihr bei seiner Rückkehr sicher Vorwürfe machen, weil sie sich dadurch in Gefahr gebracht hatte.

Doch sie konnte nicht einfach nur dasitzen und warten. Entschlossen warf sie sich ihren warmen Wollumhang über und wanderte ziellos durch die tief verschneiten Straßen von Clerkenwell. Hin und wieder klopfte sie an die Tür eines der hugenottischen Handwerker, mit denen sie in den vergangenen Monaten öfter ein Wort gewechselt hatte, und fragte sie, ob sie ihren Gatten gesehen hätten. Sie sprach in den Läden vor, in denen sie regelmäßig Lebensmittel, Kerzen oder Kohle eingekauft hatten, doch auch dort konnte man ihr nicht weiterhelfen. Daniel blieb verschwunden.

Am Rande der Verzweiflung kehrte Kitty heim, setzte sich vor den Kamin, ohne die Kraft aufzubringen, die Glut zu schüren, und brach in Tränen aus. Schließlich wurde sie sich der Ausweglosigkeit ihrer Lage bewusst. Was sollte aus ihr werden, wenn Daniel nicht zurückkehrte? Sie erwartete ein Kind, und sie war mittellos, ohne Familie, ohne Freunde. Ein eisiger Schauer überlief sie. Sie musste Daniel finden! Koste es, was es wolle!

Die ganze Nacht zerbrach sie sich den Kopf, was sie tun sollte, um herauszufinden, was mit Daniel geschehen war. Wer könnte etwas über seinen Geschäftsfreund wissen? Die einzige Person, die Kitty einfiel, war Susannah. Sie hatte eine Zeitlang mit Daniel das Lager geteilt und mochte auch seine Freunde kennen. Ob die eifersüchtige ehemalige Geliebte ihrer Rivalin helfen würde, stand allerdings auf einem anderen Blatt. Aber hatte Kitty noch eine Wahl? Wenn Daniel etwas zugestoßen war, hatte Susannah vielleicht davon gehört.

Als sie den Entschluss gefasst hatte, gab es für Kitty kein Zögern mehr. Von neuer Energie erfüllt, zog sie sich an. Inzwischen ließ sich ihr Mieder über der Fülle ihres Leibes nicht mehr schließen, ebenso wenig wie das Kleid aus Wolle, das sie darüber trug. In ihren Umhang gehüllt, die Kapuze tief in die Stirn gezogen, machte sich die junge Frau auf den beschwerlichen Weg zur Drury Lane. Sie hatte überlegt, eine Mietkutsche zu nehmen, hielt es aber für geraten, das wenige Geld, das sie noch besaß, so weit wie möglich zusammenzuhalten. Was sie tun sollte, wenn es aufgebraucht war, wusste sie nicht. Der Schneefall der letzten Woche hatte nachgelassen, doch der Himmel blieb bewölkt, und die Tage waren grau und düster. Die weißen Flocken hatten sich auf den Straßen rasch in vom Kohlenstaub schwarz gefärbten Matsch verwandelt, der

an Kittys Rocksaum klebte und das Vorwärtskommen noch beschwerlicher machte. Die Passanten hatten sich gegen die Kälte bis unter die Nase in Schals und Tücher gewickelt und eilten, ohne anzuhalten, dahin, bemüht, so schnell wie möglich wieder ins Warme zu gelangen. Ein paar Mal blieb Kitty stehen, weil sie glaubte, unter einem tief in die Stirn gezogenen Hut Daniels Gesicht zu erkennen. Doch es war nur eine Täuschung, die ihr die Hoffnung vorgaukelte. Die Fenster der vorbeifahrenden Kutschen waren geschlossen, die Insassen so unsichtbar wie die Zecher in den Schenken und die Kaufleute und Gentlemen in den Kaffeestuben, deren Stimmen körperlos durch die beschlagenen Scheiben drangen. Erst wenn die Dämmerung hereinbrach und die Kerzen und Talglichter im Innern entzündet wurden, gaben sie das geschäftige Treiben preis, das in den Schankräumen herrschte und aus dem sich Kitty so schmerzlich ausgeschlossen fühlte.
Als sie das Haus in der Drury Lane erreichte, in dem Susannah wohnte, waren ihre Hände und Füße zu Eis erstarrt, und sie fühlte sich von dem langen Marsch körperlich erschöpft. Allen Mut zusammennehmend, klopfte sie an. Sie musste lange warten, bis sich endlich etwas rührte. Schlurfende Schritte waren zu hören, dann wurde die Tür geöffnet, und eine beleibte Frau mit pockennarbigem Gesicht und leicht schielendem Blick musterte Kitty mit wenig einladender Miene.
»Was willst du, Mädchen?«, fragte sie.
»Ich möchte zu Susannah«, bat Kitty. »Sie hat eine Kammer im ersten Stock.«
»Susannah wohnt nicht mehr hier«, erwiderte die Frau. »Gestern Morgen haben die Büttel sie abgeholt. Musste ja eines Tages so kommen. Die diebische Elster hat alles mitgehen lassen, was nicht niet- und nagelfest war. Hat sogar vor meinen Betttüchern nicht haltgemacht.«

Als die Frau, die offenbar die Hauswirtin war, Kittys entsetztes Gesicht sah, fügte sie in freundlicherem Ton hinzu: »Du wusstest wohl nicht, dass Susannah ein Langfinger ist, was? Mit so einer solltest du dich in deinem Zustand nicht abgeben«, meinte sie warnend, nachdem sie sich mit einem kurzen Blick auf Kittys Ehering davon überzeugt hatte, dass diese kein gefallenes Mädchen war.
»Aber ich muss Susannah unbedingt sprechen«, beharrte die Schwangere. »Wisst Ihr, wohin man sie gebracht hat?«
»Nun, wenn es tatsächlich so wichtig ist, will ich dir nicht im Weg stehen, Mädchen«, erwiderte die Hauswirtin, doch ihre Miene verriet, dass sie Kittys Absicht missbilligte. »Die Büttel haben sie ins Newgate-Gefängnis gebracht. Hatten mächtig zu tun mit der Schlampe. Sie hat sich gewehrt wie der Teufel und die ganze Straße zusammengeschrien. Genützt hat es ihr nichts. Wie es heißt, soll sie einen seidenen Rock mit goldener Spitze und ein Mieder gestohlen haben. Na, diesmal wartet bestimmt der Henkersstrick auf sie!«
»Könnt Ihr mir Susannahs vollen Namen sagen?«, bat Kitty schließlich noch.
»Harker, Susannah Harker.«
Die junge Frau bedankte sich. Während sie die matschige Straße entlangging, fragte sie sich, ob Daniel gewusst hatte, dass Susannah eine Diebin war. Und wenn ja, weshalb hatte er sich dann mit ihr eingelassen?
Von ihrem Besuch bei Jonathan Wild auf der Little Old Bailey kannte sie den Weg zum Newgate, denn sie hatte das gewaltige zinnenbewehrte Torhaus am Ende der Hart-Row Street von ferne gesehen. Als sie nach langem Fußmarsch den Snow Hill erreichte, zögerte sie jedoch, weiterzugehen. Wenn sie dem Diebesfänger nun über den Weg lief? Ängstlich sah sie sich um, als erwartete sie, dass er jeden Moment aus einer Sei-

tengasse auf sie zutrat. Mit zitternder Hand zog sie die Kapuze noch tiefer ins Gesicht und biss die Zähne zusammen. Nachdem sie nun schon so weit gekommen war, konnte sie unmöglich unverrichteter Dinge wieder nach Hause gehen. Susannah war die Einzige, die vielleicht wusste, wohin Daniel gegangen war.

Trotz ihrer Erschöpfung brachte Kitty den Rest der Strecke rasch hinter sich. Als sie zu dem mächtigen Torhaus mit seinen zwei Türmen aufblickte, überlief sie ein Schauer. Trotz der Fenstergesimse und der Figuren, die aus ihren Nischen auf die Passanten und Fuhrwerke der Newgate Street herabsahen, erschienen die jahrhundertealten dicken Mauern glatt und abweisend. Die großen Fenster waren mit massiven Gittern versehen. Als Kitty näher trat, stieg ihr ein abstoßender Geruch in die Nase, der aus dem Gefängnis sickerte wie Jauche aus einer Kloake. Im Sommer musste der Gestank für die Anwohner unerträglich sein. Unschlüssig blieb Kitty unter dem Gewölbe des Torbogens stehen. Würde man ihr erlauben, Susannah zu besuchen? Und würde diese ihre Rivalin überhaupt sehen wollen?

Erschrocken fuhr Kitty zusammen, als sich schmutzstarrende Finger flehend durch ein Gitter über ihrem Kopf streckten und eine verzweifelte Stimme erklang: »Almosen … Almosen für die armen Gefangenen. Ich bitte Euch, Madam, habt Erbarmen. Gebt mir ein Almosen. Sonst muss ich hungers sterben.«

Kitty konnte das Gesicht des Häftlings nicht sehen, doch die hoffnungslose Stimme und die dreckgeschwärzten mageren Finger sprachen für sich. Obgleich sie es sich nicht leisten konnte, großzügig zu sein, legte sie einen Penny in die Hand, die daraufhin versuchte, die ihre aus Dankbarkeit zu drücken. »Gott segne Euch, Madam … Gott segne Euch.«

Beklommen trat Kitty durch die offen stehende Tür des Gefängnisses und fand sich in der Pförtnerloge wieder. Ein bärtiger Mann, der an einem Schreibpult über einem dicken Buch saß, musterte die Schwangere aufmerksam von Kopf bis Fuß.

»Was kann ich für Euch tun, Madam?«, fragte er aufmunternd, starrte sie dabei aber weiterhin unverschämt an.

»Ich möchte eine Gefangene besuchen«, bat Kitty und versuchte, ihrer Stimme einen Ton von Entschlossenheit zu verleihen. »Ihr Name ist Susannah Harker.«

Der Schließer nickte. »Wie könnte ich die vergessen? Eine wahre Megäre! Sie befindet sich im zweiten Stock, in der ›Waterman's Hall‹. Wenn Ihr zu ihr wollt, kostet Euch das einen Schilling sechs Pence Eintritt. Dazu kommen noch sechs Pence für den Schließer, der Euch den Weg leuchtet, und fünf Pence Trinkgeld.«

Das machte zusammen zwei Schillinge fünf Pence, fast so viel wie eine Woche Mietzins, dachte sich Kitty. Ihr Geld schmolz beständig dahin, ohne dass sie es verhindern konnte. Aber dies war ein Grund mehr, Daniel schnellstmöglich wiederzufinden.

Zähneknirschend bezahlte sie, was der Schließer verlangte. Daraufhin stieß dieser einen Pfiff aus, der einen jungen Burschen herbeiholte.

»Bring die Dame zur ›Waterman's Hall‹, Dick«, befahl der Pförtner. »Sie will Susannah Harker besuchen.«

Mit einem ironischen Lächeln verbeugte sich Dick und streckte einladend die Hand aus.

»Wollet mir folgen, Madam.«

Sie ignorierte seine Dreistigkeit und ging schweigend hinter ihm her, wie gebannt von der unheimlichen Atmosphäre des Kerkers. Zu dem Gestank gesellte sich nun auch ein ohrenbetäubender Lärm, ein seltsames metallisches Knirschen und Schaben, das durch die dicken Steinmauern drang.

»Was ist das für ein Geräusch?«, fragte Kitty erschauernd.

»Das sind die Ketten, die die Gefangenen über den Boden schleifen«, erklärte der Bursche grinsend. »Manche haben eine ziemlich schwere Last zu schleppen, müsst Ihr wissen.«

»Weil sie gefährlich sind?«, erkundigte sich Kitty naiv.

»Nein, weil sie kein Geld haben, um leichtere Ketten zu bezahlen«, war die ernüchternde Antwort.

Sie durchquerten einen geräumigen Saal, in dem sich Besucher unter die Gefangenen mischten. Kitty sah mehrere Männer an einem groben Tisch dem Würfelspiel nachgehen. Ein Familienvater schloss seine Frau und vier Knirpse in die Arme. Ein magerer Bursche streckte seine knochigen Finger nach dem Geldbeutel eines Handwerkers aus, der einem Freund eine warme Mahlzeit aus einer Garküche brachte. Und ein Häftling, der wie ein Gentleman gekleidet war, drückte zwei leicht bekleidete Frauen an sich und küsste die Brüste, die aus ihrem Mieder quollen. Mit großen Augen blickte sich Kitty um. So musste es im biblischen Sodom und Gomorrha zugegangen sein. Welch schrecklicher, höllischer Ort! Auf einmal überkam sie Mitleid mit Susannah.

Von dem großen Saal führte eine Treppe in die oberen Stockwerke. Das Gefühl der Beklemmung, das auf der jungen Frau lastete, vertiefte sich, je weiter sie ins Innere der düsteren Gruft vordrangen. An den Wänden brannten Fackeln in eisernen Haltern, da kaum ein Lichtstrahl durch die meist schmalen Fenster drang. Manche waren kaum größer als Schießscharten, aber dennoch mit Gittern versehen. Tabakqualm hing unter den Decken wie zerfasernder Nebel, vermochte den Kloakengeruch aber nicht zu überdecken. Unter Kittys Füßen knisterte es unheimlich. Das Talglicht ihres Führers

reichte jedoch nicht bis zum Boden hinab, so dass sie nicht sehen konnte, was auf den glitschigen Steinquadern herumkrabbelte.
»Ist es noch weit?«, fragte sie mit zitternder Stimme. Ihre Kräfte schwanden, und ihre Entschlossenheit geriet ins Wanken.
»Nur noch diese Treppe hoch«, sagte Dick mit einem besorgten Blick auf ihre Leibesfülle. »Soll ich Euch stützen?«
»Nein, es geht schon«, wehrte Kitty ab.
Auf der oberen Stufe hielt sie keuchend inne, nahm sich aber sogleich zusammen und folgte ihrem Führer in den Raum, der sich vor ihnen öffnete. Der Gestank war hier so unerträglich wie überall in dem Gefängnis. Durch ein kleines Fenster fiel nur dürftiges Tageslicht. Der Boden bestand aus Holzbohlen. Es gab weder einen Kamin noch Pritschen oder Hängematten. Die Frauen, die hier untergebracht waren, lagen auf faulenden Strohschütten und besaßen nicht einmal Decken, um sich vor der Kälte zu schützen.
Kitty bat Dick, an der Tür auf sie zu warten, und betrat zögernd mit dem Talglicht in der Hand die düstere Abteilung. Es waren nur wenige Frauen anwesend, die meisten befanden sich wohl im Saal oder in der Schenke im Keller des Torhauses. Langsam ging Kitty an den zumeist schlafenden Gefangenen vorbei. Die eine oder andere musterte sie feindselig oder wandte sich schicksalsergeben ab, als der Schein der Kerze ihr Gesicht traf. Endlich wurde das Mädchen fündig. Den Kopf auf den angewinkelten Arm gebettet, lag Susannah mit dem Rücken zur Wand auf dem Boden. Ein starker Biergeruch ging von ihr aus. Energisch ergriff Kitty ihre Schulter und schüttelte sie, bis sie verschlafen die Augen aufschlug und den Störenfried missmutig anblinzelte.
»Was willst du? Lass mich in Frieden«, murmelte sie abweisend.

Als sie Kitty jedoch auf den zweiten Blick erkannte, richtete sie sich schwerfällig auf und kam schwankend auf die Beine.
»Du! Wie hast du mich gefunden?«
»Deine Hauswirtin sagte mir, wo du bist«, antwortete Kitty.
»Die verdammte Schlampe!«, fluchte Susannah. »Warum musste sie den Bütteln auf die Nase binden, dass ich zu Hause war. Miststück!«
Unter Susannahs verrutschter Haube quollen unordentliche Strähnen braunen Haares hervor, die sie sich mit einer unbewussten Geste aus der Stirn strich.
Wenn sie ein wenig mehr auf ihr Äußeres achten würde, wäre sie eine hübsche Frau, dachte Kitty in einem Anflug von Eifersucht.
»Was willst du hier, Mädchen?«, fragte Susannah gereizt. »Reicht es dir nicht, dass du mir den Mann weggenommen hast? Musst du dich nun an meinem Unglück weiden?«
»Weißt du, wo Daniel ist?«, erkundigte sich Kitty, ohne auf die Bemerkung der anderen einzugehen. »Seit vier Tagen ist er spurlos verschwunden.«
»Hat er dich also am Ende auch sitzenlassen!«, entfuhr es Susannah mit einem gemeinen Lachen.
»Das ist nicht wahr!«, widersprach Kitty. »Hätte er mich zur Frau genommen, wenn er vorgehabt hätte, mich zu verlassen? Er wollte für mich und mein Kind sorgen, da bin ich sicher. Es muss ihm etwas zugestoßen sein.«
Fassungslos starrte Susannah sie an. »Ihr seid verheiratet?«, hauchte sie. »Mein Gott, wie konnte er nur ...« Sie biss sich auf die Lippen, als versuche sie, plötzlich aufsteigende Tränen hinunterzuschlucken.
Kitty überkamen Zweifel, ob es klug gewesen war, herzukommen. Dennoch machte sie einen letzten Versuch.
»Kennst du den Namen von Daniels Freund, mit dem er Ge-

schäfte macht?«, fragte sie, um Freundlichkeit bemüht. »Er wollte zu ihm, bevor er verschwand.«

Susannah blickte ihr Gegenüber verständnislos an. »Geschäfte? Was für Geschäfte?« Dann begriff sie, und in ihren Augen glomm der Ausdruck eines seltsamen Triumphes auf. Sie brach in sarkastisches Gelächter aus. »Du weißt es tatsächlich nicht. Blauäugige Göre!«, rief sie, noch immer wie eine Verrückte kichernd. »Er hat dich nach Strich und Faden belogen, dein verehrter Gatte. Von wegen Geschäfte! Ein verdammter Beutelschneider ist er, der andere um ihr sauer verdientes Geld erleichtert.«

Ungläubig schüttelte Kitty den Kopf. »Das kann nicht sein. Du lügst!«

»Es ist die Wahrheit. Da du es mit ihm getrieben hast, ist dir sicher die Narbe an seiner Schulter aufgefallen«, zischte Susannah. »Sie stammt von einem Offizier, dem Daniel bei einer Hinrichtung in Tyburn die Geldkatze gestohlen hatte. Leider hat's der Alte gemerkt und ist ihm mit dem Degen zu Leibe gerückt. Um ein Haar wär's um den guten Daniel geschehen gewesen. Weißt du, wem er es verdankt, dass er dafür nicht gleich am Galgen geendet ist? Dem ›aufrichtigen‹ Jonathan!« Erneut wurde sie von spöttischem Lachen geschüttelt.

Kitty hatte das Gefühl, eine Wahnsinnige vor sich zu haben. Die anderen Gefangenen waren von ihnen abgerückt, als befürchteten sie, dass es über kurz oder lang zwischen den beiden Frauen zu Handgreiflichkeiten kommen würde.

»Ihr meint Jonathan Wild?«, fragte Kitty verwirrt.

»Natürlich!«, erwiderte Susannah, die allmählich wieder zu Atem kam. Mit gesenkter Stimme, damit die anderen sie nicht hörten, fuhr sie fort: »Wie alle Gauner in unserer schönen Stadt arbeitet auch Daniel für Wild. Er tut es nicht gern, aber was bleibt ihm anderes übrig? Wer sich gegen den Diebesfän-

ger stellt und auf eigene Faust Raubzüge unternimmt, wird irgendwann auf Wilds Betreiben von seinen Kameraden verraten und muss baumeln. Das hat er dir wohl verschwiegen.«
Kitty antwortete nicht. Sie wollte nicht glauben, was sie hörte, aber ein Gefühl sagte ihr, dass jedes Wort, das Susannah ihr ins Gesicht schleuderte, der Wahrheit entsprach. Gleichwohl schien ihre Ruhe die andere aus der Fassung zu bringen. Fieberhaft sprach Susannah weiter: »Und was deinen Bruder betrifft …«
»Untersteh dich, nun auch noch meinen Bruder zu verleumden«, sagte Kitty warnend. »Thomas war kein Dieb.«
»Freilich nicht«, höhnte Susannah. »Er diente Jonathan Wild nur als Sündenbock, der für die wahren Schuldigen den Kopf in die Schlinge stecken musste. Die Geplünderten wollten einen Räuber hängen sehen, und Wild verschaffte ihnen das gewünschte Schauspiel. Die tatsächlichen Räuber, die für ihn arbeiteten und die ihm zu wertvoll waren, um sie zu opfern, lachten sich ins Fäustchen. Zufällig kenne ich ihre Namen. Daniel war einer von ihnen!«
Kitty weigerte sich, zu begreifen. Daniel konnte sie nicht so schmählich hintergangen haben. Unmöglich! Doch da war die leise flüsternde Stimme in ihrem Kopf, die fragte, wie er hatte wissen können, dass Thomas unschuldig war.
»Nur sein schlechtes Gewissen hat ihn dazu gebracht, dich vor Wilds Schergen zu retten und dich zu ehelichen, als du schwanger wurdest«, fügte Susannah boshaft hinzu. »Doch dann ist ihm bewusst geworden, welche Bürde er sich da aufgehalst hat. Daniel ist nicht verschwunden, Herzchen, er hat dich sitzenlassen … so wie mich!«
Susannahs Worte trafen Kitty wie eine Klinge ins Herz. Unfähig, noch mehr zu ertragen, wandte sie sich abrupt ab und hastete zum Eingang des Kerkers zurück, verfolgt vom scha-

denfrohen Lachen der anderen, das schließlich in ein schmerzliches Schluchzen überging. In diesem Moment hasste Kitty sie so sehr, dass sie sich inbrünstig wünschte, sie am Galgen hängen zu sehen.

Dick sah die junge Frau mitleidig an. Nachdem er ihr die Kerze aus der zitternden Hand genommen hatte, führte er sie ins Erdgeschoss zurück. Wie eine Schlafwandlerin folgte ihm Kitty durch den Saal, der sich inzwischen geleert hatte, zur Pförtnerloge. Dort verabschiedete sich der Bursche von ihr.

Vor dem Newgate blieb Kitty einen Moment wie betäubt stehen. Erst als sie von einem vorbeieilenden Passanten unsanft angerempelt wurde, kam sie wieder zur Besinnung und machte sich auf den langen Weg zurück zu ihrer Unterkunft in Clerkenwell.

10

Mistress Gascoyne, macht auf. Ich weiß, dass Ihr da seid.« Kitty erkannte die Stimme der Hauswirtin und erhob sich widerwillig. Die vergangenen Tage hatte sie damit verbracht, am Fenster zu sitzen und den bedrückenden grauen Himmel zu betrachten. Immer wieder fiel Schnee und türmte sich wie Sahnehäubchen auf den Dächern der Häuser. Nur die Schornsteine, aus denen unaufhörlich der Kohlenrauch der Herdfeuer aufstieg, blieben frei. In ihrem Schmerz über Daniels Verrat hatte sich Kitty nicht mehr aus der Kammer gerührt. Nur selten verspürte sie Hunger und aß ein Stückchen ihrer schwindenden Vorräte. So war sie sich nicht bewusst, dass eine neue Woche angebrochen war und dass Mistress Cox auf die Bezahlung des Mietzinses wartete.

Ein Blick in das Gesicht der Hauswirtin verriet Kitty jedoch, dass dies nicht ihr einziges Anliegen war. Die Witwe knetete unbehaglich ihre fleckenlos saubere Schürze und kam nach kurzer Begrüßung sogleich auf den Punkt.

»Ich hatte heute Morgen Besuch von Pfarrer Hinde – Euretwegen«, begann Mistress Cox. »Es ist ihm nicht entgangen, dass Ihr und Euer Gatte seit längerem nicht beim Gottesdienst wart, und er wollte sich nach Euch erkundigen. Leider musste ich ihm mitteilen, dass Mr. Gascoyne bereits eine ganze Weile nicht mehr da war.«

Die Hauswirtin streifte Kittys gewölbten Leib mit einem bezeichnenden Blick. »Nun hat unser guter Herr Pfarrer die verständliche Sorge, dass Euer Gatte möglicherweise nicht zurückkehrt.«

»Und wennschon«, stieß Kitty zwischen zusammengebisse-

nen Zähnen hervor. »Er hat mich hintergangen, der Lump. Ich will ihn nie wiedersehen.«
»Aber, Madam, es muss Euch doch klar sein, dass Ihr in dem Fall nicht hierbleiben könnt«, gab Mistress Cox zu bedenken. »Habt Ihr Familie, die Euch aufnehmen kann?«
»Nein«, erwiderte Kitty bedrückt. »Sie sind alle tot. Ich habe niemanden mehr.«
»Verfügt Ihr über eigenes Vermögen? Wovon wollt Ihr leben, wenn Euer Gatte nicht zurückkommt?«
»Ich weiß es nicht«, antwortete Kitty mit hängenden Schultern.
Die Hauswirtin machte ein betretenes Gesicht, als ihr klarwurde, dass sie um ihre unangenehme Pflicht nicht herumkam.
»Nun, Reverend Hinde hat mich ermahnt, Euch die Tür zu weisen, Madam. So leid es mir tut, Euch in diesem Zustand auf die Straße zu setzen, mir bleibt keine andere Wahl.«
Als Kitty sie verständnislos ansah, fügte sie erklärend hinzu: »Dem Herrn Pfarrer ist daran gelegen, dass Ihr seinen Sprengel verlasst, bevor Euer Kind geboren ist, damit Ihr der Gemeinde nicht zur Last fallt. Denn ist es erst einmal auf der Welt, hat es ein Anrecht auf Unterstützung und kann nicht mehr abgeschoben werden.«
Daran hatte Kitty bisher gar nicht gedacht. Sie bemerkte den forschenden Blick der Hauswirtin und erriet, was diese dachte. Mistress Cox glaubte, dass sie und Daniel nicht verheiratet waren und dass sie einen Bastard zur Welt bringen würde, um ihn dann dem Kirchspiel aufzubürden. Auf einmal fühlte sich die junge Frau wie eine Aussätzige.
»Keine Sorge. Ich gehe«, sagte sie mit einem tiefen Seufzer. »Ich wollte mir ohnehin eine billigere Unterkunft suchen.«
»Geht nach St. Giles«, riet die Witwe mit plötzlicher Wärme,

aus der die Erleichterung darüber sprach, dass sie die unbequeme Mieterin ohne Geschrei und Gezänk loswurde. »Dort kann man preisgünstig wohnen.«
Kitty durchschaute sie und dankte ihr mit unverhohlener Kühle. Allein geblieben, begann sie mechanisch, ihre Kleider in ihre Reisetruhe zu packen. Die Milchmagd erschien und präsentierte ihre Hälfte des Kerbholzes, als sie hörte, dass ihre Kundin fortzog. Schließlich musste Kitty auch noch dem Kohlehändler die Rückstände bezahlen. Danach blieb nicht mehr viel Geld übrig. Wenn sie sparsam war, gelang es ihr vielleicht, mit dem Rest bis zur Geburt ihres Kindes über die Runden zu kommen. Was sie danach anfangen sollte, wusste nur Gott.

Da sie ihre Reisetruhe nicht tragen konnte, war sie gezwungen, eine Mietkutsche anzuhalten. Der Fahrer war ein freundlicher Bursche, und so fragte sie ihn, ob er sich in St. Giles auskenne und ihr dort eine billige Bleibe empfehlen könne.
»O ja, auf der Hog Lane gibt es eine Menge Häuser, in denen Ihr eine kleine Kammer für wenig Geld mieten könnt, falls Ihr keine hohen Ansprüche an Bequemlichkeit und Sauberkeit habt.«
»Dann bringt mich dorthin«, bat Kitty.
Ohne noch einmal zurückzublicken, ließ sie Clerkenwell hinter sich, wo sie für kurze Zeit so glücklich gewesen war. Der Hackney fuhr über den Clerkenwell-Anger, bog in den Saffron Hill ein und kurze Zeit später in den Holborn. Dann ging es den High Holborn entlang nach St. Giles. Die Hog Lane war eine schmale Gasse mit alten Häusern, teils aus Fachwerk, teils aus Ziegeln gebaut. Der Kutscher hielt vor einem etwas heruntergekommenen Backsteinhaus, dessen rußgeschwärzte Fassade sich über drei Stockwerke erhob.

»Die Wirtin heißt Symons«, informierte er seinen Fahrgast. »Ich wünsche Euch viel Glück.«
Kitty bezahlte ihn und zog ihre Reisetruhe die wenigen Stufen zur Haustür hinauf. Auf ihr Klopfen öffnete eine Frau mittleren Alters, die einen Säugling auf dem Arm trug, während ein etwa dreijähriges Mädchen mit triefender Nase an ihrem Rockzipfel hing.
»Seid Ihr Mistress Symons?«, erkundigte sich Kitty.
Die Hauswirtin nickte. »Sucht Ihr eine Bleibe?«
»Ja.«
Kritisch musterte Mistress Symons zuerst ihren gewölbten Bauch und dann den Ring an Kittys linker Hand.
»Wo ist Euer Gatte?«, fragte sie geradeheraus.
»Er hat mich verlassen, der Taugenichts«, antwortete das Mädchen bitter.
»Also gut. Ich will Euch glauben, dass Ihr tatsächlich verheiratet seid.«
»Ich schwöre Euch …«
»Ja, schon gut. Ihr sucht eine Kammer? Zur Zeit habe ich nur den Keller frei. Aber er ist geräumig. Wenn Ihr ihn sehen wollt, Madam?«
Kitty stimmte zu. Daraufhin führte die Wirtin, noch immer beschwert mit den zwei Kindern, sie vom Bürgersteig aus eine schmale Treppe unter das Straßenniveau, schloss eine Tür auf und trat in einen düsteren Raum, dessen hinteren Bereich man trotz des Tageslichts, das hereinfiel, nicht erkennen konnte. Es roch nach Feuchtigkeit und Schimmel. Angesichts der bedrückenden Unterkunft überkam Kitty ein Gefühl tiefer Niedergeschlagenheit. Hatte sie die blühenden Wiesen und Felder ihrer Heimatstadt verlassen, um ein Dasein in einem muffigen Kellerloch zu fristen?
»Der Mietzins beträgt achtzehn Pence die Woche«, sagte die

Hauswirtin mit einer einladenden Geste, als preise sie eine behagliche Stube an.
Entschlossen schüttelte Kitty den Kopf. »Das ist zu teuer. Hier gibt es ja nicht einmal einen Kamin.«
Theatralisch rang Mistress Symons die Hände. »Was erwartet Ihr, Kindchen? Das ist London. Ein billigeres Logis findet Ihr nur noch in den Absteigen von Whitefriars, um den Clare Market und in der St. Clement's Lane. Aber da müsst Ihr Euch eine Kammer mit zwanzig Fremden teilen und das Bett mit fünf oder zehn verlausten Bettlern.«
Entsetzt sah Kitty sie an. Zufrieden mit dem Eindruck, den sie bei der jungen Frau hinterlassen hatte, fuhr Mistress Symons aufmunternd fort: »Wenn Euch Gesellschaft nichts ausmacht, könnte ich Euch eine halbe Kammer im Dachgeschoss für neun Pence anbieten. Das Mädchen, das sie bewohnt, sucht jemanden, der sich an der Miete beteiligt.«
Eine zugige Mansarde war besser als ein feuchter Keller, dachte sich Kitty. Vielleicht würde die Aussicht sie an die Logis in Clerkenwell erinnern.
Als Kitty die Miete für eine Woche bezahlt hatte, trat Mistress Symons an die Stiege, die in die oberen Stockwerke führte, und rief: »Ann, du bekommst eine Mitbewohnerin. Hilf ihr nach oben!«
Kurz darauf erschien ein mageres Mädchen mit knochigem Gesicht auf der Treppe und lächelte Kitty freundlich an.
»Warte, lass mich dir helfen«, sagte Ann bereitwillig, als sie den Zustand der jungen Frau bemerkte. Gemeinsam trugen sie die Reisetruhe mit einiger Mühe die fünf Treppenläufe hinauf bis unters Dach. Die Bodenkammer war geräumig und nur karg eingerichtet. Es gab ein Bett, das aus einer Matratze auf einem fahrbaren Gestell bestand, und einen klapprigen Hocker mit einer verbeulten Waschschüssel aus Zinn. Auf

dem Boden befand sich die dazugehörige Kanne. Neben dem Bett entdeckte Kitty einen Eimer, der offenbar als Nachtgeschirr diente, und in einer Ecke hing Wäsche auf einer Leine. Die Kammer besaß weder einen Kamin noch ein Fenster. Durch ein Oberlicht fielen die schwachen Strahlen der Wintersonne auf den nackten Holzboden. An manchen Stellen rieselte der Putz von den Wänden.
Als Ann den zweifelnden Blick des Neuankömmlings bemerkte, sagte sie: »Es ist kein Palast, aber wenn der Wind nicht allzu stark durch die Ritzen pfeift, ist es ganz gemütlich.«
»Ich beklage mich nicht«, erwiderte Kitty seufzend. »Schließlich hat meine eigene Dummheit mich hergeführt.«
Wie anders hätte ihr Schicksal sein können, wäre ihr Bruder Thomas noch am Leben. Er hätte ihr geholfen, eine Anstellung in einem respektablen Haushalt zu finden, und dort würde sie nun ein arbeitsreiches, aber anständiges Leben führen. Doch Thomas war tot, gehängt für ein Verbrechen, das er nicht begangen hatte, und sie war in ihrer Verzweiflung einem Betrüger auf den Leim gegangen, der sie geschwängert und dann im Stich gelassen hatte. In Kittys Herz stieg das bittere Gift des Hasses auf und richtete sich ganz gegen denjenigen, der ihr Unglück verschuldet hatte: den Diebesfänger Jonathan Wild. Er hatte ihr den Bruder genommen und sie so in die Arme seines Handlangers Daniel Gascoyne getrieben.
Ein wenig hilflos betrachtete Ann die Schwangere und versuchte, ihre Gedanken von dem düsteren Gesicht abzulesen.
»Willst du mir nicht erzählen, wie du in diese Lage gekommen bist?«, fragte das knochige Mädchen unverblümt. »Ich mache uns Tee. Du magst doch Tee?«
Überrascht sah Kitty ihre künftige Mitbewohnerin an. »Ist Tee nicht unerschwinglich teuer?«

»Frischer Tee, ja. Da kostet das Pfund gut und gerne ein Pfund Sterling«, gab Ann zu. »Aber ich habe nun einmal eine Schwäche für das Zeug. Es gibt nichts Kräftigenderes und Aufbauenderes nach einem langen Arbeitstag, oder wenn der Hunger wieder einmal in den Gedärmen wühlt, als ein starker Tee. Ich kaufe regelmäßig gebrauchte Blätter vom Butler des Hauses, in dem ich hin und wieder bei der Wäsche aushelfe.«
Während sie sprach, holte sie eine bauchige kleine Kanne von einem Bord und schloss dann mit einem Schlüssel, den sie an einer Kette um den Hals trug, eine aus rohem Kiefernholz gezimmerte und mit geblümtem Papier beklebte Kiste auf. Darin befanden sich ihre bescheidenen Habseligkeiten, unter anderem auch die gebrauchten Teeblätter, deren einziger Schutz gegen Diebstahl aus einem einfachen Schloss bestand. Nur die Armen, die nichts besaßen außer den Kleidern, die sie auf dem Leibe trugen, hatten nicht einmal eine schlichte Kiste wie diese.
»Du solltest dir für die Zukunft auch eine abschließbare Holzkiste anschaffen«, riet Ann. »Sie ist leichter zu tragen, aber trotzdem sicher. Wenn du willst, zeige ich dir einen ehrlichen Pfandleiher, der dir die Reisetruhe zu einem guten Preis abnimmt.«
»Danke für den Rat«, erwiderte Kitty. »Ich werde darüber nachdenken.«
Für eine kurze Weile verschwand Ann in der Küche des Hauses und kehrte schließlich mit einer Kanne heißen Wassers zurück. Als Kitty aus Höflichkeit den Tee probierte, war sie angenehm überrascht. Ann hatte ein wenig Zucker hineingegeben.
»Mit einem Spritzer Milch schmeckt er noch besser, aber ich habe leider keine mehr da.«
Während die beiden jungen Frauen auf dem Bettrand saßen und Tee tranken wie die reichen Damen der Gesellschaft, re-

dete sich Kitty ihr Leid von der Seele. Allerdings vermied sie es, Jonathan Wild zu erwähnen, vor dem sie sich weiterhin in Acht nehmen musste.
»Die Männer sind Schweine«, kommentierte Ann Kittys Beichte. »Sie taugen nur dazu, dass man sie ausnimmt. Glaub mir, Herzchen, als Frau kannst du dir die Finger wund arbeiten und dennoch am Hungertuch nagen. Wenn du aber ein wenig Spaß nicht abgeneigt bist, gibt es keine besser bezahlte Arbeit als die Hurerei.«
Kittys Augen weiteten sich entsetzt. »Hast du …«, entschlüpfte es ihr, bevor sie sich beherrschen konnte.
Ann lächelte ein wenig abfällig. »Hin und wieder. Wenn ich die Miete nicht bezahlen kann und mein hohler Bauch mich allzu sehr quält. Es ist nicht so schlimm, wenn man ein glückliches Händchen darin hat, sich die Freier auszusuchen und die zu vermeiden, die nur durch die Anwendung von Gewalt über ihre Schamgefühle hinwegkommen.«
»Aber kannst du denn durch ehrliche Arbeit nicht genug verdienen?«, fragte Kitty unbehaglich.
»Wenn selbst viele Männer, die eine bessere Beschäftigung finden als Frauen, von ihrem Verdienst nicht menschenwürdig leben, geschweige denn ihre Familien ernähren können, wie soll unsereins dann mit dem Hungerlohn zu Rande kommen, der fürs Nähen, Waschen und Putzen gezahlt wird. Ich habe mal eine Zeitlang als Seidenzwirnerin in Spittlefields gearbeitet, und dann habe ich Seidenbänder gewebt. Aber nicht einmal die Webergesellen verdienen mehr als fünfzehn Schillinge die Woche, auch diejenigen nicht, die die schwierige Kunst des Brokatwebens beherrschen.«
»Könntest du keinen Dienstplatz als Magd bekommen?«
»Das habe ich auch versucht. Einmal und nie wieder!«, stieß Ann verächtlich hervor. »Mein Dienstherr, ein fetter Wein-

händler mit einer roten Säufernase, wollte für den mageren Lohn, den er mir zahlte, obendrein noch, dass ich ihm das Bett wärme. Als ich mich weigerte, entließ er mich. Da sagte ich mir, das Dienstbotenleben ist nichts für dich. Man wird wie das Eigentum des Hausherrn behandelt.« Anns blaue Augen richteten sich mit einem mitfühlenden Ausdruck auf Kitty. »Tut mir leid, dir die Illusion zu nehmen. Aber mit einem Kind findest du ohnehin keinen Dienstplatz. Bist du geschickt im Umgang mit der Nadel? Dann könntest du Hemden und Hosen nähen. Aber das wird auch sehr schlecht bezahlt. Nachdem du den Mietzins für eine Dachkammer wie diese beglichen hast, bleibt dir kaum genug für dein täglich Brot, geschweige denn für die Kerzen, die du in der dunklen Jahreszeit zum Arbeiten brauchst, oder für Kohle, falls du das Glück hast, über eine Feuerstelle zu verfügen.«

Bis ihr Kind geboren wurde, war Kitty ohnehin nicht in der Lage, sich auf Arbeitssuche zu machen, und so verdrängte sie den Gedanken daran. Ann half ihr, die Reisetruhe und einige Kleidungsstücke zum Pfandleiher zu schaffen, so dass Kitty bis zur Niederkunft genug Geld übrig hatte, um ein bescheidenes Dasein in der Dachkammer auf der Hog Lane zu fristen. Dafür half sie ihrer Mitbewohnerin bei den Näharbeiten, die diese nach Hause brachte, und sie teilten sich den Lohn, den Ann damit verdiente.

In den Keller war ein Flickschuster mit seiner Familie eingezogen. Kitty konnte nicht umhin, sie zu bedauern, wenn sie den Mann in dem Bemühen, Kerzen zu sparen, hinter dem schmutzstarrenden Fenster im schwachen Licht des Wintertages alte Schuhe reparieren sah. Seine drei Knirpse verließen den Kellerraum nur selten, ihre fadenscheinigen Kleider schützten sie nur unzureichend vor der bitteren Kälte.

An diesem Nachmittag im März zeigte der Frühling keine Anstalten, ins Land einzuziehen. Kitty war froh, dass sie sich in den dicken Wollumhang schmiegen konnte, den Daniel ihr im Dezember gekauft hatte, und dass sie feste Schuhe aus Stamford mitgebracht hatte, sonst hätte sie sich bei dem schneidenden Wind, der durch die Gasse pfiff, nicht aus der Kammer getraut. Der Schrei einer Hökerin, die Austern anpries, hatte sie hinausgelockt. Zusammen mit dem Rest des Brotlaibs, der in ein Tuch eingeschlagen an der Decke hing, fern von den Mäusen, würden die Muscheln ein frugales, aber billiges Abendessen für sie und Ann abgeben. Denn von der Innereienpastete, von der sie die letzten zwei Wochen gelebt hatten, war nur noch der unbekömmliche äußere Teig übrig, der den Inhalt so lange frisch gehalten hatte.

Vor dem Haus begegnete ihr die Frau des Flickschusters, die Würste für ihre Familie zum Abendbrot gekauft hatte. Unwillkürlich wunderte sich Kitty, wie diese das Mahl ohne Feuerstelle zubereiten wollte. Vielleicht erlaubte ihr die Hauswirtin, den Herd in der Küche zu benutzen, die gewöhnlich abgeschlossen war.

Als Kitty die Austern erstanden hatte, kehrte sie zum Haus zurück. Rogers, der Schreinergeselle, der im zweiten Stock die vordere Kammer bewohnte, kam gerade von der Bierschenke zurück, in der er sich jeden Abend eine warme Mahlzeit auf einem Tablett holte. Höflich hielt er ihr die Tür auf, kein leichtes Unterfangen, denn er musste dabei das schwere Tablett mit dem Teller voller duftendem Essen und dem mit Ale gefüllten Zinnhumpen in einer Hand halten.

Wenig später kam auch Ann nach Hause. Sie hatte die fertig genähten Hemden ausgeliefert und brachte neues Leintuch und Faden mit, den sie aus eigener Tasche bezahlen musste, ebenso wie die Nadeln, falls sie eine zerbrach oder verlor.

»Ich habe Austern gekauft«, teilte Kitty ihr mit.
»Gut, ich bin hungrig«, erwiderte Ann.
Sie sah müde aus. Am Morgen hatte sie zudem noch in einem Haus bei der Wäsche ausgeholfen. Sie hatten gerade gegessen, als Kitty beim Aufstehen einen plötzlichen Schmerz verspürte, der ihren Leib durchfuhr. Mit einem leisen Aufschrei krümmte sie sich zusammen. Der Zinnteller, den sie in der Hand gehalten hatte, entglitt ihren Fingern und fiel scheppernd zu Boden.
Erschrocken sprang Ann vom Bettrand auf. »Was ist?«
»Ich weiß nicht«, stieß Kitty ängstlich hervor, die Hand auf ihren gewölbten Bauch gepresst. »Einen solchen Schmerz habe ich noch nie erlebt.«
Ann eilte an ihre Seite und stützte sie. »Vielleicht wird es besser, wenn du dich bewegst.«
Kitty ließ sich ein paar Schritte führen. Schweiß trat ihr auf die Stirn. Dann kehrte der Schmerz zurück, und sie stöhnte laut auf.
»Es sind die Wehen«, keuchte sie. »Das Kind … es kommt.«
»Herr im Himmel!«, rief Ann entsetzt. »Ich hole Mistress Symons.«
Sie half Kitty, sich aufs Bett zu setzen, und rannte dann die Stiege hinunter. Nach einer Weile war die ärgerliche Stimme der Hauswirtin von unten zu hören. Die abgenutzten Stufen knarrten unter ihren hastigen Schritten. Noch unter dem Eindruck der verebbenden Wehe sah Kitty hilfesuchend zu ihr auf.
»Bist du sicher, Mädchen, dass die Wehen eingesetzt haben?«, fragte Mistress Symons, während sie die Schwangere besorgt musterte.
»Ich glaube schon«, stammelte Kitty.
»Du kannst unmöglich hierbleiben«, sagte die Hauswirtin entschieden.

»Ihr wollt mich auf die Straße setzen?«, fragte Kitty ungläubig. Tränen sammelten sich in ihren Augen.
»Natürlich nicht«, widersprach Mistress Symons. »Aber hier kann dir niemand bei der Niederkunft beistehen. Die Krankenhäuser nehmen keine Gebärenden auf. Du musst ins Arbeitshaus gehen.«
»Ja, das ist das Beste«, stimmte Ann zu. »Dort wird man sich um dich kümmern. Da gibt es auch eine Hebamme.«
»Ich besorge eine Mietkutsche«, erklärte die Hauswirtin und eilte die Treppe hinunter.
Fürsorglich hängte Ann der Wöchnerin den warmen Wollumhang um die Schultern und stützte sie auf dem langen Weg ins Erdgeschoss. Eine Ewigkeit schien zu vergehen, bis Mistress Symons um die Ecke kam, gefolgt von einem Hackney, dessen Kutscher sie ungeduldig weiterwinkte. Ann half Kitty beim Einsteigen und setzte sich neben sie.
»Zum Arbeitshaus auf der Bishopsgate Street«, rief die Hauswirtin dem Kutscher zu, der mit einem Nicken die Peitsche schwang.
Die Fahrt wurde für Kitty zur Qual. Es ging durch die halbe Stadt, den Holborn entlang, durch das Newgate, an der St.-Pauls-Kathedrale vorbei, dann über die Cheapside, die Poultry und den Cornhill auf die Bishopsgate Street. Die Wöchnerin nahm nichts mehr um sich herum wahr, für sie gab es nur noch den immer wiederkehrenden Schmerz, der ihren Körper zerriss. Vielleicht würde sie sterben und so dem Leid und dem Elend entfliehen, in den Daniels Verrat sie gestürzt hatte. Nachdem sie ein weiteres Stadttor, das Bishopsgate, durchquert hatten, wurde der Hackney endlich langsamer und fuhr schließlich in einen Hof ein. Zur Linken erstreckte sich ein etwa vierhundert Fuß langes, drei Stockwerke hohes Backsteingebäude, das wie ein Gefängnis aussah.

Ann stützte Kitty, die vor Schmerzen schrie, beim Aussteigen.
»Hast du Geld für die Fahrt?«, fragte sie.
Kitty nickte, hatte jedoch nicht die Kraft, nach den Münzen zu kramen, und so tastete sich Ann in ihre unter dem Rock getragenen Stofftaschen vor. Als sie den ungeduldig wartenden Kutscher bezahlt hatten und sich dem Eingang zum Arbeitshaus näherten, kam ihnen der Pförtner entgegen.
Nachdem er die Wöchnerin kritisch gemustert hatte, fragte er kühl: »Habt Ihr ein Empfehlungsschreiben von den Armenpflegern Eures Sprengels?«
Ann funkelte den Pförtner entrüstet an. »Nein, hat sie nicht. Aber Ihr seht doch, wie schlecht es ihr geht.«
»Ohne Empfehlungsschreiben kann ich Euch leider keinen Einlass gewähren«, meinte der Pförtner abweisend.
»Was versteht Ihr schon davon!«, fuhr Ann ihn an. »Holt sofort die Leiterin her, sonst werdet Ihr mir helfen müssen, dieses Kind auf die Welt zu bringen. Habt Ihr verstanden?«
Verunsichert sah sich der Pförtner nach Hilfe um, und da keine kam, hob er beschwichtigend die Hände und entfernte sich. »Also gut, ich hole sie. Wartet hier!«
Kitty wurde von Schluchzen geschüttelt. Wie es schien, würde sie ihr Kind auf diesem Hof im Schneematsch gebären müssen. Trotz Anns Gegenwart fühlte sie sich allein und hilflos. Kurze Zeit später eilte eine beleibte Frau mit säuberlich gebügelter Haube und Schürze herbei. Ihr selbstbewusstes Auftreten wies sie als Leiterin der Frauenabteilung aus.
»Was geht hier vor?«, fragte sie streng. »Wisst Ihr denn nicht, dass Ihr zuerst die Armenpfleger um ein Empfehlungsschreiben ersuchen müsst, bevor Ihr Aufnahme findet? Unsere Plätze sind begrenzt.«
Unter dem Ansturm einer besonders starken Wehe krümmte

sich Kitty schreiend zusammen, so dass Ann sie kaum noch halten konnte. Die Leiterin der Frauenabteilung konnte nicht anders, als der Kreißenden unter die Arme zu greifen, um sie aufzufangen.

»Na, das habt Ihr Euch gut ausgerechnet«, rief sie vorwurfsvoll. »Kommt im letzten Moment hier an, damit man Euch nicht abweisen kann.« An Ann gewandt, sagte sie seufzend: »Ihr könnt sie mir überlassen. Ich kümmere mich um sie.«

Mit Hilfe des Pförtners, der sich mittlerweile wieder eingefunden hatte, brachte die kräftige Frau Kitty in die Entbindungsabteilung und schickte nach der Hebamme.

Obgleich es ihr erstes Kind war, verlief die Geburt schnell und ohne Zwischenfälle. Am Abend hielt sie ein kleines Mädchen im Arm, dessen Anblick Kitty ein wenig über die ausgestandenen Schmerzen hinwegtröstete. Dieses kleine Bündel Mensch war das Einzige, was ihr von Daniel Gascoyne blieb.

11

Nach einer Woche Aufenthalt im Arbeitshaus wurde Kitty vor einen Friedensrichter zitiert, der ihr eine Reihe von Fragen nach ihrer Herkunft stellte. Er wollte wissen, wo sie geboren wurde und wann sie nach London gekommen war, ob sie jemals in Diensten gestanden hatte und ob ihr Kind ein Bastard sei.

»Meine Tochter ist nicht unehelich«, antwortete Kitty bestimmt und zeigte ihren Ehering vor. »Ihr Vater und ich sind verheiratet.«

»Wie heißt Euer Gatte, und wo hält er sich auf?«, erkundigte sich der Magistrat eifrig, in der Hoffnung, die Befragung rasch hinter sich bringen zu können.

»Sein Name ist Daniel Gascoyne. Er hat mich sitzenlassen und ist verschwunden«, erwiderte Kitty beschämt.

»Das ist bedauerlich«, meinte der Friedensrichter enttäuscht und kratzte sich unter der weißen Rosshaarperücke. »Woher stammt Euer Gatte?«

»Aus Southampton«, entgegnete Kitty, ohne den Sinn der Frage zu begreifen. »Doch er hat dort keine Familie mehr. Seine Eltern sind tot.«

»Das tut nichts«, bemerkte der Magistrat und nickte seinem Schreiber auffordernd zu, der daraufhin begann, ein Dokument aufzusetzen.

An Kitty gewandt, fragte der Friedensrichter, dem es erneut unter der Perücke juckte: »Seid Ihr mit dem Armenpflegegesetz von 1661 vertraut? Dieses Gesetz besagt, dass jeder Einwohner von England und Wales seinen gesetzlichen Wohnsitz in dem Pfarrsprengel hat, in dem er entweder geboren wurde, eine Lehre macht, in Diensten steht oder Hauseigentümer ist. Als verheiratete Frau ist Euer gesetzlicher Wohnsitz im Kirchspiel Eures Gatten, also in Southampton. Folglich werde ich Euch und Euer Kind dorthin zurückschicken.«

»Zurückschicken?«, wiederholte Kitty ungläubig. »Aber ich war nie dort. Ich kenne niemanden in Southampton.«

»Das ist Euer Problem«, meinte der Magistrat ungerührt.

»Aber …«

»So will es das Gesetz«, bekräftigte er in einem Ton, der keinen weiteren Widerspruch duldete. »Unterzeichnet.«

Der Schreiber schob ihr das Dokument zu, nachdem er es mit Sand gelöscht hatte, und reichte ihr die Feder. Zögernd nahm Kitty sie entgegen und setzte ihren Schriftzug unter ihre Aussage.

Bedrückt machte sich die junge Mutter auf den Rückweg und ging an der Brauerei und dem Schlachthof des Arbeitshauses vorbei zu den Unterkünften der Bettler und Vagabunden auf der »Aufseherseite«. Dort gesellte sie sich wieder zu den Frauen, die die Wäsche der armen Kinder auf der »Verwalterseite« wuschen. Die anderen Insassen mussten Hanf klopfen, der dann an Zwirnspinner, Leinenweber und Schuhmacher verkauft wurde. Die Kinder erhielten jeden Tag zwei Stunden Unterricht in Lesen und Schreiben, den Rest der Zeit verbrachten sie damit, Wäsche zu flicken und Strümpfe zu stricken. Zweimal am Tag fanden sie sich alle zur Andacht in der geräumigen Kapelle zusammen. Das Essen war einfach, aber ausreichend. Morgens und abends gab es zumeist gebuttertes Brot und manchmal Käse. Mittags wurde eine warme Mahlzeit aufgetischt, an einem Tag Erbsenbrei, an einem anderen Mehlklöße mit Rosinen oder Haferschleim. Nur sonntags und donnerstags kamen die Insassen des Arbeitshauses in den Genuss von Rindfleisch.

Kitty hatte sich in der Institution sicher und geborgen gefühlt. Die Aussicht, in eine fremde Stadt verfrachtet zu werden, machte ihr Angst. Sie war nicht einmal sicher, ob sie nach Stamford zurückkehren wollte. Mit ihrem vaterlosen Kind würde man sie nur für ein gefallenes Mädchen halten und sie mit Verachtung strafen. Da war es schon besser, in London zu bleiben, wo sich Kitty trotz ihres Unglücks mittlerweile heimisch fühlte. Hier konnte sie ohne Mühe untertauchen und ihre Schande verbergen.

Es war üblich, dass ein Kirchspiel, das Vagabunden in ihre Heimatsprengel abschieben wollte, einen Karren mietete und diesen von Konstabler zu Konstabler schickte. Die Kosten für Unterkunft und Verköstigung der Deportierten trug die Grafschaft, die das Gefährt auf seinem Weg gerade passierte. Da Kitty jedoch zurzeit die Einzige war, die nach Southampton abgeschoben werden sollte, beschlossen die Kirchenvorsteher, in diesem Fall auf die Anmietung eines Karrens zu verzichten, um Geld zu sparen. Stattdessen händigten sie Kitty einen Pass aus, der sie berechtigte, sich auf dem Weg nach Southampton den Lebensunterhalt zu erbetteln. Am Ende einer Tagesreise konnte sie mit dem Pass beim Konstabler des jeweiligen Ortes vorsprechen und erhielt dann eine Mahlzeit und ein Obdach.

So fand sich Kitty an einem eisigen Märzmorgen auf dem Hof des Arbeitshauses wieder, den Bettlerpass in der Tasche, ihre Tochter in ein Tuch gewickelt vor dem Bauch. Sie hatte die Kleine auf den Namen Helen taufen lassen, nach der Heiligen der Pfarrkirche, in der die Insassen jeden Sonntag den Gottesdienst besuchten.

Noch ein wenig unschlüssig stand Kitty eine Weile auf der Bishopsgate Street, bevor sie sich langsam in Richtung Stadtkern in Bewegung setzte. Zuerst musste sie zur Hog Lane zurück und ihre Habseligkeiten holen.

Der Weg war lang und beschwerlich. Um die Mittagszeit erreichte sie endlich das Logierhaus. Als sie an die Tür klopfte, um ihre Rückkehr anzukündigen, wurde sie von Mistress Symons empfangen.

»Du bist es! Wie ich sehe, hast du ein gesundes Kind zur Welt gebracht«, sagte sie mit abschätzigem Blick. »Willst du etwa deine alte Kammer zurück? Leider geht das nicht. Ich habe sie neu vermietet, als Ann ausgezogen ist.«

»Ann ist fort?«, wiederholte Kitty enttäuscht. »Wie schade.«

»Sie schuldet mir noch Geld«, erklärte die Hauswirtin. »Sie ist klammheimlich mit dem Schemel und dem Waschgeschirr abgehauen. Sicher hat sie die Sachen versetzt.«

Überrascht sah Kitty sie an. Das hätte sie dem freundlichen Mädchen nicht zugetraut.

»Es tut mir leid«, sagte sie. »Ich möchte nur meine Kiste abholen. Dann gehe ich.«

Die Hauswirtin stieß ein kurzes spöttisches Lachen aus. »Die hat Ann ebenfalls mitgehen lassen«, sagte sie abfällig. »Das kleine Luder hatte es faustdick hinter den Ohren.«

Bitterkeit stieg in Kittys Herz. Konnte sie denn niemandem trauen? In der Kiste befand sich alles, was sie noch besessen hatte: ein zweiter Rock, ein Unterrock, zwei Hemden und eine Schürze. Nur ihr Geld trug sie stets am Körper. Doch auch davon war nicht mehr viel übrig.

»Ann und du haben doch immer zusammengegluckt«, erinnerte sich die Hauswirtin. »Vermutlich habt ihr das gemeinsam ausgeheckt und trefft euch irgendwo, um den Erlös aus dem Diebesgut zu teilen.« Mistress Symons' Blick wurde drohend. »Sicher hast du noch Geld. Zahl mir auf der Stelle Anns Mietzins und eine Entschädigung für die Sachen, die sie gestohlen hat, oder ich hole den Konstabler und lasse dich verhaften!«

»Was?«, rief Kitty empört. »Ich denke nicht daran. Sie hat auch mich bestohlen!«
»Gib mir das Geld!«, zischte die Hauswirtin und versuchte, ihre Hand in den Schlitz von Kittys Rock zu führen, durch den man die Taschen erreichen konnte, die diese um den Leib gebunden hatte. Energisch schlug das Mädchen Mistress Symons' Hand herunter und wich vor ihr zurück. Erbitterung und Zorn ließen ihr das Blut zu Kopf steigen und verdrängten den letzten Rest an Schüchternheit, der ihr noch geblieben war.
»Wagt es nicht, noch einmal Hand an mich zu legen, sonst kratze ich Euch die Augen aus!«, schrie sie.
Langsam trat Kitty in die Gasse zurück. An ihrer Brust spürte sie die unruhigen Bewegungen ihrer Tochter. Sie warf Mistress Symons noch einen letzten Blick zu, wie um sie zu warnen, ihr nicht zu folgen. Dann tauchte sie in das Labyrinth der schmutzigen grauen Gassen von St. Giles ein.

London erstarrte in der Kälte einer frostigen Nacht. Der Frühling wollte sich nicht einstellen. In den Hausruinen drängten sich die Bettler und Obdachlosen zusammen und verbrannten Türen, Treppengeländer und Wandvertäfelungen in den Kaminen. Die Läden, die Gin verkauften, machten ein gutes Geschäft, denn für manche arme Seele war der Alkohol die einzige Wärmequelle. Selbst die Nachtwächter, deren Pflicht es eigentlich gewesen wäre, die Besitzer wegen der Verletzung der Ladenschlussgesetze zu melden, ließen sich mit einem Becher Genever bestechen und kehrten dann müde in ihre Stände zurück, um dort ein Nickerchen zu machen.
Ab fünf Uhr morgens begannen sich die Gesellen und Lehrjungen der Bäcker zu regen. Der Ofen musste angeheizt, die Backstube ausgewischt, der Teig geknetet werden. Hinter den

geschlossenen Läden der Häuser verließen die Menschen ihre warmen Betten und begannen ihr Tagwerk. Die ersten unruhigen Lichter glommen hinter den Fensterscheiben auf, wie warme goldene Sterne in einer kalten, düsteren Nacht. Die Kirchenglocken läuteten zum Frühgottesdienst. Die armen Leute, die nichts anderes ihr Eigen nannten als einen Reisigbesen, machten sich auf den Weg zu Kirchen und Kapellen, um dort die Eingänge zu fegen und sich damit ein Zubrot zu verdienen. Bettler, die einen festen Platz hatten, ließen sich auf mitgebrachten Strohschütten nieder und warteten auf die ersten Kirchgänger. Zu ihnen gesellten sich bald die Schuhputzer, die meisten von ihnen noch Kinder.
Die ganze Nacht war Kitty ziellos durch die Gassen gewandert. Nachdem sie mehr als ein Mal von den Menschen, denen sie Vertrauen entgegengebracht hatte, enttäuscht worden war, begegnete sie nun ihrer Umgebung mit wachsender Vorsicht. Sie beobachtete die Leute mit weitaus größerer Aufmerksamkeit als früher und lernte schnell, ihre Absichten einzuschätzen. In den frühen Morgenstunden fand sie sich auf der Großen Piazza von Covent Garden wieder, ohne zu wissen, welcher Instinkt sie hergeführt hatte. Noch war auf dem Obst- und Gemüsemarkt nicht viel Betrieb. Die Händler trafen gerade erst ein. In einer abgestellten Sänfte schlief einer der Träger, während der andere stampfend auf und ab ging und die Arme um den Körper schlug. Lehrknaben, die ihr Meister ausgeschickt hatte, eine Besorgung zu erledigen, eilten vorbei. Schankjungen machten ihre Runde durch die Nachbarschaft und sammelten die Zinnhumpen ein, in denen sich so mancher Gast am Abend zuvor sein Ale mit heimgenommen hatte.
Kitty sah, wie ein Lehrling, der für den Meister oder seine Frau offenbar eine Kanne Milch geholt hatte, einige große Schlucke davon nahm und den Krug heimlich an einer Was-

serpumpe auffüllte. Mägde und Stubenmädchen, die mit Körben oder Taschen über dem Arm zum Einkaufen geschickt worden waren, standen in Gruppen zusammen und tratschten über ihre Herrschaft.

In der Ferne sah Kitty Licht in den Fenstern von »Tom Kings Kaffeehaus«. Immer wieder öffnete sich die Tür und entließ grölende Zecher in die kalte Märzluft. Sie und die Lastenträger, die ihren Morgenkaffee trinken wollten, gaben sich die Klinke in die Hand. Die berüchtigte Kaffeestube schien nie ihre Pforten zu schließen.

Erschöpft und durchgefroren näherte sich Kitty den Handwerkerständen, die zum Großteil noch verlassen waren. Bei einer Bude jedoch war die Tür nur angelehnt. Da die junge Frau sich kaum noch auf den Beinen halten konnte, wollte sie den Inhaber fragen, ob er ihr erlaubte, sich für eine Weile ins Innere zu setzen. Dabei konnte sie auch gleich ihre Tochter stillen, die vor Hunger greinte.

Im Innern der Krambude herrschte Finsternis.

»Hallo!«, rief Kitty leise. »Ist jemand da?«

Als keine Antwort kam, zögerte sie einen Moment lang. Doch bald verscheuchte die Müdigkeit jegliche Skrupel, und sie trat ein. Als sich ihre Augen an das Dunkel gewöhnt hatten, bemerkte sie eine Gestalt, die auf einer Bank an einem erloschenen kleinen Ofen saß.

»Entschuldigt mein Eindringen«, begann Kitty erschrocken. »Ich wollte Euch nicht stören, aber ich bin die ganze Nacht gelaufen …«

Beklommen hielt sie inne. Trotz der Dunkelheit konnte sie ihren warmen Atem in der Kälte weiß aufsteigen sehen. Doch der Mann, der zusammengesunken vor ihr saß, atmete nicht mehr. Mechanisch streckte sie den Arm aus und berührte mit den Fingerspitzen seinen Handrücken. Die Haut war kalt wie Eis.

Mit einem leisen Aufschrei wich Kitty zurück und huschte durch die Tür ins Freie. Dabei stieß sie mit einer kräftig gebauten Frau zusammen, die sie unsanft am Ärmel packte.
»Heh, was machst du in Petes Bude, Herzchen?«, rief sie drohend. »Wolltest ihn wohl bestehlen!«
Mit entsetzter Miene starrte Kitty die Frau an, deren Gesicht bis unter die Augen mit einem Schal vermummt war. Sie trug mehrere Kleidungsstücke übereinander, von denen jedes zerschlissen war.
»Nein, ich … lieber Gott … er ist tot«, stammelte die junge Mutter bestürzt.
»Was sagst du da?«
Die kräftige Frau ließ sie los und trat in das Innere des Verkaufstandes. Kurz darauf kam sie wieder heraus und murmelte: »Nun hat's ihn erwischt, den guten Pete. Hat wenig Glück gehabt, der Arme. Seine Frau und seine Kinder sind an den Pocken gestorben, weißt du. Seitdem hatte er nicht mehr viel Freude am Leben. Und in seinem Metier war er auch nicht gerade der Geschickteste. Ein Flickschuster mit steifen Fingern verdient nicht viel. Hatte wohl nicht mehr genug Geld für die Kohle. So ein Jammer.«
Die Frau musterte Kitty prüfend. »Du wolltest dich bei ihm ein wenig ausruhen, hab ich recht? Na, geh nur hinein. Er beißt ja nicht. Und er hätte sicher nichts dagegen. War eine gute Seele, unser Pete.«
Zögernd folgte Kitty der Einladung und setzte sich neben den Toten auf die Bank. Ihre Erschöpfung war so groß, dass sie fast augenblicklich von wellenartiger Müdigkeit überschwemmt wurde. Mit halbem Auge sah sie, wie die Frau hinkend einen Handwagen näher an den Eingang schob und sich dann mit einem Seufzen daraufsinken ließ.
»Dein Kind hat Hunger«, bemerkte sie, ohne Kitty anzubli-

cken. »Du solltest ihm die Brust geben, bevor es anfängt zu schreien. Lass dich von mir nicht stören.«

Mit ihrer in Lumpen gehüllten Hand kramte sie in dem Handwagen nach einer Flasche, zog den Stopfen heraus und nahm einen kräftigen Schluck. Dabei entblößte der Schal ihr Gesicht. Kitty erschrak und senkte unbehaglich die Augen. Wo die Nase hätte sein sollen, klaffte ein tiefes Loch.

»Hab dich nicht so«, meinte die Frau jovial. »Ich hab's in meiner Jugend ein wenig zu wild getrieben. Und später hat mir die Franzosenkrankheit die Nase weggefressen.« Sie zuckte die Schultern. »Weshalb sich darüber aufregen? Es ist nun einmal geschehen. Da kann man nichts machen.« Sie kippte sich einen ordentlichen Schluck hinter die Binde. »Willst du?«, fragte sie einladend und bot Kitty die Flasche an. »Übrigens, mein Name ist Betty.«

»Danke, ich bin Kitty«, erwiderte die junge Mutter und probierte vorsichtig den Inhalt der Flasche. Das Zeug war ein wahrer Rachenputzer, der ihren Mund verätzte und sie erbärmlich husten ließ. Betty stieß ein wohlwollendes Lachen aus.

»Das war wohl dein erster Schluck Gin, Kleine. Mit der Zeit gewöhnst du dich dran. Es gibt nichts Besseres gegen Hunger und Kälte!«

Lächelnd sah sie zu, wie Kitty ihre Tochter stillte.

»Wie heißt die Kleine?«

»Helen.«

»Ah, wie St. Helen's Bishopsgate«, entfuhr es Betty, und sie machte eine Geste, als wolle sie sich an die nicht vorhandene Nase tippen. »Sag mal, Herzchen, wie bist du eigentlich aus dem Arbeitshaus rausgekommen? Bist wohl ausgebüxt?«

»Man wollte mich nach Southampton schicken, nur weil mein Gatte dort geboren wurde«, erwiderte Kitty trotzig. »Aber ich kenne dort niemanden.«

»Hat man dir einen Pass ausgestellt?«, fragte Betty interessiert.
»Ja, aber ich habe nicht vor, ihn zu benutzen.«
»Was willst du damit anstellen? Ihn dir zur Zierde an die Wand hängen?«, meinte Betty ironisch. »Verkauf ihn. Die Dinger sind heiß begehrt bei Bettlern, die nicht in London bleiben wollen. Mit einem Pass in der Tasche können sie nicht verhaftet werden. Ich zeige dir, wo du ihn zu Geld machen kannst, wenn du magst.« Eine Weile betrachtete sie die junge Frau nachdenklich. »Wovon willst du leben? Vom Betteln? Ich habe eine bessere Idee. Weshalb tun wir uns nicht zusammen? Ich verhökere alles Mögliche von Haus zu Haus, was immer es gerade gibt: Fisch, Gemüse, Gin. Du könntest dich mir anschließen.« Als Betty den misstrauischen Ausdruck in den Augen ihres Gegenübers bemerkte, fuhr sie fort: »Schon klar, du fragst dich, welche Hintergedanken die Alte wohl hat. Ich erklär's dir! Meine Ware kann noch so schmackhaft sein, die Leute werfen einen Blick auf meine hässliche Fratze und suchen das Weite. Aber wenn sie dich sehen und das süße Gesichtchen deiner Tochter, werden sie nicht anders können, als ihre Börse zu zücken. Glaub mir, was ich mit deiner Hilfe verdienen kann, reicht für uns beide.«
Bettys Argumente erschienen Kitty einleuchtend, und da ihr die Hökerin sympathisch war, willigte sie ein.
»Dann lass uns gehen«, sagte Betty auffordernd. »Zuerst finden wir einen Käufer für deinen Pass, und dann sehen wir mal, was wir heute auf dem Markt ergattern können.«
Als sie den Verkaufsstand des toten Schuhmachers verließen, fragte Kitty: »Sollen wir nicht jemandem Bescheid sagen?«
»Die anderen Handwerker werden sich um ihn kümmern, wenn sie kommen«, erklärte die Hausiererin.
Auf der Großen Piazza fiel Kitty eine Menschenmenge auf,

die sich um eine Sänfte drängte. Sie konnte nur einen kurzen Blick durch die Scheibe ins Innere werfen, bevor die neugierigen Gaffer ihr die Sicht nahmen. Auf den Polstern ausgestreckt wie eine Göttin schlummerte eine fein herausgeputzte, sehr schöne junge Frau.

»Wer ist sie?«, entfuhr es Kitty unwillkürlich. »Eine Lady?«

»Eher das Gegenteil«, höhnte Betty, konnte ihre Bewunderung jedoch nicht völlig verbergen. »Das ist die berühmt-berüchtigte Kurtisane Sally Salisbury, die teuerste und hochmütigste Hure Londons. Sie soll ursprünglich aus Shrewsbury stammen. Sie wuchs im Elendsviertel von St. Giles auf und machte eine Lehre bei einer Putzmacherin, die sie allerdings abbrach. Schließlich verkaufte sie ihren Körper unter dem Mantel einer Pamphletenhändlerin gegenüber der Royal Exchange. Später kam sie ins Bordell von Mutter Wisebourne auf der Drury Lane. Seit deren Tod im letzten Jahr arbeitet sie für Madam Needham. Sally soll sogar Pairs des Königreichs zu ihren Kunden zählen.«

»Das ist unglaublich!«, stieß Kitty beeindruckt hervor.

»Ja, sie könnte ihr Glück machen«, erwiderte die Hökerin. »Wenn sie nur ihrem ›Usquebaugh-Tee‹ nicht so zugetan wäre. Sobald sie sich einige Becher davon zur Brust genommen hat, verliert sie die Kontrolle und fängt an, Dummheiten zu machen. Es wird schlimm enden mit ihr, darauf gehe ich jede Wette ein.«

Nachdem Kitty ihren Pass zu einem guten Preis an einen Pfandleiher verkauft hatte, führte Betty sie zu einem der unzähligen Krämerläden in der Umgebung, in denen die Marktfrauen und Straßenhändler gemeinhin ihr Fasten brachen. Dort gab es Brot, Käse und Dünnbier zu erschwinglicheren Preisen als im Alehaus. Als sie den dämmrigen kleinen Laden betraten, hallte er bereits vom Geschnatter und Getratsche der Frauen wider. Für einen halben Penny erstand Betty eine Mahlzeit für Kitty und sich selbst und ließ sich ihre Flasche auffüllen. Das Brot war weiß, denn nicht einmal die Ärmsten wollten das dunkle, harte Brot aus Schrotmehl, Kleie und Bohnen essen, aber es schmeckte seltsam. Vermutlich war das Mehl mit Alaun gestreckt worden, um es zu bleichen. Auch der Käse war alles andere als frisch, und das Bier war so stark verdünnt, dass es keinen Geschmack mehr hatte. Der Hunger erlaubte es Kitty jedoch nicht, wählerisch zu sein. Nach der rastlosen Nacht verschlang sie gierig die frugale Mahlzeit und betrachtete dann neugierig die anderen Kunden. Ein Mann im fadenscheinigen Anzug kaufte einen Achtelscheffel Kohle und wickelte sie in ein schmutziges Tuch, ein Fackelträger erstand eine neue Fackel für die kommende Nacht, und Hausmädchen besorgten Kerzen, Seife oder Tee, Zucker und Butter für die Herrschaft. Jeder von ihnen erhielt ein Schlückchen Gin umsonst. Eine Frau in Lumpen, die eine Viertelpinte Brandy verlangte und anschreiben lassen wollte, wurde weggeschickt und kehrte kurz darauf mit einer Leinenhaube zurück, die sie als Sicherheit einsetzte.

Werde ich auch so enden?, fragte sich Kitty bedrückt.

Betty klopfte ihr unsanft auf den Rücken. »Nun komm, Kleine. Mach nicht so ein grimmiges Gesicht. Gehen wir an die Arbeit.«

12

Trotz ihres offensichtlichen Tatendrangs setzte sich die Hökerin gemächlich in Bewegung. Die Marktvorschriften besagten, dass die Hausfrauen die erste Wahl hatten und sich die beste Ware aussuchen konnten, dann kamen die Großhändler an die Reihe und zuletzt die Höker. Ihnen blieb meist nur schlechtes oder zum Teil bereits verdorbenes Obst und Gemüse.

Als der Morgen fortschritt, belebte sich der Markt von Covent Garden zusehends. Die eintreffenden Handwerker hatten Petes Leichnam entdeckt, und einer von ihnen lief zur St.-Pauls-Kirche hinüber, um den Pfarrer zu holen, der soeben den Gottesdienst beendet hatte. Vor den Gittern, die den Portikus der Kirche umgaben, hatte sich Bettelvolk eingefunden, das sich von den Kirchgängern eine milde Gabe erhoffte. Nur widerwillig verließen Lakaien und Kutscher die Schenken, in denen sie sich mit ein paar Pinten Wein die Kehle angefeuchtet hatten, während ihre Herrschaft in der Kirche war. Kitty wunderte sich, dass sich manche Trinkstuben so leichtfertig über das Gebot hinwegsetzten, während des Gottesdienstes zu schließen. Vermutlich zahlten die Inhaber dem Kirchenvorsteher ein Bestechungsgeld, damit dieser sie nicht kontrollierte.

Betty blieb vor den Marktständen der Obst- und Gemüsehändler stehen und musterte naserümpfend die verbliebenen Waren.

»Keine guten Zeiten für Höker«, murmelte sie Kitty zu. »Zu dieser Jahreszeit gibt es nur wenig frisches Gemüse, und selbst die Makrelen sind teuer, da kaum edlerer Fisch gefan-

gen wird. Nur Kohl ist stets im Überfluss zu haben. Hast du geschickte Finger? Dann kannst du unterwegs Kohlnetze knüpfen, das bringt ein paar Farthings mehr ein. Ich schätze, ich werde noch eine Flasche Gin kaufen. Es findet sich immer jemand, dem der Weg zum nächsten Genever-Laden zu weit ist, obwohl in St. Giles jedes vierte Haus das Zeug feilbietet. Müssen nur aufpassen, dass uns kein Konstabler über den Weg läuft. Die verscherbeln auch Gin und mögen keine Konkurrenz, ebenso wie die Barbiere und Tabakhändler.«
»Gibt es in London irgendeinen Berufszweig, der keinen Gin nebenbei anbietet?«, fragte Kitty zynisch.
»Lass mich überlegen. Weber verkaufen welchen, Schuhmacher, Schneider, Schreiner und natürlich Krämer«, antwortete Betty lachend. »Nicht zu vergessen die Höker. Nein, es gibt kaum jemanden, der nicht an dem köstlichen Saft verdient. Hier, nimm noch einen Schluck!«
Kitty folgte der Einladung, obgleich sie der scharfe Geschmack des Alkohols anwiderte. Doch er wärmte ihren unterkühlten Körper und benebelte ihre Sinne, so dass sie weniger über ihr Schicksal nachgrübelte.
Den ganzen Tag über zogen sie durch die Gassen um Covent Garden. Lautstark pries Betty ihren Kohl an, und ihre Begleiterin versuchte, sie nach ihrem besten Vermögen zu unterstützen, indem sie Vorbeigehende anlächelte und charmant ansprach. Dabei hielt sie die kleine Helen im Arm, die teilnehmende Blicke auf sich zog und so manches Herz zum Schmelzen brachte. Am Abend zeigte sich Betty mit dem Erlös zufrieden.
»Das reicht für ein warmes Abendessen in einer Garküche und eine Übernachtung«, meinte sie. »Hast du eine Unterkunft, Kindchen?«
Die junge Mutter schüttelte den Kopf.

»Dann komm mit mir«, schlug die Hökerin vor. »Ich verbringe die Nächte in einem Logierhaus auf der Black Boy Alley zu zwei Pence. Für uns zusammen kostet es nur drei Pence. Aber du darfst nicht zimperlich sein.«
Betty führte ihre Begleiterin zu einer Garküche, von denen es unzählige in Covent Garden gab. Dort suchten sie sich ein Stück Hammelfleisch von einem der vier Spieße aus, die sich, mit verschiedenen Fleischsorten gespickt, unablässig vor einer großen Feuerstelle drehten, und verzehrten es mit ein wenig Senf und einer Scheibe Brot. Es war die erste warme Mahlzeit, die Kitty zu sich nahm, seit sie das Arbeitshaus verlassen hatte. Müde, aber satt, folgte sie der Hökerin zur Black Boy Alley. Unterwegs begegneten ihnen Bettler und zwielichtige Gestalten. Kitty sah graue, ausgezehrte Gesichter, Pockennarben, verdreckte Bärte, Säufernasen, Geschwüre ... Die beängstigenden Fratzen erschreckten sie. Nun war sie endgültig in die Welt der Ärmsten der Armen hinabgeglitten.
»Hier verstecken sich viele Gauner und Diebe«, gab Betty zu, als sie Kittys beunruhigten Blick wahrnahm. »Aber die wissen, dass bei uns nichts zu holen ist, und halten sich lieber an die betuchten Bürgersleut'.«
Gleichwohl konnte die junge Mutter nicht umhin, nach den wenigen Münzen zu tasten, die sie in den Taschen unter ihren Röcken verwahrte. Es hatte zu regnen begonnen, und der Wind trieb ihnen eisige Graupeln ins Gesicht. So unwohl sich Kitty in dieser Nachbarschaft auch fühlte, so war sie doch froh, für die Nacht ein Dach über dem Kopf zu haben. Die Logierhäuser in der Black Boy Alley sahen schmutzig und vernachlässigt aus. Bei den meisten waren die Fensterscheiben zerbrochen und durch Bretter oder Papier ersetzt worden. An einigen Fassaden waren deutliche Risse zu sehen,

andere Häuser schienen so baufällig, dass sie jeden Moment zusammenzustürzen drohten.
»Warum reißen die Eigentümer diese Bruchbuden nicht ab und bauen neue Häuser?«, fragte Kitty verständnislos.
»Bei den meisten Gebäuden hier sind die Besitzverhältnisse unklar, deshalb kauft sie niemand«, erklärte Betty. »Das Risiko eines langwierigen Rechtsstreits ist zu groß. Da lässt man sie lieber verfallen und vermietet die Räume an arme Leute. Mistress Farrell, die Vermieterin, bei der ich gewöhnlich übernachte, führt mehr als zwanzig dieser Häuser und soll schon Tausende Pfund an Mieten eingenommen haben.«
Die Türen der Absteigen standen offen, und es herrschte ein reges Kommen und Gehen. Schließlich waren sie am Ziel. Betty betrat eines der Häuser, ging in die Küche und bezahlte bei einer der Frauen, die vor dem warmen Kamin saßen, drei Pence für sich und Kitty.
»Ihr seid spät dran«, meinte die Frau und steckte das Geld ein. »Es ist nur noch unter dem Dach etwas frei.«
»Verdammt«, fluchte Betty erbost. »Ich hasse es, mit meinem Bein da raufkraxeln zu müssen.«
Die Absteige glich einem Kaninchenbau. Jeder Raum verfügte über mehrere Türen. Schmale Korridore verbanden das Haus mit seinen Nachbarn zu beiden Seiten. Möbel gab es nicht. Auf dem Boden reihten sich mit Stroh oder Wolle gefüllte Säcke aneinander, auf denen die Schlafenden eng beieinanderlagen. Die Luft war zum Schneiden dick und stank nach ungewaschenen Leibern, Schweiß und Urin. In einer Ecke stand jeweils ein Eimer, der als Abort diente.
Entsetzt sah Kitty sich um. Sie wagte kaum zu atmen, war aber zu erschöpft, um das Weite zu suchen. Wohin hätte sie auch gehen sollen? Hinaus in die kalte, unwirtliche Nacht? Um an irgendeiner Straßenecke zu erfrieren wie der arme

Pete? Es war einfacher, sich der Hökerin anzuvertrauen und ihr blind in diese alptraumhafte Unterkunft zu folgen. Mit all den Menschen, die dort übernachteten, war es zumindest warm.
Nachdem sie mehrere Treppen hinaufgestiegen waren, blieb Betty schließlich seufzend vor einer wackeligen Leiter stehen, die auf den Dachboden führte. Schnaufend und stöhnend erklomm die Hausiererin die knarrenden Sprossen, drückte die Falltür auf, die den Durchgang verschloss, und zog sich auf den Boden hinauf. Flüche empfingen sie, als sie einen der Schläfer anstieß, der nahe der Falltür lag. In der Dachkammer war es stockfinster. Ängstlich tastete Kitty nach Bettys Rock, um sie nicht zu verlieren. Auf allen vieren rutschten die beiden Frauen hintereinander zu einem freien Strohsack und ließen sich seufzend darauf nieder. Die Dunkelheit, die sie umgab, entzog ihnen die Schlafenden, mit denen sie die Kammer teilen mussten, doch der unverkennbare Geruch nach Tabak verriet Kitty, dass einige Männer darunter waren. Zumindest konnte sie ihre Tochter stillen, ohne von neugierigen Augen beobachtet zu werden. Zum Glück war Helen ein stilles Kind, das kaum schrie, sonst hätte sie so manche Verwünschung über sich ergehen lassen müssen. Dabei ging es in dem Logierhaus alles andere als ruhig zu. Überall hustete, röchelte, schniefte oder schnarchte jemand.
Decken gab es nicht, so dass den Schlafenden nichts anderes übrigblieb, als die Kleider anzubehalten. Allerdings verspürte Kitty nicht das geringste Verlangen, sich an diesem alptraumhaften Ort auszuziehen. Als sie mit der Hand über den Strohsack tastete, spürte sie, wie die darin hausenden Flöhe gegen ihre Handfläche sprangen. Bisher war es ihr gelungen, sich sogar in Mistress Symons wenig sauberer Dachkammer von Ungeziefer freizuhalten, doch damit war es nun wohl vorbei.

Auf Bettys Rat hin zog sie die Schuhe aus und benutzte sie als Kopfkissen. So konnten sie nicht so leicht gestohlen werden. Wie zu erwarten, tat Kitty während der Nacht kaum ein Auge zu. Nachdem sie doch endlich eingeschlafen war, erwachte sie plötzlich mit einem Gefühl des Erstickens. Ein schweres Gewicht lag auf ihr und presste ihr den Brustkorb zusammen. Zuerst glaubte sie, der Schläfer neben ihr habe sich unabsichtlich auf sie gerollt, doch dann spürte sie eine Hand, die sich unter ihren Rock zwischen ihre Schenkel schob. Ein feuchter, übel riechender Mund streifte ihre Wange und drückte sich auf ihre Lippen. Von Abscheu geschüttelt, wandte sie den Kopf zur Seite und versuchte, den Mann mit den Händen von sich herunterzuwälzen.

»Lasst mich!«, keuchte sie.

»Hab dich nicht so, Kleines«, murmelte er genüsslich.

Im nächsten Moment fühlte Kitty eine Bewegung auf ihrer rechten Seite, auf der Betty lag. Dann ertönte ein Knall, und der Mann schrie vor Schmerz auf. Die Hökerin hatte ihm ohne Vorwarnung mit der Faust gegen die Schläfe geschlagen.

»Wenn du sie noch einmal anfasst, breche ich dir das Genick!«, zischte Betty. »Hast du verstanden?«

»Ja, doch«, murmelte der Wüstling kläglich und zog sich zurück.

An Kitty gewandt, sagte Betty eindringlich: »Wenn du überleben willst, musst du lernen, deine Kraft nicht mit unnützem Flehen zu vergeuden, sondern gleich zuzuschlagen, Mädchen.«

Der Rest der Nacht blieb ereignislos. Früh am Morgen verließen die Frauen das Logierhaus und machten sich auf den Weg nach Covent Garden.

»Der Vorfall heute Nacht war dir hoffentlich eine Lehre, Kitty«, sagte die Hökerin streng. »Benimm dich nicht wie ein Opfer, dann wirst du auch nicht dazu gemacht.« Nach einer kurzen Pause fuhr sie fort, ohne ihre Begleiterin anzusehen: »Ich stamme aus Hampshire. Meine Eltern hatten elf Kinder, von denen sieben überlebten. Da gab es viele Mäuler zu stopfen. Mit zwölf Jahren ging ich nach London, um Arbeit zu suchen, aber zuerst schlug ich mich mit Betteln durch. Es war hart, aber in London gibt es viele Übernachtungsmöglichkeiten, die nichts kosten. Mal schlief ich in den Schafgehegen auf dem Markt von Smithfield, mal in Ställen, auf Heuschobern und in Scheunen. Ich wusste damals nicht, wie gefährlich das für eine Frau sein kann. Eines Abends fragte ich einen Mann, ob es in der Nähe eine Scheune gäbe. Er führte mich hilfsbereit zu einem verlassenen Heuschober und sagte, dort sei ich ungestört. In der Nacht kehrte er mit vier anderen Männern zurück. Zwei hielten mich fest, während die anderen mich vergewaltigten, dann tauschten sie die Plätze. In den frühen Morgenstunden ließen sie mich für tot liegen. Aber ich überlebte. Von da an schlief ich nie wieder allein in einer Scheune.« Sie blickte Kitty eindringlich an, und das Mädchen sah Tränen in ihren Augen glitzern. »Du musst dich entschlossen zur Wehr setzen. Es mag nicht immer helfen, aber es ist besser, als einfach alles geschehen zu lassen.«

Während sie durch die Gassen gingen, fiel Kitty auf, dass viele Geschäfte geschlossen hatten. Die Kirchenglocken läuteten gedämpft.

»Ist heute ein Feiertag?«, fragte sie überrascht.

»Heute ist ›Galgentag‹«, belehrte Betty sie. »Die Gauner, die letzte Woche vor dem Old Bailey zum Tode verurteilt wurden, werden heute gehängt. Seit langem ist es bei den Kaufleuten und Handwerkern Sitte, den Lehrknaben an diesem Tag freizugeben, damit sie sich die Hinrichtung ansehen und

begreifen, was ihnen blüht, wenn sie vom rechten Weg abweichen.«
Kitty war blass geworden. Sie dachte an Susannah. Hatte deren Hauswirtin nicht prophezeit, dass sie diesmal am Galgen enden würde?
»Ich muss dorthin!«, sagte sie entschlossen.
»Nach Tyburn?« Die Hökerin überlegte kurz. »Man kann dort mit Pasteten gute Geschäfte machen, aber mit meinem lahmen Bein schaffe ich den langen Weg nicht.«
»Aber ich muss unbedingt dabei sein«, drängte Kitty.
»Warum? Kennst du einen der Verurteilten?«
»Ja, eine Frau. Ich muss sie noch einmal sehen, bevor …« Kitty verstummte und schluckte schwer. Sie hatte Susannah den Tod gewünscht. Nun fühlte sie sich verpflichtet, bei ihrer Hinrichtung anwesend zu sein.
»Bist du sicher, dass diese Frau heute gehängt wird?«, erkundigte sich Betty skeptisch.
»Man sagte mir, dass sie aufgrund ihrer Vorgeschichte diesmal nicht mit dem Leben davonkommen würde.«
»Sie ist also eine Diebin?«
»Ja, sie ist in der Vergangenheit schon wegen Diebstahls verurteilt worden.«
»Nun, gut möglich, dass sie tatsächlich am Galgen endet«, gestand Betty ein. »Aber bevor ich mich von dir bis nach Tyburn scheuchen lasse, möchte ich sichergehen, dass es nicht umsonst ist. Komm mit, Herzchen!«
Zögernd folgte Kitty der Hökerin, als diese plötzlich in eine Seitengasse einbog. Sie wollte sich nicht von ihrem Entschluss abbringen lassen, Susannahs Ende beizuwohnen, doch sie mochte sich auch nicht allein auf den Weg machen. Als Betty die Long Acre erreichte, ergriff Kitty sie energisch am Arm.
»Wohin gehen wir?«

»Zum ›Blinden Harry‹. Der ist stets über die Namen und die Lebensgeschichte der Galgenvögel im Bilde«, erwiderte die Hausiererin.

Beschwichtigt ging Kitty weiter. Schon von ferne war das schrille Kratzen einer Fiedel zu hören, das die heisere Stimme eines Balladensängers untermalte. Schallendes Gelächter beantwortete die schlüpfrigen Verse des Sängers, der sich nur umso mehr ins Zeug legte. Er stand auf einer Kiste inmitten einer Traube von Müßiggängern, Dienstboten, Bettlern, aber auch einigen gut gekleideten Bürgern, die vermutlich bald die Aufmerksamkeit von Taschendieben auf sich ziehen würden. Schon stimmte der Blinde Harry das nächste Lied an, in der die Eroberung einer Frau wie ein militärischer Angriff beschrieben wurde.

»Der gute alte Harry«, spottete die Hausiererin. »Keiner hat mehr anstößige Balladen auf Lager als er.«

Während sie den Liedtexten lauschte, spürte Kitty eine leichte Röte in ihre Wangen steigen. Als der Bänkelsänger das nächste Lied mit dem Titel: »Ein Loch, in das der arme Robin passt« ankündigte, wurde das Schiebefenster des Hauses, vor dem er stand, mit Schwung hochgeschoben, und ein Mann mit zornrotem Gesicht unter einer gepuderten Allongeperücke warf abfällig eine Handvoll Münzen auf die Straße. Harry ließ augenblicklich die Fiedel sinken, sprang von der Holzkiste und begann das Geld aufzusammeln.

»Woher weiß er, wohin die Münzen gefallen sind?«, wunderte sich Kitty.

»Er hat ein außergewöhnlich gutes Gehör«, erklärte Betty. »Komm, helfen wir ihm.«

Sie traten zwischen die Schaulustigen, die sich zu zerstreuen begannen, und hoben einige Münzen auf, die weiter weg lagen.

»Hallo, Betty«, begrüßte Harry die Hökerin. »Lange nicht gesehen«, fügte er scherzend hinzu.
»Immerhin erkennst du mein Hinken noch«, gab Betty neckend zurück. »Quälst du wieder den armen Komponisten?«
»Solange er mich so großzügig dafür belohnt, dass ich zu spielen aufhöre«, meinte Harry grinsend.
Kitty betrachtete ihn neugierig. Man sah ihm nicht an, dass er blind war, denn seine Pupillen waren klar und wandten sich stets demjenigen zu, mit dem er sprach. Das Mädchen schätzte ihn auf etwa fünfzig Jahre, aber er hatte etwas Jungenhaftes an sich, so dass man ihm den zotigen Inhalt seiner Balladen gerne verzieh.
»Und wer ist deine schweigsame Begleiterin?«
»Kitty. Und der kleine Wurm, den sie bei sich trägt, ist ihre Tochter Helen.«
»Was kann ich für euch tun, meine Damen?«, fragte der blinde Fiedler ironisch.
»Heute ist Galgentag«, begann Betty. »Und da du stets über die armen Teufel Bescheid weißt, kannst du uns sicher sagen, ob eine Frau dabei ist namens …« Sie wandte sich mit fragender Miene an Kitty.
»Susannah Harker.«
Die Anspannung krampfte dem Mädchen den Magen zusammen, während sie von Harrys Gesicht zu lesen versuchte. Schließlich schüttelte er den Kopf.
»Diesmal ist keine Frau unter den Verurteilten.«
»Aber …«, entfuhr es Kitty überrascht. »Seid Ihr sicher?«
»Natürlich bin ich das«, erwiderte der blinde Fiedler entrüstet. »Früher habe ich im Auftrag des Ordinarius die Lebensgeschichten der Galgenvögel verkauft. Und auch wenn mir nun, da ich mein Augenlicht verloren habe, der Weg nach Ty-

burn zu weit ist, bin ich immer noch über die Hinrichtungen auf dem Laufenden.«

»Das verstehe ich nicht«, murmelte Kitty nachdenklich.

»Es könnte doch sein, dass Susannah Harker zwar zum Galgen verurteilt worden ist, das Urteil jedoch später zur Deportation nach Virginia abgemildert wurde«, spekulierte Harry. »Dies geschieht zurzeit recht häufig. In den Kolonien werden dringend Arbeitskräfte gebraucht, und so schickt man die Gauner lieber dorthin, als sie aufzuknüpfen.«

Kitty war erleichtert. Einerseits grollte sie Susannah, weil sie ihr schadenfroh die Wahrheit über Daniel erzählt hatte. Andererseits schämte sie sich dafür, ihr den Tod gewünscht zu haben.

13

Mitte April wich der strenge Winter endlich einem verregneten Frühling. Betty entwickelte einen langwierigen Husten, der sie oft nach Atem ringen ließ. Gleichwohl ging sie jeden Morgen unermüdlich in Kittys Begleitung auf den Markt, um nach gut verkäuflichen Nahrungsmitteln Ausschau zu halten. Nach und nach lernte die junge Mutter die verschiedenen Kniffe ihres Handwerks. Wenn die Fische, die sie verhökern wollten, bereits unansehnlich geworden waren, erstand Betty beim Fleischer eine Kanne frisches Blut und bestrich die Kiemen damit. Ebenso verfuhr sie mit verdorbenem Fleisch, um den Eindruck zu erwecken, dass das Tier frisch geschlachtet war.

Eines Morgens hatten die Obst- und Gemüsehändler von Covent Garden bereits all ihre gute Ware verkauft, als Betty und Kitty auf dem Markt eintrafen. Nach einigen ausgiebigen Flüchen rieb sich die Hausiererin nachdenklich das Kinn. Dann winkte sie dem Mädchen, ihr zu folgen. Unter Einsatz all ihres Charmes schwatzte Betty dem Geflügelhändler eine Kiste verdorbener Eier ab, die dieser nicht hatte verkaufen können, und sammelte faule Äpfel und Kohlblätter vom Boden auf.

»Wer soll uns das abnehmen?«, erkundigte sich Kitty verständnislos.

»Wirst schon sehen, Schätzchen«, erwiderte die Hökerin fröhlich. »Es gibt noch vieles, das du lernen musst.«

Zielstrebig schob Betty ihren gefüllten Handwagen in die Southampton Street und dann den Strand entlang bis nach Charing Cross. Dort begann sich eine Menschenmenge zu versammeln. Aus den umliegenden Straßen strömten die Leute der Mitte der Kreuzung zu. Neugierig reckte Kitty den Kopf, um zu sehen, was die Menge so magisch anzog. Unter dem Blick der von einem Eisenzaun umgebenen Reiterstatue Charles' I. erhob sich ein Podest, auf dem ein doppelter Pranger stand. Eben führten mehrere Büttel zwei Männer die wenigen Stufen hinauf und spannten ihre Köpfe und Handgelenke in die hölzernen Riegel ein, so dass der eine an den Strand, der andere in Richtung Whitehall blickte.

»Beeilen wir uns«, drängte Betty ihre Begleiterin und bahnte ihnen einen Weg durch die Menschenmenge.

Auf dem Podest verlas der Konstabler die Vergehen, die die beiden Männer begangen hatten. Der eine hatte eine Schmähschrift gegen die Regierung verfasst, der andere ohne Lizenz aufrührerische Bücher gedruckt.

Als sich Betty zum Pranger vorgedrängt hatte, begann sie mit lauter Stimme ihre Ware anzupreisen: »Verdorbene Eier, faule Äpfel! Schlagt zu, Leute, solange der Vorrat reicht. Kohlblätter, faule Äpfel!«

Begeistert rissen ihr die in vorderster Reihe stehenden Schaulustigen das verwelkte Gemüse und die stinkenden Eier aus der Hand und versuchten dann, mit mehr oder weniger Erfolg die Köpfe der Verurteilten zu treffen. Obwohl Kitty das Schauspiel anwiderte, pries auch sie die Wurfgeschosse an. Ihr eigenes Überleben und das ihres Kindes hing davon ab, dass sie wenigstens genug Geld für eine Mahlzeit und ein Obdach verdienten. Am Ende reichte es für einen Laib Brot und eine Nacht in Mistress Farrells Logierhaus.

»Ich fürchte, ich muss Helens Windel wechseln«, sagte Kitty naserümpfend, als sie ihre Tochter auf dem Strohsack ablegte. Trotz der übel riechenden Luft in der mit ungewaschenen

Leibern gefüllten Kammer war ihr der unverkennbare Geruch in die Nase gestiegen. Mit routinierten Handgriffen wickelte sie das Kind aus dem schützenden Kokon der Leinenstreifen, die seine zarten Glieder umhüllten. Sie besaß nur zwei Tücher, die abwechselnd als Windeln dienten. Mit einem Seufzen betrachtete Kitty die von Flohbissen übersäte Haut ihrer Tochter. Aber es gab nichts, was sie gegen das Ungeziefer, das auch ihr zu schaffen machte, unternehmen konnte. In dem Logierhaus gab es keine Waschgelegenheit, und sie hatte kein Geld, um ins Badehaus zu gehen.

Nachdem sie Helen mit einem Tuch gesäubert und neu gewickelt hatte, legte sie das Kind in Bettys Arme, nahm Tuch und Windel und verließ die Kammer. Im Hinterhof des Hauses stand eine Regentonne, die aufgrund des feuchten Wetters immer gut gefüllt war. Andernfalls hätte Kitty nicht gewusst, wo sie die Windeln hätte waschen sollen. Doch es war mühsam, den Schmutz ohne Seife und heißes Wasser zu entfernen. Als die junge Mutter mit dem Ergebnis endlich zufrieden war, fühlte sie ihre Hände nicht mehr. Ein paar Mal blies sie auf ihre erstarrten Finger, um sie zu wärmen, bevor sie ins Haus zurückkehrte. Sie hatte die Stiege zum ersten Geschoss gerade zur Hälfte erklommen, als eine Gruppe von Männern durch die Tür in die Eingangshalle trat. Sie sahen nicht aus wie Bettler, sondern waren einfach, aber gut gekleidet. Der Anführer stach aus ihrer Mitte heraus, denn er trug einen Tuchrock, der nach der neuesten Mode geschnitten war, und eine mit Silberfäden bestickte Weste. In der einen Hand hielt er einen Silberstab, in der anderen eine Pistole. Kitty erkannte ihn sofort. Es war Jonathan Wild.

»Durchsucht jeden Raum!«, befahl der Diebesfänger seinen Leuten. »Ich weiß, dass sie hier sind. Also findet sie!«

Geistesgegenwärtig hastete Kitty die letzten Stufen zum

Treppenabsatz hinauf und eilte in die Kammer, in der sie Helen zurückgelassen hatte. Ihre Hand legte sich so fest um Bettys Arm, dass diese sich erschrocken umwandte.
»Was ist los?«
»Jonathan Wild ist hier«, flüsterte Kitty aufgeregt. »Er darf mich nicht finden. Kümmere dich um Helen.«
Ohne eine Antwort abzuwarten, huschte sie aus dem Raum und rannte die Stiege zum zweiten Stock hinauf. Von unten drangen die Befehle des Diebesfängers und die Proteste der Logiergäste herauf. Kopflos floh Kitty in die oberen Etagen. Sie wusste nicht, wen Jonathan Wild suchte. War ihm zu Ohren gekommen, dass Thomas Marshalls Schwester in dieser Absteige übernachtete? Wollte er sie nun endgültig zum Schweigen bringen? Würde man sie vor aller Augen ermorden, wenn man sie aufspürte? Aber was galt schon das Wort eines Bettlers gegen den heldenhaften Ruf des »aufrichtigen« Jonathan?
In der Hoffnung, auf eine Tür zu treffen, die in ein Nachbarhaus führte, trat Kitty in jeden Raum, an dem sie vorbeikam. Doch dann wurde ihr klar, dass sie sich bereits zu weit oben befand. Die Fluchtwege der Gauner lagen in den unteren Stockwerken. Vorsichtig beugte sich Kitty über das wackelige Treppengeländer und blickte nach unten. Die Eindringlinge waren nicht zu sehen, doch sie konnte ihre Stimmen aus den Kammern im ersten Stock vernehmen. Wenn sie sich beeilte, mochte es ihr gelingen, ungesehen nach unten zu gelangen. So leise wie möglich begann sie die Stiege hinabzusteigen. Dabei tastete sie sich behutsam mit der Fußspitze vor, um zu prüfen, ob eine Stufe knarrte. Angespannt presste sie die Zähne aufeinander, bis ihre Kiefer schmerzten. Eine Ewigkeit schien vergangen, als sie endlich den Treppenabsatz erreichte. Zu ihrer Linken hörte sie Jonathan Wilds Stimme:
»Schaut in ihre schmutzigen Visagen, Männer. Taylor ist hier

im Haus. Er kann nicht entkommen! Und seine Schlampe ist gewiss bei ihm.«

Wild suchte also gar nicht nach ihr! Doch viel Zeit zum Luftholen blieb ihr nicht. Zielstrebige Schritte näherten sich der Tür. Der Diebesfänger kam auf sie zu. Panik ergriff Kitty. Hastig wandte sie sich um und stürmte die Treppe wieder hinauf. Im Türrahmen des nächstgelegenen Raumes hielt sie kurz inne, um Atem zu schöpfen. Sie saß in der Falle.

Einen Moment lang gab sie sich der Hoffnung hin, dass Wild sein Opfer rasch finden und festnehmen würde, doch es blieb ruhig. Kitty hatte keine andere Wahl, als sich erneut der dunkel getäfelten Treppe zuzuwenden und die ausgetretenen Stufen bis unters Dach hinaufzusteigen. Ohne das ein oder andere Binsenlicht, das in den Kammern brannte, wäre es in dem Treppenschacht stockfinster gewesen. Die kleinen Flämmchen ließen geisterhafte Schatten über den abbröckelnden Stuck tanzen, der die Unterseite der Treppenläufe zierte. Überall lag Abfall herum. Im Obergeschoss hingen ein paar Lumpen auf einer Leine, die an der Leiter zum Dachboden festgebunden war. Die Eigentümerin saß, in einen Schal gehüllt, in einer Ecke auf dem Boden und bewachte ihre kostbare Wäsche.

Kitty blieb stehen und lauschte nach unten, dann stieg sie beherzt die knarrende Leiter zur Dachkammer hinauf. Durch das mit Öltuch verklebte Fenster fiel blasser Mondschein herein, so dass die junge Frau wenigstens die Umrisse der Logiergäste erkennen konnte, die sich bereits auf ihr Lager niedergelassen hatten. Niemand nahm Notiz von ihr, als sie sich vorsichtig durch den Raum auf die andere Seite schob, so weit weg von der Luke wie möglich.

Von dem Oberlicht abgesehen, gab es kein Fenster. Doch sie hätte sich ohnehin nicht zugetraut, aufs Dach hinauszuklettern. Wenn Jonathan Wild bis zur Dachkammer vordrang, war sie verloren. Mit zitternden Knien ließ sich Kitty zu Boden sinken, zog die Beine an und lehnte sich mit dem Rücken an die Giebelwand. Trotz der Kälte spürte sie Schweißtropfen auf der Stirn. Einer Eingebung folgend, rieb sie beide Hände gegen die schmutzigen Dielen und fuhr sich dann mehrmals mit den Handflächen über das Gesicht.

Eine Weile herrschte Stille, so dass Kitty wieder ein wenig Hoffnung schöpfte. Vielleicht hatte der Diebesfänger einen Hinweis erhalten, wo er den gesuchten Taylor finden konnte, und war bereits nicht mehr im Haus. Ihre verkrampften Muskeln entspannten sich ein wenig, und der Knoten in ihrem Leib löste sich langsam.

Doch der kurze Anflug von Zuversicht hielt nicht lange an. Bald nahmen ihre überreizten Sinne Schritte und das Knarren von Holzbohlen wahr. Sie kamen die Stiege herauf … Kitty hörte gedämpfte Stimmen durch die offen stehende Luke dringen. Ihre Lippen begannen zu zittern. Sie durfte nicht in Panik geraten!

Auf einmal hörte sie ein Rascheln. Eine der Gestalten, die scheinbar unbeteiligt auf ihren Strohschütten lagen, bewegte sich und richtete sich geschmeidig auf. Aus den Augenwinkeln sah Kitty, wie die Hand des Mannes etwas aus seinem Gürtel hervorzog. Dann war ein metallisches Knacken zu hören. Der jungen Frau sträubten sich die Nackenhaare. Dies musste Taylor sein. Was hatte der Gauner vor?

Unfähig, sich zu rühren, beobachtete Kitty das Geschehen, das sich vor ihr abspielte. Mit einer Lampe in der einen Hand und einer Pistole in der anderen erschien der Diebesfänger in der Luke. Der Kerzenschein beleuchtete sein Gesicht unter der Krempe seines Hutes. Bei seinem Anblick durchlief Kitty ein Angstschauer. Dann ging alles ganz schnell. Als Wild die

Lampe auf dem Boden abstellte, riss Taylor seine Waffe hoch und feuerte. Das helle Aufblitzen des entzündeten Schießpulvers blendete Kitty, und der laute Knall erschütterte ihr Trommelfell. Taylor hatte auf Wilds Brust gezielt. Die Gewalt des Aufpralls der Bleikugel riss den Diebesfänger von den Beinen und schleuderte ihn ein Stück durch die Luft. Von unten waren die Flüche seiner Leute zu hören.

Wie gebannt starrte Kitty auf den niedergestreckten Körper, unfähig, zu begreifen, was passiert war. Die Kugel musste ihn schwer verletzt, wenn nicht getötet haben! Und doch begann er sich im nächsten Augenblick zu regen und richtete sich zum Schrecken aller, die zusahen, wieder auf, als sei nichts geschehen.

»Wild trägt stets einen Brustpanzer«, raunte ein Bettler, der nicht weit von ihr entfernt saß. »Er weiß schon, warum.«

Für einen Moment hatte Kitty Erleichterung verspürt, Freude und Dankbarkeit über den Tod eines Menschen. Wie sehr hatte sie sich verändert. Ihre Eltern wären entsetzt, wenn sie sie jetzt sehen könnten.

Ein zweiter Knall ließ Kitty zusammenfahren. Mit einem Aufschrei brach Taylor zusammen und wand sich stöhnend auf den Holzbohlen. Wieder wehte Rauch und der Gestank des Schießpulvers durch die enge Kammer. Die Logiergäste lagen wie erstarrt an den Boden gepresst, als wollten sie mit ihm verschmelzen, und wagten kaum zu atmen. Kaltblütig steckte Jonathan Wild die Pistole in den Gürtel zurück und näherte sich dem Verwundeten, während einer seiner Leute vorsichtig durch die Luke spähte.

»Kommt herauf, ihr verdammten Feiglinge«, rief der Diebesfänger abfällig.

Doch seine Stimme klang rauh, und er schwankte ein wenig. Trotz des Brustpanzers war er nicht unverletzt geblieben.

»Los, nehmt den Kerl fest und bringt ihn nach unten«, befahl Wild seinen Männern. »Haltet auf dem Weg zum Newgate bei einem Wundarzt an und lasst die Kugel herausschneiden. Ich will ihn gesund und munter am Galgen baumeln sehen.«

Zwei der Männer zerrten den verletzten Taylor auf die Beine.

»Wo ist Fanny Stott?«, fragte der Diebesfänger. »Man sagte mir, sie ist immer an deiner Seite.«

»Fahr zur Hölle«, stieß Taylor zwischen zusammengepressten Zähnen hervor.

Wild winkte seinen Männern, ihn wegzubringen.

»Seid Ihr verletzt, Mr. Wild?«, fragte einer seiner Leute.

»Wird wahrscheinlich ein Bluterguss, als hätte mich ein Pferd getreten«, meinte der Diebesfänger leichthin. Doch sein Gesicht verzerrte sich vor Schmerz. »Habt Ihr eine Spur von Stott gefunden, Mendez?«, erkundigte er sich.

»Nein, Sir, bisher nicht.«

»Bringt mir die Lampe!«

Mendez tat, wie geheißen, und übergab seinem Herrn die Lichtquelle. Wild hob sie hoch und ließ den Blick über die Männer und Frauen gleiten, die unbeteiligt auf ihren Strohschütten lagen, als sei nichts geschehen. Dann fiel das Licht der Kerze auf Kitty. Wilds Augen richteten sich auf sie, bohrten sich bis tief in ihr Herz. Unwillkürlich senkte sie den Kopf und starrte auf ihre Hände, verkrampfte die Finger ineinander, um ihr Zittern zu verbergen. Die Schritte, die sich ihr unaufhaltsam näherten, dröhnten wie Donnerschläge in ihren Ohren. Schließlich traten mit Silberschnallen geschmückte Schuhe in ihr Sichtfeld. Der Diebesfänger war vor ihr stehen geblieben.

»Sieh mich an, Weib!«, befahl Jonathan Wild.

Von der Höflichkeit und dem Charme, den er bei ihrer ersten Begegnung an den Tag gelegt hatte, war nichts geblieben. Stur

hielt Kitty den Kopf gesenkt, obgleich sie wusste, dass es sie nicht retten würde. Wild gehörte nicht zu den Menschen, die sich von ihrem Ziel abbringen ließen.
»Ich sagte, sieh mich an!«, wiederholte der Diebesfänger gereizt.
Als sie nicht gehorchte, beugte sich Mendez zu ihr hinab, packte ihre Arme und zog sie energisch auf die Füße. Kitty wehrte sich nicht. Es hätte keinen Sinn, einen Fluchtversuch zu unternehmen. Selbst wenn es ihr gelänge, an den beiden Männern vorbeizukommen, warteten am Fuße der Leiter immer noch Wilds Leute. Sie riefen bereits ungeduldig nach ihrem Anführer. Offenbar wussten sie ohne seine Anweisungen nicht, was sie tun sollten.
Mendez hielt Kittys Arme fest umklammert, um sie daran zu hindern, sich loszureißen, und schob sie voran, bis sie Jonathan Wild gegenüberstand. Der Geruch nach Tabak, der seine Kleidung durchsetzte, wehte ihr in die Nase. Eine rauhe, kräftige Hand legte sich unter ihr Kinn und zwang sie, den Kopf zu heben.
Schließ die Augen!, sagte sie zu sich selbst. Vielleicht erkennt er dich dann nicht.
Doch ihre Lider wollten ihr nicht gehorchen. Trotzig blickte sie den Mann an, der ihren Bruder auf dem Gewissen hatte und den sie dafür aus tiefster Seele hasste. Las er ihre Gefühle von ihrem Gesicht ab? Schweigend musterte er sie im Schein der Lampe, die er in der Hand hielt. Dann schüttelte er enttäuscht den Kopf.
»Lass sie los«, wies er seinen Handlanger an. »Das ist nicht Fanny Stott.«
Abfällig stieß Mendez sie von sich, so dass sie gegen die Wand taumelte. Als sie sich umwandte, hatten die Männer sich bereits in Richtung Luke entfernt.

Kittys Herz schlug zum Zerbersten. Vor ihren Augen wallten schwarze Schleier. Unsicher tastete sie nach einem Halt und atmete tief die verbrauchte Luft ein, bis sich ihr Blick klärte. Sie konnte ihr Glück kaum fassen. Jonathan Wild hatte sie nicht erkannt! Freilich hatte sie sich seit ihrer letzten Begegnung vor fast einem Jahr sehr verändert. Der Hunger hatte sicherlich Spuren in ihrem Gesicht zurückgelassen, das zudem mit Dreck beschmiert war, und ihr einst lockiges blondes Haar fiel ihr grau und strähnig in die Stirn.

Die Erleichterung, die sie verspürte, weil sie sich fortan nicht mehr vor dem Diebesfänger in Acht nehmen musste, mischte sich mit der bitteren Erkenntnis, dass sie nun endgültig in den Sumpf der Namenlosigkeit hinabgesunken war. Eines Tages, wenn sie den Kampf gegen Hunger und Elend verlor, würde man sie wie so viele andere Bettler in einem der Massengräber auf dem Armenfriedhof verscharren, in denen nur eine Holzlatte einen Leichnam vom anderen trennte, ohne Grabstein, ohne Trauerfeier.

14

Ein quälender Husten erschütterte Bettys Brust. Besorgt beobachtete Kitty, wie die Hökerin gelben Schleim auf das Pflaster spie und sich dann schwer atmend auf ihren Handkarren lehnte. An diesem Tag hatten die beiden Frauen ihren Rundgang abkürzen und bereits zur Mittagszeit nach Covent Garden zurückkehren müssen. In den Gassen von St. Giles war die Hölle los. Die Lehrlinge des Sprengels von St. Anne hatten Streit mit den dortigen Lehrknaben angefangen. Nun gingen die beiden Gruppen mit Stöcken bewaffnet aufeinander los und schlugen sich die Köpfe ein. Bald war das Gerücht im Umlauf, dass der Anführer der Jungen von St. Giles, ein Schuhputzer, bei einer Rangelei mit einem Schornsteinfegerlehrling von St. Anne umgekommen war. Daraufhin rückten die Büttel an, um die Ordnung wiederherzustellen.

Auf der Piazza von Covent Garden blieb es dagegen friedlich. Die Händler und Marktfrauen waren zu beschäftigt, um sich für die Streitereien der Lehrknaben zu interessieren. Immer wieder trafen die ländlich gekleideten, von robuster Gesundheit strotzenden Frauen aus Wales und Shropshire mit einer neuen Ladung Früchten aus den Obstgärten von Brentford und Ealing auf dem Marktplatz ein. Die Landfrauen kamen auf der Suche nach Arbeit jeden Frühling aus ihrer Heimat nach London und kehrten im Herbst nach Hause zurück. Mehrmals am Tag trugen sie für wenig Lohn ihre schweren Lasten über zehn Meilen von den Vororten in die Stadt. Ihre rosige Hautfarbe bildete einen auffälligen Kontrast zu den mageren grauen Gesichtern des Londoner Bettelvolks und

den grindköpfigen Straßenkindern mit ihren von der Rachitis verkrüppelten Gliedern.
Beim Anblick dieser bedauernswerten Knirpse drängte sich Kitty der erschreckende Gedanke auf, dass ihre Tochter in einigen Jahren vermutlich ebenso missgestaltet sein würde. Es wäre besser für Helen, sie wäre nie geboren worden.
Schließlich nutzte Kitty die Pause, um ihre Tochter zu stillen. Schon vor ein paar Tagen hatte sie festgestellt, dass ihre Milch zu versiegen begann und dass das heranwachsende Kind kaum mehr satt wurde. Eine weitere Sorge, die auf ihr lastete.
»Bedauerst du es, nach London gekommen zu sein?«, fragte Betty überraschend. Ohne eine Antwort abzuwarten, fuhr sie fort: »Ich schon. Meine Eltern konnten ihre große Familie nicht ernähren, so dass ich früh Arbeit suchen musste. Aber im Nachhinein frage ich mich, ob ich nicht auch in meiner Heimatstadt eine Anstellung hätte finden können. Zumindest wäre ich in der Nähe meiner Geschwister geblieben. London macht einsam, wenn man nicht selbst eine Familie gründet. Und sogar dann kann es passieren, dass Gott dir deine Lieben nimmt und du allein zurückbleibst – wie der arme Pete.«
Verwundert über Bettys uncharakteristische Melancholie, musterte Kitty sie mit steigender Besorgnis.
»Ich schätze, du musst heute ohne mich weitermachen«, sagte die Hökerin mit rauher Stimme. »Ich fühle mich nicht wohl.«
»Du siehst tatsächlich ein wenig blass aus«, stellte Kitty fest.
Im nächsten Augenblick bäumte sich Betty mit einem schrecklichen Schrei wie vom Blitz getroffen auf. Ein Ausdruck blanker Todesangst stand in ihren Augen, und ihr Gesicht verzerrte sich vor unerträglichen Schmerzen. Dann quoll ein Schwall Blut aus ihrem Mund. Röchelnd rutschte Betty vom Rand des Handwagens und sackte auf dem Kopfsteinpflaster zusammen.

Entsetzt stürzte Kitty an ihre Seite. »Betty! O gnädiger Gott, lass sie nicht sterben«, flehte sie.
Das Blut floss unaufhörlich aus dem Mund der Hökerin, dick und rot wie eingekochter Kirschsaft, und bildete bald eine Lache um ihren Kopf.
»Hilfe!«, schrie Kitty verzweifelt. »Bitte helft uns.«
Doch ein Blick in Bettys Augen machte ihr klar, dass es bereits zu spät war. Die Hausiererin lag im Sterben. Nie würde sie diese furchtbare Qual vergessen, die sich in ihrem verzerrten Gesicht ausdrückte. Kitty brach in Tränen aus.
Einige Passanten eilten herbei und sahen hilflos zu, wie Betty inmitten einer Blutlache ihr armseliges Leben aushauchte. Auf einmal zwängte sich ein Mann durch die Schaulustigen, den Kitty wiedererkannte. Es war Meister Hearne, der Chirurg, zu dem Daniel sie einst geführt hatte, um ihre Brustwunde verbinden zu lassen.
Mit angespannter Miene hockte er sich neben Betty, deren Körper erschlafft war.
»Da ist nichts mehr zu machen«, sagte er kopfschüttelnd. »Sie ist verblutet.«
Sein Blick fiel auf Kitty, und sie sah Erkennen in seinen Augen aufblitzen.
»Niemand hätte etwas tun können, um deine Freundin zu retten, Kindchen«, sagte er mitleidig. »Zuweilen kommt es vor, dass bei Menschen, die seit vielen Jahren an der Franzosenkrankheit leiden, die Hauptschlagader aussackt und dann irgendwann aufreißt. Vermutlich ist die Arterie mit der Speiseröhre verwachsen, so dass das Blut nach außen trat. Ansonsten wäre sie innerlich verblutet, und niemand hätte sagen können, woran sie gestorben ist. Es tut mir sehr leid, Herzchen.«
Meister Hearne wartete geduldig, bis Kittys Schluchzen ein

wenig nachließ. »Hast du Geld, um sie bestatten zu lassen?«, fragte er zweifelnd.

Hilflos blickte die junge Mutter ihn an.

»Nun ja«, meinte er seufzend, »das überrascht mich nicht. Gehörte ihr der Handwagen?«

»Ja, er gehörte Betty«, murmelte sie.

»Der Pfarrer von St. Giles wird den Wagen in Zahlung nehmen. Das würde Betty ersparen, in einem Armengrab beigesetzt zu werden.«

Kitty nickte zustimmend. Das war sie der Hökerin schuldig. Mit Hilfe einiger Zuschauer hob der Wundarzt Bettys Leiche auf den Handwagen. Kitty hatte sich Helen wieder auf den Rücken gebunden und folgte Meister Hearne, der den Wagen mit seiner traurigen Last durch die Gassen zur Pfarrkirche von St. Giles schob.

»Du bist doch die Kleine, die vor etwa einem Jahr mit Daniel Gascoyne in meiner Offizin war, oder nicht?«, fragte er.

»Das stimmt«, antwortete sie einsilbig.

»Was ist geschehen?«

»Er hat mich geschwängert und dann sitzenlassen.«

Nachdenklich sah Meister Hearne die junge Frau an. »Das hätte ich ihm nicht zugetraut. Daniel ist ein Gauner, aber ein guter Mensch.«

»Da habt Ihr Euch wohl in ihm getäuscht«, erwiderte Kitty sarkastisch.

»Ich habe Daniel schon eine ganze Weile nicht mehr gesehen. Weißt du, wo er ist?«

»Nein. Niemand scheint zu wissen, was aus ihm geworden ist.«

Meister Hearne beließ es dabei. Als sie die Pfarrkirche erreichten, sagte er: »Überlass alles Weitere mir, Kindchen. Bevor Betty bestattet werden kann, muss der Leichenbeschauer benachrichtigt werden. Ich werde bezeugen, dass sie eines natürlichen Todes gestorben ist. Komm morgen früh in meine Chirurgenstube. Falls du bei der Leichenschau aussagen musst, lasse ich es dich wissen.«

Niedergeschlagen irrte Kitty durch die Gassen von St. Giles. Am Morgen hatte Meister Hearne ihr mitgeteilt, dass ihre Aussage bei der Leichenschau nicht vonnöten war und dass Betty in einem bescheidenen Grab ohne Grabstein beigesetzt würde. Selbst wenn Kitty das Geld für einen Stein hätte aufbringen können, hätte sie doch nicht gewusst, welche Inschrift sie darauf hätte anbringen lassen sollen. Betty hatte ihren vollen Namen ihr gegenüber nie erwähnt.

Die resolute und doch so liebenswürdige Hökerin würde ihr schmerzlich fehlen.

Kitty hatte viel von ihr gelernt, vor allem eines: sich anderen gegenüber zu behaupten. Als wenn sie geahnt hätte, dass ihr Ende nahte, hatte Betty für ihre Freundin bei einem Schreiner einen angespitzten Holzpflock erstanden, eine Waffe, die ebenso einschüchternd sein konnte wie ein Messer. Seitdem trug Kitty den Holzpflock zu ihrer Verteidigung unter ihren Röcken. Sie bereute es nicht, den Handwagen für Bettys Bestattung geopfert zu haben, auch wenn es nun schwieriger für sie sein würde, Geld zu verdienen. Helen zuliebe hätte sie die Sterbende vielleicht liegen lassen und mit dem Handwagen das Weite suchen sollen, aber das hätte sie nie über sich gebracht.

Das Kind schrie vor Hunger. Kitty nahm es vom Rücken und wiegte es in ihren Armen, bis sie ein ruhiges Plätzchen fand, um es zu stillen. Doch sie hatte nur noch wenig Milch. Es brach ihr das Herz, zuzusehen, wie Helen gierig an den leeren Brüsten saugte und schließlich enttäuscht und erschöpft aufgab. Kitty graute vor dem Moment, da sie vor Schwäche aufhören würde zu schreien.

Der Ruf eines fahrenden Händlers ließ die junge Frau zusammenzucken.

»Alte Schuhe! Wer hat altes Schuhwerk? Tausche einen Besen gegen alte Schuhe.«

Ein bärtiger Mann in Schlapphut und ärmlicher Kleidung kam um die Ecke. Auf dem Rücken trug er mehrere zu einem Bündel verschnürte Reisigbesen, die er mittels einer Stange über der Schulter festhielt. Rasch bedeckte Kitty ihre Blöße und wiegte Helen, die immer noch greinte. Der Besenhöker blieb vor ihr stehen und sah die verzweifelte Mutter mitfühlend an.

»Der arme kleine Wurm«, bemerkte er. »Was ist mit ihm? Ist er krank?«

»Nein, sie hat Hunger«, erwiderte Kitty. »Ich habe nicht mehr genug Milch.«

Der Besenverkäufer nickte verständnisvoll, dann deutete er in die Richtung, aus der er gekommen war, und sagte: »Auf der Monmouth Street gibt es einen Milchhändler namens Lewis. Vielleicht bekommst du dort ein wenig Milch für die Kleine.«

Dankbar für den freundlichen Rat, schenkte sie dem Bärtigen ein herzliches Lächeln.

Der Milchhandel gehörte in London zu den Gewerben, die gemeinhin in Kellern untergebracht waren. Über der Tür war ein Schild befestigt, auf dem eine Kuh abgebildet war. Als Kitty zögernd die Stufen vom Straßenniveau hinabging und den sogenannten Milchraum betrat, war gerade eine Frau dabei, Rahm abzuschöpfen und in einen Holzeimer zu füllen. Es fiel der jungen Mutter nicht leicht, sie anzusprechen. Bisher war sie zurechtgekommen, ohne betteln zu müssen, doch

mittlerweile besaß sie keinen Farthing mehr. Helen nahm ihr die Entscheidung ab. Ihr Greinen ließ die Frau in ihrer Arbeit innehalten.
»Oh, ich dachte, Annie wäre zurück«, rief sie enttäuscht aus. »Was willst du, Kindchen?«
»Meine Tochter hat Hunger, und ich habe keine Milch mehr«, erklärte Kitty und senkte beschämt die Augen.
Die Frau musterte das junge Mädchen prüfend. Sie sah gleich, dass sie keine professionelle Bettlerin vor sich hatte.
»Na, die Kleine ist wohl halb verhungert, so wie sie sich anhört«, meinte die Milchhändlerin. »Hast du denn etwas, um ihr die Milch einzuflößen?«
Ratlos ließ Kitty die Schultern sinken. Daran hatte sie nicht gedacht.
»Ist wohl dein Erstes«, bemerkte die Frau freundlich. »Warte, ich habe noch ein Kuhhorn, mit dem ich meinen Sohn gefüttert habe.«
Sie trat zu einem Schrank im hinteren Bereich des Kellers und kehrte kurz darauf mit einem Horn zurück, an dem eine getrocknete und mit Tuch ausgestopfte Kuhzitze befestigt war. Sie füllte das Horn mit Milch aus dem Bottich, von dem sie den Rahm abgeschöpft hatte, und reichte es Kitty. Diese zögerte, es anzunehmen.
»Ich kann Euch nicht bezahlen«, sagte sie leise.
»Du siehst kräftig aus«, erwiderte die Milchhändlerin. »Mein Lehrmädchen ist mir davongelaufen, und ich finde auf die Schnelle keinen Ersatz für sie. Wenn du willst, kannst du für mich arbeiten.«
Kittys Augen leuchteten auf. »Oh, vielen Dank. Das werde ich gerne. Ich danke Euch!«
Ihre Tochter war gerettet.

Die Arbeit als Milchmagd war hart. Morgens um sechs Uhr ging Kitty zu den Ställen am Rande des St. James's Park. Sie bezahlte dem Eigentümer der Milchkühe, der seine Tiere auf den Weiden des Parks grasen ließ, zweidreiviertel Pence den Quart und molk die Kühe, bis ihre beiden Eimer voll waren. Dann legte sie sich das Joch über die Schultern und schleppte ihre Last zur Monmouth Street. Bevor die Milch zu viereinhalb Pence den Quart weiterverkauft wurde, ließ Mistress Lewis, die Händlerin, sie einen halben Tag lang stehen, schöpfte den Rahm ab und verdünnte die Milch mit Wasser, das sie zu Kittys Entsetzen aus dem Pferdetrog vor dem Nebenhaus holte.

Bis zum Nachmittag ging Kitty, beladen mit dem Joch, durch die Gassen und pries ihre Ware an. Die Runde, der sie folgte, war genau vorgeschrieben. Mistress Lewis hatte die Strecke von einer anderen Händlerin gekauft. Nach jeder Lieferung ritzte Kitty die entsprechenden Kerbhölzer ein und schrieb die Zeche der Kundin an deren Türpfosten. Wenn sie ihre Runde beendet hatte, musste sie ein weiteres Mal zum St. James's Park gehen und Milch holen. Nach der zweiten Runde gab sie Eimer und Kerbhölzer bei Mistress Lewis ab und erhielt ihren Tageslohn.

Ihre Kunden waren größtenteils die Armen von St. Giles, die ein wenig Geld übrig hatten, um Milch zum Kochen zu erstehen. Die Wohlhabenden kauften beim »Lactarium« auf den St. George's Fields ein oder bei den Mägden, die Kühe oder Esel durch die Straßen führten und diese vor der Tür des Kunden molken.

Kitty blieb nur zwei Wochen bei Mistress Lewis. Die Arbeit erschöpfte sie zu sehr. Von dem mageren Lohn konnte sie sich gerade eine Mahlzeit am Tag leisten. Danach blieben ihr nicht

einmal mehr die zwei Pence, die Mistress Farrell für ihre verlausten Strohschütten verlangte. So musste Kitty die Nächte in Hauseingängen oder unter einer der Vorbauten der Läden verbringen, auf denen tagsüber die Waren ausgestellt wurden. Ihren Stammplatz unter dem Verkaufsstand eines Handschuhmachers teilte sie sich schließlich mit dem achtjährigen Fackelträger Jonathan und dem verkrüppelten Bänkelsänger »Philip-im-Kübel«. Dieser hatte einst in der Armee gedient und in einer Schlacht beide Beine verloren. Seitdem schleppte er sich, den Oberkörper in einen hölzernen Bottich geschnallt, die sehnigen Hände auf Holzgriffe gestützt, schwerfällig durch die Gassen und verkaufte seine Balladen.
So manche Nacht lauschten Kitty und Jonny den Erzählungen des alten Soldaten, der mit dem Herzog von Marlborough gegen die Franzosen gezogen war. In der Schlacht von Blenheim im Jahre 1704 hatte eine Kanonenkugel Philip beide Beine abgerissen. Der Feldscher hatte mit der Säge die zerfetzten Stümpfe abgetrennt, dem Verletzten aber kaum eine Überlebenschance zuerkannt. Doch wider Erwarten hatte der Soldat die schwere Operation überstanden und war als Krüppel in die Heimat zurückgekehrt. Wenn der Verkauf seiner Balladen nicht genug abwarf, begab er sich zu den armen Pamphletenschreibern, die man anheuern konnte, wenn man sich an einem Feind rächen wollte. Für ein paar Pence verfassten die Federfuchser eine Schmähschrift über das beabsichtigte Opfer, und Bänkelsänger wie Philip gaben diese dann überall in den Straßen zum Besten. Mit der Gehässigkeit der Leute ließ sich oft mehr Geld machen als mit ihrer Barmherzigkeit.
Die Lebensgeschichte des jungen Fackelträgers Jonathan war nicht so abenteuerlich, aber dennoch nicht weniger tragisch. Seinen Vater hatte er nie kennengelernt. Seine Mutter hatte für einen Korsettmacher gearbeitet. Doch dann war sie dem

»Kummer-Töter« Gin verfallen und hatte bald mit ihren beiden Kindern, dem sechsjährigen Jonathan und der zweijährigen Alice, auf der Straße gestanden. Als Alice von einer Kutsche überfahren wurde, weil die Mutter in ihrem Genever-Rausch nicht auf sie achtgegeben hatte, war Jonny fortgegangen. Zuerst hatte er gebettelt. Seit etwa einem Jahr verdiente er sich seinen Unterhalt, indem er Nachtschwärmer mit einer Fackel heimleuchtete.

Als Jonny sich das erste Mal neben Kitty unter dem Verkaufsstand zusammengekauert hatte, war die junge Frau in den frühen Morgenstunden aufgewacht, weil sie seine Hand in der Tasche unter ihrem Rock fühlte. Noch im Halbschlaf versetzte sie ihm eine schallende Ohrfeige, dass ihm Hören und Sehen verging. Sich die schmerzende Wange reibend, murrte er: »He, du hast ja einen härteren Schlag als meine Alte. Dabei sind deine Taschen so leer wie mein Bauch.«

Von da an unternahm er nie wieder einen Versuch, Kitty zu bestehlen, und behandelte sie mit Respekt. Mit der Zeit gewann sie ihn sogar lieb.

Die Sommernächte waren warm genug, dass man es auch nachts im Freien gut aushalten konnte. So sparten die Armen das Geld für die Unterkunft und konnten sich dafür eine Flasche Genever leisten. Auch Kitty nahm regelmäßig das Angebot der Krämerläden an, für einen Farthing ein Schlückchen Gin zu trinken, wenn sie ein Stück Brot oder Käse erstand. Selbst Jonny tat es ihr beim Kauf einer neuen Fackel gleich. In London gab es kaum jemanden, der sich nicht hin und wieder einen Becher zur Brust nahm, um Kummer und Sorgen zu vertreiben.

Nun, da Kitty nicht mehr für Mistress Lewis arbeitete, musste sie täglich für Helen Milch kaufen. Zuweilen gaben die

Mägde, die Kühe von Haus zu Haus führten, ihr etwas umsonst. Dann brauchte Kitty nur noch für ihren eigenen Unterhalt zu sorgen.
Frühmorgens um sechs Uhr, wenn die Marktglocke läutete, ging sie nach Covent Garden und mischte sich unter die anderen armen Männer und Frauen, die billige Ware zu ergattern versuchten. Da Kitty ohne Handwagen jedoch keine größeren Mengen einkaufen konnte, sah sie sich immer öfter nach einer anderen Tätigkeit um. Doch es war schwierig, mit all den Arbeitssuchenden zu konkurrieren, die sich für einen geringen Lohn anheuern ließen, von dem man kaum eine Mahlzeit bezahlen konnte. Oft sah sich Kitty gezwungen, von Haus zu Haus zu gehen und ihre Dienste als Aufwartefrau anzubieten. Dann schuftete sie den ganzen Tag unter der Fuchtel einer Magd. Kohle musste aus dem Keller in die Küche und die Asche nach unten getragen werden. Wasser gab es entweder an öffentlichen Standrohren oder beim Wasserträger. Nur wenige Häuser waren an die Wasserversorgung angeschlossen. In der Küche musste der Abwasch gemacht werden. Das Zinngeschirr wurde zudem noch mit Salz und Essig eingerieben und danach mit Kreide und Essig poliert, damit es glänzte. An anderen Tagen half Kitty bei der Wäsche. Als Lohn erhielt sie Speisereste, die von den Mahlzeiten der Herrschaft übrig geblieben waren. Zuweilen gewährte man Kitty und ihrer Tochter für ein paar Nächte Unterkunft, wenn viel zu tun war, doch am Ende musste sie wieder auf die Straße zurückkehren.
Als schlechtes Wetter einsetzte und es tagelang regnete, fürchtete Kitty um Helens Gesundheit. Um die Miete für ein Lager in Mistress Farrells Logierhaus aufzubringen, verpfändete sie ihren Wollmantel und schließlich Schürze und Leinenhaube, die letzten Attribute der Anständigkeit, die sie noch besessen hatte.

Ein Perückenmacher bot ihr an, ihr Haar zu kaufen, doch Kitty schreckte vor dieser endgültigen Demütigung zurück. Sie wollte lieber sterben, als wie eine Gassenhure mit geschorenem Kopf herumzulaufen.

Kaum besserte sich das Wetter, kehrte Kitty zu ihrem alten Schlafplatz unter dem Verkaufsstand zurück, den sie mit Philip und Jonny teilte. Mal arbeitete sie den Tag über in einer Bratküche für eine warme Mahlzeit, mal sammelte sie Lumpen, Alteisen oder Asche aus den Herdstellen, die als Dünger genutzt wurde, und verkaufte sie an den Lumpensammler. Selbst unter den Armen galt diese Arbeit als die niedrigste, die man tun konnte.

Doch Kitty hatte aufgehört, sich gegen ihr Schicksal aufzulehnen. Hunger und Erschöpfung raubten ihr den Lebensmut. Sie hatte nicht mehr die Kraft, dem Elend zu entfliehen. Das Einzige, was sie noch aufrecht hielt, war ihre Tochter, die ohne die Mutter zugrunde gehen würde. Für sie musste sie sich jeden Morgen aufraffen und Arbeit suchen. Doch sie tat dies, ohne nachzudenken, wie ein stumpfes Tier, das Tag für Tag gehorsam das Rad der Wassermühle drehte.

15

Ihr Kind in die Armbeuge geschmiegt, ließ sich Kitty unter dem niedrigen Vorbau nieder, der vor dem Fenster des Handschuhmacherladens stand. Jonny und Philipp waren noch nicht eingetroffen, und so machte es sich die junge Frau in der Mitte bequem, wo sie am besten vor dem Nieselregen geschützt war, der bereits seit Stunden anhielt.
Die Sonne war noch nicht untergegangen, doch dichte Wolken verdunkelten den Himmel und ließen nur wenig Licht in die schmalen Gassen fallen. Einige Häuserblocks entfernt rüttelte ein bärtiger Nachtwächter mit seinem Stab an den Türen und Fenstern der Häuser, um zu prüfen, ob sie verschlossen waren. Eine Tür war nur angelehnt. Der Wächter blieb stehen, beschattete die Augen, um sie vor dem niederfallenden Regen zu schützen, hob seine Laterne an und rief zum Fenster hinauf: »Ist jemand da? Eure Tür steht noch auf.«
Ein kahlköpfiges kleines Männchen öffnete das Schiebefenster und sah hinunter. Mit zittriger Hand rückte es seine Brille auf der Nase zurecht.
»Vielen Dank. Ich wusste, dass ich etwas vergessen hatte, aber mir fiel nicht ein, was es war.«
Während der alte Mann die Tür verriegelte, setzte der Nachtwächter seine Runde fort. Als er sich Kittys Schlafplatz näherte, verkrampfte sich ihr Körper vor Anspannung. Eigentlich waren die Ordnungshüter dazu angehalten, Bettler und Vagabunden aufzugreifen und am Morgen dem Richter vorzuführen, doch den meisten war bewusst, dass die armen Leute keine andere Zuflucht hatten, und drückten nachsichtig ein Auge zu. So hielt es auch der bärtige Nachtwächter, als er

an der jungen Mutter vorbeischlenderte. Er schenkte ihr sogar ein freundliches Lächeln, das sie schüchtern erwiderte.
Doch an diesem Abend verließ Kitty das Glück. Der Wächter hatte sich noch nicht weit entfernt, als sich ein Passant näherte. Bei jedem Schritt stieß er seinen Gehstock wie einen Spieß auf das Pflaster, als versuchte er, eine unsichtbare Beute zu erlegen. Als er Kitty erblickte, blieb er schockiert stehen, sah sich prüfend um und hämmerte entrüstet mit dem Stock gegen den Bordstein.
»Sir!«, rief er dem Nachtwächter nach. »Ihr vernachlässigt Eure Pflichten.«
Verwundert wandte sich der Ordnungshüter zu dem empörten Bürger um. »Kann ich Euch helfen, Sir?«
»Habt Ihr denn das Bettelweib nicht gesehen, das sich hier unter dem Laden eines hart arbeitenden Handwerkers niedergelassen hat?«, rief der Mann mit dem Gehstock vorwurfsvoll. »Ich verlange, dass Ihr dieses Lumpenpack von der Straße entfernt. Sonst bin ich gezwungen, Eure Pflichtvergessenheit zu melden.«
Mit abweisender Miene kam der Nachtwächter zurück. »Seht Ihr denn nicht, dass die arme Frau sich und ihren Knirps nur vor dem Regen zu schützen versucht?«
»Sie ist eine Vagabundin und gehört ins Zuchthaus«, beharrte der gutgekleidete Mann. »Brave Bürger müssen um ihren Geldbeutel fürchten, weil so viele Gauner und Diebe auf den Straßen herumlaufen.« Da der Ordnungshüter noch immer zögerte, verlangte der Mann in gereiztem Ton: »Nennt mir Euren Namen. Ihr lasst mir keine andere Wahl, als Euch zu melden.«
Seufzend wandte sich der Nachtwächter zu Kitty um und forderte sie auf, ihm zu folgen.
»Tut mir leid, Mädchen, aber du musst mitkommen.«

Kittys Gedanken überschlugen sich. Sollte sie die Flucht ergreifen? Doch mit Helen im Arm würde es ihr kaum gelingen, dem Wächter zu entkommen. So ergab sie sich ihrem Schicksal und folgte dem Ordnungshüter zur Wachtstube von St. Paul's Covent Garden. Der übereifrige Bürger begleitete sie den ganzen Weg und zeigte sich erst zufrieden, als sich die Tür hinter den beiden geschlossen hatte.

Kitty, die ein düsteres Gefängnis erwartet hatte, war erstaunt über das fröhliche Treiben, das im Empfangsraum herrschte. Dieser diente zugleich als Büro und als Trinkstube. Die meisten Nachtwächter waren unterwegs, doch der Inhaber der Wachtstube, der das Gebäude von der Stadt gepachtet hatte, und der Nachtkonstabler hielten die Stellung. Genießerisch an einer langen Tonpfeife saugend, saß der Inhaber mit einem Bettler in Lumpen und einem jungen Mann in fadenscheiniger bürgerlicher Kleidung vor dem Kamin und stieß mit ihnen an. In einer Ecke des Raumes füllte die Gattin des Pfeifenrauchers einen Krug an einem kleinen Fass.

Als der Wächter und Kitty eintraten, grüßte der Wachtstubeninhaber die Ankömmlinge.

»Wen bringst du da mit, Bill?«

»Die Kleine hatte es sich unter einem Verkaufsstand bequem gemacht«, berichtete der Angesprochene. »Eigentlich wollte ich sie nicht behelligen, aber so ein aufgeblasener Moralist bestand darauf, dass ich sie festnehme. Ihr kennt die Sorte, Dick. Wahrscheinlich gehört er der Gesellschaft zur Reformation der Sitten an.«

»Gut möglich«, stimmte Dick zu und ließ eine Wolke Tabakrauch aus den Nasenlöchern entweichen. »Ich gehe jede Wette ein, dass er morgen zum Bridewell eilt, um den zarten Rücken dieses hübschen Mädchens gestäupt zu sehen.«

Entsetzt fuhr Kitty zusammen und sah Bill flehend an. »Ist

das wahr? Wird man mich auspeitschen? Aber ich habe doch nichts getan!«

»Du bist eine Bettlerin ohne festen Wohnsitz«, belehrte er sie nicht ohne Mitgefühl. »Das Gesetz besagt, dass Vagabunden und Bettelvolk aufgegriffen und zu einer Woche Zuchthaus verurteilt werden sollen. Dann peitscht man sie aus und schickt sie zu ihrem gesetzlichen Wohnsitz zurück. Aber das Auspeitschen eines einzelnen Gefangenen kostet die Stadt fünf Schillinge, und so verzichten die Magistrate oft darauf, die Züchtigung anzuordnen. Vielleicht hast du Glück, Mädchen.« Mit einer aufmunternden Geste deutete Bill auf die Bank vor dem Kamin. »Setz dich zu den anderen. Wer sich anständig benimmt, braucht hier bei uns nicht die Nacht in der Zelle zu verbringen.«

Dicks Frau näherte sich mit dem Krug in der Hand und füllte einen Zinnbecher mit Porter. »Hast du Geld, Kindchen?«, fragte sie.

Schweigend schüttelte Kitty den Kopf.

»Das dachte ich mir. Na, nimm trotzdem einen Schluck.«

Mit einem einladenden Lächeln reichte sie Kitty den Becher. Zitternd umklammerte diese das Zinngefäß und trank. Ihre Knie drohten unter ihr nachzugeben, und so ließ sie sich auf das äußerste Ende der Bank nieder.

»Wie heißt du, Kleine?«, fragte der Nachtkonstabler, der ein dickes Buch aufgeschlagen hatte.

»Catherine Harker«, antwortete Kitty nach kurzem Zögern. Wenn sie ihren richtigen Namen angab und man fand heraus, dass sie in London geblieben war, statt nach Southampton zu gehen, erwartete sie mit Sicherheit eine harte Strafe.

Bill setzte seine Runde fort. Der Bettler, dem dasselbe Schicksal drohte wie Kitty, gab sich unbekümmert.

»Ich bin schon zweimal ausgepeitscht worden«, meinte er mit

einem Schulterzucken. »Es ist gar nicht so schlimm, weißt du. Die Arbeit im Zuchthaus ist viel unangenehmer, wenn man wie ich einen verkrüppelten Arm hat.«
Seine Worte vermochten Kitty nicht zu trösten. Als sie nicht antwortete, wandte sich der Bettler wieder dem jungen Mann zu, der neben ihm saß. Dieser war ein armer Schreiberling, den seine Wirtin ausgesperrt hatte, als er zu spät aus dem Kaffeehaus zurückgekehrt war. Die Wachtstube gewährte ihm nicht nur eine Unterkunft für die Nacht, sondern auch Bier und Gesellschaft zur Unterhaltung.

Die Stunden vergingen. Immer wieder unterbrach einer der Nachtwächter seine Runde und kam herein, um von Dicks Frau einen Humpen Porter oder eine Viertelpinte Usquebaugh zu kaufen. Dann saß er eine Weile vor dem Kamin und trocknete seinen Umhang, bevor er wieder in die verregnete Nacht hinausmusste. Großzügig füllte Dicks Gattin mehrmals Kittys Becher nach und lächelte ihr freundlich zu.
Gegen zwei Uhr morgens brachte ein Nachtwächter eine junge Frau in ärmlicher Kleidung in die Wachtstube. Das tief ausgeschnittene Mieder und das einzelne rote Seidenband, mit dem sie ihr hellbraunes Haar geschmückt hatte, wies sie als Straßendirne aus. Ihr Gesicht war gerötet, und sie wehrte sich erbittert gegen den Ordnungshüter, der sie mit Gewalt in den Empfangsraum schob.
»Lass mich los, Mistkerl! Du hast kein Recht, mich anzufassen. Kein Recht …« Ihre Stimme versagte, und sie brach in Tränen aus. Es war offensichtlich, dass sie stockbetrunken war.
Der Wachthauspächter fragte das Straßenmädchen nach ihrem Namen, doch dieses beschimpfte ihn schluchzend.
»Bring sie runter in die Zelle«, befahl Dick schließlich. »Vielleicht kommt sie bis zum Morgen wieder zur Vernunft.«

Unsanft zerrte der Nachtwächter die Frau zur Treppe, die in das Untergeschoss führte. Kurz darauf kehrte er zurück, hob Laterne und Stab auf, die er an der Tür abgestellt hatte, und rief den Anwesenden noch einen Gruß zu, bevor er in die Dunkelheit hinaustrat.

Der Bettler und der Schriftsteller plauderten stundenlang miteinander, erzählten witzige Anekdoten und tragische Erlebnisse, bis die Müdigkeit sie schließlich übermannte und im Sitzen einnicken ließ, benebelt vom Bier und angenehm durchwärmt vom knisternden Kaminfeuer. Kitty, die an die Züchtigung dachte, die sie am Morgen erwartete, fand dagegen keine Ruhe.

Um halb fünf wurde die Tür aufgeworfen, und alle Anwesenden schreckten aus ihrem Dämmerschlaf auf. Bill, der Nachtwächter, der Kitty aufgegriffen hatte, trat sichtlich mitgenommen über die Schwelle. Er hielt den leblosen nackten Körper eines etwa vierjährigen Knaben im Arm.

Dick und der Konstabler der Nacht eilten ihm entgegen und nahmen ihm die traurige Last ab.

»Was ist passiert?«, fragte Dick, während er das Kind auf die Bank legte und mit der Hand nach einem Herzschlag tastete. Doch der Knabe war tot. Mit düsterer Miene deutete der Konstabler auf den Hals des Jungen.

»Er ist erwürgt worden.«

Aller Augen richteten sich auf Bill, der mit hängenden Schultern und verstörtem Gesicht in der Mitte der Trinkstube stand und den Kopf schüttelte, als versuche er, die schreckliche Wahrheit zu leugnen.

»Es war die Mutter«, murmelte er.

»Was?«, rief Dick entgeistert.

»Ich kam dazu, als sie gerade ihre Untat ausgeführt hatte«, berichtete Bill erschüttert. »Eine Anwohnerin sah, wie die

Mutter ihrem toten Sohn die Kleider auszog, und versuchte, sie festzuhalten, doch die Frau riss sich los und entkam. Die Gevatterin erzählte mir, dass der Name der Frau Margaret Mosse sei und dass sie sie recht gut kenne. Vor einiger Zeit gab Mosse den Jungen ins Arbeitshaus, weil sie nicht mehr für ihn sorgen konnte. Mosse sei eine Säuferin, die jeden Penny für Gin ausgibt, berichtete die Alte. Als sie kein Geld mehr für Fusel hatte, muss sie ihren Sohn aus dem Arbeitshaus geholt haben. Das Kind ist dort neu eingekleidet worden. Die Gevatterin hat die beiden kurz vorher noch die Straße entlanggehen sehen. Auf ihrem Rückweg überraschte sie die Mutter dann dabei, wie sie den Leichnam ihres Sohnes entkleidete.«

»Allmächtiger!«, entfuhr es dem Schriftsteller. »Diese Frau hat ihr Kind umgebracht, um seine Kleider zu stehlen? Warum?«

»Um sie zu verpfänden und sich von dem Erlös Gin zu kaufen, vermute ich«, entgegnete Dick sarkastisch. »Manche Menschen begehen die schlimmsten Untaten, um ihre Trunksucht zu befriedigen. Aber eine Mutter, die dafür ihr Kind umbringt … Das ist mir noch nicht untergekommen. Der Genever muss sie um den Verstand gebracht haben.«

Der Konstabler bat Dicks Frau um eine Decke, die er über den toten Knaben breitete. Bei Morgengrauen würde er den Leichenbeschauer benachrichtigen und Erkundigungen nach der flüchtigen Kindsmörderin einholen.

In der Trinkstube des Wachthauses war es still geworden. Niemand wollte noch weiter über das schreckliche Geschehen sprechen, doch das Thema zu wechseln wagte auch keiner. Kitty hatte ihre Tochter unwillkürlich fest an sich gedrückt und betrachtete das schmale blasse Gesichtchen mit der kleinen Stupsnase und den von langen Wimpern gesäum-

ten Lidern. Einst hatte auch der tote Knabe in den schützenden Armen seiner Mutter gelegen, und sie hatte ihn vermutlich ebenso liebevoll angesehen. Vielleicht war Margaret Mosse vor vielen Jahren wie Kitty aus der Provinz nach London gekommen, um ihr Glück zu suchen. Ein Mann hatte sie geschwängert und sie dann sitzenlassen oder war gestorben, und Margaret hatte allein für ihren Sohn sorgen müssen. Wahrscheinlich hatte sie Trost und Vergessen in der Trunksucht gefunden, bis sie ohne Gin nicht mehr leben konnte und zur Mörderin wurde.
Kitty erschauerte. War ihr dasselbe Schicksal vorgezeichnet? Würde sie auch eines Tages ihre Tochter für eine Flasche Gin umbringen, weil das teuflische Gebräu ihr die Seele geraubt hatte? Entschlossen schwor sich Kitty, dass sie, ganz gleich, wie groß das Verlangen auch sein mochte, nie wieder auch nur einen Schluck Genever trinken würde.

Als ein schwacher rosiger Schimmer den nahenden Morgen ankündigte, räkelte sich der Wachthauspächter auf der Bank, legte die erloschene Pfeife weg und erhob sich.
»Ihr beiden müsst jetzt runter in die Zellen«, sagte er, an Kitty und den Bettler gewandt. »Ich werde mich noch eine Weile aufs Ohr legen, bis es Zeit ist, euch vor den Richter zu bringen.«
Einer der Nachtwächter, der seine Runde bereits beendet hatte, führte Kitty und ihren Leidensgenossen die Stufen zum Untergeschoss hinab. Er sperrte den Bettler in die erste Zelle, die den Männern vorbehalten war. Dann zog er den Riegel der Frauenzelle zurück und öffnete die Tür.
»Was, zum Teufel …«, stieß der Wächter entsetzt hervor.
Kitty blickte an ihm vorbei in die Zelle und schrak zurück. Die betrunkene Dirne, die während der Nacht dort einge-

sperrt worden war, kniete in seltsamer kauernder Haltung auf dem Steinboden. Ihr Gesicht war blau verfärbt, und ihre Zunge hing geschwollen aus dem Mund. Sie hatte sich an dem leuchtend roten Seidenband erhängt, mit dem sie noch ein paar Stunden zuvor Freier hatte anlocken wollen.

»Verdammt!«, fluchte der Nachtwächter und stürmte mit großen Schritten die Treppe zur Trinkstube hinauf.

Im nächsten Moment eilten Dick, der Konstabler der Nacht und zwei weitere Wächter herbei und drängten sich in die Zelle. Erschüttert wich Kitty in Richtung Treppe zurück. Als ihr klarwurde, dass sich niemand um sie kümmerte, huschte sie die Stufen hinauf und durchquerte den Empfangsraum. Dicks Frau, die ihr den Rücken zukehrte, bemerkte sie nicht. Mit klopfendem Herzen schlüpfte Kitty zur Tür hinaus und rannte, so schnell sie konnte, davon.

16

Nachdem Kitty nur knapp dem Zuchthaus und der Peitsche entgangen war, wagte sie es nicht mehr, unter freiem Himmel zu übernachten. Ein junges Mädchen, das auf dem Markt von Covent Garden bettelte, erzählte ihr von einem leerstehenden Haus auf der Dyott Street, nahe der Kirche von St.-Giles-in-the-Fields.

Am Abend begleitete Kitty das Mädchen, das Mary hieß, zu dem Haus, das sich kaum von seinen ebenso baufälligen, aber noch bewohnten Nachbarn unterschied. Zu seiner Rechten stand ein billiges Logierhaus, in dem Dirnen mit ihren Freiern ein und aus gingen. In dem Gebäude zu seiner Linken hauste Bettelvolk, das sich gerade noch die wenigen Pennys für eine Unterkunft leisten konnte.

Als die beiden jungen Frauen über die Schwelle traten, überlief Kitty ein Schauer. Eine Haustür gab es nicht. Sie war wie die Vertäfelung in den Räumen und das Treppengeländer schon vor langer Zeit herausgerissen und an die Wäscherinnen der Umgebung verkauft oder während der kalten Jahreszeit in den Kaminen verbrannt worden. Es roch nach Moder und Verwesung. Vermutlich verfaulten tote Mäuse und Ratten unter dem Fußboden und zwischen den Rissen in den Wänden.

Ungläubig sah Kitty sich um. Dies war nicht eines der windschiefen Fachwerkhäuser, die mehrere Jahrhunderte überdauert hatten, sondern ein Ziegelbau, der nach dem Großen Brand errichtet worden war. Und doch wirkte er bereits baufällig.

Durch die zerbrochenen Scheiben der Fenster fiel das Licht

der untergehenden Sonne und erleichterte es den Frauen, einen Weg durch den Schmutz und die Abfälle zu finden, die den Fußboden bedeckten. Plötzlich ließ ein leises Geräusch Kitty zusammenzucken.

»Da ist jemand«, raunte sie ihrer Begleiterin zu.

»In der vorderen Stube leben zwei Frauen«, erwiderte Mary. »Im ersten Stock übernachtet manchmal ein Bettler, der mit niemandem spricht und immer ins Leere starrt. Er ist mir nicht geheuer. Im zweiten Stock hat jemand die Fußböden aufgerissen. Deshalb schlafe ich mit Joan in der Mansarde …« Ein leises Wimmern unterbrach das Mädchen. »Ich bin so froh, dass ich nicht allein in diesem unheimlichen Gemäuer übernachten muss.«

»Vielleicht braucht jemand Hilfe«, sagte Kitty und betrat die vordere Stube. Zögernd folgte Mary ihr. Im Zwielicht der einsetzenden Dämmerung konnte Kitty zuerst nur Unrat ausmachen, der auf dem Boden verstreut lag. Der Raum stank wie eine Kloake, aber da war noch ein anderer Geruch, den die junge Mutter nicht deuten konnte, der sie jedoch mit Unbehagen erfüllte.

Erschrocken fuhr Kitty zurück, als sich unmittelbar vor ihr etwas bewegte und erneut das Wimmern erklang, das sie hergelockt hatte. Angestrengt versuchte sie, das Halbdunkel zu durchdringen. Als plötzlich etwas ihren Knöchel berührte, schrie sie auf, weil sie glaubte, eine Ratte sei ihr über den Fuß gelaufen. In Panik rannte Mary aus dem Raum. Ihre Furcht überwindend, sank Kitty in die Hocke. Eine eiserne Faust krampfte ihr Herz zusammen. Mittlerweile hatten sich ihre Augen an das Dämmerlicht gewöhnt, und sie konnte erkennen, was da vor ihr auf dem Boden lag. Es war eine Frau. Sie war fast nackt und bis auf die Knochen abgemagert. Ihr Lager war eine völlig durchlöcherte modrige Decke. Fassungslos

sah Kitty sich um und entdeckte noch zwei weitere Gestalten, die ebenso ausgemergelt schienen. Keine von ihnen hatte mehr die Kraft, sich zu erheben.
Die Frau, die ihr am nächsten lag, wandte Kitty ihr abgezehrtes Gesicht zu und streifte sie mit einem flehenden Blick. Hastig holte die junge Mutter den Penny-Laib hervor, den sie von dem Lohn für ihre Arbeit in einer Bratstube zurückbehalten hatte, und legte das Brot in die knochige Hand der Elenden.
»Es tut mir so leid«, sagte sie, ohne recht zu wissen, wofür sie sich entschuldigte.
Zitternd vor Entsetzen erhob sie sich und verließ den Raum. Mary wartete auf der Treppe.
»Diese Frauen verhungern«, murmelte sie. »Sie sind nur noch Haut und Knochen.«
Ohne zu antworten, wandte sich das Mädchen um und ging die Treppe hinauf. Im ersten Geschoss war alles ruhig. Vorsichtig erklommen die beiden jungen Frauen die geländerlose Stiege, indem sie sich nah an der Wand hielten. Eine Leiter führte vom zweiten Stock zum Dachgeschoss hinauf. Dort wurden sie von Joan begrüßt, einer Frau in den Vierzigern, die ebenso ärmlich gekleidet war wie Kitty. Mary stellte sie einander vor. Joans Gesicht verdüsterte sich, als sie Helen sah.
»Der arme Wurm«, sagte sie kopfschüttelnd. »Wie alt ist die Kleine?«
»Drei Monate«, erwiderte Kitty, während sie Helen auf dem Schal absetzte, mit dem sie sie auf dem Rücken trug. Obwohl sie bei einer Magd, die eine Eselin durch die Straßen führte, ein Stück Brot gegen etwas Milch eintauschen konnte, bevor sie sich mit Mary getroffen hatte, war Helen bereits wieder hungrig. Kitty blieb nichts anderes übrig, als ihr den Zipfel

des Schals in den Mund zu stecken, an dem sie sogleich gierig saugte.
»Ein Jammer«, murmelte Joan und schüttelte erneut den Kopf. Sie schien überzeugt, dass Kitty die Kleine nicht durchbringen würde.
»Die Frauen im Erdgeschoss sind dem Hungertod nahe«, bemerkte Kitty, um von ihrer Tochter abzulenken.
»Normalerweise arbeiten sie auf dem Markt von Covent Garden als Lastenträger«, berichtete Joan. »Ich glaube, sie wohnen schon seit Monaten hier.«
»Wie sind ihre Namen?«
»Eine der beiden heißt Liz, soviel ich weiß. Den Namen der anderen kenne ich nicht.«
»Aber es sind drei Frauen.«
»Von einer dritten weiß ich nichts. Ich habe ihnen öfter etwas zu essen gebracht, wenn ich einen Rest übrig hatte. Liz und ihre Freundin sind schon seit einiger Zeit krank, deshalb können sie nicht mehr arbeiten.«
Inzwischen war es in der Mansarde stockdunkel geworden. Kitty konnte die Gesichter der anderen nicht mehr erkennen. Unwillkürlich tastete ihre Hand nach Helen, die eingeschlafen war.
»Ist Mary deine Tochter?«, fragte sie Joan.
»Nein, ich habe mich ihrer angenommen, als ich sie eines Abends in einem Hauseingang schlafend fand. Die Arme hat keine Familie mehr. Ihre Mutter starb kurz nach ihrer Geburt, ihr Vater, als sie sieben Jahre alt war. Eine Tante kümmerte sich bis zu ihrem Tode um sie, dann stand Mary auf der Straße.«
An dieser Stelle nahm das Mädchen den Faden der Erzählung auf. »Fünf Jahre habe ich für eine Näherin gearbeitet, doch als ich krank wurde, entließ sie mich. Die Armenpfleger des

Sprengels, in dem mein Vater gelebt hat, wiesen mich ab, und so blieb mir nichts anderes übrig, als betteln zu gehen.«

»Hat man dir nicht gesagt, dass du durch deine Arbeit bei der Näherin deinen gesetzlichen Wohnsitz im dortigen Sprengel erworben hast und damit auch ein Anrecht auf Armengeld?«, fragte Kitty, die sich an ihr Gespräch mit dem Friedensrichter im Arbeitshaus erinnerte.

»Nein, das wusste ich nicht.«

»Du solltest dich gleich morgen früh an die Armenpfleger wenden. Lass dich nicht von ihnen abwimmeln. Sie sind verpflichtet, dich zu unterstützen.«

»Wenn das stimmt, wäre es ein Segen für das Mädchen«, meinte Joan. »Ich werde wohl besser mit ihr gehen.«

Müdigkeit überkam die Frauen und ließ sie allmählich verstummen. Kitty zog ihre Schuhe aus und legte sich auf den Holzfußboden. Zuerst wollte sich der Schlaf nicht einstellen. Obwohl sie es mittlerweile gewöhnt war, auf hartem Untergrund zu ruhen, fiel es ihr an diesem Abend schwer, eine einigermaßen bequeme Stellung zu finden. Nachdenklich lauschte sie auf die Geräusche des Hauses. Es war nicht das leise Knarren der sich biegenden Balken, wie sie es aus dem Fachwerkhaus in Clerkenwell kannte, sondern ein seltsames Knirschen und das rieselnde Geräusch von herabfallendem Putz. Als Kitty endlich in Schlaf sank, quälten sie beängstigende Alpträume. Sie sah sich umgeben von einem Meer knochiger Arme, deren skelettierte Finger sich nach ihr ausstreckten, sich in ihren Rocksaum krallten, sich kalt um ihre Knöchel legten und sie zu Fall brachten. In Panik versuchte sie, sich zu befreien, die Knochenhände zurückzuschlagen, doch es gelang ihr nicht. Totenschädel wandten sich ihr zu, lebendige flehende Augen in den leeren Höhlen, die sie stumm anstarrten. Von Angst und Schrecken erfüllt, riss Kitty Helen an sich, doch als sie in ihr Gesicht blickte, sah sie einen mit pergamentartiger Haut überzogenen Totenkopf. Schreiend fuhr Kitty aus dem Schlaf. Zuerst fiel es ihr schwer, sich zu orientieren. Wo war sie? In der Beuge ihres rechten Armes lag Helen und greinte. Durch die zerbrochenen Scheiben der Fenster fiel das malvenfarbene Licht der Morgendämmerung herein und erhellte die Mansarde. Verwirrt blickte Kitty sich um. Nicht weit von ihr schliefen Joan und Mary.

Kitty verspürte unerklärliche Angst. War es die Nachwirkung des Alptraums, der sie so sehr aus der Fassung brachte? Nein, da war noch etwas anderes. Etwas stimmte nicht! Der Boden unter ihr vibrierte leicht, dann immer stärker. Ein lautes Knirschen war zu hören und das Splittern von Holz. Erschrocken umklammerte Kitty ihre Tochter und sprang auf die Füße.

»Wacht auf!«, schrie sie. »Das Haus stürzt ein!«

Die beiden Frauen erwachten, gerade als die Fassade des Gebäudes zur Straße hin wegsackte. Unter ohrenbetäubendem Getöse tat sich vor ihren Füßen ein Spalt auf, als die Holzbohlen zersplitterten und der Boden mit in die Tiefe gerissen wurde.

»Zurück zur Wand!«, rief Kitty.

Geistesgegenwärtig krabbelte Joan auf allen vieren in ihre Richtung, doch Mary schaffte es nicht mehr. Der Boden brach unter ihr weg. Es gelang ihr gerade noch, die Arme auszustrecken und sich mit den Händen an den gesplitterten Holzbohlen festzuklammern. Sie war so erschrocken, dass sie nicht einmal um Hilfe rufen konnte.

Helen noch immer im Arm, stürzte Kitty an den gähnenden Abgrund, warf sich auf die Knie und streckte dem Mädchen die Hand entgegen.

»Schnell, fass zu! Ich ziehe dich rauf.«

In Marys Augen stand blankes Entsetzen. Zuerst schien es, als sei sie zu verstört, um Kittys Anweisung zu gehorchen, doch dann löste sie eine Hand von dem geborstenen Holz und umklammerte die Finger ihrer Retterin.

»Joan, nimm Helen!«, befahl Kitty.

Mit nur einer Hand konnte sie Mary unmöglich nach oben helfen. Schon zog das Gewicht des Mädchens sie näher an den tödlichen Abgrund, von dem Wolken von Gips- und Mörtelstaub wie Rauch aufstiegen und das Atmen beschwerlich machten.

»Joan!«, schrie Kitty noch einmal.

Endlich gelang es der Angesprochenen, ihre Lähmung abzuschütteln. Ängstlich trat sie neben Kitty und nahm ihr das Kind aus dem Arm. Rasch legte sich diese auf den Bauch und ergriff auch Marys andere Hand. Zu ihrem Schrecken stellte die junge Mutter fest, dass sich der Fußboden zu neigen begann. Es konnte nur Augenblicke dauern, bis ihr Körper unter dem doppelten Gewicht ins Rutschen kommen würde und sie mit Mary in den stauberfüllten Abgrund stürzte.

»Joan, hilf mir!« In Kittys Stimme mischte sich Panik. Sie spürte, wie ihr das Blut in den Kopf strömte und in ihren Ohren rauschte. Ihre Kopfhaut, ihr Gesicht begannen unter dem Blutfluss zu pochen. Ihr Körper verlor den Halt und glitt langsam nach vorn auf die gähnende Leere zu.

Da überwand Joan ihre Angst, rutschte neben sie und griff nach Marys Handgelenk. Kitty hatte nun eine Hand frei, um sich abzustützen. Gemeinsam zogen sie das Mädchen auf die absinkenden Bohlen.

Fassungslos nahmen die drei Frauen das Ausmaß der Katastrophe in sich auf. Die zusammenstürzende Fassade hatte gut die Hälfte des Hauses mit in die Tiefe gerissen. Es schien, als habe ein zerstörerischer Gott das Gebäude mit einer gewaltigen Axt in der Mitte durchgehauen. Kitty meinte, in einem Fenster des gegenüberliegenden Hauses ein erschrockenes Gesicht zu sehen. Rufe erklangen, als Schaulustige herbeieilten und mit ungläubigen Blicken den Trümmerhaufen aus Ziegeln, Holz und Mörtel betrachteten, der die Straße unpassierbar machte.

»Wir müssen hier heraus, bevor der Rest auch noch einstürzt«, sagte Kitty.

Rasch lief sie zu ihrer Tochter, band sie sich auf den Rücken und huschte so leichtfüßig wie möglich zur Tür. Joan und Mary folgten ihr wortlos die Leiter hinunter in den zweiten Stock. Entsetzt betrachteten die Frauen die beschädigte Stiege. Der Treppenlauf in den ersten Stock war teilweise abgerissen.

»Wir kommen hier nicht mehr raus«, jammerte Mary und barg das Gesicht in den Händen.

Joan, die sich wieder einigermaßen gefasst hatte, legte dem Mädchen beruhigend den Arm um die Schultern.

»Wir müssen versuchen, nach unten zu klettern«, entschied Kitty.

Sie nahm allen Mut zusammen und setzte behutsam den Fuß auf die erste Stufe, während sie sich an der Wand entlangschob. Ein unheimliches Ächzen erklang, und der ungestützte Treppenlauf begann gefährlich zu schwanken. Doch er hielt. Kitty holte tief Luft und machte einen weiteren Schritt. Mörtel rieselte auf sie herab, und die Mauern erzitterten leicht. Sie mussten sich beeilen.

Als Kitty das abgebrochene Ende des Treppenlaufs erreichte, blickte sie vorsichtig zum darunterliegenden Absatz hinab. Da das Haus recht schmal gebaut war, ging es nicht allzu tief hinunter. Kitty setzte sich auf den äußersten Rand der vorletzten Stufe und rutschte vorwärts, bis ihre Füße den Treppenlauf gegenüber berührten. Dann ließ sie sich vorsichtig hinabgleiten und tastete nach der Wand. Die Stufen schwankten knirschend unter ihrem Gewicht, so dass Kitty es nicht wagte, sich länger aufzuhalten. Rasch schob sie sich bis zum Treppenabsatz vor und sah in die Tiefe. Mehrere Männer kletterten über die Trümmer der zusammengestürzten Fassade und riefen: »Ist noch jemand im Haus?«

Kitty trat an den Rand des Abgrunds und winkte: »Wir sind zu dritt. Im Erdgeschoss in der vorderen Stube sind noch drei Frauen, soviel ich weiß.«

Einer der Männer bestätigte mit Handzeichen, dass er verstanden hatte, und balancierte auf die Straße zurück. Hinter ihr ließ Joan Mary auf den gegenüberliegenden Treppenlauf hinab.

Aus Angst, die schwankenden Stufen könnten unter ihrem zusätzlichen Gewicht wegbrechen, blieb Kitty an ihrem Platz und streckte dem Mädchen die Hände entgegen, falls dieses das Gleichgewicht verlieren sollte. Zitternd wie Espenlaub stolperte Mary schließlich in ihre Arme. Dann folgte Joan.

Als die drei Frauen auf die Straße hinausblickten, liefen zwei Männer mit einer Leiter herbei, die sie von einer nahen Baustelle geholt haben mussten. Mit behutsamen Schritten erklommen sie den Trümmerhaufen der Fassade und legten die Leiter an einer Stelle an, die Kitty ihnen bezeichnete. Mit klopfendem Herzen wandte sie sich um, tastete mit dem Fuß nach der ersten Stufe und stieg mit der schreienden Helen auf dem Rücken die stark schwankende Leiter hinab. Als er sie erreichen konnte, stützte der Bauarbeiter sie, bis sie unten war, und übergab sie an einen seiner Kumpane, der sie über die Trümmer in Sicherheit brachte.

»Bist du in Ordnung, Mädchen?«, fragte er fürsorglich.

»Ja, mir und meiner Tochter geht es gut«, bestätigte sie. Allerdings fühlte sie sich von dem durchlebten Schrecken wie ausgeleert.

»Das war ein Knall, als die Fassade herunterkam, kann ich dir sagen«, berichtete der Mann aufgeregt. »Bis nach Lincoln's Inn Fields müssen die Leute den Krach gehört haben.« Er sah sie fragend an. »Sind noch mehr Menschen im Haus?«

»Ja, vorn im Erdgeschoss wohnten drei Frauen«, antwortete Kitty, während sie bestürzt den Haufen Schutt betrachtete, der von dem Ziegelbau übrig geblieben war. Die Fassaden der anliegenden Häuser waren ebenfalls beschädigt. »Ich glaube nicht, dass sie aus eigener Kraft herausgekommen sind.«

»In dem Fall sind sie wahrscheinlich tot«, erwiderte der Mann kopfschüttelnd. »Von der vorderen Stube ist nichts übrig geblieben.«

Er entfernte sich, um den anderen zu helfen. Am ganzen Körper zitternd, sah Kitty zu, wie sie mit den Händen die Trümmer wegzuräumen begannen. Joan und Mary beobachteten ihre Anstrengungen von der anderen Straßenseite aus.

Kitty erschrak, als eine alte Frau sie ansprach. »Ich habe dir Milch für dein Kind mitgebracht«, sagte sie freundlich und lächelte der jungen Mutter zu.

Dankbar nahm Kitty die Zinnflasche entgegen, die die Gevatterin ihr reichte. Die Milch darin war warm. Kitty setzte sich auf den Boden, legte sich Helen in den Arm und ließ sie an der ledernen Zitze saugen, die das zylinderartige Gefäß verschloss. Zu Kittys Erleichterung stellte die Frau keine Fragen nach ihrem furchtbaren Erlebnis. Als Helen satt war, nahm sie die Zinnflasche zurück und verschwand ebenso unauffällig, wie sie gekommen war.

17

Inzwischen hatten die Bauarbeiter ihre Suche nach den drei noch vermissten Frauen unterbrochen. Die Unterhaltung der Schaulustigen verstummte, als sie sich näher um die Männer drängten. Offenbar waren diese fündig geworden. Erst als die Zuschauer nach einer Weile mit erschütterten Mienen die Sicht freigaben, erkannte Kitty, dass zwei der Frauen geborgen worden waren. Nachbarinnen eilten herbei, um die Blöße der Toten zu bedecken. Bevor die beiden Leichen unter den Laken verschwanden, sah Kitty im Licht des Tages mit schrecklicher Deutlichkeit, wie abgezehrt sie waren. Eine der Frauen hielt noch immer das Brot in der Hand, das Kitty ihr gegeben hatte. Sie hatte wohl nicht mehr die Kraft gehabt, es zu essen.

»Entsetzlich«, murmelte eine Stimme. »Einfach entsetzlich, dass so etwas in einer zivilisierten Nation wie der unsrigen möglich ist.«

Kitty betrachtete den untersetzten jungen Mann neben ihr, dessen dichtes Haar ihm unordentlich auf die Schultern fiel. In seinen kräftigen, aber geschickten Händen hielt er ein kleines Notizbuch, in dem er mit wenigen Bleistiftstrichen die erbarmungswürdigen Überreste der toten Frauen festhielt und dann in einer zweiten Skizze die Trümmer des Hauses. Als der Mann ihrer Blicke gewahr wurde, wandte er ihr seine freundlichen dunklen Augen zu und musterte sie aufmerksam.

»Ihr wart in dem Haus, als es zusammenstürzte?«, fragte er. »Kanntet Ihr die armen Kreaturen?« Noch ehe sie antworten konnte, besann er sich und neigte leicht den Kopf. »Verzeiht meine Unhöflichkeit. Ich hätte mich zuerst einmal vorstellen sollen. Mein Name ist William Hogarth, Kupferstecher. Aber meine Leidenschaft ist das Zeichnen. Die Öffentlichkeit muss diesen Skandal zu sehen bekommen. Es ist ungeheuerlich, dass in einem so reichen Land wie dem unsrigen Menschen hungers sterben und Säuglinge in den Straßengraben geworfen werden wie Abfall.«

Verwundert sah Kitty in das eher grobgeschnittene ovale Gesicht des Kupferstechers, das so viel Enthusiasmus ausdrückte. Es war das erste Mal, dass sie jemandem begegnete, der sich über das Elend der Armen entrüstete.

»Ich kannte die bedauernswerten Frauen nicht«, sagte sie leise. »Aber ich kenne viele wie sie.«

Ein weiterer Passant, der die Leichen aus der Nähe betrachtet hatte, gesellte sich zu ihnen.

»Die Totenstarre ist bereits eingetreten, sagen die Arbeiter, die sie geborgen haben«, bemerkte er. »Die Frauen waren schon tot, als das Haus einstürzte. Wie es aussieht, sind sie elendig verhungert.«

Kitty hörte der Unterhaltung der beiden Männer nur noch mit halbem Ohr zu. Ihre Knie zitterten. Sie fand nicht die Kraft, sich von dem Unglücksort zu entfernen. Die Angst, dass sie eines Tages das Schicksal dieser Frauen teilen musste, ließ sie kaum atmen. Sie bemerkte nicht, wie sich ein Konstabler einfand und die Trümmer besichtigte und wie die Schaulustigen sich langsam zu zerstreuen begannen. Erst nach einer Weile registrierte sie, dass ein etwas abseits stehender Mann ihr immer wieder neugierige Blicke zuwarf. Als er ihre Augen auf sich gerichtet sah, trat er näher.

»Ich konnte nicht umhin zu bemerken, welch hübsches Gesicht sich unter deinem elenden Äußeren verbirgt«, sagte er mit einem leichten schottischen Akzent. »Wie viel verlangst du für deine Dienste?«

Kittys Augen weiteten sich empört. »Ich bin keine Dirne«, erwiderte sie und wandte sich ab.
»Warte!«, rief der Mann und eilte ihr nach.
Widerwillig blieb sie stehen und blickte ihn abweisend an.
»Verzeih«, bat der Fremde mit beschwichtigender Miene. »Ich hätte erkennen müssen, dass du keine Straßendirne bist. Die verhalten sich ganz anders. Dennoch scheinst du ein wenig Geld gut gebrauchen zu können. Ich biete dir zwei Guineen ... nein, ich gebe dir fünf Guineen für eine ganze Nacht.«
Ohne nachzudenken, schüttelte Kitty den Kopf. »Euer Angebot beleidigt mich, Sir. Lieber verhungere ich.«
Lächelnd musterte sie der kleine Schotte. Die stolze Haltung dieses einfachen Mädchens vom Lande beeindruckte ihn. Unverdrossen fuhr er fort: »Es steht mir fern, dich zu etwas zu drängen, was du nicht tun willst, denn es gibt nichts Unerfreulicheres als eine widerspenstige Bettgenossin. Doch je länger ich dich ansehe, desto mehr verlangt es mich danach, dich in den Armen zu halten.« Er zog eine Visitenkarte aus der Tasche seiner Weste und reichte sie Kitty. Zögernd nahm sie sie entgegen und las: »Henry Montague Esq., ›Zur grünen Feder‹, Sackville Street, Piccadilly.«
»Oh, du kannst lesen«, rief er entzückt. »Das wird ja immer besser.«
Fasziniert betrachtete Kitty ihn. Er wirkte wie ein Kind, das sich über ein neues Spielzeug freut.
»Lass mich dir einen Vorschlag machen, Kindchen«, sagte er mit leuchtenden Augen und kramte einige Münzen aus seinen Taschen hervor. »Hier, nimm das. Kauf meinetwegen etwas zu essen für dein Kind und dich selbst. Aber falls du es dir anders überlegst, komm heute Abend um acht Uhr zu dieser Adresse. Ich werde dich erwarten. Wir nehmen gemeinsam

das Nachtmahl ein und … na, du weißt schon. Wenn du mir eine ganze Nacht schenkst, zahle ich dir zehn Guineen.«

Kitty wollte die Münzen nicht annehmen, doch er legte sie in ihre Hand und schloss ihre Finger darum.

»Denk in Ruhe über mein Angebot nach«, sprach er unbeirrt weiter. »Mach dich ein wenig zurecht und vertrau deinen Knirps einer Freundin an. Du wirst es nicht bereuen, das verspreche ich dir.«

Henry Montague warf ihr noch ein aufmunterndes Lächeln zu, dann berührte er zum Abschied seine Hutkrempe und ging davon. Nachdenklich drehte Kitty die Karte zwischen den Fingern und betrachtete die Silbermünzen, die er ihr gegeben hatte: eine Krone, eine halbe Krone, zwei Schilling-Stücke und ein Sechs-Pence-Stück. Nachdem sie alles in ihren Taschen verstaut hatte, lief sie ziellos durch die Gassen. Nach einer Weile erreichte sie die Große Piazza von Covent Garden. Zwischen den Marktständen herrschte wie stets ein buntes Treiben. Bedienstete und Hausfrauen, die früh aufgestanden waren, um frische Ware zu ergattern, handelten selbstbewusst mit den Verkäufern um einen guten Preis. Barfüßige Knaben spielten mit einer Schweinsblase Fußball und holten mit einem wohlgezielten Schuss einem ehrenwerten Friedensrichter den Hut vom Kopf, als dieser am Arm eines Konstablers von einem nächtlichen Gelage zu seinem Haus auf der Bow Street torkelte.

Kitty entdeckte »Philip-im-Kübel«, der unter den Fenstern eines bedauernswerten Bürgers eine Schmähballade sang und nur mit Mühe der warmen Dusche eines eilig über seinem Kopf entleerten Nachttopfs entging. Volle Körbe mit Gemüse oder Früchten auf den Köpfen balancierend, traf eine Gruppe von Landfrauen aus Shropshire auf dem Markt ein und lud ihre Last an den Verkaufsständen ab. Als Kitty ihre lachenden, rosigen Gesichter sah, fragte sie sich, weshalb Henry Montague gerade ihr dieses großzügige Angebot gemacht hatte. Sie war einmal hübsch gewesen, dessen war sie sich bewusst. Aber nun, schmutzig und vom Elend gezeichnet, bot sie sicher alles andere als einen verführerischen Anblick. Und doch hatte Montague darauf bestanden, die Nacht mit ihr zu verbringen. Gegen ihren Willen fühlte sich Kitty geschmeichelt. Die Begegnung mit dem lüsternen Schotten hatte sie aus der Namenlosigkeit ihres erbarmungswürdigen Daseins gehoben. Das erste Mal seit langem erwachte sie aus dem lähmenden Stumpfsinn, in den sie verfallen war. Ihr Überlebenswille begann sich zu regen. Sie musste diesem Sumpf des Elends entrinnen, bevor er sie endgültig verschlang.

Kittys Wanderung zwischen den Verkaufsständen des Marktes hindurch führte sie vor die Baracke, die »Tom Kings Kaffeehaus« beherbergte. Einem Impuls folgend, trat sie ein. Seit ihrem ersten Besuch, bei dem sie Daniel begegnet war, hatte sie sich der Kaffeestube nicht mehr genähert. Zu schmerzlich war die Erinnerung gewesen. Doch an diesem Morgen hatte Kitty das Gefühl, dass ein neues Leben vor ihr lag, sofern sie den Mut aufbrachte, das Schicksal beim Schopf zu packen.

Als sie sich unschlüssig im Schankraum umsah, sprach Moll King sie an.

»Möchtest du ein Schälchen Kaffee, Kleine?« Die wachen Augen der beleibten jungen Frau musterten die Bettlerin prüfend. »Hast du Geld?«

Kitty holte einen Schilling hervor und zeigte ihn der Wirtin.

»Den kann ich nicht wechseln«, sagte Moll. »Aber du kannst meinetwegen anschreiben lassen.«

Während sie heißen Kaffee aus einer Kanne in ein Schälchen goss, kehrte ihr Blick immer wieder zu Kittys Gesicht zurück. »Du bist doch das Mädchen mit dem Silberpenny, nicht

wahr?«, bemerkte sie schließlich. »Hättest in dein Provinznest zurückkehren sollen, Herzchen. London ist ein Ungeheuer, das jeden auffrisst.«
»Als ich das erkannte, war es bereits zu spät«, erwiderte Kitty bitter und wies auf Helen.
Moll nickte verständnisvoll. »Da bist du in guter Gesellschaft.«
Vorsichtig nahm Kitty einen Schluck von dem Kaffee und verzog angewidert das Gesicht.
»Ich brauche einen Rat«, gestand sie nach kurzem Zögern.
»Worum geht es?«, fragte die Wirtin aufmunternd.
»Heute Morgen bot mir ein Mann zehn Guineen, wenn ich die Nacht mit ihm verbringe.«
Beeindruckt stieß Moll einen leisen Pfiff aus. »Das ist sehr großzügig. Der gängige Preis für eine gepflegte Dirne, die ihre eigene Kammer hat, beträgt zwei Guineen. Der Pink muss einen Narren an dir gefressen haben. Du hast das Angebot doch nicht etwa ausgeschlagen?«, fragte die Wirtin, als sie den zweifelnden Ausdruck auf Kittys Gesicht sah.
»Ich habe so etwas noch nie gemacht …«, begann sie. »Ich meine, für Geld …«
Gleichmütig zuckte Moll King die Schultern. »Was ist schon dabei? Sieh dich um«, forderte sie Kitty mit einer ausholenden Geste auf. »Keine der Frauen, die du hier siehst, würde sich eine solche Gelegenheit entgehen lassen. Also sei nicht dumm, Mädchen. Solange der Mann nicht abstoßend hässlich ist …«
»Nein«, erwiderte Kitty lächelnd, »er ist ganz ansehnlich und scheint mir sehr nett zu sein.«
»Worauf wartest du dann noch?«, fragte Moll. »Wenn er dich in die Arme nimmt, mach einfach die Augen zu und stell dir vor, es sei der Vater deines Kindes.«

Die Wirtin wandte sich ab, um einen Kunden zu bedienen, und so entging ihr, wie das Lächeln schlagartig von Kittys Zügen wich. Der Gedanke an Daniel schmerzte sie noch immer. Es war an der Zeit, ihn zu vergessen, so schwer es ihr auch fiel. Erst dann würde sie frei sein und ein neues Leben beginnen können.

»Na, hast du's dir überlegt?«, fragte Moll die junge Mutter, als sich der Kunde entfernt hatte. »Glaub mir, wenn mir jemand so ein Angebot gemacht hätte, würde ich nicht zögern, es anzunehmen. Eine Nacht geht schnell vorbei. Und danach hast du ausgesorgt.« Da Kitty ihr schweigend lauschte, ohne zu widersprechen, fuhr sie mit einem wissenden Lächeln fort. »Die adeligen Damen tun auch nichts anderes, wenn sie sich mit einem reichen Tattergreis vermählen lassen, um in den Genuss seiner Titel, seiner Stellung und seines Geldes zu kommen. Also lass dich für dein Geld im Badehaus ein paar Stunden verwöhnen, kauf dir ein schönes Kleid und such den großzügigen Gönner auf. Vielleicht bekommst du nie wieder eine solche Chance.«

»Aber was ist mit meiner Tochter?«, gab Kitty zu bedenken. »Ich kann sie nicht mitnehmen.«

»Ich kenne eine Frau, die Kinder in Pflege nimmt und gut für sie sorgt. Ihr kannst du deine Tochter unbesorgt anvertrauen. Sie ist keine Engelmacherin, die ihre Schützlinge verhungern lässt, darauf gebe ich dir mein Wort. Ihr Name ist Margaret Hoskins. Sie wohnt hier in der Nähe auf der Bedford Street im Haus ›Zum Reifen‹. Sag ihr, ich hätte dich geschickt.«

»Wie kann ich Euch nur danken?«, fragte Kitty, die von der uneigennützigen Unterstützung der Wirtin gerührt war.

»Sieh nur zu, dass du von der Straße kommst«, erwiderte Moll. »Es wäre schön, inmitten all dieses Elends einmal eine Erfolgsgeschichte zu erleben.«

Von neuem Mut erfüllt, verließ Kitty »Tom Kings Kaffeehaus« und machte sich auf den Weg zur Bedford Street. Als sie an die Tür zu Mistress Hoskins' Haus klopfte, öffnete ihr eine kleine Frau um die vierzig, deren rundes Gesicht beinahe unter einer ausladenden Leinenhaube verschwand. Sie trocknete sich die Hände an ihrer weißen Schürze und betrachtete Kitty interessiert.

»Man sagte mir, dass Ihr Kinder in Pflege nehmt«, begann die junge Mutter zögernd. »Ich muss diese Nacht arbeiten und kann Helen nicht bei mir behalten.«

Skeptisch musterte Margaret Hoskins Kittys zerlumpte Kleider. »Kannst du bezahlen?«, fragte sie in geschäftsmäßigem Ton.

Kitty holte die Silbermünzen hervor. »Ich werde Euch nichts schuldig bleiben«, versicherte sie.

»Und wie soll ich sicher sein, dass du morgen tatsächlich wiederkommst und deinen Knirps abholst?«, fragte Margaret Hoskins noch immer zweifelnd.

»Ich gebe meine Tochter nur ungern in Pflege, auch wenn es lediglich für eine Nacht ist. Mir bleibt aber keine andere Wahl«, beteuerte Kitty entrüstet und fügte dann hinzu: »Ich zahle Euch für ihre Beherbergung, was Ihr verlangt.«

»Das muss eine einträgliche Arbeit sein, die man dir angeboten hat«, meinte die Frau.

Kitty hatte das Gefühl, dass Margaret Hoskins ahnte, um welche Art Tätigkeit es sich handelte.

»Moll King hat Euch mir empfohlen«, sagte Kitty rasch, um die kleine Frau zu überzeugen, dass sie vertrauenswürdig war.

»Na gut«, gab diese nach. »Komm herein.«

Mistress Hoskins trat von der Tür zurück und ließ Kitty eintreten. Schon während des Wortwechsels hatte die junge Mutter Kinderschreien vernommen. Kitty deutete es als gutes

Zeichen, dass die Hausherrin sie freimütig einlud, ihre Pfleglinge zu begutachten. In einem Hinterzimmer lagen Kinder unterschiedlichen Alters unter der Aufsicht eines jungen Mädchens zu mehreren in drei Bettchen, deren Laken schmucklos, aber sauber waren. Die Säuglinge wie auch die älteren Kinder waren gut genährt, und keines wies Ungeziefer oder Hautausschläge auf.

»Zeig mir deine Tochter«, forderte Mistress Hoskins Kitty auf.

Diese entknotete das Tuch, in dem sie Helen auf dem Rücken trug, und legte die Kleine in die Arme des Mädchens. Mit spitzen Fingern schlug Margaret Hoskins das Tuch zurück und betrachtete naserümpfend die schmutzigen Leinenwickel, in die das Kind gehüllt war.

»Deine Tochter braucht dringend ein Bad«, bemerkte sie. »Außerdem ist sie sehr mager.« Sie schüttelte leicht den Kopf und schnalzte missbilligend mit der Zunge. »Wenn Moll dich nicht geschickt hätte, würde ich dieses Kind nicht aufnehmen. Wer weiß, welche Krankheiten es hat.«

»Meine Tochter ist gesund«, protestierte Kitty. »Sie ist zu dünn für ihr Alter, das stimmt. Aber sie war noch keinen Tag ihres Lebens krank.«

»Na gut, ich will dir glauben«, gab Mistress Hoskins nach. »Die Pflege deines Kindes bis morgen kostet dich sechs Pence.«

Kitty bezahlte sie. Dann strich sie Helen zum Abschied sanft über die Wange.

»Ich bin bald zurück«, versprach sie. »Morgen werden wir beide ein besseres Leben haben.«

Schweren Herzens riss sie sich vom Anblick ihrer Tochter los und verließ das Haus in der Bedford Street, ohne noch einmal zurückzusehen.

18

Als sich Kitty auf der Ostseite von Covent Garden, der Kleinen Piazza, einfand, öffneten die Hamam genannten Badehäuser gerade ihre Tore für die ersten Gäste. Kitty ging von einem zum anderen und erkundigte sich, welches an diesem Tag für Frauen geöffnet hatte. Man schickte sie zu »Lovejoy's Bagnio«, das zwischen dem »New Hummums Coffee House« und »Rigg's Hummums« lag. Für fünf Schillinge und sechs Pence konnte man schwitzen, baden und sich schröpfen lassen. Ein Badeknecht in Lendenschurz und orientalischem Turban führte Kitty in einen Raum, in dem eine große Waage stand.

»Möchtet Ihr Euch wiegen, um zu sehen, wie viel Ihr durch das Schwitzen an Gewicht verliert?«, bot er ihr an.

Doch sie verzichtete dankend. Daraufhin betraten sie den anliegenden Umkleideraum, in dem jeder Badegast seine Kleider in einem eigenen Kasten einschließen konnte. Nachdem der Knecht sie allein gelassen hatte, entledigte sich Kitty ihrer zerschlissenen Lumpen, band sich eine Badeschürze um, die ihre Blöße bedeckte, und schlüpfte mit den Füßen in hölzerne Stelzensandalen.

Schon spürte Kitty, wie ihr der Schweiß ausbrach. Da nirgendwo ein Ofen oder eine andere Wärmequelle zu sehen war, wurde das Badehaus wohl vom Keller aus beheizt und der Dampf durch Heizschächte in die oberen Räume geleitet. Der Steinfußboden war so heiß, dass man ihn mit bloßen Füßen nicht hätte betreten können. In einem Alkoven erwartete Kitty das lang ersehnte Bad.

Mit einem zufriedenen Seufzen tauchte sie in das duftende

Wasser ein und lehnte den Kopf an den Rand des Zubers. Sie ließ sich bis zum Kinn in dem mit Essenzen und Kräutern parfümierten Bad versinken und schloss die Augen. Ihr aus dem festen Knoten gelöstes Haar trieb wie bleiche Algen um ihren Kopf.

So früh am Morgen war das orientalische Bad noch kaum besucht. Eine halbe Stunde räkelte sich Kitty im duftenden Wasser und wusch sich schließlich die Haare, bevor sie aus dem Zuber stieg und noch eine Weile auf einer Marmorbank in der Mitte eines großen Raumes ausgestreckt schwitzte. Allmählich fanden sich weitere Frauen ein: Marktweiber, Bürgerinnen und die ein oder andere Dirne. Als der Badeknecht zurückkehrte, legte Kitty die Schürze wieder an und ließ sich Rücken, Arme und Beine mit einem rauhen Handschuh aus Ziegenhaar abreiben und die Körperhaare entfernen. Kitty schämte sich der Flohbisse, die ihre Haut entstellten, auch wenn sie vermutlich nicht die Einzige war, die sich im Badehaus vom Ungeziefer befreien ließ. Schließlich fragte der Knecht, ob sie sich schröpfen lassen wollte, und sie stimmte zu.

»Ihr seid recht mager«, bemerkte der Badewärter. »Ich denke, in Eurem Fall beschränke ich mich besser auf trockenes Schröpfen. Das ist schonender.«

Er setzte vier gläserne Schröpfköpfe an, die sich auf ihrem Rücken festsaugten und nach einer Weile eine gut durchblutete Schwellung erzeugten. Nachdem er die Schröpfköpfe wieder entfernt hatte, führte der Knecht Kitty in einen anliegenden Raum, der angenehm kühl war. Hier konnten sich die Badegäste ausruhen und als Erfrischung »Dr. Stephens Stärkungsmittel« zu sich nehmen. Kaum hatte sich Kitty auf einer der Bänke ausgestreckt, als sie auch schon in tiefen, traumlosen Schlaf fiel. Zwei Stunden später erwachte sie erfrischt und hungrig. Nur widerwillig schlüpfte die junge Frau in ihre Lumpen, verließ das Badehaus und suchte einen Pfandleiher auf, um sich neu einzukleiden. Dann betrat sie eine Bratküche und genehmigte sich ein deftiges Mittagsmahl.

Mit klopfendem Herzen stand Kitty vor dem Haus auf der Sackville Street, in dem Henry Montague wohnte. Sie hatte den Fuß schon auf die Treppe zur Eingangstür gesetzt, als sie auf einmal der Mut verließ. Eilig trat sie wieder auf die Straße zurück und entfernte sich. In ihrem Kopf schwirrten die Gedanken durcheinander. Erneut überkamen sie Zweifel, ob sie es über sich bringen konnte, einem völlig Fremden beizuliegen. Aber war Daniel nicht auch ein Fremder für sie gewesen, als sie sich ihm das erste Mal hingegeben hatte? Der entscheidende Unterschied war, dass sie Daniel geliebt hatte. Doch er hatte sie verraten, und die Gefühle, die sie für ihn empfunden hatte, waren erloschen. Die Zeit mädchenhafter Schwärmerei war vorbei. Nun musste Kitty an ihre Zukunft denken. Sie gebot ihrem Herzen Schweigen und nahm sich vor, fortan nur noch ihrem Verstand zu gehorchen.
Von einem Kirchturm in der Nähe schlug es die achte Stunde. Kitty hielt in ihrer Wanderung inne und kehrte zur Sackville Street zurück. Als sie das Haus »Zur grünen Feder« erreichte, erklomm sie ohne Zögern die wenigen Stufen und betätigte hastig den Türklopfer, bevor sie es sich wieder anders überlegen konnte. Kitty musste nicht lange warten, bis ihr geöffnet wurde. Zu ihrer Verwirrung erschien jedoch nicht Henry Montague an der Tür, sondern ein Lakai, der sie neugierig musterte. Die junge Frau hatte nicht damit gerechnet, dass sie in die Verlegenheit kommen würde, ihr Anliegen einem Dritten vortragen zu müssen, und suchte hilflos nach einer geeigneten Formulierung. Doch bevor sie etwas sagen konnte, war

der Lakai von der Schwelle zurückgetreten und ließ sie ein. Offenbar hatte sein Herr ihn auf ihre Ankunft vorbereitet.
»Wollet mir folgen, Madam«, forderte der Diener sie auf und führte sie durch die schmale Eingangshalle zu einer Tür, hinter der die fröhlichen Klänge eines Spinetts zu hören waren. Als der Diener den Salon betrat, brach das Spiel ab, und der Musiker wandte sich den Ankömmlingen zu.
»Wie schön, dass du gekommen bist, Herzchen«, rief Henry Montague erfreut, als er Kitty sah. Im nächsten Moment verstummte er, als er ihr verändertes Aussehen bemerkte, und näherte sich ihr fast ehrfürchtig. Auf einmal erschien es ihm nicht mehr angebracht, sie zu duzen.
»Ich habe mich also nicht getäuscht, meine Liebe«, sagte er anerkennend. »Ihr seid tatsächlich so schön, wie ich es mir vorgestellt hatte. Dieses Haar … wie gesponnenes Gold«, schwärmte er und berührte andächtig eine Strähne ihres blonden Haares, die unter der Leinenhaube hervorlugte.
Da Kitty steif dastand und sich unbehaglich umsah, nahm Montague galant ihre Hand und geleitete sie zu einem mit Damast überzogenen Kanapee.
»Macht es Euch bequem«, sagte er nachsichtig. »Mein Diener wird Euch eine Erfrischung bringen, und ich spiele für Euch. Dann essen wir in Ruhe zu Abend.«
Montague setzte sich wieder an das Spinett und begann ein flottes Stück zu spielen. Nachdem der Diener ein Glas Wein aus einer bereitstehenden Karaffe gefüllt und auf einem Kartentisch neben Kitty abgestellt hatte, zog er sich schweigend zurück und schloss die Tür. Für einen Moment überkam die junge Frau ein Gefühl der Beklemmung. Nun war sie ganz allein mit diesem fremden Mann, dem sie sich verkauft hatte. Was würde er für sein Geld erwarten? Würde er sie sanft oder roh behandeln? Um ihren nervösen Magen zu beruhigen,

nahm Kitty einen tiefen Schluck von dem herben Rotwein und fühlte sich sogleich besser.

»Mögt Ihr Kaninchen-Frikassee und gerösteten Kapaun?«, fragte Montague, ohne sein Spiel zu unterbrechen. »Mein Koch macht Artischocken-Salat dazu. Ich bin sicher, das Gericht wird Euch munden. Habt Ihr eine Vorliebe für Süßigkeiten? Dann wird Euch das Zitronen-Gelee, das es zum Dessert gibt, auf der Zunge zergehen.«

Montagues fröhliche Plauderei und seine joviale Art nahmen Kitty bald die Angst. Im Grunde fand sie ihn sympathisch. Er war ein wenig kleiner als sie und von fast zierlicher Gestalt. Die Blässe seiner Haut, die hellblonden Brauen und die blauen Augen verrieten seine schottische Herkunft. Sein Akzent war jedoch nicht sehr ausgeprägt. Vermutlich lebte er schon seit geraumer Zeit in London. Soweit Kitty es beurteilen konnte, war er geschmackvoll und nach der neuesten Mode gekleidet. Nur die wie eine Löwenmähne frisierte und gepuderte Perücke wirkte für seine schlanke Person zu mächtig.

Während er ein Stück nach dem anderen spielte, verging die Zeit wie im Flug. Er erzählte ihr von seiner Sammlung an Gemälden und Kleinodien aus Frankreich, Italien und Deutschland, die er auf seinen Reisen erworben hatte. Als Kitty ihm eröffnete, dass sie Französisch sprach, war er entzückt und erklärte voller Bewunderung, dass er zu seinem Bedauern über keinerlei Sprachbegabung verfügte und bei seinen Ausflügen auf den Kontinent stets auf Dolmetscher angewiesen war.

Um neun Uhr meldete der Diener, dass das Nachtmahl angerichtet sei. Montague nahm Kittys Hand und geleitete sie in den Speiseraum. Der Hausherr hatte nicht zu viel versprochen. Das Essen erwies sich als vorzüglich. Als Kitty satt und angeheitert vom Wein in ihren Lehnstuhl zurücksank, hatte sie den Grund ihres Besuches fast vergessen. Erst als Montague die Tafel aufhob und ihr erneut die Hand reichte, kehrte die Erinnerung und damit die Beklemmung zurück. In ihren Eingeweiden bildete sich ein Knoten.

»Habt keine Angst, meine Liebe«, sagte er aufmunternd, als er ihren verunsicherten Gesichtsausdruck bemerkte. »Ich werde nichts von Euch verlangen, was Ihr nicht zu tun bereit seid.«

Er führte sie in sein Schlafgemach, das von einem großen Baldachinbett beherrscht wurde. Vorhänge aus bedrucktem Kamelott waren um die Pfosten drapiert. Die Wände schmückte karmesinroter Seidendamast. Neben dem Bett standen einige Polsterstühle und ein Klapptisch. Ein Diener hatte die Wandleuchter entzündet, die einen angenehmen Duft nach Bienenwachs verbreiteten.

»Erlaubt mir, Euch beim Entkleiden zu helfen«, bat Montague.

Der fröhliche Ausdruck in seinen Augen wich einer ernsten Feierlichkeit. Seine Wangen, die bereits vom üppigen Essen und dem ausgiebigen Weingenuss gerötet waren, begannen zu glühen, und seine Lippen wurden feucht.

Kitty wurde klar, dass es nun kein Zurück mehr gab. Die Lust des kleinen Mannes war entfacht und verlangte nach Befriedigung. Für einen Moment durchzuckte sie der Gedanke, die Flucht zu ergreifen und ihre Ehre zu retten … um früher oder später in einer schmutzigen Gasse elendig zu verhungern! Nein, sie hatte einen Entschluss gefasst, und sie würde standhaft bleiben. Es war das Risiko wert.

Schon lösten Henry Montagues geschickte Finger den Knoten, der ihr Brusttuch über dem Dekolleté zusammenhielt, und ließen es achtlos zu Boden fallen. Die weiße Schürze folgte dem Tuch. Dann begann der kleine Schotte das mit einem Blumenmuster bedruckte Kleid aus indischer Baumwolle aufzuhaken, bis Kitty hinausschlüpfen konnte. Während sie ihn beobachtete, wie er mit konzentrierter Miene die Verschnürung ihres Mieders aufzog, musste Kitty lächeln. Er wirkte wie ein Knabe, der ein Geschenk auspackte. Nachdem auch der Schnürleib gefallen war, schob Montague genießerisch den roten Unterrock über Kittys Hüften, und sie trat mit einem großen Schritt über den zu Boden gefallenen Stoff. Jetzt stand sie nackt bis auf Hemd und Strümpfe vor ihm. Würde er verlangen, dass sie sich bis auf die Haut entkleidete? Ein leichter Schauer überlief sie bei dem Gedanken, völlig schutzlos seinen lüsternen Blicken ausgeliefert zu sein. Doch Montague schien ihre Schamhaftigkeit zu bemerken und bat sie lediglich, ihr Haar zu lösen. Gehorsam legte Kitty die Leinenhaube ab und zog die Nadeln aus dem im Nacken zusammengedrehten Knoten. Ihr frisch gewaschenes, nach Kräutern duftendes Haar fiel in goldschimmernden Locken bis zu ihren Hüften hinab. Begeistert griff der kleine Schotte hinein und vergrub genussvoll die Hände in der blonden Haarflut.

»Dreht Euch«, forderte er sie auf. »Ich möchte Euch ansehen.«

Sie musste sich mehrmals um die eigene Achse drehen, während er sie mit den Augen verschlang. Schließlich trat er hinter sie, strich die weichen Locken zur Seite und begann ihren Hals und ihre Schultern zu küssen. Kitty zuckte zusammen. Tief in ihr erzeugte die zärtliche Berührung des feuchten Mundes ein wohliges Kitzeln, das sich bald zu einem warmen Pochen steigerte. Es war, als sei ihr Körper aus einem langen Schlaf erwacht. Ein Schauer der Lust durchlief sie. Es war ihr gleichgültig, dass sie sich in die Arme eines Fremden begab. Montague war kunstfertig genug, um die in ihren Lenden entzündete Flamme zu einem verzehrenden Feuer zu schüren. Unter seinen Küssen bog Kitty den Kopf zurück, und ein leises kehliges Stöhnen entschlüpfte ihren Lippen. Da hielt der

Schotte überrascht inne und raunte: »Ich hätte ja nicht zu träumen gewagt, dass sich hinter dieser schönen Fassade solche Leidenschaft verbirgt!«

Er fuhr fort, sie mit Liebkosungen zu überschütten. Seine geschickten Hände schoben das Hemd über ihre Schultern, um ihre Brüste zu entblößen. Er küsste die straffen Rundungen und umspielte mit der Zunge die dunklen Brustwarzen, die augenblicklich hart wurden. Dann trat er mit einem Mal einen Schritt zurück und sah sie fast gehetzt an.

»Ich kann nicht länger warten«, sagte er keuchend. »Legt Euch ins Bett.«

Mit bebenden Fingern löste Montague seine Halsbinde, schlüpfte aus Rock und Weste und zog sich die bauschige Perücke vom Kopf, die er über einen Pilz auf dem Toilettentisch stülpte. Darunter war sein Schädel der Bequemlichkeit halber kahl rasiert, doch Kitty fand, dass ihm die Glatze gut stand. Nachdem er sich auch der Kniehose, der Schuhe und der Strümpfe entledigt hatte, zog er die seidene Unterhose aus und warf sie zu den anderen Kleidungsstücken auf einen Stuhl. Sein Glied stand stramm wie ein Soldat beim Morgenappell und offenbarte Kitty, wie sehr sie seine Lust entfachte. Lächelnd rutschte sie unter das Laken und betrachtete ihn, wie er mit wippender Standarte feierlich zum Bett schritt, die Vorhänge von den Pfosten wickelte und zu ihr unter die Decke kletterte. Kitty musste lachen, so komisch erschien ihr das glatzköpfige Männchen mit seinem kleineren Spiegelbild.

»Ihr seid entzückend«, rief er erfreut. »Ich denke, wir werden eine Menge Spaß miteinander haben!«

Erregt nahm Montague sie in die Arme und vergrub das Gesicht abwechselnd in ihrem auf den Kissen ausgebreiteten Haar und zwischen ihren warmen Brüsten. Das wohlige Gefühl kehrte in Kittys Unterleib zurück und ließ sie aufstöh-

nen. Ihre Hände klammerten sich an seine Schultern, und ihr Körper drängte sich an den seinen. Montagues Gesicht glühte, und seine Augen funkelten. Im nächsten Moment war er in sie eingedrungen und bewegte sich rhythmisch vor und zurück, bis er den Höhepunkt der Fleischeslust erreichte. Nachdem Kitty so lange die Zärtlichkeiten eines Mannes hatte entbehren müssen, erlangte auch sie fast zur selben Zeit Befriedigung, die sie aber nur nach mehr verlangen ließ.
Wie verdorben ich bin!, dachte sie schockiert. Mein Körper scheint unersättlich zu sein. Was würde mein Vater von mir denken, wenn er mich jetzt sehen könnte?

Während der Nacht lag Montague Kitty noch zweimal bei und fand in ihr stets eine willige Gespielin. Am nächsten Morgen wirkte der zierliche Schotte ein wenig übermüdet, aber zufrieden. Er ließ Frühstück servieren, bevor er Kitty die vereinbarte Summe von zehn Guineen aushändigte und noch zwei Goldstücke drauflegte.
»Bringt das Geld zu einem Goldschmied«, riet er ihr. »Der zahlt Euch Zinsen dafür, und es kann Euch nicht gestohlen werden.«
Mit wehmütiger Miene verabschiedete sich Henry Montague von ihr und trug seinem Diener auf, sie zur Tür zu geleiten. Leichtfüßig sprang Kitty die wenigen Stufen zur Straße hinab. Sie hätte tanzen mögen, so erleichtert war sie. Von dem Geld würde sie eine Weile bequem leben können. Während sie durch die Gassen in Richtung Covent Garden ging, wich die anfängliche Freude jedoch bald nüchterner Überlegung. Zwölf Guineen waren eine ansehnliche Summe, doch früher oder später würde das Geld aufgebraucht sein. Das Leben in London war teuer. Wenn sie sich gegen Elend und Armut absichern wollte, musste sie mehr verdienen.

Als Kitty die Große Piazza erreichte, betrat sie zielstrebig »Tom Kings Kaffeehaus«. Die Wirtin, die an der Theke saß und an einem Kaffee nippte, begrüßte sie mit offenkundiger Neugier.
»Wie ist dein Abenteuer verlaufen, Kindchen?«, fragte Moll und betrachtete prüfend ihr Gesicht. »Du siehst aus, als hättest du eine erfüllte Liebesnacht hinter dir. Es war wohl nicht so schrecklich, wie du befürchtet hattest.«
»Nein, es war alles andere als das«, gestand Kitty.
»Erzähl mir Näheres, Herzchen«, bat die Wirtin wissbegierig.
Kitty tat ihr den Gefallen, ohne jedoch Henry Montagues Namen zu erwähnen.
Moll schnalzte mit der Zunge. »Manche Frauen sind dazu geboren«, meinte sie. »Du scheinst eine von ihnen zu sein. Hast du daran gedacht, in dem Gewerbe zu bleiben?«
Leichte Röte stieg in Kittys Wangen. »Nun ja, der Verdienst ist verlockend. Ich weiß allerdings nicht recht, wie ich es anfangen soll.«
»Hör auf meinen Rat, Mädchen«, sagte Moll und tippte sich an die Nase. »Du bist hübsch genug, um es in dem Metier so weit zu bringen wie die gefeierte Sally Salisbury. Du brauchst nur jemanden, der dich in die entsprechenden Kreise einführt. Unsere bescheidene Kaffeestube wird regelmäßig von den berüchtigtsten Bordellwirtinnen der Umgebung aufgesucht, die hier nach frischen Gesichtern für ihre Kunden Ausschau halten. Wenn du heute Abend wiederkommst, stelle ich dich gerne vor.«
Kittys Miene blieb skeptisch. »Ich habe erschreckende Geschichten gehört über Kupplerinnen, die ihren Mädchen die Kleider wegnehmen und sie wie Gefangene halten. So können sie sie wegen Diebstahls vor Gericht bringen, wenn sie mit den teuren Seidenkleidern durchbrennen, die man ihnen zur Verfügung gestellt hat.«

»Das stimmt, solche gibt es«, gab Moll zu. »Sie nutzen die Mädchen aus und nehmen ihnen den gesamten Verdienst weg, so dass sie der Kupplerin immer etwas schuldig bleiben und das Bordell nicht verlassen können, wenn sie nicht im Schuldgefängnis enden wollen. Aber diese Häuser werden von anspruchsvollen Freiern gemieden, denn die meisten Männer wollen keine widerspenstige oder teilnahmslose Gespielin in den Armen halten. Die wenigen Bordellwirtinnen, die von wählerischer und sogar adeliger Kundschaft frequentiert werden, sind auch ihren Mädchen gegenüber großzügig. Da kann ich zum Beispiel Mutter Grimshaw empfehlen. Sie hat einen Putzmacherladen auf der Little Russell Street, der als diskrete Fassade für ihr Bordell dient. Grafen und Herzöge zählen zu ihren Kunden. Warum suchst du sie nicht auf und bietest deine Dienste an? Ich versichere dir, dass sie dich nicht übervorteilen wird.«
Kitty bedankte sich für den Rat und verabschiedete sich. Bevor sie jedoch eine Entscheidung fällte, wollte sie Helen besuchen. Margaret Hoskins empfing die junge Mutter mit kaum verhohlener Erleichterung. Offenbar hatte sie nicht so recht daran geglaubt, dass sie Kitty wiedersehen würde. Als diese ihre Tochter liebevoll in die Arme nahm und an sich drückte, sah Mistress Hoskins gerührt zu.
»Ich würde sie gerne weiter bei Euch lassen«, erklärte Kitty schließlich. »Ist eine Guinee im Voraus ausreichend? Natürlich werde ich sie sooft wie möglich besuchen.«
Als Margaret Hoskins die Goldmünze in Kittys Hand sah, stimmte sie zu. Sie werde gut für die Kleine sorgen, versprach sie.
Diesmal fiel es der jungen Mutter noch schwerer, Abschied von Helen zu nehmen. Aber solange sie Geld verdiente, musste ihre Tochter zumindest keine Not mehr leiden.

19

Mit zitternder Hand drehte Kitty den Türknauf und betrat den Putzmacherladen auf der Little Russell Street. Ein über dem Eingang aufgehängtes Glöckchen kündigte sie an. Hinter der Ladentheke war ein junges Mädchen damit beschäftigt, Spitzen in Schachteln zu legen und diese dann in ein Regal an der Wand zu räumen. Als das Glöckchen klingelte, wandte das Mädchen sich um und blickte die vermeintliche Kundin fragend an.

Kitty überkam das Gefühl, dass sie sich in der Tür geirrt haben musste. Mit seinen in den Regalen gestapelten Stoffrollen, den Federn, Spitzen, Rüschen und all dem Putz in den Schaufenstern wirkte der Laden gutbürgerlich und ehrbar. Nun, es schadete nichts, einmal nachzufragen.

»Ich weiß nicht, ob ich hier richtig bin«, begann Kitty zurückhaltend. »Mistress King von ›Tom Kings Kaffeehaus‹ hat mir diesen Laden empfohlen. Ich hätte gerne die Inhaberin Mistress Grimshaw gesprochen.«

Das Mädchen lächelte komplizenhaft. »Einen Moment bitte«, bat es und verschwand durch eine Hintertür in der Wandvertäfelung.

Kurz darauf kehrte sie mit einer Frau in den Fünfzigern zurück, die ein züchtiges schmuckloses Kleid trug. Mit ihrer makellos weißen Schürze und dem zierlichen Spitzenhäubchen wirkte sie wie eine gesittete Matrone, wäre da nicht das kokette Schönheitspflästerchen oberhalb des rechten Mundwinkels gewesen. Mistress Grimshaw musterte den Ankömmling neugierig.

»Moll King schickt dich zu mir, liebes Kind?«

»Ja, Madam«, erwiderte Kitty und knickste. »Mistress King sagte, dass Ihr mir weiterhelfen könnt.«

»Verstehe«, sagte die Putzmacherin und lächelte wissend. »Komm mit, Kindchen. Wir unterhalten uns in meiner Studierstube.«

Kitty folgte ihr durch die Tür in der Vertäfelung. In dem dahinterliegenden Raum waren einige junge Frauen mit Näh- und Stickarbeiten beschäftigt, während ein blondes Mädchen mit reiner, klangvoller Stimme zur Erbauung der anderen aus einem Roman vorlas. Auf einem Lesepult lag eine aufgeschlagene, von häufigem Gebrauch abgegriffene Bibel. Das ganze Haus atmete tadellose Respektabilität.

Als Kitty hinter der Putzmacherin schließlich die kleine Schreibstube betrat, war sie so verwirrt, dass sie ein weiteres Mal knickste und sich zum Gehen wandte.

»Es tut mir leid, Madam. Ich habe mich wohl geirrt.«

Mit einem breiten Lächeln, das alles andere als sittsam wirkte, hob Mistress Grimshaw die Hand, um die Besucherin aufzuhalten.

»Warte, mein Kind! Ich bin sicher, du irrst dich nicht«, sagte sie. »In meinem Gewerbe ist es unerlässlich, eine ehrbare Fassade zur Schau zu stellen, um die religiösen Eiferer zu täuschen, die meinesgleichen nur allzu gern am Pranger oder im Gefängnis sehen würden.«

Kitty blieb zögernd stehen. »Dann ist dies hier tatsächlich ein …«

»… Bordell?«, vollendete die Gevatterin den angefangenen Satz. »Wenn du es so nennen willst. Ich ziehe den Ausdruck ›Tempel der Venus‹ vor. Meine Kunden kommen hierher, um mit den hübschen Nymphen, die du vorhin gesehen hast, an den Altären der Liebesgöttin zu opfern.« Mistress Grimshaws Blick hatte Kitty nicht losgelassen. »Wie es scheint, hat

Moll mir diesmal eine wahre Schönheit geschickt«, sagte sie anerkennend.
Kitty ließ die Begutachtung schweigend über sich ergehen. Ihr Herz klopfte vor Aufregung und vor Angst, abgelehnt zu werden.
»Du hast die Pocken durchgemacht?«, fragte die Matrone, als sie die Narben an der rechten Schläfe der jungen Frau bemerkte.
»Ja, Madam, vor etwa anderthalb Jahren«, antwortete Kitty und sah Mutter Grimshaws Augen zufrieden aufleuchten.
»Ich nehme an, du hast den Wunsch, für mich zu arbeiten«, sagte die Kupplerin. »Hast du Erfahrung in dem Gewerbe?«
Kitty erzählte ihr von Henry Montagues Angebot, ließ seinen Namen jedoch auch dieses Mal unerwähnt.
»Zwölf Guineen?«, rief Mutter Grimshaw aus. »Du wirst es weit bringen. Wie alt bist du?«
»Achtzehn Jahre, Madam.«
»Hm, das ist schon recht alt. Die meisten Mädchen werden mit vierzehn in das Gewerbe eingeführt. Aber in deinem Fall wird das kein großer Nachteil sein, hübsch, wie du bist. Löse dein Haar, Liebes.«
Gehorsam ließ Kitty ihre blonden Locken über ihren Rücken fallen.
»Sehr gut!«, frohlockte die Matrone. »Nun tu mir den Gefallen und zieh dich aus, damit ich sehen kann, ob dein Körper so gefällig ist wie dein Gesicht.«
Kitty errötete leicht und schalt sich einen Dummkopf, als sie sich dessen bewusst wurde. Es war unsinnig, vor der Kupplerin Scham zu empfinden, während sie dabei war, sich als Freudenmädchen zu verdingen.
Nacheinander fielen die Hüllen wie am Abend zuvor in Montagues Schlafgemach. Auch Mutter Grimshaw bestand nicht

darauf, dass Kitty das Hemd ablegte, denn dies war in ihrem Gewerbe auch während des Beischlafs nicht üblich. Einander völlig nackt zu lieben galt als Gipfel der Verruchtheit. Die Putzmacherin zog lediglich das Hemd über Kittys Schultern nach unten, um ihre Brüste zu entblößen, die sie mit erfahrener Hand abtastete.

»Fest und rund, die Brustwarzen dunkel, aber nicht zu dick«, kommentierte sie die Untersuchung. »Du hast ein Kind geboren, nicht wahr?«

»Ja, ich habe eine Tochter«, gestand Kitty. »Sie ist in Pflege.«

Mutter Grimshaw unterbrach die Begutachtung des wohlgeformten Frauenkörpers und blickte ihr kurz ins Gesicht.

»Hat dein erster Liebhaber dich geschwängert?«

Kitty nickte.

»Das alte Lied!«, rief die Matrone aus. »Nun, in meinem Haus wird dir das nicht passieren. Es gibt gewisse Mittel, um eine Schwangerschaft zu vermeiden.« Ihre Stimme wurde streng. »Wer auf diesem Gebiet nachlässig ist und sich ein Kind machen lässt, muss gehen. Hast du verstanden?«

»Ja, Madam. Aber wie kann man verhindern …«

»Nur Geduld, du wirst in alles eingeweiht.« Mutter Grimshaw schnalzte missbilligend mit der Zunge, als sie mit der Hand Kittys dünne Arme umfasste. »Du bist sehr mager, Kindchen. Offenbar hast du eine Zeitlang in großem Elend gelebt. Aber wir päppeln dich schon wieder auf. Dreh dich um!«

Kitty tat wie geheißen und fühlte kurz darauf, wie die Hände der Gevatterin ihr Gesäß kneteten.

»Ein Hintern so hart wie Cheshire-Käseräder! Du hast in deinem Leben nicht viel herumgesessen, Mädchen. Nun setz dich dort auf die Tischkante und spreiz die Beine.«

Kitty ließ sich auf den bezeichneten Tisch nieder, machte aber nur zögernd die Beine breit, da sie nicht verstand, weshalb die Kupplerin dies verlangte. Als Mistress Grimshaw ganz nah an sie herantrat und Kitty kurz darauf ihre Hand zwischen den Schenkeln spürte, zuckte sie zusammen.

»Was tut Ihr?«, rief sie entrüstet.

»Nur die Ruhe, Herzchen. Ich will nur beurteilen, ob es möglich ist, deine Jungfernschaft wiederherzustellen.« Im nächsten Moment bohrte sich ihr Finger in Kittys Scheide und bewegte sich prüfend hin und her. »Du bist eng wie eine Jungfer«, bemerkte die Bordellwirtin entzückt. »Vertrau dich mir an, und ich werde dich groß herausbringen. Wie heißt du, mein Kind?«

Bereits auf dem Weg zur Little Russell Street hatte Kitty darüber nachgedacht, wie sie sich vorstellen sollte. Den Namen Gascoyne wollte sie nicht mehr gebrauchen, und ihren Mädchennamen konnte sie nicht länger tragen, da sie Jonathan Wild immer noch fürchtete. Sie hatte gehört, dass Freudenmädchen zuweilen den Namen ihres großzügigsten Gönners annahmen, und so hatte sie beschlossen, sich fortan Kitty Montague zu nennen.

»Nun bleibt nur noch eine kleine Formalität zu erledigen«, schloss Mutter Grimshaw. »Meine Kunden erwarten, in meinem Haus gesunde Mädchen vorzufinden und keine Feuerschiffe, an denen sie sich den Schwanz verbrennen könnten. Daher unterhalte ich die Dienste eines Wundarztes, der die Mädchen regelmäßig untersucht. Wenn du sauber bist, kannst du bleiben. Ich verlange die Hälfte deiner Einkünfte. Das ist viel, ich weiß, manche Kupplerinnen nehmen nur ein Viertel, aber dafür berechne ich dir keine überhöhten Leihgebühren für Kleider und Schmuck. Ich sehe diese Dinge eher als Investition.«

Jemand klopfte an die Tür.

»Herein!«, rief die Bordellwirtin. »Ah, Meister Hearne. Wie gut, dass Ihr so kurzfristig kommen konntet.«
Kitty errötete bis zu den Haarwurzeln, als der Blick des Wundarztes auf sie fiel. Seine Gegenwart war eine schmerzliche Erinnerung an ihre Vergangenheit, als sie geglaubt hatte, als Gemahlin von Daniel Gascoyne ein anständiges Leben führen zu können. Meister Hearne war ebenso überrascht wie sie, ihr an diesem Ort zu begegnen, sagte aber nichts. Er hatte zu oft mit angesehen, wie sich unschuldige Mädchen durch Armut und Elend gezwungen sahen, ihren Körper zu verkaufen.
Nach der Untersuchung, die Kitty schweigend ertrug, richtete Meister Hearne sich wieder auf und verkündete: »Es besteht kein Zweifel, Mistress Grimshaw, das Mädchen ist gesund. Ich habe nichts gefunden, was auf die französischen Pocken oder einen Tripper hindeutet.«
Der Wundarzt warf Kitty noch einen besorgten Blick zu, bevor er den Kopf schüttelte und mit einem kurzen Gruß die Schreibstube verließ.
Zufrieden streckte Mutter Grimshaw ihrem Neuzugang die Hand entgegen.
»Willkommen im Tempel der Venus, Kitty Montague.«
Mit grimmiger Entschlossenheit schlug Kitty ein.

20

Die ersten Tage in Mutter Grimshaws Bordell verbrachte Kitty mit nichts anderem als Essen und Schlafen. Man hatte ihr eine der Dachkammern zugewiesen, die sie mit einem der anderen Mädchen teilen sollte. Ihre Zimmergenossin war außerordentlich hübsch mit ihrem ovalen Gesicht, den sanften braunen Augen und ihrem reichen kastanienfarbenen Haar. Der einzige Makel, den Kitty an ihr entdecken konnte, war ihre etwas zu ausgeprägte Hakennase.

»Eigentlich heiße ich Margaret Dickins, aber hier bin ich als Cherry Poll bekannt«, stellte sie sich vor. »Wegen meiner roten Lippen – oben und unten«, fügte sie mit einem schelmischen Augenzwinkern hinzu. »Meine Freunde nennen mich Polly.«

Kitty schloss das liebenswürdige Mädchen, das nicht älter als sechzehn Jahre sein konnte, sofort ins Herz.

»Mutter Grimshaw hat Großes mit dir vor«, vertraute Polly der neuen Mitbewohnerin an. »Du bist schön genug, um selbst Sally Salisbury den Rang abzulaufen.«

»Kennst du sie?«, erkundigte sich Kitty neugierig.

»Wer nicht?«, rief Polly spöttisch aus. »Man begegnet ihr überall, im Theater, in den Vergnügungsgärten und in ›Tom Kings‹. Sally arbeitet im Haus von Mutter Needham, weißt du.« Sie zog eine goldene Taschenuhr hervor, ließ den Deckel aufspringen und las die Zeit ab. »Wir haben noch eine gute halbe Stunde bis zum Mittagsmahl. Das reicht für eine kleine Führung durch die Räumlichkeiten«, verkündete Polly und brach in perlendes Lachen aus, als sie Kittys erstaunten Blick auf die Uhr bemerkte. »Eine goldene oder silberne Taschenuhr zu besitzen ist der größte Wunsch jeder Hure, wusstest du das nicht? Du wirst dir auch bald eine leisten können. Und nun komm mit.«

Polly nahm die Hand ihrer Kammergenossin und zog sie mit sich.

»Den Putzmacherladen und die Stube hast du ja schon gesehen«, bemerkte sie fröhlich, während sie die schmale Treppe in die unteren Geschosse hinabgingen. Unwillkürlich fühlte sich Kitty an ihre Flucht aus dem eingestürzten Haus erinnert und sah die ausgezehrten halbnackten Körper der verhungerten Frauen wieder vor sich. Die letzten Zweifel über ihre Entscheidung verflogen schlagartig. Alles war besser als solch ein erbärmliches Ende!

Die Gemächer, durch die Polly sie führte, waren ausnahmslos elegant und nach der letzten Mode eingerichtet. In jedem Raum gab es ein Bett mit Volants und Vorhängen aus erlesenem Seidendamast, einen Kamin, Polsterstühle und einen Esstisch aus Walnussholz oder Mahagoni. Die Wände waren mit neuartiger indischer Tapete beklebt und mit Spiegeln und unsittlichen Gemälden behängt. Wandleuchter sorgten für Licht. Die Zimmerdecken waren kunstvoll verputzt. Jedes Gemach trug einen Namen. Da gab es das »Blaue Zimmer«, die »Lilie«, das »Königshaupt«, das »Zepter« und den »Thronsaal«, der besonders kostspielig eingerichtet war. Im Mezzanin zwischen Erdgeschoss und erstem Stock waren die Dienstboten untergebracht. Im Speiseraum befand sich außer einem langen Tisch und acht Stühlen ebenfalls ein Bett. Das Untergeschoss umfasste die Küche, in der der Koch und die Küchenjungen schliefen, die Speisekammer und den Weinkeller. In einem Nebengebäude gab es noch ein Kutschhaus und Stallungen, in denen die zum Bordell gehörenden Wagen und Pferde standen. Huren von Rang gingen nicht zu Fuß durch

die Gassen, sondern begaben sich mit der eigenen Karosse zu ihren Freiern.
Beim Mittagsmahl lernte Kitty die anderen Mädchen kennen, die in Mutter Grimshaws Haus arbeiteten. Sie waren alle jung und hübsch, fast alle kamen wie Kitty aus der Provinz, doch keine besaß noch ihren ländlichen Akzent. Die Bordellwirtin schulte ihre Zöglinge nicht nur darin, sich wie eine Dame zu benehmen, sondern auch, wie eine zu sprechen.
In den folgenden Tagen lernte Kitty, sich in den enggeschnürten Seidenkleidern selbstbewusst und graziös zu bewegen, auf Schuhen mit hohen Absätzen zu gehen, den Fächer wie eine Dame bei Hofe zu gebrauchen und geistreich zu plaudern. Mutter Grimshaw hatte zunächst leichte Zweifel, ob Kitty in ihrem Alter noch fähig war, die Feinheiten des eleganten Auftretens zu erlernen, doch sie wurde nicht enttäuscht.
»Du wärst eine vorzügliche Schauspielerin«, lobte die Kupplerin ihre gelehrige Schülerin. »Da ist mir wahrhaftig ein Juwel in den Schoß gefallen.«
Sobald Kitty vorzeigbar war, putzte Madam Grimshaw sie dezent, aber geschmackvoll heraus und schob sie schließlich mit einem triumphierenden Lächeln vor einen der unzähligen Spiegel, die es in ihrem Haus gab.
»Sieh selbst, welch eine Schönheit du bist!«
Kitty hielt die Luft an, als sie ihr Spiegelbild sah. Sie erkannte sich kaum wieder. Noch waren ihre Wangen ein wenig eingefallen, aber dieser kleine Mangel tat der strahlenden Erscheinung ihrer weißen, makellosen Haut und der funkelnden kornblumenblauen Augen keinen Abbruch. Ihr goldblondes Haar war zu einem schmucklosen Knoten zusammengesteckt, wie es der Mode entsprach, und umrahmte ihr Gesicht wie ein leuchtender Heiligenschein. Kitty hatte nur ein wenig

Puder aufgelegt und die Lippen gerötet, mehr Schminke brauchte sie nicht. Dies kam Mutter Grimshaw, die ihren Zögling als Jungfrau in die Gesellschaft einführen wollte, sehr entgegen.

An Kittys Ohren hingen Saphirohrringe, die mit ihren Augen harmonierten, um ihren Hals lag eine Perlenkette, in deren Mitte ein von Diamanten umrahmter Saphir prangte, und an ihren Handgelenken funkelten Armbänder mit gleichfarbigen Edelsteinen. Das züchtige Brusttuch bestand aus feinem Musselin, das zierliche Häubchen und die Manschetten waren aus teurer Brüsseler Spitze gefertigt, die der schweren venezianischen in den letzten Jahren den Rang abgelaufen hatte. Das Kleid, das Kitty trug, war aus blauer Seide, den Brusteinsatz, der den Spitzensaum des darunter getragenen Hemdes sehen ließ, zierten weiße Satinschleifchen. Den Röcken verlieh ein Reifrock aus hölzernen Schienen, die mit Wachstuch verbunden waren, eine modische kegelförmige Gestalt. Kitty hatte tagelang geübt, wie man sich in einem solchen Reifrock aufreizend bewegte, ihn beim Gehen in Schwingung brachte, so dass Füße und Unterröcke sichtbar wurden. Die Krönung ihrer Aufmachung waren die hauchdünnen bestickten Seidenstrümpfe, die von roten Satinbändern oberhalb des Knies gehalten wurden, sowie die mit silbernen Schnallen versehenen hohen Schuhe.

Kitty fühlte sich wie in einem Traum, als sie, herausgeputzt wie ein herrlicher Paradiesvogel, an Madam Grimshaws Seite die von vier kastanienbraunen Pferden gezogene, elegante Kutsche bestieg und sich in die weichen Kissen sinken ließ.

»Du siehst wundervoll aus«, schwärmte die Kupplerin. »Nicht älter als sechzehn Jahre. Wenn man dich fragt, bist du die Tochter eines Londoner Kaufmanns, der gerade schlechte Zeiten durchmacht. Aus diesem Grunde bleibt dir als pflichtbewusste Tochter nichts anderes übrig, als deine Reize anzubieten.«

»Werden mir die Leute das abnehmen?«, fragte Kitty zweifelnd.

»Ein Großteil der Freudenmädchen hier in London kommt aus dem Bürgertum«, belehrte sie die Bordellwirtin. »Ob es nun die Töchter von braven Handwerkern oder die Gemahlinnen von verarmten Kaufleuten sind, die meisten scheuen nicht davor zurück, in der Not ein wenig Geld nebenbei zu verdienen.«

Als die Kutsche vor dem Drury-Lane-Theater hielt, waren die meisten Zuschauer bereits eingetroffen. Mutter Grimshaw hatte ihre Ankunft genau geplant. So bekam das Publikum, das auf das Eintreffen des Prinzen von Wales und seiner Gemahlin wartete, den Einzug der Bordellwirtin und ihres neuen Zöglings, begleitet von zwei Dienern in Livree, zu sehen. Der Auftritt wurde ein voller Erfolg.

Die Herren und Damen von Rang beugten sich aus ihren Logen, um die Ankömmlinge zu bestaunen. So manches Männerherz schlug höher, als der Blick auf Kitty fiel, die mit züchtig gesenktem Kopf neben der Matrone Platz nahm und sich mit schmaler weißer Hand graziös das Gesicht fächelte. Für alle Nichteingeweihten war sie allenfalls eine bemerkenswerte und vielleicht auch geheimnisvolle Begleiterin, diejenigen aber, die zu ihren Kunden zählten oder um das wahre Wesen von Mutter Grimshaws Geschäft wussten, verstanden den Auftritt der bezaubernden jungen Frau richtig zu deuten: Die Alte bot ihre neueste Ware an.

Kitty fühlte aller Augen auf sich gerichtet und musste sich mühsam beherrschen, um nicht auf der Stelle die Flucht zu ergreifen. Nie hätte sie erwartet, dass ihr Auftreten eine solche Wirkung haben würde. Sie war versucht, sich in den Arm zu kneifen, um sicher zu sein, dass sie nicht träumte. War es wirklich sie, die hier zwischen den adeligen Theaterbesuchern in der Loge saß und versuchte, einen unschuldigen Gesichtsausdruck zu bewahren, wie es einer sittsamen Bürgerstochter geziemte? Würde sie im nächsten Moment aufwachen und feststellen, dass sie noch immer in ihren Lumpen unter einem zugigen Verkaufsstand lag?

Die Ankunft des Prinzen von Wales und seiner Gemahlin Caroline riss Kitty aus ihren Grübeleien. Mistress Grimshaw, die neben ihr saß, zeigte diskret auf die einzelnen Logengäste und flüsterte ihr die entsprechenden Namen zu. Es waren Herzöge, Grafen und Barone darunter. Der ein oder andere machte der Kupplerin ein Zeichen, um ihr sein Interesse zu bezeigen. Kitty kam sich vor wie auf einem Viehmarkt. Sie war die Kuh, die zum Höchstpreis versteigert werden sollte. Der Gedanke widerte sie an, doch sie verdrängte ihre Abscheu. Im Grunde war die ganze Angelegenheit nichts anderes als ein Geschäft. Nur daran durfte sie denken!

Einige Tage später besuchten die beiden Frauen eine Pantomime im Theater in den Lincoln's Inn Fields. Wieder erregte Kitty größtes Aufsehen, doch Madam Grimshaw wehrte jeden noch so entschlossenen Anbeter, der sich ihr zu nähern versuchte, höflich, aber nachdrücklich ab.

»Freilich kann ich es mir nicht erlauben, dich einem meiner Stammgäste als Jungfrau anzubieten«, erläuterte die Kupplerin ihrer Schülerin. »Sie sind zu erfahren und haben zu viele echte Jungfernschaften geraubt, um selbst auf meine raffinierten Kniffe hereinzufallen. Ich habe allerdings bereits einige großzügige Angebote von erlauchten Herren, die sich einmal den Luxus eines unberührten Mädchens gönnen wollen, von zwanzig Guineen bis fünfzig Pfund.«

»So viel?«, entfuhr es Kitty ungläubig.
»Wir werden einhundert Pfund für dich bekommen, du wirst sehen«, versicherte die Bordellwirtin. Sie blickte die junge Frau ernst und eindringlich an. »Es sei denn, du bist zu wählerisch und bestehst darauf, dass deine Freier jung und gutaussehend sind. Diese Sorte ist unter meinen Kunden recht dünn gesät, denn die wenigsten verfügen über das nötige Kleingeld. Natürlich wähle ich nur einen Mann aus, der gesund ist. Und er wird überdies eine ›Rüstung‹ tragen, darauf werde ich bestehen.«
Polly hatte Kitty bereits in den Gebrauch dieser seltsamen Überzieher aus mit Lauge getränktem Leinen eingeweiht, die über das steife Glied des Mannes gezogen und mit einem roten Bändchen festgebunden wurden. Diese »Cundums« oder »neue Maschinen« genannten Futterale wurden in drei Größen angeboten und in einer seidenen Umhüllung geliefert.
»Ich überlasse Euch die Wahl, Madam«, erwiderte Kitty. »Mir kommt es nur auf den Gewinn an, der bei der Sache herausspringt.«
Mutter Grimshaw tätschelte der jungen Frau den Arm. »Das lobe ich mir. Du hast Geschäftssinn, Kleine. Wir werden schon den Richtigen für dich finden.«

21

Eine weitere Woche noch ließ die Kupplerin die Interessenten zappeln, dann wählte sie drei von ihnen aus, von denen sie wusste, dass sie gesellschaftlich nicht miteinander verkehrten. Einem jeden verkaufte sie Kittys Jungfernschaft für einhundert Guineen.

Der jungen Frau war nicht wohl dabei, drei verschiedene Männer hinters Licht führen zu müssen, doch Mistress Grimshaw versicherte ihr, dass sie von dem Betrug nichts merken würden.

An dem Tag, bevor sich der erste der drei Anwärter angekündigt hatte, gab die Bordellwirtin Kitty mehrere Zäpfchen, die mit einem zusammenziehenden Mittel aus in Wein gesottenen Myrtenbeeren, Wurzeln des Kapernstrauchs, Eichenrinde, Wiesenknöterich, Ampfer und Wegerich getränkt waren. Die junge Frau sollte mehrmals täglich eines davon in ihre Scheide einführen, die dadurch enger wurde.

Am Abend des folgenden Tages ließ Kitty sich für ihren großen Auftritt herausputzen. Madam Grimshaw beschäftigte eigens zwei Zofen, die ihren Mädchen beim Ankleiden und Frisieren halfen. Nervös auf ihrer Lippe kauend, saß Kitty steif wie ein Stock da, während Mary ihr Haar kämmte und es dann auf ihrem Hinterkopf zu einem Knoten wand.

»Versucht, Euch zu entspannen, Miss«, riet die Zofe. »Dann fällt es Euch gleich viel leichter.«

Kitty nickte, doch ihre Eingeweide verkrampften sich nur umso schmerzhafter. Wie sehr wünschte sie, Henry Montague möge der Freier sein. Bei ihm hatte sie sich sicher gefühlt. Nicht jeder Mann würde so rücksichtsvoll und zärtlich mit ihr umgehen, wie er es getan hatte. Ärgerlich ermahnte sie sich, dass sie nur einer Arbeit wie jeder anderen nachging. Hatte sie nicht ein Joch mit zwei schweren Eimern Milch meilenweit getragen, und hatte ihr Körper danach nicht furchtbar geschmerzt? Was sie an diesem Abend tun musste, würde weit weniger schmerzen und nicht einmal halb so viel Kraft erfordern.

Als Mutter Grimshaw sie schließlich in den Salon rief, erhob sie sich gefasst und setzte die sittsame Miene auf, die man von einer bürgerlichen Jungfer erwartete. Der Mann, der an der Seite der Kupplerin stand, mochte Mitte vierzig sein und war recht gutaussehend. Sein Gesicht unter der gepuderten Allongeperücke war ernst und kritisch. Kitty fühlte, wie ihr Herz sank. Er schien kein Narr zu sein, der sich leicht etwas vorgaukeln ließ.

»Meine Liebe, darf ich Euch Seine Gnaden, den Herzog von Richmond, vorstellen«, sagte Madam Grimshaw feierlich.

Kitty wusste, dass Charles Lennox, Herzog von Richmond, der uneheliche Sohn des ehemaligen Königs Charles II. und seiner bretonischen Mätresse Louise de Keroualle war. Sie spürte, wie sie errötete. Rasch schlug sie die Augen nieder und machte einen Knicks. So überwältigt war sie, einem Herzog von königlichem Blut gegenüberzustehen, dass sie echte Befangenheit überkam und sie kein Wort herausbrachte. Eine verlegene Stille trat ein. Als Kitty den Blick hob, sah sie, wie sich der Ausdruck auf den Zügen des Besuchers wandelte. Ein zufriedenes Lächeln umspielte die schmalen Lippen, und die braunen Augen wurden freundlicher.

»Sie ist entzückend«, sagte der Herzog. »Die Tochter eines Kaufmanns, sagtet Ihr, Madam? Man sieht ihr die strenge bürgerliche Erziehung an. Ich werde sanft mit ihr umgehen, das verspreche ich Euch.«

Mit einem Lächeln, das sie beruhigen sollte, nahm Richmond Kittys Hand und küsste sie.

»Wenn Ihr Euch mir anvertraut, würde mich das sehr freuen«, sagte er.

Kitty warf der Kupplerin einen scheinbar hilfesuchenden Blick zu.

»Habt keine Angst, Liebes«, ermunterte sie Madam Grimshaw. »Ihr habt nichts zu befürchten.« Sie wandte sich an die Zofe, die an der Tür wartete. »Mary, führe Seine Gnaden und Mistress Montague in den ›Thronsaal‹.«

Mit klopfendem Herzen und trockener Kehle folgte Kitty der Zofe, während der Herzog die Nachhut bildete. In dem elegant eingerichteten Gemach brannten Kerzen in den Wandleuchtern und verbreiteten ein warmes goldenes Licht. Die Fensterläden waren zugeklappt, so dass von den gegenüberliegenden Gebäuden niemand hereinsehen konnte. Auf einer Anrichte stand eine Karaffe mit Bordeaux-Wein. Um ihre Hände zu beschäftigen, füllte Kitty zwei Gläser und reichte eines Charles Lennox.

»Setzt Euch, meine Liebe«, bat er sie. »Lasst uns ein wenig plaudern.«

Mutter Grimshaw schulte ihre Zöglinge nicht nur in höflicher Konversation, sondern ermunterte jene, die wie Kitty lesen konnten, dazu, in Romanen und Theaterstücken zu schmökern. So sprachen die junge Frau und der Herzog von Richmond eine Weile über ein Stück, das gerade im Drury-Lane-Theater aufgeführt wurde.

Schließlich nahm Lennox ihre Hand und begann ihren Arm zu küssen. Unwillkürlich stieg Kitty erneut das Blut in die Wangen, was der Mann an ihrer Seite mit Entzücken zur Kenntnis nahm. Schamesröte konnte auch die raffinierteste Hure nicht vortäuschen.

Richmond glaubte tatsächlich, eine unbescholtene Bürgerstochter vor sich zu haben, die nur widerwillig ihre Jungfernschaft für Geld verkaufte. Nun gab er sich die größte Mühe, die Unerfahrene seinen Zärtlichkeiten gefügig zu machen.
»Bitte erlaubt mir, Euren Hals zu küssen«, bat er leise.
Kitty nickte, hielt aber den Blick züchtig gesenkt, während sie ihr Brusttuch löste und ihr Dekolleté entblößte. Sie hörte den Herzog erregt einatmen und blieb unbeweglich sitzen, als er sich vorbeugte und sein Mund ihren Hals, die Schultern und dann den Ansatz ihrer Brüste liebkoste. Als lehne sich ihre Tugendhaftigkeit gegen die Zudringlichkeit auf, schloss Kitty die Augen und presste abwehrend die Lippen zusammen. Seine kräftigen Arme zogen sie fest an seinen Körper, während er weiter ihren Hals küsste und die Wange an die ihre presste.
Kitty machte sich steif wie ein Stock und flehte: »Bitte tut mir nicht weh, Euer Gnaden.«
Er schob sie von sich und blickte sie ernst an. »Ich werde mich bemühen, das verspreche ich Euch. Aber Ihr müsst mir auch ein wenig entgegenkommen.«
Richmond erhob sich, nahm ihre Hand und zog sie auf die Füße. Dann öffnete er mit sicherer Hand ihr Kleid. Auf einem Tisch stand eine Schüssel Orangen. Daneben lag ein kleines Schälmesser. Der Herzog nahm das Messer und zerschnitt erst die Verschnürung ihres Korsetts und dann der Unterröcke. Schamhaft kreuzte Kitty die Arme über der Brust, die das dünne Leinenhemd kaum verhüllte, und beobachtete ihren Freier, der nun ebenfalls die Hüllen fallen ließ. Als er schließlich ohne Perücke und nackt bis auf das spitzenbesetzte Hemd vor ihr stand, fiel ihr auf, dass sein Glied trotz seines geschwollenen Zustands recht klein war. Verlangte es ihn deshalb nach einer Jungfrau, deren unerprobter Zugang seine zierliche Rute umso enger umschloss und ihm so größere Befriedigung verschaffte?

Wie Mutter Grimshaw es von ihren Kunden verlangte, zog Charles Lennox einen bereitliegenden Überzieher an und band ihn mit dem daran hängenden Satinband fest. Dann nahm er sie leidenschaftlich in die Arme, streichelte ihre Hüften und umschloss mit den Händen ihr Gesäß, das weich unter seinen knetenden Fingern nachgab.

»Wie schön Ihr seid«, murmelte er. »So jung, so frisch …«

Seine Lust war entfacht und fegte seine höfliche Zurückhaltung fort. Ungeduldig drängte er sie zum Bett, warf sie auf die Matratze und kniete sich zwischen ihre gespreizten Beine. Als er in sie drang, stöhnte Kitty auf, obgleich es nicht schmerzhaft war. Ihre Hände pressten sich gegen die Brust des Herzogs, als wollte sie ihn von sich stoßen.

Richmond war jedoch bereits so sehr in Fahrt, dass er von ihrer Gegenwehr keine Notiz nahm. Kitty wurde schmerzlich bewusst, dass die Vorstellung, eine Jungfrau zu vergewaltigen, für die Freier, die eine solche verlangten, einen besonderen Reiz darstellte. Innerlich fühlte sie sich abgestoßen, doch äußerlich spielte sie weiter ihre Rolle. Als sie den richtigen Moment für gekommen glaubte, krampfte sie ihren Unterleib zusammen, damit er beim Vordringen einen Widerstand spürte, und schrie auf.

Das keuchende Stöhnen des Herzogs übertönte ihr Jammern, das erstarb, als er sich über ihr aufbäumte und wie ein schwerer Sack auf sie fiel. Es dauerte eine Weile, bis er wieder zu Atem kam und sich von ihrem Körper rollte. Schließlich richtete er sich auf und inspizierte die Spitze des Überziehers, der sich leicht von seinem zusammengeschrumpften Gemächt ziehen ließ. Auf dem weißen Leinen war deutlich frisches Blut zu sehen.

»Du warst also wirklich noch Jungfrau«, bemerkte Richmond befriedigt.

Ungezwungen ließ er das »Cundum« in das Nachtgeschirr fallen und erhob sich. Nachdem er sich angekleidet hatte, verbeugte er sich vor Kitty und sagte: »Es war mir eine Ehre, Miss Montague.«
Er wäre wohl weniger zufrieden gewesen, hätte er gewusst, dass sich die junge Frau vor ihrem Zusammentreffen mit einer kleinen Bürste einen Kratzer in der Scheide zugefügt hatte, der genug Blut hervorbrachte, um eine Entjungferung vorzutäuschen. Bei dem Gedanken daran fühlte sich Kitty schmutzig. Rasch trat sie zum Waschtisch und rieb sich ausgiebig ab. Sie wusste nicht, wie lange sie in der Lage sein würde, diese Arbeit zu tun, aber ihr war klar, dass sie noch viel mehr Geld brauchte, um ihrer Tochter eine gesicherte Zukunft zu bieten.

Zwei Tage später führte Madam Grimshaw ihrer »Jungfrau« den zweiten Freier zu. Baron Eastwell war bereits über sechzig und befand sich nicht mehr in allzu kräftiger körperlicher Verfassung. Anscheinend wollte er sich, solange er noch dazu imstande war, das Vergnügen gönnen, ein unberührtes Mädchen zu entjungfern.
Kitty fand ihn wenig anziehend, doch nachdem sie ihm eine Weile bei den fruchtlosen Bemühungen, seinem Anhängsel Standfestigkeit zu verleihen, zugesehen hatte, verspürte sie Mitleid für ihn. Instinktiv half sie mit sanfter Hand ein wenig nach und dirigierte sein widerstrebendes Geschlecht in den dafür bestimmten Eingang, dessen feuchte Wärme es endlich so weit belebte, dass er mit viel Mühe und angestrengtem Geschnaufe doch noch zum Ziel gelangte. Glücklich über seinen Erfolg, kam der alternde Baron gar nicht auf die Idee, nach Beweisen für die geraubte Unschuld zu suchen, sondern überschüttete Kitty mit leidenschaftlichen Dankesbezeugungen, die diese schuldbewusst erröten ließen.

Der dritte Freier war ein Ratsherr der Stadt London, der hin- und hergerissen war zwischen seiner Lust und seinem strafenden Gewissen, das einer strengen puritanischen Erziehung entsprang. Er gehörte zu der Sorte bigotter Kleinbürger, die über die Unsittlichkeit des Volkes wetterten und zugleich regelmäßig das Bridewell-Gefängnis besuchten, um zuzusehen, wie aufgegriffene Huren und Bettlerinnen mit entblößtem Oberkörper an den Pfahl gebunden und ausgepeitscht wurden.

Kitty hatte keine Freude daran, mit ihm zu schlafen. Sie hätte jederzeit den schwächlichen, aber höflichen Baron diesem falschen Frömmler vorgezogen, der sie nach dem Akt mit unverhohlener Verachtung ansah und ohne ein Wort ging. Kitty war froh, dass sie ihn wohl nicht wiedersehen würde.

Ihr Potenzial, als Jungfrau aufzutreten, war nun erschöpft. Madam Grimshaw zahlte ihr die Hälfte des Gewinns, also hundertfünfzig Guineen, aus, die Kitty sogleich zu einem Goldschmied brachte, um sie dort für sechs Prozent Zinsen anzulegen, wie Henry Montague es ihr geraten hatte. Die Höhe der Summe machte sie schwindeln. Sie hatte in drei Tagen – eigentlich waren es kaum mehr als drei Stunden gewesen – fast so viel verdient wie ein geschickter Handwerksmeister in einem Jahr. Ein Stubenmädchen bekam nur einen Jahreslohn von fünf Pfund. So war es wirklich nicht verwunderlich, dass viele weibliche Dienstboten früher oder später den Weg in die Hurerei fanden.

22

Mutter Grimshaws »Legionen der Venus« empfingen ihre Freier nicht ausschließlich in dem Putzmacherladen auf der Little Russell Street. Manche Kunden, die sich gerade in einer Schenke oder in einem Badehaus vergnügten und denen das dortige Angebot an Freudenmädchen nicht zusagte, schickten Nachricht an die Bordelle von Covent Garden und ließen sich die begehrtesten Damen der Nacht in einer Kutsche oder Sänfte vorbeibringen. Gab es nur wenige Anfragen oder Besucher, schickte Madam Grimshaw einige ihrer Schönen in die Schenken an der Piazza, damit sie sich den noch unentschlossenen Herren zeigten und ihren Appetit anregten.

Um auch Kitty unter den reichen Nachtschwärmern bekannter zu machen, wies sie sie eines Abends an, mit Polly und Nan, die aufgrund ihrer schwarzen Haare und Augen »die Armenierin« genannt wurde, die »Rose Tavern« aufzusuchen und sich unter die Gäste zu mischen.

»In der ›Rose‹ findet man spätabends jede Art von Kundschaft – vom Schuhputzer bis zum Herzog«, belehrte Polly ihre Kammergenossin. »Und die Posier-Dirnen sorgen für Unterhaltung.«

»Was sind Posier-Dirnen?«, fragte Kitty neugierig.

»Eine Art Tänzerinnen«, erwiderte Polly schmunzelnd. »Du wirst schon sehen.«

Prächtig herausgeputzt mit Spitze, Seide und Rüschen verließen die drei Frauen den Putzmacherladen und traten auf die Little Russell Street hinaus. Die Sonne war bereits untergegangen, doch in dieser Gegend brannten stets Laternen über den Türen der Häuser, denn Covent Garden schlief nie.

»Die ›Rose‹ ist gleich gegenüber an der Ecke«, erklärte Nan. In ihren schwarzen Augen spiegelte sich das goldene Licht der Kerzen. »Aber es ist noch früh. Machen wir doch einen kleinen Spaziergang über die Piazza, wenn ihr mögt.«

Kitty und Polly stimmten zu, und so ließen sie die »Rose Tavern« links liegen und schritten die Russell Street entlang. Hinter den gebogenen Fenstern der Schenken herrschte bereits lärmendes Treiben. Lachen, Grölen und Flüche waren zu hören, und hin und wieder der Lärm von zersplitterndem Glas und umgeworfenen Möbelstücken, der verriet, dass eine Schlägerei im Gange war. Aus einem Hauseingang, in den das Licht der Laternen nicht vordrang, war wollüstiges Stöhnen zu vernehmen, während sich zwei schattenhafte Gestalten rhythmisch bewegten.

Staunend blickte Kitty sich um. Zum ersten Mal sah sie nun die andere Seite von Covent Garden. Zuvor hatte sie lediglich die Geschäftigkeit des Obst- und Gemüsemarkts, der Handwerker und der Dienstboten, die früh einkaufen gingen, gekannt und das Elend der Hungernden, der Bettler und der Straßenkinder mit ihren Säbelbeinen, die man ironisch als »Käseschneider« bezeichnete. Nach Sonnenuntergang verwandelte sich diese Szenerie der Bürgerlichkeit und der Armut in eine Welt des Überflusses, der Völlerei, der Eitelkeit und der Unzucht.

Da es eine milde Augustnacht war, standen an etlichen Häusern die Fenster offen. In einigen davon sah Kitty Frauen und Mädchen mit kaum verhüllten Brüsten. Immer wieder beugten sie sich zu vorbeigehenden Passanten hinab, zeigten ihnen ihre ganze Pracht und versuchten, sie so zum Eintreten zu bewegen. Hinter fast jeder Schenke, jedem Laden und jedem Badehaus verbarg sich ein Bordell. In einem kleinen Kiosk an der Ecke zur Großen Piazza konnte man die Pülverchen

namhafter Quacksalber, »Cundums« und Stiche mit unzüchtigen Motiven erstehen. Eine alte Gevatterin schritt mit einem Korb über dem Arm unter den Arkaden der Häuser entlang. Als sie von einer fein gekleideten Frau angesprochen wurde, deren Gesicht von einer Samtmaske verdeckt war, warf Kitty im Vorbeigehen einen neugierigen Blick auf ihre Ware.
»Das sind ja Püppchen«, flüsterte sie Polly amüsiert zu.
Die Dame mit der Maske wollte eine bereits erstandene Puppe gegen eine andere umtauschen.
»Sie ist zu klein«, erklärte sie. »Ich brauche eine dickere.«
Die Gevatterin wies die Kundin darauf hin, dass sie gewöhnlich eine »gebrauchte« Puppe nicht zurücknahm, aber diesmal eine Ausnahme machen würde, da sie eine so großzügige Kundin sei.
Polly und Nan begannen zu kichern, als sie Kittys erstaunte Miene sahen.
»Das sind Godemichés«, klärten sie die Unwissende auf. »Sie sind nur als Püppchen verkleidet, um die Ordnungshüter zu täuschen. Die Dame ist offenbar mit der Leistung ihres Liebhabers nicht zufrieden.«
Kitty errötete und löste damit noch mehr Heiterkeit bei ihren Begleiterinnen aus.
»Du bist wahrlich ein Unschuldslamm!«, rief Polly belustigt.
Unter den Arkaden, die die Eingänge der Häuser um die Piazza überschatteten, waren bereits die ersten Nachtschwärmer unterwegs. Höflinge in Spitzen und Brokat, den Degen an der Seite, mischten sich unter reiche Kaufleute, Offiziere, Theaterschauspieler, Lehrknaben, Lastenträger, Näherinnen, ärmlich gekleidete Fackelträger und natürlich die Freudenmädchen.
Kitty entdeckte Jonny, der in einem Hauseingang auf Kundschaft wartete, und blieb erfreut stehen. Der Knabe glotzte sie

überrascht an, als ihn diese fein herausgeputzte Nymphe vertraulich ansprach und ihn sogar beim Namen nannte.
»Wie ist es dir ergangen?«, fragte Kitty.
»Hätte schlechter sein können«, erwiderte er philosophisch, während er sie bewundernd von Kopf bis Fuß musterte. »Schön, dich wohlbehalten wiederzusehen. Es ging das Gerücht um, ein Nachtwächter hätte dich aufgegriffen, und du wärst im Bridewell gelandet.«
»Das wäre ich auch fast«, bestätigte Kitty. »Ich erzähle dir die ganze Geschichte ein anderes Mal. Richte Philip meine Grüße aus.«
Kitty griff in ihre Börse und reichte dem Jungen einen Schilling.
»Wenn du etwas brauchst, komm zu Mistress Grimshaws Putzmacherladen auf der Little Russell Street«, sagte sie. »Ich vergesse alte Freunde nicht.«
Als sie weitergingen, fragte Polly ihre Freundin neugierig: »Woher kennt ihr beiden euch?«
»Ich habe einige Nächte mit ihm unter einem Verkaufsstand verbracht«, entgegnete Kitty düster. Ihr Gesicht wurde so ernst, dass Polly nicht weiter nachzufragen wagte.
»Lasst uns zurückgehen«, schlug Nan vor. »Inzwischen werden sich die ersten Gäste zum Nachtmahl in der ›Rose‹ eingefunden haben.«
Gemächlich schlugen die drei Frauen den Rückweg ein. Vor der Schenke, über deren Tür ein Schild mit dem Bild einer voll erblühten Rose knarrte, ereignete sich eine Szene, die Kitty erschrocken innehalten ließ. Eine von zwei Pferden gezogene Kutsche fuhr ungebremst auf einen Mann zu, der vor ihr auf dem Straßenpflaster lag, und überrollte ihn. Kitty stieß einen Schrei aus.
»Allmächtiger! Holt einen Wundarzt«, rief sie.

Erschüttert wollte sie dem Überfahrenen zu Hilfe eilen, doch Polly legte ihr sanft, aber energisch die Hand auf den Arm und hielt sie zurück.

»Es ist alles gut, Liebes. Dem Mann ist nichts passiert«, belehrte sie ihre Freundin. »Das ist Richard Lethercote, der Rausschmeißer der ›Rose‹. Für einen Humpen Bier lässt er sich hin und wieder dazu überreden, sich unter eine Kutsche zu legen. Sieh selbst! Es geht ihm gut.«

Und tatsächlich erhob sich der Mann unverletzt und ließ sich von den Schaulustigen feiern. Richard Lethercote war ein Hüne mit muskelbepackten Schultern und einem Brustkorb wie ein Weinfass. Um die Taille trug er eine Lederschürze, der er wohl seinen Namen verdankte.

»An Lethercote kommt so leicht keiner vorbei«, meinte Nan. »Und das ist auch gut so. Mancher junge Wüstling schlägt schnell über die Stränge, wenn er zu viel getrunken hat.«

Eine hübsche junge Frau begrüßte die drei Kokotten, als diese die Schenke betraten.

»Ah, ein neues Gesicht«, sagte sie mit einem prüfenden Blick auf Kitty. »Seid Ihr gar die schöne Kitty Montague, von der der gute Herzog von Richmond schwärmt? Ihr habt Eindruck auf ihn gemacht, und das heißt schon etwas.«

»Ist Seine Gnaden hier?«, fragte Kitty mit gemischten Gefühlen.

Das Schankmädchen nickte. »Aber seid gewarnt. Zurzeit befindet er sich in Sallys Fängen.«

»Sally Salisbury?«

»So ist es, Herzchen. Was soll ich Euch bringen?«

»Ratafia für uns drei«, bat Polly. Als das Schankmädchen verschwunden war, sagte sie zu Kitty: »Das ist Molly Mogg. Gewöhnlich serviert sie hier in der ›Rose‹, aber wie viele Frauen in Covent Garden gehört auch sie der ›gefallenen Schwesternschaft‹ an.«

Im Schankraum saßen Männer und Frauen an mehreren Tischen zusammen. Einige aßen eine warme Mahlzeit, andere rauchten Pfeife, und alle tranken dabei. An den getäfelten Wänden hingen erotische Bilder nach Giulio Romano, einem Künstler des sechzehnten Jahrhunderts.

Die schöne Sally Salisbury war in ein angeregtes Gespräch mit ihrem Nachbarn, dem Herzog von Richmond, vertieft, dessen Hand auf ihrem Knie lag.

Polly und Nan führten Kitty zum Nebentisch, an dem noch Plätze frei waren. Die Ankunft der drei Damen der Nacht erregte Aufsehen. Schon versammelte sich ein Großteil der anwesenden Männer um ihren Tisch, und jeder versuchte, die Aufmerksamkeit der Holden auf sich zu lenken.

»Die Kunst liegt darin, sich nicht mit einem Habenichts einzulassen«, erklärte Polly ihrer Kammergenossin.

Molly Mogg brachte ihnen die bestellten Getränke.

»Was ist das?«, fragte Kitty, nachdem sie an ihrem Glas genippt hatte.

»Ratafia ist ein süßer Likör, der seinen Geschmack Pfirsichkernen und bitteren Mandeln verdankt. Er ist hier in Covent Garden sehr beliebt. Nur Sally zieht ihren ›Usquebaugh-Tee‹ vor.« Polly warf einen bezeichnenden Blick auf die junge Kurtisane am Nebentisch.

Im Laufe des Abends fanden sich auch einige der erfolgreichen Bordellwirtinnen aus der Umgebung ein, die auf der Suche nach frischer Ware für ihre Häuser waren. Die Stimmung wurde von Stunde zu Stunde ungezwungener, je betrunkener die Gäste wurden. Nachdem Charles Lennox Kitty immer wieder begehrliche Blicke zugeworfen hatte, schob er schließlich Sally unsanft von seinem Schoß und kam zum Nebentisch. Kittys Nachbar überließ dem Herzog seinen Platz nur unter Protest.

»Ihr seid in den letzten Tagen nur noch schöner geworden, Miss Montague, sofern dies überhaupt möglich ist«, sagte er.
»Und Ihr seid der größte Schmeichler unter der Sonne, Euer Gnaden«, erwiderte Kitty herausfordernd. Kokett entfaltete sie ihren mit chinesischen Motiven bemalten Fächer und kühlte sich damit das Gesicht. Im Schankraum, in dem überall Kerzen brannten, war es heiß geworden. Vom Tisch nebenan schoss Sally zornige Blicke in ihre Richtung. Während Kitty mit Richmond plauderte, trat eine Gruppe von Musikanten mit ihren Instrumenten ein und erkundigte sich, ob ein wenig Unterhaltung gefällig sei. Die Gäste sagten zu, und so begannen die drei auf Fiedel, Trompete und Querflöte zu spielen. Einige der Nachtschwärmer sangen mit, andere grölten dazu. Als der hünenhafte Lethercote mit einem großen, auf Hochglanz polierten Zinnteller in der Tür erschien, wandten die anwesenden Männer trotz ihres angetrunkenen Zustands erwartungsvoll die Köpfe.
»Hervorragend! Endlich gibt es was fürs Auge«, rief einer der Gäste.
Da erst bemerkte Kitty die Frau, die in einer Ecke des Schankraums dabei war, ihre Kleider abzulegen. Molly Mogg half ihr aus Mieder und Röcken. Dann löste die Frau ihre Strumpfbänder und rollte die Strümpfe über ihre Waden nach unten. Als sie schließlich das Hemd über den Kopf zog und sich splitternackt den Blicken der Männer darbot, blieb Kitty vor Staunen der Mund offen stehen.
»Das ist Fanny, eine ›Posier-Dirne‹«, erklärte Polly ihrer verdutzten Nachbarin. »Sie tanzt nackt und verabreicht denen, die es schätzen, die Behandlung der ›schwarzen Schule von Sodom‹, aber sie würde nie einem Freier beiliegen.«
Molly reichte der Posier-Dirne ein Glas Madeira, das diese in einem Zug leerte. Inzwischen hatte Lethercote den riesigen

Zinnteller in der Mitte eines der Tische plaziert. Er nahm Fannys Hand und half ihr, auf die Tischplatte zu steigen. Daraufhin spielten die Musikanten noch hingebungsvoller als zuvor. Die Augen aller Männer klebten nun förmlich an dem nackten Körper der Frau, die ein zweites Glas Madeira hinunterstürzte und sich dann mit in die Hüften gestemmten Händen und mit gespreizten Beinen auf dem Zinnteller in Positur brachte. Als sie zu tanzen begann, klatschten die Anwesenden, um sie anzufeuern, erst langsam, dann immer schneller. Diejenigen, die der Posier-Dirne am nächsten waren, blickten fasziniert auf die polierte Oberfläche des Tellers, auf der sich ihr dichtbehaartes Geschlecht spiegelte. Schamlos hob Fanny die Beine, damit sie besser sehen konnten, ging in die Hocke und richtete sich langsam wieder auf. Dann ließ sie sich auf alle viere nieder und wackelte mit dem Gesäß, dass die Hinterbacken gegeneinanderklatschten. Anmutig drehte sie sich um, streckte sich auf dem Rücken aus und wand sich wie in lustvoller Ekstase auf dem Tisch. Sie spreizte die Beine, zuerst nur leicht, um das Verlangen der Männer anzuheizen, dann ein wenig mehr. Schließlich zog sie die Beine an, bis die Knie fast ihr Kinn berührten, umfasste ihre Schenkel und bot ihre Scham den gierigen Blicken dar.

Einer der Zuschauer rief: »Kommt, lasst uns das Wurfspiel spielen.«

Ein zustimmendes Jubeln antwortete ihm. Jeder griff zu seinem Geldbeutel und holte eine Handvoll Münzen hervor. Der Herzog von Richmond war der Erste, der ein Goldstück in die Scheide der Posier-Dirne warf.

Kitty sah fasziniert zu, während Polly und Nan, die dieser Art Vorführung schon oft zugeschaut hatten, sich über andere Dinge unterhielten.

Nach einer Weile richtete sich Fanny wieder auf, schüttelte

sich kräftig, so dass die Geldstücke auf die Tischplatte fielen, und setzte ihren Tanz fort.

»Los, gebt mir die Kerze«, sagte sie zu einem der Zuschauer. Er reichte ihr ein noch brennendes Talglicht, das sie sich vorsichtig zwischen die gespreizten Beine hielt. Anzüglich bewegte sie ihren Unterleib, wie im Beischlaf mit einem Mann, und blies dabei die Kerze aus. Die Zuschauer lachten und verlangten mehr. Als Fanny das Talglicht umdrehte und es wie einen Phallus in ihre Scheide schob, wobei sie wie eine Frau im Rausch der Lust stöhnte, waren die aufgepeitschten Leidenschaften nicht mehr zu zügeln.

Jeder Mann verlangte nach einer Hure. Kitty fühlte plötzlich, wie jemand ihr Handgelenk packte. Erschrocken fuhr sie herum und sah in das glühende Gesicht des Herzogs von Richmond.

»Kommt mit!«, forderte er heiser.

Sie wagte nicht, sich zu widersetzen. Gehorsam folgte sie ihm aus dem Schankraum, eine Treppe hinauf in den ersten Stock und schließlich einen Gang entlang. Richmond stieß eine Tür auf, zog sie über die Schwelle und schloss die Tür hinter ihnen.

»Schon den ganzen Abend verlangt es mich nach Euch, Madam«, sagte er keuchend. »Und der Anblick der saftigen Pflaume hat meine Ungeduld nur noch angefacht. Zum Glück hält man hier stets eine Kammer für mich bereit.«

Fiebrig tasteten seine Hände über den Ansatz ihrer Brüste und schoben das Dekolleté gierig ein wenig tiefer. Seine heißen Lippen küssten ihre prallen Rundungen, während er unter ihre Röcke griff und die Wärme ihrer Schenkel suchte.

»Habt Ihr eine dieser ›neuen Maschinen‹ bei Euch?«, fragte er.

»Natürlich«, erwiderte Kitty und zog eine Schachtel aus der

Tasche unter ihrem Rock. Mutter Grimshaw bestand darauf, dass ihre Mädchen stets einen Vorrat mitführten, wohin sie auch gingen.
Charles Lennox fackelte nicht lange. Er machte sich nicht die Mühe, sie zu entkleiden, sondern schob sie zum Bett und hob ihre Röcke. Hastig zog er die Kniehose und die Unterhose herunter, legte den Überzieher an und drang schnell in sie ein. Die Lust, die sich in ihm aufgestaut hatte, fand rasch ihr Ziel, und in weniger als einer Viertelstunde war alles vorbei.

23

Diesmal hatte Richmond es weniger eilig, sich von Kitty zu trennen. Eine Weile hielt er sie noch in den Armen und streichelte ihren Hals und die Brüste, die aus dem Mieder quollen. Die Spitzenmanschetten an seinen Ärmeln kitzelten ihre erhitzte Haut.

»Ihr lernt schnell, Madam«, sagte er. »Und doch habt Ihr Euch eine Würde und Vornehmheit bewahrt, die man bei einer Liebesdienerin nur selten findet. Die meisten Dirnen rauchen Tabak, trinken Gin und geben Anstößigkeiten und lästerliche Flüche von sich, die eine Soldatenhure erröten lassen würden. Sally ist von jener Art. Ihre Unbeherrschtheit, ihr Schandmaul und ihre Trunksucht werden sie noch einmal teuer zu stehen kommen. Ihr aber seid anders. Die Verschämtheit, mit der Ihr der Vorstellung der Posier-Dirne zugesehen habt, war köstlich. Ihr kommt tatsächlich aus einem anständigen bürgerlichen Haus, nicht wahr?«

Kitty nickte.

»Eine Kokotte, mit der man sich in guter Gesellschaft sehen lassen kann, vermag es weit zu bringen«, erklärte der Herzog. »Das Auftreten einer Dame ist viel wichtiger als Schönheit. Einer Frau, die beides besitzt, stehen alle Türen offen.«

Mit einem schelmischen Lächeln erhob er sich, nahm erneut Kittys Hand und half ihr beim Aufstehen. Vor einem Spiegel an der Wand zog sie ihr Dekolleté zurecht und strich sich eine Locke aus der Stirn, die dem Haarknoten entschlüpft war. Charles Lennox betrachtete sie bewundernd. Bevor sie die Kammer verließen, drückte er Kitty einen wohlgefüllten Geldbeutel in die Hand.

»Gehen wir nach unten und sehen wir nach unseren Begleitern«, schlug er vor.

Im Schankraum hatten die anderen Speisegäste munter weitergezecht. In einer Ecke lag ein zersplitterter Stuhl, Überbleibsel einer Rauferei, die jedoch beendet war, als der Herzog von Richmond mit Kitty eintrat. Polly saß an einem der Tische und ordnete gelassen ihre Kleidung, deren Zustand verriet, dass sie ebenfalls gerade einen Freier beglückt hatte. Nan dagegen war nirgendwo zu sehen.

Als Sally Salisbury die beiden Rückkehrer bemerkte, sprang sie wutentbrannt von ihrem Stuhl auf und schrie: »Verfluchte Schlampe, nimm deine schmutzigen Finger von ihm!«

Ohne nachzudenken, ergriff die entrüstete Kurtisane ein Glas und schleuderte es in Kittys Richtung. Sally hatte nach dem Kopf ihrer Rivalin gezielt, doch Richmond zog Kitty geistesgegenwärtig an sich, so dass das Geschoss sie verfehlte und stattdessen Fanny traf, die, wieder angekleidet, auf einem Stuhl neben der Tür gesessen und sich noch einige Gläser Madeira genehmigt hatte. Mit einem zornigen Schrei fuhr die Posier-Dirne hoch und stürzte sich auf Sally.

»Was fällt dir ein, Metze? Willst du mir den Schädel spalten? Na warte!«

Von Eifersucht und dem Usquebaugh, den sie im Laufe des Abends in sich hineingeschüttet hatte, angeheizt, empfing Sally die Angreiferin mit einem Fausthieb ins Gesicht. Der Schlag ließ die kräftig gebaute Fanny zurücktaumeln, warf sie aber nicht um. Ihre Hände zuckten vor, und die gespreizten Finger vergruben sich in Sallys Haaren und dem Ausschnitt ihres Kleides. Kurze Zeit später rollten die zwei weiblichen Kampfhähne kreischend und fauchend über den mit Sand bestreuten Holzboden, kratzten und bissen sich gegenseitig und rissen einander die Haare aus.

Entsetzt betrachtete Kitty das schreckliche Schauspiel. »Wollt Ihr nicht eingreifen, Euer Gnaden?«, fragte sie.
»Um Gottes willen, nein«, antwortete er ironisch. »Die Furien würden mich in Stücke reißen. Seht Ihr nun, was ich meine? Lasst uns gehen. Das ist kein Ort für Euch.«
Da es ohnehin fast ein Uhr morgens war und die »Rose« um diese Zeit schloss, verließen Kitty, Polly, der Herzog und zwei seiner Begleiter mit einigen der anderen Speisegäste die Schenke und gingen die wenigen Schritte zu »Tom Kings Kaffeehaus«, das die ganze Nacht geöffnet hatte.
Die Baracke war bereits voll bis zum Bersten. Nur widerwillig machten die Trunkenbolde dem in Spitzen und Brokat gekleideten Herzog Platz. An einem Tisch im hinteren Bereich des Kaffeehauses ließen sich die Ankömmlinge nieder. Richmond winkte einem der Schankmädchen, deren Haut so schwarz wie Ebenholz war.
Kitty, die noch nie eine Afrikanerin gesehen hatte, starrte das hübsche schwarze Mädchen verblüfft an.
»Das ist Black Betty«, erklärte Polly, als sie Kittys staunenden Gesichtsausdruck sah. »Sie ist so etwas wie eine feste Einrichtung hier im ›Tom Kings‹.«
Black Betty brachte ihnen Kaffee. Obwohl Kitty das bittere Gebräu nicht mochte, trank sie ein paar Schlucke, um ihren Kopf ein wenig vom Alkohol zu klären. Die Kaffeestube war kaum wiederzuerkennen. Bisher hatte Kitty sie nur während des Tages erlebt, wenn sich kaum ein Gast in die Baracke verirrte. Doch nun, zur Nachtzeit, war das einfache kleine Kaffeehaus der Mittelpunkt der vornehmen Welt.
An einem Nebentisch saßen drei bürgerlich gekleidete Männer. Einer von ihnen machte geschäftig eine Skizze in einem kleinen Notizbuch. Als er aufsah und ihre Blicke sich trafen, erkannte Kitty in ihm den Kupferstecher William Hogarth,

der sie nach dem Zusammenbruch des Hauses in der Dyott Street angesprochen hatte. Eine Weile betrachtete er sie forschend und schien zu überlegen, woher er sie kannte. Dann ging ihm endlich ein Licht auf, und er nickte ihr anerkennend zu. Als der Herzog von Richmond und seine beiden Freunde sich bei den Damen entschuldigten, um eine Partie Piquet mit zwei anderen Gentlemen zu spielen, setzten sich die drei Männer vom Nebentisch zu Kitty und Polly.

»Welche Überraschung, Euch wiederzusehen, Madam«, rief William Hogarth erfreut. »Ihr erinnert Euch doch an mich. Es waren tragische Umstände, unter denen wir uns begegneten, aber wie es scheint, habt Ihr seitdem mehr Glück im Leben gehabt.«

Er stellte seine beiden Begleiter vor. »Dies ist Captain Marcellus Laroon, Maler, Sänger und Offizier der Armee, und Sir Godfrey Kneller, Hofmaler.«

Sir Godfrey machte eine tiefe Verbeugung.

»Ich könnte mir kein reizenderes Modell vorstellen als Euch«, sagte er galant. »Vielleicht ergibt sich einmal die Gelegenheit zu einem Porträt.«

Die drei Künstler bestellten Wein. Als Black Betty ihnen eine Karaffe gebracht hatte, deutete Kitty auf das Notizbuch, das Hogarth auf dem Tisch abgelegt hatte, und fragte: »Zeigt Ihr uns Eure Zeichnungen?«

Der junge Kupferstecher zögerte einen Moment, dann nickte er zustimmend und schlug das Büchlein auf. Die letzte Skizze, die noch nicht fertiggestellt war, zeigte Kitty.

»Bin ich das wirklich?«, staunte sie. »Ihr habt mich so hübsch gezeichnet.«

»Glaubt mir, Madam«, warf Marcellus Laroon ein. »Ihr seid umwerfend schön! Und Eure Bescheidenheit ist entzückend.«

Kitty nahm das Notizbuch aus Hogarths Händen und blät-

terte zurück. Der junge Künstler hatte noch einige andere anwesende Gäste gezeichnet, denen man deutlich den zunehmenden Alkoholgenuss ansah.
»Wenn sie betrunken sind, geben die Leute sich natürlicher«, erklärte er.
Die Charakterstudien verrieten das überragende Talent des Kupferstechers.
»Habt Ihr schon einmal daran gedacht zu malen?«, fragte Polly beeindruckt.
»Schon oft«, gestand Hogarth. »Aber bisher habe ich noch keinen Versuch unternommen. Es ist nicht leicht, in diesem Metier genug zu verdienen, um eine Familie zu unterhalten.«
»Aber wenn Ihr berühmt werdet, wird Euer Name in aller Munde sein, und die Menschen werden hohe Preise für Eure Bilder zahlen!«, meinte Kitty aufmunternd.
»In hundert Jahren vielleicht«, spottete Hogarth.
Fasziniert blätterte Kitty das Notizbuch weiter durch. Plötzlich hielt sie inne, und ihre Miene wurde traurig.
»Sah ich damals so aus?«, fragte sie erschüttert, während sie das Porträt betrachtete, das der Maler an jenem Tag gemacht hatte, als das Haus in der Dyott Street zusammengestürzt war. »Wie ein gehetztes Tier?«
»So habe ich Euch gesehen«, entgegnete der junge Kupferstecher. »Deshalb bin ich sehr erfreut, Euch so wunderbar verwandelt zu finden.«
Ohne ihn anzublicken, betrachtete Kitty die Skizzen des Trümmerhaufens und der zum Skelett abgemagerten Leichen der Frauen.
»Ich wollte nicht so enden wie sie«, sagte sie leise.
Betroffen sah Polly sie an, wagte es jedoch nicht, die Versunkenheit ihrer Freundin zu stören. Wieder hielt Kitty bei einer Zeichnung inne. In ihre Augen traten heiße Tränen.

»Das ist ja Betty!«, murmelte sie bewegt.
»Die Hökerin? Ja, ich kannte sie gut«, bestätigte Hogarth. »Ich habe sie mehrmals gezeichnet. Sie war eine Persönlichkeit.«
Als er Kittys Tränen sah, löste er vorsichtig die Skizze von Betty aus dem Notizbuch und reichte sie der jungen Frau.
»Es wäre mir eine Freude, wenn Ihr sie annehmen würdet, Madam.«
Kitty dankte ihm und steckte die Zeichnung ein. Sie würde das Erinnerungsstück immer in Ehren halten.
In das angeregte Gespräch mit den drei Künstlern vertieft, verging für Kitty und Polly die Nacht wie im Flug. Immer wieder richteten sich lüsterne Blicke auf die beiden Kurtisanen, doch niemand unter den Anwesenden schien sich zuzutrauen, den hohen Preis, den sie verlangen würden, zu zahlen. In den frühen Morgenstunden torkelten der Herzog von Richmond und seine Begleiter von der Baracke nebenan, in der die Glücksspiele stattfanden, in den »Green Man« zurück.
Schwankend verbeugte sich Charles Lennox vor Kitty und lallte: »Ich bin untröstlich, Miss Montague, dass ich Euch nicht länger Gesellschaft leisten kann. Wir haben dem Wein wohl etwas zu freimütig zugesprochen. Wenn Ihr erlaubt, werde ich Euch morgen Nachmittag meine Aufwartung machen.«
Nur mühsam hatte sich der Herzog wieder aufgerichtet und taumelte am Arm seiner Freunde aus dem Kaffeehaus. Draußen riefen die adeligen Trunkenbolde nach einer Mietkutsche.
»Nun, ich schätze, für uns wird es auch Zeit, uns auf den Heimweg zu machen«, bemerkte Polly und streckte sich, um ihre steifen Glieder zu lockern.
Die beiden Frauen verabschiedeten sich von Hogarth, Laroon

Kneller, die ihnen anboten, ihnen eine Sänfte zu rufen. Doch Kitty lehnte dankend ab.

»Lass uns die wenigen Schritte zur Little Russell Street zu Fuß gehen«, schlug sie vor.

Polly stimmte zu und hakte sich bei der Älteren ein. Als sie die Kleine Piazza überquerten, kamen sie an einer Gruppe obdachloser Frauen vorbei, die zusammengekauert im Eingang zu »Rigg's Hummums« hockten. Kitty hielt plötzlich inne und löste sich von ihrer Begleiterin.

»Warte einen Moment auf mich«, bat Kitty mit belegter Stimme.

Während sie auf die in fadenscheinigen Lumpen gekleideten Bettlerinnen zutrat, griff sie in den Geldbeutel, den der Herzog von Richmond ihr als Bezahlung für ihre Dienste gegeben hatte, und holte eine Goldguinee hervor. Als eine der Frauen mit grauem Gesicht furchtsam zu ihr aufsah, schob Kitty ihr die Münze in die Hand. Ungläubig ließ die Bettlerin das Geld im Licht der nahen Lampe aufblinken.

»Gott segne Euch, Madam«, sagte sie und schloss die Faust über der Guinee.

Da bemerkte Kitty den Säugling, den die Frau an ihre Brust drückte. Das schmale Gesichtchen des Kindes glich dem eines Äffchens, so mager war es.

Polly musste ihre Freundin mit sanfter Gewalt vom Anblick der Elenden fortziehen.

In ihrer Kammer im Dachgeschoss des Bordells halfen sich die jungen Frauen gegenseitig beim Auskleiden. Kitty sagte kaum ein Wort und starrte in Gedanken versunken vor sich hin. Während Polly mit einem breitzinkigen Kamm durch das blonde Haar ihrer Freundin fuhr, ertrug sie das lastende Schweigen nicht länger.

»Kanntest du diese armen Frauen?«, platzte sie schließlich heraus.

Kitty schrak auf und schüttelte den Kopf.

»Nein … Aber ihr Anblick erfüllt mich mit purem Entsetzen …«

»Du hast einmal wie sie gelebt, bevor du hierherkamst, nicht wahr?«, hakte Polly nach.

»Das stimmt. Ich hatte mich schon fast aufgegeben.«

»Vom ersten Tag an habe ich den Schmerz in deinen Augen gesehen«, gestand Polly. »Möchtest du mir davon erzählen? Ich bin eine gute Zuhörerin.«

Gerührt hob Kitty den Blick zu dem jungen Mädchen, das noch nichts von den Schrecknissen des Lebens wusste. Doch zugleich las sie in den arglosen Zügen die Intelligenz und die Bereitschaft, sich auf die Sorgen eines anderen Menschen einzulassen.

Während sie sich wuschen und in ihre Nachthemden schlüpften, berichtete Kitty ihrer Mitbewohnerin, wie sie nach dem Tod der Eltern nach London gekommen war, um ihren Bruder zu finden. Als sie mit gebrochener Stimme erzählte, welches Schicksal Thomas ereilt hatte, zögerte sie nur kurz, bevor sie Polly offenbarte, welche Rolle Jonathan Wild dabei gespielt hatte.

»Der Diebesfänger?«, entfuhr es dem Mädchen überrascht. »Aber er ist angesehener als die Richter des Königs!«

»Das ist nur das Bild, das er der Öffentlichkeit zeigt«, widersprach Kitty. »In Wirklichkeit ist er es, der über die Räuber und Diebe Londons gebietet. Naiv wie ich war, drohte ich ihm, Nachforschungen über ihn anzustellen und die Wahrheit über seine Verwicklung in den Tod meines Bruders ans Licht zu bringen. Deshalb hat er einen Meuchelmörder beauftragt, mich umzubringen.«

»Allmächtiger!«, stieß Polly entsetzt hervor. »Das ist furchtbar. Wie hast du es geschafft, ihm zu entkommen?«
»Einer von Jonathan Wilds Dieben half mir. Ich verliebte mich in ihn. Er ist der Vater meiner Tochter.«
»Wo ist er jetzt?«
»Ich weiß es nicht. Eines Tages verschwand er. Vermutlich war ihm die Last des Familienlebens zu schwer geworden.«
»Bist du sicher?«, fragte Polly zweifelnd. »Vielleicht ist ihm etwas zugestoßen.«
»Das glaubte ich auch zuerst«, murmelte Kitty. »Aber seine ehemalige Geliebte belehrte mich eines Besseren. Sie meinte, er habe mich sitzenlassen.«
»Ist dir nie der Gedanke gekommen, dass sie dich mit ihren Worten nur verletzten wollte, weil sie eifersüchtig war?«
»Damals nicht. Was hätte sie davon gehabt, mich zu belügen?«, erwiderte Kitty kopfschüttelnd. »Aber heute, da ich mehr über die Bosheit der Menschen weiß, klingt eine solche Überlegung nicht mehr so abwegig.« Schweigend dachte sie einen Moment nach. »Dennoch glaube ich, dass Daniel mir Nachricht geschickt hätte, wenn er in Schwierigkeiten geraten wäre.«
»Vielleicht war es ihm nicht möglich«, vermutete Polly, deren Zuversichtlichkeit unverwüstlich war.
»Wenn er mich wirklich liebte, hätte er sicher einen Weg gefunden«, gab Kitty trotzig zurück.
Die beiden Frauen schlüpften ins Bett, und Polly blies die Kerze aus. In der Dunkelheit der frühen Morgenstunden kuschelten sie sich Wärme suchend aneinander.
»Erzähl weiter«, bat das Mädchen die Ältere. »Was hast du getan, nachdem der Vater deines Kindes verschwunden war?«
Nur zögernd berichtete Kitty von ihren Erfahrungen im Ar-

beitshaus und ihrer Freundschaft mit Betty. Ihre Stimme versagte, als sie den entsetzlichen Tod der Hökerin beschrieb.
»War sie die Frau auf dem Bild, das Mr. Hogarth dir gab?«, erkundigte sich Polly mitfühlend.
Kitty nickte. Als ihr bewusst wurde, dass ihre Bettgenossin die Geste im Dunkeln nicht sehen konnte, antwortete sie leise: »Ja. Ohne sie wäre ich verloren gewesen.«
Nur widerwillig erzählte Kitty von ihrem Leben auf der Straße, ihrer Begegnung mit »Philip-im-Kübel« und dem Fackelträger Jonathan und schließlich von ihrer Verhaftung und dem Aufenthalt in der Wachtstube. Polly lauschte atemlos und stieß hörbar die Luft aus, als Kitty von dem Knaben berichtete, den seine Mutter der Kleider wegen ermordet hatte, und der armen Dirne, die sich an dem roten Seidenband, ihrem wertvollsten Besitz, an der Zellentür erhängte.
»Nun verstehe ich, warum du der Frau mit dem Kind das Geld gegeben hast«, murmelte Polly erschüttert. »Ich hätte nicht gedacht, dass es in unserer unmittelbaren Nachbarschaft solch herzzerreißendes Elend gibt.«
»Weißt du, was das Schlimmste ist, Polly?«, fragte Kitty nach einer Weile des Schweigens. »In den Geschichten, die man über das Bettelvolk hört, ist stets von der Gestalt des ›rüstigen Bettlers‹ die Rede, der seine Gebrechen und Wunden mit Essig und Seife vortäuscht, um dem mitfühlenden Bürger eine milde Gabe zu entlocken. Und am Ende des Tages finden sich all die falschen Bettler in ihrer Stammschenke zusammen und lassen wie durch ein Wunder ihre Geschwüre verschwinden, so heißt es. Mein Vater hat mir schon diese Geschichten erzählt, und er glaubte fest daran, dass sie der Wahrheit entsprechen. Viele Menschen geben kein Almosen, weil sie fürchten, einem Betrüger aufzusitzen, selbst die Armenpfleger und die Magistrate lassen sich von diesem Bild beeinflussen. Ich habe

jedoch mit eigenen Augen gesehen, dass nichts davon wahr ist. Die Armen, die ich kennengelernt habe, waren Frauen mit kleinen Kindern oder gebrechliche alte Männer. Kaum einer von ihnen hätte sich selbst als Bettler bezeichnet, und die meisten gingen einer Arbeit nach, sei es als Schuhputzer, Straßenfeger, Fackelträger oder als Aufwartefrau oder Lumpensammlerin. Aber diese Arbeit konnte sie nicht ernähren. Deshalb bettelten sie an den Türen der Wohlhabenden um Speisereste. Vielleicht gibt es tatsächlich den ein oder anderen, der in eine Rolle schlüpft, um erbarmungswürdiger zu erscheinen, als er ist, aber das sind nur wenige. Die meisten sind so elend und verloren wie die Frauen in dem Haus auf der Dyott Street.«

Obwohl Polly ihre Freundin bat, ihr Näheres über diese Frauen zu erzählen, schwieg Kitty. Sie hatte Angst, die entsetzlichen Bilder von den ausgezehrten Leichen zu beschwören, die ihr nach wie vor in Alpträumen erschienen.

»Nun bist du an der Reihe«, forderte Kitty ihre Bettnachbarin stattdessen auf. »Was hat dich in dieses Haus geführt?«

Polly schnaubte durch die Nase. »Das Übliche! Ein hübsches Gesicht, eine Stimme wie Samt, die mir die Ehe versprach. Doch zu meiner Schande muss ich gestehen, dass ich so sehr in meinen Angebeteten verliebt war, dass ich auch ohne seine falschen Versprechungen mit ihm durchgebrannt wäre. Mein Vater war Pfarrer in Newbury. Er legte schon immer großen Wert auf Frömmigkeit und strenge Zucht. Als mein Geliebter mich verließ, wagte ich es nicht, zu meiner Familie zurückzukehren. Mein Vater hätte ein gefallenes Mädchen nicht unter seinem Dach geduldet. Es war mein Glück, dass ich nicht schwanger geworden war, und da man mir nachsagte, ich sei hübsch, ging ich nach London und begab mich in die Hände von Madam Grimshaw, die auf der Suche nach jungen Mädchen war. Das ist jetzt ein Jahr her.« Sie gähnte, als die Müdigkeit sie endlich einholte. »Vielleicht macht mir eines Tages ein wohlhabender Freier einen Antrag. Ich habe mir immer gewünscht, eine Familie zu haben.«

Viele Frauen haben diesen Traum, dachte Kitty düster. Auch ich. Der Teufel soll dich holen, Daniel Gascoyne!

24

Kitty beugte sich über das Geländer der Loge und blickte auf das Publikum im Parterre hinunter. Während sich die Schauspieler auf der Bühne Mühe gaben, der dramatischen Szene ein entsprechendes Pathos zu verleihen, war zwischen zwei Zuschauern ein Streit ausgebrochen. Die Herren zogen ihre Degen. Ihre Nachbarn warfen sich geistesgegenwärtig zu Boden, und von den Rängen erklangen Jubelgeschrei und anfeuernde Rufe, die die Stimmen der bemitleidenswerten Schauspieler übertönten. Bald flogen Orangenschalen durch die Luft. Eine unbeteiligte Zuschauerin wurde von einer Degenklinge am Arm verletzt und schrie Zeter und Mordio. Endlich trafen Konstabler und Büttel ein, um die Ordnung wiederherzustellen. Da legten die beiden Ruhestörer von einem Moment zum anderen ihren Streit bei und verschwanden gemeinsam durch die Hintertür. Das Stück wurde dennoch abgebrochen, und die Büttel begannen das Drury-Lane-Theater zu räumen. Kitty, die ihre Loge mit Polly und Mistress Grimshaw teilte, erhob sich und strich die seidenen Röcke ihres Mantelkleides glatt, als ein vornehm gekleideter Mann Anfang fünfzig in der Tür erschien. Er trug einen Rock aus braunem Samt, der an Knopfleiste, Taschen und Manschetten mit Silberstickereien versehen war, dazu eine bestickte Weste, braune Kniehosen und weiße Seidenstrümpfe. Die nur in der Taille geschlossene Weste ließ das feine Leinen des Hemdes sehen. Ein Spitzenjabot fiel wie eine schneeige Kaskade über die Brust. Das von nur wenigen Falten durchzogene Gesicht unter der dunklen Perücke erinnerte Kitty an Charles Lennox, Herzog von Richmond. Bisher war sie dem Ankömmling nicht vorgestellt worden, doch Madam Grimshaw hatte sie bereits bei einem Theaterbesuch vor einigen Wochen auf ihn aufmerksam gemacht. Sein Name war Charles Beauclerk, Herzog von St. Albans. Er war ebenfalls ein unehelicher Sohn von Charles II. und damit ein Halbbruder von Charles Lennox. Seine Mutter war die Theaterschauspielerin Nell Gwyn.

Der Herzog grüßte die drei Frauen und bat die Kupplerin, ihn ihren Begleiterinnen vorzustellen. Dann verbeugte er sich galant vor Kitty und sagte: »Seit einiger Zeit bewundere ich Euch bereits aus der Ferne, Miss Montague. Es wäre mir eine Freude, wenn Ihr mir erlauben würdet, Euch morgen Abend zum Essen auszuführen.«

»Es wird mir eine Ehre sein, Euer Gnaden«, antwortete Kitty herzlich.

Ihre Freude war nicht gespielt. Wie sein Bruder war ihr Charles Beauclerk auf den ersten Blick sympathisch. Er hatte den Charme seines legendären Vaters, des »fröhlichen Monarchen«, geerbt, über den Kitty so viel gehört hatte.

Am folgenden Abend holte der Herzog von St. Albans die junge Kurtisane in seiner Kutsche ab. Kitty war sich nicht ganz sicher, ob er tatsächlich von ihrer Schönheit beeindruckt war oder ob er sie nur deshalb eingeladen hatte, weil er mit seinem Halbbruder konkurrieren wollte. Die Kutschenräder rollten geräuschvoll über das Pflaster der Großen Piazza. Kitty warf einen Blick aus dem Fenster, als das Gefährt die Baracke passierte, die »Tom Kings Kaffeehaus« beherbergte.

»Wohin fahren wir, Euer Gnaden?«, fragte sie neugierig.

»Kennt Ihr die ›Half-Moon Tavern‹ in der Half-Moon-Passage?«

»Ich war noch nie dort. Aber ich habe gehört, dass das Essen vorzüglich sein soll. Der Koch Jean Le Becq soll wahre Wunder vollbringen.«

»So ist es«, stimmte der Herzog von St. Albans zu. »Er ist Hugenotte und hat viele außergewöhnliche Rezepte aus Frankreich mitgebracht.«

Die Kutsche bog von der Henrietta Street in die Bedford Street ein, die hinter der Kreuzung mit der Chandos Street und der Maiden Lane in eine schmale Gasse überging und eine Durchgangspassage zum Strand bildete. Die namhafte Schenke lag an der Ecke auf der rechten Seite. Da sie zeitig kamen, führte ein Schankbursche Kitty und den Herzog zu einem der bevorzugten Plätze an den Fenstern, so dass sie auf das bunte Treiben auf dem Strand hinaussehen konnten. Es dauerte nicht lange, bis sich die noch freien Bänke an den Tischen füllten und die Schankburschen Speisegäste abweisen mussten.

Jean Le Becq begrüßte die Gäste von Rang persönlich. Als er an den Tisch kam, an dem Kitty und St. Albans saßen, ließ die junge Frau es sich nicht nehmen, den berühmten Koch auf Französisch anzusprechen. Der Herzog zeigte sich beeindruckt von ihren Sprachkenntnissen.

»Wie ich sehe, verbirgt sich hinter Eurem betörenden Äußeren ein kluger Kopf«, bemerkte er befriedigt. »Nun verstehe ich, weshalb mein Bruder so begeistert von Euch ist, Madam.«

Nach dem Essen fuhren sie zur Piazza zurück. Die Kutsche des Herzogs von St. Albans hielt vor dem »New Hummums Coffee House« an der Ecke zur Russell Street. Einer der Lakaien sprang vom hinteren Trittbrett und öffnete den Schlag. Als Kitty an St. Albans' Hand ausstieg, spürte sie die bewundernden Blicke des Dieners auf sich ruhen. Der junge Mann zog sie gewiss in Gedanken bis auf die Haut aus, was Kitty unwillkürlich erröten ließ. Sie war noch lange nicht über ihre ländliche Schamhaftigkeit hinausgewachsen.

Das »New Hummums Coffee House« verfügte nicht nur über

eine türkische Badeeinrichtung. Viele Nachtschwärmer, die nicht baden wollten, ließen sich in der Kaffeestube nieder, rauchten ein Pfeifchen und lasen Zeitung. Ein Schankbursche führte den Herzog und Kitty in eine Nische und brachte ihnen Tee, den die junge Frau dem bitteren Kaffee vorzog. Mit geübter Hand goss sie das dampfende Gebräu von der bauchigen Kanne in hauchdünne chinesische Teeschalen, die, wie sie aus Madam Grimshaws Unterricht wusste, aus der Kangxi-Periode stammten. Angeregt plauderte Kitty über das Theaterstück, das am vergangenen Abend so unglücklich abgebrochen worden war, und zitierte einige Zeilen aus dem letzten Akt, den der Herzog aufgrund der Störung verpasst hatte.

»Eure Unterhaltung ist so fesselnd, dass ich Euch den ganzen Abend lauschen könnte«, sagte Charles Beauclerk schwärmerisch. »Welch wohltuende Abwechslung von der Gassensprache, wie man sie von Sally und ihresgleichen zu hören bekommt.«

»Ihr seid mit Sally Salisbury bekannt?«, fragte Kitty interessiert.

»Wer ist es nicht? Sie ist die gefeiertste Kurtisane der Stadt, wenn nicht ganz Englands. Aber je besser ich Euch kennenlerne, desto überzeugter bin ich, dass Sallys Zenit überschritten ist und dass sie ihren Rang bald an eine überaus charmante Rivalin abgeben muss.« Mit begehrlichem Blick sah er sie an und küsste ihr die Hand. »Ich brenne darauf, Eure verborgensten Geheimnisse zu ergründen, Miss Montague. Wollen wir nach oben gehen?«

Kitty nickte und fuhr sich mit der Zunge über die Lippen, die auf einmal trocken geworden waren. Sie war noch immer aufgeregt bei dem Gedanken, sich in die Arme eines neuen Freiers zu geben. Würde sie ihn befriedigen können? Wie würde er sie behandeln? Welche Dienste erwartete er von ihr?

Mit klopfendem Herzen folgte sie Charles Beauclerk in einen der oberen Räume, der mit einem breiten Baldachinbett und auserlesenen Möbeln ausgestattet war. Die Wände waren mit dunklem Holz getäfelt, was ein wenig altmodisch wirkte, doch die Gemälde, die sie schmückten, waren hochwertig, und die Vorhänge am Bett und an den Fenstern bestanden aus schimmerndem Seidendamast. Auf einem zierlichen Tischchen aus Nussbaum stand ein Tablett mit einer Karaffe und zwei Ratafia-Gläsern. St. Albans füllte den süßen Pfirsichkern-Likör in die eleganten Gläser und reichte eines Kitty.
»Auf Euer Wohl, schöne Zypriotin«, sagte er feierlich, in Anspielung auf den Tempel der Aphrodite in Paphos. »Möget Ihr noch lange am Altar der Liebesgöttin opfern.«
Leidenschaftlich gab sich Kitty Charles Beauclerk hin. Er fand in ihr eine willige Gespielin, die ihm das Gefühl gab, als sei er der erste Mann, der ihr Lust und Befriedigung bereitete. Die Mischung aus Unschuld und Verführung schlug ihn in ihren Bann und steigerte sein Verlangen nur noch mehr. Erst in den frühen Morgenstunden schlief St. Albans erschöpft in ihren Armen ein. Kitty war überzeugt, dass er zu einem regelmäßigen Besucher in Mutter Grimshaws Haus werden würde.

Polly stieß ihre Freundin an und machte eine bezeichnende Kopfbewegung in Moll Kings Richtung. Mit fragender Miene folgte Kitty ihrem Blick.
Die beiden Kurtisanen saßen zu später Stunde in »Tom Kings Kaffeehaus« und warteten auf Kundschaft, doch an diesem Abend lief das Geschäft schlecht. Auch in der berüchtigten Kaffeestube war es ruhiger als gewöhnlich. Plötzlich bemerkte Polly, dass Moll und Mutter Hayward, die Bordellwirtin der »King's Head Tavern« in der Russell Street und Molls

langjährige Freundin, die Köpfe zusammensteckten und einem völlig betrunkenen, fein gekleideten Gast immer wieder verstohlene Blicke zuwarfen.
»Die beiden hecken etwas aus«, flüsterte Polly ihrer Kammergenossin zu.
Schließlich gab Moll ihrem Schankmädchen Black Betty einen Wink. Daraufhin verschwand diese in einem Hinterzimmer und kehrte kurz darauf mit einem Tablett voller Scherben zurück.
»Was hat sie vor?«, fragte Kitty verständnislos.
»Wirst schon sehen«, erwiderte Polly schmunzelnd. »Sie macht das nicht zum ersten Mal.«
Energisch versuchte Moll King, den berauschten Gast mit einem kräftigen Schütteln wieder zur Besinnung zu bringen.
»Wacht auf, Sir! Hört Ihr nicht?«
»Was ist?«, fragte der Mann verstört und sah mit vernebeltem Blick in die Runde.
»Ihr habt richtig die Sau rausgelassen, Sir«, sagte Moll in vorwurfsvollem Ton und stemmte die Hände in die Hüften. »Und wer bezahlt mir den Schaden, den Ihr angerichtet habt?«
»Schaden?«, wiederholte der Betrunkene verwirrt und zupfte seine verrutschte Perücke zurecht. »Was meint Ihr?«
»Seht selbst«, forderte Moll ihn auf und deutete auf das Tablett mit den Scherben.
»Herrje! Wie ist das denn passiert?«
»Ihr habt zu viel getrunken, Sir, das ist passiert.«
»Ich soll all das zerbrochen haben?«, fragte der Gast unsicher.
Inzwischen war es in der Kaffeestube ungewöhnlich still geworden. Die Augen aller Anwesenden waren auf den Betrunkenen gerichtet. Nur vereinzelt war ein unterdrücktes Lachen

zu hören. Black Betty reichte der Schankwirtin ein Blatt Papier, das diese dem Gast unter die Nase hielt.

»Was ist das?«, fragte er verständnislos.

»Die Rechnung für den Schaden«, antwortete Moll streng.

Mit zusammengekniffenen Augen studierte der Beschwipste das Papier. »Zwanzig Pfund für ein paar kaputte Steingutschalen? Das kann nicht Euer Ernst sein«, protestierte er entrüstet.

»Und für den Schemel, den Ihr zerbrochen habt. Ihr solltet Euch glücklich schätzen, dass der arme Kerl, auf dessen Kopf Ihr ihn zerschlagen habt, Euch nicht anzeigt.«

Dem Betrunkenen war anzusehen, dass er nicht so recht wusste, was er von der Angelegenheit halten sollte. Seine Erinnerung an die Geschehnisse seit seinem Eintreffen in der Kaffeestube war zu verschwommen, als dass er mit Sicherheit hätte sagen können, ob er sich tatsächlich im Rausch geprügelt hatte oder das Opfer eines Schwindels wurde.

»Nun ja, wenn Ihr sagt, dass ich den Schaden verursacht habe, wird es wohl so sein«, meinte er schließlich kleinlaut.

Mürrisch griff er in seine Börse und bezahlte die Rechnung, bevor er unsicheren Schrittes über die Schwelle auf die Piazza hinauswankte.

In der Kaffeestube brach schallendes Gelächter aus. Molls Stammgäste kannten ihre Streiche. Mit Tränen in den Augen rief die beleibte Wirtin fröhlich: »Ich gebe euch allen einen aus! Was immer ihr wollt.«

Auch Kitty und Polly lachten aus vollem Herzen, während Black Betty mit einem strahlend weißen Grinsen das Tablett mit den Scherben ins Hinterzimmer zurücktrug.

»Moll hat es faustdick hinter den Ohren«, bemerkte Polly. »Früher soll sie sogar als Taschendiebin gearbeitet haben, vielleicht ja auch für Jonathan Wild.« Polly verstummte, als

sie Kitty erblassen sah. »Tut mir leid. Ich hätte seinen Namen nicht erwähnen sollen.«
Kitty seufzte tief. »Kommt er manchmal hierher?«, fragte sie ängstlich.
»Ich habe ihn schon in Covent Garden gesehen, vor allem in der ›Rose‹, aber noch nie hier in ›Tom Kings‹.«
Eine Weile schwiegen die beiden jungen Frauen. Kitty starrte abwesend ins Leere, während Polly sie besorgt beobachtete. In der Kaffeestube war es wieder ruhiger geworden. Ein junger Mann von hochgewachsenem schlaksigem Körperbau betrat die Baracke und näherte sich der Theke, an der Moll King stand.
»So eine Überraschung«, rief diese aus. »Lange nicht gesehen, Jimmy. Warst du im Kittchen? Hast du wieder mal einem Jackel die Eingeweide ausgenommen? Oder hat man dich beim Schlupfen erwischt?«
Kitty blickte Polly fragend an. »Was ist das für ein Dialekt? Ich habe kein Wort verstanden.«
Polly lachte. »Das war Rotwelsch, die Sprache der Gauner und Diebe. So verstehen die Büttel nicht, was sie aushecken. Moll hat Jimmy gefragt, ob er wieder einmal Opferstöcke ausgeraubt oder beim Taschendiebstahl festgenommen wurde.«
Der schlaksige junge Mann schüttelte den Kopf. »Ich hatte einen schlechten Tag. Ein Nachtwächter hat mich mit einem Schabber erwischt, als ich gerade einen Massematten baldowern wollte.«
Bei seinen letzten Worten hatte Kitty aufgehorcht. Den Ausdruck »Schabber« für Brecheisen hatte auch Jonathan Wild gebraucht, als er sie damals in seinem Kuriositätenkabinett herumgeführt hatte. Er war wie ein böser Geist, den sie nicht mehr loswurde, der sie immer wieder aus einer dunklen Ecke angrinste, wenn sie es am wenigsten erwartete.

25

Kittys Ansehen in Covent Garden wuchs von Tag zu Tag. Immer öfter fragten die Freier, die Mutter Grimshaws Putzmacherladen aufsuchten, nach Miss Montague, so dass die Bordellwirtin weniger gut betuchte Anbeter abweisen musste. Ein holländischer Kaufmann brachte der Kupplerin und ihren Mädchen kostbare Schmuckstücke mit, um zu Kitty vorgelassen zu werden, der Kapitän eines East Indiaman beschenkte die Putzmacherin mit Seide, Chintz und Damast aus China und Indien, und der sardinische Gesandte bezahlte mit einem Goldbarren. Samstagabends nach dem Sabbat und sonntags fanden sich stets einige reiche jüdische Kaufleute ein, die wegen ihrer Großzügigkeit, ihrer Höflichkeit gegenüber Frauen und ihrer Zurückhaltung beim Alkoholgenuss in den Bordellen besonders gern gesehen waren. Zuweilen gestand Mutter Grimshaw einem Verehrer gegen einen saftigen Aufpreis das Privileg zu, auf ein »Cundum« zu verzichten, allerdings erst, nachdem sie sich mit eigenen Augen davon überzeugt hatte, dass er in den Schlachten der Venus keine Narben davongetragen hatte.

Kitty fand kaum mehr die Zeit, ihre Tochter zu besuchen, die sich nach wie vor in der Obhut von Mistress Hoskins befand. Helen gedieh prächtig. Ihr Gesicht war rund geworden, und auch ihre zuvor so dünnen Arme und Beine hatten Fleisch angesetzt. Die Pflegerin war mit ihren Fortschritten sehr zufrieden. Der Anblick der rosigen Bäckchen ihrer Tochter verscheuchte die Zweifel, die Kitty zuweilen überkamen, wenn sie jede Nacht mit einem anderen Mann verbrachte, mochten diese auch noch so schwärmerisch ihre Schönheit preisen.

Nicht jeder reiche Freier war so ansehnlich wie Richmond oder St. Albans, und bei manchen war harte Arbeit vonnöten, um sie zu befriedigen.

An einem Abend im Oktober machte sich Kitty in Pollys und Nans Begleitung auf den Weg in die »Rose Tavern«. Charles Lennox hatte nach ihr geschickt und zwei weitere Nymphen für seine Begleiter erbeten.

Es war ein milder Herbsttag. Der reine blaue Himmel nahm nach Sonnenuntergang eine samtige Schwärze an, auf der die Sterne wie gleißende Diamanten funkelten. Eine erfrischende trockene Kälte begann allmählich die Luft zu erfüllen, ein Vorgeschmack auf den nahen Winter.

Kitty schmiegte sich enger in ihren Wollumhang. Polly hatte sich bei ihr untergehakt, während die Armenierin die Nachhut bildete. Nan war bereits ein wenig angetrunken. Sie liebte den Ratafia so sehr, dass sie stets eine Flasche in ihrer Kammer verwahrte. Noch vor ihrem Aufbruch musste sie dem Pfirsichkern-Likör kräftig zugesprochen haben.

Vor der »Rose« war ein Streit zwischen mehreren gut gekleideten Herren ausgebrochen, den Lethercote energisch zu schlichten versuchte, bevor die Nachtwächter aufmerksam wurden.

Kitty und ihre Begleiterinnen verlangsamten ihre Schritte, da zwei der randalierenden Herren ihre Degen gezogen hatten. Sie hielten lieber Abstand von den scharfen Klingen, die die frostige Luft zerschnitten. Flüchtig warf Kitty einen Blick durch das Sprossenfenster der Schenke ins Innere … und erstarrte. Ihr Herz setzte einen Schlag aus und begann dann zu rasen. Überrascht sah Polly in das Gesicht ihrer Freundin, das weiß wie ein Laken geworden war.

»Was ist mit dir?«, fragte das Mädchen besorgt.

»Ich kann da nicht reingehen!«, hauchte Kitty.
Polly folgte ihrem Blick, der auf eine Gestalt an einem der Tische gerichtet war.
»Jonathan Wild«, murmelte das Mädchen betroffen, holte tief Luft und drückte Kittys Arm. »Du kannst nicht immer weglaufen, wenn der Diebesfänger deinen Weg kreuzt«, beschwor Polly ihre Freundin. »Seine Gnaden hat nach dir geschickt und wird nicht glücklich sein, wenn du ihn warten lässt. Wir müssen reingehen.«
»Ich kann nicht!«, beharrte Kitty, deren Körper steif vor Furcht war. Selbst wenn sie gewollt hätte, sie hätte doch keinen Schritt mehr gehen können.
»Was ist nun?«, ließ sich Nans Stimme hinter ihnen vernehmen. »Gehen wir rein! Den Streithähnen ist die Luft ausgegangen.«
Tatsächlich schlugen die Duellanten nur noch halbherzig um sich und ließen sich schließlich von Lethercote von der Tür zur »Rose Tavern« verscheuchen.
»Geh einfach erhobenen Hauptes an ihm vorbei«, riet Polly ihrer Kammergenossin, die ein Zittern befallen hatte. »Sieh ihn nicht an. Wenn er dich damals in dem Logierhaus nicht erkannt hat, wird er es auch jetzt nicht.«
Ohne auf eine Antwort zu warten, zog sie Kitty mit sich über die Schwelle zum Schankraum. Bei ihrem Eintreffen wandten die Speisegäste neugierig die Köpfe. Molly Mogg begrüßte die Kurtisanen herzlich.
»Miss Montague, Miss Dickins und Miss Berry. Welch eine Freude, dass ihr unserem Haus so bald wieder die Ehre erweist.«
Kitty wagte es nicht, den Kopf zu wenden. Wie gebannt hielt sie den Blick auf den Herzog von Richmond gerichtet, der mit seinen Freunden an einem Tisch an der Rückwand saß,

und zwang sich, ihm zuzulächeln. Insgeheim war sie Molly Mogg dankbar dafür, dass sie sie namentlich angesprochen hatte, und beglückwünschte sich selbst, dass sie sich entschieden hatte, Henry Montagues Namen anzunehmen. Hätte sie sich weiterhin Marshall oder Gascoyne genannt, wäre ihr in diesem Moment nur die Flucht geblieben.

Da Kitty sich in ihrer Angst zu jedem Schritt zwingen musste, wirkte ihr Auftreten wie das einer Königin, die sich mit feierlicher Eleganz durch einen Thronsaal bewegte. Zu ihrem Unmut erregte sie damit aber nur noch größere Aufmerksamkeit. Aus dem Augenwinkel sah sie, wie Jonathan Wild das Gespräch mit seinen Begleitern unterbrach und ihr den Kopf zuwandte. Der Weg bis zum hinteren Teil des Schankraums erschien ihr unendlich lang.

»Wer ist das?«, hörte sie den Diebesfänger fragen.

»Miss Montague ist der neue Stern am Himmel von Covent Garden«, belehrte ihn sein Nachbar. »Die Herzöge von Richmond und St. Albans streiten sich um ihre Gunst.«

Endlich hatte Kitty Charles Lennox' Tisch erreicht und ließ sich von dem Herzog die Hand küssen. Kaum hatten sie, Polly und Nan sich zu den drei elegant gekleideten Männern gesetzt, als sich Jonathan Wild von seinem Stuhl erhob und zu Kittys Schrecken zu ihnen trat.

Der Diebesfänger hatte sich in den vergangenen Monaten nicht verändert. Die Augen in seinem eckigen Gesicht waren noch immer so aufmerksam und durchdringend, wie Kitty sie von ihrer ersten Begegnung in Wilds Haus in Erinnerung hatte. Wie damals bei Mistress Farrell auf der Black Boy Alley trug er eine schulterlange Perücke und einen mit Federn besetzten Hut. Mit einem charmanten Lächeln verbeugte er sich vor ihr.

»Euer Ruhm eilt Euch voraus, Miss Montague«, sagte er schmeichelnd. »Es ist mir ein Vergnügen, nun endlich Eure

Bekanntschaft zu machen. Falls Ihr jemals meine Dienste benötigt, zögert nicht, mich aufzusuchen.«
Er zog eine Visitenkarte aus der Rocktasche und reichte sie ihr. Kitty, die den Kopf gesenkt hielt, blieb nichts anderes übrig, als den Blick zu heben. Sie dankte ihm und nahm die Karte entgegen. Als Wild in ihre kornblumenblauen Augen sah, stutzte er einen Moment, als erinnere er sich an etwas. Kitty spürte, wie eisige Kälte ihre Glieder bis zu ihrem Herzen heraufkroch.
»Ich kann Euch versichern, Sir, dass sich die Dame in guten Händen befindet und keine Verwendung für Eure Dienste hat«, mischte sich Charles Lennox ein und legte demonstrativ den Arm um Kittys Taille.
»Daran zweifle ich nicht, Euer Gnaden«, erwiderte der Diebesfänger. »Dennoch … falls Madam einmal etwas verlieren sollte, bin ich jederzeit bereit, ihr bei der Wiederbeschaffung mit Rat und Tat zur Seite zu stehen.«
Mit einer weiteren Verbeugung zog sich Jonathan Wild zurück. Kitty seufzte erleichtert. Sie spürte, wie das Blut langsam wieder in ihre Wangen stieg.
»Dieser Bursche mag zuweilen ganz nützlich sein«, bemerkte der Herzog von Richmond. »Auch mir hat er einmal einen gestohlenen Wechsel wiederbeschafft. Doch er bleibt ein Emporkömmling, der sich gerne wichtigmacht. Ich hoffe, Ihr fühltet Euch durch ihn nicht belästigt, meine Liebe.«
Kitty schüttelte den Kopf und rang sich ein Lächeln ab. Immer wieder warf sie dem Diebesfänger verstohlene Blicke zu, um zu ergründen, was er dachte. Hatte er sie erkannt? Grübelte er darüber nach, wo er dieses dunkelblaue Augenpaar schon einmal gesehen hatte? Nie würde sie die Angst überwinden, dass er sich letztendlich doch an Catherine Marshall erinnern würde.

Nach der Vorstellung der Posier-Dirne zog der Herzog von Richmond Kitty zur Treppe ins Obergeschoss und betrat die Kammer, die er stets für seine Schäferstündchen benutzte. Kurz zuvor hatte Polly mit einem seiner Begleiter die »Rose Tavern« verlassen, während der andere, der Edward Walmesley hieß, Nan die Stufen in den ersten Stock hinaufhalf. Die Armenierin hatte wie üblich mehrere Gläser Ratafia hinuntergestürzt und wirkte an diesem Abend noch betrunkener als sonst.

Nach dem Akt lagen Kitty und Lennox in wohliger Erschöpfung im Bett, als auf einmal jemand klopfte. Ärgerlich über die Störung warf der Herzog die Decke zurück und tappte auf nackten Füßen zur Tür.

»Was, zum Teufel ...«, murrte er und öffnete.

Kitty, die die Laken über ihrer halb entblößten Brust zusammenraffte, erkannte Walmesleys verstörtes Gesicht im Türspalt.

»Was ist los?«, fragte Lennox.

»Ich weiß es nicht«, antwortete Walmesley im Flüsterton. »Irgendetwas stimmt nicht mit der Hure. Sie rührt sich nicht mehr.«

»Sie war schon volltrunken, als Ihr sie nach oben geschleppt habt«, meinte der Herzog. »Sicher schläft sie nur ihren Rausch aus.«

»Nein, Sir. Ich glaube, sie ist tot!«

Entsetzt fuhr Kitty vom Bett auf.

»Wartet. Ich komme gleich«, beruhigte Lennox seinen Freund und schloss die Tür.

»Was ist geschehen?«, fragte Kitty aufgeregt. »Nan kann doch nicht tot sein. Sicher ist sie nur ohnmächtig geworden.«

»Haltet still«, befahl der Herzog und machte sich daran, ihr Kleid zu schließen. »Vermutlich habt Ihr recht. Sehen wir selbst nach ihr.«

Nachdem Richmond in Strümpfe, Schuhe und Rock geschlüpft war und sich die Perücke aufgesetzt hatte, verließ er mit Kitty die Kammer. Walmesley stand in der Tür gegenüber und trat zur Seite, um sie einzulassen. Ein scharfer Geruch nach Erbrochenem schlug ihnen entgegen. Die Armenierin lag auf dem Bett ausgestreckt, den Kopf zur Seite geneigt. Sie war angekleidet. Als sich Kitty an Richmonds Seite über sie beugte, fiel ihr auf, dass Nans Haut leuchtend rote Flecken aufwies. Ein Schweißfilm bedeckte Gesicht und Hals, in dem sich das trübe Licht einer einzelnen Kerze spiegelte.
Charles Lennox legte die Hand auf die linke Brustseite der Armenierin, um festzustellen, ob ihr Herz noch schlug.
»Sie lebt noch«, verkündete er. »Aber der Herzschlag ist sehr schwach.«
»Ihr müsst nach einem Arzt schicken!«, beschwor Kitty die Männer.
Richmond nickte seinem Freund zu, der eilig die Kammer verließ.
»Ich bringe Euch zur Little Russell Street zurück«, erbot sich der Herzog, doch Kitty schüttelte den Kopf.
»Nein, ich werde bei ihr bleiben. Wie konnte das nur passieren?«
»Das ist doch offensichtlich. Sie hat zu viel getrunken.«
»Das glaube ich nicht«, widersprach Kitty. »Es muss einen anderen Grund für ihren Zustand geben.«
Eine Weile standen sie schweigend an der Seite des Bettes und starrten auf die bewusstlose Frau hinab. Es war offensichtlich, dass Charles Lennox sich am liebsten zurückgezogen hätte, doch er wollte Kitty nicht mit der Kranken allein lassen. Schließlich wandte er sich ab und trat ans Fenster.
»Da kommt Walmesley mit dem Arzt«, rief er aus.
Kurz darauf trat sein Freund über die Schwelle der Kammer, gefolgt von Meister Hearne.

»Ich konnte zu so später Stunde nur einen Wundarzt auftreiben«, sagte Walmesley entschuldigend, als Richmond den Chirurgen mit hochgezogenen Brauen musterte.
»Euer Gnaden«, begrüßte Hearne den Herzog höflich, bevor er die Kammer in Augenschein nahm. Als sein Blick auf Kitty fiel, nickte er ihr zu. Dann trat er an das Baldachinbett und zog die halb geschlossenen Vorhänge zurück.
»Würdet Ihr mir beschreiben, was sich hier zugetragen hat«, bat der Wundarzt.
»Wir haben im Schankraum gesessen und uns vergnügt«, berichtete Walmesley bereitwillig. »Das Mädchen war bereits angetrunken, als es kam.«
»Sie heißt Nan«, fiel Kitty ein.
»Im Laufe des Abends haben wir alle ein wenig über den Durst getrunken«, fuhr Walmesley fort. »Ich konnte doch nicht wissen, dass sie das nicht verträgt. Als wir schließlich nach oben gingen, klagte sie über Kopfschmerzen und Schwindel, und sie atmete schwer. Ich bot ihr an, sie nach Hause zu bringen, doch sie lehnte ab. Dann erbrach sie plötzlich und sank in Ohnmacht. Ich versuchte, sie zu wecken, aber sie reagierte nicht. Zuerst glaubte ich, sie müsse einfach nur ihren Rausch ausschlafen. Doch auch wenn man betrunken ist, schläft man nicht so tief wie sie. Da hielt ich es für besser, Hilfe zu holen.«
Meister Hearne hatte mit dem Talglicht neben dem Bett eine weitere Kerze entzündet und musterte eindringlich die hellroten Flecken auf Nans Haut. Seine Hand tastete nach dem Herzschlag. Betroffen schüttelte er schließlich den Kopf.
»Sie ist tot«, sagte er düster.
Entsetzt schlug Kitty die Hände vor das Gesicht und murmelte ein Gebet.
»Woran ist die Arme gestorben?«, fragte Charles Lennox.

»Wenn Ihr zu mir ans Bett treten würdet, Euer Gnaden«, forderte Meister Hearne den Herzog auf.
Verwundert tat Richmond wie geheißen und sah auf die tote Dirne hinab.
»Beugt Euch ein wenig vor«, bat der Wundarzt. Dann presste er mit beiden Händen Nans Magengrube zusammen, so dass Luft aus ihrer Speiseröhre entwich.
»Hm, riecht wie Mandeln«, bemerkte Lennox.
»Bittere Mandeln, um genau zu sein«, belehrte Hearne den Herzog. »Das arme Ding ist an einer Vergiftung durch Blausäure gestorben.«
»Aber … wie kann das sein …«, platzte Kitty heraus. »Wer würde denn so etwas tun …«
Der Wundarzt wandte sich der jungen Kurtisane zu und sah sie mitfühlend an.
»Ich fürchte, sie hat sich das selbst angetan.«
»Ihr meint, sie hat sich absichtlich das Leben genommen? Nein, das würde sie nicht tun!«
»Nicht absichtlich«, widersprach Meister Hearne seufzend. »Wisst ihr unbedarften Mädchen nicht, dass Pfirsichkerne, denen der Ratafia-Likör sein Aroma verdankt, ein tödliches Gift enthalten? Ein übermäßiger Genuss führt zu Atemnot, Krämpfen, Ohnmacht und letztendlich zum Tod. Nan ist nicht die Erste, der ihre Vorliebe für Ratafia zum Verhängnis wurde.« Kopfschüttelnd wandte der Wundarzt sich ab. »Ich gebe dem Leichenbeschauer Bescheid«, sagte er und verschwand, bevor der Herzog ihn für seine Mühe bezahlen konnte.
»Kommt, meine Liebe«, sagte Richmond, an Kitty gewandt. »Ich bringe Euch zu Mistress Grimshaws Haus zurück.«
Diesmal ließ sie sich widerstandslos von ihm aus der Kammer führen. Nans entseelten Körper vor Augen, stolperte Kitty

blind an Lennox' Seite die Stufen zum Erdgeschoss hinunter. In ihrem Kopf mischte sich das bedrückende Bild mit der Erinnerung an die ausgezehrten Leichen der drei ausgehungerten Frauen. Sie war dem Elend der Armut entkommen, doch der Tod war überall, selbst in dem Refugium der verschwenderischen Prachtentfaltung, in das sie sich geflüchtet hatte.
Richmond versuchte ein paar Mal, sie aus dem Zustand der Erschütterung zu reißen, doch als sie nicht reagierte, gab er es auf. Fürsorglich winkte er eine Sänfte heran, half ihr beim Einsteigen und wies die Träger an, sie sicher ans Ziel zu bringen.
»Ich hoffe, es geht Euch bald besser, Madam«, sagte er zum Abschied.
In die weichen Kissen der Sänfte zurückgelehnt, gewiegt vom gleichmäßigen Trott der Träger, überkam Kitty ein Gefühl von Unwirklichkeit. Es war nach Mitternacht, und die Szenerie auf der Großen Piazza begann sich zu wandeln. Die jungen Dirnen in prächtigen Kleidern verschwanden und machten den verlebten alten Megären Platz, die sich für einen oder zwei Pence von den Betrunkenen auf dem Heimweg aufrecht an einer Wand nehmen ließen. Die Nachtwächter ließen die Huren nicht nur gewähren, oft plauderten sie mit ihnen während ihrer Runde vor »Tom Kings Kaffeehaus«. Kitty sah eine Frau mit strähnigen Haaren auf einen torkelnden Zecher zugehen. Sie war barfuß. Ihr Kleid war tief ausgeschnitten und vorn offen, und da sie kein Mieder trug, hingen die Brüste schlaff herunter. Wie viele von diesen armen Kreaturen hatten einmal wie sie als begehrenswerte Kurtisane in Seide und Brokat begonnen?, dachte Kitty. Auch für sie gab es keine Sicherheit. In ein paar Jahren, wenn sich die ersten Fältchen auf ihrem Gesicht einstellten, würde sie vielleicht niemand mehr wollen. Würde sie dann ebenfalls ihre verblühenden Reize für ein paar Münzen auf der Straße anbieten müssen?

26

Dicke, weiche Schneeflocken segelten vom grau bewölkten Himmel herab. Ein leichter Wind wehte Kitty den eisigen Flaum ins Gesicht. Mechanisch wischte sie sich mit der behandschuhten Hand über Nase und Wangen und blinzelte die Flöckchen von ihren Wimpern.

Kitty hatte auf einmal die Vision eines Gehängten, der hinter einem Schleier weißer Schneeflocken am Galgen hing. Betroffen blieb sie stehen. Die Erinnerung an den Tag, als Daniel verschwunden war, flutete schmerzvoll in ihr hoch und schnürte ihr die Kehle zu. Unwillkürlich stiegen ihr Tränen in die Augen und gefroren auf ihren von der Kälte geröteten Wangen.

Es war nicht der erste Schnee dieses Winters. Weshalb musste sie gerade heute an den Gehängten auf dem Clerkenwell-Anger zurückdenken? Sie hatte sich bemüht, Daniel zu vergessen und ein neues Leben ohne ihn zu beginnen. Warum schlich er sich dennoch wieder in ihre Gedanken? Vielleicht sollte sie Meister Hearne fragen, wenn sie ihm das nächste Mal begegnete, ob er inzwischen von Daniel gehört hatte. Es war doch merkwürdig, dass er dem Viertel, in dem er so lange ansässig gewesen war, sang- und klanglos den Rücken gekehrt hatte. Ob er nach Southampton zurückgegangen war? Hatte er sich dem verderblichen Einfluss des Diebesfängers entziehen wollen? Vermutlich würde sie nie erfahren, was aus ihm geworden war.

In ihre Gedanken versunken, bemerkte Kitty den Aufruhr vor einem Haus auf der Russell Street erst, als sie nur noch wenige Schritte entfernt war. Es war früh am Morgen, und die meisten

Freudenmädchen, die die Nacht über gearbeitet hatten, lagen in tiefem Schlaf. In den Straßen von Covent Garden waren nur die Obst- und Gemüsehändler, die Dienstboten der Schenken und Bordelle und die Hausfrauen, die ihre Einkäufe erledigten, unterwegs. Kitty hatte die freie Zeit genutzt, um ihre Tochter zu besuchen und auf dem Rückweg beim Apotheker kandierte Früchte für Polly und die anderen Mädchen zu erstehen.
Als sie die Menschenansammlung sah, blieb Kitty instinktiv stehen. Eine Gruppe von Konstablern und Bütteln stürmte die »King's Head Tavern«, ein als Schenke getarntes Bordell, das von Mutter Hayward geführt wurde, einer der alteingesessenen Kupplerinnen von Covent Garden. Gerade zerrten zwei der Ordnungshüter eine fluchende, sich heftig wehrende Matrone über die Schwelle, während zwei weitere einen Mann abführten, der sich weitaus gelassener gab. Kitty erkannte Madam Hayward und ihren Gatten Richard.
»Führt sie ab!«, brüllte einer der Konstabler. »Durchsucht jede Kammer und sammelt die Huren ein. Passt auf, dass euch keine entwischt.«
Er musterte die Menge der Schaulustigen, die sich um ihn und seine Leute versammelte, und begegnete Kittys erschrockenem Blick. Sofort hob er den Arm und deutete in ihre Richtung.
»Collins!«, schrie der Konstabler. »Da ist eine dieser Schlampen. Verhaftet sie!«
Der angesprochene Büttel war gerade im Begriff gewesen, den anderen in die Schenke zu folgen, und hatte daher nicht gesehen, auf wen sein Vorgesetzter zeigte. Dies verschaffte Kitty Zeit, sich umzuwenden und die Flucht zu ergreifen. Sie wusste nicht, wie der Konstabler erkannt hatte, dass sie eine Kurtisane war. Vermutlich hielt er jede hübsche Frau in feinen Kleidern für eine Angehörige der gefallenen Schwesternschaft.

Kitty wagte es nicht, zurückzusehen, während sie die Russell Street in Richtung der Großen Piazza entlangrannte, so schnell es ihre hohen Absätze erlaubten. Ihr Herz schlug wild in ihrer Brust. Wenn sie verhaftet wurde, würde man sie ins Zuchthaus schicken und sie auspeitschen. Ein Mal war sie diesem schrecklichen Schicksal entgangen. Sie konnte nur hoffen, dass ihr auch dieses Mal das Glück hold sein würde.
Ihre Kapuze wehte ihr vom Kopf, und die Schneeflocken setzten sich in Augen und Nase fest. Keuchend erreichte Kitty die Straße, die um die Piazza herumlief, und konnte gerade noch einen Zusammenstoß mit einer herannahenden Kutsche vermeiden. Ohne innezuhalten, überquerte sie die Straße und rannte zwischen den weißen Pfosten hindurch, die das Innere des Platzes einfassten. Bei jedem Schritt fuhr ein quälender Schmerz durch ihre Füße, denn die eleganten Stiefel, die sie trug, eigneten sich nicht zum schnellen Laufen. Als die Menschen auf der Piazza Kitty wie einen Paradiesvogel mit wehendem Umhang und fliegenden Röcken herannahen sahen, hielten sie unwillkürlich in ihrem Tun inne und blickten ihr entgegen.
Kitty konnte der Versuchung nicht länger widerstehen. Sie wandte den Kopf, um zu prüfen, ob der Büttel ihr noch folgte. Prompt tat sie einen Fehltritt auf dem unebenen Pflaster. Der Absatz ihres rechten Stiefels brach. Mit einem Schrei fiel sie zu Boden. Kurz darauf war der Büttel über ihr, packte ihren Arm und riss sie auf die Füße.
»Nein, lasst mich!«, schrie Kitty.
Im Nu hatte sich eine Menschentraube um sie gebildet. Händler, Dienstboten, Hökerinnen und Bettler umringten die junge Frau und den Ordnungshüter, der beunruhigt in die Runde blickte.
»Lasst das Mädchen los, Sir!«, sagte ein Gemüsehändler, der

noch einen Kohlkopf in der Hand hielt, so überstürzt hatte er seinen Stand verlassen.

»Sie ist eine Dirne«, rechtfertigte sich der Büttel und versuchte, sich Haltung zu verleihen, indem er sich in die Brust warf. »Wir haben einen Durchsuchungsbeschluss für verrufene Häuser und sind befugt, Kupplerinnen und Freudenmädchen festzunehmen.«

Die Hand noch immer wie einen Schraubstock um Kittys Arm gelegt, versuchte der Ordnungshüter, durch eine Lücke zwischen den Umstehenden hindurchzuschlüpfen, doch die Menschenmenge schloss grimmig die Ränge.

»Lasst die Kleine gehen!«, forderte eine feiste Frau, an deren Ärmeln Mehl haftete. »Sie geht nur ihrer Arbeit nach wie wir alle. Wisst Ihr nicht, dass wir hier in Covent Garden von den Bordellen leben? Der Bäckerladen meines Mannes könnte von den wenigen Gemüsehändlern und Lastenträgern, die nur billiges Brot kaufen, nicht existieren.«

Zustimmendes Gemurmel erhob sich. Ein jeder der Ladenbesitzer zählte die Bordellwirtinnen zu seinen besten Kunden, ohne die sie weit weniger Umsatz machen würden.

»Ich muss meine Pflicht tun!«, beharrte der Büttel. Seine Stimme klang jedoch angesichts der bedrohlichen Blicke der Umstehenden nicht mehr so entschlossen wie zuvor.

»Die Kupplerinnen zahlen einen Großteil der Steuern, mit denen auch Ihr entlohnt werdet, Sir«, erinnerte ein Grobschmied den Ordnungshüter. »Also lasst es gut sein.« Scheinbar lässig wog der Handwerker seinen schweren Hammer in der Faust.

Da die Menge keine Anstalten machte, zurückzuweichen, ließ der eingeschüchterte Büttel Kittys Arm schließlich los. Sogleich schob die Bäckersfrau sie schützend hinter sich.

»Kommt mit in meine Offizin«, sagte eine Stimme neben ihr. Als sie sich umwandte, erkannte sie den Apothekermeister

Browne, bei dem sie eine halbe Stunde zuvor die kandierten Früchte gekauft hatte. Am ganzen Leib zitternd, folgte sie ihm zwischen den Umstehenden hindurch zu seiner Apotheke, die unter den Arkaden lag. In der Offizin, die nach Kräutern und Arzneien duftete, bot Browne ihr einen Stuhl an und brachte ihr Wein zur Stärkung.

»Sie haben Mutter Haywards Haus gestürmt«, sagte Kitty. »Ich kam nur zufällig vorbei. Einer der Konstabler schickte den Büttel hinter mir her, obwohl ich mir gar nichts hatte zuschulden kommen lassen.«

»Vermutlich gehört er einer der Gesellschaften zur Reformation der Sitten an«, entgegnete der Apothekermeister. »Diese übereifrigen Moralisten schleusen Spitzel in verdächtige Bordelle ein, um Beweise zu besorgen, aufgrund deren man die Betreiber verhaften kann. Diesmal traf es Mutter Hayward. Nächsten Monat kann es ein anderes Freudenhaus sein. Ihr wart einfach zur falschen Zeit am falschen Ort.«

Browne wies seinen Lehrknaben an, Kitty eine Schale Konfekt zu bringen.

»Es ist wohl besser, wenn Ihr noch eine Weile hierbleibt, Miss Montague«, meinte der Apothekermeister fürsorglich. »Ich werde Jack nachher losschicken, damit er nachsieht, ob die Luft rein ist.«

Eine Stunde später war der Spuk vorbei, und Kitty konnte unbehelligt in Mutter Grimshaws Putzmacherladen zurückkehren. Das Erlebte hatte ihr auf schmerzliche Weise klargemacht, dass auch ihr Status als hochbezahlte Kurtisane sie nicht unverwundbar machte. Doch ebenso verspürte sie Dankbarkeit und Rührung bei der Erinnerung an die Menschen von Covent Garden, die ihr – wenn auch nicht ganz selbstlos – ohne Zögern zu Hilfe geeilt waren.

»Kitty, Polly, Lucy, holt eure Mäntel. Man hat nach euch gefragt«, verkündete Mutter Grimshaw mit einem selbstzufriedenen Lächeln.
Kitty ließ den Roman von Daniel Defoe sinken, aus dem sie den anderen Mädchen vorgelesen hatte, während diese fleißig ihrer Handarbeit nachgingen.
»Ist es jemand, den wir kennen?«, fragte Polly neugierig.
»Eine hochgestellte Persönlichkeit, die in meinem Haus zu empfangen ich bisher noch nicht die Ehre hatte, wünscht die berühmte Miss Montague kennenzulernen«, erläuterte die Kupplerin, deren Gesicht vor Glück strahlte und dadurch um zehn Jahre jünger aussah. »Polly, Lucy, ihr werdet sie begleiten und den Freunden des hohen Herrn Gesellschaft leisten. Man erwartet euch in der ›Cheshire Cheese Tavern‹. Ich habe bereits angeordnet, die Kutsche anspannen zu lassen.«
Aufgeregt und voller Erwartung eilten die Mädchen in ihre Kammern. Da sie stets fein gekleidet und herausgeputzt waren, frischten sie nur ein wenig ihre Schminke auf und legten dem Anlass angemessenen Schmuck an. Die beiden Zofen huschten geschäftig von einer zur anderen, zupften Häubchen zurecht, strichen Falten glatt und schnürten Mieder nach.
»Habt Ihr eine Ahnung, wer der hohe Herr sein könnte?«, fragte Kitty die anderen.
»Nein«, erwiderte Lucy. »Aber so hat Mutter Grimshaw schon lange nicht mehr gegrinst. Das legt die Vermutung nahe, dass es sich um einen gewissen Herzog handeln könnte.«
Mehr ließ sich das junge Mädchen nicht entlocken. Kitty zuckte mit den Schultern. Es gab bereits zwei Herzöge von königlichem Geblüt unter ihren Freiern, welchen Unterschied machte da ein dritter?

Lachend und schwatzend rauschten die drei Kokotten schließlich die Treppe ins Erdgeschoss hinab und zogen eine Wolke teuren Parfüms hinter sich her. Mutter Grimshaws Kutsche wartete bereits. Kitty sah neugierig aus dem Fenster, als das Gefährt in die Brydges Street fuhr und dann in den Strand einbog. Sie durchquerten das Temple Bar, folgten der Fleet Street am Clifford's Inn vorbei und hielten schließlich vor dem Wine Office Court, einer schmalen Passage, die für ein Gefährt zu eng war. Die Lakaien sprangen von den Trittbrettern, öffneten den Damen die Tür und halfen ihnen beim Aussteigen. Sie mussten nur wenige Schritte gehen, dann standen sie vor der namhaften »Cheshire Cheese Tavern«.

Tapfer ging Kitty ihren Begleiterinnen voraus. Das Herz schlug ihr vor Aufregung bis zum Hals, als sie den Blick durch den Schankraum schweifen ließ. Die massiven Kamine verbreiteten eine angenehme Wärme. Die Wände waren dunkel getäfelt, und die Tische standen in Nischen, die ein wenig Schutz vor neugierigen Blicken boten. In einer hinteren Ecke erhoben sich drei feingekleidete Herren von den Sitzbänken und verneigten sich galant vor den Frauen. Der mittlere, ein beleibter Mann Ende dreißig mit hervorquellenden Augen, großer Nase und gerötetem Gesicht unter einer mächtigen blonden Perücke bewegte sich ein wenig unbeholfen, ganz im Gegensatz zu seinen Begleitern, denen die Etikette offensichtlich im Blut lag. Der junge Galan zu seiner Rechten trat vor und begrüßte die Damen.

»Ihr müsst die berühmte Miss Montague sein, Madam«, sagte er zu Kitty, die ihm bestätigend zulächelte. »Darf ich Euch Seine Gnaden, den Herzog von Cambridge, vorstellen?«

Kitty wandte sich dem behäbigen Herzog zu und machte einen Knicks. In diesem Augenblick erkannte sie ihn. Sie hatte ihn während ihres ersten Besuchs im Drury-Lane-Theater in der königlichen Loge gesehen. Er war kein Geringerer als Georg Augustus von Hannover, Prinz von Wales und zukünftiger König von England. Errötend versank sie in eine tiefe Referenz.

»Aber nicht doch, Madam«, sagte Georg Augustus. Sein Englisch war mit einem starken Akzent unterlegt. »Ich bin inkognito hier wie ein ganz normaler Bürger.«

»Dennoch wäre es Euch vielleicht angenehmer, Französisch zu sprechen, Monsieur?«, schlug Kitty vor.

Sein erfreutes Lächeln entspannte die etwas verkrampften Züge.

»Das wäre es«, stimmte er zu. »Euer Französisch ist vorzüglich, Madame.«

Er bot ihr den Arm und führte sie zu dem Tisch, an dem er und seine Begleiter gesessen hatten. Die beiden Höflinge hatten sich inzwischen der anderen Damen angenommen.

»Wir haben bereits bestellt, Mesdames«, verkündete Georg Augustus. »Ich hoffe, Ihr seid hungrig.«

Das Benehmen des Prinzen bei Tisch ließ einiges zu wünschen übrig, doch seine Flegelhaftigkeit und die derbe Ausdrucksweise waren weithin bekannt, und so stellten sich die drei Frauen schnell darauf ein. Der Wein floss reichlich durch die Kehlen. Nach dem üppigen Mahl waren alle recht angeheitert. Auch Kitty hatte dem Alkohol kräftig zugesprochen, um ihre Sinne zu betäuben, denn die Aussicht, diesem wenig anziehenden Prinzen beizuliegen, war alles andere als angenehm.

Mit unsicherem Schritt folgte sie Georg Augustus in den zweiten Stock der Schenke und schließlich durch eine Tür in eine Kammer, in der ein Baldachinbett mit zugezogenen Vorhängen stand. Im Kamin brannte ein munteres Feuer. Fasziniert betrachtete Kitty die Kacheln, die die Feuerstelle umrahmten. Sie waren mit erotischen Szenen bemalt. Ein Mann, dessen Hose um seine Knie schlotterte, schob sein steifes Glied in die Scheide einer Frau, die nackt bis auf ein hochgeschobenes Hemd auf einer Bank saß. Auf einer anderen Kachel nahm ein Mann mit genüsslicher Miene eine Dirne von hinten. Eine dritte zeigte einen halbnackten Freier, der sich von einer Hure auspeitschen ließ, während zwei weitere Dirnen ihn mit den Händen befriedigten. Das flackernde Licht der Flammen, das auf den Darstellungen tanzte, ließ die Figuren so lebendig erscheinen, dass Kitty sich einbildete, sie vor Lust keuchen zu hören.

Die Berührung zweier Hände, die sich um ihre Taille legten, riss Kitty in die Wirklichkeit zurück. In ihrem Schoss pochte es. Die Bilder hatten ihr Verlangen angefacht, was zweifellos der Grund war, weshalb sie in diesem Gemach angebracht worden waren. Wieder einmal war Kitty dankbar für die leichte Erregbarkeit ihres Körpers. So konnte sie sich auch einem Liebhaber hingeben, der wenig zärtlich war und ihre Brüste recht unsanft tätschelte. Als sich die Finger des Prinzen zwischen ihren Schenkeln zu ihrer Scheide vortasteten, bemerkte er überrascht: »Ihr seid feucht! Es ist das erste Mal, dass ich einer Dirne beiliege, die nicht trocken wie die arabische Wüste ist.« Schelmisch zwinkerte er ihr zu. »Es macht Euch tatsächlich Spaß, einem Mann beizuwohnen, nicht wahr? Eine Seltenheit unter den Damen der Nacht!«

Stolz, dass es ihm gelungen war, sie zu erregen, verbrachte Georg Augustus die ganze Nacht mit ihr. Bis in die frühen Morgenstunden musste sie ihm zu Willen sein, bis ihn endlich die Erschöpfung übermannte und er in tiefen Schlaf fiel. Trotz ihrer Müdigkeit lag Kitty noch eine Weile wach und beobachtete das Liebespiel der Figuren auf den Kacheln, bis das Feuer im Kamin erlosch und sie in Dunkelheit hüllte.

Als Kitty am Morgen erwachte, stand der Prinz von Wales bereits angekleidet am Fenster. Einer seiner Begleiter, der am Abend neben Polly gesessen hatte und später mit ihr in einem anderen Gemach verschwunden war, half Georg Augustus dabei, seine Perücke zurechtzurücken. Vermutlich war er ihm auch beim Anlegen der Kleider zur Hand gegangen, während sie geschlafen hatte.

»Guten Morgen, Madam«, grüßte er Kitty, als diese ihn überrascht ansah. »Seine Gnaden muss Euch nun verlassen. Er wird Mistress Grimshaw die vereinbarte Summe zukommen lassen. Eure Begleiterinnen sind nebenan. Soll ich sie zu Euch schicken?«

Kitty nickte nur. Mit einer Verbeugung verließen die beiden Männer die Kammer.

Mutter Grimshaws Kutsche hatte auf der Fleet Street gewartet. Ein wenig verschlafen stiegen die drei Frauen ein und ließen sich in die Polster sinken.

»Wie war er?«, fragte Lucy neugierig.

»Ein wenig unbeholfen, aber ausdauernd«, antwortete Kitty schelmisch. »Daher die reiche Kinderschar.«

Als die Kutsche in die Drury Lane einbog, wurde der Verkehr so dicht, dass es nicht mehr vorwärtsging.

»Was ist da vorn los, Evans?«, wandte sich Polly an den Kutscher.

»Ein Menschenauflauf, Madam«, rief Evans. »Wie es scheint, wird da eine arme Kreatur am Karren durch die Straßen geführt und ausgepeitscht.«

Betroffen sahen die jungen Frauen einander an. Sie dachten an die Verhaftungen, deren Zeuge Kitty vor ein paar Wochen geworden war. War die arme Seele eine von ihnen?

Sie folgten der Menschenmenge, die sich nur im Schritttempo fortbewegte. Keine der Frauen wagte es, ein Wort zu sagen.

Die anfeuernden Rufe der Menge verursachten ihnen eine Gänsehaut. Etwa eine halbe Stunde verging, bevor sich der Auflauf allmählich auflöste. Energisch schwang Evans die Peitsche und trieb sein Gespann durch die lichter werdenden Reihen. Bevor die Kutsche nach links in die Little Russell Street einbog, erhaschte Kitty einen Blick auf den Leiterwagen, der an der gegenüberliegenden Ecke angehalten hatte. Die Hände an die Streben des Karrens gebunden, versuchte eine Frau um die fünfzig, sich trotz zitternder Knie auf den Beinen zu halten. Ihr Oberkörper mit den schlaff herabhängenden Brüsten war nackt, der Rücken übersät von blutigen Striemen, die die Peitsche hinterlassen hatte. Unter einer schmutzigen Haube quollen graue Strähnen hervor. Als die Geschundene ihr das Gesicht zuwandte, schreckte Kitty zurück.

»Das ist Mutter Jolley!«, rief sie aus.

Ihre Begleiterinnen reckten betroffen die Köpfe.

»Tatsächlich«, bestätigte Polly. »Ich hörte, dass man sie zu Peitsche und Zuchthaus verurteilt hat, weil sie ein Bordell führt.«

Die Frauen sahen einander nicht an. Das Schicksal war launisch. Eines Tages mochte eine von ihnen den Platz der alten Mutter Jolley einnehmen.

27

Ihr haltet mich wohl für ein dummes Frauenzimmer, Mr. Craile, nur weil ich nichts von Buchführung verstehe«, schimpfte Mutter Grimshaw. »Aber ich kann rechnen. Und ich sage Euch, da fehlen fünfzig Guineen in Eurer Abrechnung.«

Kitty war auf dem Weg in die Stube am Studierzimmer der Kupplerin vorbeigegangen, als sie deren erboste Stimme vernahm. Die Tür war nur angelehnt. Neugierig blieb die junge Frau stehen und warf einen Blick in die Schreibstube.

»Ich versichere Euch, Madam, dass meine Abrechnungen korrekt sind«, verteidigte sich der Buchhalter. Kitty entging jedoch nicht, dass auf seinen krankhaft bleichen Wangen rote Flecken glühten. Offenbar war sein Gewissen nicht so rein, wie er vorgab.

»Ich vertraue Euch nicht mehr, Mr. Craile«, entgegnete Mutter Grimshaw, deren Stimme vor Wut zitterte. »Ihr seid entlassen. Verschwindet aus meinem Haus!«

»Aber, Madam …«

»Es reicht. Ihr habt Euch genug an mir und meinen Mädchen bereichert. Erwartet keine Entlohnung für Eure Betrügereien. Ihr solltet dankbar sein, dass ich Euch nicht anzeige.«

Craile stieß ein abfälliges Lachen aus. »Das würdet Ihr nicht wagen! Welcher Richter würde einer Hure recht geben?«

»Ihr vergesst, dass ich Richter und Advokaten zu meinen Kunden zähle. Richter Blagney würde mir sicherlich den Gefallen tun, einen Betrüger wie Euch zu verurteilen.«

Die roten Flecken auf Crailes Wangen vertieften sich, während er die Kupplerin feindselig anstarrte. Abrupt wandte sich der Buchhalter ab und stürmte aus der Studierstube. Rasch wich Kitty zur Seite, um ihn vorbeizulassen. Als ihr Blick zu Mutter Grimshaw zurückkehrte, barg diese bekümmert das Gesicht in den Händen.

»Dieser elende Betrüger«, murmelte die Kupplerin. »Wer weiß, um wie viel der Bursche mich in all den Jahren geprellt hat.«

Sie hob den Kopf und sah Kitty in der Tür stehen.

»Es tut mir leid, ich wollte nicht lauschen«, entschuldigte sich die junge Frau. »Ich kam nur zufällig vorbei.« Sie trat näher. »Es war gut, dass Ihr Mr. Craile entlassen habt. Ich habe ihm von Anfang an nicht getraut.«

»Wirklich?«, fragte Mutter Grimshaw verwundert.

»Er trägt eine teure goldene Uhr«, erläuterte Kitty. »Wie kann sich ein Buchhalter ein so kostspieliges Stück leisten, es sei denn durch Betrug?«

»Du hast ein scharfes Auge, Kindchen«, sagte die Kupplerin anerkennend. »Mir ist nicht aufgefallen, dass Craile eine goldene Uhr besitzt.«

»Ich habe einige Male beobachtet, wie er sie bewundernd in der Hand hielt.«

Seufzend ließ sich Mistress Grimshaw auf einen Stuhl fallen. »Ich wage mir gar nicht vorzustellen, wie viel Geld er unterschlagen hat.«

»Ich könnte die Bücher prüfen, Madam«, erbot sich Kitty spontan.

Die Kupplerin musterte die junge Frau überrascht. »Du verstehst etwas von Buchführung?«

»Mein Vater hat es mir beigebracht«, erklärte Kitty. »Das ist einige Jahre her, aber ich bin sicher, dass ich es noch kann.«

»Nun, einen ehrlichen und fähigen Ersatz für Craile zu finden dürfte auf die Schnelle schwierig sein«, überlegte Mutter

Grimshaw. »Dabei ist es wichtig, umgehend einen Überblick zu erhalten, wie viel Geld fehlt. Wenn du möchtest, kannst du vorerst für mich die Bücher führen, Kitty. Dir vertraue ich mehr als einem windigen Buchhalter.«

Kitty saß in ein Buch vertieft allein in ihrer Kammer, als Mary an die Tür klopfte. Das fünfzehnjährige Mädchen betreute den Putzmacherladen. Sie bediente die Kunden, die tatsächlich nur Spitze oder andere Modewaren kaufen wollten, und schickte die Freier durch die Tür in der Wandvertäfelung in die Stube, der als Empfangsraum diente.

»Es tut mir leid, Euch zu stören, Miss«, sagte sie mit ratloser Miene. »Da ist ein Mann, der Euch zu sehen wünscht. Mistress Grimshaw ist ausgegangen. Und nun bin ich nicht sicher, ob ich ihn hereinlassen soll.«

»Hat er seinen Namen genannt?«, fragte Kitty.

»Nein. Er war noch nie hier, aber ich kenne ihn. Er heißt Francis Charteris, Colonel Francis Charteris. Er hat keinen guten Ruf.«

»Welcher Mann, der dieses Haus besucht, hat das schon?«, erwiderte Kitty leichthin. »Ich werde ihn mir ansehen.«

Nach einem kurzen Blick in den Spiegel folgte sie dem Mädchen nach unten. Als sie den Empfangsraum betraten, mussten sie feststellen, dass Charteris sich bereits selbst eingelassen hatte. Kitty musterte ihn prüfend. Sie schätzte ihn auf Mitte dreißig. Er war groß und breitschultrig. Seine Weste spannte sich über einem wohlgenährten Bauch, und sein rundes Gesicht mit der Knollennase, den fleischigen Lippen und dem Doppelkinn wurde von einer ungepflegten kurzen Perücke umrahmt. Die linke Hand auf einen Gehstock gestützt, die rechte in der Tasche seines Rockes versenkt, sah der Colonel sich gelassen in der Stube um. Noch bevor Kitty dem Blick

seiner verschlagenen Augen begegnete, empfand sie einen starken Widerwillen gegen Charteris.
»Ah, da seid Ihr ja, Madam«, begrüßte er sie und verbeugte sich. Er sprach mit einem leichten schottischen Akzent. »Ich bewundere Euch, seit ich Euch das erste Mal im Theater sah, Miss Montague. Ich kann Euch gar nicht sagen, wie erfreut ich bin, Euch endlich gegenüberzustehen.«
Kitty neigte höflich den Kopf. Ihr Blick aber blieb kühl. Colonel Charteris stutzte für einen Moment, dann besann er sich und zog eine pralle Geldbörse aus seiner Tasche.
»Wie Ihr seht, bin ich in der Lage, die überhöhten Preise Eurer Kupplerin zu bezahlen«, sagte er abfällig und ließ die Geldkatze auf den Tisch fallen.
»Es tut mir leid, Colonel«, entgegnete Kitty ungerührt. »Ich stehe nicht jedem Dahergelaufenen zur Verfügung. Mistress Grimshaw hätte Euch nie zu mir vorgelassen. Bedauerlicherweise ist sie außer Haus.«
»Da habe ich wohl Glück«, stieß Charteris hervor.
Mit zwei Schritten war er neben ihr und packte sie am Arm. Zwischen zusammengebissenen Zähnen hindurch zischte er: »Du weigerst dich also, mir zu Willen zu sein, Schlampe? Mein Geld ist dir nicht gut genug? Na warte, dir werde ich schon Respekt beibringen.«
Der Griff um Kittys Handgelenk verstärkte sich, dass sie meinte, in einen Schraubstock geraten zu sein. Energisch zog der Colonel sie mit sich.
»Hol Dickon!«, rief Kitty Mary zu, die wie vom Donner gerührt dastand und ihnen nachstarrte. Zugleich trommelte sie mit der freien Hand gegen seine Schulter und schrie: »Lasst mich los!«
Mit aller Kraft wehrte sie sich gegen den Mann, der sie mit Gewalt die Treppe zum ersten Stock hinaufzerrte, doch er

war zu stark für sie. Unbeeindruckt hielt Charteris vor der ersten Tür inne, schob sie auf und stieß Kitty in das Gemach. Sie stolperte, raffte sich aber sofort wieder auf. Der Colonel warf die Tür ins Schloss und drehte den Schlüssel um.

»Damit kommt Ihr nicht durch«, rief sie, während sie sich das schmerzende Handgelenk rieb. »Dickon wird gleich da sein und Euch aus dem Haus werfen!«

»Niemand kommt hier herein, bevor ich mit dir fertig bin«, knurrte er kaltblütig.

Mit der Ruhe eines jagenden Raubtiers nahm er einen Stuhl und schob ihn unter den Türknauf. Dann wandte er sich ihr wieder zu und musterte sie abschätzend. Aus seiner ganzen Art war deutlich abzulesen, dass er Frauen verachtete. Verzweifelt versuchte Kitty, Ruhe zu bewahren. Dickon, der Rausschmeißer des Bordells, würde sicher gleich kommen und die Tür aufbrechen! Sie musste Charteris hinhalten, bis Hilfe da war.

»Was versprecht Ihr Euch davon, mich hier festzuhalten«, fragte sie, darum bemüht, das Zittern in ihrer Stimme zu überspielen.

»Ich habe mir geschworen, Euch zu besitzen«, erwiderte er. »Freiwillig oder mit Gewalt.«

Trotz seiner Leibesfülle war der Colonel erstaunlich flink. Als er auf sie zukam, wich sie zurück und stieß mit dem Rücken gegen einen der Bettpfosten. Seine Hände packten sie, zogen sie an den muskulösen Fleischberg, der nach Tabakrauch und Brandy roch. Ein feuchter Mund presste sich auf den ihren. Einem Impuls folgend biss sie zu.

Mit einem Schmerzensschrei ließ Charteris sie los und tastete über seine blutende Lippe.

»Dafür büßt du, Metze«, brüllte er und schlug ihr heftig ins Gesicht.

Der Hieb war so kraftvoll, dass er Kitty von den Beinen riss. Benommen blieb sie einen Moment liegen. Furchtbare Angst überschwemmte sie, und in ihrem Magen breitete sich Übelkeit aus. Ehe sie wieder zur Besinnung kam, packte Charteris ihre Arme, zog sie hoch und stieß sie aufs Bett. Kitty wollte schreien, doch er schlug sie erneut und stopfte ihr ein Taschentuch in den Mund, dass sie kaum mehr atmen konnte. Vor ihren Augen tanzten vielfarbige Lichter, und ihr Kopf schmerzte. Als ihr Blick sich klärte, sah sie, wie der Colonel seine Hose öffnete und ein mächtiges steifes Glied hervorholte. Panik überflutete Kitty. Mit letzter Kraft bäumte sie sich auf und wollte vom Bett springen, doch Charteris war schneller. Sein massiger Körper senkte sich auf sie, drückte sie nieder, erstickte sie … Eine geballte Faust schlug gegen ihre Schläfe. Ein Feuerwerk an Schmerzen explodierte in ihrem Gehirn. Kraftlos sank ihr Kopf zur Seite.

Jemand hämmerte an die Tür. »Öffnet! Öffnet auf der Stelle, Sir!«, brüllte Dickon.

Als nichts geschah, warf er sich mit der Schulter gegen die Tür, doch sie hielt stand.

In ihrer Benommenheit spürte Kitty, wie ihre Schenkel auseinandergeschoben wurden und Charteris sich zwischen sie kniete. Dann drang er mit brutaler Gewalt in sie ein, stieß immer wieder zu, als wollte er sie aufspießen wie ein erlegtes Wild. Schließlich übertönte Charteris' triumphaler Schrei Kittys gequältes Stöhnen und das Splittern der Tür, als es Dickon endlich gelang, sie aufzubrechen. Er zerrte den Colonel von Kittys geschändetem Leib herunter und schleifte ihn am Kragen aus der Kammer.

»Ich habe bekommen, was ich wollte!«, rief Charteris.

Doch sie hörte ihn nicht mehr.

»Dumme Göre! Wie konntest du diesen stadtbekannten Wüstling hereinlassen!«, schallte Mutter Grimshaws zornige Stimme durch das Haus. Ein lautes Klatschen folgte, und dann war leises Weinen zu vernehmen. »Verschwinde, Mary! Ich will dich hier nicht mehr sehen.«

Schwer atmend und purpurrot vor Wut, trat die Kupplerin über die Schwelle des Gemachs. Polly saß auf der Bettkante und wiegte ihre Freundin, deren Tränen nicht versiegen wollten.

»Ich habe nach Meister Hearne geschickt«, sagte Madam Grimshaw leise. »Er wird bald hier sein. Bringen wir sie nach oben.«

Polly nickte und half Kitty beim Aufstehen. Es dauerte eine ganze Weile, bis die beiden Frauen sie die schmale Stiege hinauf ins Dachgeschoss geschafft hatten, denn Kittys Beine drohten immer wieder unter ihr nachzugeben. Wie ein Kind ließ sie sich von Polly entkleiden und ins Bett legen. Mutter Grimshaw breitete fürsorglich die Decke über ihren zitternden Körper.

»Ich hätte nicht übel Lust, den Kerl anzuzeigen«, knurrte sie. »Aber selbst ein vom Volk so verachteter Lump wie Charteris findet immer einen Fürsprecher, der ihm aus der Misere hilft.«

»Nein!«, stieß Kitty mit schreckgeweiteten Augen hervor. »Ich will ihn nie wiedersehen ...«

»Schon gut, Kindchen. Das brauchst du nicht«, sagte die Putzmacherin beschwichtigend.

Jemand räusperte sich.

»Ah, Meister Hearne. Gut, dass Ihr da seid«, begrüßte die Kupplerin den Wundarzt, der mit verlegener Miene in der Tür zur Kammer stand. »Ich lasse Euch mit den Mädchen allein.«

Zögernd trat Meister Hearne näher. »Was ist geschehen? Dickon sagte, man habe Euch Gewalt angetan.«
Ein Schluchzen stieg in Kittys Kehle auf.
»Ich sehe schon«, meinte der Wundarzt verständnisvoll. »Ihr braucht vor allem etwas zur Beruhigung.« An Polly gewandt, bat er: »Bringt mir Wein.«
Geduldig setzte sich Hearne neben das Bett und wartete auf Pollys Rückkehr. Als das Mädchen mit einer Karaffe Wein erschien, füllte er ein Glas, gab einige Tropfen Laudanum dazu und reichte es Kitty.
»Trinkt. Dann fühlt Ihr Euch besser.« Als sie zögerte, lächelte er und fügte sanft hinzu: »Versprochen.«
Nach einer Weile spürte Kitty, wie sich ihre Glieder entspannten. Es fiel ihr schwer, einen klaren Gedanken zu fassen. Die Erinnerung an das schreckliche Erlebnis verblasste, wurde von der bleiernen Müdigkeit weggeschwemmt. Sie wollte nur noch schlafen. Bevor ihr die Augen zufielen, sah sie noch, wie sich Meister Hearne über sie beugte und vorsichtig ihre schmerzende Schläfe berührte.
»Ich gebe eine Heilsalbe auf die Blutergüsse«, sagte er zu Polly. »Doch die seelischen Wunden kann ich nicht behandeln. Da seid Ihr gefragt, meine Liebe.«

28

Ein warmer Frühlingsregen fiel auf die Häuser der Little Russell Street, füllte die Dachrinnen und brach in Fontänen aus den Fallrohren. Wie ein aufgeschreckter Vogelschwarm eilten die Passanten ins Trockene, stellten sich in den Hauseingängen unter oder rannten durch die rasch sich ausbreitenden Pfützen, um in einer nahen Schenke oder Kaffeestube Schutz zu suchen.

Kitty stand am Fenster und sah in den Regen hinaus, der sich zu einem dichten grauen Schleier verdichtet hatte. Unter den Dachfirsten hockten Spatzen mit triefendem Gefieder und warteten auf ein Ende des Schauers. Ab und zu schüttelte sich einer der Vögel und plusterte sich zu einem flaumigen Federbällchen auf, während kleine Regentropfen von seinem Schnabel fielen.

Kitty sehnte sich nach Wärme und Sonnenschein. Das trübe Frühlingswetter nach dem langen eisigen Winter drückte auf ihr Gemüt. Nach der Vergewaltigung hatte sie sich fast eine Woche lang völlig in sich selbst zurückgezogen und kaum ein Wort gesprochen. Polly sorgte sich rührend um die Freundin. In ihrer Freizeit saß sie an Kittys Bett, redete auf sie ein, las ihr vor oder hielt sie einfach nur in den Armen. Sobald sich Kitty körperlich so weit erholt hatte, dass sie das Bett verlassen konnte, ermunterte Polly sie, ihre Tochter zu besuchen und so viel Zeit wie möglich mit ihr zu verbringen. Mutter Grimshaw tat alles, um ihren Zögling auf andere Gedanken zu bringen. Nachdem Kitty die Bücher sorgfältig auf Unregelmäßigkeiten überprüft und festgestellt hatte, dass sich Crailes Unterschlagungen über die letzten Jahre auf über einhundert Guineen beliefen, übertrug die Putzmacherin ihr die Buchführung auch für die Zukunft. Doch Kitty wusste, dass diese Schreibarbeiten auf die Dauer nicht ausreichend sein würden, um ihren Unterhalt im Haus der Kupplerin zu verdienen. Allerdings war sie nicht sicher, ob sie sich jemals wieder einem Mann hingeben konnte.

Ein leises Klopfen riss Kitty aus ihren Gedanken. Ihr Herz sank, als sie Madam Grimshaw über die Schwelle treten sah. Ein Gefühl sagte ihr, dass der Tag der Entscheidung gekommen war.

Schweigend nahm die Kupplerin auf einem Schemel Platz und betrachtete Kitty, als versuche sie, ihren Gemütszustand abzuschätzen.

»Während der letzten Wochen habe ich jeden Freier abgewiesen, der nach dir gefragt hat«, begann sie. »Heute hat jedoch ein Verehrer vorgesprochen, den du empfangen solltest. Er ist Richter am Königlichen Gerichtshof.«

Kitty wandte sich wieder dem Fenster zu und sagte: »Ich weiß nicht, ob ich es je wieder ertragen kann, einem Mann beizuliegen. Es tut mir leid, Madam. Allein die Vorstellung macht mir Angst.«

»Ich weiß«, erwiderte Mutter Grimshaw. »Und ich verstehe deine Gefühle. Aber der Verehrer, von dem ich sprach, erwartet keine – sagen wir körperliche Nähe. Er hat andere Vorlieben.«

Verwundert sah Kitty die Kupplerin an. »Was heißt das?«

»Nun, der englische Brauch, die Knaben in den hiesigen Schulen während ihrer gesamten Ausbildung regelmäßig mit dem Stock zu prügeln, damit sie umso eifriger lernen, hat bei vielen Männern dazu geführt, dass sie auch als Erwachsene nicht mehr auf die Anwendung der Rute verzichten können. Dies gilt offenbar vor allem für jene, die heute eine gesellschaftliche Stellung einnehmen, in der sie große Macht über

andere Menschen ausüben. Es gibt sogar Männer, die nur noch unter der Rute Lust empfinden und körperliche Befriedigung erlangen können.«
»Was muss ich tun?«, fragte Kitty, obwohl sie noch immer Widerwillen verspürte.
»Du züchtigst ihn so lange mit der Birkenrute, bis Seine Lordschaft dich um Gnade bittet«, erklärte Mutter Grimshaw. »Er wird nicht verlangen, dass du ihm beiliegst. Du brauchst ihn nicht einmal zu berühren. Spiel einfach nur die Rolle der strengen Erzieherin, die ihren ungehorsamen Zögling bestraft. Glaubst du, dass du das kannst?«
Nach kurzem Zögern nickte Kitty.
»Allerdings musst du dich dabei unter Kontrolle haben«, fügte die Kupplerin warnend hinzu. »Du darfst dich nicht dazu hinreißen lassen, in dem Freier ein Abbild von Charteris zu sehen und deine Wut an ihm auszulassen!«
Madam Grimshaw schickte Kitty in das Gemach, das sie »Kinderstube« nannte. Eine Magd brachte ihr ein Bündel Birkenruten. Vorsichtig nahm Kitty das Prügelinstrument in die Hand und fuhr mit den Fingern die elastischen, noch grünen Zweige entlang. Schließlich überwand sie sich dazu, die Ruten einige Male zu schwingen. Ein unheimliches Pfeifen erklang, wenn die Birkenzweige die Luft durchschnitten. Kitty erschauerte. Konnte sie es tatsächlich über sich bringen, einen Menschen mit diesem Folterinstrument zu züchtigen, selbst wenn dieser es von ihr verlangte?
Die Tür wurde geöffnet, und Mutter Grimshaw trat über die Schwelle. Ein magerer Mann um die sechzig mit altmodischer grauer Perücke folgte ihr. Kitty wusste nicht, was sie erwartet hatte, aber sicher nicht ein so gebrechlich wirkendes, knochiges Männchen mit dem sanften Blick eines liebenswürdigen Großvaters.

»Mylord«, sagte die Kupplerin streng, »Ihr habt Miss Montague warten lassen. Dafür wird sie Euch hart bestrafen müssen. Ich lasse Euch mit ihr allein.«

Kitty begriff, dass das Rollenspiel bereits begonnen hatte. Hilflos stand sie da und überlegte, was sie tun sollte.

»Habt keine Angst«, sagte der Richter freundlich. »Ich weiß, es ist Euer erstes Mal. Ihr werdet schnell lernen, wie einfach die Sache ist.«

Ermutigt straffte sie sich und strich mit der Hand erneut über die Birkenzweige, um sich mit ihnen vertraut zu machen. Zu ihrer Verblüffung sah sie, dass diese Bewegung genügte, um den Richter in Erregung zu versetzen. Mit zitternden Fingern knöpfte er seine Kniehose auf und schob sie bis zu seinen knochigen Knien hinab. Seine Oberschenkel waren dünn wie Holzstecken, und sein Gesäß hing schlaff herab, doch sein Glied begann bereits zu wachsen, und seine bleichen Wangen glühten.

»Es war unverzeihlich, dass ich Euch warten ließ, Madam«, sagte er demütig. »Ich habe die Strafe verdient. Zeigt keine Gnade.«

Behindert durch die Hose um seine Knie schlurfte der Richter mit kleinen Schritten zu einem Tisch, beugte sich über den Rand und stützte sich mit den Händen auf die Platte. Kitty konnte den Blick nicht von diesem erbarmungswürdigen Hinterteil wenden, das er ihr vertrauensvoll entgegenstreckte. Ihre Hand wollte ihr nicht gehorchen. Sie holte ein paar Mal tief Luft und zwang sich, das Rutenbündel zu heben. Halbherzig ließ sie es auf die schlaffen Hinterbacken klatschen.

»Fester, Madam«, forderte er. »Nehmt keine Rücksicht. Schlagt zu, bis die Haut blutet.«

Kitty bemühte sich, kräftiger zuzuschlagen. Der Richter reagierte mit einem lustvollen Stöhnen. Nach einer Weile überwand die junge Frau ihre Hemmungen und züchtigte ihn härter. Er dankte es ihr mit einer wollüstigen Ekstase, die seinen ganzen Körper erbeben ließ. Bald zeigten sich blutige Striemen auf der Haut des faltigen Gesäßes. Der Geprügelte richtete sich ein wenig auf, umfasste sein Glied und begann sich zu befriedigen.

»Macht weiter, Madam«, bat er.

Erst als er sich über die Holzbohlen des Fußbodens ergoss, durfte Kitty einhalten. Mit zufriedener Miene wusch sich der Richter an einer bereitstehenden Schüssel Samen und Blut ab, trocknete sich mit einem Leinentuch und zog sich wieder an.

»Ihr wart wunderbar, Miss Montague«, sagte er und verbeugte sich vor ihr. »Wenn Ihr erlaubt, werde ich Euch bald wieder aufsuchen. Seid das nächste Mal noch ein wenig strenger zu dem ungehorsamen Knaben, und er wird es Euch danken.«

Der Richter blieb nicht der Einzige, der sich von Kitty regelmäßig züchtigen ließ. Es überraschte die junge Frau, wie viele Männer den Stock brauchten, um ihre Lust zu befriedigen. Unter ihnen waren Generäle, Admiräle, Richter, Advokaten, Ärzte und sogar ein Bischof. Zuweilen empfing Kitty ihre Freier nicht allein, sondern mit Polly oder Lucy an ihrer Seite, die unterstützend Hand anlegten, während Kitty die Rute oder die neunschwänzige Katze schwang. Sie lernte schnell, ihre Zurückhaltung gegenüber den Gezüchtigten zu überwinden, auch wenn sie nie verstehen würde, wie diese Schmerz als Lust empfinden konnten. Kitty spielte ihre Rolle wie eine Schauspielerin auf der Bühne und ließ den Freiern die Behandlung angedeihen, die sie verlangten. Dafür bezahlten sie einen großzügigen Preis. Es war ein Geschäft wie jedes andere.

29

Die Hand in die Schürze ihrer Mutter verkrampft, tappte Helen an Kittys Seite über die Große Piazza. Unermüdlich plapperte das Kind vor sich hin, um die Worte zu üben, die es bereits gelernt hatte, auch wenn das meiste für Außenstehende noch unverständlich blieb.

Polly hatte sich bei ihrer Freundin untergehakt. Wenn möglich, begleitete sie Kitty zu ihren Besuchen bei Mistress Hoskins, die sich nun bereits seit zwei Jahren um Helen kümmerte. Gerne hätte die junge Mutter das Kind zu sich genommen, doch Mutter Grimshaws Putzmacherladen erschien ihr kein geeigneter Ort, um ihre Tochter aufzuziehen. Da war es schon besser, Helen wuchs in der Gesellschaft anderer Kinder auf, mit denen sie spielen konnte.

Das Mädchen hatte sich prächtig herausgemacht. Mit zweieinhalb Jahren war es trotz der entbehrungsreichen ersten Monate seines Lebens ebenso weit entwickelt wie andere Kinder seines Alters. Helens helles Haar war nachgedunkelt, und in ihren pausbäckigen Zügen bildete sich eine unverkennbare Ähnlichkeit mit ihrem Vater aus. Sie würde einmal ein hübsches Mädchen werden.

Kitty löste die Finger ihrer Tochter aus ihrer Schürze, bevor das feine holländische Leinen unter dem stetigen Ziehen und Zerren zerriss, und nahm Helen an die Hand. Prüfend musterte sie Pollys Gesicht mit den ausgeprägten Zügen und der starken Nase. Die Freundin war an diesem Morgen ungewöhnlich schweigsam.

»Du wirkst so nachdenklich«, bemerkte Kitty. »Bedrückt dich etwas?«

Polly wandte den Kopf und blickte ihre Begleiterin an. Das Leuchten in ihren braunen Augen verriet Kitty, das sie alles andere als bekümmert war.
»Ich fürchte, ich habe mich verliebt«, gestand Polly seufzend. »Wer hätte das gedacht?«
»Wer ist es?«
»Leider ist Will nur ein mittelloser Schuhmachergeselle. Ich lernte ihn vor einem Monat im ›Tom Kings‹ kennen. Er ist so charmant und zuvorkommend und behandelt mich wie eine Prinzessin.«
»Hast du etwa …?«, fragte Kitty bestürzt.
»Nicht gleich bei unserer ersten Begegnung. Aber als ich ihn wiedersah, wurde mir klar, dass er ungekannte Gefühle in mir geweckt hatte. Es war das erste Mal, dass ich mich in die Arme eines Mannes gegeben habe, der jung und schön ist und den ich wirklich begehre. Du weißt, wie das ist. Du hast es selbst erlebt. Ich habe meinen eigenen Körper nicht wiedererkannt. Meine Haut stand in Flammen, und die Wollust, die er in mir weckte, war wie ein Rausch, der nicht vergehen wollte.«
Gespannt lauschte Kitty den Worten ihrer Freundin. Ein schmerzhafter Knoten bildete sich in ihrem Bauch, als die Erinnerung an die glückliche Zeit mit Daniel aus ihrem Herzen aufstieg. Tränen trübten ihren Blick.
»Es tut mir leid«, sagte Polly schuldbewusst. »Ich wollte dich nicht traurig machen.«
»Es ist nicht deine Schuld«, murmelte Kitty. »Ich dachte, ich wäre längst über den Schuft hinweg. Wenn ihm etwas an mir oder unserer Tochter liegen würde, hätte er in all den Jahren sicherlich einen Weg gefunden, uns eine Nachricht zukommen zu lassen.«
»Ich denke immer noch, dass ihm etwas zugestoßen ist«, wi-

dersprach Polly. »Wie hätte er sonst so spurlos verschwinden können?«

Kittys Herz krampfte sich zusammen. »Du meinst, Daniel könnte tot sein und irgendwo in einem namenlosen Grab liegen? Diese Vorstellung ist noch schrecklicher als die Vermutung, dass er mich verlassen hat.« Kitty schüttelte den Kopf, um den erschütternden Gedanken zu vertreiben, und wechselte das Thema. »Wirst du Will wiedersehen?«

Polly drückte ihren Arm. »Ich muss einfach!«

»Du wirst doch vorsichtig sein und nicht den Kopf verlieren, ja? Wenn Mutter Grimshaw herausfindet, dass du einen Liebhaber hast, bekommst du Ärger!«

»Ich passe schon auf, dass uns niemand zusammen sieht«, versprach Polly.

»Mr. Carter ist da«, verkündete Jane, die seit Marys Entlassung im Putzmacherladen die Kunden bediente und die Freier empfing.

Kitty warf einen Blick auf ihre goldene Taschenuhr, die Polly ihr vor einigen Monaten zum Geburtstag geschenkt hatte.

»Wie stets ist er pünktlich auf die Minute«, bemerkte sie amüsiert. »Sag Meggie, sie soll den Waschzuber, Seife, einen Kessel heißes Wasser und die schmutzige Wäsche bringen.«

Den eintretenden Kaufmann begrüßte Kitty mit strenger Miene. »Ich habe heute viel zu tun für Euch, Sir. Ihr solltet Euch gleich an die Arbeit machen.«

»Ja, Madam«, antwortete der feingekleidete Mann im demütigen Ton eines gehorsamen Dienstboten.

Als Meggie die Waschutensilien in dem dafür vorgesehenen Gemach zurechtgelegt hatte, zog Carter seinen Rock aus, krempelte die Ärmel über die Ellbogen hoch und schlüpfte in die schmutzige Schürze der Magd. Unter Kittys scharfem

Blick nahm er sodann ein Hemd von dem Haufen Wäsche, der sich vor ihm türmte, tauchte es in die Seifenlauge und bearbeitete die darauf befindlichen Flecken, indem er das Kleidungsstück energisch über das Waschbrett rubbelte. Den Hemden folgten Strümpfe, Unterröcke, Tischtücher und Bettlaken. Immer wieder tadelte Kitty ihn, wenn er einen Fleck übersehen hatte, und trieb ihn zu größerer Anstrengung an. Bald trat dem Kaufmann der Schweiß auf die Stirn, und sein Gesicht rötete sich. Er hielt erst inne, als er jedes Wäschestück vom Schmutz befreit und in einem Korb aufgehäuft hatte. Danach zog er die Schürze aus, schlüpfte wieder in seinen feinen Tuchrock und übergab Kitty zehn Guineen, bevor er sich mit einer Verbeugung von ihr verabschiedete und das Gemach verließ. Er kam jeden Samstagnachmittag und war nicht nur bei Kitty und Mutter Grimshaw ein gerngesehener Gast, sondern auch bei der Magd, die die Wäsche nur noch zum Trocknen aufhängen musste, was ihr viel Arbeit ersparte.

Carter war nicht Kittys einziger Freier mit absonderlichen Vorlieben. Ein griechischer Arzt besuchte sie regelmäßig, um ihr mit Hingabe die Füße zu waschen. Ein Abgeordneter des Unterhauses kroch stets unter den Tisch und ließ sich Knochen zuwerfen, die er dann abnagte wie ein Hund, bevor Kitty ihn bis aufs Blut auspeitschen musste.

Meggie war gerade dabei, Zuber und Wäsche wegzuräumen, als Polly den Kopf zur Tür hereinsteckte.

»Hast du Zeit?«, fragte sie Kitty.

»Natürlich. Mr. Carter ist gerade gegangen.«

Pollys Miene verriet, dass sie sich etwas von der Seele reden wollte.

»Gehen wir in unsere Kammer«, schlug Kitty vor.

Strahlender Sonnenschein fiel durch das kleine Dachfenster

auf den bloßen Dielenboden. Es war ein schöner Spätsommertag, der den nahen Herbst noch nicht erahnen ließ.

»Was hast du auf dem Herzen?«, fragte Kitty.

Polly blickte aus dem Fenster über die Dächer von Covent Garden und schlang die Hände ineinander. Schließlich wandte sie sich um und blickte ihre Freundin an. Ihre Augen schimmerten feucht.

»Meine unreinen Tage sind überfällig«, sagte sie leise.

»Wie lange schon?«

»Fast eine Woche.«

Kitty holte tief Luft und ließ sie langsam wieder entweichen. »Das muss nichts bedeuten. Du hast in letzter Zeit nicht viel geschlafen. Sicher verzögern sie sich nur.«

»Das versuche ich auch, mir einzureden«, erwiderte Polly seufzend. »Trotzdem habe ich Angst, dass ich schwanger sein könnte.«

»Wie solltest du? Mutter Grimshaw besteht darauf, dass die Freier ein ›Cundum‹ anlegen. Und bei denen, die darauf verzichten wollen, führen wir einen mit Essig getränkten Schwamm ein.« Noch während sie sprach, kam Kitty ein Gedanke, und sie sah Polly erschrocken an. »Du hast Will doch nicht etwa gestattet, dir ohne Vorkehrungen beizuliegen?«

»Doch … mehrmals sogar …«, gestand Polly und unterdrückte ein Schluchzen. »Es überkam uns einfach. Ich wollte ihn in mir spüren, ohne eine Barriere zwischen uns, und er wollte es auch. Verstehst du? Ich weiß, es war töricht, aber ich habe einfach nicht nachgedacht.«

»O Polly, wie konntest du nur?«, rief Kitty entsetzt.

»Was soll ich jetzt tun?«

»Hoffen, dass es noch einmal gutgeht … und das Risiko in Zukunft vermeiden«, sagte Kitty und drückte ihrer Freundin aufmunternd die Hand.

»Es ist ein Vergnügen, Euch zu malen, Madam«, schwärmte Sir Godfrey Kneller, während er mit sachkundigem Blick die Kurve ihrer Augenbrauen studierte, um sie naturgetreu auf die Leinwand zu übertragen. »Ich bin so froh, dass Ihr Euch doch noch bereit erklärt habt, mir Modell zu sitzen.«

Kitty lächelte über die Schmeicheleien des alternden Malers. Sie saß in seinem Atelier an der Piazza und versuchte, den Drang zu unterdrücken, sich am Rücken zu kratzen.

»Können wir eine kleine Pause machen, Sir Godfrey?«, bat sie schließlich. »Mein Nacken wird langsam steif.«

»Aber natürlich, Madam. Ich wollte die Sitzung ohnehin für heute beenden, wenn es Euch recht ist. Das lange Stehen strengt mich in letzter Zeit sehr an. Das Alter, wisst Ihr.«

»Ich komme dann morgen wieder, wenn ich es einrichten kann«, erbot sich Kitty.

»Gern.« Der Künstler warf einen kritischen Blick auf das halbfertige Bild. »Es wird das schönste Porträt, das ich je gemalt habe!«

Nachdem Kitty das Haus des Malers verlassen hatte, ging sie unter den Arkaden entlang in Richtung der Little Russell Street. Als sie an der Verkaufsbude vorbeikam, die für ihre unsittlichen Stiche berühmt war, sah sie im Schatten des Bogens eine vertraute Gestalt stehen. Es war Polly. Ihr Gesicht war angespannt, und ihr Blick ging ins Leere. Besorgt trat Kitty näher und rief sie an. Die junge Frau wandte sich erschrocken um.

»Hast du mit Will gesprochen?«, fragte Kitty.

Pollys Miene entspannte sich nicht. »Ja.«

»Und was hat er gesagt?«

»Dass er mich liebt und mich heiraten will ... dass er für mich und unser Kind sorgen wird.«

»Das ist doch wundervoll«, entfuhr es Kitty erleichtert. Insgeheim hatte sie befürchtet, dass der Schustergeselle sich vor der Verantwortung drücken würde. Doch Polly schien nicht wirklich glücklich über Wills Zusicherung zu sein.

»Was geht dir durch den Kopf?«, ermunterte Kitty ihre Kammergenossin. »Hast du Angst, Mutter Grimshaw wird dir Vorhaltungen machen, wenn du sie verlässt?«

Polly senkte den Blick und schüttelte den Kopf. »Das ist es nicht.«

Kitty bot ihr den Arm. »Komm, mein Herz. Gehen wir ein paar Schritte.«

Seufzend hakte sich Polly bei ihr ein.

»Und nun heraus mit der Sprache! Wo liegt das Problem? Der Mann, den du liebst, hat zugesagt, dich zu heiraten und dein Kind anzuerkennen. Sind am Ende deine Gefühle für ihn doch nicht so stark, wie du dachtest?«

»Vielleicht«, erwiderte Polly vage. »Versteh mich nicht falsch. Ich liebe Will, und es macht mich glücklich, wenn ich in seinen Armen liege, aber ...«

»Was aber?«

»Er ist ein armer Schustergeselle«, platzte die junge Frau schließlich heraus. »Wenn ich ihn heirate, werden wir unser Leben in Armut fristen. Ich werde jedes Jahr ein Kind zur Welt bringen und am Ende des Tages nicht wissen, wie ich die vielen hungrigen Mäuler stopfen soll. In zehn Jahren werde ich von den unzähligen Geburten und der harten Arbeit krumm und buckelig sein. Unsere Liebe wird erlöschen, erstickt von Armut und Mühsal ... Du weißt, was es heißt, im Elend zu leben, Kitty. Das will ich nicht für mich!«

»Nur weil ich dir von meinen düsteren Erfahrungen erzählt habe ...«, warf Kitty schuldbewusst ein.

»Nein, Liebes, du hast mir nur die Augen geöffnet für das erbarmungswürdige Leben, das so viele Menschen führen. Ich will nicht so enden.«

»Was willst du tun?«
»Ich kann Will nicht heiraten«, sagte Polly bestimmt. »Er ist nicht in der Lage, eine Familie zu ernähren. Ich müsste weiterhin meinen Körper verkaufen, damit wir genug zu essen auf dem Tisch haben. Allerdings könnte ich nicht länger in einem teuren Bordell arbeiten, sondern müsste mich auf der Straße anbieten wie die armen Kreaturen, die nach Mitternacht auf die Piazza strömen.«
Kitty konnte ihr nicht widersprechen. Viele der Huren, die des Nachts die Straßen von Covent Garden bevölkerten, waren verheiratet und hatten Kinder. Sie boten sich Nachtschwärmern an, um ihr Haushaltsgeld aufzubessern.
»Aber wenn du Will nicht ehelichen willst, was wird dann mit dem Kind?«, fragte Kitty besorgt. »Früher oder später wird Mutter Grimshaw entdecken, dass du schwanger bist.«
»Ich muss es loswerden«, entgegnete Polly in einem Ton, der verriet, dass sie die Entscheidung bereits gefällt hatte.
»Du willst es abtreiben?«, platzte Kitty entsetzt heraus.
Polly umfasste die Hände ihrer Freundin und drückte sie beschwörend. »Bitte versteh doch! Mir bleibt keine andere Wahl, wenn ich bei Mutter Grimshaw bleiben will. Du wirst mir doch helfen, oder?«, bat sie.
Kitty zögerte, aber der Ausdruck auf Pollys jungem Gesicht war so flehentlich, dass sie es nicht übers Herz brachte, abzulehnen.
»Natürlich helfe ich dir«, stimmte sie zu. »Aber ich möchte, dass du noch ein paar Tage darüber nachdenkst. Und wenn du dir dann immer noch sicher bist, dass es für dich keinen anderen Weg gibt …«
»Ich wusste, dass du mich nicht im Stich lassen würdest«, unterbrach Polly sie erleichtert und umarmte sie.

30

Kratzend bewegte sich die Feder über das Papier und hinterließ einen zerfließenden Tintenfleck. Einen Fluch unterdrückend, wischte Kitty den Kiel ab und schnitt ihn mit dem Messer ein wenig nach.

Wie jeden Sonntag saß sie über den Büchern des Putzmacherladens und brachte sie auf den neuesten Stand. Sie verrichtete diese Arbeit nun seit fast zwei Jahren, und Mutter Grimshaw war sehr zufrieden mit ihr. Kitty hatte versucht, ihr die Grundzüge der Buchführung zu erklären, doch nach einer Weile hatte die Matrone abgewunken und verkündet, dass sie ihr völlig vertraue. Schreibarbeiten lagen Madam Grimshaw einfach nicht.

Kitty erledigte die Buchführung in der Studierstube der Kupplerin. An diesem Tag wartete die junge Frau ungeduldig darauf, dass die Alte sie allein lassen würde, wie sie es oftmals tat. Immer wieder kehrte ihr Blick zu dem Bücherregal zurück, auf dem neben Romanen und Theaterstücken auch der medizinische Ratgeber »Seltene Wahrheiten«, John Armstrongs »Ökonomie der Liebe«, das unter anderem verschiedene Rezepte zur Wiederherstellung der Jungfernschaft enthielt, und ein Kräuterbuch standen. Kittys Augenmerk war auf das Letztere gerichtet.

Als Mutter Grimshaw endlich die Kammer verließ, wartete Kitty noch einen Moment, um sicherzugehen, dass sie nicht zurückkehrte. Dann steckte sie die Feder in das Tintenfass, erhob sich und trat an das Bücherbord. Rasch nahm sie das Kräuterbuch herunter und schlug es auf. Die altmodischen Schrifttypen waren nicht leicht zu lesen. Das Buch musste an die hundert Jahre alt sein. Seufzend überflog sie einen Text nach dem anderen. Freilich enthielt es kein Rezept zur Abtreibung, aber es gab Mittel, die eine verstockte Menses herauszogen und folglich auch die Leibesfrucht. Endlich wurde Kitty fündig.

»Man nehme Roten Beifuß in Wein gesotten, dazu Muskatblüten, wenig oder viel, und trinke am Tag zwei- oder dreimal davon.«

Die Angaben waren nicht sehr genau, doch das war bei den wenigsten Rezepten der Fall. Gemeinhin ging man zum Apotheker, um sich das Mittel anmischen zu lassen.

Nachdenklich schloss Kitty das Buch und stellte es zu den anderen zurück. Am vergangenen Abend hatte Polly ihr mitgeteilt, dass sie weiterhin entschlossen war, ihr Kind loszuwerden. Kitty hatte zugesagt, einen Blick in Mutter Grimshaws Kräuterbuch zu werfen. Als sie mit Polly in ihrer gemeinsamen Kammer allein war, berichtete Kitty ihr, was sie herausgefunden hatte.

»Gleich morgen gehe ich zum Apotheker und besorge das Nötige«, meinte Polly.

»Ach Liebes, ich wünschte, du würdest dein Kind nicht töten wollen.«

»Bitte mach es mir nicht noch schwerer! Wie soll ich den Mut aufbringen, wenn du mir nicht beistehst? Ich habe doch keine andere Wahl.«

Kitty senkte den Kopf. »Ich weiß.«

Ein lastendes Schweigen breitete sich zwischen ihnen aus. Schließlich ertrug es Kitty nicht länger.

»Geh zu einem Apotheker in St. Giles oder Charing Cross, wo dich niemand kennt. Am besten, du kaufst Beifuß und Muskatblüten getrennt.«

»Ja, das werde ich«, sagte Polly. »Danke.«

Polly versteckte den Beifußwein im Kamin in ihrer Kammer und nahm regelmäßig morgens und abends ein paar Schlucke von dem Gebräu. Nach einigen Tagen klagte sie über Bauchschmerzen, doch der erhoffte Erfolg blieb aus. Als der Wein aufgebraucht war, ohne dass es zu einer Blutung kam, geriet Polly in Verzweiflung.

»Was soll ich nur tun?«, jammerte sie.

Kitty nahm sie in die Arme und wiegte sie tröstend. »Vielleicht ist es Gottes Wille, dass du dieses Kind behältst.«

»Ist es dann auch der Wille Gottes, dass ich bald auf der Straße sitzen werde, wenn sich mein Zustand nicht länger verbergen lässt?«, brauste Polly auf. Ihre Nerven lagen blank.

»Hast du Will gesagt, dass du das Kind loswerden willst?«

»Nein, natürlich nicht.«

»Meinst du nicht, er hat das Recht, es zu erfahren?«

»Ich kann es nicht behalten, verstehst du das nicht?« In ihrer Erregung sprang Polly vom Bett, auf dessen Rand sie gesessen hatte. »Ich werde schon einen Weg finden, ob mit oder ohne deine Hilfe«, rief sie und stürmte hinaus.

Kitty blieb ratlos zurück. Sie wollte ihrer Freundin helfen, doch zugleich war sie überzeugt, dass diese einen schweren Fehler beging, wenn sie ihre Schwangerschaft beendete. Natürlich war ein Kind eine Belastung, aber es machte auch viel Freude und gab ihrem Dasein erst einen Sinn.

Sie musste handeln. Rasch warf sich Kitty ihren Umhang über und verließ das Haus. Der Spätsommer zeigte sich von seiner schönsten Seite. Die Sonne schien von einem wolkenlosen Himmel herab. Bald bereute Kitty, dass sie keinen Hut aufgesetzt hatte, um ihre Haut vor den bräunenden Strahlen zu schützen. Doch es gab kein Zurück mehr.

Vor einem schäbigen kleinen Schuhmacherladen blieb sie stehen. Polly hatte ihr erzählt, wo Will arbeitete, aber Kitty hatte den Gesellen bisher nicht kennengelernt. Zögernd öffnete sie die Tür und trat ein. Ein junger Mann mit blondem Haar saß über einem auf eine Leiste gespannten Rohling und brachte ihn mit dem Griff seiner Ahle in Form. Er hob den Kopf und richtete einen freundlichen Blick aus blauen Augen auf sie. Als sie ihn nur schweigend anstarrte, stand er von seinem Schemel auf und näherte sich ihr. Er war hochgewachsen und von ansehnlichem Äußeren. Kitty konnte gut verstehen, weshalb sich Polly in ihn verliebt hatte.

»Kann ich Euch behilflich sein, Madam?«, fragte er und betrachtete sie bewundernd.

Aus dem hinteren Bereich des Ladens rief eine Stimme: »Ist das Mr. Webster wegen seiner Stiefel, Will?«

»Nein, Meister«, rief der Geselle und wandte sich wieder Kitty zu.

»Kann ich einen Moment unter vier Augen mit Euch sprechen?«, bat die junge Frau. »Es geht um Polly.«

Wills Miene wurde ernst und besorgt. »Was ist mit ihr?« Unschlüssig blickte er zu seinem Meister hinüber und zog sie dann in eine Ecke neben der Tür. »Seid Ihr Pollys Freundin? Sie hat viel von Euch erzählt.«

»Von Euch ebenfalls«, entgegnete Kitty, die sofort auf den Punkt kam. »Ich fürchte, sie ist im Begriff, eine Dummheit zu begehen.«

»Wie meint Ihr das?«

»Sie hat sich entschieden, das Kind, das sie erwartet, abzutreiben.«

»Was? Aber ich habe ihr versprochen, sie zu heiraten. Wir wollten es zusammen aufziehen …« In seiner Erregung hatte er die Stimme erhoben, senkte sie jedoch gleich wieder, damit sein Meister ihn nicht hörte. »Ich verstehe schon. Ich bin ein Habenichts, der nicht in der Lage ist, für eine Familie zu sor-

gen. Sie zieht es vor, sich weiterhin an reiche Tattergreise zu verkaufen.«
»Vielleicht könnt Ihr Pollys Meinung doch noch ändern«, beschwor Kitty den Gesellen. »Sie hat bereits ein Mittel genommen, das aber nicht gewirkt hat. Ich wage mir nicht vorzustellen, was sie als Nächstes versuchen wird.«
»Wo ist sie jetzt?«, fragte Will.
»Ich weiß es nicht. Sie ist aus dem Haus gestürmt, ohne zu sagen, wohin sie wollte.«
»Ich muss gleich einige Schuhe ausliefern. Dann kann ich nach ihr suchen«, versprach der junge Mann.
»Ich werde mich ebenfalls nach Polly umsehen.«
Als sich der Schustermeister aus dem hinteren Bereich des Ladens näherte, wandte sich Kitty ab und trat auf die Straße hinaus. Eine Weile lief sie ziellos durch die Gassen und überquerte auf der Suche nach Polly mehrmals die Piazza. Doch sie hatte kein Glück. Als ihre Füße zu schmerzen begannen, gab sie auf und kehrte in die Little Russell Street zurück.

Am Nachmittag stürmte Polly gereizt in die Kammer und riss Kitty aus ihrer Grübelei.
»Wie konntest du mich so hintergehen?«, rief sie erbost. »Ich habe dir vertraut. Warum bist du zu Will gegangen und hast ihm alles erzählt?«
»Er hat dich also gefunden?«, fragte Kitty.
Sie versuchte, Ruhe zu bewahren, doch Pollys Ausbruch ging ihr zu Herzen.
»Ja, er hat mich gefunden und mich ausgezankt, weil ich sein Kind umbringen will. Es mag auch sein Kind sein, aber es bleibt meine Entscheidung, ob ich es austragen werde oder nicht. Wir sind nicht verheiratet, und trotzdem nimmt er sich heraus, über mich zu gebieten. Aus diesem Grund habe ich

mich entschieden, nicht zu heiraten. Ich will nicht die Sklavin eines Mannes sein!«

»Ich dachte, du liebst ihn.«

»Mag sein. Aber die Liebe erlischt irgendwann, und zurück bleiben nur Gleichgültigkeit und Elend.« Pollys Augen glühten. »Du weißt doch, wovon ich rede. Akzeptiere meine Entscheidung und misch dich nicht in mein Leben ein! Ich tue, was nötig ist.«

Bebend vor Zorn verließ sie die Kammer und schlug die Tür zu. Hilflos strich sich Kitty mit der Hand über die Stirn. Sie hatte versucht zu helfen und mit ihrer Indiskretion alles nur noch schlimmer gemacht. Was sollte sie nun tun?

Den folgenden Tag über wich Polly ihrer Kammergenossin beharrlich aus und sprach kein Wort mit ihr. Am nächsten Morgen stand das Mädchen in aller Frühe auf, so dass seine Seite des Bettes bereits kalt war, als Kitty erwachte. Gegen Mittag kam eine der Mägde herauf, um ihr mitzuteilen, dass Meister Hearne sie zu sprechen wünschte.

Was kann er nur wollen?, fragte sich Kitty. Sie rückte das Häubchen auf ihrem Kopf zurecht und strich die langen Spitzenbänder glatt, die von der Rückseite über ihre Schultern fielen.

Der Wundarzt erwartete sie in der Stube, in der einige von Mutter Grimshaws Mädchen mit Stickarbeiten beschäftigt waren.

»Meister Hearne, welch unerwartete Ehre«, begrüßte Kitty den untersetzten Chirurgen. »Was führt Euch her?«

Er machte ihr mit den Augen ein Zeichen, dass er sie allein sprechen wollte. Kitty sah sich rasch um, ob die Kupplerin in der Nähe war, und winkte den Besucher dann in einen anliegenden Raum.

»Ist etwas vorgefallen?«, fragte sie, nachdem sie die Tür geschlossen hatte.
»Die kleine Cherry Poll ist Eure Freundin, nicht wahr?«, vergewisserte sich der Wundarzt.
»Ja, wir teilen uns eine Kammer.«
»Wenn Euch etwas an ihr liegt, solltet Ihr Euch bemühen, ihr die Flausen auszureden, die sie sich in den Kopf gesetzt hat«, sagte Meister Hearne ernst. »Sie war heute Morgen bei mir und bat mich um einen höchst gefährlichen Eingriff.«
»Ihr solltet bei ihr einen Abort auslösen?«, fragte Kitty im Flüsterton.
»So ist es. Ich dachte mir, dass Ihr als Polls Freundin davon wisst.«
»Und habt Ihr ihrer Bitte entsprochen?«
»Nein, natürlich nicht«, widersprach der Wundarzt entrüstet. »Die Mittelchen, die ihr Mädchen einnehmt, sind gefährlich genug. Einen solchen Eingriff würde ich nie riskieren.«
»Wie hat Polly Eure Weigerung aufgenommen?«, erkundigte sich Kitty besorgt.
»Nicht gut. Sie hat getobt. Ist sie so verzweifelt?«
Kitty nickte. »Wenn Mutter Grimshaw herausfindet, dass sie schwanger ist, muss Polly ihr Haus verlassen.«
»Verstehe.« Meister Hearne schürzte nachdenklich die Lippen. »Ich bin nicht gekommen, um zu klatschen, Madam, sondern weil ich fürchte, Eure Freundin könne einen anderen Wundarzt aufsuchen, der weniger Skrupel hat als ich. Ihr solltet sie unbedingt davon abhalten.«
»Wisst Ihr, wer da in Frage kommt?«
»Ich habe Euch eine Liste meiner Zunftgenossen in der näheren Umgebung aufgesetzt, an die Cherry Poll sich wenden könnte«, erklärte er und zog ein zusammengefaltetes Blatt aus seiner Rocktasche.

Kitty überflog es. »All diese Adressen abzuklappern wird einen ganzen Tag beanspruchen.« Sie blickte den Wundarzt nachdenklich an. »Ich danke Euch für Eure Warnung. Am besten mache ich mich gleich auf den Weg.«
»Geht zur Drury Lane«, schlug Meister Hearne vor. »Ich suche derweil in St. Giles.«
»Ihr wollt tatsächlich Eure Zeit opfern?«, fragte Kitty gerührt.
»Wenn ich auf diese Weise ein Leben retten kann.«
»Wie soll ich Euch nur danken?«
»Indem Ihr nicht dieselbe Dummheit begeht!«
Kitty lächelte bitter. »Wenn ich damals … schwanger geworden wäre … ich weiß nicht, was ich alles getan hätte, um das Kind loszuwerden …«
Meister Hearne verstand, dass sie sich auf die Vergewaltigung bezog, die nun bereits zwei Jahre zurücklag, und nickte verständnisvoll.
»Zum Glück ist es nicht so weit gekommen. Hoffen wir, dass diese Sache ebenso glimpflich ausgeht.«
Er neigte den Kopf und verließ sie. Kitty eilte in ihre Kammer, warf sich einen Umhang über und huschte aus dem Haus. Falls Mutter Grimshaw sie vermisste, würde sie sich eine Ausrede einfallen lassen müssen. Vor dem Haus überlegte sie, ob sie eine Sänfte nehmen oder zu Fuß gehen sollte. Ein Tragsessel würde ihr viel Zeit ersparen. Eilig machte sie sich auf den Weg zur Piazza und winkte den Trägern einer Sänfte zu, die gerade Pause machten.
»Wohin soll's gehen, Madam?«, fragte der Vordermann.
Kitty warf einen kurzen Blick auf die Liste, die sie von Meister Hearne erhalten hatte, und wählte die erste Adresse in Richtung Drury Lane.
»Zum ›Goldenen Becher‹ im Dukes Court bitte.«

Der hintere Träger hob das Dach der Sänfte, während der Vordermann die Tür offen hielt. Kitty raffte ihre Röcke und stieg ein. Die Träger fielen in ihren wiegenden Trott und bogen in die Russell Street ein. Aufmerksam studierte Kitty die Passanten zu beiden Seiten der Straße. Wenn Polly diesen Weg genommen hatte, würde sie sie finden!
Als die Sänfte vor dem Haus »Zum Goldenen Becher« hielt, stieg Kitty aus und bat die Träger zu warten. Ohne Zögern rauschte sie über die Schwelle und sprach den verdutzt dreinblickenden Gesellen an, der gerade dabei war, einen Kunden zur Ader zu lassen.
»Ist heute ein junges Mädchen hier gewesen und hat um einen gefährlichen Eingriff gebeten?«
Der Geselle war von ihrem brüsken Auftreten so überrumpelt, dass er ein paar Mal stumm den Mund auf- und zuklappte, bevor es ihm gelang, seine Stimme wiederzufinden.
»Solche Eingriffe nimmt mein Meister nicht vor, Madam.«
»Keine Ausflüchte! War sie hier oder nicht?«
»Nein, Madam, ich schwöre Euch, wir hatten heute noch keine weiblichen Kunden«, beteuerte der Geselle.
»Wenn ich herausbekomme, dass Ihr mich belogen habt, zeige ich Euren Meister bei der Gilde an. Ist das klar?«
Ohne eine Antwort abzuwarten, verließ Kitty die Offizin wieder und bestieg die Sänfte. Die verwunderten Blicke der Träger verrieten ihr, dass ihre Stimme bis auf die Straße hinaus zu hören gewesen war. Sie musste sich beherrschen, wenn sie morgen nicht im Mittelpunkt des Stadtgesprächs stehen wollte.
Die Sänfte trug Kitty von Wundarzt zu Wundarzt, doch ihre Suche blieb erfolglos. Sie fand keine Spur von Polly. Als der Nachmittag in den Abend überging, wies sie die Träger an, sie nach Covent Garden zurückzubringen. Vielleicht war Polly längst wieder zu Hause und wartete auf sie.

Gerade als sie in die Brydges Street einbogen, fiel Kitty eine junge Frau auf, die in gebeugter Haltung an einer Hauswand stand und sich mit der Hand abstützte.
»Anhalten!«, befahl Kitty und sprang aus der Sänfte, bevor der Träger ihr die Tür öffnen konnte.
»Polly ... ich habe dich überall gesucht«, rief sie erleichtert. »Wo warst du?«
Wie im Traum wandte das Mädchen den Kopf. Pollys Gesicht war bleich wie eine Talgkerze, und ihre Augen blickten trübe, als habe sie zu viel getrunken.
»Es ist getan«, hauchte sie mit schwacher Stimme. »Endlich bin ich frei ...«
»Du hast das Kind abtreiben lassen?«, fragte Kitty mit gesenkter Stimme.
»Es musste sein. Verstehst du das nicht?«
»Du bist ganz blass, Liebes. Komm, setz dich in die Sänfte«, sagte Kitty und legte den Arm um die Taille ihrer Freundin.
»Bringt sie zu Meister Hearne auf der Piazza«, befahl Kitty den Trägern. »Ich folge Euch, so schnell ich kann.«
Schon bald verlor sie die davoneilende Sänfte aus den Augen. Als Kitty endlich die Chirurgenstube erreichte, war sie völlig außer Atem. Es war das erste Mal seit ihrem Besuch mit Daniel, dass sie die mit allerlei Utensilien der Wundarzneikunst und seltsamen Ausstellungsstücken vollgestopfte Offizin betrat. Im hinteren Bereich entdeckte sie Meister Hearne, der seinen Rock ablegte und sich über eine reglose Gestalt auf dem Operationstisch beugte. Er musste kurz vor ihr hereingekommen sein. Mit letzter Kraft zwang Kitty ihre Füße vorwärts.
»Was ist mit ihr?«, fragte sie bestürzt, als sie sah, dass Polly sich nicht rührte.
»Das versuche ich gerade festzustellen«, entgegnete der Wundarzt, ohne sie anzusehen.

Er fühlte Pollys Puls und schlug ihre Röcke hoch. Entsetzt sog er die Luft ein. Der unterste Rock war voller Blut, ebenso wie die Beine des Mädchens. Allen Anstand in den Wind schlagend, schob Meister Hearne Pollys Schenkel auseinander und steckte den Finger in ihre Scheide. Als er ihn wieder herauszog, folgte ein Schwall Blut.

»Hol kaltes Wasser und Leintücher!«, befahl er seinem Lehrjungen, der der Untersuchung mit großen Augen zugesehen hatte.

Als der Knabe mit dem Geforderten zurückkehrte, hatte Meister Hearne bereits Pollys Kleid aufgehakt und die Röcke gelockert, bis ihr Unterleib entblößt war. Dann tauchte er die Leintücher nacheinander in das Wasser und wickelte sie um den Bauch des Mädchens.

Zitternd beobachtete Kitty seine Bemühungen, den Blutfluss zu stillen. Ihre Hand legte sich auf Pollys, deren Finger schrecklich kalt waren. Ihr Gesicht war noch weißer geworden, und um die Augen hatten sich dunkle Schatten gebildet. Da öffneten sich ihre Lider, und ihr Blick richtete sich auf Kitty.

»Es tut mir leid«, hauchte sie. »Ich hätte auf dich hören sollen. Bitte verzeih mir …«

»Es gibt nichts zu verzeihen«, versicherte Kitty. Ein Schluchzen stieg in ihre Kehle, das sie vergeblich zu unterdrücken versuchte.

Zärtlich strich sie der Freundin über die Stirn, auf der sich kalter Schweiß bildete. Die Haut war eisig. Pollys blutleere Lippen bewegten sich, doch ihre Stimme war so schwach, dass Kitty die Worte nicht mehr verstehen konnte. Ihre Lider flatterten noch einmal, dann schlossen sie sich. Ihr angestrengtes Atmen, das den ansonsten stillen Raum erfüllt hatte, verstummte.

»Polly!«, rief Kitty erschüttert, als könne sie das Mädchen ins Leben zurückrufen. »Nein, das darf nicht sein! Gnädiger Gott, lass sie nicht sterben!«
Langsam richtete sich Meister Hearne auf, trat ans Kopfende des Operationstisches und fühlte Pollys Puls.
»Es tut mir sehr leid, Madam. Sie hatte zu viel Blut verloren.« Mitfühlend sah er sie an. »Dies ist nicht das erste Mal, dass Ihr eine Freundin verliert. Ich wünschte von ganzem Herzen, ich hätte sie retten können.«
Rücksichtsvoll entfernte sich der Wundarzt und wies seinen Lehrknaben an, den Wandschirm vor dem Operationstisch auszuziehen, damit sich Kitty ungestört verabschieden konnte. Die junge Frau ließ ihren Tränen freien Lauf. Sie hatte das Gefühl, als läge ein Fluch auf ihr. Sie hatte jeden verloren, an dem ihr Herz hing. Nun blieb ihr nur noch ihre Tochter.

31

»Es freut mich, Euch endlich wieder einmal lachen zu sehen, meine Liebe«, sagte Charles Lennox.

Kitty wurde sich bewusst, dass er recht hatte. Nach Verlassen der »Rose Tavern« waren sie an Philip-im-Kübel vorbeigekommen, der unter dem Fenster eines Kaufmanns eine Ballade über dessen betrügerische Machenschaften zum Besten gab. Das Schmählied war so geistreich und witzig geschrieben und Philips Darbietung so drollig, dass Kitty stehen geblieben und in ein amüsiertes Lachen ausgebrochen war.

Die ersten Monate nach Pollys Tod hatte sich die junge Frau in sich selbst zurückgezogen, um mit dem Verlust ihrer Freundin fertig zu werden. Sie kam auch mit den anderen Mädchen in Mutter Grimshaws Haus gut aus, aber Polly war eine Seelenverwandte gewesen, wie man sie nur selten findet. Ihr hatte sich Kitty ganz anvertraut, ihr hatte sie ihre tiefsten Gefühle offenbart. Die Lücke, die das Mädchen hinterließ, würde sich nur schwer schließen lassen.

Die Arbeit lenkte Kitty ab. Neben den Freiern, die sie aufsuchten, um sich züchtigen oder demütigen zu lassen, besaß sie weiterhin eine überschaubare Anzahl ausgesuchter Verehrer, wie die Herzöge von Richmond und St. Albans, in deren Armen sie sich so sicher fühlte, dass sie ihnen einige Monate nach der Vergewaltigung wieder beiliegen konnte. Es rührte Kitty, dass sie Charles Lennox offenbar so viel bedeutete, dass er sich Gedanken über ihren Gemütszustand machte.

»Man kann nicht immer weinen«, sagte sie.

»Ihr werdet mir also noch ein wenig Eurer kostbaren Zeit opfern?«, fragte er. »Es ist gerade erst Mitternacht. Zu früh, um sich zu Bett zu begeben. Das ist etwas für biedere Spießbürger, meint Ihr nicht auch?«

»Was schlagt Ihr also vor, Euer Gnaden?«

»Wir könnten noch etwas trinken gehen. In der ›Three Tuns Tavern‹ auf der Chandos Street gibt es einen hervorragenden Frontignac.«

»Wenn Ihr das sagt.«

»Falls es für Euch nicht zu beschwerlich ist, könnten wir die wenigen Schritte dorthin zu Fuß gehen«, meinte der Herzog von Richmond. »Oder sollen wir zwei Sänften nehmen?«

»Mein Umhang wird mich warm halten, Euer Gnaden«, versicherte Kitty.

Es war zwei Tage vor Weihnachten, aber bisher war noch kein Schnee gefallen, und die junge Frau empfand die trockene Kälte nicht als unangenehm. An Charles Lennox' Arm ging Kitty die vertrauten Wege durch Covent Garden, das ihr zur Heimat geworden war. Nachdem sie Mutter Grimshaw hohe Gewinne eingebracht und sich bei der Führung des Hauses unentbehrlich gemacht hatte, war ihre Position im Haus der Putzmacherin gefestigt. Die Alte hatte sogar einmal angedeutet, dass sie Kitty eine Partnerschaft anbieten wollte, falls diese daran interessiert sei, ihr gespartes Vermögen zu investieren.

Am Ende der Bedford Street, an der Ecke zur Chandos Street, lag die »Three Tuns Tavern«. Trotz der späten Stunde verriet das muntere Stimmengewirr im Innern, dass noch reges Treiben herrschte. Als der Herzog und Kitty über die Schwelle traten, winkte ihnen ein gutaussehender junger Mann von einem der hinteren Tische zu.

»Sieh an, der ehrenwerte John Finch«, bemerkte Charles Lennox. »Und allein! Wie ungewöhnlich. In letzter Zeit trifft man ihn fast ausschließlich in Sallys Begleitung an.«

Kitty war dem Sohn der Herzogin von Winchelsea bereits

vorgestellt worden. Galant verbeugte sich Finch vor ihr, als die beiden Ankömmlinge an seinen Tisch traten.
»Wollt Ihr mir nicht Gesellschaft leisten, Euer Gnaden, Madam?«, lud er sie ein.
»Sehr gerne«, stimmte Kitty nach einem kurzen Seitenblick auf Richmond zu. »Ich hoffe, man hat Euch nicht versetzt.«
Finch lächelte amüsiert. »Nein, ich bin gerade erst gekommen. Eigentlich war ich auf dem Weg nach Hause, aber hier schenkt man einen so vorzüglichen Schlaftrunk aus, dass ich nicht widerstehen konnte.«
»Ist Eure Herzensdame heute nicht bei Euch, Sir?«, fragte Lennox.
»Sally? Nein, heute Abend nicht. Sie kümmert sich um Jenny.«
Sally hing sehr an ihrer Schwester, die durch eine Pockenerkrankung das Augenlicht verloren hatte, und sorgte rührend für sie, wie Kitty wusste.
»Das arme Ding kommt so selten aus dem Haus«, sagte Finch mitleidig. »Ich habe ihr eine Karte für die Oper geschenkt und werde sie morgen dorthin ausführen«, fuhr Finch fort.
»Das wird Jenny gefallen«, meinte Kitty, die das bedauernswerte Mädchen vom Sehen kannte.
Die Stunden vergingen wie im Flug. Als die Nacht vorrückte, wurde es in der »Three Tuns Tavern« ruhiger. Bald war außer dem Herzog von Richmond, Kitty und John Finch nur noch eine Gruppe junger Männer in Begleitung einiger Damen der Nacht im Schankraum. Finch rief nach mehr Wein. Der Wirt, der sich danach sehnte, endlich abschließen und schlafen gehen zu können, holte widerwillig seinen Schankburschen aus dem Bett und trug dem übermüdeten Knaben auf, eine neue Flasche Frontignac zu holen. Finch bat außerdem um Weißbrot und ein Messer.

Das Feuer im Kamin fiel allmählich in sich zusammen. Da die Kälte der Dezembernacht in ihre Glieder kroch, rief Finch erneut nach dem Schankburschen, er solle die Flammen schüren. Mit verstimmter Miene erschien stattdessen der Wirt und brummte, der Knabe brauche seinen Schlaf. Er legte Kohle nach, stocherte mit dem Schürhaken in der Glut und zog sich wieder in sein Hinterstübchen zurück. Doch der arme Mann sollte in dieser Nacht keine Ruhe finden. Wenige Augenblicke später wurde die Tür aufgeworfen, und Sally Salisbury rauschte in die Schankstube, gefolgt von ihrer Schwester Jenny. Alle Anwesenden wandten den Kopf, und die Gespräche verstummten. Das Gesicht der jungen Kurtisane war vor Zorn gerötet, und ihre Augen glänzten wie im Fieber. Es war offensichtlich, dass sie betrunken war. Der Alkohol heizte ihr ohnehin unberechenbares Temperament nur noch mehr an.

»Jack, wie konntet Ihr nur!«, rief Sally mit schriller Stimme. »Ich habe Euch nicht nur meinen Körper, sondern auch mein Herz geschenkt. Und Ihr hintergeht mich mit meiner eigenen Schwester.«

Überrascht von dem Ausbruch der Kurtisane fuhr John Finch von seinem Stuhl auf und trat ihr entgegen.

»Ich verstehe nicht, was Ihr meint, meine Liebe«, sagte er beschwichtigend.

Der Herzog von Richmond und Kitty erhoben sich ebenfalls und sahen dem Streit mit gemischten Gefühlen zu. Jenny, kleiner und unscheinbarer als ihre Schwester, tastete nach deren Arm und versuchte, sie zu beruhigen.

»Sarah, bitte«, flehte sie. Sarah war Sallys richtiger Name, doch nur wenige Menschen gebrauchten ihn. »Es ist nicht so, wie du glaubst. Mr. Finch wollte mir nur eine Freude machen und mich ein wenig aufheitern.«

Mit wutverzerrtem Gesicht fuhr Sally herum und fauchte ihre

Schwester an: »Lügnerin! Er hatte nicht das Recht, dich in die Oper einzuladen, während ich allein zu Hause sitze. Du willst ihn mir wegnehmen. Gib es zu!«
Wie von Sinnen holte sie aus und ohrfeigte Jenny so heftig, dass diese ins Taumeln geriet.
»Nehmt Euch doch zusammen«, rief John Finch und fiel der Tobenden in den Arm, um sie von weiteren Handgreiflichkeiten gegen ihre Schwester abzuhalten. Sally wirbelte zornerfüllt herum. Da fiel ihr Blick auf Kitty, die mit Charles Lennox am Tisch stand und das Geschehen schweigend verfolgte.
»Was tut sie hier?«, schrie Sally mit sich überschlagender Stimme. »Betrügt Ihr mich nun auch noch mit dieser Schlampe?«
Blindwütig stürzte sie zum Tisch und ergriff das Messer, mit dem Finch das Brot geschnitten hatte. Vor Schreck erstarrt, sah Kitty sie auf sich zukommen. Auf der Klinge des erhobenen Messers spiegelte sich das Licht der Kerzen. Im nächsten Moment durchfuhr ein heftiger Schmerz ihren Arm, bevor eine Hand sie zur Seite riss. Kräftige Arme fingen sie auf und drückten sie an eine samtene Brust.
»Sally!«
Finch packte die Rasende von hinten am Arm, um sie zurückzuhalten. Mit einem Schrei fuhr Sally zu ihm herum, holte aus und stieß ihm die Klinge in die Brust. Einen Augenblick lang stand der junge Mann nur da und sah ungläubig auf den Griff des Messers hinab, der aus seinem Oberkörper ragte. Kein Laut kam über seine Lippen. Dann gaben plötzlich seine Beine unter ihm nach, und er sank zu Boden.
Wie vom Blitz getroffen starrte Sally ihren Liebhaber an. Der Anblick schien sie von einem Moment zum anderen wieder zur Besinnung zu bringen.
»Barmherziger Gott!«, stieß sie erschüttert hervor. »Was habe

ich getan?« Schluchzend fiel sie neben dem Verwundeten auf die Knie. »Jacky! Sag doch etwas!«

Der Herzog von Richmond, der Kitty schützend in die Arme genommen hatte, wickelte schnell eine Serviette um Kittys Arm, machte einen Knoten und schob sie auf einen Stuhl.

»Setzt Euch, meine Liebe«, sagte er beruhigend. »Ich sehe nach, wie schwer es unseren Freund erwischt hat.«

Kitty nickte stumm. Sie fühlte kalten Schweiß auf der Stirn, und in ihrem Magen breitete sich Übelkeit als Folge von Schmerz und Blutverlust aus.

Die anderen Gäste hatten den Wirt herbeigerufen, der seinen Schankburschen weckte und nach einem Wundarzt schickte. Richmond beugte sich über Finch und half ihm, sich ein wenig aufzurichten, bis er sich gegen ein Tischbein lehnen konnte. Er war bei Bewusstsein, atmete aber mühsam. Sein Gesicht war kalkweiß. An seiner Seite rang Sally verzweifelt die Hände.

»Jacky, bitte verzeih mir. Du darfst nicht sterben.«

Finch lächelte schwach. »Lieber sterbe ich durch deine Hand als allein in meinem Bett.«

Als der Wundarzt eintraf, weigerte sich Sally, von Finchs Seite zu weichen. Am ganzen Leib zitternd, sah sie zu, wie Colhart, der Chirurg, das Brotmesser aus der Brust des Verletzten zog, dann eine scharfe Klinge aus seinem Bindfutter holte und an der Wunde ansetzte.

»Aber was tut Ihr denn da, Sir?«, rief sie entsetzt und wollte dem Wundarzt in den Arm fallen.

»Ich muss die Wunde erweitern, damit das Blut herausfließen kann und nicht in die Brusthöhle rinnt«, erklärte Colhart. »Und nun lasst mich in Ruhe arbeiten, wenn Ihr nicht den Tod dieses Mannes auf dem Gewissen haben wollt!«

Der Herzog von Richmond trat zu Sally und wollte sie von dem Verwundeten wegziehen, doch da verließen sie endgültig die Kräfte. Mit einem gequälten Stöhnen sank sie in Ohnmacht. Bevor der Wirt der »Three Tuns Tavern« Essig bringen konnte, um die Bewusstlose wieder zu sich zu bringen, erwachte Sally jedoch und brach erneut in Tränen aus.

»Ich werde dich gesund pflegen, Jacky«, beteuerte sie und ergriff seine eisige Hand.

»Nein«, antwortete Finch mit schwacher Stimme, »geh nach Hause und bete dafür, dass ich am Leben bleibe. Ich vergebe dir. Aber wenn ich sterbe, musst du das Land verlassen, hörst du?« An den Herzog von Richmond gewandt, bat er: »Würdet Ihr die Freundlichkeit haben, Miss Salisbury eine Sänfte zu rufen, Euer Gnaden?«

»Natürlich, mein Freund«, stimmte Lennox zu.

Energisch nahm er Sally am Arm und führte sie und ihre Schwester Jenny hinaus. Als Colhart Finchs Wunde versorgt hatte, trug er dem Wirt auf, für den Verletzten ebenfalls eine Sänfte zu rufen und ihn nach Hause bringen zu lassen. Schließlich wandte sich der Chirurg Kitty zu, die sich, selbst einer Ohnmacht nahe, mit letzter Kraft auf ihrem Stuhl hielt.

»Wie steht es um Mr. Finch?«, fragte sie.

»Nicht gut«, erwiderte der Wundarzt, während er die Serviette entfernte und die Stichwunde in Kittys Arm begutachtete. »Das Messer hat Herz und Lunge verfehlt, aber wenn Wundbrand einsetzt, besteht keine Hoffnung mehr für ihn. Hm, Ihr habt Glück gehabt. Ihr braucht nur ein paar Stiche und ein wenig Bettruhe.«

Geschäftig holte Colhart Nadel und Faden aus seinem Bindfutter, wusch die Wunde mit Wein aus und begann, die Ränder mit geschickter Hand zusammenzunähen.

»Wenn Mr. Finch sterben sollte …«, sagte Kitty, um sich von dem Schmerz in ihrem Arm abzulenken. »Was passiert dann mit Miss Salisbury?«

»Sie wird hängen«, entgegnete der Chirurg ungerührt. »Wie es Kreaturen wie ihr zukommt.«
Kitty zuckte zusammen, als er sie mit abfälligem Blick musterte. Von seinem Gesicht war deutlich abzulesen, dass er zwischen ihr und Sally keinen Unterschied machte. Erschauernd wandte sie die Augen ab. Mit einem kräftigen Ruck verknotete der Wundarzt den Verband und erhob sich ohne ein weiteres Wort.
Zitternd ließ sich Kitty von Charles Lennox auf die Füße helfen und zu einer bereits wartenden Mietkutsche führen.
»Eine schlimme Sache«, murmelte er, als sich das Gefährt in Bewegung setzte. »Diesmal hat Sally das Glück verlassen.«
»Vielleicht wäre es wirklich besser, sie würde auf den Kontinent fliehen«, meinte Kitty.
»Fern von englischem Boden würde die kleine Sarah Prydden verdorren wie eine Rose in der Wüste. Nein, sie wird hierbleiben und sich den Konsequenzen ihres Handelns stellen. Man kann nur hoffen, dass der Richter Milde walten lässt.«

Am nächsten Morgen wurde Sally Salisbury wegen versuchten Mordes an dem ehrenwerten John Finch verhaftet und von einem Friedensrichter ins Newgate-Gefängnis überstellt. Dort musste sie auf ihren Prozess warten.
In ganz Covent Garden gab es kein anderes Gesprächsthema mehr. Sallys Angriff auf ihren Liebhaber war für manche, die ihr Temperament und ihre Vorliebe für Usquebaugh kannten, keine große Überraschung. Doch die Tragik der Ereignisse ging vielen ans Herz. John Finch stand an der Schwelle des Todes. Falls er sterben sollte, konnte niemand die gefeierte Kurtisane vor dem Galgen retten.
Mutter Grimshaw und ihre Mädchen verfolgten die Berichterstattung über den Fall ebenso eifrig wie der Rest der Lon-

doner Bevölkerung. Arm und Reich nahm Anteil am Schicksal der jungen Frau, die jedermann kannte, vom Thronfolger bis zum Bettler.

Im Laufe des folgenden Januar schienen sich die Hoffnungen, dass der verwundete John Finch am Leben bleiben würde, zu bestätigen. Als Sally Salisbury im April im Sitzungshaus am Old Bailey vor Gericht stand, lautete die Anklage daher nur »Tätlicher Angriff und vorsätzlicher Mordversuch«. Obgleich Finch ihr vergeben hatte, ging es für Sally bei diesem Prozess um ihr Leben.

Kitty, die in Mutter Grimshaws Begleitung im Gerichtssaal unter den Zuschauern saß, hoffte trotz allem, dass ihre Rivalin glimpflich davonkommen möge. Die Wunde, die sie ihr zugefügt hatte, war gut verheilt. Nur eine kleine Narbe war zurückgeblieben. Glücklicherweise war es dem Herzog von Richmond gelungen, Kittys Namen aus der Sache herauszuhalten, so dass es ihr erspart blieb, gegen Sally auszusagen. Obwohl sich die Vertretung der Anklage bemühte, an der Kurtisane, dem Inbegriff der Verderbtheit, ein Exempel zu statuieren, fand die Jury Sally schließlich nur des tätlichen Angriffs und der Verwundung des ehrenwerten John Finchs für schuldig, nicht aber des vorsätzlichen Mordversuchs. Sie wurde zu einer beträchtlichen Geldstrafe und einem Jahr Kerkerhaft im Newgate verurteilt.

Einer ihrer Verehrer übernahm unverzüglich die Begleichung der Geldstrafe. Der Prozess hatte Sally Salisbury zu einer noch bedeutenderen Berühmtheit gemacht als zuvor. Ihre Freunde würden dafür sorgen, dass sie ihre Haft in größter Behaglichkeit verbrachte.

32

Der Wein funkelte in dem geschliffenen Kristallglas wie ein Rubin. Kitty hielt das Glas ins Licht der Kerze und drehte es langsam zwischen den Fingern.

»Du scheinst heute so nachdenklich«, bemerkte Mutter Grimshaw. »Was beschäftigt dich?«

Die beiden Frauen saßen in der Studierstube der Kupplerin vor dem Kaminfeuer. Trotz des sonnigen Maiwetters waren die Nächte noch kühl. Seit Pollys Tod verbrachte Kitty des Öfteren ihre freien Abende in der Gesellschaft der Alten.

»Ich muss immer wieder an etwas denken, was mir der französische Marquis erzählte, der vor einer Woche hier war«, entgegnete Kitty.

»Ich erinnere mich an ihn. Er blieb bis zum Frühstück.« Die Kupplerin lächelte wissend.

»Er war angetan von der Schönheit der Mädchen hier in England und lobte die elegante Einrichtung Eures Hauses«, fuhr Kitty fort. »Allerdings sagte er, dass unsere Bordelle an Exklusivität den neuartigen Pariser Etablissements nicht das Wasser reichen könnten.«

»Puh, die übliche aufgeblasene Angeberei der Franzosen«, meinte Mutter Grimshaw abfällig.

»Das schien mir nicht so«, widersprach Kitty ernst. »Als er mir den Aufbau dieser Einrichtungen beschrieb, die man dort im Übrigen ›Sérails‹ nennt, wurde mir klar, dass er recht hat. Diese Pariser Häuser genießen den besten Ruf und werden aufgrund ihrer Besonderheit ausschließlich vom Adel besucht. Die Bordellwirtinnen bieten nur die allerbeste Ware an: nicht nur die schönsten, sondern auch die wohlerzogensten

Mädchen, die zu finden sind. Trunkenheit, Fluchen oder Prügeleien werden weder bei den Mädchen noch den Freiern geduldet. Die erlauchten Kunden besuchen die Sérails nicht allein, um einer Frau beizuliegen. Sie gehen dorthin wie zu einem Ball oder einer Opernaufführung. Sie bekommen ein vorzügliches Mahl aufgetragen und musikalische Unterhaltung geboten, bevor sie sich mit der Dame ihrer Wahl in ein prächtig eingerichtetes Gemach zurückziehen. Denkt Ihr nicht, dass es für ein derartiges Haus hier in London einen Markt gäbe?«

Die Kupplerin war nachdenklich geworden. »Das hört sich allerdings nach etwas Außergewöhnlichem an. Man müsste mehr darüber erfahren, wie diese Sérails aufgebaut sind.«

»Am besten wäre es, einige dieser Häuser zu besuchen und sich mit eigenen Augen zu überzeugen, wie sie geführt werden«, schlug Kitty nach kurzem Zögern vor.

»Du meinst, wir sollten nach Paris fahren?«, rief die Putzmacherin erstaunt. »Nein, eine solche Reise wäre nichts für mich. Ich bin zu alt, um mich tagelang in einer Kutsche durchschütteln zu lassen. Aber du könntest fahren, meine liebe Kitty. Du sprichst Französisch und wirst dich in Paris problemlos zurechtfinden.«

Ein breites Lächeln teilte Kittys Lippen. Insgeheim hatte sie gehofft, dass Madam Grimshaw diesen Vorschlag machen würde.

»Das würde ich gern«, gab sie zu.

»Auch wenn du mir mittlerweile unentbehrlich geworden bist, lasse ich dich ohne Bedauern gehen«, versicherte die Alte. »Bereiten wir also deine Reise nach Paris vor. Eine neue Idee würde ohne Zweifel den Markt beleben. Wir könnten reich damit werden!«

Am folgenden Abend hatte sich Kitty bereits kurz nach Mitternacht in ihre Kammer, die sie seit Pollys Tod allein bewohnte, zurückgezogen, als Mutter Grimshaw nach ihr schickte. Da sie noch angekleidet war, warf sie nur einen flüchtigen Blick in den Spiegel, ob das Spitzenhäubchen noch richtig saß, bevor sie ins Erdgeschoss hinabstieg. In der Stube erwartete sie Mutter Grimshaw mit einem bürgerlich gekleideten Mann, dessen dunkle Haare und Augen ihn als Südländer auswiesen.

»Dies ist Signor Martelli aus Florenz«, stellte die Kupplerin ihn vor. »Er spricht kaum Englisch, dafür aber fließend Französisch. Wie er mir zu verstehen gab, kennt er sich in der schwarzen Schule von Sodom bestens aus und wird dir seine Vorlieben mitteilen. Er hat bereits eine großzügige Summe gezahlt.«

Kitty lächelte dem Italiener freundlich zu, unsicher über die Rolle, die er von ihr erwartete. Galant verbeugte sich Signor Martelli vor ihr, ergriff mit überschwenglicher Geste ihre Hand und küsste sie.

»O Madame, Eure Schönheit wird in ganz London gepriesen«, schmeichelte er auf Französisch. »Ihr seht mich überglücklich, dass ich mich Eurer Gesellschaft erfreuen darf.«

»Wenn Ihr mir bitte folgen wollt, Monsieur«, bat Kitty und ging ihm voraus.

Sie führte ihn in die »Kinderstube« und schloss die Tür. Zu ihrem Missfallen bemerkte sie, dass Meggie es versäumt hatte, frische Birkenruten bereitzulegen. Sie würde das Mädchen einmal tüchtig auszanken müssen. Die Kleine wurde nachlässig.

»Wie kann ich Euch Vergnügen bereiten, Monsieur?«, fragte Kitty, nachdem sie sich mit einem kurzen Blick davon überzeugt hatte, dass die Fensterläden geschlossen und verriegelt waren. »Zieht Ihr die Peitsche oder die Rute vor? Oder habt Ihr besondere Vorlieben?«

Da nur eine einzelne Kerze auf dem Kaminsims brannte, nahm Kitty sie herunter und entzündete den Leuchter, der auf dem Tisch in der Mitte des Raumes stand. Signor Martelli hatte Rock und Weste abgelegt und nestelte am Verschluss seiner Kniehose.

»Wenn Ihr erlaubt, Madame, möchte ich etwas Neues ausprobieren. Der Stock weckt in mir nur noch ein flaues Vergnügen, so dass ich mich nach anderen Methoden der Lustgewinnung umgehört habe. Gibt es in diesem Raum ein scharfes Messer?«

Kitty sah sich um und trat dann zu dem Früchteteller, der in jedem Raum stand.

»Nur dieses kleine Obstmesser, Monsieur«, entgegnete sie mit leichter Verwunderung.

Worauf mochte dieser seltsame Italiener hinauswollen?

»In diesem Fall würde ich Euch bitten, ein Messer mit größerer Klinge zu besorgen. Ihr habt doch eine ruhige Hand, Madame?«

»Ich denke schon, aber …«

»Es wird ein unbeschreiblicher Schmerz sein, der mich zu ungekannter Ekstase führen wird!«, schwärmte Martelli mit leuchtenden Augen. »Von Eurer Hand wird dieser köstliche Schmerz noch einmal so lustvoll sein.«

»Ich verstehe nicht, Monsieur …«

»Ich bitte Euch demutsvoll, mir das Gemächt zu spalten und abzuschneiden.«

Entsetzt wich Kitty vor dem Italiener zurück.

»Ihr seid verrückt, Monsieur! Ich werde Euch nicht verstümmeln, nicht einmal für tausend Guineen. Ich denke, es ist besser, wenn Ihr jetzt geht!«

Martellis Miene fiel zusammen wie ein nasses Tuch.

»Ich hatte gehofft, hier in England wäre es möglich, auf jede gewünschte Art Befriedigung zu erlangen. Aber ich habe mich wohl getäuscht. Vergebt mir, Madame, wenn ich Euch beleidigt habe. Vielleicht könnten wir trotzdem ins Geschäft kommen.« Er trat an den Stuhl, über den er seinen Rock geworfen hatte, und holte ein zusammengerolltes Hanfseil aus einer Tasche hervor. »Ich habe mir sagen lassen, dass ein Gehenkter vor dem Tod einen heftigen Samenerguss erlebt. Mit Eurer Schönheit vor Augen dürfte dies eine geradezu paradiesische Erfahrung sein. Habt also die Güte, mich an diesem Strick zu erhängen und, wenn das freudige Ereignis erfolgt ist, die Schlinge zu zerschneiden.«
Abwehrend schüttelte Kitty den Kopf. »Auch diesen Gefallen kann ich Euch nicht erweisen, Monsieur. Es tut mir leid.«
Der Italiener sah sie ernst an. »Habt Nachsicht mit einem Getriebenen, Madame.« Er stieß ein tiefes Seufzen aus. »Nun gut. Darf ich Euch stattdessen bitten, mich mit der Rute zu züchtigen? Nachdem ich Euch gesehen habe und bestätigen kann, wie zauberhaft Ihr seid, möchte ich nicht unverrichteter Dinge wieder gehen.«
Erleichtert nickte Kitty. »Bitte entschuldigt mich einen Augenblick. Ich muss erst frische Birkenruten von unten holen. Ich bin gleich zurück.«
Rasch eilte sie aus dem Gemach und rannte die Stufen ins Erdgeschoss hinab. Am Fuße der Treppe blieb sie stehen und atmete ein paar Mal tief durch, froh, dass sie nicht länger mit dem offensichtlich Verrückten allein in einem Raum war. Als sich Kitty wieder etwas gefangen hatte, betrat sie die Stube, in der Mutter Grimshaw über einer Stickarbeit saß.
»Da habt Ihr mir einen komischen Vogel zugeführt«, sagte Kitty und berichtete der Kupplerin, was Signor Martelli von ihr verlangt hatte.

»Potztausend!«, rief die Matrone erstaunt. »So etwas habe ich dem kleinen Italiener gar nicht zugetraut. Vielleicht ist es besser, ihn aufzufordern, zu gehen. Dickon!«
Es dauerte eine Weile, bis der Rausschmeißer sich in der Stube einfand, was ihm einen tadelnden Blick seiner Herrin einbrachte.
»Komm mit«, forderte Mutter Grimshaw ihn auf. »Unser italienischer Gast ist in meinem Haus nicht länger erwünscht.«
Tapfer ging Kitty der Kupplerin und dem muskulösen Diener voraus. Die Tür zur »Kinderstube« stand halb offen. Als die junge Kurtisane sie aufdrückte, fiel ihr Blick auf Signor Martelli, der in seltsamer Haltung am Fenster stand. Um seinen Hals lag der Hanfstrick, dessen anderes Ende er am Riegel der Läden befestigt hatte. Seine Arme hingen schlaff herab, die Knie waren gebeugt, und nur die Fußballen berührten den Boden.
Ein schreckliches Bild stieg in Kittys Erinnerung auf: der Leichnam der Straßendirne, die sich an der Tür der Zelle im Wachthaus von St. Pauls erhängt hatte. Entsetzt stieß sie einen gellenden Schrei aus.
Mutter Grimshaw hastete an ihre Seite. »Allmächtiger!«, stieß sie hervor. »Dickon, hilf mir.«
Der Diener umschlang den Italiener mit beiden Armen und hob den Körper an, so dass die Kupplerin ihm den Strick über den Kopf ziehen konnte. Vorsichtig legten sie Signor Martelli auf den Boden. Sein Gesicht war bleich, die Züge waren erschlafft. Speichel, der aus den Mundwinkeln geflossen war, bedeckte die blutleeren Lippen. Die blau verfärbte Zunge war zwischen den Zähnen eingeklemmt. Am Hals zeigte sich eine deutliche Strangfurche.
»Er hat es getan!«, murmelte Kitty erschüttert. »Er hat es tatsächlich getan.«

Wiederholt klatschte Mutter Grimshaws Hand auf die Wangen des Erhängten, ohne dass eine Reaktion erfolgte.

»Dickon, hol Meister Hearne. Mach schnell!«, befahl die Matrone.

Zögernd folgte der Diener der Aufforderung. Kitty sah, wie blass Mutter Grimshaw geworden war. Wenn der Italiener starb, waren sie alle verloren!

»Ich hätte ihn nicht allein lassen dürfen«, murmelte die junge Frau schuldbewusst.

»Für Selbstvorwürfe ist es zu spät«, gab die Kupplerin zurück. »Nimm dich zusammen, Kitty.«

Die Kurtisane nickte schwach. Mit zitternden Händen füllte sie Wasser in die Waschschüssel, tauchte ein Leinentuch hinein und hockte sich neben Martelli, um ihm Stirn und Wangen zu kühlen.

»Ich fühle keinen Herzschlag«, sagte Mutter Grimshaw düster. »Er ist tot.«

»Und wenn Ihr Euch täuscht?«, rief Kitty verzweifelt. »Vielleicht kann Meister Hearne doch noch etwas für ihn tun.«

Die Kupplerin antwortete nicht. Mit einem tiefen Seufzen strich sie sich mit der Hand über Stirn und Augen, als versuche sie, eine schreckliche Vision zu verscheuchen.

»Wo bleibt Meister Hearne?«, fragte sie schließlich. »Er müsste längst hier sein. Dieser Nichtsnutz Dickon hat wahrscheinlich Muffensausen bekommen und sich davongemacht. Ich gehe wohl besser selbst.«

Obwohl es Kitty mit Entsetzen erfüllte, dass sie allein mit dem Sterbenden zurückbleiben sollte, erhob sie keinen Einspruch. Eine Ewigkeit schien vergangen, als die Putzmacherin mit dem Wundarzt zurückkehrte. Meister Hearne untersuchte den Italiener, der sich die ganze Zeit über nicht gerührt hatte, und schüttelte den Kopf.

»In diesem Mann ist kein Leben mehr«, verkündete er mit ernster Miene. »Es tut mir sehr leid, Madam Grimshaw.«
Eine Weile herrschte ein lastendes Schweigen. Kitty und die Bordellwirtin blickten einander angstvoll an. Auf Meister Hearnes Zügen waren Verständnis und Mitgefühl zu lesen. Doch er konnte ihnen das Unvermeidliche nicht ersparen.
»Mir bleibt keine Wahl, Madam. Ich muss den Konstabler unterrichten«, sagte er.
»Ja, ich weiß«, antwortete Mutter Grimshaw und ließ sich auf einen Stuhl sinken.

Eine halbe Stunde später kehrte Meister Hearne mit einem Konstabler des Bezirks zurück. Der Ordnungshüter, der im normalen Leben Käsehändler war, stellte sich mit Namen John Hall vor und machte sich sogleich an die Untersuchung der Leiche.
»Was ist hier passiert?«, fragte er in die Runde.
»Signor Martelli kam kurz nach Mitternacht als Kunde zu uns«, berichtete Mutter Grimshaw.
»Ihr führt dieses verrufene Haus, Madam?«, erkundigte sich der Konstabler abfällig.
»So ist es. Aber ich habe noch nie Schwierigkeiten mit den Ordnungshütern gehabt«, verteidigte sich die Kupplerin nicht ohne Stolz.
»Das tut nichts zur Sache. Erzählt weiter!«
»Signor Martelli verlangte nach Miss Montague, die bereits mehrere Jahre für mich arbeitet und sich nie etwas hat zuschulden kommen lassen ...«
Halls abschätziger Blick wanderte zu Kitty, die unter der Verachtung, die deutlich darin zu lesen war, zusammenzuckte. Welch ein Unglück, dass der diensthabende Konstabler ausgerechnet einer jener übereifrigen Moralisten war, die jegliche Art von Sittenlosigkeit verurteilten.

»Ihr führtet Mr. Martelli also in diesen Raum. Und was geschah dann?«, fragte Hall an Kitty gewandt.
»Er bat mich um einen ungeheuerlichen Dienst, den ich ihm nicht erweisen konnte«, entgegnete Kitty. Mit leiser Stimme gab sie Martellis Wünsche wieder. Über Halls Gesicht breiteten sich Entsetzen und Abscheu.
»Es ist erschreckend, zu welchen Torheiten die Sünde der Fleischeslust manche Menschen treibt!«, rief er entrüstet. »Er wollte also, dass Ihr ihm die Schlinge um den Hals legt und ihn hängt, damit er sich besudelt wie die Verurteilten unter dem Dreibein von Tyburn. Indem Ihr ihm bei seinem gottlosen Ansinnen Hilfe geleistet habt, Weib, habt Ihr Euch des Mordes schuldig gemacht. Wenn das Gericht Euch verurteilt hat, werdet Ihr Eurem Freier an den Galgen und in die Hölle folgen.«
Kitty erblasste. Ihr schwindelte. Rasch ergriff Mutter Grimshaw ihren Arm und stützte sie.
»Sie hat Signor Martellis Wunsch nicht entsprochen, Sir. Stattdessen kam sie zu mir und berichtete mir davon. Wir gingen zurück, um ihm die Tür zu weisen. Da fanden wir Signor Martelli am Riegel des Fensterladens erhängt vor.«
»Über die Schuld dieses Weibsbilds wird die Jury entscheiden«, beharrte Hall. Seine Hand legte sich fest um Kittys Arm. »Im Namen des Königs verhafte ich Euch, Madam. Ihr müsst mitkommen.«
Die junge Kurtisane war vor Schreck wie erstarrt und konnte keinen klaren Gedanken fassen. Willenlos ließ sie sich abführen. Mutter Grimshaw, der es gelang, die Nerven zu bewahren, drückte ihrem Schützling geistesgegenwärtig eine wohlgefüllte Börse in die Hand, die Kitty mechanisch einsteckte.
»Das wirst du brauchen«, sagte die Kupplerin fürsorglich. »Das Leben im Gefängnis ist kostspielig.«

33

Das Klirren der eisernen Ketten hallte in Kittys Ohren wider. Die verblasste Erinnerung an ihren ersten Besuch im Newgate-Gefängnis kehrte in ihr Bewusstsein zurück und verursachte ihr Übelkeit. Der Lärm, den die Eisen der Gefangenen auf dem Steinboden erzeugten, und der Gestank, der für alle Ewigkeit in die Mauern eingezogen war, hatten sich ihr damals so fest eingeprägt, dass sie sich manchmal in ihre Träume drängten.

Alles war sehr schnell gegangen. Kitty hatte die Nacht im Wachthaus von St. Pauls Covent Garden verbringen müssen. Zu ihrer Erleichterung hatten weder der Inhaber noch seine Frau sie wiedererkannt. Wer brachte schon die gefeierte Kurtisane Kitty Montague mit einer zerlumpten Bettlerin in Beziehung? Am Morgen war sie dann einem Friedensrichter vorgeführt worden, der ihre Inhaftierung im Newgate angeordnet hatte.

Aufmerksam musterte Kitty die beiden Frauen, die mit ihr in dem kleinen Raum saßen, den der Schließer »Mylady's Kerker« genannt hatte. Sie alle trugen schwere Eisen um die Handgelenke, die man ihnen bei der Ankunft in der Pförtnerloge angelegt hatte. Von ihrem damaligen Besuch wusste Kitty, dass diese Maßnahme dazu diente, von den Gefangenen Geld zu erpressen.

Eine der Frauen, die ihr auf einer wackeligen Bank gegenübersaßen, war eine alte Gevatterin, die mit verzweifelter Miene vor sich hin starrte. Ihr stand deutlich der Hunger ins Gesicht geschrieben. Die andere Frau, die ebenso schäbig gekleidet war wie die Gevatterin, mochte um die dreißig sein.

Allerdings trug sie ein Umschlagtuch aus feiner Wolle um die Schultern und einen guten Strohhut auf dem Kopf, der mit einem blauen Satinband unter dem Kinn festgebunden war. Kitty vermutete, dass die Frau diese Kleidungsstücke nicht auf ehrliche Weise erworben hatte. Sie fühlte sich unter den lauernden Blicken der anderen zunehmend unwohl.
»He«, rief die Frau mit dem Strohhut, nachdem sie Kitty eine Weile abschätzig gemustert hatte. »Weshalb bist du hier?«
»Man wirft mir vor, einen Mann gehängt zu haben«, antwortete Kitty.
Die Frau brach in Lachen aus. »Das ist ja eine tolle Geschichte! Du sollst einen Mann umgebracht haben?«
»Ich habe nicht gesagt, dass ich ihn tatsächlich getötet habe«, erwiderte Kitty trocken.
»Auf jeden Fall siehst du aus, als hättest du Geld. Hier im Newgate muss man für jede Annehmlichkeit bezahlen, weißt du. Für leichtere Ketten, für ein Bett, Laken, Wasser und Brot. Wer nicht zahlen kann, muss hungern. Leider besitze ich keinen Farthing. Willst du mir nicht mit ein paar Münzen unter die Arme greifen, Schwester?«
Kitty ignorierte die Forderung und wandte den Kopf ab. Daraufhin erhob sich die Frau von der Bank und trat auf sie zu. Als sie dreist die Hand nach Kittys Rock ausstreckte, unter dem diese die Geldbörse von Mutter Grimshaw verwahrte, schob Kitty sie mit einem kraftvollen Stoß von sich. Das Gesicht der Frau verzog sich drohend. Einen Moment taxierten sich die beiden, dann stürzte sich die Diebin auf Kitty. Diese hatte jedoch bereits die schweren Ketten zusammengelegt, die von ihren Handschellen herabhingen, und holte zum Schlag aus. Die Eisenringe trafen die Furie mitten ins Gesicht. Mit einem Schrei ging sie zu Boden. Bereit zu einem zweiten Schlag, wich Kitty in eine Ecke des Kerkerraumes zurück.

Stöhnend kam die Angreiferin auf die Beine und wischte sich mit der Hand über das blutende Gesicht.
»Du hast mir die Nase gebrochen, Metze«, jammerte sie. Doch in dem Blick, mit dem sie Kitty streifte, lag auf einmal Respekt.
»Ich habe lange genug auf der Straße gelebt, um deinesgleichen sofort zu erkennen«, antwortete Kitty abfällig.
In diesem Moment drehte sich der Schlüssel im Schloss, und die Tür wurde aufgeworfen. Eine dicke Frau in einem schmutzigen Kleid betrat den Kerker. Graue Strähnen quollen unordentlich unter ihrer schmuddeligen Leinenhaube hervor. An ihrem Gürtel trug sie einen dicken Schlüsselbund.
Prüfend musterte sie die drei Neuzugänge. Als ihr Blick auf die blutende Nase der Diebin mit dem Strohhut fiel, verzog sich ihr fleischiger Mund zu einem verächtlichen Lächeln.
»Hast wieder mal Streit angefangen, was, Molly?«, rief sie spöttisch. »Aber diesmal scheinst du den Kürzeren gezogen zu haben.«
Mit einem bösen Blick auf Kitty spuckte Molly einen Schwall Blut auf den Boden und ließ sich wieder auf die Bank sinken.
»Meine Damen, ich darf mich vorstellen«, sagte die beleibte Frau. »Ich bin Mistress Pitt. Mein Mann William ist der Kerkermeister. Es interessiert mich nicht, weswegen Ihr hier seid. Meine Aufgabe ist es, für Eure Unterbringung zu sorgen. Wie annehmlich diese ausfällt, liegt allein bei Euch.«
Die Diebinnen ignorierend, bei denen nichts zu holen war, wandte sich Mistress Pitt zuerst an Kitty.
»Wirklich erstaunlich, dass wir so kurz hintereinander von den beiden gefeiertsten Kurtisanen Londons beehrt werden«, spottete sie. »Miss Salisburys Unterbringung wird von einigen namhaften Personen der Gesellschaft bezahlt. Ich hoffe für Euch, dass Ihr dieselbe Großzügigkeit genießt, sonst

müsst Ihr Eure Tage mit Gassenschlampen wie diesen beiden auf der ›Volksseite‹ verbringen.«
»Eure Sorge um mein Wohlergehen ehrt Euch, Madam«, erwiderte Kitty ebenso sarkastisch. »Ich bin durchaus in der Lage, selbst für meine Unterbringung aufzukommen. Was kostet es mich, aus diesem Loch herauszukommen?«
»Wenn Ihr auf die ›herrschaftliche Seite‹ wechseln wollt, bekomme ich eine halbe Krone die Woche für ein Bett und zwei Schillinge den Monat für saubere Laken«, rechnete Mistress Pitt an den erhobenen Fingern der linken Hand vor. »Aber dort müsst Ihr Euer Quartier immer noch mit einem Dutzend Fremder teilen. Eine Dame Eurer Stellung und Eures Ansehens wünscht doch sicher etwas Bequemeres als das. Also, wenn Ihr ein Zimmer in der ›Burg‹ oder im ›Presshof‹ haben wollt, kostet Euch das ein Eintrittsgeld von zwanzig Pfund sowie elf Schillinge und sechs Pence die Woche an Miete. Dafür steht Euch eine Wäscherin zu Diensten, die sauber macht und das Feuer schürt.«
»Das ist ein stolzer Preis für ein einfaches Zimmer«, meinte Kitty empört.
»Nehmt es oder lasst es bleiben, Herzchen«, entgegnete die Frau des Kerkermeisters mit einem Schulterzucken.
»Sei es«, gab Kitty seufzend nach, griff in ihren Beutel und bezahlte.

Nachdem einer der Gefangenen ihr die Ketten abgeschlagen hatte, führte Mistress Pitt die junge Kurtisane höchstpersönlich eine schmale Treppe zwischen den beiden Abteilungen der Volksseite für Schuldner und für Verbrecher hinauf in den zweiten Stock.
Der Bereich des Gefängnisses, der »Presshof« genannt wurde, lag hinter dem eigentlichen Torhaus in einem der anschließen-

den Gebäude, die dem Gefängnis zur Zeit des Commonwealth einverleibt worden waren.
Kitty folgte der Frau des Kerkermeisters in ein getäfeltes Zimmer, dessen Tür offen stand. Die Wände waren mit Handzetteln, Pamphleten und Plakaten gepflastert. Es gab drei Betten, die mit Vorhängen versehen waren. Auf dem Rand der mittleren Liegestatt saß eine feingekleidete Frau, die bei ihrem Eintreten entrüstet auf die Füße sprang. Überrascht erkannte Kitty Sally Salisbury.
»Was will die Schlampe hier?«, rief Sally empört und deutete auf ihre Rivalin.
»Miss Montague wird fortan Eure Räumlichkeiten teilen«, belehrte sie Mistress Pitt. »Einzelzimmer gibt es bei uns nicht, Madam. Findet Euch damit ab.«
»Aber ...«
Ohne Sallys Antwort abzuwarten, verließ die Frau des Kerkermeisters den Raum und entfernte sich. Kitty meinte, ein boshaftes Lächeln auf ihren Lippen zu sehen. Die Feindschaft der beiden Kurtisanen war stadtbekannt. Mistress Pitt mochte es als amüsanten Streich ansehen, die Frauen zusammen in einen Käfig zu sperren.
Kitty versuchte, die feindseligen Blicke der anderen zu ignorieren, und setzte sich auf das Bett links von ihr. Sie fühlte sich erschöpft und leer. Würde ihr das Schicksal denn nichts ersparen? War es ihr vorbestimmt, unschuldig am Galgen zu enden wie ihr Bruder?
Ein herzzerreißendes Schluchzen neben ihr riss Kitty aus ihren düsteren Gedanken. Erstaunt wandte sie sich um und sah Sally mit bebenden Schultern auf ihrem Bett sitzen, das Gesicht in den Händen vergraben. War es möglich, dass die Haft die starke, unverwüstliche Sally Salisbury gebrochen hatte? Nach kurzem Zögern erhob sich Kitty und trat zu ihrer Rivalin.

»Es wird alles gut«, sagte sie tröstend, als spräche sie zu einem Kind.
»Das sagen sie mir alle«, erwiderte Sally. »Dass ich nur geduldig sein muss und bald wieder entlassen werde. Aber ich ertrage das Eingesperrtsein nicht länger …«
Ein Hustenanfall schnitt ihr das Wort ab. Kitty musste an Betty denken, die an der Franzosenkrankheit gestorben war. Und auf einmal verstand sie die Ängste der anderen.
Als Sally wieder zu Atem gekommen war, fragte sie, ohne Kitty anzusehen: »Weshalb bist du hier?«
Kitty setzte sich zu ihr aufs Bett. »Ich bin des Mordes angeklagt.«
Erstaunt hob Sally den Blick zu ihrer Rivalin und sah sie ungläubig an. »Wen sollst du denn umgebracht haben?«
»Einer meiner Freier hat sich erhängt, während ich den Raum verlassen hatte«, erklärte Kitty. »Er glaubte, nur auf diese Weise Befriedigung erlangen zu können.«
Ein höhnisches Lachen brach aus Sally hervor. »O diese dummen Männer! Was stellen sie alles an, nur um den Rausch der Wollust zu erleben!« Das Lachen verstummte ebenso plötzlich, wie es aufgeflammt war. »Wann ist dein Prozess?«, fragte Sally, und zu Kittys Überraschung schwang deutliches Mitgefühl in ihrer Stimme.
»Das weiß ich noch nicht. Es ist erst gestern passiert.«
»Ich wünsche dir, dass es dir besser ergeht als mir. Schließlich habe ich mein Unglück selbst verschuldet.«

»Euer Anwalt erwartet Euch im großen Saal«, verkündete einer der Schließer.
Überrascht erhob sich Kitty von der Liegestatt. Schon nach einer Nacht im Gefängnis fühlte sie sich schmutzig, obwohl der Raum täglich ausgewischt wurde und die Laken sauber

waren. Doch es gab kein Wasser zum Waschen, und der Gestank des nahen Kerkers drang durch die Fenster auch in diesen Bereich des Newgate.

»Seid Ihr sicher, dass er mich zu sprechen wünscht?«, fragte Kitty, die keinen Anwalt erwartete.

»Aber sicher, Herzchen. Offenbar versäumen Eure Verehrer keine Zeit, Euch zu Hilfe zu eilen«, spottete der Schließer, ohne seine Bewunderung verbergen zu können.

»Also gut. Führt mich zu diesem Anwalt.«

Von plötzlicher Hoffnung erfüllt, folgte Kitty dem Mann die schmale Treppe hinab ins Erdgeschoss. Wie schon bei ihrem ersten Besuch hatte Kitty den Eindruck, dass das Gefängnis mehrere hundert Menschen beherbergte, so überfüllt wirkte es.

Einige der Gefangenen lagen in den verschiedenen Abteilungen auf Strohschütten oder dem blanken Boden, andere liefen wie Schlafwandler umher, wieder andere versammelten sich in der Schenke im Untergeschoss, von wo ihr trunkenes Grölen heraufschallte. Es gab Männer und Frauen in Seide und feinem Tuch und Bettler in zerschlissenen Lumpen. Manche trugen nicht einmal mehr genug auf dem Leib, um ihre Blöße zu bedecken.

Als der Schließer Kitty an dem Fenster vorbeiführte, durch dessen Gitter die mittellosen Gefangenen von den Passanten Almosen erbetteln durften, musste sie an den Tag zurückdenken, als sie Susannah aufgesucht hatte. Damals hatte sie einem Unbekannten einen Penny in die magere Hand gedrückt. Nun sah sie in die Gesichter der Unglücklichen.

Ihr Blick fiel auf einen jungen Mann, der bis auf ein schmutziges Tuch, das er sich um die Lenden geschlungen hatte, völlig nackt war. Als er sie bemerkte, sah er sie neugierig an und lächelte ihr zu. Trotz seiner etwas grob geschnittenen Züge und der unrasierten Wangen war er ihr sympathisch, so dass sie das Lächeln freimütig erwiderte.

Während Kitty dem Schließer in den Saal folgte, musste sie noch immer an den jungen Mann denken, der sich in bittersster Armut eine so einnehmende Freundlichkeit bewahrt hatte. Durch das große vergitterte Fenster fielen die Strahlen der Frühlingssonne herein, die jedoch nichts gegen die feuchte Kälte der steinernen Mauern auszurichten vermochte. Nicht einmal das Kohlenfeuer, das in einem gewaltigen Kamin auf der Westseite des Saales brannte, drang in jede Ecke. An einem großen Tisch saßen Gefangene und ihre Besucher. Andere beobachteten das Geschehen von den Galerien auf der Nord- und Ostseite, auf denen durch Bretterwände abgeteilte Betten standen.

Ein junger Mann in kurzer Perücke und einfacher bürgerlicher Kleidung kam mit einem begrüßenden Lächeln auf Kitty zu.

»Es tut mir leid, dass Ihr diese Unannehmlichkeiten ertragen müsst, Madam«, sagte er mitfühlend. »Bedauerlicherweise gibt es vorerst keine Möglichkeit, Euch den Aufenthalt hier zu ersparen.«

Der Advokat war Stephen Robinson, Sohn und Erbe des liebenswürdigen Richters, der Kitty seit Jahren regelmäßig aufsuchte, um sich mit dem Stock züchtigen zu lassen. Sie hatte den Sohn einige Male in Mutter Grimshaws Haus gesehen und seine bewundernden Blicke bemerkt, doch der junge Anwalt stand erst am Anfang seiner Laufbahn und besaß noch nicht die Mittel, um sich Kitty leisten zu können.

»Ich darf Euch versichern, dass die Kosten für Eure Unterbringung beglichen werden, ganz gleich, wie hoch sie sich belaufen mögen«, fuhr Stephen Robinson fort. »Es gab sogar einen Streit zwischen Seiner Gnaden, dem Herzog von Richmond, und seinem Halbbruder St. Albans, wer die Ehre haben sollte, für Eure Unkosten aufzukommen. Schließlich haben sie sich darauf geeinigt, die Summe zu teilen.«

»Bitte bestellt beiden Herren meinen verbindlichsten Dank«, sagte Kitty gerührt.

»Seine Gnaden, der Herzog von Richmond, wollte es sich eigentlich nicht nehmen lassen, Euch aufzusuchen und Euch höchstselbst Trost zu spenden, aber leider hält ihn eine kleine Unpässlichkeit davon ab.«

»Es ist doch nichts Schlimmes, hoffe ich.«

»Er fühlt sich schon eine ganze Weile nicht wohl, aber das wird schon wieder«, meinte der Advokat zuversichtlich. »Nun zu Eurem Fall. Morgen findet die Leichenschau statt, bei der Ihr aussagen müsst. Wenn Ihr Glück habt, befindet man auf Unfall oder Selbstmord. Wenn nicht, wird Euch in drei Wochen im Sitzungshaus am Old Bailey der Prozess gemacht.«

»Und wie schätzt Ihr meine Aussichten ein?«, fragte Kitty.

»Nachdem ich mit dem Konstabler gesprochen habe, der Euch verhaftete und der ebenfalls bei der Leichenschau aussagen wird, befürchte ich, dass dieser Eiferer, der Euer Gewerbe verdammt, alles daransetzen wird, Euch als Schuldige hinzustellen. Ihr werdet wohl um den Prozess nicht herumkommen.«

»Der mit einer Verurteilung zum Tode enden kann«, ergänzte Kitty düster.

»Ja«, gab Robinson zu. »Aber da es keinen Präzedenzfall gibt, ist bei dem Prozess noch alles offen. Verliert nicht die Hoffnung, Madam. Bis nach Tyburn ist es noch ein langer Weg.«

Da er aus ihrem Gesicht las, dass seine Worte sie nicht zu trösten vermochten, faltete er unbehaglich die Hände und sah auf seine Finger hinab, bevor er sich dazu überwinden konnte, weiterzusprechen.

»Leider habe ich noch eine schlechte Nachricht, Madam, die ich Euch nicht ersparen kann.«
»Was ist es?«, drängte Kitty, da er erneut zögerte.
»Als der Tod dieses bedauernswerten Signor Martelli bekanntwurde, erwirkte die Gesellschaft zur Reformation der Sitten einen Durchsuchungsbeschluss für Mistress Grimshaws Putzmacherladen. Heute Morgen stürmten die Büttel das Haus und verhafteten die Kupplerin und einige der Mädchen, derer sie habhaft werden konnten.«
»Allmächtiger!«, entfuhr es Kitty entsetzt. »Das ist alles nur meine Schuld. Wohin hat man die Armen gebracht?«
»Sie wurden unverzüglich einem Friedensrichter vorgeführt. Die Mädchen verurteilte man zu Zuchthaus, Mutter Grimshaw zum Pranger.«
»Das ist schrecklich. Wenn ich doch nur etwas tun könnte, um ihnen zu helfen«, rief Kitty erschüttert.
»Beruhigt Euch. Sie sind nicht die Ersten, die derartige Strafen verbüßen. Die meisten Kupplerinnen machen danach weiter wie bisher. Denkt jetzt nur an Euch. Wenn es etwas Neues gibt, suche ich Euch wieder auf. Falls Ihr etwas braucht, lasst es mich wissen. Hier ist meine Karte.«
»Ich danke Euch. Tatsächlich gibt es da etwas, was Ihr für mich tun könnt«, gestand Kitty.
»Sagt mir, was Euch auf dem Herzen liegt.«
»Könntet Ihr Euch vergewissern, dass es meiner Tochter gutgeht? Ich hatte keine Gelegenheit, nach ihr zu sehen, bevor …«
Kittys Stimme versagte. Beschwichtigend legte der junge Advokat ihr die Hand auf den Arm.
»Seid unbesorgt. Ich werde mich darum kümmern.«

34

Die Leichenschau verlief, wie Robinson es vorhergesagt hatte. Man befand, dass Mr. Martelli eines gewaltsamen Todes durch Erhängen gestorben war. Unentschieden blieb, ob er seinen Tod selbst herbeigeführt oder Opfer eines Verbrechens geworden war. Der Fall wurde an ein höheres Gericht verwiesen.

Am Folgetag erschien erneut der Schließer in Kittys Zelle und teilte ihr mit, dass ihr Anwalt sie zu sprechen wünsche. Bedrückt begab sich die junge Frau in den Saal. Stephen Robinsons Miene verhieß nichts Gutes.

»Was ist passiert?«, fragte Kitty, die eine unheilvolle Ahnung überkam.

»Ein schreckliches Unglück, Madam«, begann der Advokat, der ganz aufgelöst wirkte. »Gestern um die Mittagszeit stellte man Mutter Grimshaw an den Pranger von Covent Garden. Eine große Menge hatte sich eingefunden, um sie zu sehen. Die Stimmung war ausgelassen, aber keineswegs feindselig. Es stellte sich jedoch heraus, dass sich unter den Zuschauern auch einige Eiferer befanden, die vermutlich von einem Konstabler der Gesellschaft zur Reformation der Sitten aufgehetzt worden waren. Neben Eiern und Kohlblättern flogen auch einige Steine durch die Luft. Einer davon traf Madam Grimshaw am Kopf. Als man sie befreite, war sie bereits bewusstlos. Man brachte sie ins Bridewell zurück und rief einen Wundarzt. Doch sie starb während der Nacht. Es tut mir sehr leid.«

Kitty schlug die Hand vor den Mund, um ein Schluchzen zu unterdrücken. Das konnte nicht wahr sein! Mutter Grimshaw tot? Die Gevatterin war ihr in den letzten Jahren zur

Freundin geworden, auf deren Beistand sie sich verlassen konnte. Mit ihrem Tod brach alles, was sich Kitty aufgebaut hatte, wie ein Kartenhaus zusammen.
»Entschuldigt mich«, murmelte sie und wandte sich ab.
Wie in einem Zustand der Betäubung verließ sie den Saal und blieb orientierungslos an der Tür stehen.
»Kitty!«, rief eine Stimme, die ihr vertraut war. Sie musste jedoch einen Moment nachdenken, bevor sie sie zuordnen konnte. Verblüfft wandte sie sich um.
»Jonny!«, stieß sie hervor. Ein Anflug von Freude verdrängte für einen Augenblick die Trauer. »Was machst du hier?«
Über die Jahre hatte sie dem Fackelträger stets Geld zugesteckt, wenn er ihr über den Weg gelaufen war, doch während der letzten Monate hatte sie ihn immer seltener in den Gassen um Covent Garden gesehen. Nun erschien er ihr älter als seine zehn Jahre. Sein schmales Gesicht unter dem Schopf struppigen braunen Haares hatte sich kaum verändert, doch in seinen Augen lag ein Ausdruck, als habe er in seinem jungen Leben bereits zu viel Elend gesehen.
»Ich habe mich beim Schlupfen erwischen lassen«, gestand Jonny beschämt. Seine Zerknirschung bezog sich dabei offensichtlich nicht darauf, dass er zum Dieb geworden war, sondern dass man ihn geschnappt hatte.
»Wieso stiehlst du?«, fragte Kitty vorwurfsvoll. »Warum bist du nicht zu mir gekommen, wenn du Geld brauchst?«
Herausfordernd sah der Junge sie an. »Ich kann dir nicht für immer auf der Tasche liegen, Herzchen«, erklärte er hochmütig. »Ich habe neue Freunde gefunden, die mich Jonathan Wild vorgestellt haben. Für ihn arbeite ich jetzt. Er holt mich hier heraus, wirst schon sehen.«
»Ach Jonny, wie konntest du dich nur in die Hände dieses Teufels begeben?«, entfuhr es Kitty. Sie seufzte tief. »Weißt

du denn nicht, dass Jonathan Wild seine Diebe und Gauner nur ausnutzt? Sobald sie ihm nicht mehr dienlich sind, opfert er sie dem Henker. Dir wird es irgendwann ebenso ergehen.«

»Und woher willst du das wissen?«, fragte Jonny zweifelnd.

»Vor langer Zeit kannte ich einen von Wilds Räubern, der mir viel über den ›aufrichtigen‹ Jonathan erzählt hat.«

»Trotzdem glaube ich nicht, dass er mich im Stich lassen wird. Er hat mir selbst gesagt, wie sehr er mich schätzt.« Trotzig reckte Jonny das Kinn. »Und er hat versprochen, dir bei deinem Prozess zu helfen.«

Kitty erbleichte. »Wild hat mit dir über mich gesprochen?«

»Nein, nicht mit mir persönlich. Einer meiner Kumpel, der mich regelmäßig hier besucht, hat mir aufgetragen, dir zu versichern, dass du auf Jonathan Wilds Unterstützung rechnen kannst.«

»Warum sollte der Diebesfänger mir helfen wollen?«

»Er bewundert dich«, erklärte Jonny, als sei es die natürlichste Sache der Welt. »Er hat versprochen, sich in den Bordellen der Stadt umzuhören, ob dieser Italiener noch andere Huren darum gebeten hat, ihm eine Schlinge um den Hals zu legen. Das würde beweisen, dass er verrückt war, und deine Sache begünstigen.«

Kitty packte den Jungen bei den Schultern und sah ihn eindringlich an. »Schwöre mir, dass du Wild nicht erzählst, dass du mich von früher kennst. Schwöre es!«

»Schon gut, ich schwöre es«, versprach Jonny. »Hätte nicht gedacht, dass du dich für unsere Zeit auf der Straße so sehr schämst.«

Erleichtert ließ Kitty den Knaben los und trat von der Tür zurück, um einen Mann vorbeizulassen, der den Saal verließ. Erst als er sich galant vor ihr verbeugte, erkannte Kitty den jungen Burschen, den sie zwei Tage zuvor am Gitter des Kerkers hatte betteln sehen.

»Es tut mir leid, wenn ich Euch gestört habe, Madam«, sagte er höflich.

Interessiert musterte Kitty ihn. Er war stattlich gebaut. Unter der nackten Haut seines Oberkörpers zeichneten sich die kräftigen Muskeln an Brust und Armen ab. Vom Nacken zogen sich dicke Stränge bis zu den Schultern, die verrieten, dass er in seinem Leben schwere Lasten getragen haben musste. Aus seinen Zügen war aufrichtige Bewunderung für sie zu lesen, während er sie ohne Verlegenheit musterte. Seine Offenheit gefiel ihr. Er schien ein Mensch zu sein, der seine Meinung ohne Ausflüchte kundtat. Kitty nickte ihm zu und sah ihm nach, als er sich den düsteren Gang entlang entfernte.

»Der Herkules scheint dir zu gefallen, Herzchen«, bemerkte Jonny ungeniert.

»Kennst du ihn?«, fragte Kitty.

»Nein. Er ist kein Gauner. Wahrscheinlich stammt er aus einer der Abteilungen für Schuldner auf der ›Volksseite‹.«

»Kannst du etwas über ihn herausfinden?«

»Natürlich. Wenn du willst.« Mit einem schelmischen Grinsen verabschiedete sich der Junge von ihr und tauchte in der bunten Menge unter, die den großen Saal bevölkerte.

Mit einem Knall zersplitterte die Flasche im Kamin. Kitty fuhr heftig zusammen, obgleich sie den Wutanfall ihrer Zellengenossin vorausgesehen hatte. Sally begann bereits früh am Morgen zu trinken, und am späten Nachmittag war sie stets so sternhagelvoll, dass sie nicht mehr klar denken konnte. An manchen Tagen fiel sie dann einfach in einen tiefen, betäubungsähnlichen Schlaf, an anderen überkamen sie schreckliche Wutausbrüche, die meist in einem großen Katzenjammer endeten.

»Das verdammte Zeug ist alle!«, schrie Sally erbost. »Weshalb hat man mir keine neue Flasche mitgebracht? Ich will etwas zu trinken, verflucht noch mal!«

Schwankend taumelte sie durch die Zelle in Richtung Tür.

»Wohin gehst du?«, rief Kitty beunruhigt.

»Was schert dich das? Runter in die Schenke. Bei Mistress Spurling gibt's Brandy«, gab Sally gereizt zurück.

»Ich denke, du hast genug«, sagte Kitty beschwichtigend.

»Kümmere dich um deine Angelegenheiten, Schlampe«, war die Antwort.

Kitty folgte der Unvernünftigen zur Tür und ergriff ihren Arm, um sie zurückzuhalten. Doch Sally riss sich energisch los.

»Lass mich!«, grollte sie und wankte aus der Zelle.

Eine Weile blieb Kitty unschlüssig auf der Schwelle stehen und blickte ihr nach, dann besann sie sich und folgte ihrer Rivalin in einigem Abstand zur Treppe. An der Wand zur Rechten Halt suchend, taumelte Sally die Steinstufen in den ersten Stock hinab. Die Gefangenen, denen sie begegnete, nahmen keine Notiz von ihr. Trunkenheit gehörte im Newgate zum Alltag. Als Sally am Fuße der Treppe angekommen war und einen Moment innehielt, als versuche sie, sich zu orientieren, kamen drei Männer um eine Ecke. Als sie die betrunkene Kurtisane in ihrem tief dekolletierten feinen Kleid erblickten, stießen sie einander an und grinsten breit. Ein paar ermunternde Worte wurden gewechselt, dann traten die rauhen Burschen Sally in den Weg. Ehe diese reagieren konnte, hatten zwei der Männer sie an den Armen gepackt und zerrten sie in die nächstgelegene Abteilung.

Erschrocken blieb Kitty stehen. Die Wüstlinge hatten sie im

Halbdunkel des Treppenlaufs nicht bemerkt. Mit wild schlagendem Herzen stand Kitty einen Moment wie gelähmt da. Sie wusste nur zu gut, was ihrer Zellengenossin bevorstand. Am ganzen Körper zitternd, ging Kitty die restlichen Stufen hinab und blieb an der Gittertür stehen, durch die Sally gezerrt worden war. Sie brachte es nicht über sich, ins Innere des Raumes zu sehen, doch sie hörte die anfeuernden Rufe der Männer, ihr lustvolles Keuchen und die halberstickten Schreie der vergewaltigten Frau. Die lang verdrängte Erinnerung an Francis Charteris kehrte schmerzvoll in Kittys Gedächtnis zurück und ließ sie an den Rand einer Ohnmacht gleiten. Mühsam hielt sie sich aufrecht. Ein Teil von ihr wollte Sally zu Hilfe eilen, doch ein anderer mahnte sie zur Flucht, wenn sie nicht selbst zum Opfer werden wollte.
Nachdem die drei Männer sich nacheinander an der Kurtisane vergangen hatten, verließen sie den Raum und traten auf den Gang hinaus. Starr vor Angst an die Wand gepresst, war Kitty nicht fähig, sich zu rühren. Wie durch ein Wunder bemerkten die Burschen sie nicht, als sie sich in Richtung Trinkstube entfernten. Doch es dauerte noch eine ganze Weile, bevor Kitty die Gewalt über ihre Glieder zurückgewann und sich von der schützenden Steinmauer lösen konnte.
Vorsichtig betrat sie den Raum, in dem Sally benommen auf dem schmutzigen Boden lag. Erst jetzt bemerkte Kitty die anderen Gefangenen, die teilnahmslos auf ihren Pritschen lagen. Sie waren Zeuge des schrecklichen Geschehens geworden, doch keiner hatte einen Finger gerührt, um Sally zu helfen. Vielleicht hatten sie sogar genussvoll zugesehen.
»Steh auf«, beschwor Kitty ihre Zellengenossin. Den Arm um Sallys Taille gelegt, bemühte sich Kitty, sie auf die Füße zu ziehen. »Du musst aufstehen!«
Willenlos gehorchte die Kurtisane und ließ sich die Treppe

hinaufführen. Als Kitty Sally auf ihrer Bettstatt absetzte, fiel diese zu einem erbarmungswürdigen Häufchen Elend zusammen. Ihr Körper wurde von Schluchzern geschüttelt. Hilflos streichelte Kitty ihr sanft über das zerzauste Haar.

»Was ist los? Ist sie krank?«, fragte eine Stimme von der Tür her.

Kitty hob den Kopf und sah einen der Schließer auf der Schwelle stehen.

»Wenn Ihr Euch nützlich machen wollt, holt eine Flasche Brandy aus der Trinkstube«, sagte sie unfreundlich.

»Das kostet Euch drei Schillinge«, forderte der Schließer.

Kitty warf ihm die Münzen zu. »Fahrt zur Hölle!«

»Für eine Umarmung und einen Kuss von einer heißen Schlampe wie dir gerne«, gab der Mann lachend zurück und verschwand.

Als er mit dem Brandy zurückkehrte, nahm Kitty die Flasche entgegen und beachtete ihn nicht weiter. Brummend verließ er die Zelle, und die junge Frau atmete erleichtert auf. Solange sie sich im Gefängnis aufhielt, würde sie stets Gefahr laufen, eines Tages dasselbe Schicksal zu erleiden wie Sally. Sie brauchte einen Beschützer.

Während Kitty ihrer Zellengenossin einen Becher Brandy einflößte, zerbrach sie sich den Kopf, was sie tun sollte. Flüchtig dachte sie daran, Jonathan Wilds Angebot anzunehmen. Niemand würde es wagen, sie anzurühren, wenn sie unter dem Schutz des gefürchteten Diebesfängers stand. Doch allein die Aussicht, Wild wiederzusehen, ließ sie bis ins Mark erstarren. Wie könnte sie sich mit dem Mörder ihres Bruders einlassen?

Am nächsten Morgen klopfte jemand an die Zellentür, die Kitty nun stets geschlossen hielt, auch wenn es der Frau des Kerkermeisters nicht gefiel. Es war Jonny.

»Ich habe mich nach dem Herkules erkundigt, der es dir angetan hat«, berichtete er. »Sein Name ist Samuel Drake. Er arbeitete lange Zeit als Schreiner, doch als seine Frau starb, geriet er in Schulden und musste die Werkstatt aufgeben. Eine Weile schlug er sich mit Gelegenheitsarbeit durch, zuletzt als Sänftenträger, aber seine Schulden wuchsen ihm immer mehr über den Kopf, und so landete er schließlich im Schuldgefängnis. Ohne die Almosen, die er am Gitter erbettelt, wäre er längst verhungert.«

Nachdenklich strich sich Kitty übers Kinn. »Du sagtest doch, dass einer deiner Kumpel dich regelmäßig hier besucht, nicht?«

»Ja«, bestätigte Jonny. »Das Getümmel im großen Saal zur Besuchszeit ist für jeden Langfinger verlockend.«

»Würde er dir einen Gefallen tun?«

»Kommt drauf an.«

»Wenn ich dir Geld gebe, kann er Mr. Drake neue Kleider besorgen?«

Der Junge zwinkerte ihr verständnisinnig zu. »Klar. Geht in Ordnung.«

Jonny stand zu seinem Wort. Am folgenden Nachmittag erschien er in Begleitung Samuel Drakes in der Tür zu Kittys Zelle. Der Hüne trug einen leicht abgewetzten, aber sauberen Rock, dazu Weste, Hemd, Kniehosen, Strümpfe und Schuhe. Fast bedauerte Kitty, dass die neuen Kleidungsstücke seinen ansehnlichen muskulösen Körper verbargen. Aber dem ließ sich abhelfen.

»Du hast Besuch«, verkündete Jonny und schob den noch unschlüssigen jungen Mann über die Schwelle, bevor er sich grinsend zurückzog.

Kitty hatte sich von ihrer Liegestatt erhoben und trat Samuel

Drake entgegen. Als sie seinen unsicheren Blick zu Sally wandern sah, die betrunken auf ihrem Bett schlief, sagte sie leichthin: »Kümmert Euch nicht um sie. Sally nimmt nichts um sie herum mehr wahr.«

»Der Junge sagte, dass ich Euch diese milde Gabe verdanke, Madam«, sagte Samuel und deutete auf seinen Rock. »Wie kann ich Euch für Eure Großzügigkeit danken?«

»Ihr braucht mir nicht zu danken, Sir«, erwiderte Kitty herzlich. »Ich sah Eure Not und fühlte mich verpflichtet, Euch zu helfen. Ihr macht den Eindruck eines ehrlichen Mannes, dem das Schicksal übel mitgespielt hat.«

»Ich habe mir mein Unglück selbst zuzuschreiben. Wenn ich tüchtiger gewesen wäre …«

»Jeder macht einmal schlechte Zeiten durch«, unterbrach Kitty ihn. »Ich bin sicher, Ihr werdet wieder auf die Beine kommen, wenn Ihr erst einmal aus dem Schuldgefängnis heraus seid.«

»Euer Wort in Gottes Ohr, Madam!«

Mit einer einladenden Geste wies Kitty auf die Bettstatt. »Wollt Ihr nicht Platz nehmen, Sir? Es ist recht einsam hier im Presshof.«

Einen Moment lang zögerte er, doch dann kam er ihrer Aufforderung nach und ließ sich auf das knarrende Bett nieder. Kitty setzte sich neben ihn.

»Welches Unglück hat ein so bezauberndes Geschöpf wie Euch in dieses Loch verschlagen?«, erkundigte sich Samuel, nachdem er sich nervös geräuspert hatte.

»Einer meiner Kunden hat sich in meinem Gemach erhängt«, berichtete Kitty. »Nun macht man mich verantwortlich für seinen Tod.«

»Heißt das, Ihr werdet des Mordes angeklagt?«, fragte er bestürzt.

»So ist es. Doch ich habe nichts getan, um ihn zu dieser Tat zu ermuntern, das schwöre ich.«
»Daran zweifle ich nicht, Madam.« Er sah sie mit einer Mischung aus Sorge und Bedauern an, die sie rührte. »Ich wünschte, ich könnte Euch helfen.«
»Das könnt Ihr«, antwortete sie leise und rückte ein Stück näher, so dass ihr Knie seinen Schenkel berührte. »Ich fürchte mich hier so allein. Ihr seht ja, meine Zellengenossin ist nicht bei sich und vermag mir keinen Trost zu spenden. Ich würde mich sehr freuen, wenn Ihr mir ein wenig Gesellschaft leisten würdet.«
Seine ehrlichen blauen Augen unter der breiten geraden Stirn und den dichten dunklen Brauen richteten sich erstaunt auf sie, als sei er nicht sicher, richtig verstanden zu haben. Kitty hob die Hand und legte sie zärtlich auf seine Wange, die von einem Dreiwochenbart überwuchert war. Die Berührung ließ Samuel erschauern.
»Küsst mich«, hauchte Kitty. Ihre Miene war ernst und fordernd. Ihre Hand legte sich um seinen Nacken und zog ihn näher zu sich heran. Da löste sich endlich seine Überraschung. Er schlang die Arme um sie, drückte sie an sich und küsste sie mit so heißem Verlangen, dass Kitty innerlich frohlockte. Sie hatte diesen Mann vom ersten Augenblick an begehrt, als sie ihn halb nackt am Almosengitter gesehen hatte. Sein Kuss entfachte ihre Lust auf eine Weise, wie sie es seit ihrer Zeit mit Daniel nicht mehr erlebt hatte.
Zögernd löste sich Samuel von ihr und blickte sie fragend an. Kittys Lächeln nahm ihm den letzten Zweifel. Begierig küsste er sie erneut und ließ seine warmen Lippen über ihren Hals und den Nacken wandern. Einladend entfernte sie das Tuch, das ihren Ausschnitt bedeckte, und bot ihm ihre hervorquellenden Brüste dar. Gleichzeitig glitt ihre Hand seine Flanke

hinab, über die kräftigen Schenkel zu seinem Schritt. Erregt stöhnte er auf.
»Seid Ihr sicher, dass Ihr das wollt?«, fragte er keuchend.
»Hätte ich Euch sonst hergebeten?«, gab sie ironisch zurück. Mit einem herausfordernden Blick ergriff Kitty seine Hand und dirigierte sie unter ihre Röcke. Da war es um Samuels Beherrschung geschehen. Er legte den Arm unter ihre Schenkel und hob sie aufs Bett. Dann öffnete er seine Kniehose, entblößte ihre Beine und legte sich auf sie. Leidenschaftlich empfing Kitty ihn in ihren Armen und zog seinen Kopf zu sich herunter, bis sich ihre Lippen trafen. Der junge Mann konnte nicht länger warten. Als er in sie drang, bewegte sie sich rhythmisch mit ihm. Und als er stöhnend zum Höhepunkt kam, durchlief ein Schauer höchster Lust ihren Körper. Sie hielt ihn noch einen Moment in sich gefangen, bevor sie ihn schließlich keuchend freigab.
Befriedigt sank er neben sie und musterte sie eine Weile lächelnd. Dann begann er sie zärtlich zu streicheln, ihre Wange, den Hals, die Brüste, die sich rasch unter ihrem schnellen Atem hoben.
Kurze Zeit später überkam Samuel erneut das Verlangen nach ihr. Er überschüttete sie mit Küssen, die Kittys Haut entflammten. Hastig half sie ihm, ihr Kleid aufzuhaken, so dass er ihre Brüste umfassen und mit der Zunge die dunklen Brustwarzen umspielen konnte.
Nachdem sich Samuel seines Rockes, der Weste und der Kniehose entledigt hatte, nahm er sie wieder in die Arme, und ihre erhitzten Körper verschmolzen miteinander. Als sie schließlich erschöpft auf das Lager sanken, zog der junge Mann fürsorglich die Decke über Kitty und schmiegte sich fest an sie. Das erste Mal seit langem fühlte sie sich in den Armen eines Mannes völlig geborgen. Sanft streichelte sie

seine Schulter, den muskulösen Nacken, das verfilzte lange, dunkle Haar.

»Warum tut Ihr das?«, fragte Samuel. »Ich kann Euch nicht bezahlen.«

»Auch eine Hure gibt sich zuweilen einfach nur ihrem Verlangen hin«, erwiderte Kitty. »Ich habe Euch zu mir rufen lassen, weil ich Euch begehre.«

»Und weil Ihr in dieser Räuberhöhle den Schutz eines Mannes braucht«, bemerkte er.

Kitty lächelte. Offenbar war der junge Schreiner nicht so leichtgläubig, wie sie gedacht hatte.

»Ich biete Euch die Möglichkeit, die düsteren Kerker der Volksseite zu verlassen und fortan dieses weitaus bequemere Gemach mit mir zu teilen«, sagte sie in geschäftsmäßigem Ton. »Ihr müsstet nicht mehr hungern, und wenn ich das Gefängnis verlasse, sorge ich dafür, dass auch Ihr freikommt.«

Mit einer Kopfbewegung in Sallys Richtung fragte Samuel: »Wird Eure Zellengenossin damit einverstanden sein?«

»Macht Euch keine Sorgen um sie. Ich werde ihr klarmachen, dass Eure Anwesenheit auch in ihrem besten Interesse ist«, versicherte Kitty ungerührt. »Also sind wir uns einig?«

»Nur ein Dummkopf würde ein solches Angebot ausschlagen«, meinte Samuel. Seine Miene verriet, dass er sein Glück noch nicht so recht fassen konnte. »Verlasst Euch auf mich. Solange ich in Eurer Nähe bin, wird Euch niemand zu nahe treten!«

Wie Kitty erwartet hatte, brauchte sie nur wenig Überzeugungsarbeit zu leisten, um Sally begreiflich zu machen, dass Samuel Drake auch sie in Zukunft vor Übergriffen schützen würde. So fand sich Sally damit ab, dass der junge Mann fortan ihre Zelle teilte. Er schlief in Kittys Bett, und sie nahmen gemeinsam die Mahlzeiten ein, die gegen einen Aufpreis aus einer Garküche ins Gefängnis geschickt wurden.

Zu ihrem nächsten Treffen mit Stephen Robinson im großen Saal begab sich Kitty unter Samuels Schutz. Die düstere Miene des Advokaten kündigte indes weitere schlechte Nachrichten an.

»Seine Gnaden, der Herzog von Richmond, schickt Euch herzliche Grüße«, begann Robinson. »Leider kann er Euch nicht aufsuchen, wie er es sich wünscht. Seine Gnaden ist schwer erkrankt und hat sich auf seinen Landsitz Goodwood zurückgezogen.«

»Das tut mir sehr leid«, sagte Kitty mit tiefem Bedauern. »Bitte überbringt ihm meine herzlichen Wünsche für eine baldige Genesung.«

»Das werde ich tun«, versicherte der Advokat. »Aber ich habe auch gute Neuigkeiten. Zu meiner Überraschung erhielt ich gestern in meinen Gemächern im Inner Temple Besuch von Mr. Jonathan Wild, dem Diebesfänger. Er teilte mir mit, dass er in den Bordellen von Covent Garden Erkundigungen eingezogen habe. Dabei fand er heraus, dass dieser Signor Martelli seine absonderlichen Wünsche gegenüber zwei weiteren Damen der Nacht geäußert hatte, bevor er Euch aufsuchte. Das würde bedeuten, es war einfach Pech, dass er sein Vorhaben ausgerechnet in Eurem Gemach in die Tat umsetzte. Im Grunde hätte es auch jede andere treffen können. Mr. Wild sagte zu, die beiden Zeuginnen am Tag Eures Prozesses beizubringen.«

Zu seinem Erstaunen entlockte seine Erklärung Kitty keine Begeisterung. »Hat Mr. Wild gesagt, was er als Gegenleistung verlangt?«, fragte sie ernst.

»Nein. Ich hatte den Eindruck, dass er Euch nur einen Dienst

erweisen wollte. Diese Zeuginnen sind vielleicht Eure einzige Chance, dem Henkersstrick zu entgehen, Madam.«
»Gibt es denn keinen anderen Weg?«
»Ihr seid bei Gericht ganz auf Euch allein gestellt«, erinnerte sie Robinson. »Da Ihr eines Kapitalverbrechens angeklagt seid, habt Ihr kein Anrecht auf einen Verteidiger. Ich werde zwar an Eurer Seite sein, aber ich darf Euch nur in möglicherweise auftretenden Rechtsfragen beraten. Ihr müsst selbst die Geschworenen von Eurer Unschuld überzeugen.«
»Wisst Ihr, welcher Richter bei dem Prozess den Vorsitz führen wird?«, erkundigte sich Kitty. Das Zittern in ihrer Stimme verriet, dass ihr der Ernst der Lage bewusst war.
»Vermutlich werden mehrere Richter auf der Bank sitzen«, erklärte der Advokat mit einem leichten Schulterzucken. »Der Lord Mayor, der Recorder und der Common Serjeant werden ebenfalls anwesend sein. Der ranghöchste Richter führt dann den Vorsitz.«
»Verstehe«, sagte Kitty ergeben. »Mein Leben hängt also davon ab, wie dessen moralische Überzeugungen aussehen. Sollte er einer der Gesellschaften zur Reformation der Sitten angehören, kann mir auch Jonathan Wild nicht mehr helfen.«
Robinson schwieg, doch der Ausdruck auf seinem Gesicht bestätigte ihre Einschätzung.

In ihre Zelle zurückgekehrt, verließ Kitty zum ersten Mal seit ihrer Einkerkerung der Mut. Schluchzend warf sie sich in Samuels Arme und weinte sich an seiner Schulter aus. Der junge Mann wusste nichts anderes zu tun, als sie fest an sich zu drücken und tröstend auf sie einzureden. Schließlich bekam er Unterstützung von unerwarteter Seite. Sally, die einen ihrer besseren Tage hatte, setzte sich zu ihnen und bot ihrer Rivalin

einen Schluck Branntwein an. Willenlos kippte Kitty den Alkohol hinunter, der ihr die Kehle verbrannte.
»Ich werde meine Tochter nie wiedersehen«, jammerte sie. Sie nahm Samuels Gesicht in beide Hände und blickte ihn aus verweinten Augen an. »Versprich mir, dass du für Helen sorgen wirst, Sam.«
In den letzten Tagen hatte sich die Vertrautheit zwischen ihnen so weit vertieft, dass sie dazu übergegangen waren, einander mit Vornamen anzusprechen.
»Es wird alles gutgehen«, sagte Sam beschwörend. »Du wirst nicht verurteilt werden. Gott kann das nicht zulassen!«
»Ich wünschte, du hättest recht«, wimmerte Kitty. »Aber auch mein Bruder war unschuldig, als man ihn hängte. Und Gott hat nicht eingegriffen. Ich hinterlasse dir mein Vermögen. Benutze es, um Helen eine Zukunft zu ermöglichen. Sie soll nie wieder Hunger leiden!«
»Ich verspreche es«, versicherte Sam und nahm sie erneut in die Arme.

35

Die Eisenringe lagen kalt und schwer um Kittys Handgelenke. Das Verlies, in dem sie darauf wartete, mit ihren Leidensgenossen vom Newgate-Gefängnis in den Gerichtssaal am Old Bailey hinübergeführt zu werden, war erfüllt von metallenem Hämmern. Zur Sicherheit hatte ein Gefangener unter Aufsicht der Schließer den Angeklagten Hand- und Fußschellen angelegt und sie zu viert oder fünft aneinandergekettet. Das erste Mal seit drei Wochen musste Kitty Sams Gesellschaft entbehren und ihren Anklägern ganz allein gegenübertreten. Ihre einzige Begleitung waren Mörder und Diebe beiderlei Geschlechts, die ihrem Prozess mehr oder weniger gefasst entgegensahen. In einer der Gruppen, die vor ihr in den Gerichtssaal gebracht worden waren, hatte Kitty Jonny entdeckt. Dessen Miene verriet den unerschütterlichen Glauben, dass Jonathan Wild ihn vor einem Schuldspruch bewahren würde. Kitty konnte nur hoffen, dass der Junge recht behielt.

Würde der Diebesfänger Wort halten und dafür sorgen, dass die von ihm aufgespürten Entlastungszeugen für sie aussagen würden? Welchen Preis würde er dafür von ihr verlangen? Noch immer war sich Kitty nicht im Klaren darüber, ob sie Wild für sein Hilfsangebot dankbar sein sollte. Konnte sie es überhaupt annehmen, nach allem, was er ihr angetan hatte?

Vor zwei Wochen hatte Stephen Robinson ihr die Nachricht vom Tode des Herzogs von Richmond überbracht. Dem jungen Advokaten oblag nun die traurige Pflicht, seine in Frankreich lebende Mutter Louise de Keroualle, letzte überlebende Mätresse König Charles' II., von dem Ableben ihres gerade fünfzigjährigen Sohnes zu unterrichten. Doch auch für Kitty war Charles Lennox' Tod ein herber Verlust. Er war ihr über die Jahre stets eine verlässliche Stütze gewesen. Auch ihre anderen Verehrer hielten fast alle weiterhin zu ihr, doch keiner von ihnen stand ihr so nah wie Richmond.

Nachdem alle Gefangenen aneinandergekettet waren, setzte sich die kleine Gruppe in Bewegung. Unterwegs begegneten sie den zuvor abgeurteilten Häftlingen, die in den Kerker zurückgebracht wurden. Nach einem kurzen Fußmarsch den Old Bailey entlang, zwischen Reihen gaffender Schaulustiger hindurch, erreichten sie das dreistöckige Gerichtsgebäude und wurden in einen Vorhof geführt, der von einer hohen Mauer umgeben war. Eng zusammenstehende scharfe Eisenspitzen erschwerten ein Überklettern. Der Gerichtssaal erhob sich wie eine Theaterbühne vor den Häftlingen. Er nahm das Erdgeschoss des Gebäudes ein, war aber zur Straße hin offen, so dass Kitty die Richter und Geschworenen auf der Estrade im Innern sehen konnte. Allerdings waren sie zu weit entfernt, um ihre Gesichter zu erkennen.

Fünf Namen wurden aufgerufen, darunter auch Kittys, und die Angesprochenen traten an die Schranke, die sie vom Sitzungssaal trennte. Nervös ließ die junge Frau den Blick über die anwesenden Richter gleiten. Ihr Herz machte einen Sprung, als sie Sir John Robinson unter ihnen entdeckte. Und als der Richter ihr wohlwollend zuzwinkerte, überkam sie neue Hoffnung. Kitty sah auch Jonathan Wild unter den Zuschauern, wandte jedoch die Augen ab, bevor sich ihre Blicke begegneten.

Nacheinander übersetzte der Gerichtsschreiber die in Latein abgefassten Anklageschriften der fünf Aufgerufenen ins Englische und fragte, ob sie sich schuldig oder nicht schuldig bekannten.

»Nicht schuldig«, erwiderte Kitty, und die anderen Gefangenen taten es ihr gleich.
Daraufhin wandte sich der Gerichtsschreiber wieder an Kitty: »Angeklagte, wie soll über dich gerichtet werden?«
»Durch Gott und mein Land.«
Während ein Schließer den fünf Häftlingen die Ketten abschlug, wurde die Jury aufgerufen. Zwölf Männer nahmen auf der Geschworenenbank Platz und wurden vereidigt. Prüfend betrachtete Kitty ihre Mienen. Waren Mitglieder der Gesellschaft zur Reformation der Sitten unter ihnen, die sie als Tochter der Sünde verdammen würden?
Kittys Fall wurde als Erstes verhandelt. Nachdem die Anklageschrift für die Geschworenen ein zweites Mal verlesen worden war, erhob sich der Ankläger und wandte sich an Richter und Jury.
»Meine Herren, ihr seht hier vor euch eine jener Kreaturen, die ihren Körper für Geld den Gelüsten der Männer darbieten. Im Hundred of Drury, in dem Covent Garden liegt, gibt es unzählige wie sie, die unsere schöne Stadt, ach, was sage ich, das ganze Land in Verruf bringen. Indes ist es auch eine bedauerliche Tatsache, dass es Männer gibt, die vor keiner Abartigkeit zurückschrecken, um ihre schmutzige Wollust zu befriedigen. Daher ist es umso wichtiger, dass diejenigen, die sich zu Komplizinnen solcher abscheulichen Auswüchse machen, die ganze Strenge des Gesetzes zu spüren bekommen, so dass andere, denen ein ähnliches Angebot gemacht wird, abgeschreckt werden.«
Ein Angstschauer durchlief Kitty. Zu ihrem Schrecken wurde ihr klar, dass der Ankläger die Absicht hatte, an ihr ein Exempel zu statuieren. Sollten die Geschworenen so denken wie er, war sie verloren.
Als erster Zeuge der Anklage trat der Konstabler John Hall

vor. Ohne Kitty anzusehen, erzählte er, was sich in jener Nacht zugetragen hatte, als er zu Mistress Grimshaws Putzmacherladen gerufen worden war. Er gab wieder, was die Inhaberin des verrufenen Hauses und die Angeklagte ihm über das Geschehen berichtet hatten.

»Zwar bestritt Miss Montague, dass sie Mr. Martelli die Schlinge um den Hals gelegt habe, wie er es wünschte, doch ich vermute, dass sie nur versuchte, sich aus der Verantwortung zu ziehen«, sagte er, ohne die Verachtung in seiner Stimme verbergen zu können.

Da unterbrach ihn der Vorsitzende Richter Lord Chief Justice Pratt.

»Was gab Euch Anlass zu dieser Vermutung, Sir? Habt Ihr Anzeichen gefunden, die beweisen, dass nur Mistress Montague Mr. Martelli erhängt haben konnte? Hätte Mr. Martelli dies nicht auch selbst tun können, als Mistress Montague den Raum verlassen hatte?«

»Doch, Mylord, aber …«

»In welcher Höhe befand sich der Riegel, an dem Mr. Martelli sich erhängt haben soll?«

»In Augenhöhe, Mylord.«

»Folglich hätte er ohne fremde Hilfe den Strick daran befestigen können?«

»Ja, Mylord, durchaus«, gab Hall zerknirscht zu.

»Fahrt fort, Sir.«

Als der Konstabler seine Aussage beendet hatte, wurde Meister Hearne aufgerufen. Sein mitfühlender Blick begegnete Kittys, und sie nickte ihm zu.

Der Wundarzt beschrieb seine Untersuchung des Toten und fügte hinzu, dass er Mistress Grimshaw und Mistress Montague bereits seit Jahren kenne und es noch nie Beschwerden über sie gegeben habe. Daraufhin sagte der Leichenbeschauer aus. Er bestätigte, dass Martelli durch Erhängen zu Tode gekommen war.

»Gab es noch andere Verletzungen?«, erkundigte sich Sir John Pratt.

»Keine frischen«, antwortete der Leichenbeschauer. »Allerdings war Mr. Martellis Körper von alten Narben bedeckt, die darauf hindeuteten, dass er sich in der Vergangenheit häufig hat züchtigen lassen.«

Richter Robinson und einige andere anwesende Männer senkten verlegen die Köpfe, und für einen Moment war es still im Saal. Schließlich räusperte sich Sir John Pratt und fragte den Ankläger: »Mr. Jones, habt Ihr noch weitere Zeugen?«

»Nein, Mylord.«

»Dann bitte ich Euch, Mistress Montague, in den Zeugenstand zu treten und dem Gericht Eure Version der Ereignisse vorzutragen«, sagte der Lord Chief Justice.

Mit klopfendem Herzen straffte sich die junge Frau. Sie schämte sich für ihre Aufmachung, die unter dem wochenlangen Aufenthalt im Newgate gelitten hatte. Notdürftig hatte sie sich Gesicht und Hände gewaschen und die schmutzigen Haarsträhnen zu einem festen Knoten gebunden. Zumindest ihr Kleid und ihr Spitzenhäubchen waren sauber. Stephen Robinson hatte ihr die Kleidungsstücke besorgt. Der junge Anwalt, der unter der Richterbank an einem Tisch saß, lächelte ihr aufmunternd zu.

In aufrechter Haltung trat Kitty in den Zeugenstand und umklammerte den Rand der Brüstung mit den Händen. Mit klarer Stimme berichtete sie, wie Mutter Grimshaw sie nach Mitternacht jenes unheilvollen Tages zu sich hatte rufen lassen und ihr Signor Martelli vorgestellt hatte. Sie gab den Wortlaut der Unterhaltung wieder, die sie mit dem Italiener in der »Kinderstube« geführt hatte, und zählte die absonderlichen

Wünsche auf, die er im Verlauf äußerte und die sie entschieden abgelehnt hatte.
Alle Anwesenden lauschten Kittys Aussage wie gebannt. Es war so still im Saal, dass die Gespräche der Passanten zu hören waren, die den Old Bailey entlanggingen.
Kitty bekräftigte, dass sie sich geweigert hatte, Martelli den mitgebrachten Strick um den Hals zu legen, wie er es verlangte. Daraufhin habe er sie enttäuscht darum gebeten, ihn mit der Rute zu züchtigen. Da in dem Gemach keine Birkenruten vorhanden waren, habe sie sich mit der Erklärung entschuldigt, dass sie erst welche besorgen müsse.
»Als ich Mistress Grimshaw von Martellis Forderungen erzählte, entschloss sie sich, ihm die Tür zu weisen«, fuhr Kitty fort. »Bei der Rückkehr in das Gemach fanden wir ihn am Riegel des Fensterladens erhängt vor.«
Kittys Stimme zitterte, als die schreckliche Erinnerung zurückkehrte, und sie kämpfte mit den Tränen.
»Mutter Grimshaw schickte unverzüglich nach Meister Hearne. Wir versuchten, Signor Martelli wieder zu Bewusstsein zu bringen, aber es war zu spät. Ich hätte ihm nie wissentlich Schaden zugefügt. Wenn ich gewusst hätte, was er vorhatte, hätte ich ihn nicht allein gelassen.«
Noch immer herrschte Schweigen im Gerichtssaal, als seien die Anwesenden sich nicht im Klaren darüber, ob Kitty ihre Aussage beendet hatte. Dann begannen die Zuschauer erregt, aber mit gesenkter Stimme zu tuscheln. Kitty bemerkte, dass Richter Robinson sich zu Sir John Pratt hinüberbeugte und leise auf ihn einsprach. Mit ernster Miene hörte der Lord Chief Justice zu, dann nickte er zustimmend und neigte sich zu seinem Nachbarn zur Linken, dem Lord Mayor der Stadt London, und beriet einen Moment mit ihm. Schließlich schienen sie sich einig zu werden.

Sir John erhob die Stimme, und das Getuschel unter den Zuschauern verstummte. »Ihr dürft den Zeugenstand verlassen, Madam«, sagte er zu Kitty, die ihn verwirrt ansah.
»In Anbetracht der Abscheulichkeit der Umstände, die zu Mr. Martellis Tod geführt haben, sind meine Brüder und ich zu dem Schluss gekommen, dass es besser ist, den Mantel des Vergessens über diese Ereignisse zu breiten«, begann der Lord Chief Justice.
Der Ankläger machte Anstalten, ihn zu unterbrechen, doch Sir John wies ihn mit einer entschiedenen Handbewegung zurecht. Dann wandte er sich an die Jury: »Meine Herren Geschworenen, ich weise euch an, Mistress Montague zu entlassen.« Kein Widerspruch erhob sich. Schließlich ordnete der Lord Chief Justice an, dass der Berichterstatter, der die Aussagen zur späteren Veröffentlichung in den Zeitungen in Kurzschrift festhielt, seine Notizen des Verfahrens vernichten sollte.
»Nur auf diese Weise lässt sich verhindern, dass Mr. Martellis unglückselige Experimente Nachahmer finden«, rechtfertigte Sir John Pratt seine Entscheidung. Der übereifrige Ankläger konnte die Weisheit seines Beschlusses nicht leugnen.
Völlig entgeistert sah Kitty Stephen Robinson mit freudiger Miene auf sich zueilen. Überschwenglich schüttelte er ihre Hand.
»Ich gratuliere, Mistress Montague«, rief er. »Ihr seid frei!«
Ungläubig blickte sie ihn an. Sie konnte ihr Glück kaum fassen. »Ist das wirklich wahr?«
»Aber ja! Ich mache mich sogleich daran, Eure Entlassungsgebühren zu begleichen.«
»Das heißt, ich kann gehen?«, fragte sie. »Ich muss nicht ins Gefängnis zurück?«
»Ihr könnt gehen, wohin Ihr wollt.«

Am liebsten hätte Kitty den jungen Mann umarmt und mit Küssen überschüttet. »Bitte tut mir noch einen Gefallen, Mr. Robinson. Bezahlt in meinem Namen die Schulden von Mr. Samuel Drake und trefft mich dann im Haus von Mutter Grimshaw.«
»Gerne. Aber Ihr solltet besser nicht dorthin zurückgehen«, sagte der Advokat warnend. »Nach Mistress Grimshaws Verhaftung ist das Haus geplündert worden.«
»Ich gehe trotzdem dorthin«, beharrte Kitty. »Kommt sobald wie möglich nach.«

Robinson hatte nicht übertrieben. Als Kitty vor dem Putzmacherladen eintraf, sah sie, dass die Tür und die Fenster im Erdgeschoss mit Brettern vernagelt waren. Bei näherer Begutachtung stellte sich jedoch heraus, dass jemand zwei der Bretter an der Tür gelockert hatte und offenbar ins Haus eingestiegen war. Ohne Zögern schob sich auch Kitty durch die Lücke und blickte sich in dem Putzmacherladen um. Die Auslagen und die Regale waren restlos geplündert worden. Der Boden war mit zerschlagenen Möbelstücken und Glasscherben übersät, die unter Kittys Schuhen knirschten. Seufzend betrachtete sie das Ausmaß der Zerstörung, bevor sie durch die Tapetentür in die Stube trat. Auch hier hatten die Plünderer gewütet. Als Kitty betrübt den Blick über den Schaden schweifen ließ, hörte sie auf einmal ein Scheppern aus der Küche. Jemand war im Haus.
Vorsichtig ging Kitty die Stufen ins Untergeschoss hinab. Immer wieder blieb sie stehen, um zu lauschen. Offenbar hantierte jemand mit Töpfen und Geschirr. Auf einmal stieg ihr Speisegeruch in die Nase. Vielleicht ein Bettler, der sich in dem leer stehenden Gebäude eingenistet hatte.
Kitty fasste sich ein Herz und schob die Tür zur Küche auf.

Ein Seufzer der Erleichterung entschlüpfte ihr, als sie das Mädchen erkannte, das in einem Topf mit wohlriechender Suppe rührte.

»Lucy!«

Als sie ihren Namen hörte, fuhr die junge Frau erschrocken herum.

»Kitty!«, rief sie erleichtert. »Du bist wieder da. Wie ist das möglich?«

»Man hat mich freigesprochen«, erwiderte Kitty lächelnd.

Überglücklich fiel Lucy ihr um den Hals.

»Wo sind die anderen?«, fragte Kitty schließlich.

»Jenny ist zu Mutter Hayward gegangen und arbeitet nun in ihrem neuen Haus auf der Charles Street«, berichtete Lucy. »Einige der anderen haben sich, nachdem sie aus dem Bridewell entlassen wurden, eine Wohnung zusammen gemietet und empfangen dort Freier. Nur ich wusste nicht, wohin ich gehen sollte.« Sie wies einladend auf einen Stuhl. »Setz dich. Die Suppe ist gerade fertig. Magst du mit mir essen?«

Kitty wurde sich auf einmal bewusst, wie hungrig sie war, und nahm das Angebot dankend an. Die beiden jungen Kurtisanen aßen wortlos. Die sonst so schwatzhafte Lucy wagte es nicht, ein Gespräch in Gang zu bringen, das sie zwangsläufig zu Mutter Grimshaws furchtbaren Tod geführt hätte. Das Schweigen war drückend geworden, als jemand von oben Kittys Namen rief.

»Mistress Montague, seid Ihr da?«

»Wer ist das?«, fragte Lucy beunruhigt.

»Mein Anwalt«, erwiderte Kitty beschwichtigend. »Kein Grund zur Sorge.«

Kurz darauf betrat Stephen Robinson in Sam Drakes Begleitung die Küche. Mit einem Lächeln der Erleichterung fiel Kitty dem Hünen um den Hals.

»Ich sagte doch, es wird alles gut«, wisperte Sam in ihr Haar, während er sie fest an sich drückte.
Eine Weile ließ der junge Advokat die beiden gewähren, dann räusperte er sich verlegen.
»Ich danke Euch für alles, was Ihr für mich getan habt, Mr. Robinson«, sagte Kitty, nachdem sie sich aus Sams Umarmung gelöst hatte.
»Mir bleibt noch eine letzte Pflicht, Madam«, verkündete der Advokat. Mit einer dramatischen Bewegung zog er ein gefaltetes Pergament unter seiner Weste hervor. »Dieses Dokument diktierte mir Mistress Grimshaw, nachdem man sie ins Bridewell überführt hatte. Sie bat mich, es meinem Vater zur Verwahrung zu übergeben. Es erschien mir nicht angebracht, Euch von seinem Inhalt in Kenntnis zu setzen, bevor der Ausgang Eures Prozesses feststand. Doch nun ist der geeignete Zeitpunkt gekommen, es zu verlesen. Es handelt sich um Mistress Grimshaws Letzten Willen.« Ein weiteres Mal räusperte sich Robinson, bevor er das Testament der Putzmacherin entfaltete und zu lesen begann: »Ich, Mary Elizabeth Grimshaw, im Vollbesitz meiner geistigen und körperlichen Kräfte, und so weiter … hinterlasse all meinen weltlichen Besitz Kitty Montague. Dies beinhaltet das Haus »Zur Roten Kugel« in der Little Russell Street sowie mein Vermögen, das bei dem Goldschmied Ballinger in der Bow Street hinterlegt ist.« Robinson ließ das Pergament sinken und faltete es zusammen. »Ihr seid nun eine reiche Frau, Mistress Montague.«
Gerührt von dem großzügigen Geschenk der Kupplerin wandte sich Kitty ab und schloss für einen Moment die Augen. So hatte Mistress Grimshaw also ihr Versprechen wahr gemacht und sie als Erbin eingesetzt. Kitty war ihr unendlich dankbar.

»Ich verlasse Euch nun«, sagte der junge Advokat. »Sicher möchtet Ihr Eure wiedergewonnene Freiheit feiern.«
Nach einer kurzen Verbeugung wandte er sich ab und verließ die Küche.
Kitty atmete tief ein. Sie konnte es noch nicht glauben, dass sich nach all den Rückschlägen doch alles zum Guten gewendet hatte.

Nachdem sie ihre Tochter besucht hatte, machte Kitty am Nachmittag mit Sam einige Einkäufe und richtete sich in einem der weniger verwüsteten Räume ein Schlafgemach ein. Als sie am Abend aneinandergeschmiegt im Bett lagen, fragte Sam: »Was sind deine Pläne mit dem Haus? Wirst du es verkaufen?«
Kitty schwieg einen Moment nachdenklich, bevor sie antwortete. »Nein, ich habe mich entschieden, es notdürftig wieder herrichten zu lassen. Sicher kann ich die anderen Mädchen zur Rückkehr bewegen und sie überzeugen, fortan für mich zu arbeiten.«
»Du willst das Bordell weiterführen?«, rief Sam entgeistert.
»Warum nicht? Mutter Grimshaw hat mich in alle Einzelheiten der Verwaltung eines solchen Unternehmens eingeweiht, und ich habe ihr jahrelang die Bücher geführt. Die Freier kennen mich. Sie werden weiterhin herkommen, auch wenn Mutter Grimshaw nicht mehr da ist.« Kitty stützte sich auf einen Ellbogen und blickte Sam lächelnd an. »Wenn du mir zur Seite stehst, werde ich es schaffen, das weiß ich.«
Zärtlich strich sie mit der Hand über seine frisch rasierte Wange und vergrub die Finger in seinem dunkelbraunen Haar. Zu ihrem Bedauern war es so verknotet gewesen, dass sie es nach dem Waschen hatte kurz schneiden müssen. Er wirkte so verändert, dass Kitty auf einmal Angst verspürte,

er könne auch innerlich ein anderer geworden sein als der, den sie im Kerker verführt hatte.
»Wirst du bei mir bleiben?«, fragte sie leise.
Als Sam die Unsicherheit in ihrer Stimme bemerkte, wandte er den Kopf, und der Blick seiner blauen Augen richtete sich auf sie.
»Wenn du mich bei dir haben willst«, antwortete er sanft.
»Dann lass uns Partner sein!«, schlug Kitty vor. »Ich habe große Pläne, nicht nur für dieses Haus, sondern für ein neues Etablissement, das jedes andere hier in London übertreffen wird.« Begeistert erzählte sie ihm von den Pariser Sérails, die zu erkunden sie und Mutter Grimshaw vor dem unglücklichen Tod des Italieners beschlossen hatten.
»Sobald der Putzmacherladen wieder läuft, überlasse ich Lucy für ein oder zwei Monate die Aufsicht«, erläuterte Kitty. »Sie wird schon zurechtkommen, während wir nach Paris fahren und uns die dortigen Bordelle ansehen. Was sagst du dazu?«
Sam hörte aus ihrem entschlossenen Tonfall heraus, dass jeglicher Widerspruch zwecklos wäre.
»Das ist eine wunderbare Idee«, sagte er daher und nahm Kitty liebevoll in die Arme.

36

Kittys Kutsche bog in die Kleine Piazza ein und fuhr an den Badehäusern vorbei. Obwohl es Februar und recht kalt war, ließ die junge Frau das Fenster herunter und blickte mit leichter Wehmut über den »Großen Platz der Venus«, auf dem sie sich so lange heimisch gefühlt hatte. Fast ein halbes Jahr war es nun her, seit sie das letzte Mal über die Piazza von Covent Garden gebummelt war. Der Verkehr zwang Brooks, ihren Kutscher, langsamer zu fahren, und so hatte Kitty Gelegenheit, die Szenerie in Ruhe in sich aufzunehmen. Zwischen den Obst- und Gemüseständen herrschte trotz der fortgeschrittenen Tageszeit noch reges Treiben, aber vor »Tom Kings Kaffeehaus« ging es ruhig zu.

Inzwischen war Kittys Anwesenheit bemerkt worden. Neugierig blieben die Leute stehen und machten einander auf ihre Kutsche aufmerksam. Fröhlich winkte Kitty ihnen zu. Seit der Eröffnung ihres neuen vornehmen Etablissements auf der King Street in St. James war sie in ganz London zur Berühmtheit geworden. Die Zeitungen griffen jeglichen Klatsch über sie auf und berichteten über ihren Putz und ihre Kleider, wann immer sie sich in der Öffentlichkeit zeigte.

Plötzlich entdeckte Kitty ein bekanntes Gesicht in der Menge und befahl Brooks, die Pferde anzuhalten. Einladend öffnete die junge Kurtisane den Schlag und winkte den Jungen zu sich, der mit einem breiten Grinsen auf dem Gesicht näher trat.

»Welch eine Überraschung, Jonny!«, rief Kitty erfreut. »Steig ein.«

Der ehemalige Fackelträger ließ sich nicht lange bitten und

kletterte unter den neidischen Blicken der anwesenden Männer in die Kutsche.

»Lange nicht gesehen, Herzchen«, sagte Jonny, während er sich genussvoll in die weichen Polster sinken ließ.

»Seit dem Tag, als man uns beiden den Prozess machte«, bestätigte Kitty. »Ich war erleichtert, als ich hörte, dass du davongekommen bist.«

»Jonathan Wild hat mich rausgeholt, wie ich es dir prophezeit hatte.«

»Ich weiß. Aber es hätte auch anders kommen können. Arbeitest du immer noch für ihn?«

Jonny nickte. »Seit dem Prozess ist das Pflaster in Covent Garden allerdings zu heiß für mich geworden. Deshalb beschränke ich mich nun auf St. Giles und Lincoln's Inn Fields. Meistens stehe ich für andere Schmiere oder arbeite auf eigene Faust als Vazenhewer.«

»Als Beutelschneider?«, rief Kitty kopfschüttelnd. »Das ist viel zu gefährlich.«

»Ich bin flink wie ein Wiesel. Mach dir um mich keine Sorgen, Liebes.«

»Warum arbeitest du nicht für mich? Mein Angebot von damals steht noch. Ich würde mit Freuden für dich sorgen. Wir sind doch alte Freunde.«

Jonnys Gesicht wurde ernst. »Das weiß ich zu schätzen. Aber mir gefällt es, frei und unabhängig zu sein, verstehst du? Es macht mir nichts aus, auf der Straße zu leben. Ich wüsste gar nicht, wie ich mich in deinem feinen Haus benehmen sollte.«

»Überleg es dir«, schlug Kitty vor. »Du kannst jederzeit zu mir kommen.«

Bewundernd blickte sich der Junge in der Kutsche um und strich mit der Hand über die zinnoberroten Samtkissen.

»Du hast es weit gebracht, Schwester, das muss ich sagen«, meinte er anerkennend. »Und nun, da Sally Salisbury tot ist, bist du die uneingeschränkte Hohepriesterin der zypriotischen Gottheit.«
Kittys Augen weiteten sich ungläubig. »Sally ist tot? Aber sie sollte doch in zwei Monaten entlassen werden.«
»Ich habe es gerade gehört. Sie war wohl schon längere Zeit krank«, erklärte Jonny. »Die einen sagen, es war die Trunksucht, die sie umgebracht hat, die anderen, dass sie an den französischen Pocken gestorben ist.«
»Es tut mir leid um sie«, sagte Kitty bedrückt. »Wir waren zwar Rivalinnen, aber damals im Newgate hatte ich das Gefühl, wir hätten Freundinnen werden können.«
»Was ist eigentlich aus dem Hünen geworden, den du dir im Gefängnis geangelt hast?«, fragte Jonny nach einer Weile.
»Sam? Wir leben miteinander«, erwiderte Kitty lächelnd. »Er ist ein wundervoller Mann und ein treuer Freund.«
»Wirst du ihn heiraten?«
Betroffen senkte Kitty den Blick. »Das ist nicht möglich. Ich bin bereits verheiratet.«
»Seltsam. Das hast du nie erwähnt. Wo ist denn dein Mann?«
»Er hat mich vor Helens Geburt sitzenlassen«, antwortete Kitty bitter. »Ich weiß nicht, wo er ist.«
»Aber du bist sicher, dass die Ehe gültig ist?«
»Sie wurde von einem Geistlichen im Freibezirk des Fleet geschlossen. Daniel versicherte mir damals, dass sie ebenso Gültigkeit besitzt wie eine Hochzeit im Sprengel.«
»Das solltest du nachprüfen lassen«, riet Jonny. »Nur für den Fall.« Er warf einen Blick aus dem Fenster. »Kannst du mich hier rauslassen?«
»Natürlich.« Kitty rief Brooks zu, er solle anhalten.
Bevor Jonny ausstieg, ergriff sie seine Hand und drückte sie

herzlich. »Denk daran, was ich gesagt habe. Du wirst bei mir immer ein Zuhause finden, wenn du das wünschst.«

»Das werde ich nicht vergessen, Herzchen«, rief er fröhlich, berührte seine Hutkrempe und verschwand um eine Ecke.

Kitty hatte es nicht mehr weit bis zur King Street. Vor einem eleganten Reihenhaus aus dunklen Backsteinen und mit weiß umrahmten Sprossenfenstern hielt die Kutsche an. Ein Lakai in blau-gelber Livree eilte aus der Haustür und öffnete ihr den Schlag. Als Kitty ausgestiegen war, wendete Brooks das Gefährt und fuhr zu den nahen Stallungen, an die eine Remise angeschlossen war.

Das Haus unterschied sich von außen nicht von seinen Nachbarn, die adeligen Grundbesitzern oder reichen Bürgern als Stadtwohnung dienten. Kitty achtete darauf, dass nichts die respektable Fassade ihres edlen Bordells störte. Sie duldete kein rüpelhaftes Benehmen und scheute auch nicht davor zurück, einem Besucher, ganz gleich, welchen Standes, den Zugang zu verwehren, wenn dieser betrunken auf ihrer Schwelle erschien oder Krawall machte. Ihre Mädchen behandelte sie ebenso streng. Wenn sie auch nichts gegen die Vorliebe der Engländerinnen für Alkohol ausrichten konnte, achtete sie stets darauf, dass keine über die Stränge schlug. Kitty erlaubte ihnen weder Gin, Brandy noch Ratafia. Sie gestattete nur Wein und Bier.

Die strenge Zucht und Ordnung, die sie in ihrem Haus hielt, sprach sich schnell herum und verleitete einen Pamphletisten dazu, das neue Etablissement als »Nonnenkloster« zu bezeichnen und Kitty den Titel einer »Mutter Äbtissin« zu verleihen. Bald sprach fast jeder ihrer Besucher sie auf diese Weise an und lobte die Grazie und Vornehmheit ihrer Nonnen.

Kitty achtete sorgfältig darauf, dass ihre Mädchen keinen Umgang mit Männern außerhalb ihres Kundenkreises hatten oder

Bekanntschaften mit anderen Frauen schlossen, die einen schlechten Einfluss auf sie ausüben konnten. Die Mahlzeiten nahmen sie stets gemeinsam ein. Zur Unterhaltung führte Kitty ihre Schützlinge ins Theater, auf Bälle oder in den St. James's Park aus, wo sie von den Herren der Gesellschaft gesehen und bewundert werden konnten. Dazu kleidete sie sie in teure Seide und ausgesuchte Spitze, die sie aus Frankreich einführte. Sie unterhielt nie mehr als fünf Mädchen zur gleichen Zeit unter ihrem Dach. Diese hatte sie jedoch mit größter Sorgfalt ausgesucht. Wie damals Mutter Jolley besuchte nun Kitty die Herbergen, wenn die Wagen aus den Provinzen eintrafen, und sah sich nach einem hübschen Gesicht um. Sie fuhr stundenlang in ihrer Kutsche durch die Londoner Straßen und hielt Ausschau nach jungen Mädchen, die der Armut oder schlecht bezahlter Arbeit als Dienstboten, Wäscherinnen oder Hökerinnen entfliehen wollten. Kitty suchte die Büros auf, die Mädchen vom Lande Anstellungen vermittelten, und unternahm sogar eine Reise nach Dublin, von wo sie eine rothaarige Irin mitbrachte. Ihr größter Fang war eine Mestizin, die sie in den Londoner Docks entdeckte und die durch ihre pechschwarzen Haare und ihre dunklen Kohlenaugen hervorstach. Dabei suchte Kitty nicht allein Schönheit. Eine Frau, die von ihr ausgewählt wurde, musste vor allem Charme, Witz und ein fröhliches Gemüt besitzen, denn die Freier, die zu ihr kamen, wollten nicht nur ihre körperliche Lust befriedigen, sondern zudem noch geistreich unterhalten werden. Anders als die Kupplerinnen, die Kitty aus ihrer Zeit in Covent Garden kannte, versuchte sie jedoch nicht, die Mädchen in einem Netz falscher Versprechungen zu fangen, um sie schließlich vor vollendete Tatsachen zu stellen. Stattdessen schenkte sie ihnen von Anfang an reinen Wein ein und ließ sie freiwillig entscheiden, ob sie ihren Körper verkaufen wollten oder nicht.

Wie Kitty es von Mutter Grimshaw gelernt hatte, bildete sie ihre Mädchen in der Kunst der Unterhaltung aus und brachte ihnen bei, sich graziös und zugleich natürlich zu bewegen. Zusätzlich hatte sie einen Musik- und einen Tanzlehrer eingestellt. So lernten ihre Nymphen nicht nur die neuesten Tänze, sondern auch, ein Instrument zu spielen und zu singen.
Um die Gesundheit der Mädchen zu überwachen, hatte Kitty Meister Hearne angeboten, fortan allein für sie zu arbeiten, und der Wundarzt hatte freudig zugestimmt. In ihren Diensten hatte er es zu seiner Erleichterung nicht mehr mit Betrunkenen zu tun, die sich bei einer Prügelei die Köpfe einschlugen oder einander mit dem Degen traktierten.
Als Kitty die Eingangshalle betrat, stieg ihr bereits der Duft des Mittagsmahls in die Nase, das ihr französischer Koch gerade zubereitete. Dennoch nahm sie sich die Zeit, in die Kinderstube im obersten Stock hinaufzusteigen, in dem Helen unter der Aufsicht einer Gouvernante untergebracht war. Ihr eigenes Schlafgemach, das sie mit Sam teilte, lag gleich nebenan.
Helen lief ihr mit strahlender Miene entgegen und umarmte ihre Mutter herzlich. Mit ihren vier Jahren war sie lebhaft und aufgeweckt und selbst von der erfahrenen Kinderfrau kaum noch zu bändigen.
Als der Gong erschallte, der zum Mittagsmahl rief, fiel es Kitty schwer, sich von ihrer Tochter zu trennen, die ihr unermüdlich von den Geschichten berichtete, die Mistress Bell ihr zur Unterhaltung erzählte.
Vor der Tür zur Kinderstube traf Kitty auf Sam.
»Dies ist wirklich kein geeigneter Ort, um ein Kind aufzuziehen«, sagte sie nachdenklich. »Es wird Zeit, dass wir umziehen. Ich habe bereits mit Mr. Robinson gesprochen. Das Geschäft wirft genug Gewinn ab, dass wir es wagen können, uns in einer feinen Gegend ein Haus zu bauen.«

»Das ist allein deine Entscheidung«, erwiderte Sam zurückhaltend.
Kitty wusste, dass er recht hatte, denn das Geschäft gehörte ihr. Doch sie wünschte sich, dass er größeren Anteil daran nehmen würde. Ohne seine Hilfe hätte sie ihr Edelbordell nicht aufbauen können. Sie dachte an Jonnys Bemerkung über die Gültigkeit ihrer Ehe mit Daniel. Vielleicht sollte sie Robinson darum bitten, im Fleet-Bezirk Nachforschungen anzustellen, ob es tatsächlich einen Eintrag über ihre Heirat gab. Falls nicht, stand ihrer Hochzeit mit Sam nichts im Wege. Es wäre die beste Lösung für sie.

Gegen Abend trafen die ersten »Gäste« ein, die von Kitty persönlich im Salon empfangen wurden. Edler französischer Wein und Sherry wurden gereicht, und im Hintergrund spielte eine Gruppe von Musikanten auf Spinett, Violine und Querflöte. Einige der Besucher ließen sich vor dem Essen an den eleganten Kartentischen nieder. Bald herrschte eine ausgelassene Stimmung. Besuchte ein Freier Kittys Haus zum ersten Mal, erhielt er so genug Zeit, ihre »Nonnen« kennenzulernen und in Ruhe seine Wahl zu treffen. Wenn er sich entschieden hatte, bot er der Auserwählten ein Taschentuch an, und wenn sie es akzeptierte, konnte er für den Rest der Nacht ihre Gesellschaft genießen.
Am folgenden Morgen legte Kitty den Freiern dann eine umfangreiche Rechnung für die genossenen Annehmlichkeiten vor, die sowohl die Dienste ihrer Mädchen als auch die Verköstigung, die dargebotene Musik und die aufgehäuften Spielschulden mit einschloss. Nur Männer mit einem ansehnlichen Vermögen konnten sich einen Abend in Kittys Etablissement leisten.

Gleich am nächsten Tag bat Kitty den jungen Advokaten Stephen Robinson zu sich, der seit ihrem Prozess des Öfteren rechtliche Angelegenheiten für sie erledigte, um mit ihm über ihre Pläne zum Bau eines Hauses zu sprechen. Robinson stimmte ihr zu, dass dies der beste Weg war, ein Vermögen anzulegen. Eine Immobilie war auch weitaus sicherer als Wertpapiere, wie der katastrophale Verfall der Aktien der South Sea Company vor vier Jahren gezeigt hatte.
Eigentlich hatte Kitty den Advokaten bitten wollen, Nachforschungen über die Gültigkeit ihrer Ehe mit Daniel anzustellen, doch im letzten Moment brachte sie es doch nicht über sich. Sie wusste selbst nicht, weshalb es ihr noch immer schwerfiel, die endgültige Trennung von einem Mann zu vollziehen, der inzwischen nur noch ein Phantom für sie war.
Die folgenden Monate verbrachte Kitty damit, in Stephen Robinsons Begleitung Grundstücke zu besichtigen, die sich zur Bebauung eigneten. Sie brauchte nicht lange, um sich zu entscheiden. Schließlich wählte sie ein großes Stück Land an der Chalk Farm, der Landstraße nach Hampstead, und beschloss nach sorgfältiger Überlegung, dort vier Reihenhäuser und eine frei stehende Villa bauen zu lassen. In die Villa wollte sie mit Sam und ihrer Tochter ziehen, die Reihenhäuser würde sie vermieten.

37

Zufrieden begutachtete Kitty die Baustelle. Es war Mitte Oktober. Die vier Reihenhäuser waren im Rohbau fast fertiggestellt und konnten bald eingerichtet werden. Sobald sie Gewinn abwarfen, würde der Bau der Villa beginnen. Wenn alles gutging, würde sie im Laufe des nächsten Jahres endlich mit ihrer Familie einziehen können.

Während der gesamten Bauzeit war Kitty regelmäßig zur Chalk Farm gefahren und hatte nach dem Rechten gesehen. Zwar hatte sie einen guten Architekten verpflichtet, doch nach ihren schrecklichen Erfahrungen in dem Haus auf der Dyott Street zog sie es vor, sich selbst davon zu überzeugen, dass bei den Bauarbeiten nicht gepfuscht wurde.

Nachdem sie sich von dem Architekten verabschiedet hatte, bestieg Kitty ihre Kutsche und ließ sich nach Hause fahren. Wie sooft in den letzten Monaten bat sie Brooks, einen kleinen Umweg über die Piazza von Covent Garden zu machen. Es bereitete ihr Freude, nach alten Bekannten Ausschau zu halten. Zuweilen ließ sie ihren Kutscher anhalten, um Philip-im-Kübel beim Vortragen einer Ballade zu lauschen und ihm etwas Geld zuzustecken, oder sie kehrte in »Tom Kings Kaffeehaus« ein und plauderte mit Moll.

Als sich die Kutsche gemächlich über den Platz bewegte, fiel Kitty auf, dass eine seltsame Stimmung unter den Menschen herrschte. Das erste Mal seit langem erregte ihr Auftauchen kaum Aufmerksamkeit. Die Obst- und Gemüsehändler und ihre Kunden steckten die Köpfe zusammen und diskutierten eine offenbar außergewöhnliche Neuigkeit. Kitty rief Brooks zu, er solle anhalten, und ließ das Fenster herunter.

»Was gibt's?«, rief sie einem Sänftenträger zu, der in der Nähe auf einem Pfosten saß.

»Habt Ihr's noch nicht gehört, Miss Montague?«, erwiderte der Ire erstaunt. »Blueskin Blake hat dem großen Jonathan Wild heute Morgen im Gerichtsgebäude am Old Bailey mit einem Messer die Kehle angeritzt.«

»Tatsächlich?« Kittys Herz begann, aufgeregt zu schlagen. »Ist er tot?«

»Nein. Wild hatte Glück, dass Blakes Messer stumpf war«, erklärte der Sänftenträger. »Drei Wundärzte, die bei Gericht waren, um in einem anderen Prozess eine Aussage zu machen, flickten ihn wieder zusammen, halfen ihm in seine Kutsche und rieten ihm, eine Woche das Bett zu hüten.«

»Das heißt, Mr. Wild wird überleben?«

»Sieht so aus, als würde er uns noch eine Weile erhalten bleiben«, meinte der Ire. »Im Gegensatz zu Blueskin. Man hat ihn erwartungsgemäß zum Tode verurteilt. Er wird zusammen mit seinem Kumpel Jack in Tyburn den Paddington Frisk tanzen.«

»Falls es Jack nicht ein weiteres Mal gelingt, aus dem Gefängnis auszubrechen!«, warf eine Marktfrau ein.

»Das ist unmöglich«, rief ein fein gekleideter Bürger. »Ich habe Jack Sheppard im Newgate aufgesucht. Man hat ihn in eine Zelle gesperrt, aus der es kein Entkommen gibt, und ihn so mit Ketten beladen, dass dieser Hänfling sich nicht einmal mehr aufrichten kann. Diesmal wird er nicht entwischen!«

»Das werden wir ja sehen«, widersprach die Marktfrau überzeugt.

Amüsiert lauschte Kitty dem Streit. Der Ausbrecherkönig Jack Sheppard spaltete die Gemüter. Sheppard war ein junger Mann von zweiundzwanzig Jahren, dünn wie eine Bohnenstange, aber nur fünf Fuß vier Zoll groß. Im Grunde war er nur einer der unzähligen Diebe und Räuber, die die Straßen von London unsicher machten. Doch die Tatsache, dass es ihm gelungen war, bisher aus jedem Gefängnis auszubrechen, in das man ihn gesperrt hatte, machte ihn zu einer Berühmtheit. Mit Blueskin Blake als Partner hatte Sheppard mehrere Einbrüche und einige Überfälle auf Kutschen verübt. Zwangsläufig war auch Jonathan Wild auf ihn aufmerksam geworden und hatte Jagd auf ihn gemacht. Ende Juli war es dem Diebesfänger dann gelungen, Sheppard zu verhaften. Nachdem dieser zum Tode verurteilt worden war, entfloh Jack jedoch eines Abends mit Hilfe seiner Freundin Edgworth Bess aus der Todeszelle des Newgate. Zehn Tage später konnte der Kerkermeister mit einem Trupp bewaffneter Reiter den Flüchtigen auf dem Finchley Common wieder einfangen, während Blueskin Blake von Jonathan Wild verhaftet wurde.

Nach ihrem Prozess hatte sich Kitty vorgenommen, mit der Vergangenheit abzuschließen und nicht mehr an den Diebesfänger zu denken, doch dies erwies sich als unerwartet schwierig. Es musste etwas Wahres an Jonnys Vermutung sein, dass Jonathan Wild sie bewunderte. Denn hin und wieder schickte er ihr kleinere Aufmerksamkeiten wie einen teuren Wein oder eine außergewöhnlich feine Spitze. Aus Angst, ihn zu verärgern, nahm Kitty die Geschenke an und sandte ihm stets ein höfliches Dankschreiben. Zu ihrer Erleichterung machte der Diebesfänger aber nie einen Versuch, sie persönlich zu treffen. Vermutlich war er sich bewusst, dass der Standesunterschied zwischen ihm und Kittys Freiern zu groß war, als dass er hoffen konnte, selbst einmal zu ihren Kunden zu zählen.

Die Diskussion zwischen der Marktfrau und dem bürgerlich gekleideten Herrn über Jack Sheppards Fähigkeiten als Ausbrecher war noch in vollem Gange, als Kitty sich abwandte und wieder ihre Kutsche bestieg. Dabei traf ihr Blick auf ein braunes Augenpaar in der Menge, das ihr seltsam vertraut erschien. Erschauernd hielt sie inne und musterte die Menschen, die sich um die Marktstände drängten. Doch sie entdeckte kein bekanntes Gesicht. Sie musste sich getäuscht haben. Verwirrt öffnete sie den Schlag und stieg ein. Brooks ließ die Peitsche knallen, und die Pferde setzten sich in Bewegung. Während der Fahrt nach St. James versuchte Kitty angestrengt, sich die braunen Augen ins Gedächtnis zurückzurufen, doch der Eindruck war so flüchtig gewesen, dass sie es schließlich aufgab. Vielleicht hatte ihr Blick einen ehemaligen Freier gestreift, an den sie sich nicht mehr erinnerte.

In ihrem Haus angekommen, begrüßte Sam sie mit einem Kuss auf die Wange.

»Mistress Bell hat nach dir gefragt«, sagte er. »Offenbar fühlt Helen sich nicht wohl.«

Obwohl Kitty hungrig war, entschied sie sich, sogleich nach ihrer Tochter zu sehen. Helen lag im Bett und schlief. An ihrer Seite saß die Kinderfrau.

»Was hat sie denn?«, fragte Kitty.

»Die Kleine fiebert ein wenig«, erwiderte Mistress Bell. »Außerdem hustet sie schon den ganzen Tag, und ihre Augen sind gerötet.«

»Vielleicht hat sie sich am Sonntag erkältet. Es war recht kühl und nass draußen.«

»Das denke ich auch, Madam. Ich habe ihr heiße Brühe zu trinken gegeben. Seitdem schläft sie.«

»Morgen geht es ihr sicherlich schon wieder besser«, sagte Kitty zuversichtlich.

Am nächsten Morgen verbreitete sich eine sensationelle Neuigkeit wie ein Lauffeuer in den Straßen von London. Während der Nacht hatte Jack Sheppard das Unmögliche möglich gemacht und war aus dem Newgate ausgebrochen. Allerorts gaben die Bänkelsänger ihre eilig geschmiedeten Verse über das unfassbare Geschehen zum Besten. In dichten Trauben drängten sich die Schaulustigen um das Gefängnis und ließen sich durch die düsteren Gänge des Kerkers führen, um Sheppards Zelle zu besichtigen. Bald machten Einzelheiten die Runde. Auf seinem Weg auf das Dach des Torhauses hatte der Ausbrecher sechs eisenbeschlagene, von außen mit schweren Schlössern gesicherte Türen überwunden, ohne Werkzeug, ohne Lichtquelle und ohne dass einer der Schließer etwas bemerkt hatte. Nachdem Sheppard auf das Dach gelangt war, hatte er festgestellt, dass er ein Seil benötigte, um sich auf die Straße hinunterzulassen. Und so war er den gesamten Weg in seine Zelle zurückgekehrt und hatte die Laken und Decken von seiner Bettstatt geholt. Die Kaltblütigkeit seines Vorgehens machten Jack Sheppard zum Helden des Volkes. In den Schenken stießen die Menschen auf ihn an und feierten die Dreistigkeit, mit der ein kleiner Dieb die Obrigkeit an der Nase herumgeführt hatte.

Der Weinhändler brachte die Neuigkeit in das Haus auf der King Street. Doch Kitty lauschte seinem Bericht nur mit halbem Ohr, während sie die Anlieferung der Fässer überwachte. In Gedanken war sie bei ihrer Tochter, deren Fieber kaum abgesunken war. Nachdem sich der Weinhändler enttäuscht über ihr mangelndes Interesse verabschiedet hatte, kehrte Kitty an Helens Lager zurück.

Die Kleine klagte nun auch über Schnupfen und Kopfschmerzen, gab sich aber tapfer und versicherte ihrer Mutter, dass sie bald wieder gesund sein würde. Nach drei Tagen schien sich die Vermutung, dass Helen lediglich eine starke Erkältung durchmachte, zu bestätigen. Das Fieber ging zurück, und das Mädchen wurde wieder munterer. Auch der Husten und die

Halsschmerzen ließen nach, nur die Entzündung an den Augen wollte sich nicht bessern. Meister Hearne verordnete Helen weiterhin Bettruhe und leichte Kost.
Am folgenden Abend suchte Mistress Bell Kitty in der Studierstube auf und teilte ihr mit, dass Helen erneut Fieber hatte.
»Aber es ging ihr doch besser«, bemerkte Kitty besorgt.
»Der Husten will auch nicht vergehen, Madam. Und die Kleine hat noch dazu Ohrenschmerzen«, fügte die Kinderfrau hinzu.
Sam, der den Wortwechsel von der Tür her mit angehört hatte, fragte: »Soll ich Meister Hearne herholen?«
»Ja, ich denke, es würde mich beruhigen, wenn er noch einmal nach ihr sieht«, stimmte Kitty zu.
Der Wundarzt untersuchte Helen nochmals gründlich und machte ihre Mutter auf einen Ausschlag hinter den Ohren des Mädchens aufmerksam.
»Es sind die Masern«, erklärte er. »Sie gehen zurzeit überall im Land um, wie ich hörte. Es gibt kein Heilmittel dagegen. Helen braucht vor allem gute Pflege.«
»Das werde ich selbst übernehmen«, entschied Kitty. »Ihr könnt Euch eine Weile ausruhen, Mistress Bell. Ich rufe Euch, wenn ich Euch brauche.«

Am Abend stieg das Fieber stark an. Meister Hearne ließ Helen zur Ader, um es zu senken. Für eine Weile ging es dem Mädchen besser, und die Kinderfrau erzählte der Kleinen eine Geschichte, die sie ein wenig aufheiterte.
Im Laufe des nächsten Tages breitete sich der Ausschlag über Helens ganzen Körper aus, und sie hustete immer wieder gelblichen Schleim ab. Obgleich Kitty und Mistress Bell sich am Krankenlager des Mädchens abwechselten und unermüd-

lich Stirn und Hals mit feuchten Tüchern kühlten, blieb das Fieber erschreckend hoch. Meister Hearne war ratlos und empfahl der beunruhigten Mutter schließlich, einen gelehrten Arzt hinzuzuziehen. Einer von Kittys Kunden nannte ihr den Namen eines Arztes, der in der Nähe wohnte. Der Medikus begab sich jedoch nur mit deutlichem Widerwillen über die Schwelle eines verrufenen Hauses. Nach einer kurzen Untersuchung des Kindes riet er zu einem weiteren Aderlass und einem kühlenden Klistier. Die Durchführung überließ er dem Wundarzt.

Doch bald wurde klar, dass Helens Lunge befallen war. Über die nächsten Tage wurde sie deutlich schwächer. Hilflos mussten ihre Mutter und der Wundarzt mit ansehen, wie der kleine Körper zusehends verfiel. Schließlich sank sie in tiefe Bewusstlosigkeit. Kitty, die an ihrem Bett wachte, lauschte auf die angestrengten Atemzüge ihrer Tochter. Das erste Mal seit Jahren wandten sich ihre Gedanken Gott zu, und sie betete ein wenig unbeholfen für Helens Genesung.

In den frühen Morgenstunden verlor Kitty den Kampf gegen Müdigkeit und Erschöpfung, und ihr Kopf sank auf ihre Arme, die sie auf der Bettkante verschränkt hatte. Als Mistress Bell sie wenig später weckte, herrschte eine gespenstische Stille in der Kinderstube. Helen hatte aufgehört zu atmen.

38

Mit brennenden Augen starrte Kitty auf das offene Grab hinab, in dem man den kleinen Sarg versenkt hatte. In den letzten Tagen hatte sie unablässig um ihre Tochter geweint, bis sie keine Tränen mehr hatte. Ohne Sams Unterstützung hätte sie die schwere Zeit nicht überstanden. Ohne sich aufzudrängen, war er stets an ihrer Seite gewesen, hatte sie getröstet oder sie einfach nur schweigend in den Arm genommen und sie sanft gewiegt. Lucy war von dem Putzmacherladen auf der Little Russell Street, den sie für Kitty führte, herübergekommen und hatte nach dem Rechten gesehen. An Kittys Stelle empfing sie die Freier, die der leidgeprüften Mutter ihr Mitgefühl aussprachen. Einige von ihnen nahmen sogar an Helens Bestattung auf dem Kirchhof von St. James teil.

Kitty blieb noch eine Weile am Grab stehen, während die Totengräber begannen, es mit Erde zuzuschütten. Schließlich wandte sie sich ab und ging langsam zu ihrer Kutsche zurück, in der Sam und Lucy auf sie warteten.

Als Kitty über die Schwelle ihres Hauses trat und den schwarzen Schleier zurückschlug, räusperte sich der Lakai, der ihr die Tür geöffnet hatte, und sagte mit sichtlichem Unbehagen: »Ihr habt einen Besucher, Madam. Er wartet im Salon.«

»Schick ihn weg. Ich will niemanden sehen«, erwiderte Kitty bedrückt. Sie fühlte sich müde und kraftlos.

»Meister Hearne hat ihn mitgebracht, Madam«, rechtfertigte sich der Laufbursche. »Er schien sicher zu sein, dass Ihr den Besucher zu sehen wünscht.«

Verwundert und ein wenig verärgert über Meister Hearnes

Entscheidung, sie gerade an diesem Tag mit einem Gast zu überraschen, wandte sich Kitty in Richtung Salon. Die Tür war offen. Am Kamin unter ihrem Porträt von Sir Godfrey Kneller stand der Wundarzt und fuhr sich nervös mit der Hand über den Nacken. Als er sie eintreten sah, straffte er sich.

»Madam …«

»Was habt Ihr Euch dabei gedacht, ausgerechnet heute Besuch mitzubringen?«, platzte Kitty heraus.

In diesem Moment bemerkte sie den Mann am Fenster, der sich ihr zuwandte und sie schweigend anblickte. Er war in einen einfachen dunklen Rock und eine schmucklose Weste gekleidet. Sein Haar war von der Sonne gebleicht und fiel ihm wirr auf die Schultern, und sein Gesicht war braun gebrannt, als habe er viele Jahre in südlichen Gefilden verbracht.

Ein Matrose vielleicht, dachte Kitty. Oder ein Plantagenbesitzer aus den Kolonien …

Nur seine braunen Augen hatten sich nicht verändert. Kitty fühlte einen Stich ins Herz, und ihren Lippen entschlüpfte ein schmerzvolles Wimmern.

»Daniel!«

Mit großen Schritten eilte sie auf ihn zu. Doch der Impuls, sich in seine Arme zu werfen, wich rasch der angestauten Wut über seinen Verrat, und sie versetzte ihm eine schallende Ohrfeige.

»Wie kannst du es wagen, mir unter die Augen zu treten?«, schrie sie erbost. »Du Schuft! Du verdammter Bastard.«

Ihre Augen funkelten ihn zornig an. Doch er stand nur da und machte keinen Versuch, sich zu verteidigen.

»Madam.« Meister Hearne trat beschwichtigend näher. »Ich weiß, Ihr glaubtet all die Jahre, dass Mr. Gascoyne Euch verlassen habe. Aber das ist nicht wahr. Ihr solltet ihn anhören. Dann werdet Ihr verstehen.«

Zwischen Zorn und Hoffnung hin- und hergerissen, nickte Kitty schließlich. Meister Hearne lächelte ihr zu und zog sich zurück. Sam und Lucy, die an der Tür standen und das Geschehen mit erstaunter Miene verfolgt hatten, schob der Wundarzt gebieterisch aus dem Gemach. Dann schloss er die Tür.

Mit zitternder Hand fuhr sich Kitty über die Stirn und ließ sich auf ein Sofa sinken. Da Daniel weiterhin schwieg, wandte sie den Kopf und sah ihn an. Die vergangenen vier Jahre hatten deutliche Spuren in seinem Gesicht hinterlassen. Zuerst hatte sie gedacht, es sei die Sonnenbräune, die ihn älter aussehen ließ, doch nun bemerkte sie, dass sich unzählige kleine Fältchen um seine Augen und seine Mundwinkel zogen. Auch der spitzbübische Ausdruck, mit dem er sie damals bei ihrer ersten Begegnung für sich eingenommen hatte, war aus seinen Zügen verschwunden. Die Kleider schlotterten um seinen abgemagerten Körper, und an seiner rechten Hand fehlten zwei Finger. Ihre Wut verrauchte. Angesichts seines erbarmungswürdigen Zustands empfand sie nur noch Mitgefühl und Traurigkeit.

»Was ist geschehen?«, fragte sie.

Es fiel Daniel sichtlich schwer, einen Anfang zu finden.

»Ich hatte unsere Ehe auf einer Lüge aufgebaut und büßte dafür«, sagte er zerknirscht. »Ich hätte dir reinen Wein einschenken und dir beichten sollen, welche Rolle ich beim Tod deines Bruders gespielt hatte, dass ich selbst für den Raub verantwortlich war, für den man Thomas verurteilte. Ich war ein Feigling. Ich wusste, dass du mir nie verzeihen würdest, dass ich dich verlieren würde, wenn ich dir alles gestand. Es war einfacher, zu schweigen.«

Er trat vom Fenster zu einem der Polsterstühle, die ihr gegenüberstanden, und ließ sich daraufsinken.

»Ist das der Grund, weshalb du mich verlassen hast?«, fragte Kitty. »Weil du dich schuldig fühltest?«
Entsetzt sah er sie an. »Ich habe dich nicht verlassen! Hast du meine Nachricht nicht bekommen? Darin hatte ich dir alles erklärt.«
»Ich habe keine Nachricht erhalten.«
»Ich vertraute Susannah einen kurzen Brief an dich an und bat sie, ihn dir zu bringen.«
Kittys Augen weiteten sich bestürzt. Abrupt fuhr sie auf und schritt erregt auf und ab.
»Als du nicht zurückkamst, suchte ich Susannah im Newgate auf und fragte sie, ob sie wüsste, wo du bist«, berichtete sie. »Sie versuchte, mir weiszumachen, dass ich dir zur Last geworden war und dass du mich und mein Kind deshalb sitzenlassen hattest.«
»Allmächtiger Gott!«, entfuhr es Daniel. »Sie hat uns beide belogen. Mir versicherte sie, dass sie dir meine Nachricht übergeben hätte, dass du mich aber nicht sehen wolltest. Daraufhin schickte ich über einen der Schließer ein zweites Schreiben. Doch du warst bereits aus der Wohnung in Clerkenwell ausgezogen, und die Vermieterin wusste nicht, wohin du gegangen warst.«
»Schließer? Du warst im Gefängnis?«
Daniel nickte. »*Er* hatte mich hereingelegt. Ich hatte Glück, dass man mich keines Kapitalverbrechens für schuldig befand, sonst wäre ich gehenkt worden. Aber es ist wohl besser, wenn ich dir alles von Anfang an erzähle.«
Kitty kehrte zum Sofa zurück und setzte sich wieder.
»Du erinnerst dich«, fuhr Daniel fort, »es war Winter, und wir brauchten Geld für die Kohle. Ich hätte mir eine anständige Arbeit suchen müssen, aber ich hatte nichts anderes gelernt, als zu stehlen. Als ich damals von Southampton nach

London zog, musste ich sehr schnell erkennen, dass ein Dieb, der unabhängig sein will, unweigerlich die Feindschaft Jonathan Wilds auf sich zieht. Man arbeitet für ihn oder man baumelt früher oder später am Galgen. Auch mir blieb keine Wahl, als in seine Dienste zu treten. Ich war geschickt genug, dass Wild mich lange Zeit schützte, wie damals nach dem Überfall im Hyde Park, als er deinen Bruder der Justiz als Sündenbock lieferte. Nach dem Überfall auf dich war ich dumm genug, weiterhin für Wild zu arbeiten. Doch irgendwann muss er dahintergekommen sein, dass ich es war, der seinen Plan, dich zum Schweigen zu bringen, vereitelt hatte. Ich hatte ihn verraten und sollte seine Rache zu spüren bekommen. Als ich an jenem Tag im Januar den Auftrag bekam, mit zwei anderen Dieben eine Kutsche in Lambeth auszurauben, ahnte ich nicht, dass ich in eine Falle lief. Die beiden Räuber lieferten mich ans Messer. Ich wurde verhaftet und ins Marshalsea-Gefängnis gebracht. Ich wollte dir mitteilen, was geschehen war, hielt es aber für zu gefährlich, eine Nachricht zu dir nach Clerkenwell zu schicken. Ich fürchtete, sie könnte Jonathan Wild in die Hände fallen. Deshalb sandte ich den Brief an Susannah, die ihn dir überbringen sollte. Außer ihr wusste niemand, wo wir wohnten.«

»Du konntest nicht ahnen, dass Susannah deine Nachricht unterschlagen würde«, sagte Kitty einsichtig.

»Es war eine Qual für mich, nicht zu wissen, wie es dir erging«, sagte Daniel. »Der Prozess wurde in Kingston abgehalten, da der Überfall in der Grafschaft Surrey stattgefunden hatte. Dort kannte ich niemanden, den ich hätte bitten können, nach dir zu suchen, als du aus der Wohnung in Clerkenwell ausgezogen warst.«

»Jetzt verstehe ich auch, weshalb in Covent Garden niemand wusste, was aus dir geworden war«, bemerkte Kitty. »Wärst du vor das Gericht am Old Bailey gestellt worden, hätte ich irgendwann davon erfahren …« Ihre Stimme versagte, und ihre Augen füllten sich mit Tränen. All die Jahre hatte sie in quälender Ungewissheit gelebt, hatte sich immer wieder gefragt, ob Daniel lebte oder tot war, ob er sie verlassen hatte oder einem Unglück zum Opfer gefallen war.

»Das war kein Zufall«, stieß sie hervor. Ihre Zähne knirschten vor Wut aufeinander. »*Er* hat das so eingefädelt, damit deine Freunde und vor allem ich niemals erfahren würden, was dir zugestoßen war. Jonathan Wild wollte dich verschwinden lassen, um alle anderen, die mit dem Gedanken spielten, sich gegen ihn aufzulehnen, in Angst und Schrecken zu versetzen.«

»Das denke ich auch«, stimmte Daniel zu. »Er war bei meinem Prozess zugegen und lächelte mir abfällig zu, als ich zu vierzehn Jahren Verbannung nach Virginia verurteilt wurde. Auf dem Schiff, das mich nach Annapolis brachte, war auch Susannah, die sieben Jahre wegen Diebstahls bekommen hatte. Während der gesamten Überfahrt hielt sie die Lüge aufrecht, dass du mich nicht hattest sehen wollen. Immer wieder versuchte sie, mich zurückzugewinnen. Sie wollte nicht begreifen, dass es aus war zwischen uns.«

»Was ist aus ihr geworden?«, fragte Kitty. Zu ihrem Ärger fühlte sie, wie sich ihre Wangen selbst nach so langer Zeit noch vor Eifersucht röteten.

»Bei der Ankunft wurden wir getrennt. Ich weiß nicht, wie es ihr ergangen ist oder ob sie überhaupt noch lebt. Wir wurden wie Sklaven verkauft. Ein Plantagenbesitzer bezahlte dreizehn Pfund für mich. Die nächsten vier Jahre arbeitete ich auf seinen Tabakfeldern am Rappahannock-Fluss. Vor zwei Monaten gelang mir die Flucht, und ich kehrte nach England zurück.«

»Wie hast du mich gefunden?«

»Vor zehn Tagen sah ich dich in deiner Kutsche auf der Piazza. Zuerst wollte ich meinen Augen nicht trauen. Das kleine Mädchen vom Lande, das ich zurückgelassen hatte, war zur gefeierten Schönheit geworden.«

Beschämt senkte Kitty den Blick. Er hatte es nicht ausgesprochen, aber er musste gehört haben, auf welche Weise sie zu Wohlstand gekommen war. Sicherlich verachtete er sie dafür.

Das Schweigen, das zwischen ihnen entstanden war, wurde quälend. Schließlich ergriff Daniel erneut das Wort und fragte zögernd: »Das kleine Mädchen, das gestorben ist … War sie meine Tochter?«

Kitty hob ihren tränenverschleierten Blick zu ihm und nickte. »Ja … ihr Name war Helen. Sie war ein kleiner Wildfang … ganz ihr Vater.«

»Es tut mir so leid«, sagte Daniel leise.

Schmerz und Verzweiflung überwältigten Kitty. Schluchzend vergrub sie das Gesicht in den Händen und ließ den Tränen freien Lauf. Sie hörte Daniels Schritte auf den polierten Holzbohlen des Fußbodens widerhallen. Als sie den Kopf hob und sich die Augen trocknete, bemerkte sie, dass er fort war.

»Daniel?«

Suchend wandte sie sich um, doch er hatte den Salon verlassen. Hastig stürzte sie in die Eingangshalle, wo sie auf Meister Hearne traf.

»Wo ist er?«, fragte Kitty.

»Gegangen.«

»Aber warum nur?«

»Er glaubt, dass es nach dem Tod Eurer Tochter nichts mehr gibt, was Euch beide verbindet. Ihr seid jetzt eine reiche Geschäftsfrau«, erklärte der Wundarzt.

»Und eine Hure!«, stieß sie bitter hervor. »Er kann den Ge-

danken nicht ertragen, dass ich mich anderen Männern hingegeben habe.«
Meister Hearne schüttelte den Kopf. »Das ist es nicht. Ich denke, das hat er Euch verziehen. Er weiß, dass Ihr damals keine andere Wahl hattet, um Euch und Eure Tochter vor dem Untergang zu retten. Doch Ihr lebt mit einem Mann zusammen, dem man deutlich ansieht, dass er Euch liebt, und den Ihr vermutlich ebenso liebt. Falls Ihr vorhabt, Mr. Drake zu heiraten, wird Euch Mr. Gascoyne nicht im Wege stehen. Sieben Jahre nach seinem Verschwinden könnt Ihr ihn für tot erklären lassen. Dann seid Ihr frei, eine neue Ehe einzugehen.«
»Wie großzügig von ihm«, meinte Kitty sarkastisch.
»Es könnte auch früher dazu kommen. Schließlich ist Mr. Gascoyne ein flüchtiger Verbrecher. Wer in die Kolonien deportiert wird und vor Ablauf seiner Strafe nach England zurückkehrt, wird, sollte er aufgegriffen werden, ohne Prozess hingerichtet.«

Den Rest des Tages verbrachte Kitty wie eine Schlafwandlerin. Sie bemerkte nicht, dass Sam ihr beharrlich aus dem Weg ging und es beim Nachtmahl vermied, ihrem Blick zu begegnen.
Als Kitty kurz nach Mitternacht ihr gemeinsames Schlafgemach betrat, war die Kammer verlassen. Verwirrt rief sie nach ihrer Zofe.
»Charlotte!«
Noch angekleidet, jedoch sichtlich übermüdet, eilte das Mädchen die Treppe zum Dachgeschoss herab, in dem ihre Kammer lag.
»Ja, Madam?«
»Wo ist Mr. Drake?«

Verlegen senkte Charlotte den Blick auf ihre Hände. »Mr. Drake hat mich angewiesen, das Bett in der freien Dachkammer herzurichten, Madam.«
Kitty seufzte tief. »Danke, Charlotte. Warte in meinem Gemach. Ich bin gleich zurück.«
Mit schweren Schritten stieg sie die Stufen ins Dachgeschoss hinauf und betrat die bescheidene Mansarde, die von einer einzelnen flackernden Kerze erhellt wurde. Neben der einfachen Bettstatt stand Sam, bis aufs Hemd entkleidet, und schüttelte das frisch bezogene Kissen auf. Als er ihre Schritte vernahm, wandte er sich um und sah sie mit ernster Miene an.
»Du willst hier oben schlafen? Weshalb?«, fragte Kitty naiv.
»Dein Mann ist zurückgekehrt. Ich habe kein Recht mehr, das Bett mit dir zu teilen.«
»Aber das ist nicht wahr!«, widersprach sie. »Ich brauche dich!«
Mit einem sanften Lächeln trat er näher und legte zärtlich die Hände auf ihre Arme. Doch er zog sie nicht an sich, sondern sah ihr eindringlich in die Augen.
»Ich mache dir keine Vorwürfe. Ich weiß, du hast nicht erwartet, dass er jemals zurückkehren würde, als du mir angeboten hast, mit dir zu leben. Doch ich habe gesehen, dass du ihm am liebsten um den Hals gefallen wärst, als er so unvermutet vor dir stand. Du liebst ihn noch immer und du hast mich nie geliebt ... zumindest nicht mit derselben Leidenschaft. Du brauchst Zeit, um dir über deine Gefühle klarzuwerden. Solange schlafe ich hier oben.«
Seine Stimme klang entschlossen. Kitty begriff, dass jeglicher Widerspruch zwecklos war. Bedrückt wandte sie sich ab und kehrte in ihr Gemach zurück. Doch es dauerte lange, bis sie endlich in unruhigen Schlaf fiel.

39

Hast du schon gehört? Jack Sheppard ist völlig betrunken in Mr. Campbells Ginladen gegenüber der ›Rose and Crown‹ auf der Drury Lane aufgegriffen worden«, berichtete der Lakai John der Küchenmagd.

»Weshalb hielt er sich denn noch in London auf?«, fragte das Mädchen ungläubig. »Warum ist er nicht in eine andere Stadt geflohen?«

»Ein Londoner kann halt nur in seiner Heimatstadt gedeihen«, erklärte John überzeugt. »Wenn man ihn verpflanzt, geht er ein.«

»Na, am Dreibein wird er jedenfalls nicht gedeihen«, meinte die Magd sarkastisch.

»Das kannst du nicht verstehen«, erwiderte der Lakai hochmütig. In seiner Stimme schwang der Stolz des Cockneys. »Du stammst aus Hampshire.«

Kitty, die den Wortwechsel der Dienstboten mit angehört hatte, musste lächeln. Sie war dabei, die Vorräte in der Speisekammer zu prüfen, nachdem sie den Morgen damit verbracht hatte, die Weißwäsche zu zählen und die Bücher, die in bester Ordnung waren, ein weiteres Mal durchzugehen. Fast verzweifelt stürzte sie sich in die Arbeit, um ihre Gedanken in andere Bahnen zu lenken. Kittys Gefühle waren nach Helens Tod und dem unverhofften Wiedersehen mit Daniel in solch wildem Aufruhr, dass sie meinte, den Verstand zu verlieren, wenn sie sich nicht beschäftigte. Doch es fiel ihr schwer, sich auf ihre Aufgaben zu konzentrieren. Im Umgang mit den Freiern, die ihre ungeteilte Aufmerksamkeit erwarteten, musste sie sich zusammenreißen, damit sie nicht in Grübeleien versank.

Zum Glück lieferte Jack Sheppard genug Gesprächsstoff. Nach seiner erneuten Verhaftung hatte es die Obrigkeit eilig, ihn hinzurichten. In Massen besuchten Neugierige den Ausbrecherkönig in seiner Zelle, und Daniel Defoe ließ sich seine Lebensgeschichte erzählen, um sie in John Applebees *Original Weekly Journal* zu veröffentlichen. Am Tag von Sheppards Hinrichtung brachen allerorts Tumulte aus. In den Straßen von London brodelte es wie in einem Hexenkessel. Der Volkszorn richtete sich dabei nicht allein gegen die Obrigkeit, die den Liebling der Menschen an den Galgen brachte, sondern das erste Mal auch gegen Jonathan Wild, der ihn verhaftet hatte.
Kitty hatte gehofft, dass Daniel sie noch einmal aufsuchen würde, damit sie sich aussprechen konnten. Doch sie wartete vergeblich. Schließlich sah sie ein, dass sie den nächsten Schritt tun musste, und nahm sich vor, sobald die Tumulte abgeebbt und die Straßen wieder sicher waren, nach Covent Garden zu fahren. Dort hatte Daniel bei Meister Hearne Unterschlupf gefunden.

»Verzeiht die Störung, Madam«, sagte der Lakai John. »Ein Bote hat eine Nachricht gebracht. Er sagt, es sei dringend.«
Kitty nahm gerade mit Sam und ihren Mädchen im Speiseraum ein leichtes Frühstück ein, das aus geröstetem Brot, Muffins und einer Auswahl an Tee, Kaffee und heißer Schokolade bestand. Rasch überflog sie die wenigen Zeilen: »Wilds Männer haben Mr. Gascoyne verschleppt. Unternehmt nichts, bevor Ihr nicht von mir hört. Hearne.«
»Wo ist der Bote?«, fragte sie alarmiert.
»Er wartet in der Eingangshalle, Madam«, antwortete John.
Kitty warf ihr Mundtuch auf den Teller und eilte aus dem Speiseraum. Sam folgte ihr. Ein Knabe von etwa zwölf Jahren

trat unbehaglich von einem Fuß auf den anderen und blickte die junge Kurtisane verstört an.
»Was ist geschehen?«, fragte sie.
»Wir wohnen im selben Haus wie Meister Hearne«, berichtete der Junge. »Heute in aller Frühe drangen drei Männer in seine Wohnung ein und schleppten einen Mann fort, der seit einigen Tagen bei ihm übernachtet. Als Meister Hearne seinem Freund zu helfen versuchte, zog der Anführer ihm den Kolben seiner Pistole über den Kopf.«
»Gnädiger Gott!«, rief Kitty entsetzt. »Ist er schwer verletzt?«
»Die Wunde blutete stark«, erwiderte der Knabe. »Ich half ihm, sie auszuwaschen und zu verbinden. Dann schrieb er die Nachricht und bat mich, sie Euch zu überbringen.«
»Danke.«
Verzweifelt bemühte sich Kitty, die Tränen zurückzudrängen, die ihr in die Augen stiegen. Sie sah, wie Sam dem Knaben eine Münze für seine Mühe zuwarf. Als der Junge gegangen war, trat der Hüne an ihre Seite und schob sie in den Salon.
»Du bist ganz blass geworden. Setz dich. Ich schenke dir ein Glas Wein ein«, sagte er fürsorglich.
»Nein, ich kann mich jetzt nicht ausruhen«, widersprach sie erregt. »Ich muss Daniel helfen!«
Mit sanfter Gewalt drückte Sam sie auf das Sofa nieder. »Überlass das Meister Hearne.«
Zitternd presste sie die Hand auf den Mund, um ein Schluchzen zu unterdrücken. Sam reichte ihr ein Glas Wein, das er aus einer bereitstehenden Karaffe gefüllt hatte.
»Glaubst du nicht, es ist an der Zeit, mir zu erklären, was hier vor sich geht?«, sagte er in einem Ton, der verriet, wie sehr er sich an den Rand gedrängt fühlte. »Dein Mann ist vorzeitig aus der Verbannung zurückgekehrt, nicht wahr? Was hat er verbrochen?«

Kitty schluckte schwer. Er hatte recht. Sie schuldete ihm Aufrichtigkeit. So knapp wie möglich erzählte sie ihm ihre und Daniels Geschichte. Während er zuhörte, verdüsterte sich Sams Gesichtsausdruck zunehmend. Schließlich erhob er sich und goss sich selbst ebenfalls ein Glas Wein ein.

»Ich bin in die Dachkammer gezogen, damit du Zeit hast, dich zu entscheiden, mit wem du fortan dein Leben verbringen willst. Aber nun glaube ich, dass es ein Fehler war. Dein Mann ist ein Gauner und ein Dieb, und wie es scheint, wird er das immer bleiben. Er verdient dich nicht.«

»Wie kannst du das sagen? Du kennst ihn nicht.«

»Ich kenne seinesgleichen. Er konnte nicht für dich sorgen, als du ihn brauchtest. Glaubst du tatsächlich, dass es eine Zukunft für euch geben wird?«

»Das spielt doch jetzt keine Rolle«, sagte Kitty abwehrend. »Daniel ist in Gefahr.«

»Was willst du tun?«, fragte Sam zweifelnd.

»Ich weiß nicht. Meister Hearne bat mich, auf Nachricht von ihm zu warten. Aber wie kann ich untätig dasitzen, während sie Daniel ins Gefängnis werfen!«

»Warte wenigstens bis morgen früh«, beschwor sie der Hüne. »Wenn wir bis dahin nichts von Meister Hearne gehört haben, begleite ich dich nach Covent Garden.«

Nach kurzem Zögern nickte Kitty zustimmend. »Danke, Sam. Das werde ich dir nicht vergessen.«

Als sie sich erhob, nahm er ihre Hand und zog sie in seine Arme. Sie ließ es widerstandslos geschehen.

Das untätige Warten wurde für Kitty zur Qual. Es war wie damals vor vier Jahren, als Daniel verschwunden war und sie sich so hilflos gefühlt hatte. Am späten Abend klopfte John an die Tür zu Kittys Gemach. Die junge Frau saß bereits im

Schlafrock an ihrem Toilettentisch und ließ sich von Charlotte das Haar bürsten.
»Madam, Meister Hearne ist da«, verkündete der Lakai aufgeregt. »Und er hat den Besucher bei sich, der schon einmal hier war.«
»Daniel!«, entfuhr es Kitty erleichtert.
Sie sprang vom Stuhl auf und eilte in Pantoffeln die Treppe in die Eingangshalle hinab. Ihr Herz klopfte zum Zerbersten, als ihr Blick auf Daniel fiel, der sich auf Meister Hearnes Arm stützte. Sein Gesicht war übel zugerichtet, und er hielt die Hand schützend auf den Unterleib gepresst. Doch als er sie im Schlafrock und mit aufgelöstem Haar auf sich zustürzen sah, lächelte er und sagte bewundernd: »Wie schön du bist …«
Mit Tränen in den Augen nahm Kitty behutsam sein wundes Gesicht zwischen die Hände.
»Was hat man dir angetan?«
»Er wurde brutal zusammengeschlagen«, erklärte Meister Hearne. »Wenn Ihr mir Wasser, Leinentücher und Branntwein bringen lassen würdet, Madam …«
»Natürlich.« Kitty gab John entsprechende Anweisungen und ging den beiden Männern in den Salon voraus. Kurz darauf erschien auch Sam.
Während Meister Hearne Daniels Wunden mit Branntwein auswusch und Brust und Bauch nach gebrochenen Rippen und inneren Verletzungen abtastete, betrachtete Kitty schmerzlich den abgemagerten und von alten Narben übersäten Körper ihres Mannes. Man hatte ihn auf der Plantage wie einen Sklaven behandelt und ihn vermutlich wegen der kleinsten Verfehlung geschlagen. Es war ein Wunder, dass die Misshandlungen Daniel nicht an Leib und Seele gebrochen hatten, aber sie hatten ihn zweifellos verändert. In Kittys Herzen

regte sich erneut der Hass auf denjenigen, der Daniels und ihr Unglück verschuldet hatte.
»Wie ist es dir gelungen, zu entkommen?«, fragte Kitty, als Daniel sich sein Hemd wieder übergestreift hatte. Sie goss Wein aus einer Karaffe in ein Glas und reichte es ihm.
»Ich bin nicht entkommen«, antwortete Daniel zynisch. »Wild hat mich gehen lassen.«
Als er Kittys erstaunten Blick bemerkte, stieß er ein bitteres Lachen aus.
»Weiß Gott, es ist nur eine Galgenfrist. Nicht zum ersten Mal nutzt Wild die uneingeschränkte Macht, die er über zurückgekehrte Deportierte besitzt, zu seinem Vorteil aus. Er wird mich so lange zwingen, für ihn zu stehlen, bis ich nicht mehr von Nutzen für ihn bin. Dann liefert er mich der Justiz aus, kassiert die Belohnung und sieht befriedigt zu, wie ich gehenkt werde. Ein vorzügliches Geschäft für den ›aufrichtigen‹ Jonathan!«
Kitty ballte verzweifelt die Fäuste. »Aber es muss doch etwas geben, was wir tun können!«
Hilflos sahen die beiden Männer sie an.
»Ich werde meinen Anwalt um Rat bitten«, entschied Kitty. »Vielleicht weiß er einen Ausweg.«
Trotz Kittys Bitten, ihre Gastfreundschaft anzunehmen, bestand Daniel darauf, mit Meister Hearne nach Covent Garden zurückzukehren.
»Es war bereits ein Wagnis, überhaupt hierherzukommen«, gab Daniel zu bedenken. »Wenn Wild erfährt, dass ich hier war, bist auch du in Gefahr. Aber ich wollte dich unbedingt sehen … Wer weiß, wie viel Zeit mir noch bleibt.«
Sein Blick suchte den ihren und hielt ihn fest. Kitty spürte, wie ihr das Blut in die Wangen stieg. Sie lächelte, und für einen Moment waren sie beide ganz allein. Als sie sich schließ-

lich abwandte, bemerkte sie den Ausdruck der Eifersucht auf Sams Gesicht. Brüsk trat er Daniel in den Weg.

»Ihr habt es selbst gesagt, Sir. Eure Anwesenheit hier bringt Mistress Montague in Gefahr! Weshalb seid Ihr überhaupt nach London zurückgekehrt? Ihr musstet doch wissen, dass man Euch aufgreifen und ins Gefängnis bringen würde. Warum seid Ihr nicht in eine andere Stadt geflohen?«

Daniel betrachtete den Hünen mit ruhiger Gelassenheit. »Ich wollte meine Familie sehen«, antwortete er. »Auch wenn ich damit rechnen musste, nicht willkommen zu sein.«

»Habt Ihr nicht daran gedacht, dass Eure Rückkehr den Mann, der Mistress Montague einst zu ermorden versuchte, wieder auf ihre Spur bringen könnte? Und nun zieht Ihr sie noch tiefer in Euren Streit mit dem Diebesfänger hinein!«

Daniel machte einen Schritt zur Seite, um dem jungen Mann auszuweichen und den Streit zu beenden. Da packte Sam ihn wutentbrannt an den Rockaufschlägen und hielt ihn fest.

»Mistress Montagues Wohl liegt mir am Herzen, und ich werde nicht zulassen, dass ihr ein Leid geschieht. Haltet Euch also in Zukunft von ihr fern!«, sagte er drohend.

Kitty, die dem Geschehen entsetzt zugesehen hatte, stürzte an Sams Seite.

»Lass ihn los!«, befahl sie. »Sofort!«

Mit einer abfälligen Geste stieß der Hüne Daniel von sich.

»Was ist nur in dich gefahren?« rief Kitty erbost.

»Dieser Mann ist ein Spitzbube«, grollte Sam. »Er wird dir weh tun. Begreifst du das nicht?« Plötzlich verließ ihn der Zorn, und seine Schultern sanken herab. »Die Art, wie du ihn ansiehst, zeigt mir, dass du bereits deine Wahl getroffen hast. In deinem Leben ist kein Platz mehr für mich. Ich werde mir eine andere Arbeit suchen. Dann ziehe ich aus.«

Ohne den beiden Männern, die dem Wortwechsel schwei-

gend gelauscht hatten, noch einen Blick zuzuwerfen, verließ Sam mit versteinerter Miene den Salon.
Daniel sah, dass Kitty erneut den Tränen nah war. »Es tut mir leid«, sagte er schuldbewusst. »Ich habe nicht darüber nachgedacht, dass mein unerwartetes Auftauchen nach all den Jahren dein Leben durcheinanderbringen würde. Vielleicht ist es wirklich besser, wenn wir fortan getrennte Wege gehen.«
»Nein«, erwiderte Kitty bestimmt, »Sam hat recht. Ich habe meine Entscheidung gefällt. Ich will, dass wir wieder zusammenfinden. Es wird nicht einfach sein, aber ich bin sicher, wir werden es schaffen!«

Eine Woche später hielt eine Sänfte vor dem »Nonnenkloster« auf der King Street. Eine Gestalt in einem dunklen Umhang schlüpfte zur Tür hinaus, stieg ein und schloss die Vorhänge an den Fenstern. Die Sänfte bewegte sich die Pall Mall entlang, bog in den Strand ein und dann in der Nähe des Temple Bar in den Pallgrave Court. Die Träger stellten den Sessel schließlich vor einem gepflegten Reihenhaus ab. Leichtfüßig stieg die Gestalt aus, zog die Kapuze tiefer ins Gesicht und betätigte leise den Messingklopfer an der Haustür. Ein Lakai ließ sie ein.
»Madam, darf ich Euren Mantel nehmen?«, bat der Diener.
Nervös schlug Kitty die Kapuze zurück und übergab ihren Umhang dem Lakaien.
»Wollet mir folgen, Madam.«
Im Sinne der Geheimhaltung trug Kitty ein einfaches bürgerliches Kleid, doch sie war sich nicht sicher, ob der Bursche sie nicht trotzdem erkannt hatte. Mit aufgeregt pochendem Herzen folgte sie ihm in eine dunkel getäfelte Studierstube, in der sie bereits von sechs Männern erwartet wurde. Unter ihnen waren Daniel und Stephen Robinson. Die anderen vier waren Frie-

densrichter von Westminster. Der junge Advokat stellte sie Kitty vor: Joseph Beaver, William Wickham, Edward Ridley und Leonhard Street, in dessen Haus sie sich versammelt hatten. Stephen Robinson ins Vertrauen zu ziehen hatte sich als die richtige Entscheidung erwiesen. Nachdem Kitty ihn in alles eingeweiht hatte, was sie über Jonathan Wilds Machenschaften wusste, hatte dieser sich unter seinen juristischen Freunden, Kollegen und Bekannten umgehört und schließlich erfahren, dass die vier Friedensrichter von Westminster im Begriff waren, einen Fall gegen den Diebesfänger aufzubauen. Daraufhin hatte Robinson Joseph Beaver, den er persönlich kannte, auf die Sache angesprochen und ihm von Daniel Gascoyne erzählt. Der Magistrat war sogleich Feuer und Flamme gewesen und hatte ein geheimes Treffen vorgeschlagen. Nach kurzer Rücksprache mit Daniel hatte Kitty mit Freuden zugesagt. Die Aussicht, endlich Verbündete gefunden zu haben, tröstete sie ein wenig über den Abschied von Sam hinweg. Am vergangenen Abend hatte er ihr eröffnet, dass er die Schreinerei seines ehemaligen Meisters übernehmen würde. Am Morgen war er ausgezogen.

»Wir sind Euch dankbar, dass Ihr gekommen seid, Madam«, sagte Beaver und bot Kitty einen Platz an. »Es wird Zeit, dass diesem Verbrecher, der sich über die Justiz und ihre Vertreter lustig macht, das Handwerk gelegt wird. Wenn ich richtig verstanden habe, hattet auch Ihr unter Jonathan Wild zu leiden?«

»So ist es«, bestätigte Kitty und erzählte von ihrem Bruder, der auf Betreiben des Diebesfängers für ein Verbrechen hingerichtet worden war, das er nicht begangen hatte.

»Ich erinnere mich an den Fall«, meldete sich William Wickham zu Wort. »Der Überfall auf die Kutsche fand im Hyde Park statt. Wild war erstaunlich schnell vor Ort und verhaftete einen jungen Mann aus der Provinz. Thomas Marshall war sein Name. Er schien so schuldig wie die Sünde.«

»Thomas war ein ehrlicher Handwerker, der niemals etwas Unrechtes getan hatte«, beteuerte Kitty leidenschaftlich. »Er war nur zufällig im Park, als Wild einen Sündenbock suchte.«
»Das ist wahr«, schaltete Daniel sich ein. »Ich kann bezeugen, dass Thomas Marshall unschuldig war. Ich war einer der Räuber, die den Überfall auf die Kutsche verübten.«
Dankbar blickte Kitty ihn an. Es war das erste Mal seit einer Woche, dass sie ihn wiedersah, und in diesem Moment wurde ihr schmerzlich bewusst, wie sehr sie ihn vermisst hatte.
»Mr. Gascoyne«, sagte Wickham, »Ihr habt also für Mr. Wild gearbeitet und in seinem Auftrag Diebeszüge ausgeführt?«
»Ja, vor vier Jahren gehörte ich zu seinem engsten Kreis«, bestätigte Daniel. »Ich kann Euch genau darlegen, wie es Wild gelungen ist, die Stellung und den Einfluss zu erlangen, die er heute innehat, und wie er bei seinen Betrügereien vorgeht.«
»Mr. Gascoyne wird Euch alles offenbaren, was er weiß«, unterbrach Kitty ihn, »wenn Ihr dafür seine Begnadigung erwirkt!«
»Verstehe«, erwiderte Wickham nachdenklich. »Natürlich können wir keine Zusagen machen, bevor wir nicht gehört haben, was Mr. Gascoyne zu berichten hat.«
»Wir haben uns nur unter dieser Bedingung bereit erklärt, an diesem Treffen teilzunehmen, Sir«, sagte Kitty unnachgiebig. »Mr. Gascoyne setzt sein Leben aufs Spiel, wenn er mit Euch redet.«
Die vier Friedensrichter wechselten einverständige Blicke.
»Mr. Gascoyne ist frühzeitig aus der Verbannung zurückgekehrt?«, erkundigte sich Magistrat Leonhard Street.
Kitty nickte bestätigend.
»Nun, ich denke, es ist vertretbar, für ihn eine Begnadigung zu erwirken, wenn er uns in die Geheimnisse von Jonathan Wilds Organisation einweiht. Ihr habt mein Wort, Miss Montague.«

Kitty suchte Stephen Robinsons Blick, und als dieser ihr bestätigend zunickte, lehnte sie sich zufrieden in ihrem Stuhl zurück und schenkte Daniel ein aufmunterndes Lächeln.
»Also, Mr. Gascoyne, was könnt Ihr uns über Mr. Wilds Wirken erzählen?«, fragte Wickham.
Daniels Bericht nahm eine volle Stunde in Anspruch. Hin und wieder unterbrach ihn einer der Friedensrichter, wenn eine Einzelheit unklar war oder Daniel einen Ausdruck gebrauchte, den die Magistrate nicht kannten.
»Ihr seid vollkommen sicher, dass Mr. Wild das Diebesgut nie in Besitz hat?«, vergewisserte sich Wickham.
Daniel nickte bestätigend. »Die Diebe beschreiben ihm stets genau, was sie gestohlen haben, aber er lässt sich die Beute nie aushändigen. So kann er nicht der Hehlerei beschuldigt werden.«
»Ein äußerst gewitztes Vorgehen«, meinte Street, der eine gewisse Anerkennung für die Klugheit des Diebesfängers nicht verbergen konnte. »Auf diese Weise werden wir seiner nicht habhaft.«
»Wisst Ihr etwas darüber, wie es Mr. Wild gelungen ist, die Banden zu zerschlagen, die in den letzten Jahren Westminster unsicher machten?«, fragte Beaver interessiert.
»Er geht stets nach demselben Muster vor«, erläuterte Daniel. »Zuerst nimmt er sich ein Mitglied der Bande vor. Wenn er ihm nichts nachweisen kann, hängt er ihm ein Verbrechen an und überredet ihn, seine Kumpane an die Justiz zu verraten. Daraufhin bringt Wild ein weiteres Mitglied dazu, den ersten Räuber vor Gericht zu beschuldigen. So erlangt er die Gewalt über die ganze Bande.«
»Aber wieso haben sich die Gauner nicht einfach zusammengetan und den Kerl zum Teufel geschickt?«, warf Wickham verständnislos ein.
»Wild besitzt ein teuflisches Talent, andere Menschen zu um-

garnen und zu täuschen«, erwiderte Daniel. »Weder die Diebe noch die Öffentlichkeit durchschauen seine Manöver. Wild lässt die Gauner das alleinige Risiko tragen, denn das Diebesgut bleibt in ihrem Besitz. Zugleich überzeugt er sie, dass sie erfolgreichere Raubzüge durchführen können, wenn sie sich auf bestimmte Vorgehensweisen und Stadtteile beschränken. Dies bedeutet aber, dass Wild, wenn er von einem Verbrechen erfährt, an der Handschrift stets erkennt, welcher Gauner dahintersteckt. So sind sie ihm völlig ausgeliefert, ohne es zu merken.«

»Mr. Wild wartet also, bis ein Opfer, das bestohlen wurde, ihn aufsucht und ihn bittet, das Diebesgut wiederzubeschaffen«, schaltete sich Leonhard Street erneut ein.

»Zu diesem Zweck hat er in seinem Haus eine Schreibstube eingerichtet, in der er Hilfesuchende empfängt«, erklärte Daniel. »Dann handelt er mit den Dieben einen Preis aus, der beträchtlich unter dem Wert der Beute, aber immer noch über der Summe liegt, die ein anderer Hehler zahlen würde. Nehmen wir an, das Diebesgut ist zwanzig Pfund wert. Ein Hehler würde dem Dieb neun Pfund bieten, Wild zahlt dagegen zehn Pfund und verlangt vom Opfer einen Finderlohn von sechzehn Pfund. Noch größere Summen verdient er freilich durch die Belohnungen, die für die Überführung von Verbrechern gezahlt werden, seien sie schuldig oder unschuldig.«

William Wickham lehnte sich nachdenklich in seinem Stuhl zurück und drehte abwesend die Schreibfeder, mit der er sich Notizen gemacht hatte, zwischen den Fingern.

»Euer Bericht ist lehrreich und hilft uns, Mr. Wilds Methoden zu verstehen«, sagte er schließlich. »Aber er liefert uns keine Hinweise, mit denen wir ihm das Handwerk legen können. Wir brauchen etwas, das vor Gericht Bestand hat, Beweise, die Mr. Wild unmittelbar mit einem Verbrechen in Beziehung bringen. Er ist eine harte Nuss, die nicht leicht zu knacken sein wird, auch wenn er nicht mehr so unangreifbar ist wie noch vor ein paar Jahren. Im August anlässlich der Einsetzung der neuen Ritter des Hosenbandordens in Windsor ist eine beträchtliche Menge an Juwelen gestohlen worden. Die Tatsache, dass es Mr. Wild nicht gelungen ist, sie wiederzubeschaffen, hat ihn nicht nur einiges an Ansehen in der vornehmen Gesellschaft gekostet. Es zeigt auch, dass er die Diebe, die für den Raub verantwortlich waren, nicht unter Kontrolle hat.«

»Und seit der Affäre Jack Sheppard wendet sich auch das Volk, das ihn wegen seines furchtlosen Einsatzes gegen Straßenräuber und Mörder lange Zeit bewundert hat, zunehmend gegen ihn«, fügte Richter Beaver hinzu.

»Dennoch können wir erst gegen Mr. Wild vorgehen, wenn wir etwas Konkretes gegen ihn in der Hand haben«, gab Street zu bedenken. »Haltet Augen und Ohren offen, Mr. Gascoyne, und berichtet uns, was Mr. Wild treibt. Sobald Ihr uns handfeste Beweise besorgen könnt, schlagen wir zu!«

»Er soll Wild für Euch bespitzeln?«, rief Kitty bestürzt. »Aber das ist doch viel zu gefährlich. Wenn Mr. Gascoyne in Verdacht gerät, wird Wild ihn ohne Zögern umbringen lassen.«

»Ich fürchte, uns bleibt keine andere Wahl, Madam«, entgegnete Richter Street. »Sollten wir Mr. Wild mit ungenügenden Beweisen vor Gericht bringen und er wird freigesprochen, machen wir uns nicht nur lächerlich, sondern Mr. Wilds Stellung würde dadurch auch noch gefestigt. Wir brauchen Mr. Gascoynes Hilfe. Er ist im Moment der Einzige, der uns etwas Belastendes über den Diebesfänger liefern kann.«

»Ich bin einverstanden«, entschied Daniel. Er sah Kitty an und lächelte ihr beschwichtigend zu. »Mach dir keine Sorgen. Ich werde vorsichtig sein.«

40

Am Nachmittag des fünfzehnten Februar erschien Stephen Robinson aufgeregt in Kittys Haus, um ihr eine überraschende Neuigkeit zu überbringen.

»Jonathan Wild wurde verhaftet!«

Die Kurtisane verspürte so grenzenlose Erleichterung, dass sie sich auf einen Stuhl sinken ließ. Die vergangenen Wochen hatte sie in der ständigen Angst gelebt, der Diebesfänger könne entdecken, dass Daniel ihn verraten hatte, und ihm etwas antun. Doch Wild war offenbar mit anderen Dingen beschäftigt. Bisher hatte er Daniel in keinen seiner Raubzüge einbezogen. Einerseits bedeutete dies, dass Kittys Gatte nicht Gefahr lief, während eines Diebstahls verhaftet zu werden, andererseits konnte er aber auch keine Beweise gegen den Diebesfänger sammeln. Anscheinend hatte die Justiz nun einen anderen Weg gefunden, um Jonathan Wild anzuklagen.

»Endlich haben sich diese übervorsichtigen Friedensrichter dazu durchgerungen, etwas zu unternehmen!«, stieß Kitty befriedigt hervor.

Doch Robinsons Miene blieb skeptisch. »Nicht sie haben Wild verhaften lassen, sondern Sir John Fryer, ein Magistrat der Stadt London, nachdem Wild einem seiner Leute zur Flucht verholfen hatte«, erklärte der Advokat. »Als die Friedensrichter Beaver, Ridley, Wickham und Street von der Verhaftung erfuhren, eilten sie zum Newgate, in das man Wild gebracht hat, und beschuldigten ihn des Diebstahls einer Banknote über fünfzig Pfund.«

»Das scheint Euch nicht zu freuen«, bemerkte Kitty verwundert.

»Zufällig weiß ich, dass diese Anklage nur ein Vorwand ist, um zu verhindern, dass Wild auf Kaution freigelassen wird«, entgegnete Robinson. »Vor Gericht hätte diese Sache jedoch keinen Bestand.«

»Das verstehe ich nicht.«

»Die Angelegenheit ist äußerst kompliziert, Madam. Als ich von Mr. Wilds Verhaftung erfuhr, zog ich Erkundigungen ein. Tatsächlich steckt der City Recorder, Sir William Thomson, dahinter. Offenbar hat auch er nun die Jagd auf den Diebesfänger eröffnet.«

»Aber das ist doch gut, oder nicht?«, fragte Kitty, die noch immer nicht begriff, weshalb Robinson angesichts dieser Entwicklung so wenig Begeisterung zeigte.

»Sir William ist kein angesehener Mann«, erwiderte der Advokat. »Man hat ihn wiederholt der Bestechung angeklagt, und er gilt als sehr machthungrig und skrupellos. Ich fürchte, er hat Wild nur deshalb verhaften lassen, weil er angesichts der Bemühungen von Mr. Beaver und seinen Amtsbrüdern wie ein Narr dastünde, wenn er nicht ebenfalls gegen Wild vorgehen würde. Ich gehe jedoch davon aus, dass er ebenso wenig stichhaltige Beweise gegen ihn hat wie unsere Friedensrichter von Westminster. Nun, da die Magistrate auch noch in Konkurrenz zueinander stehen, werden sie sich nur gegenseitig behindern. Und Wild wird der lachende Dritte sein.«

»Ihr meint, er könnte vor Gericht freigesprochen werden?«, fragte Kitty entsetzt.

»Durchaus«, bestätigte Robinson bedrückt. »Wenn das geschieht, kann er weitermachen wie bisher. Jeder andere Magistrat wird sich genau überlegen, ob er das Risiko eingeht, Wild erneut anzuklagen, oder ihn lieber gewähren lässt.«

»Das müssen wir unbedingt verhindern!«, sagte Kitty entschlossen. »Könnt Ihr ein Treffen mit Mr. Beaver und den anderen in die Wege leiten? Ich möchte ihnen ein Angebot machen, das sie nicht ablehnen können.«

»Ist das Euer Ernst, Madam? Ihr wollt Jonathan Wild aushorchen?«, rief Richter Beaver entgeistert.
Leonhard Street, in dessen Haus auf dem Pallgrave Court sich Kitty, Stephen Robinson und die Friedensrichter erneut zur Beratung zusammengefunden hatten, betrachtete den Vorschlag der Kurtisane weniger skeptisch.
»Warum nicht? Wild soll drei Ehefrauen und einen Harem an Mätressen haben, sagt man. Offensichtlich ist er für den Reiz einer schönen Frau empfänglich.«
»Sagtet Ihr nicht, dass Ihr ihm schon einmal begegnet seid, nachdem er Euren Bruder unschuldig an den Galgen gebracht hatte?«, fragte Beaver besorgt. »Besteht nicht die Gefahr, dass er Euch wiedererkennt?«
»Nein, ich denke nicht«, widersprach Kitty überzeugt. Sie blickte die Männer in ihren gepuderten Perücken und Gewändern aus feinem Tuch herausfordernd an. »Mr. Robinson berichtet mir, dass weder ihr noch der City Recorder überzeugende Beweise gegen Mr. Wild in der Hand habt. Ist das wahr?«
Die Friedensrichter wechselten zerknirschte Blicke. »Soweit wir wissen, ja.«
»Weshalb hat man Mr. Wild dann verhaftet?«
»Zwischen den Magistraten von London und Westminster schwelt eine alte Rivalität«, begann Beaver unbehaglich.
»So dass Sir William Thomson sich gezwungen sah, euch zuvorzukommen, obwohl er ebenso wenig gegen den Diebesfänger in der Hand hat wie ihr!«, unterbrach Kitty ihn entrüstet. Die ganze Angelegenheit geriet zur Farce. »Mir geht es

nicht um Rache für meinen Bruder, Gentlemen, obwohl ich mir wünsche, dass ihm nach all den Jahren endlich Gerechtigkeit widerfährt«, fuhr sie fort. »Mein Gatte und ich haben auf Betreiben von Mr. Wild unendliches Leid durchgemacht, und solange ihm nicht das Handwerk gelegt ist, muss Mr. Gascoyne weiterhin um sein Leben fürchten. Wild darf nie wieder freikommen. Wenn ich etwas dazu beitragen kann, dass er für seine Verbrechen verurteilt wird, werde ich nicht zögern. Mr. Wild lässt mir seit längerer Zeit regelmäßig Geschenke zukommen. Ich bin daher sicher, dass er mich empfangen wird. Mir gegenüber wird er bestimmt offenherziger sein. Lasst mich also versuchen, ihm eine Einzelheit zu entlocken, die bei der Vorbereitung der Anklage hilfreich sein kann.«

Da von den Friedensrichtern kein Widerspruch mehr kam, sah Stephen Robinson sich gezwungen, das Wort zu ergreifen.

»Aber, Madam. Ihr hörtet doch, dass Mr. Wild den Ruf eines Weiberhelden genießt. Wenn er Euren Besuch nun als Einladung auffasst …«

»… um mir zu nahe zu treten?«, beendete Kitty den Satz. »Ich werde ihn schon auf Abstand halten.«

»Und wenn Euch das nicht gelingt, Madam? Jeder weiß, dass Mr. Wild an den französischen Pocken leidet. Ihr könntet Euch anstecken!«

»Dazu wird es schon nicht kommen«, versicherte Kitty mit gespielter Gelassenheit. Dennoch würde sie sich hüten, Daniel in ihren Plan einzuweihen. Er wäre auf jeden Fall dagegen.

»Wie ist Mr. Wild im Newgate untergebracht?«, fragte sie, um von dem heiklen Thema abzulenken. »Besteht die Möglichkeit, dass ihr euch in einem Nebenraum auf die Lauer legt und mein Gespräch mit ihm belauscht? So könntet ihr alles, was er sagt, gegen ihn verwenden.«

»Das dürfte sich einrichten lassen«, bestätigte Leonhard Street nach kurzer Überlegung. »In Wilds Zelle gibt es einen großen Kamin. Wenn wir uns im darüberliegenden Raum aufhalten, müssten wir alles hören können.«

»Dann leitet alles in die Wege«, sagte Kitty abschließend. »Und wenn ich erfolgreich bin, wünsche ich, dass ihr ohne weitere Verzögerung Mr. Gascoynes Begnadigung erwirkt.«

»Verlasst Euch auf uns, Madam«, entgegnete Richter Beaver, und seine Amtsbrüder nickten zustimmend.

Mit vor Nervosität feuchten Händen und einem Gefühl von Übelkeit, das sich in ihrem Magen ausbreitete, betrat Kitty zwei Tage später das Newgate-Gefängnis. Sie unterrichtete den Pförtner, der sie entgeistert anstarrte, dass sie den großen Jonathan Wild zu sprechen wünschte, und ließ die geforderten Münzen in seine Hand gleiten.

Kitty hatte sich sorgfältig zurechtgemacht. Ihr Häubchen war aus den teuersten französischen Spitzen gefertigt, ihr Kleid bestand aus schimmernder dunkelblauer Seide, die wundervoll mit ihren Augen harmonierte, und das Brusttuch, das ihren tiefen Halsausschnitt bedeckte, war aus so durchsichtigem Musselin, dass es mehr preisgab als verbarg. Sie wollte den Diebesfänger blenden und seine Lust wecken. Auf diese Weise hoffte sie, ihm die Zunge lösen zu können.

Der Schließer, der Kitty durch den Kerker führte, blieb vor einer Tür stehen, klopfte höflich und öffnete sie.

»Sir, Ihr habt Besuch«, rief er.

Kitty holte tief Luft, um ihren raschen Herzschlag zu beruhigen. Der Gestank der Verliese hatte ihre Übelkeit vertieft, und die Erinnerung an ihren eigenen Aufenthalt jagte ihr wiederholt kalte Schauer über den Rücken. Doch als sie über die Schwelle ins Innere der Zelle trat und sich Jonathan Wild un-

mittelbar gegenübersah, entspannte sie sich und brachte mühelos ihr strahlendstes Lächeln zustande.
Der Diebesfänger war in den vergangenen Jahren kaum gealtert. Seine stämmige Gestalt vermittelte noch immer den Eindruck zäher Körperkraft, und sein eckiges Kinn verriet Entschlossenheit und einen starken Willen. Das Lächeln, das sich über sein Gesicht breitete, als er sie ansah, bewies, dass die Kerkerhaft seiner Zuversicht und Selbstsicherheit keinen Abbruch getan hatte. Jonathan Wild trug keine Perücke. Stattdessen bedeckte ein Turban seinen kahlen Schädel. Galant verbeugte er sich vor ihr. Seine durchdringenden Augen musterten sie mit einem solchen Genuss, dass Kitty das Gefühl hatte, splitternackt vor ihm zu stehen. Dennoch verspürte sie keine Angst mehr vor ihm.
»Welche Freude, Euch in meiner bescheidenen Behausung empfangen zu dürfen, ehrwürdige Mutter Äbtissin«, sagte Wild mit dem trockenen Humor, für den er bekannt war, und umfing seine karg eingerichtete, aber geräumige Zelle mit einer einladenden Geste. Kitty bemerkte, dass er weder an den Hand- noch an den Fußgelenken Ketten trug. »Welchem glücklichen Umstand verdanke ich diese unerwartete Aufmerksamkeit?«
»Ich bin gekommen, um Euch meiner Unterstützung zu versichern, Mr. Wild«, erklärte Kitty. »Es ist eine Schande, dass man Euch, der Ihr so viel für die Sicherheit in dieser Stadt getan habt, in den Kerker geworfen hat und Euch nun sogar vor Gericht stellen will. Dabei habt Ihr so vielen Opfern von Diebstählen und Überfällen wieder zu ihrem Hab und Gut verholfen und die Übeltäter der verdienten Strafe zugeführt.«
»Es freut mich, dass Ihr den Wert meiner Arbeit zu schätzen wisst, Madam«, erwiderte Wild geschmeichelt. »Leider hat mein Erfolg den Neid und die Missgunst einiger Magistrate

erregt, die ihre eigene Unfähigkeit zu überspielen versuchen, indem sie mir Vergehen vorwerfen, die völlig aus der Luft gegriffen sind.«

Wild bot Kitty einen Stuhl an. Auf einem Tisch standen eine Karaffe und mehrere Zinnbecher. Der Diebesfänger füllte zwei Becher mit Wein und reichte ihr einen davon, bevor er sich ihr gegenübersetzte. Mit einem unterdrückten Seufzen streckte er die Beine aus. Kitty hatte gehört, dass er vor kurzem einen Gichtanfall erlitten hatte.

»Wie werdet Ihr die Vorwürfe entkräften?«, fragte Kitty, um ihn zum Reden zu ermuntern.

»Das brauche ich gar nicht«, entgegnete Wild gelassen. »Die übereifrigen Magistrate haben nichts gegen mich in der Hand. Die Behauptung, ich hätte eine gestohlene Banknote über fünfzig Pfund angenommen, ist schlichtweg erfunden.«

»Dann habt Ihr also nichts zu befürchten. Wie beruhigend, zu wissen, dass Ihr auch in Zukunft in unserer schönen Stadt für Zucht und Ordnung sorgen werdet.«

Kitty erkannte, dass sie mit bloßem Wortgeplänkel nichts erreichte. Wild verstand es, sich so vage und oberflächlich zu äußern, dass er nichts preisgab, was ihn belasten konnte. Sie musste eine andere Taktik versuchen. Scheinbar unbewusst begann sie an ihrem Brusttuch zu nesteln, bis es so weit verrutschte, dass der Ansatz ihrer Brüste zu sehen war.

»Ist es wahr, dass Ihr in Eurer Laufbahn als Diebesfänger unzählige Wunden davongetragen habt?«, fragte sie neugierig. Ihre Stimme nahm ein deutlich tieferes Timbre an.

»Mein Körper ist übersät davon«, bestätigte Wild mit sichtlichem Stolz.

»Man sagt, dass Ihr Euch furchtlos den Weg in eine Räuberhöhle freischießt, während die Ordnungshüter vor Angst schlotternd aus sicherer Entfernung zusehen«, hauchte Kitty.

»Das entspricht der Wahrheit«, erwiderte er mit einem wohlwollenden Lächeln. »Man hat auf mich geschossen, mich mit dem Messer angegriffen und mir sogar zweimal den Schädel gespalten.«
Mit einer theatralischen Geste lüftete Wild seinen Turban, so dass die Silberplatten zum Vorschein kamen, mit denen ein Wundarzt die Schädelverletzungen bedeckt hatte. Kitty fragte sich unwillkürlich, ob die Spuren der Kugel, die Taylor damals in Mistress Farrells Logierhaus auf den Diebesfänger abgefeuert hatte, noch immer an seinem Körper zu sehen waren.
»Diese Wunde verdanke ich Blueskin Blake«, erklärte Wild, während er seine Halsbinde lockerte. An seiner Kehle war eine langgezogene rötliche Narbe zu sehen.
Dieser Mann besitzt ebenso viele Leben wie eine Katze, dachte Kitty entmutigt. Wie kann man ihm nur beikommen?
»Ich hörte von dem heimtückischen Mordversuch«, entgegnete Kitty und beugte sich ein wenig vor. Wilds Blick wanderte zum Ausschnitt ihres Kleides, dem der betörende Duft eines teuren Parfüms entströmte. »Ich kann Euch gar nicht sagen, wie erleichtert ich war, dass Ihr den Anschlag überlebt habt.«
Zu ihrer Befriedigung bemerkte sie, dass der Diebesfänger die Augen nicht mehr von ihren Brüsten wenden konnte. Sein Atem ging schneller, und seine sorgfältig rasierten Wangen röteten sich. Sie hatte ihn an der Angel.
Mit einem herausfordernden Lächeln erhob sich Kitty und stellte den noch fast vollen Zinnbecher auf den Tisch.
»Habt Ihr noch Wein für mich?«
Ihr plötzlicher Rückzug fachte Wilds Lust an. Er war kein Mann, dem man sich verweigerte. Ohne auf ihre Bitte einzugehen, erhob er sich und näherte sich ihr, wobei er den von der

Gicht befallenen Fuß ein wenig nachzog. Seine Hände legten sich um ihre Taille und zogen sie zu sich heran. Als er sie berührte, durchlief Kitty ein Schauer der Abscheu, den Wild jedoch als Ausdruck der Lust auslegte. Befriedigt grinste er sie an. Seine Eitelkeit und Selbstüberzeugung waren so groß, dass er nicht im Geringsten an seiner Fähigkeit zweifelte, eine hochbezahlte Kurtisane wie sie in seinen Bann zu ziehen.

Da Wild ein wenig kleiner war als Kitty, schob er sie energisch zu der Liegestatt an der Wand. Widerspruchslos ließ sie sich daraufsinken und lehnte den Kopf an die Steinmauer. Ihr Blick wanderte unwillkürlich zu dem nicht weit entfernten Kamin. Vor ihrem inneren Auge sah sie Stephen Robinson in dem Raum über ihnen erregt auf- und abgehen. Bis zuletzt hatte er versucht, sie von ihrem Vorhaben abzubringen. Er ertrug den Gedanken nicht, dass sich Jonathan Wild ihr aufzwingen könnte. Während er mit den Friedensrichtern auf die Geräusche aus der Zelle des Diebesfängers lauschte, musste ihm klarwerden, dass seine schlimmsten Befürchtungen eingetreten waren.

Wilds Gesicht verharrte einen Moment über ihr, bevor sich seine fleischigen Lippen auf die ihren pressten und seine Zunge ihren Mund ausfüllte. Mit all ihrer Willenskraft zwang sich Kitty, den Kuss zu erwidern. Erneut stieg Übelkeit in ihr auf. Die kräftigen Hände des Diebesfängers hakten mit geübten Bewegungen ihr Kleid auf, zogen das spitzenbesetzte Hemd herunter und kneteten genießerisch ihre Brüste.

»Ihr seid tatsächlich so bezaubernd gebaut, wie ich es mir vorgestellt habe«, flüsterte er, während er ihren Hals und ihren Nacken küsste. »Welche Verschwendung, dass Ihr Euch nur blutleeren Aristokraten hingebt. Ihr braucht einen richtigen Mann!«

Seine Hand wanderte ihre Taille hinab bis zu ihrer Hüfte und begann ihre Seidenröcke hochzuraffen. Als er ihre Beine entblößt hatte, griff er zwischen ihre Schenkel und suchte die Wärme ihrer Scheide. Kitty verharrte unbeweglich, darauf bedacht, ihre Beherrschung zu bewahren. Ihr Blick folgte den Bewegungen seiner Hände, die nun am Verschluss seiner Kniehose nestelten und sein Glied hervorholten. Angewidert schloss sie die Lider und bemühte sich, die Tränen zurückzuhalten, die in ihre Augen stiegen. Sie spürte die Berührung seiner Rute an ihren Schamlippen, doch die Spitze blieb weich und nachgiebig. Im nächsten Moment verkrampften sich Wilds Finger in ihren Schultern, und er presste sie mit einem verzweifelten Knurren an sich, dass ihr die Luft wegblieb. Ob als Folge der Krankheit oder weil der Aufenthalt im Newgate ihn doch stärker belastete, als ihm anzusehen war – Wilds Glied blieb schlaff, und es gelang ihm nicht, in sie einzudringen. Schließlich gab er es auf, strich noch einmal sehnsüchtig über ihre entblößten Brüste und erhob sich. Während er seine Hose schloss, brachte Kitty ohne Eile ihr Kleid in Ordnung. Einerseits war sie erleichtert, dass der Kelch an ihr vorübergegangen war, andererseits war sie nun dem Ziel ihres Besuchs ferner denn je.

Mit ruhiger Stimme, als sei nichts geschehen, sagte sie: »Unter den Besuchern meines Hauses sind auch einige einflussreiche Juristen, die meinen Mädchen im Rausch der Lust so manches Geheimnis anvertrauen. Soll ich sie anweisen, gewisse Fragen zu stellen? Würde Euch das helfen?«

Im Geiste noch beschäftigt mit seinem Versagen, wandte sich Jonathan Wild zu ihr um und antwortete: »Fragt Eure Mädchen, ob in Bezug auf mich jemals der Name Statham gefallen ist.«

Kitty horchte auf. »Catherine Statham, die Spitzenhändlerin?«

In Wilds Augen trat ein Ausdruck der Bestürzung, als er sich bewusst wurde, dass er zu viel preisgegeben hatte. Rasch schüttelte er den Kopf und machte eine abwehrende Handbewegung.

»Vergesst, was ich gesagt habe! Es hat keine Bedeutung.«

Kitty hatte sich von der Liegestatt erhoben und strich ihre Röcke glatt.

»Ich wünsche Euch viel Glück für den Prozess, Sir«, sagte sie. »Wie ich hörte, habt Ihr Serjeant Baynes und Mr. Kettleby zu Eurer Verteidigung verpflichtet. Sie sind sehr fähige Juristen.«

»Dennoch wäre ich ein Narr, wenn ich mich allein auf diese Winkeladvokaten verlassen würde«, erwiderte Wild sarkastisch. Er trat an den Tisch und deutete auf einen Stapel Handzettel, der darauf lag. »Das ist eine Liste der Verbrecher, die ich zur Strecke gebracht habe. Es sind fünfundsiebzig Namen von Dieben, Straßenräubern und Mördern. Diese Aufstellung werde ich vor dem Prozess unter den Geschworenen und Zuschauern verteilen, damit sie sehen, was ich für die Sicherheit in dieser Stadt getan habe.«

Kitty nahm einen der Handzettel vom Tisch und überflog die Liste. Zuoberst war zu lesen: »Edward Spencer und Joseph Hutton, die den Büchsenmacher Hoskins und seinen Sohn nahe der Fleet-Brücke überfallen und verwundet hatten.« Beide wurden gehenkt. Es folgten weitere Namen, die begangenen Verbrechen und die verhängten Strafen. Plötzlich stieß Kitty heftig die Luft aus.

»Thomas Marshall«, las sie laut. »Überfall auf eine Kutsche im Hyde Park, gehängt am siebten Mai 1719.«

Wut und Schmerz wallten in ihr auf. Mit einer brüsken Bewegung warf sie den Handzettel auf die Tischplatte. Verwundert blickte Wild sie an und stutzte, als er den Hass in ihren Augen sah.

»Warum?«, entfuhr es Kitty. »Warum habt Ihr ihn ausgewählt? Er war ein anständiger Handwerker, ein begabter Künstler, der in London sein Glück machen wollte …«
»Wovon redet Ihr?«, fragte Jonathan Wild verwirrt. Doch in seinen Zügen zeichnete sich allmähliches Begreifen ab.
»Ihr habt mir den Bruder genommen!«, klagte sie ihn an. »Er war der Einzige, der mir nach dem Tod meiner Eltern noch geblieben war …«
»Ihr seid Catherine Marshall?«, rief er entsetzt. Sein Gesicht erblasste, als er an den Meuchelmörder dachte, den er ihr vor sechs Jahren auf den Hals gehetzt hatte. »Das also ist dein Spiel, Schlampe«, knurrte Wild. »Du schleichst dich hier ein und versuchst, mich auszuhorchen.«
»Ich werde nicht ruhen, bis ich Euch am Galgen baumeln sehe«, sagte Kitty hasserfüllt.
»Freu dich nicht zu früh, Metze!«
Trotz seiner Behinderung durch die Gicht stürzte er sich blitzschnell auf sie. Seine kräftigen Hände legten sich wie Eisenringe um ihren Hals und drückten zu. Kitty konnte nicht einmal mehr schreien. Als sie zurückwich, stieß sie mit den Beinen gegen die Kante des massiven Tisches, der ihrem Gewicht jedoch standhielt und sich keinen Zoll vom Fleck rührte. Sie wehrte sich aus Leibeskräften, umklammerte Wilds Hände, um sie von ihrer Kehle zu lösen, doch seine Finger hatten sich wie Klauen um ihren Hals gekrallt und drückten immer stärker zu. Verzweifelt trat sie nach ihm, verlor dadurch aber den Halt. Geistesgegenwärtig nutzte der Diebesfänger ihre Unachtsamkeit und warf sie rücklings auf die Tischplatte, ohne den Griff um ihre Kehle zu lockern. Nun war sie ihm wehrlos ausgeliefert. Schon begannen bunte Lichter vor ihren Augen aufzuglühen. In Todesangst rang sie nach Luft, doch kein Atemzug erreichte ihre Lunge …

Sie versuchte zu schreien, doch kein Ton kam über ihre Lippen …
Bald erlahmten ihre Kräfte. Hinter den dichter fallenden schwarzen Schleiern sah sie die triumphierend grinsende Fratze des Teufels. An seiner Schläfe ließ die Anstrengung eine Ader anschwellen, während er das Leben aus ihr herauspresste.
Mit einem Knall wurde die Tür aufgeworfen, Schritte hallten auf dem Steinboden wider, und schattenhafte Gestalten bewegten sich durch den dunklen Nebel. Kitty fiel in einen schwarzen Abgrund.

Als sie die Augen aufschlug, sah sie noch immer ein Gesicht nah über dem ihren. In Panik schrie sie auf.
»Schon gut. Es ist vorbei. Beruhigt Euch, Madam«, sagte eine sanfte Stimme.
Kittys Blick klärte sich, und sie erkannte Stephen Robinson.
»Könnt Ihr aufstehen?«
Sie nickte schwach. Ihre Hand fuhr an ihren schmerzenden Hals. Mühsam rang sie nach Luft. Jeder Atemzug schmerzte. Auf Robinsons Arm gestützt, kam sie vorsichtig auf die Beine. Sie hatte noch immer auf der Tischplatte gelegen. Ein krampfhafter Husten schüttelte sie und erschwerte das Atmen.
»Es war nah dran«, sagte der junge Advokat vorwurfsvoll. »Ich hörte, dass etwas nicht stimmte, aber bis ich die Treppe hinuntergelaufen war, war es fast schon zu spät. Was habt Ihr Euch dabei gedacht, Euch Wild zu erkennen zu geben? Närrin! Wolltet Ihr, dass man ihn des Mordes an Euch verurteilt?«
Unsicher machte Kitty einen Schritt vorwärts. Ihre Knie schienen aus Butter zu bestehen. Jonathan Wild saß auf der Liegestatt und starrte die Wand an. Die Friedensrichter Bea-

ver und Street standen neben ihm. Als Kitty an Robinsons Arm die Zelle verließ, folgten sie ihnen.

»Das war eine gefährliche Tollkühnheit, Madam«, sagte Beaver. In seiner Stimme mischten sich Anerkennung und Tadel. »Um ein Haar wäre es um Euch geschehen gewesen.«

»Ich hoffe, es war nicht umsonst«, antwortete Kitty krächzend. »Habt Ihr erfahren, was Ihr wissen wolltet?«

»Ich denke schon«, bestätigte Leonhard Street. »Es war deutlich zu vernehmen, dass Mr. Wild die Erwähnung des Namens Statham unangenehm war. Wir werden uns sofort auf den Weg machen und die Spitzenhändlerin befragen. Möglicherweise hält sie den entscheidenden Hinweis in Händen. Ihr habt uns sehr geholfen, Madam.«

»Mr. Gascoynes Begnadigung ist bereits aufgesetzt«, fügte Joseph Beaver hinzu. »Sobald Seine Majestät unterschrieben hat, lasse ich Euch eine Abschrift des Dokuments zukommen. Euer Gatte hat fortan nichts mehr von der Justiz zu befürchten.«

»Wir verdanken euch viel, meine Herren«, sagte Kitty erleichtert. »Wenn ihr euch nicht entschieden hättet, gegen Jonathan Wild vorzugehen …«

»Ihr solltet Euch jetzt ausruhen, Madam«, schnitt Stephen Robinson ihr das Wort ab und dirigierte sie nachdrücklich in Richtung Ausgang. »Lebt wohl, Gentlemen.«

41

Zielstrebig schob sich Daniel Gascoyne durch die dichter werdende Menschenmenge, die dem Tyburn-Hügel zustrebte. Die Maisonne stand bereits hoch am wolkenlosen Himmel, und das Gedränge der Schaulustigen machte ein Durchkommen fast unmöglich. Ganz London schien auf den Beinen zu sein. Daniel musste sich mit sanfter Gewalt Platz machen und das ein oder andere Mal seine Ellbogen gebrauchen, um sich bis zum Dreibein vorzukämpfen.

Schon erklang der Ruf »Hüte runter!« und rollte wie eine Woge durch die Menge. Rasch breitete sich eine unheimliche Stille aus, als habe ein zorniger Gott die Menschen plötzlich mit Stummheit geschlagen. Als der Stadtmarschall und der Untersheriff an der Spitze der Prozession in Sichtweite kamen, schwoll ein wilder Jubel an. Daniel konnte die Namen »Blueskin!« und »Jack Sheppard!« aus dem Gebrüll heraushören.

Inzwischen waren auch die Berittenen und die Konstabler mit ihren Amtsstäben zu sehen. Ungeduldig reckten die Leute die Köpfe. Daniel wurde von seinen Nachbarn angestoßen und musste sich energisch zur Wehr setzen, um nicht in einem Strudel wirbelnder Arme und schlagender Fäuste unterzugehen.

Vor dem Leiterwagen, der den Konstablern folgte, gingen einige junge Spitzbuben, die dem Volk in ironischem Ton zuriefen: »Seht, in dem Wagen sitzt unser Vater! Jubelt, ihr Leute, auf dass er einen schnellen Tod am Galgen finden möge!«

Schließlich erreichte der Leiterwagen das Dreibein und kam knirschend zum Stehen. Auf der Ladefläche saßen vier Männer mit dem Rücken zum Richtplatz auf ihren Särgen. Einer von ihnen war Jonathan Wild, in einen Schlafrock aus Callimanco gekleidet, den kahlen Schädel von einem Tuch bedeckt. In den Händen hielt er ein Buch, und in seinen Augen standen Tränen. Ein schmaler Faden frischen Blutes rann aus einer Wunde an seiner Stirn, wo ihn ein aus der Menge geschleuderter Stein getroffen hatte.

Ein Gefühl tiefer Erleichterung erfüllte Daniel. Bis zuletzt hatte er befürchtet, dass es dem Diebesfänger doch noch gelingen könnte, seinen Kopf aus der Schlinge zu ziehen. Die Befragung Catherine Stathams durch die Friedensrichter hatte ans Licht gebracht, dass der Spitzenhändlerin eine Schachtel mit fünfzig Yards feinster Spitze im Wert von vierzig Pfund gestohlen worden war. Daraufhin hatte sie Jonathan Wild mit der Wiederbeschaffung beauftragt, was dieser ihr ohne Zögern zusagte. Entschlossen hatten sich die Magistrate darangemacht, die Diebe aufzuspüren, was ihnen schließlich auch gelang. Tatsächlich hatte Wild sie zu dem Diebstahl angestiftet und danach, entgegen seiner Gewohnheit, die Spitze in Empfang genommen. Die Magistrate überredeten die Diebe, gegen Wild auszusagen. Allerdings stellten sie sich bei der Prozessvorbereitung nicht sehr geschickt an. Die erste Anklage wegen Ladendiebstahls scheiterte, da Wild das Geschäft der Spitzenhändlerin nachweislich nie betreten, sondern die Langfinger nur dorthin geführt und an einer Ecke Schmiere gestanden hatte. Doch die Friedensrichter gaben sich nicht so leicht geschlagen und zogen stattdessen eine zweite Anklage wegen Hehlerei aus dem Hut. Diesmal wurde Jonathan Wild für schuldig befunden und zum Tode verurteilt. Es war offensichtlich, dass sich die Justiz gegen ihn verschworen hatte und entschlossen war, ihn hängen zu sehen. Jeder andere wäre in einem Fall wie diesem lediglich ausgepeitscht oder deportiert

worden. Als dem Diebesfänger klarwurde, dass er in der Falle saß, versuchte er, sich eine Begnadigung zu erkaufen, indem er behauptete, vernichtende Informationen über hochgestellte Personen zu besitzen. Er spielte um einen hohen Einsatz – und verlor. Niemand war mehr bereit, ihm zuzuhören.
Eine Weile standen der Diebesfänger und seine Leidensgenossen mit dem Strick um den Hals auf der Ladefläche des Leiterwagens unter dem Dreibein. Die Zuschauer warteten auf eine Rede, doch Wild, der vor der Hinrichtung Laudanum genommen hatte, war nicht dazu imstande, das Wort zu ergreifen. Schließlich wurde die Menge unruhig und verlangte, dass der Henker seine Pflicht tun sollte. Richard Arnet, der einen Aufruhr fürchtete, beeilte sich, das Zeichen zu geben. Als der Wagen anfuhr und die vier Verurteilten in der Luft baumeln ließ, stieg erneut ein ohrenbetäubender Jubel aus Hunderten von Kehlen auf. Nur Daniel betrachtete das Schauspiel schweigend. Wild, dessen Hände nicht gefesselt waren, versuchte, sich an dem Mann, der neben ihm hing, festzuhalten, wurde aber durch Arnets Eingreifen rasch wieder von ihm getrennt.
Einige unendliche Augenblicke lang traten die Sterbenden mit verzweifelter Kraft um sich, dann erschlaffte einer nach dem anderen. Schließlich hingen sie still und unbeweglich an den knirschenden Stricken, die sich fest um ihre Hälse gezogen hatten. Daniel sah noch zu, wie Wilds Leichnam abgeschnitten und in eine Kutsche verfrachtet wurde, die ihn zum Gildenhaus der Wundärzte bringen würde. Dort sollte die Leiche seziert und das Skelett zur Erbauung Neugieriger ausgestellt werden.
Als sich die Menschenmenge zu lichten begann, wandte sich auch Daniel ab und ging in Richtung Oxford Street zurück. Der Schlag einer wartenden Kutsche öffnete sich, als er sich

näherte. Er stieg ein und ließ sich in die zinnoberroten Kissen sinken. Zwei Augenpaare richteten sich erwartungsvoll auf ihn.
»Er ist tot«, sagte er leise.
Kitty stieß einen Seufzer aus, der tief aus ihrem Herzen kam. Ihre schmale weiße Hand glitt zwischen die gebräunten rauhen Finger ihres Gatten. Auch Stephen Robinson lehnte sich entspannt zurück.
»Endlich ist es überstanden!«
»Welch ein Glück, dass die Friedensrichter am Ende nicht aufgegeben haben«, sagte Kitty inbrünstig. »Warum haben sie Jonathan Wild nur so lange gewähren lassen?«
Daniel und der Advokat wechselten heimliche Blicke, die jedoch nicht unbemerkt blieben.
»Ich werde das Gefühl nicht los, dass ihr mir etwas verschweigt«, bemerkte Kitty vorwurfsvoll. »Weshalb habt Ihr mich im Newgate daran gehindert, den Richtern zu ihrer Hartnäckigkeit zu gratulieren, Mr. Robinson?«
»Ich wollte vermeiden, dass sie den Eindruck gewinnen, Ihr könntet ihre Motive hinterfragen«, antwortete der Advokat mit ernster Miene. »Die Magistrate haben keineswegs aus Pflichtbewusstsein gehandelt, als sie die Jagd auf Jonathan Wild eröffneten.«
»Aus welchem Grund haben sie es dann getan?«, fragte Kitty. Auf einmal kam sie sich reichlich naiv vor.
»Bis zuletzt haben sie dem Diebesfänger vorgegaukelt, dass er auf eine Begnadigung hoffen konnte«, erklärte Robinson vorsichtig. »Auf diese Weise sicherten sie sich sein Schweigen. Und als ihm bewusst wurde, dass sie ihm nur leere Versprechungen machten, war es zu spät.«
»Die Friedensrichter haben ihn also vor Gericht gebracht, weil er etwas Belastendes über sie wusste?«

»Ja, Madam. Mit Sicherheit«, bestätigte der junge Advokat. »Bedauerlicherweise leben wir in einer Zeit, in der nicht nur die Mächtigen gewissenlos und korrupt sind, sondern auch kleine Beamte und Juristen. Wie war es möglich, dass die Gaunerbanden, die in den letzten Jahren Westminster unsicher machten, so lange unbehelligt geblieben sind – bis es Jonathan Wild gelang, sie zu zerschlagen?«

»Ihr meint, die Friedensrichter haben mit den Banden gemeinsame Sache gemacht?«, fragte Kitty bestürzt.

»Natürlich gibt es dafür keine Beweise, Madam. Es sind nur Gerüchte. Aber Jonathan Wild hätte sie vernichten können, hätte er sein Wissen an die Öffentlichkeit gebracht.«

»Aber …« Kittys Blick wanderte entsetzt zu ihrem Mann. »Wenn ich das gewusst hätte … ich hätte dir nie geraten, dich mit ihnen einzulassen.«

»Ich weiß«, erwiderte Daniel und drückte beruhigend ihre Hand. »Es war ein gefährliches Spiel, aber ich hatte keine andere Wahl, als das Wagnis einzugehen. Meine jahrelange Abwesenheit in den Kolonien wiegte die Richter in Sicherheit. So konnte ich ihnen weismachen, dass ich nichts über ihre Verbindung zu den Räubern wusste.«

»Und wenn sie dir nicht geglaubt hätten?«, warf Kitty ein. »Sie hätten dich ohne Prozess an den Galgen bringen können.«

»Das stimmt. Aber das Risiko war es mir wert!«

Die Kutsche hatte sich in Bewegung gesetzt und fuhr über die Oxford Street nach St. James zurück.

»Nun, da Wild tot ist, kann ich sicher Jonny dazu überreden, in meine Dienste zu treten«, sagte Kitty nach einer Weile. »Es wird Zeit, dass er von der Straße kommt und ein anständiges Handwerk lernt.«

»Gilt das auch für mich?«, fragte Daniel mit einem ironischen Lächeln.

»Natürlich nicht. Ich bin so vermögend, dass wir nie wieder arbeiten müssen.«

»Du willst also, dass wir zusammenbleiben?« Aus seiner Stimme war ein Rest Unsicherheit herauszuhören.

»Ja. Ich will, dass wir die Zeit nachholen, die Jonathan Wild uns gestohlen hat«, entgegnete Kitty entschlossen. »Ich wünschte nur, dass Helen hier wäre und an unserem Glück teilhaben könnte.« Ihre Augen füllten sich mit Tränen.

Liebevoll nahm Daniel sie in die Arme und drückte sie an sich, während Stephen Robinson sich höflich abwandte und zum Fenster hinaussah.

»Ich bedauere es sehr, dass ich sie nicht kennengelernt habe. Aber wir werden weitere Kinder haben«, murmelte Daniel in ihr Haar. »Wenn du willst.«

»Willst du es?«, fragte sie hoffnungsvoll.

»Ja, ich wünsche mir nichts sehnlicher. Ich habe das Gefühl der Geborgenheit, das man in einer Familie findet, immer schmerzlich vermisst.«

»Ich bin so froh, dass du aus Virginia geflohen und zu mir zurückgekehrt bist«, sagte Kitty. Ein Gefühl des Glücks überflutete sie, wie sie es seit Jahren nicht mehr erlebt hatte. »Lass uns feiern gehen«, schlug sie vor. »Wir könnten im ›Tom Kings‹ einen Kaffee trinken und dann in der ›Half-Moon Tavern‹ essen.«

»Eine vorzügliche Idee«, stimmte Daniel zu.

»Brooks!«, rief Kitty. »Nach Covent Garden!«

Nachwort der Autorin

Das achtzehnte Jahrhundert war ein sittenloses Zeitalter. Anders als im siebzehnten und später im neunzehnten Jahrhundert hatte die englische Staatskirche erheblich an Einfluss verloren. Die Teilnahme am Gemeindeleben ging zurück, und die Menschen versuchten, dem Leben so viel Vergnügen wie möglich abzugewinnen, ohne Angst vor göttlicher Strafe zu verspüren.

Frauen, die nicht in eine wohlhabende Familie hineingeboren wurden, hatten, anders als heute, wenig Möglichkeiten, ihren Lebensunterhalt zu verdienen. Sie waren aus Berufsbereichen wie der Medizin, des Rechts oder des Militärs ausgeschlossen. Einige wenige erlangten Ansehen als Malerinnen oder Schriftstellerinnen. Andere führten ein Geschäft, meist in Partnerschaft mit ihrem Gatten. Die meisten jedoch waren auf schlecht bezahlte Arbeit als Dienstbote, Näherin oder Hökerin beschränkt. So ist es nicht verwunderlich, dass viele Frauen der Verlockung des schnellen Geldes erlagen, das ein Dasein als Prostituierte versprach. Das Gewerbe erforderte weder ein spezielles Können, noch musste man viel Geld investieren. Viele Frauen, die unabhängig von Bordellwirtinnen arbeiteten, empfingen ihre Freier in den eigenen vier Wänden. Im achtzehnten Jahrhundert wurden Prostituierte nicht in ein Rotlichtviertel ausgegrenzt, sondern wohnten unter demselben Dach wie respektable Bürger, Handwerker und Geschäftsleute. Sie machten durch Werbung auf sich aufmerksam. Von 1757 bis 1795 erschien die sogenannte »Harris's List of Covent Garden Ladies«, eine Aufstellung der Londoner Prostituierten mit ihren Adressen, Preisen und angebotenen Dienstleistungen. Bis zum Ende des achtzehnten Jahrhunderts wurde eine Viertelmillion Exemplare der Liste verkauft.

Das Geschäft mit dem Sex gehörte zu den lukrativsten Industriezweigen der damaligen Zeit. In seinem Buch »The Secret History of Georgian London« beleuchtet der Architekturhistoriker Dan Cruickshank den Einfluss der Sexbranche auf die Entwicklung der Stadt im achtzehnten Jahrhundert.

Eine durchschnittliche Prostituierte verdiente damals zehnmal so viel wie ein ungelernter Arbeiter und immer noch etwa doppelt so viel wie ein Handwerksmeister. Der jährliche Umsatz des Wirtschaftszweigs wurde auf zwanzig Millionen Pfund geschätzt. Es entstand eine neue Gesellschaftsschicht reicher Bordellbesitzer, Zuhälter und hochbezahlter Kurtisanen, die hohe Mieten zahlten und so den Bau eleganter neuer Stadtviertel unterstützten oder selbst Häuser bauen ließen. So trugen sie zur Entstehung der typischen »Georgian« Häuserzeilen bei, die in vielen Teilen Londons noch erhalten sind. Prostituierte waren aber auch Abnehmer von Luxusartikeln aller Art. Die von ihnen gemachten Gewinne flossen wieder in den Wirtschaftskreislauf ein. Edelbordelle nach dem Vorbild der Pariser Sérails, die man in England als »Nonnenklöster« bezeichnete, wurden in London erstmals im Jahre 1750 von Mrs. Goadby eingeführt. Sie fand bald Nachahmerinnen. Eine der erfolgreichsten war Charlotte Hayes, die ein Vermögen von 20000 Pfund anhäufte.

Damals wurde von einem Mann von Welt erwartet, dass er eine Mätresse unterhielt oder Kurtisanen aufsuchte. Es war sogar möglich, dass eine Prostituierte in den Adel einheiratete, wie Lavinia Fenton, die den Herzog von Bolton ehelichte. Elizabeth Farren wurde Gräfin von Derby und Elizabeth Armistead die Frau des einflussreichen Politikers Charles James Fox. Andere, weniger erfolgreiche Prostituierte dagegen beendeten nach kurzer Berühmtheit ihre Tage im Schuldgefängnis.

In den 1720er Jahren erlebte London eine nie gekannte Welle des Verbrechens, wie sie nur mit den Verhältnissen im Chicago der 1920er Jahre vergleichbar ist. Doch das Problem lag nicht allein in einer Zunahme der Kriminalität, sondern auch darin, dass selbst die Gesetzeshüter, Magistrate, Konstabler und sogar Richter aus dem Verbrechen Profit schlugen, indem sie Bestechungsgelder von Berufskriminellen annahmen oder an Schutzgelderpressung beteiligt waren.
Jonathan Wild (1683–1725) verstand es wie kein anderer vor ihm, das korrupte System auszunutzen. Über viele Jahre präsentierte er der Öffentlichkeit das Bild eines erfolgreichen Diebesfängers. Sein Büro auf der Great Old Bailey war Anlaufstelle für all jene, die Opfer eines Verbrechens geworden waren. Seine Mitarbeiter, die im ganzen Land Kriminelle verhafteten, waren die erste polizeiähnliche Truppe in der Geschichte Englands und standen den berühmten »Bow Street Runners« Modell, die im Jahre 1749 von Henry Fielding gegründet wurden. Doch hinter der respektablen Fassade hatte Jonathan Wild ein wohldurchdachtes System der Erpressung und Einschüchterung entwickelt, mit dem er die Londoner Unterwelt einige Jahre lang völlig kontrollierte, wie es nach ihm erst wieder Al Capone gelingen sollte. Wilds Biograph Gerald Howson bezeichnet ihn als den »ersten modernen Gangster« (G. Howson, *Thief-Taker General. The Rise and Fall of Jonathan Wild,* S. 7). Sein Skelett ist bis heute erhalten und gehört zur Sammlung des Hunterian Museums des Royal College of Surgeons in London.

Nachdem ein Gesetz aus den Jahren 1694 bis 1696 eine Steuer von fünf Schillingen auf Sondergenehmigungen zur Eheschließung (ohne Aufgebot) und Heiratsurkunden erhoben hatte, entschlossen sich viele Paare dazu, die Ehe »heim-

lich« zu schließen. Eigentlich war es vorgeschrieben, dass man in dem Sprengel heiratete, in dem man wohnte. Vor der Trauung wurde an drei aufeinanderfolgenden Sonntagen das Aufgebot des Brautpaares verlesen. Dies diente zur Bekanntmachung ihrer Heiratsabsicht, so dass jeder, der Einwände gegen die Ehe erheben wollte, rechtzeitig davon erfuhr. Auch aus diesem Grund wurden viele Ehen heimlich geschlossen.
In London entwickelte sich das Fleet-Gefängnis zum Zentrum der heimlichen Eheschließung. Die Geistlichen, die dort aufgrund ihrer Schulden eingekerkert waren, brauchten die Strafe von einhundert Pfund nicht zu fürchten, da bei ihnen nichts mehr zu holen war. So verdienten sie sich ein Zubrot. Das Fleet war bald mit Schuldnern überfüllt, und so erlaubte man diesen, in der Umgebung des Gefängnisses zu wohnen, die man »Rules« oder »Liberties of the Fleet« nannte. Die Hochzeiten wurden von der Kapelle des Kerkers in die Schenken und Privathäuser in der Nachbarschaft verlegt. Die Eheschließungen wurden in einem Register festgehalten, auf das sich ein Ehepartner später berufen konnte, zum Beispiel, wenn eine Frau von einem Mann, der sie verlassen hatte, Unterstützung forderte. Nicht selten ließ ein Brautpaar die Einträge für ein Bestechungsgeld fälschen oder zurückdatieren, wenn die Frau schwanger war.
In den 1740er Jahren soll etwa die Hälfte aller Eheschließungen in London in den »Liberties of the Fleet« vorgenommen worden sein. »Lord Hardwicke's Marriage Act« von 1753 verbot schließlich heimliche Eheschließungen. Da dieses Gesetz aber nicht in Schottland galt, reisten Brautpaare von da an nach Norden, meist nach Gretna Green, das unmittelbar hinter der Grenze lag.

Die rege Bautätigkeit und die hohen Gewinne, die im London des achtzehnten Jahrhunderts selbst von kleinen Bauherren erzielt wurden, führten bald zu einer Verteuerung von Backsteinen und in der Folge zu einer minderwertigen Herstellung der verarbeiteten Ziegel. In den Augen der Spekulanten war es ausreichend, wenn ein Haus so lange stehenblieb, bis die Grundstückspacht ausgelaufen war. Allerdings wurden manche Häuser so nachlässig gebaut, dass sie zusammenstürzten, noch bevor sie fertiggestellt waren. Wenn die Pacht eines Gebäudes abgelaufen und die Eigentumsverhältnisse unklar waren, fand sich kaum jemand bereit, es instand setzen oder abreißen und ein neues bauen zu lassen. Diese Zustände besserten sich erst gegen Ende des Jahrhunderts.

Thomas (1694–1739) und Moll (1696–1747) Kings Kaffeehaus war zwanzig Jahre lang der Treffpunkt der vornehmen Welt in Covent Garden. Dort verkehrten Nachtschwärmer jeden Ranges und Prostituierte, die auf Freier warteten. In dem Kaffeehaus gab es jedoch keine Betten. So vermied es Moll King, dass man sie der Führung eines Bordells anklagen konnte. Auch George II. war einmal zu Gast. Mit den Bordellwirtinnen von Covent Garden und den Gaunern, die das Kaffeehaus frequentierten, sprach Moll Rotwelsch, um anwesende Polizeispitzel zu verwirren. Da die Gaunersprache unübersetzbar ist, habe ich im Roman Ausdrücke aus dem deutschen Rotwelsch gebraucht, die für das achtzehnte Jahrhundert nachgewiesen sind. Eine Übersetzung der verwendeten Wörter findet sich im Anhang.

William Hogarth (1697–1764), der zunächst als Kupferstecher arbeitete, war einer der bedeutendsten englischen Maler des achtzehnten Jahrhunderts. Er verstand es, mit viel Ironie in Gemäldefolgen und Kupferstichzyklen die sozialen Missstände seiner Zeit anzuprangern. Zu seinen bekanntesten Bilderzyklen mit moralisierendem Inhalt gehören »Das Leben einer Dirne« (A Harlot's Progress), »Das Leben eines Wüstlings« (A Rake's Progress), »Heirat nach der Mode« (Marriage à la Mode) und die beiden Stiche »Bier-Straße« und »Gin-Gasse«, die die erschreckenden Auswirkungen übermäßigen Gintrinkens darstellten. Durch Hogarths Werke erhält man einen seltenen Einblick in das Leben des einfachen Volkes im London des achtzehnten Jahrhunderts, das von den zeitgenössischen Historienmalern, die Themen aus der Bibel oder der antiken Mythologie bevorzugten, vernachlässigt wurde. Im sechsten Stich des Zyklus »Fleiß und Faulheit« (Industry and Idleness) verewigte Hogarth den stadtbekannten »Philip-in-the-Tub«.

Colonel Francis Charteris (1675–1732) war der Inbegriff des Wüstlings. Er wurde mehrmals unehrenhaft aus der Armee entlassen, ein Mal wegen Betrugs beim Kartenspiel und ein anderes Mal wegen Bestechlichkeit. Im Jahre 1730 wurde er wegen der Vergewaltigung seines Dienstmädchens Anne Bond vor Gericht gestellt und zum Tode verurteilt. Durch Beziehungen zu einflussreichen Personen bei Hof und Bestechung erreichte Charteris jedoch die Begnadigung durch George II. Allerdings musste er Anne Bond eine lebenslange Rente zahlen. Verurteilungen für Vergewaltigung waren zu jener Zeit in England sehr selten. Im Jahre 1730 gab es insgesamt sechs Vergewaltigungsprozesse, doch nur Charteris wurde schuldig gesprochen (Dan Cruickshank, *The Secret History of Georgian London*, S. 317). Der Maler William Hogarth verewigte Colonel Charteris im ersten Stich des Gemäldezyklus »Das Leben einer Dirne«.

Weitere historische Personen sind Charles Lennox, Herzog von Richmond, Charles Beauclerk, Herzog von St. Albans, Sally Salisbury, der Meisterkoch Jean Le Becq, Mutter Jolley und Mutter Hayward. Viele der im Roman erzählten tragischen Schicksale wie das der Prostituierten, die sich in der Zelle der Wachtstube erhängte, der Mutter, die ihr Kind tötete, um seine Kleider zu versetzen und sich von dem Geld Gin zu kaufen, oder der Frauen, die in einem leerstehenden Haus verhungerten, beruhen auf tatsächlichen Ereignissen. Diese sind in den Gerichtsakten des Old Bailey überliefert und unter der Internetadresse www.oldbaileyonline.org einem breiten Publikum zugänglich.

Dank

Ich möchte all denen herzlich danken, die mich bei der Entstehung des Romans mit ihrem Fachwissen und ihrem Interesse unterstützt haben:
Professor Dr. Dieter Häussinger und Professor Dr. Ralf Kubitz, die sich trotz ihrer erheblichen Arbeitsbelastung stets bemühten, alle meine medizinischen Fragen zu beantworten. Etwaige Fehler gehen zu meinen Lasten. Vielen Dank auch an die Historikerin und Germanistin Gesine Klinkworth, die stets als erste kritische Leserin grammatikalische und logische Fehler aufspürt, und an Thomas von Nordheim für die Illustrationen zu meinen Romanen, die auf meiner Website www.sandralessmann.de zu sehen sind. Herzlichen Dank auch meinem Agenten Thomas Montasser sowie der Knaur-Programmleiterin Christine Steffen-Reimann und der Lektorin Ilse Wagner, nicht zu vergessen meinen Eltern, Freunden und Kollegen.

Glossar

Callimanco: *gestreifter Wollsatin.*

Chelsea-Pensionär: *ehemaliger Soldat der British Army, der im Dienst verwundet wurde oder zwanzig Jahre gedient hat und dadurch ein Anrecht auf eine Pension und einen Platz im Royal Hospital Chelsea, einem Pflegeheim, erlangt.*

Common Serjeant: *juristischer Berater des Stadtrats, der als Richter im Old Bailey Recht spricht.*

Engelmacherin: *Kinderpflegerin, die Kinder gegen eine Einmalzahlung aufnahm und diese dann verwahrlosen ließ, damit sie möglichst schnell starben und keine weiteren Kosten verursachten.*

Farthing: *Viertelpenny.*

Fastenbrechen *(engl. to break one's fast): Es war nicht üblich, nach dem Abendessen während der Nacht noch etwas zu sich zu nehmen, daher sprach man davon, sein Fasten zu brechen, wenn man am Morgen das Frühstück einnahm. Im Englischen entwickelte sich so der Begriff »breakfast«.*

Fliete: *kleines Messer zum Aderlass.*

Friedensrichter *(engl. Justice of the Peace): ehrenamtlich arbeitende, vom Lord Chancellor nominierte Laienrichter ohne juristische Ausbildung, die polizeiliche Befugnisse besaßen und in Quartalsgerichten (quarter sessions) kleinere Vergehen verhandelten. In London hatten die Ratsherren dieses Amt inne.*

Gesellschaft zur Reformation der Sitten *(engl. Society for the Reformation of Manners): Die erste Society for the Reformation of Manners wurde im Jahre 1691 in London gegründet. Über die nächsten zehn Jahre entstanden Ableger dieser Gesellschaft überall im Land. Ihre Mitglieder, die meisten von ihnen Anglikaner, führten einen Kreuzzug gegen Personen mit unmoralischem Lebenswandel. Mit Hilfe von Informanten, von der Gesellschaft eingesetzten Konstablern und übereifrigen Magistraten gingen sie vor allem gegen Bordelle und Prostituierte vor, wobei sie auch illegale Methoden anwandten. Von der Mitte der 1730er Jahre an wandte sich die öffentliche Meinung jedoch zunehmend gegen die Gesellschaften zur Reformation der Sitten, da ihr Vorgehen als zu exzessiv angesehen wurde. Daraufhin verloren die Gesellschaften an Einfluss.*

Kamelott: *leichter, leinenartig gewebter Stoff aus Angorawolle.*

Königlicher Gerichtshof *(engl. Court of King's Bench bzw. Queen's Bench, wenn eine Königin auf dem Thron saß): höchster englischer Gerichtshof des gemeinen Rechts, der ursprünglich für Kronfälle und hohe Kriminaljustiz zuständig war, später aber auch Fälle von niederen Gerichten übernahm. Er tagte zusammen mit dem Hauptzivilgerichtshof und dem Finanzgericht bis 1882 in der Westminster Hall, dem einzigen erhaltenen Teil des mittelalterlichen Westminster-Palastes, in dem das Parlament zusammentrat.*

Konstabler *(engl. constable): unbezahlter Ordnungshüter. Jeder Bürger hatte die Pflicht, in dem Bezirk, in dem er wohnte, ein Jahr lang als Konstabler die öffentliche Ordnung aufrechtzuerhalten. Als Zeichen seines Amtes trug er einen langen Stab bei sich.*

Laudanum *(lat. laudare: loben): in Wein gelöstes Opium. Der Name Laudanum geht auf seinen Erfinder Theophrastus Bombastus von Hohenheim, genannt Paracelsus (1493–1541), zurück.*

Lord Chief Justice: *Titel des Vorsitzenden des Königlichen Gerichtshofs sowie des Hauptzivilgerichtshofs.*

Lord Mayor: *Oberbürgermeister der Stadt London seit 1189. Er besaß formal das Recht, im Old Bailey den Vorsitz zu führen. Auch wenn der Lord Mayor dieses Privileg nicht mehr wahrnimmt, bleibt doch bis heute sein Sitz unter dem Schwert der Stadt im Gerichtssaal 1 des Old Bailey frei. Der Vorsitzende Richter nimmt den Platz zu seiner Rechten ein.*

Offizin *(lat. officina): die Werkstatt eines Chirurgen oder eines Apothekers.*

Old Bailey: *Im Jahre 1539 wurde das erste Sitzungshaus am Old Bailey gebaut (bailey = Außenmauer einer Festung). Dies war der Name einer Gasse, die an der ehemaligen Stadtmauer entlangführte. Die Bezeichnung ging bald auf das Gerichtsgebäude über. Der heutige Old Bailey (eigentlich Central Criminal Court) stammt aus dem Jahre 1907 und steht an der Stelle des Newgate-Gefängnisses.*

Paddington Frisk: *den »Paddington Frisk tanzen« war ein Slangausdruck für »gehängt werden«.*

Pocken: *Der Begriff wurde für zwei verschiedene Krankheiten verwendet: zum einen für die Pocken oder Blattern (Variola, engl. smallpox), eine gefährliche virale Infektionskrankheit, zum anderen für die Syphilis oder »Franzosenkrankheit« (engl. great pox).*

Porter: *dunkles Bier, ähnlich dem Guinness.*

Recorder von London: *Stadtrichter und oberster juristischer Beamter Londons, der bei der Wahl und Vereidigung des Lord Mayor eine bedeutende zeremonielle Rolle spielt.*

Unze: *Eine Unze entspricht 30 g.*

Usquebaugh *(irisch): Whiskey.*

Virginia: *Im achtzehnten Jahrhundert bezeichnete »Virginia« nicht allein den gleichnamigen Bundesstaat der USA, sondern umfasste zudem das heutige Maryland sowie Nord- und Südkarolina.*

Yard: *Ein Yard besteht aus 3 Fuß und entspricht 0,914 m.*

Zoll: *Ein Zoll entspricht 2,54 cm.*

Literatur

Burford, E. J., Wits, Wenchers and Wantons. London's Low Life: Covent Garden in the Eighteenth Century, London 1990

Cruickshank, D., The Secret History of Georgian London. How the Wages of Sin Shaped the Capital, London 2009

George, M. D., London Life in the Eighteenth Century, London 1925

Hinz, B.; Krug, H., William Hogarth 1697–1764. Das vollständige graphische Werk, 2. Auflage, Gießen 1986

Hitchcock, T., Down and Out in Eighteenth Century, London & New York 2004

Howson, G., Thief-Taker General. The Rise and Fall of Jonathan Wild, London 1970

Mörgeli, C., Die Werkstatt des Chirurgen. Zur Geschichte des Operationssaals, Basel 1999

Olson, K., Daily Life in Eighteenth Century England, Westport 1999

Rubenhold, H., The Covent Garden Ladies. Pimp General Jack & the Extraordinary Story of Harris's List, Stroud 2006

Styles, J., The Dress of the People. Everyday Fashion in Eighteenth Century England, Newhaven & London 2007

Waller, M., Huren, Henker, Hugenotten. Das Leben in London um 1700, Bergisch Gladbach 2002

Weinreb, B.; Hibbert, C., The London Encyclopedia, London 1983

Wolf, S. A., Wörterbuch des Rotwelschen. Deutsche Gaunersprache, Mannheim 1956

Kleines Lexikon des Rotwelschen

baldowern: auskundschaften
Jackel: Opferstock
Kittchen: Gefängnis
Massematten: Einbruchsdiebstahl
Pink: Mann
Schabber: Brecheisen
Schlupfen: Taschendiebstahl
Vazenhewer: Beutelschneider

Quelle: Siegmund A. Wolf, Wörterbuch des Rotwelschen. Deutsche Gaunersprache, Mannheim 1956